D1668246

Yolcu

YOLCU

Orijinal adı: The Traveler

Yazan: John Twelve Hawks
İngilizce aslından çeviren: Sıla Okur

1. baskı / Ocak 2011 / ISBN 978-605-111-950-2
Sertifika no: 11940

Kapak tasarımı: Geray Gençer
Baskı: Mega Basım, Baha İş Merkezi. A Blok
Haramidere / Avcılar - İSTANBUL
Tel. (212) 422 44 45

Doğan Egmont Yayıncılık ve Yapımcılık Tic. A.Ş.
19 Mayıs Cad. Golden Plaza No. 1 Kat 10, 34360 Şişli - İSTANBUL
Tel. (212) 373 77 00 / Faks (212) 355 83 16
www.dogankitap.com.tr / editor@dogankitap.com.tr / satis@dogankitap.com.tr

Yolcu

John Twelve Hawks

Çeviren: Sıla Okur

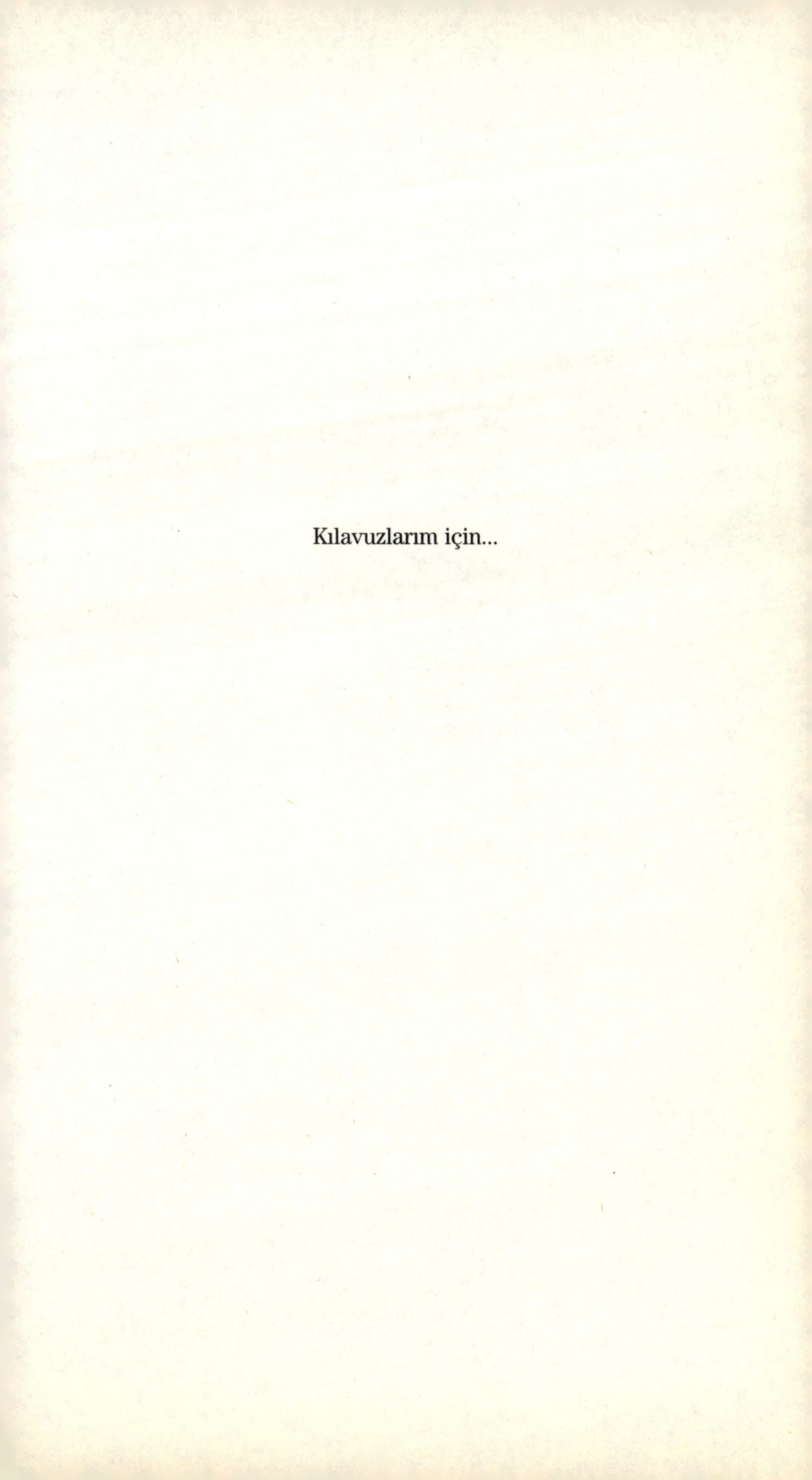

Kılavuzlarım için...

Giriş

Şövalye, Ölüm ve Şeytan

Maya, metrodan ışığa doğru yürürlerken uzanıp babasının elini tuttu. Thorn onu itmedi ya da vücudunun duruşuna dikkat etmesini söylemedi. Gülümseyerek onu dar bir merdivenden uzun, eğimli, duvarları beyaz fayans kaplı bir tünele yönlendirdi. Metro idaresi tünelin bir tarafına çelik parmaklıklar koymuştu ve bu nedenle sıradan bir geçit, devasa bir cezaevinin maltasını andırıyordu. Maya buradan tek başına geçiyor olsaydı belki kapana kısılmış gibi hissederdi kendini, bunalırdı; ama şimdi babası yanındaydı ve kaygılanmasına gerek yoktu.

Hayatımın en güzel günü, diye düşündü. Belki de ikinci güzel günüydü; iki yıl önce babasının hem doğum gününü hem de Noel'i atladıktan sonra Noel'in ertesi günü, Maya ve annesi için bir taksi dolusu armağanla gelişini hatırlıyordu. Çok güneşli ve sürprizlerle dolu bir sabahtı; ama bu cumartesi daha kalıcı bir mutluluk vaat ediyor gibiydi. Babasının ona tekme ve yumruk atmayı, silah kullanmayı öğrettiği Canary Wharf yakınındaki boş ambar yerine Londra Hayvanat Bahçesi'ne gitmişler, babası ona her hayvan için farklı bir öykü anlatmıştı. Babası dünyayı karış karış gezmişti; ister Paraguay'ı, ister Mısır'ı profesyonel tur rehberleri gibi anlatabilirdi.

Kafeslerin önünden geçerlerken insanlar onları süzmüştü. Soytarıların çoğu insanların arasına karışmayı bilirdi ama babası sıradan yurttaşların arasında yine de fark ediliyordu. Çünkü Alman'dı, heybetli bir burnu ve lacivert gözleri vardı; saçları da omuzlarına kadar iniyordu. Pastel renklerde giyinirdi Thorn ve kırılmış bir kelepçeye benzeyen Sih *Kara* bilekliği takardı.

Maya, Doğu Londra'da kirada oturdukları dairenin dolabında yıpranmış bir sanat tarihi kitabı bulmuştu. Kitabın ilk sayfalarında Albrecht Dürer'in *Şövalye, Ölüm ve Şeytan* adlı tablosu vardı.

İçini ürpertse de bu resme bakmayı seviyordu. Zırhlı şövalye babası gibiydi, sakin ve korkusuz dağlarda ilerliyordu; Ölüm bir kum saati tutuyordu, Şeytan ise peşinden onun kâhyası gibi geliyordu. Thorn da kılıç taşırdı ama onunki deri omuz askısı olan metal bir kının içinde saklıydı.

Maya, Thorn ile gurur duyardı, ama bir yandan da ondan utanıyordu. Bazen devlet dairesinde memurluk yapan bir adamın kızı olsaydım diye düşünürdü; babam eve dondurma getirseydi, kanguru fıkraları anlatsaydı... Parlak modaları, pop müziği ve televizyon programlarıyla çevresindeki dünya sürekli aklını çelmeye çalışıyordu. Kendisini bu ılık nehre bırakıp sürüklenmek istiyordu. Thorn'un kızı olmak, Büyük Düzen'in gözetiminin dışında kalmaya çalışmak, düşmanlara karşı sürekli tetikte durmak, nereden ne saldırı gelir diye planlar yapmak çok yıpratıcıydı.

Maya on iki yaşındaydı ama daha bir Soytarı kılıcı kullanacak kadar güçlü değildi. Babası kılıç yerine geçsin diye dolaptan aldığı bir bastonu o sabah evden çıkmadan Maya'ya vermişti. Maya, Alman babasının beyaz tenini ve keskin hatlarını, Sih annesinin gür kara saçlarını almıştı. Gözleri öyle açık bir maviydi ki, belli bir açıdan bakıldığında renksiz gibi duruyorlardı. İyi niyetli kadınların annesine Maya'nın güzelliğiyle ilgili iltifatlar etmesine sinir oluyordu. Birkaç yıl içinde kendisini gizleyebilecek ve olabildiğince sıradan görünecek kadar büyümüş olacaktı.

Hayvanat bahçesinden çıkıp Regent's Park'ı dolaştılar. Nisanın sonu geldiğinden havalar ılımıştı, genç oğlanlar çamurlu çimenlerde top koşturuyor, anneler sımsıkı sarmaladıkları bebeklerini pusetlerinde dolaştırıyordu. Bütün kent, üç gün süren yağmurdan sonra güneşin keyfini çıkarır gibiydi. Maya ve babası, Piccadilly hattına binerek Arsenal istasyonunda indiler. Sokağa çıktıklarında hava kararıyordu. Babası, Finsbury Park'taki bir Hint lokantasında akşam yemeği için yer ayırtmıştı. Maya uzaktan havalı korna sesleri ve bağrışmalar duydu, bir yürüyüş veya gösteri olduğunu düşündü. Derken babası onu turnikelerden geçirdiği anda kendilerini bir savaşın ortasında buldular.

Maya kaldırımın kenarına çekilip önünden geçen, Highbury Hill Road'a doğru ilerleyen insan yığınını izledi. Pankart göremediği, slogan duyamadığı için futbol maçının çıkışına denk geldiklerini anladı. Arsenal Stadyumu yolun hemen aşağısındaydı ve mavi-beyazlı bir takım (Chelsea'ydi) orada bir maç yapmıştı. Chelsea taraftarları şimdi stadyumun batı tarafındaki kapıdan çıkmış, iki yanında sıra sıra evler uzanan dar bir sokakta ilerliyorlardı. Normal zamanlarda metro istasyonu girişine kısa bir yürüyüşle ulaşılırdı, ama şimdi Kuzey Londra'nın sıradan dar sokaklarından biri, bir kapana dönüşmüştü. Polis, Chelsea taraftarlarını, saldırıp maraza çıkartmak isteyen Arsenal çakallarından koruyordu.

Kenarlarda polisler. Ortada mavi-beyazlar. Polis çizgisini yarıp kavga çıkartmak isteyen, şişe fırlatan kırmızılar. Kalabalığın önüne düşmüş, park etmiş araçlar ve devrik çöp kutuları arasında sıkışmış yurttaşlar. Kaldırımın kıyısındaki akdikenler çiçeğe durmuştu ve birileri dallarına değdikçe pembe tomurcuklar titriyordu. Açılmış yapraklar kopup kalabalığın üstüne yağıyordu.

Kalabalık, yüz metre ötelerindeki metro istasyonuna yaklaşıyordu. Thorn, sola dönüp Gillespie Road'dan ilerleyerek kalabalıktan sıyrılabilirdi, ama olduğu yerde durup onları çevreleyen insanları incelemeyi sürdürdü. Kendi gücünün bilincinde olduğundan piyonların amaçsız şiddetiyle eğleniyormuş gibi yüzünde alaycı bir gülümseme vardı. Kılıcının yanı sıra, en az bir bıçak ve Amerika'daki bağlantılarından elde ettiği bir tabanca taşıyordu. İstese bu insanların büyük bir bölümünü öldürebilirdi, ama bu ortalık yerde yapılacak bir iş değildi, üstelik etraf polis kaynıyordu. Maya babasına baktı. Kaçmamız gerek, diye düşündü. Bu adamlar çıldırmış. Thorn, kızının korkusunu sezmiş gibi ona baktı. Maya sessizliğini bozmadı.

Herkes bağırıyordu. Sesler birleşip öfkeli bir uğultu halini aldı. Maya tiz bir düdük sesi duydu. Bir polis sireni uğultuyu yardı. Bir bira şişesi havada daireler çizerek ayaklarının birkaç adım ötesinde patladı. Bir anda kırmızı takım formaları ve kaşkollardan oluşan bir hançer, polis çizgisini aştı ve ortalık yumruklar, tekmeler savuran adamlarla doldu. Bir polisin yüzünden kan boşanıyordu, ama o yine de copunu çekti ve kavgaya daldı.

Babasının elini sıktı. "Bize doğru geliyorlar, kaçalım" dedi.

Thorn döndü ve bir yere sığınmak düşüncesiyle kızını metro girişine doğru çekti. Ama polisler Chelsea taraftarlarını sığır sürüsü gibi itelemeye başlamıştı ve çevrelerini mavi-beyazlı adamlar sardı. Kalabalığa yakalanan Maya ve babası, yaşlı memurun kalın camın arkasına büzüştüğü bilet gişesinin önünden ilerilere sürüklendiler.

Babası turnikelerin üstünden atladı, Maya da onu izledi. Trene giden uzun tünele geri girmişlerdi. Çok şükür, diye düşündü Maya, artık güvendeyiz. O sırada, kırmızılı adamların da turnikeyi aştığını ve yanlarından koşarak geçtiğini fark etti. Adamlardan biri, içi artık taş mı, demir bilye mi olduğunu bilemediği ağır nesnelerle doldurulmuş bir yün çorap sallıyordu elinde. Bununla hemen önlerindeki yaşlı bir adamın suratına vurdu; gözlüğünü parçaladı ve burnunu kırdı. Arsenalli çakallardan biri, bir Chelsea taraftarını tünelin solundaki demir parmaklıklara doğru savurdu. Adam kaçmaya çalıştı ama geriden gelenler onu alaşağı edip tepelediler. Her yer kan içindeydi. Ortalıkta polis yoktu.

Thorn, Maya'nın ceketinin yakasını kavradı ve onu kavganın içinden çekti. Onlara saldırmaya kalkışan bir adamı, boğazına sert bir yumruk atarak engelledi. Maya tünelde koşmaya başladı, merdivene ulaşmak istiyordu. O sırada sağ omzunun üzerinden göğsüne ip gibi bir şeyin indiğini gördü. Arkasına döndüğünde, babasının ona mavi-beyaz bir Chelsea kaşkolu sardığını anladı.

Tam o anda da hayvanat bahçesi gezisinin, komik hayvan öykülerinin ve lokantaya gidişin büyük bir planın parçası olduğunu kavradı. Babası maçı biliyordu, buraya daha önce gelmişti, taraftarların varış saatlerini ayarlamıştı. Omzunun üstünden baktı. Babası, sanki az önce komik bir öykü anlatmış gibi gülümsedi ve başını salladı. Sonra arkasını dönerek yürüdü.

Maya, ona doğru bağırarak koşan üç Arsenal taraftarına döndü. Düşünme. Hareket et. Bastonu bir cirit gibi kavrayarak demir ucuyla en uzun boylu adamın alnının ortasına vurdu. Alnından kan boşanan adam devrilirken Maya çoktan ikinci adama doğru savurmuştu bastonu. İkinci adam sendelerken Maya sıçrayıp adamın yüzüne tekme attı. Adam kendi çevresinde dönüp yere yıkıldı. Bunun işi bitti. Yine de koşup tekrar tekmeledi adamı.

Tam dengesini bulurken üçüncü adam Maya'yı arkadan sararak kaldırdı ve kaburgalarını kırmak ister gibi sıkıştırdı. Maya bastonu bıraktı, adamın kulaklarını yakaladı. Koca adam, canhıraş bir çığlık atarak Maya'nın tepesinden aşıp yere devrildi.

Maya merdivene vardı, basamakları ikişer ikişer atlayıp indi ve tam trenin kapısında babasını gördü. Babası onu sağ eliyle kavradı, sol eliyle vagonun içinde yer açtı ve içeri girdiler. Kapılar birkaç denemeden sonra nihayet kapandı. Arsenal taraftarları trene koşup kapıları ve camları yumrukladılar ama tren ileri atıldı ve tünele daldı.

İnsanlar üst üsteydi. Önündeki çocuk ağzına ve burnuna bir mendil bastırmıştı; bir kadının ağladığını duydu. Tren dönemece girince babasına doğru yaslandı, yüzü yün paltosuna gömüldü. Onu hem çok seviyordu hem de ondan nefret ediyordu; ona hem sarılmak hem de yumruk atmak istiyordu. Ağlama, dedi kendi kendine. Seni izliyor. Soytarılar ağlamaz. Altdudağını öyle bir ısırdı ki, kendi kanının tadını aldı dilinde.

1

Maya öğleden sonra Ruzyne Havaalanı'na indi ve Prag'a gitmek için servis otobüsüne bindi. Kendince küçük bir isyandı bu; bir Soytarı servise binmek yerine araba kiralar veya taksi tutardı. Ne de olsa taksiciyi boğazlayıp arabayı ele geçirmek kolaydı; otobüsler ve uçaklarsa tehlikeli, kocaman, kaçması zor kapanlardı.

Beni kimse öldürmeyecek, diye düşündü. Kimsenin umurunda değilim. Yolcuların gücü kalıtsal olarak aktarıldığı için Tabula ailelerin kökünü kurutmayı hedeflerdi. Soytarılar, Yolcuları ve onların hocaları olan Kılavuzları korurdu, ama bu gönüllü yapılan bir işti. Bir Soytarı'nın çocuğu isterse kılıcın yolundan gitmeyebilir, sıradan bir yurttaş gibi Büyük Düzen'de yerini bulabilirdi. Başını derde sokmazsa Tabula da onu rahat bırakırdı.

Maya birkaç yıl önce, Atina'da Tabula'nın arabasına koyduğu bombayla öldürülen bir İngiliz Soytarısı olan Greenman'in tek çocuğu John Mitchell Kramer'ı ziyaret etmişti. Kramer, Yorkshire'da domuz besiciliği yapıyordu. Maya, onun elinde bir kova yemle balçığın içinde dolaşmasını izlemişti. "Onlara göre henüz çizgiyi geçmedin Maya" demişti Kramer. "İstersen hâlâ vazgeçebilirsin, normal bir yaşam sürebilirsin."

Maya, Manchester'daki Salford Üniversitesi'nde ürün tasarımı dersleri almış genç bir kadın olan Judith Strand kimliğini benimsemişti. Londra'ya taşınmış, bir tasarım şirketinde asistanlığa başlamış, sonunda da tam zamanlı iş teklifi almıştı. Kentte geçirdiği üç yıl, kişisel sınavlar ve minik zaferlerle dolu bir süre olmuştu. Evinden ilk kez silahsız çıktığı günü hâlâ hatırlıyordu. Tabula'nın saldırılarına karşı kendisini çırılçıplak ve savunmasız hissetmişti. Sokaktaki herkes onu izliyordu sanki, ona yaklaşan herkes katili olabilirdi. Vücudunu delecek bir mermi veya bıçağı beklemişti bütün gün, ama hiçbir şey olmamıştı.

Giderek dışarıda daha fazla zaman geçirmeye başladı ve dünyaya karşı yeni tavrına alışmaya çalıştı. Takip edilip edilmediğini anlamak için camlara bakmıyordu artık. Yeni arkadaşlarıyla bir lokantaya gittiğinde, ara sokağa tabanca saklamaktan ve sırtını duvara vermekten de vazgeçmişti.

Nisan ayında, Soytarıların önemli bir kuralını çiğneyerek bir psikiyatra gitmeye başladı. Bloomsbury'deki kitaplarla çevrili muayenehanede ateş pahası beş seans geçirdi. Çocukluğundan, Arsenal istasyonundaki ilk ihanetten söz etmek istiyordu ama bu mümkün değildi tabii. Titiz ve ufak tefek bir adam olan doktoru Bennett, şaraptan ve antika porselenden iyi anlardı. Maya, ona ilk kez yurttaş dediğinde adamın yaşadığı karmaşayı hâlâ hatırlıyordu.

"Elbette yurttaşım" demişti. "Doğma büyüme Britanyalıyım."

"Bu, babamın kullandığı bir sıfattır. Nüfusun yüzde doksan dokuzu ya yurttaştır ya da piyon."

Dr. Bennett altın çerçeveli gözlüğünü çıkardı ve camlarını yeşil bir kumaşla sildi. "Bu konuyu açıklar mısın?"

"Yurttaşlar, dünyada olan biteni anladığını sanan insanlardır."

"Benim *her şeyi* anlamak gibi bir iddiam yok Judith. Ama güncel olayları takip ederim. Her sabah koşu bandındayken haberleri izlerim."

Maya bir an duraksadı, sonra ona gerçeği söylemeye karar verdi. "Bildikleriniz yanılsamalardan ibaret. Tarihin gerçek kavgası, derinliklerde yaşanıyor."

Dr. Bennett alaycı alaycı gülümsedi. "Bana piyonları anlat" dedi.

"Piyonlar, hayatta kalma çabasından öyle yorulmuşlardır ki, gündelik yaşantıları dışında hiçbir şeyin farkında değillerdir."

"Yoksullar mı bunlar?"

"Yoksul da olabilirler, Üçüncü Dünya'ya kısılıp kalmış da; ama yine de kendilerini dönüştürebilirler. Babam hep, 'Yurttaşlar gerçeği görmezden gelir. Piyonlar ise zaten bezmiştir' derdi."

Dr. Bennett gözlüğünü tekrar taktı ve not defterini aldı. "Ailenden mi söz etsek acaba?"

Terapinin son cümlesi bu oldu. Ona Thorn hakkında ne söyleyebilirdi ki? Babası, Tabula'nın beş suikast girişiminden kurtulmuş bir Soytarı'ydı. Gururlu, acımasız ve çok yürekli bir adamdı. Maya'nın annesi, kuşaklardır Soytarılarla ittifak yapmış bir Sih ailesinden geliyordu. Annesinin anısına, Maya da sağ kolunda çelik bir *Kara* bileziği taşıyordu.

Yazın sonlarına doğru yirmi altıncı yaş gününü kutladığında, tasarım firmasındaki kadınlardan biri onu Batı Londra butiklerinde tura çıkardı. Maya kendine şık, parlak renkli giysiler aldı. Televizyon izlemeye başladı ve haberlere kendini inandırmaya çalıştı. Kimi zaman mutlu –neredeyse mutlu– oluyordu ve Büyük Düzen'in sonu gelmez ıvır zıvırına kucak açıyordu. Ya yeni bir korku vardı yüreklere işlenecek ya da herkesin almak istediği yeni bir ürün.

Maya artık silah taşımıyordu ama ara sıra Güney Londra'daki bir *kick-boxs* kursuna gidip hocayla kapışıyordu. Salı ve perşembe günleriyse bir *kendo* akademisinin üst seviye sınıfına devam ediyor ve bambudan yapılma *şinai* kılıcıyla dövüşüyordu. Sabahları koşu yapan veya tenis oynayan iş arkadaşları gibi egzersiz yaptığı izlenimini uyandırmak istiyordu, ama bu işleri spor olsun diye yapmadığının da bilincindeydi. Dövüş sırasında sadece o an yaşanırdı; insan kendini savunmaya ve rakibini yok etmeye odaklanırdı. Sivil hayatta hiçbir şey bu yoğunluğun yerini tutamazdı.

Prag'a babasını görmeye geldiğinden beri, geçmişte kalmış Soytarı paranoyası bütün gücüyle omuzlarına çullanmıştı sanki. Havaalanındaki gişeden biletini aldıktan sonra servise bindi ve arkaya doğru oturdu. Savunma açısından kötü bir konumdaydı ama umursamıyordu. Yaşlı bir çift ve bir Alman turist grubunun otobüse binip valizlerini yerleştirmesini izledi. Thorn'u düşünerek dikkatini dağıtmaya çalışıyordu ama refleksleri kontrolü ele geçirdi ve onu acil çıkışa daha yakın bir yere oturmaya zorladı. Eğitiminin etkisinden kurtulamadığı için öfkeyle dolmuş bir halde yumruklarını sıkıp dışarıyı izlemeye koyuldu.

Havaalanından ayrılırken serpiştirmekte olan yağmur, kente indiklerinde sağanağa dönmüştü. Prag bir nehrin iki yakasında kuruluydu, ama dar sokaklar ve boz renkli taş binalar, onda bir labirente kapatıldığı hissini uyandırdı. Kentin orasına burasına katedraller ve kaleler serpiştirilmişti ve bunların burçları göğü deliyordu sanki.

Otobüsten inen Maya'nın iki seçeneği vardı: Otele kadar yürüyebilir veya geçen taksilerden birini durdurabilirdi. Efsanevi bir Japon Soytarısı olan Sparrow, gerçek bir savaşçının her zaman "rasgelelik üretmesi" gerektiğini yazmıştı. İki sözcükle bütün bir felsefeyi özetlemişti işte. Bir Soytarı, üzerinde düşünülmeyen rutinleri ve alışkanlığın rahatlığını reddederdi. Disiplinli bir hayat yaşardı, ama kargaşadan da korkmazdı.

Yağmur yağıyordu. Maya ıslanıyordu. En mantıklı seçenek, köşede bekleyen taksiye binmekti. Maya birkaç saniye duraladıktan sonra sıradan bir yurttaş gibi davranmaya karar verdi. Çantalarını bir elinde toplayıp taksinin arka kapısını açtı ve koltuğa oturdu. Sürücü, sakallı, küçük, trole benzeyen bir adamdı. Otelinin adını söyledi, ama sürücü tepki vermedi.

"Kampa Oteli" dedi İngilizce. "Bir sorun mu var?"

"Yok" dedi adam ve arabayı hareket ettirdi.

Kampa Oteli, dört katlı, büyük ve görkemli bir binaydı ve pencerelerinin yeşil tenteleri vardı. Charles Köprüsü'nün yakınındaki arnavutkaldırımı döşeli bir sokakta bulunuyordu. Maya sürücüye parasını verdi, ama kapıya hamle ettiğinde kapının kilitli olduğunu gördü.

"Aç şu kahrolası kapıyı!"

"Özür dilerim efendim." Trol bir düğmeye bastı ve kilit açıldı. Maya'nın taksiden inişini gülümseyerek izledi.

Maya, kapıdaki görevlinin valizini taşımasına izin verdi. Babasını görmeye geldiği için silahlarını yanına alma gereği duymuştu; bunlar bir kameranın üçayağında gizliydi. Görüntüsünden nereli olduğu anlaşılamadığı için kapı görevlisi ona Fransızca ve İngilizce hitap etti. Prag yolculuğu için Londra'da giydiği renkli giysilerinden vazgeçmiş, üzerine siyah bir kazak, altına gri renkli bol bir pantolon ve bot giymişti. Soytarıların giyim tarzı buydu; koyu renkli, pahalı ve kişiye özel biçilmiş kumaşlar ağırlıktaydı. Dar veya dikkat çekici giysilerden kaçınılırdı. Dövüş sırasında insanı kısıtlayacak şeyler giyilmezdi.

Lobide koltuklar ve küçük sehpalar vardı. Duvarda solgun bir dantel işi asılıydı. Yan taraftaki yemek alanında bir grup yaşlı kadın fincanlardan çay içiyor ve kuru pasta atıştırıyorlardı. Otelin resepsiyon görevlisi video kamera çantasına ve üçayağa bir göz attı. Soytarı olmanın önemli bir kuralı da buydu işte: kim olduğunuza ve neden orada bulunduğunuza dair her zaman bir açıklamanızın olması gerekirdi. Kamera tipik bir aksesuardı. Kapıdaki görevli ve resepsiyoncu onun sinemacı filan olduğunu düşünmüş olmalıydı.

Üçüncü katta bir süit odaya yerleşti; antika görünümü verilmiş çok sayıda mobilyayla dolu, karanlık bir odaydı burası. Bir penceresinden sokak, diğerinden otelin bahçeli lokantası görünüyordu. Yağmur devam ettiği için lokanta kapalıydı. Çizgili şemsiyeler sırılsıklam olmuştu ve sandalyeler yorgun askerler gibi masalara yaslanmıştı. Maya yatağın altına baktı ve babasından bir hoş geldin armağanı buldu: Bir tırmanma kancası ve elli metre kadar halat. Kapıyı olmadık biri çalacak olursa, on saniye içinde kendini dışarı atabilirdi.

Paltosunu çıkardı, yüzünü yıkadı ve üçayağı yatağa koydu. Havaalanında güvenlik kontrolünden geçerken görevliler boş yere kamera ve mercekleriyle ilgilenmişlerdi, halbuki silahlar üçayağın ayaklarında gizliydi. Bir ayakta, ağır bir atmalık bıçak ve bir saldırma duruyordu. Bunları kınlarına soktu ve kollarına bağladığı elastik bandajların altına yerleştirdi. Kazağının kollarını dikkatle indirdi ve aynada kendisini inceledi. Kazak, iki bıçağı da tamamen gizleyecek kadar boldu. Önce bileklerini kavuşturdu, ardından hızlıca bir kol hareketi yaptı ve sağ elinde bir bıçak belirdi.

Kılıcın gövdesi, ikinci ayaktaydı. Üçüncü ayakta ise kabzası ve el koruması duruyordu. Maya bunları kılıca taktı. El koruması sustalıydı; kılıcı üzerinde taşırken aşağı katlanan el koruması, kılıcın düz bir çizgi haline gelmesini sağlıyordu. Kavga anında ise olması gerektiği konuma geçiyordu.

Maya, kamera ve üçayağın dışında uzun bir metal tüp de getirmişti. Tüp biraz teknik bir şey gibi duruyordu; ressamların stüdyolarında kullandıkları türden bir aksesuar izlenimi uyandırıyordu. Gerçekte ise kentte dolaşırken kılıcı saklamak için kullanılacaktı. Maya kılıcı tüpten iki saniye içinde çıkarabilir, bir saniye sonra da saldırabilirdi. Gençken babası kılıcın nasıl kullanılacağını ona öğretmişti, *kendo* kursunda da Japon hocasıyla bunun alıştırmasını yapıyordu.

Soytarılar ayrıca tabanca ve otomatik tüfek kullanımı konusunda da eğitilirlerdi. Maya'nın en beğendiği silah ise pompalı tüfekti; hele de on iki kalibre olursa, tabanca kabzasına ve katlanır dipçiğe sahipse. Eskiden kalma kılıçların modern ateşli silahlarla birlikte kullanılması, Soytarı anlayışında kabul görmüş ve yerleşmiş bir uygulamaydı. Ateşli silahlar, taşınması zorunlu öldürme gereçleriydi; kılıçlar ise modern çağa uymuyordu, Büyük Düzen'in kontrol ve gözetiminde yakalanamıyorlardı. Kılıç eğitimi insana dengeyi, stratejiyi ve acımasızlığı öğretirdi. Sih'in hançeri gibi, Soytarı'nın kılıcı da dövüşçüleri ruhani bir yükümlülük ve savaşçı geleneğinde buluşturan bir simgeydi.

Thorn, kılıç kullanmanın pratik nedenleri olduğuna da inanırdı. Üçayak gibi masum gereçlerin içine saklanabilen kılıç, havaalanı güvenliğinden rahatlıkla geçirilebilirdi. Ayrıca, sessiz ve beklenmedik bir saldırı yapma olanağı, hazırlıksız düşmanlara karşı büyük bir avantaj sağlıyordu. Maya gözünün önünden bir saldırı geçirdi. Önce kafaya doğru bir aldatma hamlesi, ardından dizin dış tarafına indirilen bir darbe. Biraz direnç. Kemiğin kırılıp kıkırdağın yırtılması. İşte, bir adamın bacağı kesildi bile.

Halat kangalının içinde bir de kahverengi zarf vardı. Maya zarfı açtı ve buluşma saatiyle yerini öğrendi. Saat yedi. Eski Kent'teki Betlémské Náměsti mahallesi. Kılıcı kucağına koydu, ışıkları söndürdü ve meditasyon yapmaya çalıştı.

Aklından görüntüler geçip gidiyordu, bir Soytarı olarak ilk yalnız dövüşünü hatırlıyordu. On yedi yaşındaydı, babası onu Avrupa'yı ziyaret eden bir Zen keşişini korumak için Brüksel'e giderken yanında götürmüştü. Bu keşiş, bir Yolcu adayına başka bir âleme nasıl geçilebileceğini öğreten bir Kılavuz'du. Soytarılar, Kılavuzları korumaya yemin etmemişlerdi ama gerektiğinde onlara da yardım ederlerdi. Keşiş çok büyük bir hocaydı ve Tabula'nın ölüm listesindeydi.

Brüksel'deki o gece, babası ve Linden adlı Fransız arkadaşı, keşişin süitinin yakınındaydılar. Maya'ya servis asansörünün bodrum kattaki girişini korumasını söylemişlerdi. İki Tabula suikastçısı çıkageldiğinde ona yardım edecek kimse yoktu. Adamlardan birini otomatik tüfeğiyle boğazından vurmuş, diğerini kılıcıyla doğramıştı. Gri renkli hizmetçi üniformasının her tarafı, elleri ve kolları kana bulanmıştı. Linden onu bulduğunda ağlama krizi geçiriyordu.

Keşiş iki yıl sonra bir trafik kazasında öldü. Onca kan ve acı boşa gitmişti. Sakinleş, dedi kendi kendine. Özel bir mantra bul. Ey göklerdeki yüce Yolcularımız... Tanrı hepsinin cezasını versin!

* * *

Altıya doğru yağmur kesilince Thorn'un evine kadar yürümeye karar verdi. Otelden çıktı, Mostecká Sokağı'nı buldu ve Charles Köprüsü'ne doğru yürümeye başladı. Taştan yapılmış Gotik köprü genişti ve bir dizi heykeli aydınlatan ışıklarla donatılmıştı. Bir sokak müzisyeni gitar çalmakla, bir sokak ressamı ise yaşlı bir turist kadının karakalem resmini çizmekle meşguldü. Köprünün ortasında bir Çek azizin heykeli duruyordu. Maya, bu azizin insana şans getirdiğine inanıldığını hatırladı. Şans diye bir şey yoktu ama o yine de heykelin kaidesindeki tunç plakete elini sürdü ve "Biri beni sevsin... Ben de onu seveyim" diye fısıldadı.

Bu zayıflığından utanarak adımlarını sıklaştırdı ve Eski Kent'e doğru ilerledi. Mağazalar, kiliseler ve bodrum kat gece kulüpleri, kalabalık bir trendeki insanlar gibi balık istifiydi. Barların önünde dikilen Çek gençleri ve turistler gayet bezgin görünüyor, habire ot içiyorlardı.

Thorn, Bartolomějská'daki gizli hapishanenin bir sokak kuzeyindeki Konviktská Sokağı'nda oturuyordu. Soğuk Savaş yıllarında gizli polis bir manastıra el koymuş ve burayı hem hapishane, hem de işkence yeri gibi kullanmıştı. Daha sonra Merhamet Rahibeleri burayı geri almıştı ve polis yakındaki başka binalara taşınmıştı. Maya mahallede yürürken Thorn'un neden buraya yerleştiğini anladı. Prag'da hâlâ Ortaçağ havası vardı ve Soytarıların çoğu yeni olan her şeyden nefret ederdi. Kentteki sağlık hizmetleri fena sayılmazdı, ayrıca iyi bir ulaşım ağı ve yaygın internet erişimi vardı. Üçüncü etken belki daha da önemliydi: Çek polisi, komünist rejim altında yetişmişti. Thorn doğru adama rüşvet yedirdiğinde, polis dosyalarına ve pasaportlara erişmesi çocuk oyuncağıydı.

* * *

Maya'nın yıllar önce Barselona'da tanıştığı bir Çingene, kendi ırkının yankesicilik yapmaya ve otel soymaya neden hakları olduğunu anlatmıştı ona: Romalılar İsa'yı çarmıha gererken kalbine de bir altın çivi saplamışlardı. Oradaki bir Çingene –demek Kudüs'te de Çingeneler vardı– bu altın çiviyi yürüttüğü için, Tanrı onlara kıyamete kadar hırsızlık yapma hakkı tanımıştı. Soytarılar Çingene değildi ama Maya'ya göre konuya aynı zihniyetle yaklaşıyorlardı. Babası ve arkadaşlarının çok gelişmiş bir gurur duygusu ve kendilerine özgü bir ahlak anlayışları vardı. Disiplinli ve birbirine bağlı insanlardı, ama yurttaşların koyduğu yasalara pek aldırış etmezlerdi. Soytarılar, Yolcuları korumaya yemin ettikleri için öldürme ve yıkma haklarının olduğuna inanırlardı.

* * *

Kutsal Haç Kilisesi'ni geçip sokağın karşısında kalan on sekiz numaraya göz attı. İki dükkânın arasına sıkışmış olan kırmızı kapının bir yanında bir nalbur, diğer yanındaysa vitrinindeki mankene jartiyer ve taşlı çorap giydirilmiş olan bir iç giyim mağazası vardı. Girişin üstünde iki kat daha vardı ve bunların pencereleri ya kepenkliydi, ya da boz bir renge bürünmüştü. Soytarıların evlerinde en az üç çıkış olurdu ve bunlardan biri gizli tutulurdu. Bu evde kırmızı kapı vardı, bahçeye açılan arka kapı vardı ve üçüncü gizli çıkış da muhtemelen aşağıdaki iç giyim mağazasına açılıyordu.

Maya kılıcı sakladığı tüpün kapağını açtı ve kılıcı kabzasının ucu dışarı çıkacak kadar kaydırdı. Londra'daki evine gelen çağrı alışılmış biçimdeydi: Üzerinde hiçbir işaret bulunmayan bir sarı zarf atılmıştı kapının altından. Thorn'un hâlâ hayatta olup olmadığına, bu binada onu bekleyip beklemediğine ilişkin hiçbir fikri yoktu. Tabula Maya'nın dokuz yıl önceki otel cinayetiyle ilişkisi olduğunu öğrendiyse, onu İngiltere'den çıkarıp yabancı bir kentte daha rahat infaz etmeyi yeğlemiş olabilirdi.

Maya karşıya geçti ve iç giyim mağazasının vitrinine baktı. Siyah-beyaz baklava desenli bir maske veya giysi gibi klasik bir Soytarı işareti arıyordu, gerginliğini azaltacak bir iz peşindeydi. Saat yedi olmuştu. Kaldırımda yavaşça yürüdü ve betona tebeşirle çizilmiş bir şekil gördü. Oval bir şeklin üzerine üç düz çizgi çekilmişti. Soytarıların elindeki mandoline yapılan soyut bir göndermeydi bu. Bunu Tabula çizseydi, biraz daha özen gösterir ve çizimin gerçek çalgıya benzemesine dikkat ederdi. Ama bu şekil, canı sıkılmış bir çocuk tarafından karalanmış gibi savruk ve biçimsizdi.

Zile bastı, bir vızıldama duydu ve kapı eşiğinin üstündeki demir saçağa bir kamera gizlenmiş olduğunu gördü. Kapının kilidi açıldı ve Maya içeri girdi. Dik demir merdivenlere giden dar bir koridordaydı şimdi. Kapı arkasından yavaşça kapandı ve üç parmaklık bir sürgü yuvasına oturdu. Tuzağa düşmüştü. Kılıcını çekti, el korumasını açtı ve merdivenlere koştu. Merdivenin üstünde ikinci bir çelik kapı ve zil vardı. Zile bastığında küçük bir hoparlörden elektronik bir ses duyuldu:

"Ses izi lütfen."

"Geber."

Bilgisayarın sesini analiz etmesinden üç saniye sonra kapının kilidi açıldı. Maya, cilalı parke döşeli beyaz bir mekâna girdi. Babasının evi az eşyalı ve temizdi. Plastik, yapay veya zevksiz hiçbir şey yoktu. Bir yarım duvar, antreyi salondan ayırıyordu. İçeride bir deri koltuk, cam bir sehpa ve bunun üzerindeki vazoda tek bir sarı orkide vardı.

Duvarda çerçeveli iki poster asılıydı. Biri, Tokyo'daki Nezu Güzel Sanatlar Enstitüsü'nde düzenlenen samuray kılıcı sergisinin afişiydi. Kılıcın yolu. Savaşçının hayatı. Diğeri ise, Marcel Duchamp tarafından 1914 yılında yapılmış *Üç Bilindik Tıkanıklık* adında bir çalışmaydı. Fransız ressam, mavi tuvalin üzerine birer metrelik üç ip sermiş, bunların hatlarını çıkarmıştı. Tüm Soytarılar gibi, Duchamp da rasgeleliğe ve belirsizliğe karşı savaşmamış, sanatını bunlardan çıkarmıştı.

Zeminde çıplak ayakların çıkardığı sesi duydu ve hemen ardından dazlak bir genç, elinde Alman malı otomatik bir tabancayla köşede belirdi. Adam gülümsüyordu ve silahı kırk beş derece açıyla yere doğru tutuyordu. Silahı kaldırmak talihsizliğinde bulunursa sola kayıp kılıcıyla adamın yüzünü yarmayı düşündü Maya.

Adam, Rus aksanlı kırık konuşmasıyla "Prag'a hoş geldin" dedi. "Baban birazdan gelecek."

Adam beli lastikli bir pantolon ve üzerinde Japon harfleri olan kolsuz bir tişört giymişti. Maya adamın boynunda ve kollarında çeşitli dövmeler olduğunu gördü. Yılanlar, zebaniler, bir cehennem manzarası... Ayaklı bir tuval olduğunu anlaması için adamı çıplak görmesine gerek kalmamıştı. Soytarılar kendilerine yardımcı olarak nerede ipten kazıktan kurtulma serseri varsa onu bulurlardı.

Maya kılıcını tüpe soktu. "Adın nedir?"

"Aleksi."

"Ne zamandır Thorn'un yanında çalışıyorsun?"

"Bu iş değil." Adam halinden çok memnun görünüyordu. "Ben babana yardım ediyorum, o da bana yardım ediyor. Yakın dövüş ustası olmak için çalışıyorum."

"Üstelik de çok başarılı" dedi babası. Önce sesini duydu, az sonra babası motorlu bir tekerlekli sandalyeyle köşede belirdi. Soytarı kılıcı, kolçağa bağlanmış bir kının içindeydi. Geçen yıllarda sakal bırakmıştı. Kolları ve göğsü hâlâ öylesine kaslıydı ki, büzülüp kullanılmaz hale gelmiş bacaklarını unutturacak gibiydi.

Thorn sandalyeyi durdurdu ve kızına gülümsedi. "İyi akşamlar Maya."

Babasını en son Peşaver'de, Linden onu Kuzeybatı Cephesi'ndeki dağlardan kucağında indirdiğinde görmüştü. Thorn baygındı ve Linden'ın giysileri kan içindeydi.

Tabula, sahte gazete haberleri kullanarak Thorn'u, Linden'ı, Çinli bir Soytarı olan Willow'u ve Avustralyalı Soytarı Libra'yı Pakistan'daki bir kabile toprağına çekmişti. Thorn, on iki yaşında bir erkek çocuğunun ve on yaşındaki kız kardeşinin, köktendinci bir liderin tehdidi altında olan Yolcular olduğuna inanmıştı. Dört Soytarı ve müttefikleri, dar bir geçitte Tabula suikastçılarınca pusuya düşürülmüştü. Willow ve Libra ölürken Thorn'un belkemiğine bir şarapnel isabet etmiş; belden aşağısı felç olmuştu.

Bu olaydan iki yıl sonra babası Prag'da bir dairede, uşak niyetine dövmeli bir serseriyle birlikte yaşıyordu; ne harika! Geçmişi unutalım, geleceğe bakalım. Maya o anda babasının kötürüm olduğuna neredeyse sevinecekti. Yaralanmasaydı pusuyu inkâr ederdi çünkü.

"Nasılsın Maya?" Babası Rus'a döndü. "Kızımı uzun süredir görmüyordum."

"Kızım" sözcüğünü kullanmış olması Maya'yı öfkelendirdi. Ta Prag'a kadar babası ondan bir şey isteyeceği için çağrıldığını anladı. "İki yılı geçti" dedi.

"İki yıl mı?" Aleksi gülümsedi. "O halde konuşacak çok şeyiniz vardır."

Thorn bir el işareti yaptı ve Aleksi sehpada duran tarayıcıyı aldı. Bu tarayıcılar havaalanı güvenliğinde kullanılanlara benziyordu ama Tabula'nın kullandığı böcekleri tespit etmek için üretilmişlerdi. Bu böcekler bir inci tanesi kadardı ve GPS uyduları tarafından takip edilebilen sinyaller iletirlerdi. Bazı böcekler radyo sinyali, bazıları da kızılötesi sinyaller veriyordu.

"Böcek aramaya zahmet etme. Tabula benimle ilgilenmiyor."

"Biz önlemimizi alalım da."

"Ben bir Soytarı değilim ve bunun farkındalar."

Tarayıcı ötmedi. Aleksi odadan çıktı ve Thorn koltuğa işaret etti. Maya, babasının yapacağı konuşmayı aklından birkaç kez tekrarladığını biliyordu. Ne giyeceğini, eşyayı nereye yerleştireceğini de birkaç saat tasarlamıştı mutlaka. Her neyse. Maya yine de sürpriz peşindeydi.

"Ne hoş bir hizmetçin var." Koltuğa oturdu, Thorn da ona yaklaştı. "Çok renkli biri."

Normalde özel konuşmalarını Almanca yaparlardı ama Thorn kızına bir ödün veriyordu. Maya'nın çeşitli ülkelerin yurttaşı olarak aldığı pasaportları vardı ama bugünlerde kendisini İngiliz hissediyordu. "Evet, epey bir çizdirmiş." Babası gülümsedi. "Aleksi bir dövmeciyle anlaştı, vücuduna İlk Âlem dövmesi yaptırıyor. Hoş bir şey değil ama bu onun seçimi."

"Evet. Hepimizin özgür iradesi var. Soytarıların bile."

"Beni gördüğüne sevinmemiş gibisin, Maya."

Kontrollü ve disiplinli olmayı planlamıştı ama sözcükler ağzından dökülüverdi. "Seni Pakistan'dan çıkarmak için bin bir türlü tehdide ve rüşvete başvurdum. Sonra Dublin'e indik ve Mother Blessing durumu ele aldı. Peki, razı oldum, onun bölgesiydi ne de olsa. Ertesi gün kadını uydu telefonundan aradım, bana 'Babanın belden aşağısı felç, bir daha yürümesi mümkün değil' dedi. Bu laftan sonra telefonu suratıma kapadı ve hattını iptal ettirdi. Bu kadar. Sonra senden iki yıl haber alamadım."

"Seni koruyorduk Maya. Bu aralar ortalık çok tehlikeli."

"Sen onu dövmeliye anlat. Tehlikeyi ve güvenliği her şeye bahane ettin ama artık yutmuyorum. Savaş falan yok artık. Soytarı bile kalmadı. Sen, Linden ve Mother Blessing gibi bir avuç insan var."

"Shepherd Kaliforniya'da yaşıyor."

"Üç dört insan hiçbir şeyi değiştiremez. Savaş bitti. Anlamıyor musun? Tabula kazandı. Biz yenildik. *Wir haben verloren.*"

Almanca sözcükler Thorn'u biraz daha derinden etkilemiş gibiydi. Thorn tekerlekli sandalyesini hareket ettirerek döndürdü; kızının gözlerini göremeyeceği bir açıda durdu.

"Sen de bir Soytarı'sın Maya. Gerçek benliğin bu. Geçmişin ve geleceğin bu."

"Ben Soytarı değilim ve sana benzemiyorum. Bunu artık anlamış olman gerek."

"Önemli bir konuda yardımına ihtiyacımız var."

"Her konu önemli ya."

"Amerika'ya gitmen gerek. Biz her şeyi karşılayacağız. Bütün işleri ayarlayacağız."

"Amerika Shepherd'ın bölgesi değil mi? Bırak o ilgilensin."

Babası, tüm gücünü sesine vererek konuştu: "Shepherd, olağanüstü bir durumla karşı karşıya. Ne yapacağını bilmiyor."

"Benim gerçek bir hayatım var artık. Bu işleri bıraktım."

Thorn sandalyesiyle odanın içinde sekizler çizmeye başladı. "Doğru, unutmuşum. Büyük Düzen'in içinde bir yurttaş hayatı. Nasıl da mutlu ve rahatsındır. Biraz anlatsana."

"Daha önce niye merak etmedin?"

"Bir ofiste çalıştığını biliyorum."

"Endüstriyel tasarımcıyım. Farklı şirketler için ürün kapları hazırlayan bir ekipte çalışıyorum. Geçen hafta yeni bir parfüm şişesi tasarladım."

"Zor bir iştir ama başarılı olduğundan eminim. Peki hayatının geri kalanı? Anlatmaya değecek bir sevgili filan?"

"Yok."

"Bir çocuk vardı, neydi adı?" Domuz gibi biliyordu ama hatırlamaya çalışır gibi yaptı. "Connor Ramsey. Zengin. Yakışıklı. İyi aile çocuğu. Sonra seni öbür kadın için terk etti. Anlaşılan o ki seninle birlikteyken de o kadınla görüşüyormuş."

Maya tokat yemiş gibi oldu. Babasının Londra'daki bağlantılarından haber alacağını tahmin etmeliydi. Her zaman her şeyi bilirdi bu adam.

"Bu seni ilgilendirmez."

"Ramsey'i düşünme artık. Mother Blessing'in paralı askerleri birkaç ay önce arabasını havaya uçurdu. Şimdi peşinde teröristler olduğuna inanıyor. Kendine korumalar tuttu. Sürekli korku içinde yaşıyor. Bu da iyi bir şey. Öyle değil mi? Bay Ramsey'in sevgili kızımı aldattığı için cezalandırılması gerekiyordu."

Thorn sandalyesini döndürüp ona gülümsedi. Maya şu durumda öfkeden kudurmuş gibi davranması gerektiğini biliyordu, ama bunu yapamazdı. Connor'ın onu Brighton limanında kucaklayışını hatırladı. Üç hafta sonra aynı Connor bir lokantada ona evlenmek için doğru kadın olmadığını söylemişti. Patlamayı gazetelerden okumuştu ama babasıyla bağlantılı olabileceğini düşünmemişti.

"Bunu yapmana gerek yoktu."

"Ama yaptım." Thorn tekrar sehpaya yaklaştı.

"Arabaları patlatmak bir şey değiştirmez. Ben yine de Amerika'ya gitmeyeceğim."

"Amerika nereden çıktı? Sohbet ediyorduk."

Soytarı eğitimi, Maya'ya saldırıya geçmesini söylüyordu. Thorn gibi o da bu toplantıya hazırlanmıştı. "Baba, sana tek bir sorum var. Beni seviyor musun?"

"Sen benim kızımsın."

"Bu, sorumun cevabı değil."

"Annenin ölümünden sonra hayatımdaki en değerli varlık sensin."

"Peki, şimdilik bu ifadeyi doğru kabul edelim." Koltukta öne eğildi. "Zamanında Tabula ve Soytarılar birbirlerine denk düşmanlardı. Ama Büyük Düzen güç dengesini değiştirdi. Bildiğim kadarıyla artık hiç Yolcu yok ve bir avuç Soytarı kaldı."

"Tabula, yüz tarayıcıları, elektronik gözetleme sistemleri kullanabilir, devlet makamlarıyla işbirliği yapar ve..."

"Gerekçe istemiyorum. Konumuz bu değil. Gerçeklerden sonuçlar çıkarmak istiyorum. Pakistan'da sen sakatlandın ve iki insan öldü. Ben Libra'yı çok severdim. Ne zaman Londra'ya gelse beni tiyatroya götürürdü. Willow da çok zarif ve hoş bir kadındı."

"İki savaşçı da tehlikeyi kabullenmişti. İkisi de Onurlu Ölüme kavuştu."

"Doğru, öldüler. Hiç uğruna pusuya düşüp öldüler. Şimdi benim de aynı biçimde ölmemi istiyorsun."

Thorn sandalyesinin kolçaklarını öyle bir kavradı ki, Maya bir anlığına babasının saf irade gücüyle ayaklanacağını sandı. "Olağanüstü bir şey oldu" dedi. "İlk kez karşı tarafa bir casus yerleştirdik. Linden onunla temas halinde."

"Yeni bir tuzak."

"Belki öyle. Ama şimdilik topladığımız tüm bilgiler doğru. Birkaç hafta önce, Amerika Birleşik Devletleri'nde Yolcu olabilecek iki kardeşin varlığını öğrendik. Babaları Matthew Corrigan'ı uzun yıllar önce ben korumuştum. Yeraltına girmeden önce ona bir tılsım verdim."

"Tabula'nın bu iki kardeşten haberi var mı?"

"Evet. Yirmi dört saat takip ediyorlar."

"Niye öldürmüyorlar onları? Genelde yaptıkları bu değil mi?"

"Tek bildiğim Corrigan'ların tehlikede olduğu ve bizim onlara yardım etmemiz gerektiği. Shepherd, Soytarı soyundan geliyor. Büyükbabası yüzlerce hayat kurtardı. Ancak henüz Yolcu olmamış biri ona güvenemez. Shepherd düzenli veya akıllı bir adam değildir. Daha çok..."

"Salaktır."

"Tam üstüne bastın. Sen her şeyi halledebilirsin Maya. Tek yapman gereken Corrigan'ları bulup güvenli bir yere götürmek."

"Belki sıradan yurttaşlardır sadece."

"Onları sorgulamadan bunu bilemeyiz. Bir konuda haklısın: Artık Yolcu kalmadı. Bu, son şansımız olabilir."

"Bana ihtiyacın yok ki. Paralı asker tut yeter."

"Tabula'nın gücü ve parası daha fazla. Paralı askerler bize hep ihanet etti."

"O zaman kendin yap."

"Ben sakatım Maya! Bu eve, bu tekerlekli sandalyeye mahkûmum. Önderlik yapabilecek tek kişi sensin."

Birkaç saniyeliğine ciddi ciddi kılıcı çekip kavgaya girmeyi düşündü, ardından Londra'daki metro istasyonunda yaşadıkları geldi aklına. Bir baba, kızını korumalıydı. Ama babası onu koruyacak yerde çocukluğunu mahvetmişti.

Ayağa kalktı ve kapıya yöneldi. "Londra'ya dönüyorum."

"Sana öğrettiklerimi unuttun mu? *Verdammt durch das Fleisch. Gerettet durch das Blut...*"

Etle lanetlenen, kanla kurtuluş bulur... Maya çocukluğundan beri bu Soytarı deyişini duyuyor ve ondan nefret ediyordu.

"Sen yeni Rus arkadaşına slogan at. Bana sökmez bunlar."

"Başka Yolcu kalmadıysa Tabula sonunda tarihi fethetmiş demektir. Dördüncü Âlem; birkaç kuşak sonra herkesin gözetim ve kontrol altında tutulduğu, soğuk ve kısır bir hapishane olacak demektir."

"Zaten öyle."

"Biz buna yükümlüyüz, Maya. Bizim özümüzde bu var."

Thorn'un sesi acı ve pişmanlık doluydu. "Ben de hep farklı bir hayatım olsun istedim, keşke cahil ve kör doğsaydım dedim. Ama geçmişimden kaçıp onu inkâr edemezdim, böyle önemli bir dava için kendilerini feda eden Soytarıları yok sayamazdım."

"Bana silah verdin ve öldürmeyi öğrettin. Şimdi beni yok olmaya gönderiyorsun."

Thorn tekerlekli sandalyesinde küçücük ve zayıf görünüyordu. Sesi, öfkeli bir fısıltıya dönmüştü.

"Ben senin için canımı verirdim."

"Ama ben, artık var olmayan bir dava için canımı vermeyeceğim."

Maya babasının omzuna dokunmak istedi. Bir veda hareketi olacaktı bu, ona son kez sevgi gösterecekti. Ama babasının yüzündeki öfkeli ifade, onu yarı yolda durdurdu.

"Hoşçakal baba." Kapıya doğru ilerleyip kilidi açtı. "Önümde mutlu olmak için küçücük bir fırsat var. Bunu benden almana izin vermeyeceğim."

2

Nathan Boone, iç çamaşırı dükkânının karşısındaki deponun ikinci katındaki bir odada oturuyordu. Gece görüş dürbünüyle Maya'nın evden ayrıldığını ve kaldırımda yürümeye başladığını izlemişti. Boone, Thorn'un kızını daha havaalanındayken fotoğrafından tespit etmişti, ama onu tekrar görmek hoşuna gitti. Bu sıralar işinin büyük bölümü bilgisayar ekranlarına bakmak, telefon konuşmalarını ve kredi kartı faturalarını izlemek, onlarca ülkeden çeşitli doktor raporları ve polis bültenleri okumaktan ibaretti. Canlı bir Soytarı görmek, yaptığı işi yeniden hatırlaması için bir fırsat olmuştu. Ortalıkta, bir avuç da olsa, hâlâ düşman vardı ve bunları yok etmek onun sorumluluğuydu.

Pakistan'daki çatışmanın ardından, Maya'nın Londra'da yaşadığını öğrenmişti. Davranışlarına bakılırsa, Soytarıların şiddetinden vazgeçmiş ve normal bir hayat sürmeye karar vermişti. Biraderler, Maya'yı infaz etmeyi düşündülerse de, Boone, gönderdiği uzun bir e-postayla bunu şimdilik yapmamalarını tavsiye etmişti. Maya'nın onları Thorn'a, Linden'a veya Mother Blessing'e götürebileceğini biliyordu. Bu üç Soytarı da hâlâ çok tehlikeliydi ve bulunup yok edilmeliydi.

Maya takip edildiğini anlayacağından Boone onun Londra'daki evine bir teknisyen mangası gönderip her eşyasına böcek yerleştirmişti. Bir iş sahibi olup normal bir yaşantı sürmeye başlamasının ardından, Biraderlerin bilgisayarları onun tüm telefon konuşmalarını, e-postalarını ve kredi kartı harcamalarını takibe almıştı. İlk alarm, Maya'nın patronuna "Hasta bir akrabasını ziyaret için" izin almak istediğini belirten e-postasından sonra gelmişti. Cuma günü için Prag'a bilet alınca da Boone bu kentin Thorn'un saklanması için uygun bir yer olduğuna karar vermişti. Avrupa'ya uçup plan yapmak için üç günü vardı.

O sabah, Boone'un çalışanlarından biri, Thorn'un yardımcısının odaya bıraktığı notu okumuştu. Boone artık Thorn'un evini biliyordu; Soytarı ile yüz yüze gelmesine dakikalar kalmıştı.

Boone, kulaklığından Loutka'nın sesini duydu. "Ne yapacağız? Takip ediyor muyuz?" diyordu.

"Bu Halver'ın görevi. O halletsin. Asıl hedefimiz Thorn. Maya ile bu gece ilgileniriz."

Loutka ve üç teknisyen, köşede duran bir minibüsün içinde oturuyordu. Çek yurttaşı olan Loutka polis komiseriydi ve yerel yetkililerle o ilgilenecekti. Üç teknisyen ise özel mesailerini bitirip eve gideceklerdi.

Boone, Loutka'nın yardımıyla Prag'da iki kiralık katil de tutmuştu. Bunlar alt katta duruyor ve ondan emir bekliyordu. Macar katil iriyarı bir adamdı ve İngilizce bilmiyordu. Sırp arkadaşı ise eski bir askerdi, dört dil biliyor ve akıllı birine benziyordu ama Boone ona güvenmemişti. Direnişle karşılaşırsa kaçacak bir adama benziyordu bu.

Oda soğuktu. Boone'un üzerinde ince bir parka ve örme bir bere vardı. Asker tıraşı ve demir çerçeveli gözlükleriyle, disiplinli ve atletik bir adama benziyordu. Tanımayan biri onu hafta sonları koşu yapan bir kimya mühendisi sanabilirdi.

"Çıkalım" dedi Loutka.

"Hayır."

"Maya yürüyerek otele dönecek. Thorn'a da başka konuk geleceğini sanmıyorum."

"Sen bu insanları anlamıyorsun. Ben anlıyorum. Öngörülemeyen hareketler yaparlar bilerek. Thorn evden çıkabilir. Maya eve dönebilir. Beş dakika bekleyip görelim."

Boone, gece görüş dürbününü indirip sokağı izlemeyi sürdürdü. Biraderler için altı yıldır çalışıyordu. Düşmanlarının "Tabula" demeyi yeğlediği Biraderler, farklı ülkelerden gelip aynı gelecek anlayışında birleşmiş küçük bir gruptu. Amaçları hem Soytarıları, hem de Yolcuları ortadan kaldırmaktı.

Boone, Biraderler ile onların paralı askerlerine aracılık yapıyordu. Komiser Loutka ve Sırp katil gibi insanlarla kolay ilişki kurardı. Paralı askerler, adı üstünde, ya para ya da başka türlü bir çıkar peşindeydi. Bu gibilerle önce ücret pazarlığı yapılır, sonra bunun ödenip ödenmeyeceğine karar verilirdi.

Boone, Biraderlerden dolgun bir maaş alıyor olsa da kendisini hiç paralı asker gibi görmezdi. İki yıl önce, Biraderlerin hedefini ve felsefesini anlatan *Dağarcık* adlı bir dizi kitabı okumasına izin verilmişti. Dağarcık, Boone'a kargaşa güçlerine karşı verilen tarihsel bir savaşta görev aldığını anlatmıştı. Biraderler ve müttefikleri, mükemmel kontrol altında bir sistem yaratmak üzereydiler; ancak Yolcuların bu sistemden çıkıp bir süre sonra kurulu düzene meydan okumak üzere dönmeleri durumunda bu sistem ayakta kalamazdı. Dirlik ve düzenin tek yolu, insanların yeni sorular sormayı bırakıp mevcut cevaplarla yetinmeyi öğrenmesiydi.

Yolcular dünyaya kargaşa getiriyorlardı ama Boone onlardan nefret etmiyordu. Bir Yolcu, âlemden âleme geçiş yeteneğine doğuştan sahip olurdu; bu tuhaf kalıtsal özellik konusunda yapılacak bir şey yoktu. Ama Soytarılar farklıydı. Soytarılık da aileden geçerdi ama Soytarı ailesine mensup her bir kadın ve erkek, Yolcuları koruyup korumamak konusunda özgür iradesiyle seçim yapardı. Onların rasgeleliğe verdikleri önem, Boone'un hayatını yöneten kurallarla çelişiyordu.

Boone birkaç yıl önce Crow adlı bir Soytarı'yı öldürmek için Hong Kong'a gitmişti. Adamın üstünü ararken olağan sahte pasaportlar ve silahlar dışında Rasgele Sayı Üreteci adında bir elektronik aygıt da bulmuştu. RSÜ, düğmesine her basıldığında matematik açısından rasgele kabul edilen bir sayı üretirdi. Soytarılar kimi zaman karar vermek için RSÜ'leri kullanırdı. Tek sayı evet, çift sayı hayır anlamına gelebilirdi örneğin. Düğmeye basıverdiniz mi hangi kapıdan gireceğinizi RSÜ söylerdi.

Boone, bir otel odasında oturup aygıtı incelediğini hatırlıyordu. Bir insan nasıl böyle yaşayabilirdi? Ona göre, hayatını rasgele sayılarla yönlendiren herkesin bulunup yok edilmesi gerekiyordu. Düzen ve disiplin, Batı uygarlığını dağılmaktan koruyan değerler bunlardı işte. Kişilerin hayatlarını rasgele seçimlere göre yönlendirdiği zaman neler olacağını görmek için, toplumun kıyısına itilmişlere bakmak yeterliydi.

İki dakika geçmişti. Boone, kol saatindeki bir düğmeye basınca, ekranda nabzı ve vücut sıcaklığı belirdi. Gerilimli bir olayın içindeydi ve nabzının normale göre sadece altı puan yüksek çıkması Boone'u mutlu etti. Dinlenirken ve egzersiz sırasındaki nabzının yanı sıra, vücudundaki yağ oranını, kolesterol düzeyini ve günlük kalori alımını da ölçebiliyordu.

Bir kibritin çakıldığını duydu ve birkaç saniye sonra tütün dumanı kokusu aldı. Arkasına döndüğünde, Sırp'ın sigara içmekte olduğunu gördü.

"Söndür şunu."

"Neden?"

"Zehirli hava solumak istemiyorum."

Sırp sırıttı. "Bir şey soluduğun yok beyim. Sigara alt tarafı."

Boone kalkıp pencereden uzaklaştı. İfadesiz bir suratla rakibini değerlendirdi. Bu adam tehlikeli miydi? Operasyonun başarısı adına gözünün korkutulması gerekiyor muydu? Ne kadar hızlı tepki verebilirdi?

Boone sağ elini parkasının üst ceplerinden birine daldırdı, bantlı jileti yokladı, başparmağı ve işaretparmağıyla sıkıca kavradı. "Hemen söndür şu sigarayı."

"Bitirince söndürürüm."

Boone elini hızla savurarak jiletle sigaranın ucunu kesip attı. Sırp daha ne olduğunu anlayamadan Boone adamın yakasını kavradı ve jileti adamın sağ gözünün yarım parmak yakınına kadar getirdi.

"Gözlerini doğrarsam göreceğin son şey yüzüm olur. Hayatın boyunca beni düşünürsün Josef. Yüzüm zihnine kazınır."

"Dur" diye geveledi Sırp. "Dur, yapma."

Boone geri çekildi ve jileti cebine koydu. Macar'a bir bakış attı. Adam etkilenmişe benziyordu.

Pencereye dönerken Komiser Loutka'nın sesi kulaklığı doldurdu: "Ne oluyor? Ne bekliyoruz?"

"Beklemiyoruz artık" dedi Boone. "Skip ve Jamie'ye söyle; maaşlarını hak etme zamanı geldi."

Skip ve Jamie Todd, elektronik gözetleme konusunda uzman iki Chicago'lu kardeşti. İkisi de tıknaz adamlardı ve aynı kahverengi tulumlardan giymişlerdi. Boone dürbününden iki adamın minibüsten bir alüminyum merdiven çıkarıp iç giyim mağazasına doğru taşıdığını gördü. Elektrik idaresinin tamircilerine benziyorlardı.

Skip merdiveni açtı, Jamie de mağazanın vitrinine doğru inen tabelaya ulaşmak için merdivene tırmandı. Gün içinde oraya uzaktan kumandalı minyatür bir kamera yerleştirilmişti. Kamera, Maya'nın kaldırımda duruşunu çekmişti.

Jamie merdivene ikinci kez tırmandığında, Thorn'un ön kapının üstündeki metal saçağa gizlediği kamerayı söktü ve bunun yerine minyatür bir DVD oynatıcı yerleştirdi. İşlerini bitiren kardeşler merdiveni katlayıp tekrar minibüse koydular. Üç dakikalık bu görev karşılığında on bin dolar ve Korunni Caddesi'ndeki geneleve ücretsiz ziyaret hakkı kazanmışlardı.

"Hazır ol" dedi Boone Komiser Loutka'ya. "Çıkıyoruz."

"Harkness ne yapacak?"

"O minibüste kalsın. Ortalık sakinleştiğinde yukarı gelir."

Boone dürbününü cebine koyup katillerine işaret etti. "Haydi."

Sırp, Macar'a bir şey söyledi ve iki adam ayağa kalktı.

"Eve girdiğimizde dikkatli olun" dedi Boone. "Soytarılar çok tehlikelidir. Saldırıya uğradıkları anda karşılık verirler."

Sırp'ın kendine güveni yavaş yavaş geri geliyordu. "Sizin için tehlikeli olabilirler beyim. Ama elemanla biz her işin altından kalkarız."

"Soytarılar normal insanlar değildir. Çocukluklarını, düşmanlarını nasıl öldüreceklerini öğrenerek geçirirler."

Üç adam depodan çıkıp sokakta Loutka'yla buluştu. Komiser, sokak lambasının altında epey soluk yüzlü görünüyordu. "Başaramazsak ne yapacağız?" diye sordu.

"Korkuyorsan minibüste Harkness ile bekle, ama para alamazsın. Merak etme, bir operasyonu ben düzenlediğimde her şey yolunda gider."

Boone adamların önüne düşüp Thorn'un kapısına ilerledi ve lazer güdümlü otomatik tabancasını çıkardı. Sol elinde bir uzaktan kumanda vardı. Sarı düğmeye bastığında, yerleştirilen DVD oynatıcı, Maya'nın yarım saat önce kaldırımda dururkenki görüntüsünü göstermeye başladı. Sağa baktı. Sola baktı. Herkes hazırdı. Zili çalıp bekledi. Üst katta, genç Rus –Thorn gitmezdi herhalde– bir kapalı devre monitöre baktı ve Maya'yı gördü. Kilit açıldı. İçeri girmişlerdi.

Dört adam üst kata çıktı. İlk katın sahanlığındayken Loutka bir ses kayıt aygıtı çıkardı.

"Ses izi lütfen" dedi elektronik ses.

Loutka aygıtı çalıştırdı ve Maya'nın aynı gün taksiden inerken söylediği söz duyuldu: "Kapıyı açın!"

Kilit açıldığında içeri ilk giren Boone oldu. Genç Rus, elinde bulaşık kurulama beziyle duruyordu ve çok şaşırmıştı. Boone otomatik silahı kaldırıp yakın mesafeden ateş etti. Dokuz milimetrelik mermi göğsüne dev bir yumruk gibi inen Rus, geri savruldu.

İkramiyeye konmak isteyen Macar, odayı bölen yarım duvarın öte yanına koştu. Boone adamın çığlığını duydu. İleri atıldı, peşinden Loutka ve Sırp geliyordu. Mutfağa girdiklerinde, Macar'ın Thorn'un kucağında yüzükoyun yattığını, ayaklarının yerde süründüğünü ve omuzlarının kolçaklara sıkışmış olduğunu gördüler. Thorn cesedi itmeye ve kılıcını çekmeye çalışıyordu.

"Kollarını tutun" dedi Boone. "Hadi, ne duruyorsunuz?"

Sırp ve Loutka, Thorn'un kollarını sımsıkı kavradı. Tekerlekli sandalyeye kan fışkırdı. Boone Macar'ın cesedini geri çektiğinde, boğazında bir atma bıçağının sapını gördü. Thorn onu bıçakla öldürmüştü ama adam öne doğru devrilip sandalyeye düşmüştü.

"Geri çekilin. Şuraya götürün" dedi Boone. "Dikkat edin. Ayaklarınıza kan bulaşmasın." Plastik kelepçeler çıkarıp Thorn'un el ve ayak bileklerini birbirine bağladı. İşi bittiğinde, geri çekilip sakat Soytarı'yı süzdü. Thorn yenilmişti, ama her zamanki gibi gururlu ve kibirli duruyordu.

"Tanıştığımıza sevindim Thorn. Ben Nathan Boone. Seni iki yıl önce Pakistan'da avucumun içinden kaçırmıştım. Ee çekirge bir sıçrar..."

"Tabula'nın paralı askerleriyle konuşmam" dedi Thorn fısıldar gibi. Boone adamın sesini telefon kayıtlarında dinlemişti. Ama canlısı, daha derinden ve ürkütücüydü.

Boone etrafa göz gezdirdi. "Evini beğendim Thorn. Çok beğendim. Yalın ve güzel. Renkler de zevkli. Olur olmaz eşya dolduracak yerde minimalist bir tarz benimsemişsin."

"Öldüreceksen öldür, boş konuşmalarınla zamanımı harcama."

Boone, Loutka ve Sırp'a işaret etti. İki adam, Macar'ın cesedini odadan çıkardı.

"Büyük savaş bitti. Yolcular ortadan kalktı ve Soytarılar yenildi. Seni buracıkta öldürebilirim, ama görevimi tamamlamam için senin yardımın gerekli."

"Kimseye ihanet etmem."

"Konuşursan Maya'nın normal bir yaşam sürmesine izin vereceğiz. Konuşmazsan, çok acı biçimde ölür. Pakistan'da yakaladığımız o Çinli Soytarı'nın iki gün boyunca ırzına geçen adamlarım çok eğlenmişlerdi. Kadının direnmesi çok hoşlarına gitmiş. Oralı kadınlar benzer bir durumda pek uğraşmıyorlar anlaşılan."

Thorn sessiz kaldı ve Boone adamın teklifi düşünüp düşünmediğini merak etti. Kızını seviyor muydu? Soytarıların böyle bir duygusu var mıydı ki? Thorn, kollarını kasarak kelepçeyi parçalamaya çalıştı. Ardından vazgeçti ve sandalyeye gömüldü.

Boone kulaklığı açtı ve mikrofona konuştu: "Bay Harkness, malzemelerinizi alıp gelin lütfen. Asayiş berkemal."

Sırp ve Loutka, Thorn'u sandalyesinden kaldırdı, yatak odasına taşıdı ve yere bıraktı. Birkaç dakika sonra gelen Harkness, elindeki biçimsiz çantayla cebelleşiyordu. Yaşlı ve pek konuşmayan bir İngiliz'di. Boone, lokantada adamın yanında oturmaktan huzursuzluk duyuyordu. Sarı dişleri ve soluk benzi ona ölümü ve çürümeyi çağrıştırıyordu.

"Soytarıların hayalini biliyorum. Onurlu Ölüm. Böyle diyorsunuz değil mi? Bunu sağlayabilirim: Ölümün soylu bir ölüm olur ve hayatının sonuna bir anlam katar. Ancak karşılığında bana bir şey vermen gerekir. Bana arkadaşların Linden ve Mother Blessing'i nasıl bulacağımı söyle. Kabul etmezsen, çok aşağılayıcı bir alternatifimiz var."

Harkness elindeki çantayı yatak odasının eşiğine koydu. Çantanın tepesinde kalın tellerle kapatılmış hava delikleri vardı. Çantanın metal tabanını pençeler kazıyordu ve Boone hırıltılı bir soluma duyabiliyordu.

Cebindeki jileti çıkardı. "Siz Soytarılar ortaçağ hayallerinize kapılıp gitmişken Biraderler yeni bir bilgiye eriştiler. Genetik mühendisliğinin önündeki engelleri aştılar."

Boone, Soytarı'nın gözünün altındaki deriyi kesti. Çantadaki yaratık Thorn'un kanının kokusunu almıştı; güler gibi bir ses çıkardı, ardından yan duvara vurdu ve pençeleriyle kafesi tırmaladı.

"Bu hayvan, genetik olarak acımasızlığa ve korkusuzluğa programlandı. Hayatta kalmayı düşünmeyerek saldırma dürtüsü hissediyor. Bu bir Onurlu Ölüm olmayacak. Bir et parçası gibi yenip yutulacaksın."

Komiser Loutka antreden geçip salona döndü. Sırp hem korkmuştu, hem de meraklanıyordu. Harkness'ın birkaç adım gerisinde duruyordu.

"Son şansın. Bana tek bir şey söyle. Zaferimizi kabul et."

Thorn konumunu değiştirdi ve çantaya baktı. Boone o anda adamın karşı koyacağını, yaratığı ezerek öldürmeye çalışacağını anladı.

"Sen ne istersen düşünebilirsin" dedi yavaşça, "ama bu benim için Onurlu Ölüm."

Boone kapıya doğru çekildi ve silahını çıkardı. Thorn'un işini bitirdikten sonra hayvanı öldürmesi gerekecekti. Hırıldamalar sustu ve hayvan bir avcının sessizliğine büründü. Boone, Harkness'a başıyla işaret etti. Yaşlı adam kasayı bacaklarının arasına aldı ve yan kapağı kaldırdı.

3

Maya, Charles Köprüsü'ne vardığı sırada izlendiğini fark etti. Babası bir zamanlar gözlerin enerji yaydığını söylemişti. Bu konuda duyarlı olanlar, enerji dalgalarının yaklaştığını hissedebilirdi. Maya Londra'da okula giderken babası ara sıra onu eve kadar izlemeleri için yankesicilerle anlaşırdı. Maya'nın bunları fark etmesi ve çantasında taşıdığı demir bilyelerle etkisiz hale getirmesi gerekirdi.

Köprüyü geçip sola dönerek Saská Sokağı'na girdiğinde hava iyice kararmıştı. Panna Marie Pod Retězem Kilisesi'ne girmeye karar verdi; bu yapının karanlık avlusu, kaçması için farklı seçenekler sunabilirdi. Yürümeye devam, dedi kendi kendine. Sakın arkana bakma. Saská Sokağı dar ve kıvrımlı bir yoldu. Seyrek sokak lambaları donuk sarı bir ışık veriyordu. Maya bir çıkmazın önünden geçti, geri geldi ve çıkmazın karanlığına gömüldü. Yakındaki bir çöp kovasının arkasına gizlenip beklemeye başladı.

On saniye geçti. Yirmi saniye. Derken onu otele götüren trol tipli taksi sürücüsü belirdi. Asla duraksama. Derhal tepki ver. Adam çıkmazın önünden geçerken Maya saldırmasını çekip adamın üzerine atıldı. Sol eliyle omzunu tutup sağ elindeki saldırmayı adamın ense köküne dayadı.

"Kımıldama. Kaçmaya çalışma." Sesi yumuşak, neredeyse baştan çıkarıcıydı. "Şimdi şu sokağa gireceğiz. Akıllı ol."

Adamı çevirdi, sokağa doğru sürükledi, çöp bidonuna yaslayıp yüzünü döndürdü. Saldırma şimdi adamın ademelmasındaydı.

"Bana her şeyi anlat. Yalan söyleme. Belki seni öldürmem. Anladın mı?"

Dehşete kapılmış trol yavaşça başını salladı.

"Seni kim tuttu?"

"Bir Amerikalı."

"Adı ne?"

"Bilmiyorum. Komiser Loutka'nın arkadaşıydı."

"Sana ne talimat verdi?"

"Seni takip etmemi söyledi. O kadar. Seni taksiyle alacaktım ve bu gece takip edecektim."

"Beni otelde bekleyen biri mi var?"

"Bilmiyorum. Yemin ederim bilmiyorum." Sızlanmaya başladı. "Lütfen bir şey yapma bana."

Thorn onu oracıkta keserdi ama Maya bu çılgınlığa pabuç bırakmamaya karar vermişti. Bu zavallı adamı öldürürse kendi hayatını da mahvederdi.

"Ben bu sokaktan ilerleyeceğim, sen de geldiğin yöne dönüp köprüye gideceksin. Anladın mı?"

Trol hızla başını sallayıp "Evet" diye fısıldadı.

"Seni bir daha görürsem ölürsün."

Maya tekrar sokağa döndü ve kiliseye doğru ilerlemeye başladı. O sırada aklına babası geldi. Trol onu Thorn'un evine kadar izlemiş miydi acaba? Neler biliyorlardı?

Hızla çıkmaza döndüğünde trolün sesini duydu. Adam cep telefonundan efendisine bir şeyler anlatıyordu. Maya sokakta belirdiğinde adam irkildi ve elindeki cep telefonunu yere düşürdü. Maya adamın saçını kavradı, başını kendine doğru çekti ve saldırmasının ucunu adamın sağ kulağından içeri soktu.

Bıçak orada kalabilirdi. Maya, yapmakta olduğu seçimin ve önünde açılan karanlık yolun farkındaydı. Yapma işte, dedi kendi kendine. Ama gurur ve öfke galip geldi.

"Beni dinle" dedi. "Öğreneceğin son şey bu. Seni bir Soytarı öldürdü."

Adam direnmeye, kendisini kurtarmaya çalıştı, ama Maya saldırmayı kulak kanalından beyne doğru bastırdı.

* * *

Maya bıraktığında taksi sürücüsü ayaklarının dibine yıkıldı. Ağzından ve burnundan kan boşanıyordu. Gözleri açıktı ve yüzü, birinden kötü bir haber almış gibi şaşkındı.

Saldırmayı silip kazağının altına sakladı. Karanlıklardan çıkmamaya özen göstererek adamı çıkmazın sonuna kadar taşıdı ve bidondan aldığı çöp torbalarıyla örttü. Sabahleyin biri cesedi bulup polisi arardı.

Koşma, dedi kendi kendine. Korktuğunu belli etme. Nehri tekrar geçerken sakin durmaya çalıştı. Konviktská Sokağı'na girdiğinde bir yangın merdiveninden iç giyim mağazasının çatısına çıktı ve Thorn'un eviyle bu yapı arasındaki bir buçuk metrelik boşluğu atladı. Aydınlık veya yangın çıkışı yoktu. Başka bir giriş bulması gerekiyordu.

Maya diğer çatıya atlayıp sokak boyunca sıralanmış binaların çatısında ilerledi. Çatılardan birinde, iki demir direk arasına gerilmiş bir çamaşır ipi buldu. Bunu bıçağıyla kesti, babasının binasına döndü ve ipi bir yağmursuyu borusuna bağladı. Tek bir sokak lambası dışında hiç ışık yoktu ve yeniay, gökyüzüne çizilmiş incecik sarı bir çizik gibi parlıyordu.

İpi çekerek sağlam olup olmadığına baktı. Ardından kendisini dikkatle çatının kenarından aşağı bıraktı ve el değiştirerek ikinci katın penceresine kadar indi. Camdan baktığında evin dumanla dolu olduğunu gördü. Kendisini biraz geri iterek vücudunu pencereye savurarak camı kırdı. Delikten boşalan duman gecenin karanlığında kayboldu. Maya, doğramada hiç cam kırığı kalmayıncaya kadar tekmelemeyi sürdürdü.

Çok duman var, diye düşündü. Dikkat etmezsen tuzağa düşersin. Bedenini geriye doğru savurup güç aldı, ardından pencereden içeri daldı. Duman tavana doğru yükseliyor ve kırık camdan çıkıyordu; döşemenin birkaç karış üstünde duman yoktu. Maya diz çöküp emeklemeye başladı. Salonu emekleyerek geçti ve cam sehpanın yanında Rus'un cesedine rastladı. Kurşun yarası. Göğüste. Adamın gövdesinin çevresi kan gölüydü.

"Baba!" Ayağa kalktı, yarım duvar boyunca koştu ve yemek masasının ortasında kitaplar ve perdelerden oluşan bir yığının yanmakta olduğunu gördü. Mutfağın yakınında başka bir cesede takılıp yuvarlandı. Boğazına bıçak saplanmış iriyarı bir adamdı bu.

Babasını yakalamışlar mıydı? Esir mi almışlardı? Adamın üstünden aştı ve antreyi geçerek öbür odaya girdi. Yatak ve iki abajur yanıyordu. Beyaz duvarlarda kanlı el izleri görülüyordu.

Bir adam yatağın yanında yan yatıyordu. Maya adamın yüzünü göremiyordu ama babasının giysilerini ve uzun saçlarını tanıdı. Tekrar diz çöküp adama doğru çocuk gibi emeklerken dumanlar vücudunu sarmaladı. Öksürüyordu. Ağlıyordu. "Baba!" diye bağırıyordu. "Baba!"

O anda babasının yüzünü gördü.

4

Gabriel Corrigan ve ağabey Michael, yollarda büyümüş olduklarından, kendilerini kamyoncu lokantaları, moteller ve dinozor kemikleri sergileyen yol kenarı müzeleri konusunda usta sayarlardı. Yolda geçen uzun saatlerde, arka koltukta aralarında oturan anneleri onlara kitaplar okur veya masallar anlatırdı. En sevdikleri masalın kahramanları, İngiliz Kralı III. Richard tarafından Londra Kulesi'ne kapatılan V. Edward ve kardeşi York Dükü'ydü. Annelerinin anlattığına bakılırsa, Richard'ın cellatlarından biri tarafından boğulacak olan kardeşler kuleden gizli bir çıkış bulmuşlar, hendeği yüzerek geçip özgürlüklerine kavuşmuşlardı. Çula çaputa bürünüp Merlin ve Robin Hood'dan yardım gören kardeşler, on beşinci yüzyılda İngiltere'nin altını üstüne getirmişlerdi.

Corrigan kardeşler küçükken parklarda ve mola yerlerinde mahpus prensler olduklarını hayal ederlerdi. Ancak artık büyümüşlerdi ve Michael bu oyuna farklı bir gözle bakıyordu: "Tarih kitabında okudum" dedi. "III. Richard amacına ulaşmış. İki prens de öldürülmüş."

"Bu neyi değiştirir ki?" diye sordu Gabriel.

"Bize yalan söyledi Gabe. Uydurmalarından biriydi bu. Annem bize büyürken hep masal anlattı. Hiç gerçekleri anlatmadı."

* * *

Gabriel, Michael'ın fikrine katıldı; tüm gerçekleri bilmek daha iyiydi. Fakat kimi zaman da annesinin masallarıyla gönül eğlendirirdi. Pazar günü şafak sökmeden Los Angeles'tan ayrıldı ve motosikletiyle karanlıkta ilerleyerek Hemet kasabasına ulaştı. Yalnız ve kimsenin tanımadığı biri olarak kendisini mahpus prenslerden biri gibi hissediyordu. Bu duyguyla ucuz bir benzinciden yakıt aldı ve küçük bir kahvede bir şeyler yedi. Otoyoldan çıkarken güneş kocaman ve portakal renkli bir baloncuk gibi ufukta belirdi. Yerçekiminden kurtuldu ve gökyüzüne yükseldi.

* * *

Hemet Havaalanı, çatlaklarından otlar fışkırmış bir asfalt pist, uçakların bırakıldığı bir apron ve çeşitli prefabrik binalar ve karavanlardan oluşuyordu. HALO ofisi, pistin güney ucunun yakınındaki geniş bir karavanın içindeydi. Gabriel motosikletini karavanın kapısında bıraktı ve donanımını bağlayan kemerleri söktü.

Yüksek irtifa atlayışları pahalıydı ve Gabriel, HALO eğitmeni olan Nick Clark'a kendisine ayda bir atlayış hakkı tanıdığını söylemişti. Oysa son atlayışından bu yana sadece on iki gün geçmişti ve işte yine buradaydı. Nick ona, yağlı müşterilerinden birini gören bir bahisçi gibi sırıttı.

"Vazgeçemedin galiba."

"Biraz para kazandım, nereye harcayacağımı bilemedim" dedi Gabriel. Nick'e bir avuç dolusu para verdikten sonra termal iç çamaşırları ve atlayış elbisesini giymek üzere erkekler tuvaletine yöneldi.

Gabriel dışarı çıktığında beş Koreli adamdan oluşan bir grubun geldiğini gördü. Üzerlerinde yeşil-beyaz üniformalar ve pahalı donanımlar, ellerinde yararlı İngilizce sözlerin yer aldığı lamine kartlar vardı. Nick, Gabriel'ın da onlarla atlayacağını söylediğinde Koreliler gelip Gabriel'ın elini sıktılar ve resmini çektiler.

"Kaç kez atladınız?" diye sordu adamlardan biri.

"Defter tutmuyorum" diye cevapladı Gabriel.

Bu cevap Koreceye çevrildiğinde herkes şaşırmıştı. En yaşlıları, "Defter tut" dedi, "o zaman kaç kere atladığını bilirsin."

Nick, Korelilere hazırlanmalarını söyledi ve adamlar uzun bir kontrol listesinin üzerinden geçmeye koyuldu. "Bu adamlar yedi kıtada yüksek irtifa atlayışları yapıyorlarmış" diye fısıldadı Nick. "Çuvalla para gider be. Antarktika'da atlarlarken uzay elbiseleri giyiyorlarmış."

Gabriel Korelileri sevmişti, işlerini ciddiye almaları güzeldi. Ancak donanımını kontrol ederken yalnız olmayı yeğliyordu. Atlayışın hazırlığı bile bir zevk, hatta bir tür meditasyondu. Giysilerinin üzerine bir atlayış elbisesi geçirdi, termal eldivenlerini, kaskını ve maskesini kontrol etti, ardından ana ve yedek paraşütü, kayışları ve serbest bırakma kolunu gözden geçirdi. Bu nesneler yerde bakıldığında gayet olağan görünüyordu ama yukarıda kendini boşluğa bıraktığı zaman bambaşka bir kişilik kazanacaklardı.

Koreliler birkaç fotoğraf daha çektikten sonra herkes uçağa doluştu. Adamlar ikişerli sıralar halinde oturup oksijen maskelerini uçaktaki yerlerine taktılar. Nick pilotla konuştuktan sonra uçak kalkışa geçip on bin metreye doğru tırmanışına başladı. Oksijen maskeleri nedeniyle konuşmada güçlük yaşanıyordu ve Gabriel muhabbetin bitmesinden hoşnuttu. Gözlerini kapatıp maskesindeki oksijen fısırtısı eşliğinde soluk alıp verişine yoğunlaştı.

Yerçekiminden ve bedeninin isteklerinden nefret ediyordu. Akciğerlerinin hareketi ve kalbinin atışları, yeknesak bir makinenin değişmez hareketleri gibiydi. Bunu bir keresinde Michael'a anlatmaya çalışmıştı ama aynı dili konuşmuyor gibiydiler. "Kimse doğmak istemedi ama hepimiz buradayız" demişti Michael. "Cevaplamamız gereken tek bir soru var: Dağın tepesinde miyiz, eteğinde mi?"

"Belki dağın bir önemi yoktur."

Michael bu sözü gülünç bulmuştu: "İkimiz de tepesinde olacağız. Ben tepeye çıkıyorum ve seni de yanımda götüreceğim."

Altı bin metreyi geçtiklerinde uçağın içinde buz kristalleri belirmeye başladı. Nick dar koridordan geçip uçağın arka kapısını aralarken Gabriel gözlerini açtı. Kabine buz gibi hava dolarken heyecanlanmaya başlamıştı. Özgürleşme anı gelmişti.

Nick bir yandan pilotla diafondan konuşurken bir yandan da aşağıdaki iniş bölgesini arıyordu. Sonunda herkese kalkmasını işaret etti ve adamlar ayaklanıp kayışlarını sıkmaya, maskelerini yerleştirmeye başladı. İki-üç dakika geçti. Nick tekrar el salladı ve maskesini tıklattı. Her adamın sol bacağına küçük bir oksijen tüpü bağlıydı. Gabriel tüpünün regülatörünü çevirdi ve maskesi yüzünden hafifçe uzaklaştı. Oksijen konsoluyla bağlantısını kestikten sonra atlamaya hazırdı.

Everest Tepesi kadar yüksekteydiler ve hava çok soğuktu. Koreliler belki kapıda durup gösterişli bir atlayış yapmaya niyetliydiler ama Nick oksijen tüpü bitene kadar herkesin güvenli bölgede olmasını istiyordu. Koreliler tek tek ayağa kalktı, yavaşça kapıya yürüdü ve kendilerini boşluğa bıraktı. Gabriel, son atlayan olmak için pilota en yakın koltuğa oturmuştu. Yavaş hareket ederek ve paraşütünün kayışlarını ayarlıyormuş gibi yaparak zaman kazandı ve inişte tek başına olmayı garantiye aldı. Kapıya geldiğinde Nick'e her şey yolunda gibisinden bir işaret yaparak birkaç saniye daha kazandı ve uçaktan atlayıp düşüşe başladı.

Vücudunu yan çevirip sırtüstü döndü; artık gözlerinin önünde boşluktan başka hiçbir şey yoktu. Gökyüzü kopkoyu bir lacivertti; yerden bakıldığında görülemeyecek kadar koyuydu. Gece mavisini delen tek şey, bir ışık noktasıydı. Venüs. Aşk Tanrıçası. Yanağının açıkta kalmış bir bölümü yanmaya başladı ama o acıyı yok sayıp gökyüzüne, onu sarmalayan dünyanın mutlak saflığına yoğunlaştı.

İnsan yeryüzündeyken iki dakikada en fazla reklamları izleyebilir, tıkalı trafikte belki yüz metre yol alabilir, popüler bir aşk şarkısının nakaratını dinleyebilirdi. Ancak serbest düşüş sırasında, her bir saniye, suya atıldığında şişip kocaman olan sünger parçacıkları gibiydi. Gabriel bir sıcak hava akımından geçtikten sonra tekrar soğuğa daldı. Aklından sayısız düşünce geçiyordu ama o düşünmüyordu. Dünyadaki hayatının tüm kuşkuları ve ödünleri uçup gitmişti.

Bileğindeki altimetre ötmeye başladı. Vücudunu döndürüp yüzünü yere çevirdi. Güney Kaliforniya'nın boz renkli topraklarına ve uzaktaki dağlara bakmaya başladı. Yeryüzüne yaklaştıkça yolda bekleşen arabaları, çiftlik evlerini ve otoyolun üstündeki sarı kir bulutunu seçebiliyordu. Gabriel sonsuza kadar düşmek isterdi, ama içindeki kısık bir ses ona kolu çekmesini söyledi.

Tam olarak nasıl göründüğünü hatırlamaya çalışarak son bir kez gökyüzüne baktı, ardından paraşüt tepesinde çiçek gibi açıldı.

* * *

Gabriel, Los Angeles'ın batı yakasında, San Diego Otoyolu'na beş metre mesafede bir evde oturuyordu. Geceleyin farlardan oluşan beyaz bir ırmak Sepulveda Köprüsü'nden kuzeye doğru akarken, aynı yoğunlukta fakat kırmızı renkte başka bir ırmak güneye, Meksika'ya ve sahil kasabalarına doğru akardı. Gabriel'ın ev sahibi Bay Varosyan evinde on yedi yetişkin ve beş çocuğun yaşadığını gördükten sonra bunların tümünü El Salvador'a iade ettirmiş, ardından gazeteye "istisnasız tek kiracı" için ilan vermişti. Gabriel'ın da bir tür yasadışı işle uğraştığına inanıyordu – izinsiz bir gece kulübü de olabilirdi, çalıntı araba parçalarının satışı da. Bay Varosyan'ın çalıntı arabalarla ilgilendiği yoktu ama yine de bazı kuralları vardı: "Silah yok. Uyuşturucu pişirme yok. Kedi yok."

Gabriel, güneye akın eden araba, kamyon ve otobüslerin uğultusunu her zaman içinde taşıyordu. Her sabah evin bahçesinin sonundaki tel örgüye gidip otoyolun kıyısına vuranları incelerdi. İnsanlar devamlı arabalarından dışarı bir şeyler atıyorlardı: Hamburger kâğıtları ve gazeteler, saçı yolunmuş bir Barbie bebek, birkaç cep telefonu, bir ısırık alınmış keçi peyniri, kullanılmış prezervatifler, bahçe gereçleri ve içinde kararmış dişler ile küller bulunan plastik bir ölü yakma vazosu.

Müstakil garajın duvarında çetelerin duvar yazıları, ön bahçede ayrıkotları doluydu ama Gabriel evin dışına elini sürmezdi. Mahpus prenslerin çaputları gibi bir gizlenme biçimiydi bu onun için. Geçen yaz yapılan bir kermeste, bir dini gruptan üzerinde "Kurtarıcımızın Kanı Dışında Hepimiz Sonsuza Dek Lanetliyiz" yazan bir araba çıkartması almıştı. Bunun "Sonsuza Dek Lanetliyiz" bölümü dışında kalan kısmı kestikten sonra çıkartmayı sokak kapısına yapıştırmıştı. Emlakçılar ve pazarlamacılar bunu görüp kapıdan döndükçe kendince küçük zaferler kazandığını hissediyordu.

Evin içi temiz ve hoştu. Her sabah, güneş belirli bir açıyla vurduğunda, odalar güzelce aydınlanırdı. Annesi zamanında bitkilerin havayı temizleyip insana olumlu düşünceler işlediğini söylediği için, evde bazısı tavandan sarkan, bazısı yerde saksılarda yetişen otuzun üzerinde bitki vardı. Gabriel, yatak odalarının birinin tabanına serdiği bir şiltede yatar ve tüm eşyasını birkaç bez çantada saklardı. Kempo miğferi ve zırhı, bambudan *şinai* kılıcı ve babasından miras bir Japon kılıcının durduğu rafın hemen yanındaki bir askıda bulunuyordu. Geceleyin uyanırsa bir samurayın uyurken onu beklediği hissine kapılırdı.

İkinci yatak odası, duvara dayalı istiflenmiş yüzlerce kitap dışında boştu. Gabriel, bir kütüphaneye üye olup istediği kitabı okuyacak yerde, önüne çıkan her kitabı okurdu. Müşterilerinin bazıları bitirdikleri kitapları ona verirdi, kimi zaman da bekleme salonlarında unutulmuş veya otoyol kenarlarına atılmış kitapları toplardı. Cafcaflı kapakları olan piyasa işi çoksatarlar, metal alaşımlarına ilişkin teknik raporlar ve sudan lekelenmiş üç Dickens romanı vardı.

Gabriel bir kulüp veya siyasi partiye üye değildi. En büyük inancı, Şebeke'nin dışında yaşaması gerektiğiydi. Şebeke, sözlükte ülke çapında yaygınlaştırılmış ulaşım ve iletişim ağı olarak tanımlanırdı. Modern uygarlığa bir açıdan bakıldığında, her şirket veya hükümet programı da bu örgünün atkı ve ilmeklerinden biri sayılırdı. Bu atkılar ve ilmeklerle insanın yerini bulup çıkarırlar, istedikleri kişi hakkında istedikleri bilgiyi elde ederlerdi.

Şebeke, eğimsiz bir arazideki düz çizgilerden oluşmuş gibiydi ama yine de gizli bir hayat sürmek mümkündü. Yeraltı ekonomisinde bir iş bulmak veya çizgilerin hiçbir zaman insanın üstünde kesişemeyeceği kadar hızlı hareket etmek bunun yollarından bazılarıydı. Gabriel'ın banka hesabı veya kredi kartı yoktu. Gerçek adını kullanıyordu fakat ehliyetindeki soyadı farklıydı. Gerçi biri özel görüşmeleri, diğeri iş için kullanılan iki cep telefonu vardı ama ikisi de ağabeyinin emlak şirketine kayıtlıydı.

Gabriel'ın Şebeke ile tek teması, salondaki masanın üstünde duruyordu. Michael bir yıl önce ona bir bilgisayar vermiş ve DSL hattı açtırmıştı. İnternete girmek, Gabriel'ın Almanya'dan, Die Neuen Primitiven[1] adlı esrarengiz bir grupla bağlantısı olan DJ'lerin ürettiği, insanı kendinden geçiren tekrarlardan oluşan trans müzik indirmesine olanak tanımıştı. Bu müzik, geceleri uykuya dalmasına yardımcı oluyordu. Şimdi de gözlerini kapatırken bir kadının Babil'deki kayıp lotus yiyenleri anlatan sesi kulaklarındaydı.

* * *

Rüyasında düşüyordu, önce karanlığı, ardından bulutları, karı ve yağmuru yararak yere indi. Bir evin çatısına çarptı, kiremitleri kırıp, ziftli kâğıtları yırttı, ahşap çerçeveleri parçaladı. Tekrar çocuk olmuştu, Güney Dakota'daki çiftlik evinin ikinci kat koridorunda duruyordu. Ev yanıyordu; anne ve babasının yatağı, şifoniyeri, odalarındaki sallanan koltuk önce dumanlara bürünüyor, ardından alev alıp yanmaya başlıyordu. Çık dışarı, dedi kendi kendine. Michael'ı bul. Saklan. Ama çocukluğu, koridorda yürüyen ufaklık, onun yetişkin aklıyla yaptığı uyarıyı duymadı.

Duvarın arkasında bir şey patladı ve tok bir çarpma sesi geldi. Ardından yangın merdivenden yukarı yürüdü, tırabzanları ve korkulukları sardı. Yangın, acı ve alev topu gibi yaklaşırken, dehşetten kaskatı kesilmiş Gabriel kımıldayamadı.

* * *

Şiltenin yanında duran cep telefonu çalmaya başladı. Gabriel başını yastıktan kaldırdı. Sabahın altısıydı ve perdenin aralığından ışık sızıyordu. Yangın yok, dedi kendi kendine. Yeni bir gün başlıyor.

Telefonu açtığında ağabeyinin sesini duydu. Michael'ın sesi en-

1. Yeni ilkeller. (y.h.n.)

dişeli geliyordu ama bu normaldi. Michael, çocukluklarından beri "sorumlu ağabey" rolünü oynardı. Ne zaman radyoda bir motosiklet kazası haberi duysa, sesini duymak için Gabriel'ı arardı.

"Neredesin?" dedi Michael.

"Evde, yataktayım."

"Dün seni beş kez aradım. Neden beni aramadın?"

"Pazar pazar kimseyle konuşacak halim yoktu. Telefonları evde bırakıp atlamaya Hemet'a gittim."

"Ne istersen yap ama bana haber ver. Nerede olduğunu bilmediğim zaman telaşlanıyorum."

"Tamam, vermeye çalışırım." Gabriel yan döndü, çelik burunlu çizmelerini ve etrafa atılmış deri motorcu kıyafetlerini gördü. "Hafta sonun nasıl geçti?"

"Bildiğin gibi. Fatura ödedim ve iki emlak uzmanıyla golf oynadım. Annemi gördün mü?"

"Evet, cumartesi günü bakımevine uğradım."

"Yeni yerinden memnun mu?"

"Rahatı yerinde."

"Rahatının yerinde olması yeterli değil."

Anneleri iki yıl önce safrakesesi ameliyatı için hastaneye yattığında doktorlar batın duvarında kötü huylu bir tümör bulmuşlardı. Kemoterapi görmesine rağmen kanser metastaz yapmış ve tüm vücuduna yayılmıştı. Şimdi, San Fernando Vadisi'nin güneybatısındaki bir kasaba olan Tarzana'da bir bakımevinde kalıyordu.

Corrigan kardeşler, annelerinin bakım sorumluluğunu paylaşmıştı. Gabriel onu iki günde bir ziyarete gidiyor ve bakımevi çalışanlarıyla konuşuyordu. Ağabeyi ise haftada bir gidiyor ve masrafları karşılıyordu. Michael hemşirelere ve doktorlara kuşkuyla yaklaşırdı hep. Yetersizlik kokusu aldığında annesini hemen başka bir kuruma aktarırdı.

"Buradan ayrılmak istemiyor Michael."

"Ayrılsın diyen yok. Ben sadece doktorların işlerini yapmalarını istiyorum."

"Kemoterapi yapılmadığına göre doktorların bir önemi kalmadı. Hemşireler ve hastabakıcılar daha önemli."

"En küçük bir sorunda bana haber ver lütfen. Kendine de dikkat et. Bugün çalışıyor musun?"

"Evet, herhalde."

"Malibu'daki yangın büyüyor, bir de doğuda, Arrowhead Gölü yakınlarında yangın çıkmış. Çakmağını kapan kundakçı kendini sokağa vurdu herhalde. Havalardan olacak."

"Ben de rüyamda yangın gördüm" dedi Gabriel. "Güney Dakota'daki evimizdeydik. Ev yanıyordu ve ben çıkamıyordum."

"Bunu kafandan sil artık Gabe. Zamanını boşa harcıyorsun."

"Bize kimin saldırdığını öğrenmek istemiyor musun?"

"Annem bize bir sürü açıklama saydı. Beğendiğini seç ve hayatını karartmaktan vazgeç." Michael'ın evindeki telefon çaldı. "Cebini açık tut" dedi. "Öğleden sonra konuşuruz."

* * *

Gabriel duş yaptı, üzerine bir şort ve tişört geçirip mutfağa girdi. Karıştırıcıya iki muz atıp üstüne biraz süt ve yoğurt ekledi. Sütünü içerken bitkilere su verdi, ardından yatak odasına gitti ve giyinmeye başladı. Gabriel soyunduğu zaman son motosiklet kazasından kalan izler görülebilirdi. Sol kolu ve bacağında soluk beyaz çizgiler halindeydi bu izler. Kıvırcık kahverengi saçları ve pürüzsüz cildi ona çocuksu bir görünüm veriyordu ama üzerine kot pantolon, uzun kollu tişört ve ağır motorcu çizmeleri geçirdiği zaman bu değişiyordu. Virajları çok sert almayı sevdiğinden, çizmeleri kesik ve çizik doluydu. Deri ceketi de yıpranmış ve çizilmişti, ayrıca makineyağından kolları ve yakası kararmıştı. Gabriel'ın iki cep telefonu, mikrofonlu kulaklığına bağlıydı. İş telefonları sol kulağına, özel telefonları sağ kulağına gelirdi. Motosiklet üstündeyken elini bir cebine bastırarak hangi telefonu isterse kullanabilirdi.

Gabriel kasklarından birini alarak arka bahçeye çıktı. Ekim ayıydı ve Güney Kaliforniya'ya kuzeydeki kanyonlardan sıcak Santa Ana rüzgârı esiyordu. Gökyüzü açıktı ama uzaklarda Malibu'daki yangının kara dumanları seçilebiliyordu. Havada bir ağırlık, basıklık vardı; tüm kent penceresiz bir oda gibi geliyordu.

Gabriel garaj kapısını açtı ve üç motosikletine göz gezdirdi. Tekin olmayan mahallelere gitmesi gerektiği zamanlarda Yamaha RD400'ünü alırdı. En küçük motoruydu ve çarpık, dağılıp yeniden toplanmış gibi bir hali vardı. Böyle bir hurda yığınını çalacak hırsızın ya aklı yoktu ya da başka çaresi. Bunun yanında, şaftlı bir Moto Guzzi V11'i vardı; güçlü bir İtalyan motoruydu bu. Çölde uzun yolculuklar için hafta sonları bunu kullanırdı. Bu sabah, saatte yüz altmış kilometreyi rahatlıkla bulabilecek orta büyüklükte bir spor motosikleti olan Honda 600'e binmeye karar verdi. Motorun arka tekerleğini kaldırdı, zincire sprey yağ sıktı ve yağın zincire işlemesini bekledi. Honda'nın zincir sorunu olduğu için çalışma tezgâhından bir tornavida ve İngiliz anahtarı alıp kurye çantasına attı.

Motosiklete binip motoru çalıştırdığı anda gevşedi. Motosiklet ona hep evden ve kentten sonsuza dek ayrılabileceği, ufukta bir noktacık kalana kadar uzaklara gidebileceği duygusunu verirdi.

* * *

Gidecek bir yeri olmayan Gabriel, Santa Monica Bulvarı'na çıktı ve batıya yöneldi. Sabah trafiği başlamıştı. Ciplerine kurulmuş kadınlar yolda paslanmaz çelik termoslarından kahve içerken, okul geçitlerinde görevli bekçiler fosforlu yelekleriyle kavşaklarda hazır bekliyordu. Kırmızı ışıkta durduğu zaman dış cebine uzandı ve iş telefonunu açtı.

Gabriel, biri Sir Speedy, diğeri onun rakibi Blue Sky olmak üzere iki kurye şirketiyle çalışıyordu. Sir Speedy'nin sahibi, yüz yetmiş kiloluk eski bir avukat; Silver Lake District'teki evinden neredeyse hiç çıkmayan Artie Dressler'dı. Birkaç porno sitesine üyeliği olan Artie, telefonları üniversiteli kızların pedikür yapma görüntülerini izlerken cevaplardı. Rakibi olan Blue Sky'dan ve sahibi Laura Thompson'dan nefret ederdi. Laura, zamanında film editörlüğü yaptıktan sonra Topanga Canyon'daki evine yerleşip kurye işine girmiş, sindirim sisteminin temizliğine ve bitkisel besinlerin önemine inanan bir kadındı.

Yeşil yandığında telefon çaldı ve Artie'nin boğuk sesi kulaklıkta duyuldu. "Gabe, benim. Niye kapattın telefonunu?"

"Açmayı unutmuşum."

"Neyse. Bilgisayarda canlı bir kayıt izliyorum şimdi. İki kız birlikte duş yapıyor. Başta çok iyiydi ama buhardan kamera buğulanmaya başladı."

"İlginçmiş."

"Santa Monica Canyon'dan paket alacaksın."

"Yangına yakın mı?"

"Yok canım, çok ötede. Merak etme. Ama Simi Valley'de yeni bir yangın çıktı ve tamamen kontrolsüz ilerliyor."

Motosikletin gidonu dar, selesi ve ayak koyma yerleri açılı olduğundan Gabriel hep öne eğik dururdu. Motorun titreşimini hisseder, viteslerin değiştiğini duyardı. Hızlı giderken motor onun bir parçası, vücudunun uzantısı haline geliyordu. Şeritleri ayıran kesik beyaz çizginin üzerinde giderken kimi zaman gidonu arabaların birkaç parmak yakınından geçiyordu. Caddeye bakıp trafik ışıkları, yayalar, dönmeye çalışan kamyonlar görünce nerede hızlanacak, nerede duracak, neyin çevresinden dolanacak hemen kestiriyordu.

Santa Monica Canyon, sahile giden çift şeritli bir yolun çevresine kurulmuş pahalı evlerden oluşan bir kurtarılmış bölgeydi. Gabriel, verilen adresteki evin girişinde duran bir sarı zarfı aldı ve Batı Hollywood'daki bir ipotek aracısına götürdü. Adresi bulduğunda kaskını çıkarıp ofise girdi. İşin bu kısmından nefret ediyordu. Motosikletteyken istediği her yere gidebilirdi. Resepsiyon görevlisinin önünde dururken ise vücudu ağırlaşıyor, çizmelerinin ve deri ceketinin yüküyle büzülüyordu.

Motora dön. Pedala basıp motoru çalıştır. Durma, devam et.

"Sevgili Gabriel, beni duyabiliyor musun?" Kulaklığından bu kez Laura'nın rahatlatıcı sesi duyulmuştu. "Umarım bu sabah sıkı bir kahvaltı yapmışsındır. Kompleks karbonhidratlar kan şekerini dengelemeye yardımcı olur."

"Merak etme, bir şeyler yedim."

"Güzel. Century City'den alman gereken bir paket var."

Gabriel bu adresi iyi biliyordu. Gerçi götür getir işleri sırasında tanıştığı pek çok sekreter ve resepsiyoncuyla çıkmıştı ama tek bir gerçek dost edinmişti, o da ceza avukatı olan Maggie Resnick'ti. Bir yıl kadar önce zarf almak için ofisine geldiğinde, sekreter kızların kayıp dosyayı bulmaları için beklemesi gerekmişti. Bu sırada Maggie ona işini sormuş, böylece dosya bulunduktan sonra bile süren, bir saati aşkın bir muhabbete girmişlerdi. Onu motosikletiyle gezdirmeyi teklif etmiş, kadın kabul edince de şaşırmıştı.

Maggie altmış yaşlarında, ufak tefek, hareketli, kırmızı elbiseler ve pahalı ayakkabılar giymeyi seven bir kadındı. Artie, onun, başını derde sokan film yıldızlarını ve diğer ünlüleri savunduğunu söylerdi ama o müvekkilleri konusunda pek bilgi vermezdi. Gabriel'a çok sevdiği ama aklı bir karış havada bir yeğeniymiş gibi davranıyordu. "Üniversiteye gitmelisin" demişti, "bir banka hesabı açtırmalısın, kendine bir ev almalısın." Gabriel gerçi onun öğütlerini dinlemezdi ama onu düşünüyor olmasından da hoşnuttu.

Yirmi ikinci kata çıktığında, resepsiyon görevlisi onu doğruca Maggie'nin odasına gönderdi. İçerde Maggie sigara içiyor ve telefonda konuşuyordu.

"Elbette başsavcıyla görüşebilirsin ama bir şey elde edemezsin, çünkü başsavcının davayla ilgisi yok. Onun kafasından neler geçtiğini anlamaya çalış, sonra beni ara. Yemekte olacağım ama cepten bağlarlar." Maggie telefonu kapadı ve sigarasının külünü silkti. "Şerefsizler. Yalancı şerefsizler."

"Bana bir paket mi verecektin?"

"Hayır, seni görmek istedim. Paket göndermiş gibi Laura'ya parasını veririm."

Gabriel koltuğa oturdu ve ceketini açtı. Sehpada duran şişe sulardan birini alıp bardağa koydu.

Maggie yüzünde çok sert bir ifadeyle öne eğildi. "Gabriel, eğer uyuşturucu satıyorsan başkasına bırakmam seni ben boğazlarım."

"Uyuşturucu filan satmıyorum."

"Bana ağabeyini anlatmıştın. Para kazanmak için onun çevirdiği dolaplardan uzak dur."

"Alt tarafı emlak alıp satıyor Maggie. İşyeri alım satımıyla uğraşıyor."

"O kadarını bilemeyeceğim, hayatım. Ama seni bir pisliğe bulaştıracak olursa gözünü oyarım."

"Ne oluyor yahu?"

"Polisliği bırakıp güvenlik danışmanı olmuş biriyle çalışıyorum. Müvekkillerimi takip eden sapıklar filan çıkarsa o ilgileniyor. Dün telefonda konuşuyorduk, durup dururken 'Gabriel diye bir motosikletli kurye arkadaşın vardı ya, hani doğum gününde tanışmıştık' dedi. Ben de 'Eee?' dedim. 'Bazı arkadaşlarım bana onu sordular. Nerede çalıştığını, nerede oturduğunu falan' demez mi?"

"Kimmiş bunlar?"

"Söylemedi ki" dedi Maggie. "Sen yine de dikkatli ol hayatım. Eli kolu uzun birileri seninle ilgileniyor. Trafik kazasına filan karıştın mı?"

"Hayır."

"Mahkemelik oldun mu?"

"Hayır canım."

"Peki kız arkadaşların?" Maggie gözünü dikmiş bakıyordu. "Evli kadınlarla filan kırıştırmıyorsun ya? Zengin biri filan var mı aralarında?"

"Senin partide tanıştığım o kızla çıkmıştım. Andrea neydi..."

"Andrea Scofield mı? Babasının Napa Vadisi'nde dört bağı var." Maggie güldü. "Anlaşıldı. Dan Scofield senin ne menem biri olduğunu araştırıyor."

"Birkaç kere motorla turlamıştık."

"Tamam, merak etme. Ben Dan'le konuşurum, kızına çocuk muamelesi yapmaktan vazgeçsin artık. Hadi işinin başına. Suç duyurusu hazırlayacağım daha."

* * *

Bodrumdaki garaja inen Gabriel bir anda kuşkulanmaya başlamıştı. Onu izleyen biri mi vardı? Cipteki şu iki adam? Elinde çantasıyla asansöre yürüyen şu kadın? Çantasının içine uzandı ve ağır ingilizanahtarını yokladı. Gerekirse bunu silah olarak kullanabilirdi.

Ailesi olsa, birilerinin onları soruşturduğunu duyar duymaz kaçardı. Ama o beş yıldır Los Angeles'ta yaşıyordu ve henüz kapısını çalan olmamıştı. Belki de Maggie'nin sözünü dinleyip okula gitse ve düzgün bir işe girse daha iyi olacaktı. Şebeke'nin bir parçası olduğu zaman hayatı daha elle tutulur bir hal alırdı.

Motorunu çalıştırırken annesinin masallarının sakinleştirici gücüne yeniden kapıldı. Michael ve o gerçekten de mahpus prenslerdi, çulla çaputla gizlenmişlerdi ama yetenekli ve cesurdular. Gabriel çıkış rampasını hızla tırmandı, trafiğe katıldı ve bir kamyonetin önünde makas attı. İkinci vites. Üçüncü vites. Daha hızlı. Yine yoldaydı, yine hareket halindeydi; etrafı makinelerle çevrelenmiş küçücük bir bilinç kıvılcımı gibiydi.

5

Michael Corrigan, dünyanın bitmek bilmeyen bir savaşın alanı olduğuna inanırdı. Amerika ve müttefiklerinin düzenlediği ileri teknoloji ürünü savaşlar bunun büyük bir parçasıydı elbette, ama bunun dışında Üçüncü Dünya ülkeleri arasında yerel çatışmalar, kabilelere, dinlere ve ırklara karşı soykırım girişimleri de vardı. Terörist saldırılar ve suikastlar, insanları anlamsız yere öldüren deli saldırganlar, sokak çeteleri, tarikatlar ve tanımadıkları insanlara şarbon mikrobu yollayan aylak bilim adamları vardı. Güney ülkelerinden kopup gelerek kuzey ülkelerinin sınır kapılarına yığılan sığınmacılar, beraberlerinde insanın etini yiyen korkunç virüsler ve bakteriler de getiriyordu. Aşırı nüfus ve kirlilik doğanın canını öylesine sıkmıştı ki, o da kuraklıklarla ve kasırgalarla karşı saldırıya geçmişti. Bir yandan buzullar eriyip deniz seviyesi yükselirken, bir yandan da jet uçakları ozon tabakasını paramparça ediyordu. Michael kimi zaman tehditleri tek tek ele almaktan vazgeçer, tehlikenin bütününe bakardı. Savaş hiç bitmeyecekti. Giderek şiddetleniyor ve yaygınlaşıyor, hiç hissettirmeden yeni kurbanlar seçiyordu kendine.

* * *

Michael, Batı Los Angeles'taki bir gökdelenin sekizinci katındaki dairede oturuyordu. Tüm iç mekânı döşemesi dört saatini almıştı. Kira sözleşmesini imzalar imzalamaz Venice Bulvarı'ndaki devasa bir mobilyacıya gitmiş, salon, yatak odası ve ev ofisi için teşhirde önerilen ürünleri toplayıp gelmişti. Michael kardeşi için de benzer bir daire kiralayıp benzer mobilyalar almayı teklif etmişti ama Gabriel buna yanaşmamıştı. Her nedense kardeşi

Los Angeles'ın belki de en çirkin evinde oturmayı ve otoyoldan buram buram fışkıran egzoz dumanını solumayı tercih ediyordu.

Michael küçük balkona çıkacak olsa Pasifik Okyanusu'nu görebilirdi; ancak manzarayla ilgisi olmadığı için perdelerini genellikle kapalı tutardı. Gabriel'ı aradıktan sonra kendisine kahve yaptı, proteinli bir bar yedi ve New York'taki emlak yatırımcılarını aramaya başladı. Üç saatlik farktan ötürü, Michael evinin salonunda donla otururken onlar çoktan ofislerinde çalışmaya başlamıştı. "Tommy? Ben Michael. Sana gönderdiğim teklifi aldın mı? Nasıl buldun? Kredi kurulu ne dedi?"

Kredi kurulu genellikle ya korkaktı ya salak, ama bunun işlerin önüne geçmesine izin verilemezdi. Michael son beş yılda iki iş hanını satın alacak yatırımcıları toplamayı başarmıştı, şimdi de Wilshire Bulvarı'ndaki üçüncü bir iş hanının anlaşmasını bağlamak üzereydi. İnsanların hayır demesine alışkın olan Michael, daha konuşmaya başlamadan karşı iddialarını hazırlamış olurdu.

Saat sekize doğru dolabını açıp gri bir pantolon ve lacivert bir ceket çıkardı. Bir yandan kırmızı ipek kravatını bağlamaya çalışırken bir yandan da evde dolaşıyor, önüne evdeki birçok televizyon ekranından hangisi çıkarsa onu izliyordu. Bu sabahın önemli haberleri, yangınlar ve güçlü Santa Ana rüzgârlarıydı. Malibu'daki yangın bir basketbol yıldızının evine sıçramak üzereydi. Dağların doğusundaki başka bir yangınsa tamamen kontrolden çıkmıştı. Televizyonda, evlerinden kurtarabildikleri albümleri ve giysileri arabalarına tıkıştıran insanlar görülüyordu.

Asansöre binip garaja indi ve Mercedes'ine bindi. Evinden çıktığı anda kendisini para kazanma savaşına girmiş bir asker gibi hissetmişti. Tek güvenebileceği insan Gabriel'dı ama kardeşinin adam gibi bir işe girmeyeceği de ortadaydı. Anneleri hastaydı ve bütün mali yükü Michael'ın üzerindeydi. Şikâyeti bırak, dedi kendine. Savaşmaya devam et.

Yeterince para kazandıktan sonra kendisine Pasifik'te bir ada alacaktı. Kendisinin de, Gabriel'ın da kız arkadaşı olmadığı için, tropik bir cennete nasıl kadınların uygun düşeceğini kestirmekte şimdilik zorlanıyordu. Hayalinde, Gabriel ile birlikte köpüklerin arasında ata biniyorlardı ve kadınlar, yüzleri seçilemeyen, beyazlara bürünmüş dilberler, onları bir kayanın üzerinden izliyordu. Dünya sıcaktı, güneşliydi ve tam anlamıyla sonsuza dek güvenliydi.

6

Gabriel bakımevine ulaştığında, batıdaki orman yangınından ötürü gökyüzü hardal sarısı bir renk almıştı. Motosikletini otoparka bırakıp içeri girdi. Bakımevi, iki katlı bir motelden bozmaydı ve ölümcül hastalıkları olan on altı kişiye hizmet veriyordu. Filipinli bir hemşire olan Anna, lobideki bir masanın gerisinde oturuyordu.

"İyi ki geldin Gabriel. Annen seni sorup duruyordu."

"Kusura bakma, bu sefer çörek getiremedim."

"Ben çöreği seviyorum da, çörek beni biraz fazla seviyor sanki." Kendi koyu tenli, şişmanca koluna dokundu. "Anneni hemen görsen iyi olur."

Hastabakıcılar sürekli yerleri siliyor, çarşafları değiştiriyorlardı ama bakımevi yine de çiş ve solmuş çiçek kokuyordu. Gabriel merdivenden ikinci kata çıkıp koridorda ilerledi. Tavandaki floresan lambalar hafif bir vızıltı çıkarıyordu.

Odasına girdiğinde annesi uyuyordu. Bedeni, beyaz çarşafın altında bir tümsek gibiydi. Gabriel ne zaman bakımevine ziyarete gelse, Michael ve o daha küçükken annesinin nasıl biri olduğunu hatırlamaya çalışırdı. Yalnızken şarkı söylemeyi severdi ve genellikle "Peggy Sue", "Blue Suede Shoes" gibi eski rock'n roll şarkılarını söylerdi. Doğum günlerini ve parti vermeye bahane olan her türlü özel günü çok severdi. Motel odalarında yaşarlarken bile özel günleri kutlamak isterdi.

Gabriel yatağın kıyısına oturup annesinin elini tuttu. Elin soğukluğunu hissedince biraz daha sıktı. Bakımevindeki diğer hastaların aksine, annesi steril hastane odasını sıcak bir hale getirmek için resimler getirmemiş, kendi yastığını kullanmamıştı. Odaya kendisinden kattığı tek şey, televizyonun çıkarılmasını istemek olmuştu. Anten kablosu bir rafın üzerinde zayıf düşmüş bir karayılan gibi kıvrılmış yatıyordu. Michael haftada bir annelerinin odasına çiçek gönderirdi. Son gelen üç düzine gül neredeyse bir haftalıktı, güller solmak üzereydi ve düşen yapraklar vazonun çevresinde bir hale oluşturmuştu.

Rachel Corrigan gözlerini kırpıştırarak açtı ve oğluna baktı. Onu tanıması birkaç saniye sürdü.

"Michael nerede?"

"Çarşamba gelecek."

"Çarşamba olmaz, çok geç."

"Nedenmiş o?"

Gabriel'ın elini bırakıp sakin bir sesle konuştu. "Bu gece öleceğim."

"Ne diyorsun sen anne?"

"Artık acı çekmek istemiyorum. Kabuğumdan sıkıldım."

Kabuk, annesinin bedenine taktığı isimdi. Herkesin bir kabuğu vardı ve herkes bu kabuğun içinde küçük bir Işık parçasını taşırdı.

"Hâlâ güçlüsün" dedi Gabriel, "ölmeyeceksin."

"Michael'ı arayıp gelmesini söyle."

Annesi gözlerini kapatınca Gabriel dışarı çıktı. Koridorda, elinde temiz çarşaflarla Anna bekliyordu. "Ne söyledi?"

"Ölecekmiş."

"Vardiyaya başladığımda bana da aynı şeyi söyledi."

"Nöbetçi doktor kim?"

"Chatterjee, şu Hintli olan. O da yemeğe çıktı."

"Cepten ara hemen gelsin. Lütfen."

Anna aşağıya inerken Gabriel cep telefonunu açtı. Michael'ın numarasını çevirdi. Ağabeyi, telefonu üçüncü çalışında açtı. Arkadan kalabalık uğultusu geliyordu.

"Neredesin?" dedi Gabriel.

"Dodger Stadyumu, dördüncü sıra. Mükemmel bir yerdeyim."

"Ben de bakımevindeyim. Hemen buraya gelmen gerekiyor."

"On bir, bilemedin on bir buçuk gibi gelirim Gabe. Hele maç bitsin de."

"Bekleyecek halde değiliz."

Kalabalığın uğultusu artarken Michael'ın sesi uzaklaştı. Arada bir "İzin verir misiniz?" dediği duyuluyordu. Michael herhalde koltuğundan kalkıp daha sessiz bir yer bulmaya gitmişti.

"Anlamadın ki" dedi sonunda. "Keyfime gelmedim buraya, iş için geldim. Biletlere dünya para verdim. Yanımdaki bankacılar yeni binamın yarısını karşılayacak."

"Annem bu gece öleceğini söyledi."

"Doktoru ne diyor?"

"Yemekteymiş."

Oyunculardan biri sayı yapmış olacaktı ki izleyiciler sevinç çığlıkları atıyordu. "Tut yakasından getir!" diye bağırdı Michael.

"Annem kararını vermiş. Gerçekten gidecek galiba. Fırla buraya gel."

Gabriel telefonu kapatıp annesinin odasına döndü. Yeniden elini tuttu ama kadın gözlerini ancak birkaç dakika sonra açtı.

"Michael geldi mi?"

"Aradım, yolda."

"Leslie'leri düşünüyorum."

Bu adı hiç duymamıştı Gabriel. Annesi arada sırada birilerinden söz açar, onlarla ilgili olur olmaz öyküler anlatırdı ama nihayetinde Michael haklıydı: Öykülerin hepsi uyduruktu.

"Kim Leslie'ler?"

"Üniversiteden arkadaşlarımızdı. Düğüne gelmişlerdi. Hatta biz balayına giderken onlar bizim Minneapolis'teki evimizde kalmışlardı, kendi evlerinde boya mı yapılıyordu ne..." Rachel Corrigan, yaşadıklarını gözünün önüne getirmek ister gibi gözlerini sımsıkı kapattı. "Balayından döndüğümüzde evde polisleri bulduk. Geceleyin birileri eve girmiş, yatak odasında uyuyan arkadaşlarımızı biz sanıp vurmuştu. Bizi öldürecek yerde onları öldürmüşlerdi."

"Sizi mi öldürmek istemişler?" Gabriel sakin davranmaya çalışıyordu. Annesini ürkütürse konuşmaktan vazgeçeceğinden korkuyordu. "Katilleri yakaladılar mı?"

"Baban hemen arabaya binmemi söyledi. Çabucak yola çıktık. O zaman bana aslında kim olduğunu anlattı."

"Peki kimmiş?"

Ama annesi yine bu dünya ile öteki dünya arasında bir yerde gölgeler âlemine dalıp gitmişti. Gabriel annesinin elini bırakmadı. Annesi bir süre uyuduktan sonra gözlerini açtı ve aynı soruyu sordu:

"Michael burada mı? Geliyor mu?"

* * *

Doktor Chatterjee bakımevine saat sekizde geldi, ondan birkaç dakika sonra da Michael kapıda belirdi. Her zamanki gibi dikkatli ve canlıydı. Michael neler olup bittiğini öğrenmeye çalışırken herkes hemşire masasının başına toplanmıştı.

"Annem öleceğini söylüyor."

Chatterjee, üzerinde doktor önlüğü olan, kibar ve ufak tefek bir adamdı. Sorunun bilincinde olduğunu göstermek için annelerinin gidişat tablosunu inceledi. "Kanser hastaları sık sık böyle konuşabilir, Bay Corrigan."

"Bulgularınız nedir?"

Doktor tabloya bir not yazdı. "Birkaç gün sonra da ölebilir, birkaç ay sonra da. Kesin bir şey söyleyemem."

"Ya *bu gece*?"

"Yaşam belirtilerinde bir değişiklik yok."

Michael, Dr. Chatterjee'ye sırtını dönüp merdivenleri çıkmaya başladı. Gabriel da peşinden gidiyordu. Merdivende yalnız ikisi vardı, kimse onları duyamazdı.

"Sana Bay Corrigan dedi."

"Evet."

"Ne zamandır gerçek adını kullanıyorsun?"

Michael sahanlıkta durdu. "Geçen yıldan bu yana. Sana söylemedim. Artık sosyal sigorta numaram da var, vergi de veriyorum. Wilshire Bulvarı'ndaki binayı yasal olarak üzerime alacağım."

"Ama artık Şebeke'nin içindesin."

"Benim adım Michael Corrigan, senin adın da Gabriel Corrigan. Biz buyuz."

"Babamın söylediklerini unuttun mu?"

"Ama yeter artık Gabe! Aynı konuşmaları daha kaç kez yapacağız? Babamız deliydi. Annemiz de onu bırakıp gidemeyecek kadar zayıf."

"O zaman neden o adamlar evimizi kundakladı peki?"

"Babamız yüzünden. Belli ki adam bir işler karıştırmış, yasadışı bir olaya bulaşmıştı. Ama *bizim* herhangi bir suçumuz yok."

"Ama Şebeke..."

"Şebeke dediğin şey hayatın ta kendisi, alışsan iyi olacak." Michael uzanıp Gabriel'ın kolunu tuttu. "Sen benim kardeşimsin. Ama aynı zamanda en yakın dostumsun. Ne yapıyorsam ikimiz için yapıyorum. Tanrı şahidimdir. Hamamböceği gibi, ışık yanar yanmaz oraya buraya kaçışarak yaşayamayız artık."

* * *

Kardeşler odaya girdiler ve yatağın iki ucunda durdular. Gabriel annesinin elini tuttu. Eli, vücudundaki tüm kan çekilmiş gibi soğuktu. "Uyan anne" dedi usulca. "Michael geldi."

Kadın gözlerini açtı ve iki oğlunu yanında görünce gülümsedi. "Nihayet geldiniz" dedi. "İkiniz de rüyalarıma giriyordunuz."

"Kendini nasıl hissediyorsun?" Michael annesinin yüzüne ve bedenine bakıp durumunu anlamaya çalışıyordu. Omuzlarının kasılmış olması, ellerini hızlı hızlı hareket ettirmesi kaygılı olduğunu gösteriyordu, ama Gabriel ağabeyinin bu durumu asla açığa vurmayacağının da farkındaydı. Herhangi bir zaafını asla kabul etmez, güçlü yönlerini şiddetle öne sürerdi. "Daha iyi görünüyorsun."

"Aman Michael!" Michael çamurlu ayaklarıyla mutfağa dalmış gibi yorgun bir gülümseme vardı annesinin yüzünde. "Bari bu gece böyle yapma, olur mu? Size babanızı anlatmam gerek."

"Bütün hikâyelerini dinledik" dedi Michael. "Bari bu gece anlatma. Doktorla konuşup seni rahatlatacak bir şeyler vermesini isteyelim."

"Bırak konuşsun." Gabriel yatağa doğru eğildi. Hem heyecanlanmış, hem de biraz korkmuştu. Ailesinin çektiği acıların nedeni belki de bu gece nihayet açıklığa kavuşacaktı.

"Biliyorum, size bugüne kadar birçok hikâye anlattım" dedi Rachel Corrigan. "Özür dilerim. Anlattıklarımın birçoğu gerçek değildi. Sizi korumak istemiştim."

Michael yatağın diğer tarafındaki kardeşine baktı ve muzaffer bir edayla başını eğdi. Gabriel, ağabeyinin aklından geçenleri biliyordu. *Demedim mi? Hepsini uydurmuş işte.*

"Çok bekledim" dedi. "Anlatması çok zor. Babanız aslında... Bana anlattığında ben de..." Dudakları, bir anda binlerce sözcük fışkırmak istiyormuş gibi titriyordu. "O bir Yolcuydu."

Başını kaldırıp Gabriel'a baktı. Yüzündeki ifade *İnan bana* diyordu; *ne olur, inan bana.*

"Devam et" dedi Gabriel.

"Yolcular, bedenlerinden dışarı enerji göndererek başka âlemlere geçebilirler. Tabula onları bu yüzden öldürmek ister."

"Anne, konuşma artık, yorulacaksın." Michael huzursuz görünüyordu. "Doktoru çağıracağım, seni rahatlatacak bir şeyler versin.."

Bayan Corrigan başını yastıktan kaldırdı. "Zamanım kalmadı Michael. Hiç zamanım kalmadı. Lütfen *dinle* beni. Tabula bizi..." Yine dikkati dağılıyordu. "Sonra da biz..."

"Tamam anne, tamam" diye fısıldadı Gabriel. Sesi ninni gibiydi.

"Biz Vermont'ta otururken Thorn adında bir Soytarı bizi buldu. Soytarılar çok tehlikeli insanlardır; acımasız ve vahşidirler ama Yolcuları korumaya ant içmişlerdir. Birkaç yıl rahat ettik ama sonra Thorn da bizi Tabula'dan koruyamadı. Bize para ve kılıcı verdi."

Başı tekrar yatağa düştü. Her sözcük gücünü tüketmiş, kalan canını da yiyip bitirmişti. "Büyürken ikinizi de izledim" dedi. "İşaretlerin olup olmadığına dikkat ettim. Geçiş yapıp yapamayacağınızı bilmiyorum. Ama eğer bu gücünüz varsa, Tabula'dan saklanmalısınız."

Acı tüm vücudunu kaplarken Bayan Corrigan gözlerini sımsıkı kapattı. Çaresiz kalan Michael annesinin yüzünü okşadı. "Ben buradayım. Gabe de burada. Seni koruyacağız. Başka doktorlar getireceğim, bütün doktorları getireceğim..."

Bayan Corrigan derin bir soluk aldı. Vücudu önce kaskatı kesildi, ardından gevşedi. Oda bir anda buz kesmişti, sanki bir tür enerji kapının altından sızıp boşluğa karışmıştı. Michael odadan fırlayıp çığlık çığlığa doktoru çağırdı. Ama Gabriel her şeyin bittiğinin farkındaydı.

* * *

Doktor Chatterjee ölümü doğruladıktan sonra Michael hemşire masasından civardaki cenaze levazımatçılarının telefon listesini aldı ve birini cep telefonundan aradı. Adresi söyledi, standart bir yakma işlemi istediğini belirtti ve kredi kartı numarasını verdi.

"Buna itirazın var mı?" diye sordu Gabriel'a.

"Yok." Gabriel hissiz ve yorgundu. Artık bir çarşafın altına gizlenmiş nesneye baktı. Aydınlığı sönmüş bir kabuktu o.

Cenaze görevlileri gelene kadar ölünün başında beklediler. Cenaze bir torbaya kondu, sedyeye yerleştirildi ve aşağıda bekleyen yazısız bir araca götürüldü. Corrigan kardeşler sokak lambasının altında uzaklaşan araca bakakaldılar.

"Param olunca ona büyük bahçesi olan bir ev alacaktım" dedi Michael. "Hoşuna giderdi mutlaka." Değerli bir şeyini düşürmüş gibi otoparka bakındı. "En büyük hayallerimden biri ona bir ev almaktı."

"Bize söyledikleri üzerinde konuşmamız gerek."

"Ne konuşacağız? Bir kelimesini bile anladın mı? Annem bize hayaletleri, konuşan hayvanları anlattı ama daha önce 'Yolcu' diye birinden söz etmedi. Aslında hepimiz Yolcu'yduk. O canına yandığımın kamyonetinden inip kıçımızı bir yere koyamadık ki."

Gabriel içinden Michael'a hak veriyordu; annesinin söylediklerini anlamak mümkün değildi. Annesinin bir gün ailelerinin başına gelenlerle ilgili bir açıklama yapacağını beklemişti hep. Artık bu zayıf olasılık da ortadan kalkmıştı.

"Belki bir bölümü doğrudur. Belki de bir biçimde..."

"Seninle tartışmak istemiyorum. Çok zor bir gece geçirdik ve ikimiz de yorgunuz." Michael kardeşine sarıldı. "Artık yalnız kaldık. Birbirimize arka çıkmamız gerek. Şimdi git biraz dinlen, sabaha konuşuruz."

Michael Mercedes'ine binip otoparktan çıktı. Gabriel motosikletini çalıştırana kadar Michael Ventura Bulvarı'na dönmüştü bile.

Koyu bir sis, ayı ve yıldızları gizliyordu. Bir kül parçası havada süzülerek kaskının camına yapıştı. Gabriel üçüncü vitese takıp kavşağı hızla geçti. Bulvara doğru baktığında Michael'ın otoyol girişine döndüğünü gördü. Mercedes'in birkaç yüz metre arkasında dört araç vardı. Onlar da hızlandılar ve grup halinde rampaya girdiler.

Gabriel'ın beyninde bir şimşek çaktı. Arabaların birlikte olduğunu ve ağabeyini takip ettiklerini anlayıvermişti. Dördüncü vitese geçip hızlandı. Motorun sarsıntısını kollarında ve bacaklarında hissediyordu. Sola sıçra. Şimdi de sağa. Otoyola çıkmıştı bile.

Gabriel grubu yaklaşık bir buçuk kilometre sonra yakaladı. Üzerinde yazı olmayan iki minibüs ve Nevada plakalı iki cip vardı. Dört aracın da camları koyuydu ve içindekiler belli olmuyordu. Michael çevresinde olup bitenlerden habersiz bir biçimde ilerliyordu. Gabriel, ciplerden birinin Michael'ı solladıktan sonra hemen önüne geçtiğini, birinin de arabasının hemen arkasına yapıştığını gördü. Dört sürücü de iletişim halindeydi, manevra yapıyor, bir hamleye hazırlanıyorlardı.

Ağabeyi San Diego Otoyolu çıkışına gelirken Gabriel sağ şeride kaydı. Hepsi o kadar hızlı gidiyorlardı ki ışıklar izler halinde geride kalıyordu. Viraja doğru yat. Hafif fren yap. Dönemeçten çıkmış, yokuşu tırmanarak Sepulveda Geçidi'ne doğru ilerliyorlardı.

İki kilometre kadar sonra Michael'ın önündeki cip yavaşlamaya başladı ve bu sırada iki minibüs onu iki yandan sıkıştırdı. Artık Michael kapana kısılmıştı. Gabriel onlara ağabeyinin kornasını duyacak kadar yakındı. Michael hafifçe sola kayacak oldu ama minibüs sürücüsü şiddetle arabasının soluna çarptı. Dört araç birlikte yavaşlamaya başlarken Michael çıkacak delik arıyordu.

O sırada Gabriel'ın telefonu çaldı. Açtığında, Michael'ın korkmuş sesiyle karşılaştı. "Gabe, nerdesin?"

"Beş yüz metre arkandayım."

"Bir iş var, bu herifler beni sıkıştırıyor."

"Dayan geliyorum. Seni kurtarmaya çalışacağım."

Gabriel, lastiği bir çukura girdiğinde çantasında bir şeylerin kıpırdadığını hissetti. Tornavida ve ingilizanahtarı hâlâ yanındaydı. Sol eliyle çantanın kapağını açtı, içinde anahtarı buldu ve sapını kavradı. İyice hızlanarak ağabeyinin arabasıyla sağ şeritteki minibüsün arasına daldı.

"Hazır ol" dedi ağabeyine, "tam yanındayım."

Gabriel minibüse yaklaşarak anahtarı cama savurdu. Cam binlerce küçük çatlağa ayrıldı. Bir daha savurduğundaysa parçalanıp dağıldı.

Bir an için sürücüyü gördü. Dazlak, küpeli, genç bir adamdı. Gabriel'ın tüm gücüyle fırlattığı anahtarı suratına yiyen adam afalladı. Minibüs sağa savrulup bariyere vurdu. Metal metale sürtünürken gecenin karanlığını kıvılcımlar aydınlattı. Devam et, diye düşündü Gabriel. Arkana bakma. Ağabeyini takip ederek otoyoldan çıktı ve şehre girdi.

7

Dört araç otoyoldan çıkmamıştı ama Michael hâlâ peşindeymişler gibi ilerlemeyi sürdürdü. Gabriel, önündeki Mercedes'i şık malikânelerin metal sütunlar üstünde havada yükseldiği dik bir kanyon yolunda izlemeyi sürdürdü. Birkaç dönemeci sertçe aldıktan sonra, San Fernando Vadisi'ne bakan tepelerin birinin üzerine gelmişlerdi. Michael yoldan çıkıp metruk bir kilisenin önündeki boşlukta durdu. Asfalta boş şişeler ve bira kutuları yayılmıştı.

Gabriel kaskını çıkarırken ağabeyi arabadan indi. Bitkin ve öfkeli görünüyordu.

"Tabula'ydı" dedi Gabriel. "Annemin ölmek üzere olduğunu, bakımevine gideceğimizi biliyorlardı. Bulvarda beklediler ve önce seni yakalamak istediler."

"Tabula diye bir şey yok. Hiçbir zaman olmadı."

"Yapma Michael, adamlar seni yoldan çıkaracaklardı işte."

"Anlamıyorsun ki." Michael birkaç adım atıp bir bira şişesini tekmeledi. "Melrose Caddesi'ndeki binayı aldığım zamanı hatırlıyor musun? Parayı nereden bulduğumu sanıyorsun?"

"Doğu Yakası'ndaki yatırımcılardan aldığını söylemiştin."

"Hah işte, o yatırımcılar gelir vergisi ödemeyi sevmeyen tiplerdendi. Hani şu bankaya yatıramayacakları paraları olanlardan. Paranın çoğunu, Philadelphia'lı bir mafya üyesi Vincent Torelli'den aldım."

"Böyle heriflerle ne işin olur senin?"

"Ya ne yapsaydım? Kredi alamıyordum. Gerçek adımı kullanamıyordum. Ben de Torelli'den parayı aldım ve binayı satın aldım. Bir yıl önce, Torelli'nin Atlantic City'deki bir kumarhanenin önünde öldürüldüğünü öğrendim. Ailesi veya dostlarından ses çıkmayınca, Philadelphia'daki bir posta kutusuna gönderdiğim kirayı kestim. Vincent gizli kapaklı işler çevirmeyi severdi. Los Angeles'taki yatırımlarından pek kimseye söz etmemişti herhalde."

"Şimdi de öğrendiler mi diyorsun?"

"Bence öyle oldu. Yani bunun Yolcularla ve annemin anlattığı diğer deli saçmalarıyla ilgisi yok. Mafya parasını istiyor, hepsi bu."

Gabriel motosikletine döndü. Doğuya baktığında, San Fernando Vadisi'ni görebiliyordu. Hava kirliliğinin bozucu etkisi altındaki sokak lambaları, donuk turuncu bir renk yayıyordu. O anda tek istediği, motosikletine atlayıp çölün yolunu tutmak, farların zar zor aydınlattığı bir toprak yolda yıldızları izlemekti. Kaybolmak istiyordu. Geçmişinden, devasa bir hapishanenin duvarları arasına sıkışıp kaldığı duygusundan kurtulmak için her şeyini verirdi.

"Özür dilerim" dedi Michael. "Tam da işler iyiye gidiyor derken yine boka sardı."

Gabriel ağabeyine baktı. Texas'ta yaşadıkları dönemde bir ara annelerinin kafası o kadar meşguldü ki, Noel'i bile unutmuştu. Noel gecesi evlerinde hiçbir şey yoktu, ama ertesi sabah Michael elinde bir çam ağacı ve bir elektronik mağazasından yürüttüğü bilgisayar oyunlarıyla çıkagelmişti. Ne yaşanırsa yaşansın onlar hep kardeş olacaklardı ve dünyayı birlikte sırtlayacaklardı.

"Unut bu adamları Michael. Los Angeles'tan gidelim."

"Bana bir iki gün ver. Belki bir iş bağlayabilirim. O zamana kadar bir motelde kalalım. Eve gitmek doğru olmaz."

* * *

Gabriel ve Michael geceyi kentin kuzeyindeki bir motelde geçirdi. Odalar Ventura Otoyolu'nun beş yüz metre uzağındaydı ve bütün gece odalarının içinden âdeta tırlar geçti. Gabriel sabah dörtte uyandığında, ağabeyinin banyoda kısık sesle telefonla konuştuğunu duydu. "Elbette seçeneklerim var" diye fısıldıyordu Michael. "Sense elim kolum bağlıymış gibi konuşuyorsun."

Sabah Michael örtüleri başına çekmiş uyurken Gabriel kalktı ve yakındaki bir lokantaya gitti. Kahve ve kek istedi. Tezgâhtaki gazetenin manşetinde ateş duvarından kaçan iki adam ve "Sert rüzgârlar güneydeki yangınları şiddetlendiriyor" başlığı vardı.

Odaya döndüğünde Michael kalkmış, duşunu yapmıştı. Havluyla ayakkabılarını parlatıyordu. "Biri buraya gelecek. Sorunu çözebileceğini sanıyorum" dedi.

"Kim bu?"

"Gerçek adı Frank Salazar ama herkes ona Köpükçü der.

Gençliğinde Doğu Los Angeles'taki kulüplere köpük makinesi kiralıyormuş."

Michael televizyonda borsa haberlerini izlerken Gabriel yatağına uzanıp tavana baktı. Gözlerini kapadı ve kendisini motosiklet üstünde, Angeles Crest'e giden otoyolun yükseklerinde hayal etti. Vites küçültüp dönemeçlere girerken çevresindeki yeşil dünya akıp gidiyor gibiydi. Michael ise televizyonun önündeki yollukta volta atmayı sürdürüyordu.

Kapı çalındı. Michael perdelerin arasından baktıktan sonra kapıyı açtı. Karşısında ablak suratlı, çalı gibi kara saçları olan, devasa bir Samoalı duruyordu. Adam tişörtünün üstüne giydiği Hawaii gömleğini düğmelememişti ve belindeki 45'lik otomatiği gizlemeye gerek bile duymuyordu.

"Selam Deek. Patronun nerede?"

"Arabada. Ortalığı bir kolaçan edelim de."

Adam içeri girip banyoyu ve dolapları inceledi. Yaba gibi ellerini yatak örtülerinin altına daldırdı ve koltukların minderlerini kaldırdı. Michael hiçbir şey yokmuş gibi gülümsemesini sürdürüyordu. "Silahım falan yok Deek. Taşımadığımı biliyorsun."

"Güvenlik şart. Köpükçü sabah akşam bunu sayıklıyor."

Kardeşlerin de üzerini arayan Samoalı gittikten bir dakika sonra yanında Latin bir koruma ve büyük güneş gözlüğü takmış, turkuvaz gömlek giymiş yaşlıca bir adamla geri geldi. Köpükçü'nün derisinde koyu renkli doğum izleri, boynundaysa bir faça vardı. İki korumaya, "Dışarıda bekleyin" dedikten sonra girip kapıyı kapattı.

Köpükçü, Michael'ın elini sıktı. "Seni gördüğüme sevindim." Yumuşak, ince bir sesi vardı. "Arkadaşın kim?"

"Kardeşim o, Gabriel."

"Aile iyidir. Ailene sahip çıkacaksın." Köpükçü, Gabriel'ın da elini sıktı. "Akıllı bir ağabeyin var ama bu kez fazla çakallık etmiş."

Köpükçü, televizyonun yanındaki sandalyeye oturdu. Michael da yatağın köşesine oturup yüzünü ona döndü. Gabriel, Güney Dakota'daki çiftlikten kaçalı beri ağabeyinin birtakım yabancıları bir şey almaya veya onun planına katılmaya ikna edişini izlemişti. Ancak Köpükçü, dişli bir rakibe benziyordu. Gözlüğünün arkasından gözleri pek seçilemiyordu ve dudaklarında bir komedi dizisini izlemeye hazırlanır gibi bir gülücük vardı.

"Philadelphia'daki dostlarınla konuştun mu?" diye sordu Michael.

"O işin ayarlanması birkaç gün sürer. Ben o sırada sizi koruyacağım. Tazminat olarak Melrose'daki binayı Torelli ailesine vereceğiz. Hizmet bedeli olarak da Fairfax'taki binanın sendeki hisselerini alacağım."

"Tek bir iyilik için çok şey istiyorsun" dedi Michael. "Elimde hiçbir şey kalmayacak ki."

"Hata yaptın Michael. Birtakım adamlar da seni infaz etmek istiyor. Bu sorun öyle ya da böyle çözülecek."

"Tamam, haklısın ama..."

"Güvenlik şart. Belki iki iş hanından olacaksın ama hayatını kurtaracaksın." Hâlâ gülümseyen Köpükçü, sandalyesine yaslandı. "Hatalarından ders çıkarmaya bak."

8

Maya, otel odasından kamerayı ve üçayağı aldı ama valiziyle giysilerini orada bıraktı. Almanya'ya giden trende malzemeleri defalarca dikkatle incelemesine rağmen iz süren böcek bulamadı. Sıradan yurttaşlık hayatının sona erdiğinin farkındaydı. Tabula, öldürdüğü taksiciyi bulduktan sonra Maya'nın peşine düşecek ve bulduğu yerde indirecekti. Saklanmasının zor olduğunun farkındaydı. Tabula, Londra'daki yıllarında onun yığınla fotoğrafını çekmişti. Parmak izleri, ses izleri, ofisteki çöp kutularına attığı mendillerden DNA'sı bile ele geçirilmişti mutlaka.

Münih'e indiğinde, istasyonda gördüğü Pakistanlı bir kadına, çevrede tesettür giysileri satan bir dükkân sordu. Aslında Afgan kadınlarının giydiği mavi burka ile tamamen kapanmak istiyordu ama kaba giysi, silah kullanmayı zorlaştırırdı. Modern giysilerini kapatmak için siyah bir çarşaf ve siyah güneş gözlüğü satın aldı. İstasyona döndüğünde İngiliz kimliğini imha etti ve yedek pasaportlarından birini kullanarak, babası Alman, annesi İranlı olan tıp öğrencisi Gretchen Voss oldu.

Havayolu tehlikeli olacağından trenle Paris'e geçti, Gallieni metro istasyonuna gitti ve İngiltere'ye geçen otobüslerden birine atladı. Otobüs, Senegalli göçmen işçiler ve eski giysilerle dolu torbaları olan Kuzey Afrikalı ailelerle doluydu. Otobüs Manş Denizi'ne geldiğinde herkes otobüsten inip devasa feribotu dolaşmaya başladı. Maya, İngiliz turistlerin gümrüksüz içki almasını, kumar makinelerini bozukluklarla beslemesini ve televizyon ekranındaki bir komediye boş boş bakmasını izledi. Yurttaşların hayatı normaldi, hatta neredeyse sıkıcıydı. Büyük Düzen tarafından devamlı gözetlenmekte olduklarını ya bilmiyor ya da umursamıyorlardı.

İngiltere'de dört milyon kapalı devre televizyon vardı; yani her on beş kişiye bir ekran düşüyordu. Thorn bir keresinde Londra'daki normal bir çalışanın günde ortalama üç yüz farklı güvenlik kamerası tarafından görüntüleneceğini söylemişti. Kameralar ilk çıktığında, hükümet "Keskin Gözlerin Altında Güvendesiniz" posterleri asmıştı her yere. Yeni anti-terör yasaları sayesinde tüm gelişmiş ülkeler İngiltere örneğini uygulamaya geçirmişti.

Maya, yurttaşların bu müdahaleyi bilerek görmezden gelip gelmediğini merak etti. Birçoğu kameraların onları gerçekten de suçlulardan ve teröristlerden koruduğuna inanıyordu. Sokakta yürürken onları kimsenin tanımadığını varsayıyorlardı. Yüz tarama programlarının gerçek gücünü algılayabilen çok az kişi vardı. Bir güvenlik kamerası bir kişinin yüzünü görüntüledikten sonra, sürücü belgesi veya pasaportundaki fotoğrafıyla karşılaştırabilecek boyuta, ışık düzeyine ve kontrasta getirebilirdi.

Tarama programları yüzleri kaydediyordu ama devlet kameraları kullanarak olağandışı davranışları da saptayabilirdi. Gölge Programı adı verilen bu sistem Londra, Chicago ve Las Vegas'ta kullanılmaya başlamıştı bile. Bilgisayarlar, kameraların çektiği saniyelik görüntüleri analiz ederek kamu binalarının önüne bırakılan şüpheli paketler ya da otoyolda duran arabalar konusunda polisi anında bilgilendiriyordu. Gölge, başını eğip işine gitmesi gerekirken sokaklarda aylaklık eden herkesi bulup çıkarıyordu. Fransızlar bu aylaklara *flâneur* ismini takmıştı. Büyük Düzen'e göreyse sokak köşelerinde dikilen veya inşaat şantiyelerine uzun uzun bakan tüm yurttaşlar olağan şüphelilerdi. Bu kişilerin resimleri bir renk verilerek işaretlenir ve birkaç saniye içinde polise gönderilirdi.

İngiliz Devleti'nin aksine, Tabula'nın omuzlarında yasalar, yönetmelikler ve hukuk gibi yükler yoktu. Örgütleri görece küçük ve paralı bir kuruluştu. Londra'daki bilgisayar merkezlerinden dünyadaki tüm güvenlik kamerası sistemlerine girebilir ve çok güçlü bir tarama yazılımıyla görüntüleri inceleyebilirlerdi. Neyse ki, Kuzey Amerika ve Avrupa'daki kameraların çokluğundan ötürü aşırı yüklenmiş durumdaydılar. Veritabanlarındaki görüntüye bire bir uyan bir iz yakalasalar bile, onu gördükleri tren istasyonuna veya otel lobisine zamanında varamazlardı. Asla durma, demişti Thorn ona. Hareket halinde olursan seni yakalayamazlar.

Asıl tehlike, bir Soytarı'nın alışkanlık edinip bir yere her gün aynı yoldan gitmesindeydi. Yüz tarayıcıları eninde sonunda bu alışkanlığı çözer, Tabula da gidip bir güzel pusu kurardı. Thorn, "darboğaz" veya "çıkmaz kanyon" dediği durumlara karşı her zaman tetikte olmuştu. Darboğaz, yetkililerin gözetim altında tuttuğu, tek bir yoldan geçmek zorunda kalındığı durumlardı. Çıkmaz kanyonlarsa, insanları çıkışın olmadığı yerlere, sözgelişi uçaklara ve göçmenlik bürolarına yönlendiren yollardı. Tabula'nın avantajı, parası ve teknolojisiydi. Soytarılarsa, cesaretleri ve rasgelelik geliştirme becerileri sayesinde hayatta kalıyorlardı.

Maya Londra'ya vardığında metroya geçip Highbury and Islington istasyonuna gitti, ama evine dönmedi. Bunun yerine sokağın başındaki Hurry Curry adlı bir paket servis lokantasına yürüdü. Bir tavuk yemeği ısmarladıktan sonra servis görevlisine dış kapının anahtarını verip iki saat sonra yemeği kapıya bırakmasını istedi. Hava kararırken, evinin karşısındaki bir bar olan Highbury Barn'ın çatısına tırmandı ve bir bacanın arkasına gizlenip evinin altındaki tütüncüden içki alan yurttaşları izlemeye koyuldu. Ellerine evrak çantaları ve poşetler almış yurttaşlar, aceleyle evlerine koşturuyorlardı. Apartmanın kapısının yakınında beyaz bir minibüs duruyordu ama ön koltuğunda kimse yoktu.

Hurry Curry'nin Hintli servis görevlisi tam yedi buçukta kapıya ulaştı. Apartmanın kapısını açar açmaz beyaz minibüsten iki adam fırlayıp onu apartmana soktu. Onu belki öldürürler, belki sorgulayıp yaşamasına izin verirlerdi. Maya'nın hiç umurunda değildi. Soytarı zihniyetine dönmeye başlamıştı ve burada duygulara, acımaya, bağlılığa yer yoktu.

Geceyi, babasının yıllar önce aldığı Doğu Londra'daki dairesinde geçirdi. Annesi burada Doğu Asyalıların arasına gizlenmiş biçimde, Maya on dört yaşındayken kalp krizinden ölünceye kadar oturmuştu. Üç odalı ev, Brick Lane'in hemen üstündeki bakımsız bir apartmanın en üst katındaydı. Zemin katta Bengalli bir seyahat acentesi vardı ve belirli bir ücret karşılığında çalışma izinleri ya da sahte kimlikler düzenlerdi.

Her zaman şehrin dışında kalmış olan Doğu Londra, yasadışı bir şeyler yapmak ya da almak için uygun bir yerdi. Yüzyıllardan beri dünyanın en berbat kenar mahalleleri arasında gösterilirdi ve Karındeşen Jack'in mahallesiydi. Artık Amerikalı turistler geceleri burada Karındeşen gezilerine çıkarılıyordu, Old Truman bira fabrikası açık hava meyhanesi olmuştu ve Bishop's Gate iş merkezinin cam kuleleri mahallenin göbeğine hançer gibi saplanmıştı.

Eskiden karanlık sokaklarla dolu bir dehliz olan mahalle, artık sanat galerileri ve şık lokantaların egemenliğindeydi, ama işini bilen biri, Büyük Düzen'in gözetiminden kurtulmasını sağlayacak çok çeşitli ürünleri buradan elde edebilirdi hâlâ. İşportacılar, hafta sonları Brick Lane'in diğer ucundaki Cheshire Sokağı'nı mesken tutarlardı. Bu adamlar, sokak kavgaları için saldırmalardan muştalara, korsan filmlerden çalıntı SIM kartlarına kadar her şeyi satarlardı. Ellerine biraz para sıkıştırıldığında, SIM kartı bir paravan şirketin üzerindeki bir kredi kartıyla görüşmeye açarlardı. Devlet telefon konuşmalarını dinleyebiliyordu ama cep telefonu sahiplerine ulaşamıyordu. Büyük Düzen, sabit adresleri ve banka hesapları olan yurttaşları kolaylıkla izleyebilirdi. Büyük Düzen'in dışında yaşayan Soytarılarsa sınırsız cep telefonu ve kimliğe sahipti. Kılıçları dışındaki her şeyi birkaç kez kullandıktan sonra fırlatıp atarlardı.

Maya, tasarım stüdyosunun patronunu aradı ve babasının kanser olduğunu, ona bakmak için işten ayrılmak zorunda olduğunu anlattı. Stüdyonun fotoğrafçılarından biri olan Ned Clark, ona bir alternatif tıp doktorunun adını verdikten sonra vergi sorunu olup olmadığını sordu.

"Yok. Neden sordun?"

"Maliye'den bir adam gelip seni sordu. Muhasebedekilerle konuşup vergi ödemelerin, ev adresin ve telefonlarını istemiş."

"Vermişler mi?"

"Sıkıyorsa verme, adam Maliye'den." Clark sesini alçalttı. "İsviçre'de yerin yurdun varsa bence bir an önce oraya kaç. Avcunu yalasın pezevenkler. Alnımızda enayi mi yazıyor?"

Maya, gelen adamın gerçekten Maliye görevlisi mi, sahte kimlikle icraata çıkan Tabula katili mi olduğunu bilmiyordu. Öyle ya da böyle peşindeydiler. Daireye dönen Maya, Brixton'daki bir deponun anahtarını buldu. Küçükken babasıyla birkaç kere o depoya gitmişlerdi ama uzun zamandır uğramamıştı. Ambarı birkaç saat gözetledikten sonra binaya girip görevliye anahtarını gösterdi. Görevlinin izniyle asansöre binip üçüncü kata çıktı. Depo, gardıroptan hallice, penceresiz bir odaydı. İnsanlar bu depoda genellikle şarap saklardı çünkü soğuk hava sistemi şarabı iyi koruyordu. Maya ışığı açtı, kapıyı kilitledi ve kutuları aramaya başladı.

Babası küçüklüğünde ona çeşitli ülkelerden on dört farklı pasaport çıkarttırmıştı. Soytarılar, trafik kazasında ölenlerin doğum belgelerini alır ve bunlarla yasal kimlikler çıkarttırırlardı. Ama ne yazık ki devletler biyometrik bilgiler depolamaya başladığından beri bu belgelerin çoğu zamanaşımına uğramıştı. Yüz taramalarının, iris desenlerinin ve parmak izlerinin depolandığı küçük dijital çipler, yurttaşların pasaportlarına ve nüfus cüzdanlarına ekleniyordu. Bu çipler tarayıcıdan geçirildiğinde, veriler İngiltere'nin

Ulusal Nüfus Kaydı veritabanındakilerle karşılaştırılırdı. Amerika'ya yapılacak uçuşlarda, pasaport verilerinin havaalanında yapılan iris ve parmak izi taramalarına uyması zorunluydu.

Amerika Birleşik Devletleri ve Avustralya, kapaklarına radyo frekanslı kimlik çipleri yerleştirilmiş olan pasaportlar veriyordu. Bu yeni pasaportlar gümrük görevlilerine kolaylık sağlıyordu sağlamasına, ama Tabula'nın insanları avlaması için de benzersiz bir fırsat oluşturuyordu. "Kevgir" adı verilen bir makine, palto cebinde ya da çantada taşınan pasaportlardaki bilgileri okuyabiliyordu. Kevgirler, asansör veya otobüs durağı gibi insanların kısa sürelerle bekledikleri yerlere yerleştiriliyordu. Adam öğlen ne yesem diye düşünürken, kevgir ona ilişkin ne var ne yoksa indirip süzgeçten geçiriyordu. Belirli bir kökene, dine veya ırka işaret eden adları tarayabilirdi sözgelişi. Önünde duran yurttaşın yaşını, adresini, parmak izinin kaydını, geçen yıllarda gittiği ülkeleri bulup çıkarabilirdi.

Yeni teknoloji nedeniyle Maya'nın elinde biyometrik verilerinin üç farklı türüne karşılık gelen üç pasaport vardı sadece. Büyük Düzen'i aldatmak hâlâ mümkündü, ama insanın akıllı ve yaratıcı olması gerekiyordu.

Önce görünüşün gizlenmesi gerekliydi. Tanıma sistemleri, insan yüzüne özgün niteliklerini veren düğüm noktalarına odaklıydı. Bilgisayar, kişinin düğüm noktalarını analiz ediyor ve bunları bir dizi sayıya çevirerek yüz izi oluşturuyordu. Renkli lensler ve peruklar ancak yüzeysel görüntüyü değiştirirdi; tarayıcıları aldatmak içinse özel ilaçlar gerekliydi. Maya, cildini ve dudaklarını gerdirmek için steroidler veya gevşetip daha yaşlı göstermek için gevşeticiler kullanmak zorunda kalacaktı. İlaçların tarayıcıları olan bir havaalanına varmadan yanaklarına ve dudaklarına enjekte edilmesi gerekliydi. Üç pasaportundan her birinde farklı dozda ilaçlar ve farklı enjeksiyon sıraları kullanılmıştı.

Maya'nın izlediği bir Amerikan bilimkurgu filminde kahraman, ölü bir adamın gözlerini kullanarak retina tarayıcısından geçiyordu. Ancak Hollywood'un uyduracağı bu numara, gerçek hayatta söz konusu olamazdı. İris tarayıcıları insanın gözüne kırmızı bir ışık veriyordu ve gözbebekleri bu ışık altında küçülüyordu. Oysa ölü gözler küçülemezdi. Devletler, iris tarayıcılarının yüzde yüz güvenilir tanıma aygıtları olduğunu söyleyerek övünüyordu. İnsan irisindeki özgün girintiler, çıkıntılar ve renk dalgalanmaları daha ana rahmindeyken oluşmaya başlardı. Tarayıcı, uzun kirpiklerden veya gözyaşından ötürü yanılabilirdi belki ama insanın irisi hayatı boyunca değişmezdi.

Thorn ve yeraltındaki diğer Soytarılar, iris tarayıcıları gümrüklerde kullanılmaya başlamadan birkaç yıl önce bunun önlemini almıştı. Singapur'daki gözlükçülere, özel lensler üretmeleri için binlerce dolar ödeniyordu. Esnek plastiğin üzerine başka birinin irisinin deseni kazınmaktaydı. Tarayıcının kırmızı ışığı altında bu lens tıpkı insan dokusu gibi küçülüyordu.

Son biyometrik engelse parmak iziydi. Asit veya estetik ameliyat kişinin parmak izini değiştirirdi ama sonuç kalıcı olurdu ve yara izi bırakırdı. Thorn, Japonya'ya yaptığı bir ziyarette, Yokohama Üniversitesi'ndeki araştırmacıların bardaklarda kalan parmak izlerini alıp bir insanın parmaklarına yapıştırılabilecek jelatin kaplamalar haline getirdiğini görmüştü. Bu kaplamalar narindi ve zor takılıyordu ama hayat kurtarıyordu. Maya'nın üç pasaportunda üç farklı kaplamanın parmak izleri kayıtlıydı.

Depodaki kutuları karıştıran Maya, içinde iki derialtı şırıngası ve görünümünü değiştirecek ilaçlar bulunan bir makyaj çantası buldu. Pasaportlar. Parmak kaplamaları. Kontak lensler. Evet, her şey buradaydı. Diğer kolileri araştırarak bıçaklar, silahlar ve farklı ülkelerin paralarını buldu. Kayıt dışı bir uydu telefonu, bir dizüstü bilgisayar ve kibrit kutusu büyüklüğünde bir rasgele sayı üreteci vardı. RSÜ, Soytarıların kılıç kadar önemli bir değeriydi. Geçmişte, hacıları koruyan şövalyeler yanlarında taşıdıkları fildişi veya kemik zarları savaşa girmeden önce yere atarlardı. Şimdi tek yapması gereken, bir düğmeye basmaktı. Ekranda rasgele sayılar oluşacaktı.

Uydu telefonuna mühürlü bir zarf bantlanmıştı. Maya zarfı açtı ve babasının el yazısını tanıdı.

> İnternetteyken Carnivore'a dikkat et. Yurttaş gibi davran ve kibar konuş. Tetikte ol ama korkma. Küçücük bir kızken bile güçlü ve yaratıcıydın. Yaşlandıkça hayatta tek bir şeyden gurur duyar oldum: Senin benim kızım olmandan.

Maya, Prag'dayken babası için ağlamamıştı. Londra'ya dönüş yolundayken de zihnini tamamen hayatta kalmaya odaklamıştı. Ama şimdi, bu depoda yalnızken, yere çöktü ve ağlamaya başladı. Hâlâ birkaç Soytarı vardı hayatta, ama o temelde yalnız sayılırdı. Tek ve küçücük bir hata bile yapsa, Tabula onu yok edecekti.

9

Bir nörolog olan Dr. Philip Richardson, insan beynini incelemek için çeşitli yöntemler kullanırdı. Beynin düşünmesi ve uyarılara tepki vermesi sırasında yapılan CAT taramalarını, röntgen çekimlerini ve MRI görüntülerini incelemişti. Beyinleri kesmiş, tartmış, boz renkli dokuyu elinde tutmuştu.

Bu deneyimleri sayesinde, Yale Üniversitesi'nin Dennison Kürsüsü'nde seminer verirken kendi beyninin hareketlerini de takip edebiliyordu. Konuşmasını kartlardan okurken, elindeki bir düğmeye basarak arkasındaki perdeye çeşitli görüntüler gelmesini sağlıyordu. Ensesini kaşıdı, ağırlığını sol bacağına yükledi ve kürsünün cilalı yüzeyine dokundu. Bunları yaparken bir yandan da izleyicilerini sayıp farklı kümelere yerleştirebiliyordu. İzleyiciler tıp fakültesinden meslektaşları ve bir grup Yale öğrencisinden oluşuyordu. Semineri işin kışkırtıcı bir başlık seçmişti: "Tanrı'yı Kutuladık: Nörolojideki Son Gelişmeler". Akademik olmayan izleyicilerin de katılmış olması onu memnun ediyordu.

"Son on yılda, insanın ruhani deneyimlerinin sinirsel altyapısını inceledim. Sıklıkla meditasyon yapan veya dua eden kişiler arasından seçtiğim deneklere, Tanrı'yla veya evrenin sonsuzluğuyla doğrudan temas halinde olduklarını belirttikleri anlarda radyoaktif izleme maddesi enjekte ettim. Sonuçları görüyorsunuz..."

Richardson bir düğmeye bastı ve insan beyninin foton emisyonunu gösteren bir resim perdeye geldi. Bazı bölümler kıpkırmızı parlarken diğerlerinde hafif bir turunculuk görülüyordu.

"Kişi dua ederken, prefrontal korteks sözcüklere odaklanmaktadır. Bu sırada, beynin üst bölümündeki parietal lob ise karanlıktır. Sol lob, zaman ve uzaydaki konumumuz hakkındaki bilgileri işler. Bize somut fiziksel bir bedenimizin varlığını düşündürür.

Parietal lob kapandığı zaman, kendimizi dünyadan ayıramayız. Dolayısıyla denek, kendisini Tanrı'nın zamansız ve sınırsız gücüyle temas halinde sanmaktadır. Ruhani bir deneyim gibi görünen bu durum, aslında sinirsel bir yanılsamadır."

Richardson düğmeye bastı ve başka bir beyin resmi görüldü. "Yakın zamanda, mistik deneyimler yaşadıklarını bildiren kişilerin de beyinlerini inceledim. Görüntü dizisine dikkat edin. Kendisine vahiy geldiğini sanan birey, gerçekte temporal lobda, yani beynin dil ve kavramsal düşünceden sorumlu bölümündeki sinirsel uyarılara tepki vermektedir. Deneyimi güçlendirmek için, deneklerimin kafataslarına elektromıknatıslar yerleştirdim ve zayıf bir manyetik alan yarattım. Tüm denekler vücut dışı deneyim yaşadıklarını ve tanrısal bir güçle doğrudan temas ettiklerini bildirdiler."

"Böyle deneyler bizi, insan ruhuna ilişkin geleneksel varsayımları sorgulamaya itiyor. Geçmişte bu konular filozoflar ve ilahiyatçılarca irdelendi. Ne Platon, ne de Thomas Aquinas, tartışmaya bir doktorun dahil olabileceğini hayal edebilirdi. Ancak yeni bir binyıla girdik. Rahipler duaya, felsefeciler akıl yürütmeye devam etsin, insanlığın temel sorularını cevaplamaya en çok yaklaşanlar, nörologlar oldu. Deneylerle doğruladığım bilimsel iddiam odur ki, Tanrı, şu kutunun içinde yer alan cisimde yaşamaktadır."

Nörolog, kırklı yaşlarında uzun boylu ve sarsak bir adamdı, ama kürsünün yanındaki masanın üzerindeki bir karton kutuya doğru ilerlerken tüm sarsaklığı uçup gitti. İzleyiciler ona bakıyordu. Herkes görmek için meraklanıyordu. Kutunun içine uzandı, bir an duraladı, ardından içinde bir insan beyni olan bir kavanoz çıkardı.

"İnsan beyni. Formaldehit içinde yüzen bir doku parçası alt tarafı. Deneylerimle, ruhani bilinç adını verdiğimiz şeyin gerçekte sinirsel değişimlere verilen bilişsel tepkiler olduğunu kanıtladım. Tanrısallık anlayışımız, çevremizi ruhani bir gücün sarmaladığına inancımız, beyin tarafından oluşturulmaktadır. Son bir adım atarak verilerin öne sürdüklerini yargılayacak olursanız, Tanrı'nın sinir sistemimizin icadı olduğu sonucuna varırsınız. Kendi kendine tapan bir bilinç sistemine doğru evrimleştik. İşte gerçek mucize budur."

* * *

Kadavra beyni gerçi semineri çok etkileyici biçimde bitirmişti ama şimdi bir de eve taşınması vardı. Richardson kavanozu dikkatle kutuya koyup kürsüden indi. Tıp fakültesinden arkadaşları, onu kutlamak için çevresini sarmışlardı. Genç bir cerrah da ona otoparka kadar eşlik etti.

"Kimin beyni bu?" diye sordu. "Ünlü birinin mi?"

"Yok canım. Otuzunu geçmiş birinin. Organ bağışı formunu imzalamış kimsesiz bir hastanındır herhalde."

Dr. Richardson beyni Volvo'sunun bagajına yerleştirdi ve üniversiteden çıkıp kuzeye döndü. Karısı boşanma davasının belgelerini imzalayıp Florida'da bir dans hocasıyla yaşamaya başladığından beri Richardson, Prospect Caddesi'ndeki malikâneyi satmayı düşünüyordu. Mantığı bu evin tek kişi için çok büyük olduğuna çoktan karar vermişti ama duygusal tarafı galip gelmiş, evi sattırmamıştı. Evin her odası, beynin bir bölümü gibiydi. Dört bir yanı raflarla kaplı bir kitaplığı, tüm duvarlarında çocukluk resimleri asılı olan bir yatak odası vardı. Duygusal yönelimini değiştirmek istediğinde başka odaya geçiyordu.

Richardson arabasını garaja park etti ve beyni bagajda bırakmaya karar verdi. Yarın tıp fakültesine götürüp camekânına koyardı.

Garajdan çıkıp kepengi indirdi. Saat beş olmuştu. Gökyüzüne mor renkler hâkimdi. Richardson'ın burnuna, komşusunun bacasından yükselen odun dumanı kokusu geldi. Soğuk bir gece olacaktı. Belki o da yemekten sonra salonun şöminesini yakardı. Ardından büyük yeşil koltuğa kurulup bir öğrencisinin tezinin ilk taslağını incelerdi.

Yolun karşısına park etmiş yeşil bir cipten bir yabancı indi ve eve doğru yaklaştı. Kırk yaşlarında, kısa saçlı, metal çerçeveli gözlüğü olan bir adamdı. Vücudunun duruşunda kararlı ve dikkatli bir hal vardı. Karısının gönderdiği bir icra memuru olduğunu düşündü. Karısı, nafakanın artırılması için noterden ihtarname çektikten sonra, geçen ayın nafakasını bile bile yatırmamıştı Richardson.

"Seminerinize gelemediğim için üzüldüm" dedi adam. "Tanrı'yı Kutulamak ilgimi çekmişti oysa. Çok izleyici var mıydı?"

"Tanışıyor muyuz?" diye sordu Richardson.

"Adım Nathan Boone. Evergreen Vakfı'nda görevliyim. Size araştırma bursu vermiştik yanlış hatırlamıyorsam."

Evergreen Vakfı, son altı yıldır Richardson'ın nöroloji araştırmalarını destekliyordu. Bursu almak kolay değildi. Her şeyden önce, vakfa başvurulmuyordu, vakıf gelip araştırmacıları buluyordu. Ancak bu ilk engel aşıldıktan sonra, anlaşma otomatik olarak yenileniyordu. Telefon edip durum soran, laboratuvara adam gönderip inceleme yaptıran yoktu. Richardson'ın arkadaşları, Evergreen piyangodan para çıkmasından sonra en güzel şey diye şakalar yapardı.

"Evet, çalışmalarımı bir süredir destekliyorsunuz" dedi Richardson. "Sizin için ne yapabilirim?"

Nathan Boone parkasının iç cebine uzanıp beyaz bir zarf çıkardı. "Burada, sözleşmenizin bir kopyası var. Dikkatinizi 18-C sayılı maddeye çekmem söylendi. Bu bölümü hatırlıyor musunuz doktor?"

Elbette hatırlıyordu doktor. Evergreen Vakfı'na özgü, paralar karşılıksız sanılıp ortaya saçılmasın diye konmuş bir maddeydi.

Boone sözleşmeyi zarftan çıkarıp okumaya başladı. "Madde 18-C. Burs alan –bu siz oluyorsunuz doktor– araştırmalarını anlatmak ve kaynakların harcandığı yerlerin dökümünü vermek üzere herhangi bir zamanda Vakfın herhangi bir temsilcisiyle buluşma sorumluluğu olduğunu kabul eder. Toplantı zamanı Vakıf tarafından belirlenecektir. Toplantıya ulaşım sağlanacaktır. Bu çağrıya uyulmaması durumunda, burs sözleşmesi geçerliliğini yitirecek, bursu alan, daha önce kullandığı tüm kaynakları Vakfa iade etmekle yükümlü olacaktır."

Boone sözleşmenin sayfalarını çevirip son sayfaya ulaştı. "Bunu imzaladınız, değil mi Dr. Richardson? Bu sizin imzanız değil mi?"

"Elbette imzaladım. Neden şimdi benimle konuşmak istiyorlar ki?"

"Herhalde açıklanması gereken küçük bir sorun vardır. Küçük bir çanta alın yeter. Diş fırçanızı unutmayın. Sizi New York, Purchase'teki araştırma merkezimize götüreceğim. Bu gece bazı verileri gözden geçirerek yarın sabah çalışanlarla toplantıya hazır olmanızı istiyorlar."

"Bu mümkün değil" dedi Richardson. "Lisansüstü öğrencilerime ders vereceğim. New Haven'dan ayrılamam."

Boone uzanıp Richardson'ın sağ kolunu kavradı. Doktorun kaçmasını önlemek ister gibi hafifçe sıktı. Silah çekmemiş, tehdit etmemişti ama öyle bir duruşu ve bakışı vardı ki insan korkmadan edemiyordu. Birçok kişinin aksine, adamın gözünde kuşku veya tereddütten eser yoktu.

"Programınızı biliyorum Dr. Richardson. Buraya gelmeden önce kontrol ettim. Yarın dersiniz yok."

"Lütfen kolumu bırakın."

Boone, Richardson'ın kolunu bıraktı. "Sizi zorla arabaya sokup New York'a götürmeyeceğim. Sizi hiç zorlamayacağım. Ancak mantıksız davranacak olursanız, olumsuz sonuçlara katlanmanız gerekecek. Sizin gibi parlak bir insanın yanlış bir karar vermesi beni gerçekten çok üzer."

Boone, haber getirmiş posta gibi sırtını döndü ve sert adımlarla cipine doğru ilerlemeye başladı. Dr. Richardson, kendisini midesine yumruk yemiş gibi hissediyordu. Ne diyordu bu adam? Olumsuz sonuçlar falan?

"Bay Boone! Bir dakika lütfen."

Boone yolun kenarında durdu. Hava, yüzünün seçilemeyeceği kadar kararmıştı.

"Araştırma merkezine gelecek olursam nerede kalacağım?"

"Çok rahat ve güzel bir konukevimiz var."

"Yarın öğleden sonra buraya dönmüş olacak mıyım?"

Boone'un sesi hafifçe değişti. Gülümsüyor gibi çıkıyordu artık. "Sizi temin ederim."

10

Boone aşağıdaki holde beklerken Dr. Richardson küçük seyahat çantasını hazırladı. Derhal yola çıkarak güneye, New York'a doğru ilerlediler. Purchase kasabasına yaklaştıklarında Boone otoyoldan ayrılıp çift şeritli bir kasaba yoluna girdi. Taş ve ateş tuğlasından yapılmış pahalı banliyö evlerinin yanından geçtiler. Evlerin ön bahçelerinde meşe ve çınar ağaçları, çimenlerinin üstünde dökülmüş sonbahar yaprakları vardı.

Boone mıcır dökülmüş bir yola sapıp yüksek duvarlarla çevrili bir alanın önünde durduğunda saat sekizi biraz geçiyordu. Küçük bir tabela, Evergreen Vakfı tarafından işletilen bir araştırma merkezine geldiklerini belirtiyordu. Kulübedeki görevli Boone'u tanıdı ve kapıyı açtı.

Çamlarla çevrili küçük bir otoparkta durup cipten indiler. Parke taş kaplı bir yolda ilerlerlerken Richardson tesisi oluşturan beş büyük yapıyı inceledi. Camdan ve çelikten yapılmış dört bina, bir dikdörtgenin köşelerini oluşturuyordu ve ikinci kattan kapalı koridorlarla birbirlerine bağlanmıştı. Dörtgenin ortasında dış cephesi beyaz mermer kaplı penceresiz bir yapı vardı. Yapı bu duruşuyla Dr. Richardson'a fotoğraflarda gördüğü Kâbe'yi çağrıştırıyordu.

"Şurası vakfın kitaplığı" dedi Boone, dörtgenin kuzey ucundaki binayı göstererek. "Soldan sağa genetik araştırma binası, bilgisayar araştırmaları binası ve idari merkez yer alıyor."

"Ortadaki penceresiz beyaz bina ne?"

"Orası da Nörolojik Sibernetik Araştırmalar Merkezi. Bir yıl kadar önce yapıldı."

Boone, Richardson'ı idari merkeze yönlendirdi. Lobide, duvara sabitlenmiş bir güvenlik kamerası dışında hiçbir şey yoktu.

Mekânın sonuna doğru iki asansör vardı. Asansörlere yaklaşırlarken birinin kapıları açıldı.

"Biri bizi mi izliyor?"

Boone omuz silkti: "Bu olasılık her zaman var doktor."

"İzliyor olmalı çünkü kapılar kendiliğinden açıldı."

"Üzerimde radyo frekanslı bir kimlik çipi var. Buna Güvenlik Bağı adını veriyoruz. Bu çip, bilgisayara binaya girdiğimi ve bir kapıya yaklaşmakta olduğumu bildiriyor."

Asansöre bindiklerinde kapı usulca kapandı. Boone, duvara gömülü gri bir plakaya doğru elini uzattı. Hafif bir tık duyuldu ve asansör hareket etti.

"Birçok binada kimlik kartı kullanıyorlar."

"Burada da kart taşıyanlar var." Boone kolunu kaldırınca Richardson adamın sağ elinin tersindeki yara izini gördü. "Ama yüksek güvenlik erişimine sahip herkesin derisinin altında bir Güvenlik Bağı bulunur. Bu çip çok daha güvenli ve etkili bir yöntem."

Üçüncü katta ulaştılar ve Boone doktoru odasına götürdü. Süitte bir yatak odası, bir oturma odası ve bir banyo vardı. "Geceyi burada geçireceksiniz" dedi Boone. "Oturun, rahatınıza bakın."

"Ne olacak?"

"Meraklanacak bir şey yok doktor. Biri sizinle görüşmek istiyor."

Boone odadan ayrıldı ve kapı sessizce kapandı. Saçmalığa bak, diye düşündü Richardson. Bana suçlu muamelesi yapıyorlar. Birkaç dakika öfkeyle volta atan Richardson'ın kızgınlığı geçmeye başladı. Belki de gerçekten yanlış bir iş yapmıştı. O Jamaika'daki konferanstan başka ne vardı ki? Tamam, araştırmayla hiçbir ilgisi olmayan bazı yemekler ve otel konaklamaları olmuştu. Ama bunu nereden bileceklerdi ki? Kim söyleyebilirdi? Üniversitedeki meslektaşlarını düşündü ve bazılarının onun başarılarını kıskandığı sonucuna vardı.

Kapı açıldı ve içeri elinde kalın, yeşil bir klasör olan Asyalı bir adam girdi. Adamın lekesiz beyaz gömleği ve dar siyah kravatı, ona titiz ve saygılı bir hava katmıştı. Richardson hemen gevşedi.

"İyi akşamlar doktor. Ben Lawrence Takawa, Evergreen Vakfı'nın özel projeler yöneticisiyim. Söze başlamadan önce kitaplarınızı, özellikle de *Kafatasındaki Makine*'yi çok beğendiğimi söylemek istiyorum. Beyin konusunda gerçekten çok ilginç kuramlarınız var."

"Buraya neden getirildiğimi öğrenmek istiyorum."

"Sizinle konuşmamız gerekiyordu. Madde 18-C bize bu olanağı tanıyor."

"Neden bu gece konuşuyoruz? Sözleşme maddelerini ben de biliyorum ama böyle apar topar getirilmeyi beklemiyordum. Sekreterimle konuşup randevu alabilirdiniz."

"Özel bir durumla ilgili harekete geçmemiz gerekliydi."

"Ne istiyorsunuz? Bu yılki araştırmaların özetini mi? Size özet rapor göndermiştim. Okuyan olmadı mı?"

"Dr. Richardson, buraya bize bir şey anlatmak için getirilmediniz. Aksine, biz size bazı önemli bilgiler vereceğiz." Lawrence sandalyelerden birine işaret edince, iki adam karşılıklı oturdular. "Geçen altı yılda çeşitli alanlarda deneyler yaptınız ama araştırmalarınız bir fikir üzerinde yoğunlaşıyor: Evrende ruhani bir hakikat yok; insan bilinci, beynin içindeki biyokimyasal süreçlerin bir sonucu."

"Basitleştirilmiş bir özet diyebiliriz Bay Takawa. Ama temelde doğru."

"Araştırma sonuçlarınız, Evergreen Vakfı'nın felsefesini destekliyor. Vakfın yöneticileri de her insanın özerk bir biyolojik birim olduğu görüşünde. Beynimiz, işlem kapasitesi kalıtsal özelliklerce belirlenen organik bir bilgisayar. Hayatımız boyunca, beynimizi öğrendiğimiz bilgilerle ve farklı deneyimlere geliştirdiğimiz şartlı tepkilerle dolduruyoruz. Öldüğümüzde de, beyin dediğimiz bilgisayar tüm verileri ve işletim sistemleriyle birlikte yok oluyor."

Richardson başını salladı. "Her şey açık."

"Mükemmel bir kuram" dedi Lawrence. "Ne yazık ki doğru değil. Her canlının içinde, beyninden ve bedeninden bağımsız olarak bir enerji kıvılcımı bulunduğunu keşfettik. Bu enerji, dünyaya gelen her bitki veya hayvanın içine giriyor. Öldüğümüzde de bizden ayrılıp gidiyor."

Richardson gülümsememeye çalıştı. "İnsan ruhundan söz ediyorsunuz."

"Biz buna Işık diyoruz. Kuantum kuramının yasalarına da uygun."

"İstediğiniz adı verebilirsiniz Bay Tarawa, pek ilgimi çekmiyor. Diyelim ki gerçekten ruhumuz var. Hayattayken içimizde. Öldüğümüzde ayrılıyor. Ruhumuz gerçekten olsa bile hayatımızla bir ilgisi yok ki. Ruhla hiçbir şey *yapamıyoruz*. Ölçemiyoruz, doğrulayamıyoruz, çıkarıp kavanoza koyamıyoruz..."

"Yolcular adı verilen bir grup, Işıklarını kontrol ederek bedenlerinden dışarı gönderebiliyor."

"Böyle uhrevi mucizelere inanmam. Böyle şeyleri deneylerle kanıtlayamazsınız ki."

“Bunu okuyunca fikriniz değişebilir.” Lawrence yeşil klasörü masaya koydu. “Tekrar uğrayacağım.”

Takawa odadan çıktığında Richardson yine yalnız kalmıştı. Konuşma o kadar beklenmedik ve acayip olmuştu ki, ne tepki vereceğini bilemiyordu. Yolcular. Işık. Bilimsel bir örgütün bir çalışanı neden böyle mistik terimler kullanıyordu? Dr. Richardson yeşil klasörün kapağına, içindekiler parmaklarını yakabilirmiş gibi hafifçe, çekinerek dokundu. Derin bir soluk alıp ilk sayfayı çevirdi ve okumaya başladı.

* * *

Kitap beş bölüme ayrılmıştı. İlk bölümde, ruhlarının bedenlerinden ayrıldığına, dört sınırı geçerek farklı bir âleme aktığına inanan çeşitli insanların deneyimleri anlatılıyordu. Bu “Yolcular”, her insanın bedeninde, kafese kapatılmış bir kaplan misali bir enerjinin bulunduğuna inanıyorlardı. Bir anda kafesin kapısı açılıveriyor ve Işık özgür kalıyordu.

İkinci bölümde, bin yıl içinde ortaya çıkmış bazı Yolcuların hayatı anlatılıyordu. Bu insanların bazıları çöllerde inzivaya çekilmişlerse de, birçoğu düzene ve yönetimlere meydan okumuştu. Yolcular, dünyanın dışına çıkabildikleri için olaylara farklı bir açıdan bakabiliyorlardı. İkinci bölümün yazarı, Assisi’li Aziz Francis’in, Jeanne d’Arc’ın ve Isaac Newton’ın Yolcu olduğunu iddia ediyordu. Cambridge Üniversitesi’nin kitaplığındaki bir kasada saklanan Isaac Newton’ın ünlü “Kara Günlüğü”, İngiliz matematikçinin su, toprak, hava ve ateş sınırlarını aştığına inanarak yazdıklarıyla doluydu.

1930’larda Stalin, Yolcuların kendi egemenliğine tehdit oluşturduğuna karar vermişti. Üçüncü bölümde, Rus gizli polisinin yüzden fazla ruhani önderi nasıl tutukladığı anlatılıyordu. Boris Orlov adındaki bir doktor, Moskova’nın dışındaki özel bir kampta hapis tutulan Yolcuları incelemişti. Tutuklular başka âlemlere geçtiği zaman nabızları otuz saniyede bir atıyordu ve solunumları duruyordu. “Ölü gibiler” diye yazmıştı Orlov. “Hayat enerjisi bedenlerinden ayrılmış.”

SS komutanı Heinrich Himmler, Orlov’un raporunun çevirisini okuduktan sonra Yolcuların savaşı kazanmalarına yarayacak gizli bir silah olarak kullanılabileceğini düşünmüştü. Dördüncü bölümde, Alman işgali altındaki ülkelerde ele geçirilen Yolcuların, bir toplama kampının ünlü “Ölüm Doktoru” Kurt Blauner’in yöneticiliğindeki araştırma merkezine gönderilişi aktarılıyordu. Burada tutukluların beyinlerinin belirli bölümleri alınmış, kendileri elektroşoka ve buz banyolarına tabi tutulmuştu. Deneyler gizli bir silahla sonuçlanmayınca, Himmler Yolcuların "yozlaşmış bir kozmopolit unsur" olduğuna karar vermiş ve bu kişiler SS ölüm mangalarının açık hedefi haline gelmişti.

Richardson, geçmişte yapılan ilkel araştırmalara hiçbir anlam yüklemiyordu. Farklı âlemlere geçtiklerini düşünen insanlar, beyinlerinin bazı bölümlerinde anormal tepkimeler yaşıyordu. Avila'lı Teresa, Jeanne d'Arc ve diğer ruhani önderler, temporal lob nöbetleri geçiren sara hastalarıydı büyük olasılıkla. Naziler birçok şey gibi bunda da yanılmıştı. Bu kişiler ermiş veya devlet düşmanları değil, hastalıklarının verdiği sıkıntıyla baş edebilmek için modern sakinleştiricilere ve terapilere ihtiyaç duyan hastalardı.

Richardson kitabın beşinci bölümünü çevirdiğinde, araştırmaların CAT taramaları ve manyetik rezonans görüntülemeleri gibi modern yöntemlerle yapıldığını görüp sevindi. Araştırmacıların adlarını da öğrenmek istiyordu ama tümü siyah mürekkeple silinmişti. İlk iki raporda, Yolcu olan kişilerin ayrıntılı sinirsel değerlendirmeleri yer alıyordu. Bu kişiler transa geçtiklerinde bedenleri uyku haline dönüyordu. Bu aşamada yapılan CAT taramalarında hiçbir nörolojik hareketlilik görülememişti. Sadece beyincik tarafından kontrol edilen kalp atışı vardı.

Üçüncü raporda, Çinli bir araştırma grubunun Pekin'deki bir tıp merkezinde yaptığı araştırmada, Nörolojik Enerji Monitörü adını verdikleri bir aygıt geliştirdikleri belirtilmişti. SEM, insan bedeninin ürettiği biyokimyasal enerjiyi ölçebiliyordu. Yolcuların, Lawrence Takawa'nın Işık adını verdiği enerjiyi kısa parlamalar şeklinde üretebildikleri görülüyordu. Bu enerji, normalde sinir sisteminde dolaşan zayıf enerjinin üç yüz katı güce varabiliyordu. Adsız araştırmacılar, bu enerjinin başka dünyalara geçme yeteneğiyle ilintili olduğunu öne sürmüşlerdi.

Bu, bir şeyi kanıtlamaya yetmez yine de, diye düşündü Richardson. Enerji beyni baskılıyor ve bu insanlar da melekler gördüğünü sanıyor.

Sayfayı çevirip başka bir rapor buldu ve hızla okudu. Çinli araştırmacılar başka bir deneyde Yolcuları tabut benzeri plastik bir kutuya yerleştirmişler ve enerji hareketlerini izlemek için monitörlere bağlamışlardı. Yolcular her transa geçtiklerinde bedenlerinden çok yoğun bir enerji boşalması yaşanıyordu. Işık, monitörlerde izleniyor, kutudan çıkıyor ve yok oluyordu. Richardson dipnotları tarayarak araştırmacıların ve Yolcuların adlarını bulmak istedi. Ancak her raporun sonunda, uzun bir sohbeti bölen küçük cümlecikler gibi kısa ifadeler vardı: "Denek yeniden gözetim altına alınmıştır." "Denek çalışmalara katılmayı reddetmektedir." "Denek vefat etmiştir."

Dr. Richardson terlemeye başlamıştı. Odanın havası basıktı ve havalandırması çalışmıyordu. Pencereyi aç, diye düşündü. Gecenin temiz havasıyla doldur ciğerlerini. Ancak kalın perdeleri açtığında, bomboş bir duvarla karşılaştı. Odada pencere yoktu ve kapı kilitliydi.

11

Brick Lane'in güney ucunda, yine Bengallilerin işlettiği bir gelinlik mağazası vardı. Altın renkli sarilerin ve pembe parti süslemelerinin ötesine geçildiğinde, izlenmeden internete girilebilen bir arka odaya gelinirdi. Maya buradan Linden ve Mother Blessing'e şifreli mesajlar gönderdi. Mağaza sahibinin kredi kartını kullanarak *Le Monde* ve *The Irish Times*'a internet üzerinden ölüm ilanları verdi:

> Acı kaybımız: Thorn Güvenlik Hizmetleri Ltd. Şti.'nin kurucusu, Maya Quinn'in sevgili babası H. Lee Quinn, Prag'da geçirdiği ani bir rahatsızlık sonucu aramızdan ayrılmıştır. Cenazesine çelenk gönderilmemesi, yerine Yolcular Fonu'na bağışta bulunulması rica olunur.

Akşamüstüne doğru, Holborn istasyonunun yakınlarında, Soytarıların karatahta olarak kullandıkları tuğla duvardan bir mesaj aldı. Biri turuncu tebeşir kullanarak önce Soytarı mandolini çizip bazı sayılar karalamış, ardından da Beş/Altı/Bush/Green sözcüklerini yazmıştı. Çözülmesi kolaydı: Sayılar buluşma tarihini ve saatini, sözcüklerse yerini bildiriyordu: Shepherd's Bush Green, 56 numara.

* * *

Maya yağmurluğunun cebine bir tabanca koydu ve kılıcın kınını sol omzuna geçirdi. Shepherd's Bush Green 56 numara, Empire Tiyatrosu'nun bitişiğindeki bir çıkmazda yer alan ucuz bir sinema çıktı. Sinemada o gün Çin yapımı bir kung-fu filmi ve *Provence: Gizem Ülkesi* adında bir seyahat belgeseli gösteriliyordu.

Maya, gişede uyuklayan genç kadından bir bilet aldı. İkinci salonun kapısının yakınlarında iç içe geçmiş üç karodan oluşan bir

Soytarı işareti vardı, bu yüzden Maya bu salona girdi ve üçüncü sırada uyuyan bir ayyaş gördü. Işıklar kararıp film başladığında ayyaş kafasını geriye atıp horlamaya başladı.

Filmin Fransa kırsalıyla ilgisi yoktu. Fonda Amerikalı caz şarkıcısı Josephine Baker'ın cızırtılı bir plağından "J'ai Deux Amours" şarkısı çalarken perdeye internetten indirilmiş haber görüntüleri ve resimler yansıyordu. Salona bir yurttaş girecek olsa, gösterilenlerin görsel bir karmaşa, birbiriyle ilintisine bakılmadan kesilip yapıştırılmış sıradan acı, baskı ve terör görüntüleri olduğuna karar verirdi. Halbuki gösterilenlerin Soytarıların dünya görüşünü yansıttığını bir tek Maya anlayabiliyordu. Kitaplarda yazan resmi tarih, uydurmadan ibaretti. Dünyada bir tek Yolcular değişiklik gücüne sahipti, Tabula da onları yok etmek istiyordu.

Öldürme işlemi binlerce yıl boyunca krallar ve dini önderler tarafından yapılmıştı. Geleneksel bir toplulukta ortaya çıkan bir Yolcu, otoriteye meydan okuyan yeni bir görüş ortaya atardı. Peşinden gidenler ortaya çıkmaya başlayınca da yok edilirdi. Yöneticiler zamanla "Kral Herod stratejisi" uygulamaya başladılar: Yolcular ağırlıklı olarak belirli bir etnik veya dini topluluktan çıkıyorsa, o topluluğun tümü ortadan kaldırılırdı.

Rönesans'ın sonlarına doğru, bu saldırılar kendilerine Biraderler adını veren küçük bir topluluk tarafından düzenlenmeye başladı. Zenginliklerini ve nüfuzlarını kullanarak Soytarıları öldürebiliyor, başka ülkelere kaçan Yolcuları takip edebiliyorlardı. Gerçi kralların ve imparatorların hizmetindeydiler ama kendilerini bu basmakalıp iktidar odaklarının üstünde görüyorlardı. En çok istikrara ve itaate önem verir, her bireyin yerini bildiği düzenli bir toplum hayali kurarlardı.

İngiliz filozof Jeremy Bentham, on sekizinci yüzyılda Panopticon adını verdiği bir cezaevi tasarladı. Bu cezaevinde tek bir kişi yüzlerce tutukluyu gözaltında tutarken kendisi hiçbirine görünmüyordu. Biraderler, fikirlerinin kuramsal dayanağı olarak Panopticon cezaevi tasarımını kullandılar. Yolcular ortadan kaldırılır kaldırılmaz tüm dünyanın kontrol altına alınabileceğine inanıyorlardı.

Tabula'nın tüm parasına ve gücüne rağmen, Soytarılar Yolcuları yüzyıllarca korumayı başardı. Bilgisayarın icadı ve Büyük Düzen'in yaygınlaşması her şeyi değiştirdi. Tabula nihayet düşmanlarını izleyip yok edecek olanağa erişmişti. İkinci Dünya Savaşı'nın sonunda dünyada yaklaşık iki düzine Yolcu olduğu biliniyordu. Artık hiç Yolcu yoktu ve bir avuç Soytarı kalmıştı. Biraderler bir topluluk olarak gölgede kalmayı yeğlese de, Evergreen

Vakfı adında kamuya açık bir örgüt kuracak kadar da rahat hissediyorlardı kendilerini.

Soytarılar ve Yolcular efsanesine ilişkin araştırmalara giren gazeteciler veya tarihçiler uyarılıyor ya da tasfiye ediliyordu. Yolculara dair web siteleri, kontrolden çıkıp sistemin tümünü çökerten virüslerle doluydu. Tabula'nın bilgisayar uzmanları, hakiki web sitelerine saldırıp bunları çökertiyor, ardından Yolcuları tarlalardaki işaretlerle, UFO'larla bağdaştıran sahte web siteleri hazırlıyordu. Sıradan yurttaşların kulağına bu gizli çekişmeyle ilgili haberler çalınıyordu ama duyduklarını doğrulayacak kaynaktan yoksunlardı.

* * *

Josephine Baker şarkısına, ayyaş horlamasına devam etti. Perdede de ölümler sürüyordu. Maya, farklı devletlerin en üst düzey yöneticilerinin görüntülerini izliyordu. Polislerden ve askerlerden kurulu ordular yöneten, yaşlı, ölü balık bakışlı, küstah adamlardı hepsi. Ya Biraderlerdendiler, ya da onların destekçileri. Yitik insanlarız, diye düşündü Maya. Sonsuzluğa gömüldük.

Filmin yarısına doğru bir adam ve bir kadın girip ön sıraya oturdu. Maya otomatik tabancayı cebinden çıkarıp emniyeti açtı. Kendisini savunmaya hazırlanırken adam fermuarını indirdi, yanındaki fahişe de üzerine eğilip işini görmeye başladı. O saate kadar ne Josephine Baker'ın şarkılarına ne de perdedeki kıyım görüntülerine tepki veren ayyaş, bir anda silkindi ve peltek sesiyle, "Ayıp, ayıp!" diye konuştu. "Ne halt edecekseniz gidin başka yerde yapın!"

Kadının, "Yürü lan!" demesiyle başlayan gürültülü ağız dalaşı, çiftin salondan çıkması, ayyaşın da onların peşinden yalpalayarak gitmesiyle son buldu.

Maya salonda yalnız kalmıştı. Film, Fransız cumhurbaşkanının Amerikan dışişleri bakanıyla el sıkışma sahnesinde dondu. Makinist odasının kapısı gıcırdayarak açıldığında Maya ayağa kalktı, silahını doğrulttu ve ateş etmeye hazırlandı. Dazlak kafalı iriyarı bir adam odadan çıkıp küçük bir merdiveni indi. Maya gibi o da omzuna attığı metal bir tüpün içinde Soytarı kılıcı taşıyordu.

"Ateş etme" dedi Linden. "Günümün içine edeceksin."

Maya silahını indirdi. "Bunlar senin adamların mıydı?"

"Yok canım, sersem piyonlardı. Hiç gitmeyecekler sandım. Filmi beğendin mi Maya? Geçen yıl Madrid'de yaşarken yapmıştım."

Linden koridorda ilerleyip Maya'yı kucakladı. Güçlü kolları ve omuzları, iri cüssesi Maya'ya güven vermişti. "Babanın ölümüne çok üzüldüm" dedi. "Çok büyük bir adamdı. Tanıdığım en yürekli insandı."

"Babam, Tabula'da çalışan bir muhbiriniz olduğunu söyledi."

"Doğrudur."

Yan yana oturdular ve Maya Linden'ın koluna dokundu. "Babamı kimin öldürdüğünü öğrenmek istiyorum."

"Casusa sordum bile" dedi Linden. "Muhtemelen Nathan Boone adında bir Amerikalı."

"Nereden bulurum bu adamı?"

"Öncelikli hedefimiz Boone'u öldürmek değil. Baban, sen Prag'a gitmeden üç gün önce beni aradı. Amerika'ya gidip Shepherd'a yardım etmeni istiyordu."

"Benden de istedi ama ben geri çevirdim."

Linden başını salladı. "Şimdi ben tekrar istiyorum. Biletini ben alırım. Bu gece gidebilirsin."

"Ben babamı öldüren adamı bulmak istiyorum. Onu öldürdükten sonra ortadan kaybolacağım."

"Baban yıllar önce Matthew Corrigan adında bir Yolcu keşfetmişti. Bu adam karısı ve iki çocuğuyla Amerika'da yaşıyordu. Tehlikede oldukları ortaya çıkınca, baban ona bir bavul dolusu para ve zamanında Sparrow'un kullandığı kılıcı verdi. Kılıç da Thorn'a, Sparrow'un nişanlısının Japonya'dan ayrılmasına yardım ettiği zaman verilmişti."

Babasının armağanı Maya'yı çok etkilemişti. Sparrow gibi ünlü bir Soytarı tarafından kullanılmış kılıç, çok değerli bir nesneydi. Ancak babasının kararı doğruydu. Bir tılsımın tüm gücünden sadece bir Yolcu yararlanabilirdi.

"Babam Corrigan'ların yeraltına indiğini söyledi."

"Evet, ama Tabula onları Güney Dakota'da buldu. Katillerin herkesi öldürdüğünü duyduk ama anladığım kadarıyla anne ve iki oğlu kurtulmayı başarmış. Uzun zaman ortadan kayboldular, ta ki büyük oğul Michael Corrigan gerçek adını Büyük Düzen'e verinceye kadar."

"Oğullar geçiş yapabildiklerini biliyorlar mı?"

"Sanmıyorum. Tabula'nın amacı iki oğlu ele geçirip Yolcu yapmak."

"Daha neler! Tabula bunu hiç yapmazdı."

Fransız adam hızla ayağa kalkarak Maya'ya tepeden bakmaya başladı. "Düşmanlarımız, kuantum bilgisayarı diye bir şey icat ettiler. Bu bilgisayarı kullanarak önemli bir keşifte bulunmuşlar, ancak muhbirimiz bu bilgiyi elde edemiyor. Tabula bu buluşla ne öğrendiyse stratejisini değiştirmiş. Yolcuları öldürmek yerine onların gücünden yararlanmayı amaçlıyorlar."

"Shepherd boş mu duruyor?"

"Shepherd'dan savaşçı olarak iş çıkmaz Maya. Adamı ne zaman görsem köşe dönme planları yapıyor. Amerika'ya ben gideyim dedim ama Tabula bana dair çok şey biliyor. Mother Blessing de ortalarda yok. Bütün iletişim kanallarını kapatmış. Hâlâ birkaç güvenilir paralı askerle bağlantımız var ama bu çapta bir iş için de onları kullanamayız. Birinin Corrigan'lar yakalanmadan onları bulması gerek."

Maya ayağa kalkıp perdeye doğru yürüdü. "Prag'da bir adamı öldürdüm ama bu kâbusun başlangıcıydı sadece. Babamın evine döndüğümde onu yerde yatarken buldum. Ellerindeki eski bıçak yaraları olmasa tanıyamayacaktım. Bir tür hayvan vücudunu paramparça etmişti."

"Tabula'nın araştırma takımlarından biri, genetiği değiştirilmiş hayvanlar üretiyor. Bunlara kendi aralarında 'yapboz' diyorlar; çünkü çeşitli DNA dizilerini kesip birbirine ekleyerek üretiliyorlar. Babana saldırması için bu hayvanlardan birini kullanmışlardır." Linden, düşmanlarıyla karşılaşmış gibi yumruklarını sıktı. "Tabula bu gücü elde etti ama sonuçlarını düşünen yok. Onları alt etmemizin tek yolu, Michael ve Gabriel Corrigan'ı bulmak."

"Yolcular hiç umurumda değil. Babamın birçok Yolcu'nun zaten bizi sevmediğini söylediğini gayet iyi hatırlıyorum. Onlar ne güzel âlemden âleme dolanıp duruyorlar, bizse bu dünyaya kısılıp kaldık. Hem de sonsuza dek."

"Sen Thorn'un kızısın Maya. Babanın son arzusunu nasıl geri çevirirsin?"

"Hayır" dedi Maya. "Hayır" diyordu ama sesi başka şey söylüyordu.

12

Lawrence Takawa, masasındaki bilgisayar monitöründen Dr. Richardson'ı izliyordu. Konuk dairesine gizlenmiş dört güvenlik kamerası vardı. Richardson'ın son on iki saatte Yolculara ilişkin bilgileri okumasını, duş yapmasını ve uyumasını saniye saniye kaydetmişlerdi.

Bir güvenlik görevlisi, kahvaltı tepsisini almak için süite girdi. Lawrence fare imlecini ekranın sol üst köşesine götürüp artı işaretini tıkladı. Kamera, nöroloğun yüzüne yaklaştı.

"Vakfın çalışanlarıyla ne zaman görüşeceğim?" diye sordu Richardson.

Güvenlik görevlisi, Immanuel adında, yapılı, Ekvatorlu bir adamdı. Lacivert bir ceket ve gri pantolon giymiş, kırmızı kravat takmıştı. "Bilmiyorum efendim."

"Bu sabah mı görüşeceğim?"

"Bana bir şey söylenmedi."

Bir eliyle tepsiyi alan Immanuel, diğer eliyle kapıyı açıp dışarı adım attı.

"Kapıyı kilitlemeyin" dedi Richardson. "Buna gerek yok."

"Amacımız sizi değil binayı kilit altında tutmak efendim. Bu katta dolaşmaya güvenlik yetkiniz yok."

Kapı tekrar kilitlendiğinde Richardson bir küfür savurdu. Önemli bir karar vermişçesine ayağa fırladı, ama odada volta atmakla yetindi. Richardson'ın yüzüne bakınca ne düşündüğü anlaşılıyordu. Korku ve öfke arasında gidip geliyordu.

* * *

Lawrence Takawa, duygularını gizlemeyi Duke Üniversitesi'ndeki ikinci yılında öğrenmişti. Japonya'da doğmuş, henüz altı aylıkken annesiyle birlikte Amerika'ya gelmişti. Suşiden ve samuray filmlerinden nefret ederdi. Bir gün No tiyatrosu oyuncuları kumpanyası üniversiteye turneye geldiğinde, hayatını değiştirecek bir dizi gösteriye tanıklık etmişti.

No tiyatrosu başta egzotik ve anlaşılmaz gelmişti. Oyuncuların sahnedeki stilize hareketleri, kadın kılığındaki erkekler, *nohkan* flütü ve üç davulun ürpertici sesi Lawrence'ı derinden etkilemişti. Ama asıl önemli aydınlanma, No maskeleriyle gerçekleşmişti. Başoyuncular, kadın oyuncular ve yaşlı karakterler, ahşap oyma maskeler takıyordu. Hayaletler, zebaniler ve deliler, tek bir güçlü duyguyu ifade eden maskelerle dolaşsa da, oyuncuların çoğunluğunda özellikle ifadesiz yapılmış maskeler vardı. Maskesi olmayan orta yaşlı oyuncular da yüzlerinde hiçbir hareket olmaksızın rol yapıyordu. Sahnedeki her jest, replik ve tepki, bilinçli bir seçimle yapılıyordu.

Lawrence o tarihte, alkol tüketimi ve çömezlere eziyet yöntemleri çok gelişkin bir öğrenci grubuna katılmıştı. Kendine aynada ne zaman baksa, güvensizlik ve kararsızlık görüyordu: Genç bir tutunamayan vardı karşısında. Sorunu, canlı maskeyle çözdü. Banyosundaki aynanın karşısına geçerek mutluluk, takdir ve heveslilik maskeleri prova etti. Son yılında öğrenci grubunun başkanı seçilmişti ve profesörleri yüksek lisans eğitimi için ona parlak referanslar veriyorlardı.

* * *

Masasındaki telefon alçak sesle çalınca Lawrence gözlerini monitörden ayırdı. "Konuğumuzun davranışları nasıl?" diye sordu Boone.

"Huzursuz ve biraz korkmuş gibi."

"Başka ne bekliyordun? General Nash az önce geldi. Richardson'ı Hakikat Odası'na alabilirsin."

Lawrence asansöre binip üçüncü kata indi. Boone gibi, onun da derisinin altında bir Güvenlik Bağı vardı. Odanın kapısına doğru elini uzatınca kilit açıldı ve Lawrence içeri girdi.

Dr. Richardson hızla dönüp parmağını havaya savurdu. "Böyle terbiyesizlik görmedim! Bay Boone bana çalışanlarınızla görüşeceğimi söyledi ama ben bunun yerine burada hapis tutuluyorum."

"Gecikme için özür dilerim" dedi Lawrence. "General Nash az önce gelebildi ve sizinle hemen görüşecek."

"Kennard Nash mi? Vakfın yönetim kurulu başkanı?"

"Evet. Kendisini televizyondan tanıyorsunuzdur."

"Birkaç yıldır görünmüyor." Richardson sesini alçalttı ve biraz rahatladı. "Ancak başkanlık danışmanlığı yaptığı dönemi hatırlıyorum."

"General bir biçimde her zaman kamu hizmetinde yer almıştır. Dolayısıyla Evergreen Vakfı'na geçiş onun için doğal bir adım oldu." Lawrence elini ceketinin cebine sokup havaalanlarında güvenlikçilerin kullandığı türden bir metal tarayıcısı çıkardı. "Güvenlik nedeniyle tüm metal eşyalarınızı odanızda bırakmanız gerekiyor. Buna saatiniz, bozuk paralarınız ve kemeriniz de dahil. Araştırma merkezindeki standart bir prosedürdür bu."

Lawrence emir verecek olsaydı Richardson itiraz edebilirdi. Ama öyle bir söylemişti ki, önemli biriyle görüşmeye gidilirken kemer ve saat çıkarmak en doğal hareketmiş gibi bir hava doğmuştu. Eşyalarını masanın üstüne bıraktıktan sonra Lawrence tarayıcıyı nöroloğun vücudunda dolaştırdı. Odadan çıkıp koridorda asansöre doğru ilerlemeye başladılar.

"Yazılanların tümünü okuyabildiniz mi?"

"Evet."

"İlginizi çekmiştir umarım."

"İnanılmazdı. Bu araştırmalar neden yayımlanmadı? Yolculara ilişkin hiçbir şey okumadım."

"Evergreen Vakfı şu aşamada bu bilgileri gizli tutmayı yeğliyor."

"Bilim böyle yürümez Bay Takawa. Büyük buluşlar yapılabilmesinin tek nedeni, dünyanın bütün araştırmacılarının aynı verilere ulaşabilmesidir."

Asansörle bodruma inip koridorda yürüdükten sonra kolu bile olmayan beyaz bir kapının önüne geldiler. Lawrence elini kaldırdığında kapı usulca açıldı. Dr. Richardson'a işaret etti ve doktor, tahta bir masa ve iki tahta sandalye dışında boş, penceresi bile olmayan odaya girdi.

"Burası özel güvenlik derecesine sahip bir odadır" dedi Lawrence. "Burada konuşulan her şey gizli kalmalıdır."

"General Nash nerede?"

"Merak etmeyin, birkaç dakika sonra gelecek."

* * *

Lawrence sağ kolunu tekrar kaldırdığında kapı kapandı ve Richardson'ı Hakikat Odası'na hapsetti. Evergreen Vakfı, kişilerin yalan söylediğini saptayacak bir sistem üzerine altı yıldır gizli bir araştırma yürütüyordu. Bu iş, ses analizleri veya kişinin nabzını ve tansiyonunu ölçen yalan makinesiyle yapılamıyordu. Korku ve kaygı bu testlerin sonuçlarını yanıltabilirdi, iyi oyuncularsa bu tür belirtileri ortadan kaldırabilirdi.

Evergreen araştırmacıları yalanın bedensel belirtilerini bir kenara bırakıp, beyindeki etkilerini manyetik rezonans görüntülemesiyle inceliyorlardı. Hakikat Odası, aslında insanların oturabileceği, adımlayabileceği, yiyip içebileceği büyük bir MRI odasıydı. Sorgulanan kişi neler döndüğünü bilmediği için daha rahat ve çeşitli tepkiler veriyordu.

Sorulara cevap veren kişinin beyni incelendiğinde, dokunun çeşitli bölümlerinin söylenenlere nasıl farklı tepki verdiği görülebiliyordu. Evergreen Vakfı'nın araştırmacıları, doğru söylemenin beyinde çok daha kolay seçilebildiğini keşfettiler. Kişi yalan söylerken beynin sol prefrontal korteksi ve arka korteks kıvrımı, lavlar gibi parlıyordu.

* * *

Lawrence koridorda ilerleyerek başka bir kapının önüne geldi. Kilit açıldığında loş bir odaya girdi. Bilgisayarların ve üzerinde kontrol panelinin durduğu uzun bir masanın karşısındaki duvara dört monitör yerleştirilmişti. Masada oturan şişmanca ve sakallı bir adam, klavyede bir şeyler yazıyordu. Bugün kullanılan sistemi geliştiren ve kuran, Gregory Vincent adındaki bu adamdı.

"Tüm metalleri çıkardın mı?" diye sordu Vincent.

"Evet."

"Sen niye girmedin? Olmayacak bir laf etmekten mi korktun?"

Lawrence bir sandalyeyi kontrol masasının önüne çekip oturdu. "Verilen emirleri uyguladım."

"Tabii, tabii" dedi Vincent göbeğini kaşıyarak. "Hakikat Odası'na kimse adım atmak istemiyor."

Lawrence monitörlere baktığında Richardson'ın vücudunun çeşitli ışık kümelerinden oluşan bulanık bir görüntü halini aldığını gördü. Richardson soluk aldıkça, yutkundukça ve durumunu düşündükçe renkler değişiyordu. O artık bilgisayarlarca incelenip analiz edilebilecek dijital bir adamdı.

"Durum iyi" dedi Vincent. "Kolay bir iş olacak." Tavana asılı küçük bir güvenlik monitörüne göz attı. Koridorda kel bir adam ilerliyordu. "Zamanlama harika. General geldi."

Lawrence hemen durumun gerektirdiği titiz ve meşgul maskeyi takındı. Kennard Nash, Hakikat Odası'na girerken monitörleri inceledi. Altmış yaşlarındaki generalin küt bir burnu ve askerlikten gelen dimdik bir duruşu vardı. Lawrence, generalin içindeki sertliği, başarılı bir antrenörün neşeli tavrıyla gizlemesini çok beğenirdi.

Richardson ayağa kalkıp Nash ile ek sıkıştı. "Tanıştığımıza memnun oldum Dr. Richardson. Ben Kennard Nash, Evergreen Vakfı'nın yönetim kurulu başkanıyım."

"Sizinle tanışmak onurdur, General Nash. Devletteki görevlerinizden hatırlıyorum sizi."

"Zorlu ve zevkli günlerdi ama başka alanlara kaymak gerekiyordu. Evergreen'in yöneticiliği de çok heyecanlı bir iş."

İki adam karşılıklı oturdular. Monitör odasında Vincent bilgisayarlara bazı komutlar girdi. Monitörlerde Richardson'ın beyninin farklı görüntüleri belirdi.

"Anladığım kadarıyla 'Yeşil Kitap' adını verdiğimiz çalışmayı okumuşsunuz. Yolcularla ilgili tüm bildiklerimizi içeriyor bu çalışma."

"İnanılmaz bilgiler vardı" dedi Richardson. "Peki doğru mu?"

"Evet. Bazı insanlar, sinirsel enerjilerini vücutlarından dışarı gönderebiliyor. Kalıtsal bir anormallik."

"Enerji nereye gidiyor?"

Kennard Nash, kavuşturmuş olduğu ellerini ayırıp masanın altına gizledi. Birkaç saniyeliğine Richardson'ın yüzünü inceledikten sonra konuştu. "Raporlarımızda yer aldığı gibi, başka bir boyuta geçip geri geliyor."

"Bu mümkün değil."

Karşılık, generalin hoşuna gitmişti. "Başka boyutların varlığını yıllardır biliyorduk. Modern kuantum kuramının temelinde bu var. Matematiksel kanıtlar elimizdeydi ama yolculuğu yapacak olanağımız yoktu. Bu bireylerin bu yolculuğu yüzyıllardır yapıyor olduğunu keşfettiğimizde çok şaşırdık."

"Verileri yayımlamalısınız. Dünyanın her tarafındaki araştırmacılar bu keşfi doğrulamak için can atacaktır."

"İşte yapmak istemediğimiz tam da bu. Ülkemiz sürekli bölücü ve yıkıcı saldırı altında. Hem vakfımız, hem de diğer ülkelerdeki dostlarımız, bazı şer odaklarının Yolcuların gücünü kullanarak ekonomik sistemi yıkmayı planladığından kaygılanıyor. Yolcular genellikle anti-sosyal tipler oluyorlar."

"Bu kişilere dair daha çok veriye ihtiyacınız var."

"Bu yüzden araştırma merkezinde yeni bir projeye başlıyoruz. Şimdilik aygıtları hazırlama ve bizimle işbirliği yapacak bir Yolcu bulma aşamasındayız. Bir olasılıkla, iki kardeşi elde edeceğiz. Beyinlerine çeşitli duyargalar yerleştirmek için sizin birikiminize sahip bir nöroloğa ihtiyacımız var. Bunun ardından kuantum bilgisayarımızı kullanarak enerjinin nereye gittiğini bulabileceğiz."

"Başka boyutlara mı yani?"

"Evet. Nasıl gidilir, nasıl dönülür öğreneceğiz. Kuantum bilgisayarı, meydana gelen tüm olayları izlememizi sağlayacak. Bilgisayarın nasıl işlediğini bilmeniz gerekmiyor doktor. Duyargaları yerleştirmeniz yeterli, sonra Yolcularımızı yola çıkaracağız." General Nash iki elini dua eder gibi kaldırdı. "Uygarlığımızın temelini değiştirecek çok büyük bir keşfin eşiğindeyiz. Bundan nasıl bir heyecan duyduğumuzu anlatmama gerek yok. Takımımıza katılırsanız büyük onur duyacağız Dr. Richardson."

"Her şey gizli mi tutulacak?"

"Kısa vadede. Güvenlik nedenleriyle araştırma merkezimize yerleşmeniz ve bizim görevlilerimizle çalışmanız gerekecek. Başarılı olduğumuz takdirde araştırmalarınızı yayımlayacaksınız. Başka dünyaların varlığını doğrulamak Nobel'i anında almak anlamına gelir ama olayın bununla sınırlı olmayacağının farkındasınız. Albert Einstein'ın çalışmalarına eşdeğer bir keşif yapmış olacaksınız."

"Peki başaramazsak?" diye sordu Richardson.

"Güvenlik bağlantılarımız sayesinde medyanın ilgisi üzerimize toplanmayacak. Deney başarısız olursa kimsenin bunu bilmesine gerek yok. Yolcular, bilimsel kanıtı olmayan halk söylenceleri olarak yaşamaya devam eder."

Richardson seçeneklerini değerlendirirken beyni kıpkırmızı kesilmişti. "Yale'de çalışsam daha rahat edeceğim."

"Üniversite laboratuvarlarında neler yaşandığını yakından biliyorum" dedi Nash. "İnceleme komiteleriyle, bitmez tükenmez formalitelerle uğraşmak zorundasınız. Halbuki araştırma merkezimizde bürokrasiden eser yok. Bir şey mi istiyorsunuz, kırk sekiz saat sonra laboratuvarınızda. Para da önemli değil. Her şeyi biz karşılıyoruz, üstelik muazzam katkınızdan ötürü size de hatırı sayılır bir onursal ücret vereceğiz."

"Siz ne diyorsunuz, üniversitede bir kutu test tüpü almak için üç ayrı malzeme istek formu dolduruyorum."

"İşte! Bu tür gereksizlikler zekânızın ve yaratıcılığınızın boşa harcanması demektir. Biz önemli bir keşif yapmanız için gerekli tüm ihtiyaçlarınızı sağlayacağız."

Richardson'ın vücudu gevşedi. Ön lobunda pembe hareketlenmeler görülüyordu. "Söyledikleriniz çok çekici ama..."

"Ne yazık ki zamanımız kısıtlı doktor; sizden hemen karar vermenizi istemek durumundayım. Siz tereddüt ederseniz listemizdeki diğer araştırmacılarla temasa geçeceğiz. Bu listede meslektaşınız Mark Beecher'ın olduğunu biliyorum."

"Beecher'ın klinik birikimi yeterli değil. Bu iş için cerrahi eğitimi de almış bir nöroloğa ihtiyacınız var. Başka kimi düşünüyorsunuz?"

"Harvard'dan David Shapiro. Onun korteks üzerine önemli araştırmaları var."

"Var ama sadece hayvanlar üzerinde." Richardson ikircikli görünmeye çalışıyordu ama beyni çok hareketliydi. "Herhalde bu iş için en mantıklı seçim benim."

"Harika! Size güvenmekte haklıymışım. New Haven'a dönüp üniversiteden birkaç ay uzaklaşmak için işlemlere başlayın. Evergreen Vakfı'nın üniversitenin üst düzey yönetimiyle yakın ilişkisi olduğu için izin almanızda sorun çıkmayacak. Gerektiğinde Lawrence Takawa ile iletişim kuracaksınız." General Nash ayağa kalktı ve Richardson'ın elini sıktı. "Dünyayı değiştiriyoruz Dr. Richardson. Siz de bu çalışmanın bir parçası olacaksınız."

* * *

Lawrence, General Nash'in ışıklı vücudunun odadan ayrılmasını izledi. Monitörlerden birinde, sandalyesinde kıpırdanan Dr. Richardson'ın görüntüsü vardı. Diğerlerindeyse biraz önceki konuşmanın farklı bölümlerinin dijital kayıtları yer alıyordu. Nöroloğun kafatasının üzerinde yeşil çizgilerden oluşan bir matris vardı. Farklı sözleri sırasında beyninin verdiği tepkileri izliyordu.

"Dr. Richardson'ın ifadelerinde herhangi bir aldatma izine rastlamadım" dedi Vincent.

"Güzel. Ben de bunu bekliyordum."

"Aldatma sadece General Nash'te söz konusu. Bak." Vincent birkaç tuşa bastı ve generalin beyninin görüntüsü ekranda belirdi. Korteks yakından incelendiğinde, generalin konuşmanın büyük bölümünde bir şey gizlemiş olduğu görülüyordu.

"Teknik nedenlerden ötürü odadaki her iki kişinin görüntülerini alırım" dedi Vincent. "Duyargalarla ilgili bir sorun olup olmadığını buradan anlayabiliyorum."

"Buna yetkimiz yok. Lütfen generalin tüm görüntülerini sistemden kaldır."

"Elbette, derhal." Vincent yeni bir komut girdi ve generalin aldatıcı beyni ekrandan silindi.

Dr. Richardson, bir güvenlik görevlisinin eşliğinde binadan çıktı. Beş dakika sonra bir limuzinin arka koltuğuna kurulmuş, New Haven'a doğru yol alıyordu. Lawrence odasına döndü ve Biraderlerden Yale Tıp Fakültesi'nde tanıdıkları olan birine bir e-posta gönderdi. Richardson'a ait bir dosya açtı ve doktorun özlük bilgilerini girmeye başladı.

Biraderler, tüm çalışanlarını on güvenlik derecesinden birine yerleştirirdi. Kennard Nash birinci derecedeydi ve tüm faaliyetler konusunda bilgi sahibiydi. Dr. Richardson'a beşinci derece güvenlik yetkisi verilmişti; Yolcuların varlığından haberdardı ama Soytarılara dair hiçbir şey öğrenmeyecekti. Lawrence ise üçüncü derecede güvenilir bir çalışandı; çok geniş bilgilere erişim hakkı vardı ama Biraderlerin genel stratejilerini hiçbir zaman öğrenemeyecekti.

* * *

Lawrence'ın odasından çıkışı, koridoru geçişi, asansöre binip yeraltındaki otoparka girişi güvenlik kameralarınca kaydedildi. Lawrence tesisin kapısından çıktıktan sonra tüm hareketleri bir küresel konumlandırma uydusu tarafından izleniyor ve yer bilgileri Evergreen Vakfı'nın bilgisayarlarından birine gönderiliyordu.

General Nash, Beyaz Saray'da görev yaptığı sırada tüm Amerikan yurttaşlarının bir Güvenlik Bağı aygıtı ya da GB kullanmasını teklif etmişti. Hükümetin Korkudan Özgürleşme programı, konunun hem ulusal güvenlik boyutuna, hem de pratik unsurlarına değiniyordu. GB aygıtları belirli bir biçimde programlandığında her yerde kullanılabilen kredi ve banka kartları haline gelebilirdi. Başınıza bir kaza gelmesi durumunda tüm tıbbi kayıtlarınıza anında erişim sağlayabilirdi. Tüm dürüst, yasalara saygılı Amerikan yurttaşları GB kullanmaya başlasa, adi suçlar birkaç yıl içinde ortadan kalkabilirdi. Dergilere verilen bir ilanda, GB taşıyan anne ve baba küçük kızlarını yatırırken, kızın GB kartı oyuncak ayısının kollarında görülüyordu. Slogan basit ama etkiliydi: Siz Uyurken Terörle Savaşır.

Radyo frekanslı kimlik çipleri, çoğunluğu yaşlı veya ağır hasta binlerce Amerikalının derisinin altına yerleştirilmişti. Benzer kimlik kartları, büyük şirketlerin çalışanlarını takip ediyordu. Amerikalıların çoğunluğu, kendilerini beklenmedik tehlikelerden koruyacak ve marketteki kasa kuyruğundan daha hızlı çıkmalarını sağlayacak bir sisteme sıcak bakıyordu. Ancak Güvenlik Bağı, sol eğilimli insan hakları örgütleri ve sağcı özgürlükçülerin görülmedik ittifakıyla büyük direnişle karşılaşmıştı. Beyaz Saray'ın desteğini kaybeden General Nash'e de istifadan başka yol kalmamıştı.

Nash'in Evergreen yöneticiliğine gelir gelmez ilk icraatı, Güvenlik Bağı sistemi kurmak olmuştu. Çalışanlar kimlik kartlarını ceplerinde veya boyunlarına asarak taşıyabilirlerdi ama üst düzey çalışanların tümünde bu çip bulunuyordu. Sağ ellerinin tersindeki yara izi, vakıftaki unvanlarının simgesi olmuştu. Lawrence da ayda bir elini şarj aletinin üzerine koymak zorundaydı. Çip işini yapacak enerjiye tekrar kavuşurken eli hafifçe ısınır ve karıncalanırdı.

Lawrence, Güvenlik Bağı sistemini ilk zamanlarda çözememiş olduğuna yanıyordu. Küresel konumlandırma uydusu kişinin hareketlerini izliyordu ve bilgisayarlar o kişinin sıklıkla gittiği noktaların haritasını çıkarıyordu. Birçok kişi gibi Lawrence da hayatının yüzde doksanını aynı harita üzerinde geçiriyordu. Belirli mağazalardan alışveriş eder, bir spor salonunda egzersiz yapar, işten eve, evden işe gidip gelirdi. Haritanın varlığından haberdar olsaydı, ilk ay içinde bazı olağandışı işler yapardı.

Olağan haritanın dışına ne zaman çıksa, bilgisayarına çeşitli sorular gelirdi: *Çarşamba akşamı saat dokuzda Manhattan'a neden gittiniz? Times Meydanı'na neden gittiniz? 42. Cadde'den geçerek Grand Central İstasyonu'na neden girdiniz?* Soruları bilgisayar hazırlıyordu ama hepsine cevap verilmesi de gerekiyordu. Lawrence, yazdığı cevaplar hiç kimsenin okumadığı bir dosya çöplüğüne mi gönderiliyor, yoksa başka bir program tarafından incelenip değerlendiriliyor mu merak ediyordu. Biraderler ile çalışırken insan ne zaman izlendiğini hiç bilemeyeceği için her zaman izleniyormuş gibi davranmalıydı.

* * *

Lawrence eve girdiğinde ayakkabılarını fırlatıp attı, kravatını çıkardı ve çantasını sehpaya bıraktı. Tüm mobilyalarını, Evergreen Vakfı'nda çalışan bir dekoratörün yardımıyla almıştı. Kadın, Lawrence'ın "ilkbahar" kişiliğine sahip olduğunu iddia ettiği için, tüm eşyalar ve duvarlar birbirine uyumlu uçuk mavi ve yeşil renklerdeydi.

Lawrence, yalnız kaldığında hep yaptığı şeyi yaparak avazı çıktığı kadar bağırdı. Ardından aynanın karşısına geçip suratına tuhaf ifadeler vererek bağırmaya devam etti. Gerilimini üstünden attıktan sonra duş yapıp bornozunu üstüne geçirdi.

Bir yıl önce, evdeki ofisinin dolabının içine gizli bir bölme yapmıştı. Odanın bağlantılarını yapmak ve görünmeyen tekerlekler üzerinde hareket eden bir kitaplığı kapı olarak kullanacak hale getirmek aylarını almıştı. Lawrence daha üç gün önce girdiği odaya tekrar girecekti. Kitaplığı yana itti, içeri süzüldü ve ışığı yaktı. Küçük bir Budist altarının üzerinde, anne ve babasının Japonya'nın Nagano kentindeki bir kaplıcada çekilmiş iki resmi vardı. Birinde el ele tutuşmuşlar birbirlerine gülümsüyorlardı. Diğerinde ise babası yalnızdı ve kederli bir ifadeyle dağlara bakıyordu. Önündeki masada, birinin kabzası altın işlemeli, diğerininki yeşim kakmalı olan iki eski Japon kılıcı duruyordu.

Lawrence abanoz bir kutuyu açıp içinden bir uydu telefonu ve bir dizüstü bilgisayar çıkardı. Bir dakika sonra internete bağlanıp gezinmeye başlamıştı. Kısa süre sonra, trans müziği üzerine bir sohbet odasında, Fransız Soytarı Linden'a rastladı.

"Sparrow'un oğlu geldi" diye yazdı.

"Güvende misin?"

"Sanıyorum."

"Havadisler nasıl?"

"Deneğin beynine duyarga yerleştirecek bir doktor bulduk. Çalışma yakında başlayacak."

"Başka?"

"Bilgisayar takımı yeni bir keşifte bulundu sanıyorum. Öğle yemeğinde hepsi çok neşeliydi. Ancak araştırmalarına henüz erişemiyorum."

"Deneyin en önemli iki unsuru bulundu mu?"

Lawrence bir süre ekrana baktıktan sonra hızla yazdı: "Her yerde arıyorlar. Zamanımız daralıyor. Kardeşleri bir an önce bulmalısınız."

13

Köpükçü'nün tekstil fabrikasının bulunduğu dört katlı binanın ön kapısında, tuğla duvara gömülmüş iki dikilitaş vardı. Zemin kattaki resepsiyon bölümünde Mısır mezar taşlarının alçı heykelleri, merdivenlerin duvarlarında ise çiviyazıları göze çarpıyordu. Gabriel, bunları yapmak için konuyu bilen bir profesörle mi anlaştılar, yoksa yazıları bir ansiklopediden kopyalayıp kalıp mı çıkarttılar merak ediyordu. Geceleri boş binada dolaşırken duvara elini sürer, parmaklarıyla çiviyazılarının şekillerini anlamaya çalışırdı.

Hafta içi işçiler erkenden fabrikaya geliyordu. Zemin kat teslimat ve gönderim içindi; bol pantolonlar ve beyaz tişörtler giyen Latin gençlerin hâkimiyetindeydi. Kumaşlar önce yük asansörleriyle üçüncü kattaki kesim atölyesine gönderiliyordu. Şu anda iç çamaşırları üretmekte olduklarından, kesimciler büyük masaların üzerine satenler ve yapay ipekler sermiş, bunları elektrikli makaslarla kesmekle meşguldüler. İkinci kattaki terziler ise Meksika ve Orta Amerika kökenli kaçak göçmenlerdi. Köpükçü bunlara parça başı otuz iki sent ödüyordu. Basık odada deli gibi çalışmalarına rağmen sürekli aralarında konuşacak, atışacak ve gülüşecek bir şeyler buluyorlardı. Birçoğu, dikiş makinelerinin üzerine Meryem Ana'nın çerçeveli fotoğraflarını yapıştırmıştı ve Kutsal Ana, kadınların fermuarından altın renkli kalpler sallanan kırmızı büstiyerler dikmesini izliyordu.

Gabriel ve Michael son birkaç günü, boş kolilerin ve eski mobilyaların bulunduğu dördüncü katta geçirmişti. Deek, bir spor mağazasından uyku tulumu ve katlanır yatak almıştı. Binada duş yoktu, bu yüzden kardeşler geceleyin aşağıdaki tuvaletlere inip süngerle silinmekle yetiniyorlardı. Kahvaltıda çörek veya bagelle karınlarını doyuruyorlardı. Öğle yemeği sırasında fabrikaya gelen yemek fabrikası kamyonundan onlara da ya yumurtalı burrito, ya da hindili sandviç çıkıyordu.

Gündüzleri başlarında iki El Salvadorlu bekliyordu. Mesai bittikten sonra Deek, yanında eskiden gece kulübü fedailiği yapmış kel bir Latin olan Jesus Morales ile geliyordu. Jesus, zamanının çoğunu araba dergileri okuyup radyoda ranchero müziği dinleyerek geçiriyordu.

Gabriel'ın canı muhabbet istediğinde, aşağı inip Deek'le konuşuyordu. Samoalı adamın lakabı, Long Beach'teki köktendinci bir kilisede diyakozluk yapmasından geliyordu.

"Her insan kendi ruhundan sorumludur" demişti Gabriel'a, "Biri cehenneme gidiyorsa, iyi insanlara cennette biraz daha yer açılmış demektir."

"Ya sen de cehenneme gidersen Deek?"

"Olmaz öyle şey birader. Ben yukarıya, cennete çıkıyorum."

"Ya birini öldürmek zorunda kalırsan?"

"Adamına bağlı. Adam gerçek bir günahkârsa, dünyayı temizledim demektir. Çöpler çöp kutusuna atılır. Çaktın mı mevzuyu birader?"

Gabriel dördüncü kata Honda motosikletini ve bazı kitaplarını getirmişti. Zamanını motosikletin parçalarını sökerek, temizleyerek ve yerine takarak geçiriyordu. Bundan sıkıldığında eski dergileri karıştırıyor ve *Genji'nin Hikâyesi*'ni okuyordu.

Gabriel, motosikletine bindiği veya uçaktan atladığı zaman içini dolduran o özgürleşme duygusunu özlemişti. Fabrikaya kapanıp kalmıştı. Rüyasında durmadan yangın görüyordu. Eski bir evde sallanan bir sandalyenin yalazlar püskürterek yanışını izliyordu. Derin bir soluk al. Karanlığa aç gözlerini. Michael biraz ötede horluyor, fabrikanın dışında bir çöp kamyonu konteynırları yutuyordu.

Michael gün içinde dördüncü katı voltalarken sürekli cep telefonuyla konuşuyordu. Wilshire Bulvarı'ndaki iş hanı anlaşması yatmasın diye çaba gösteriyordu ama ansızın ortadan kayboluşunu bankaya açıklayamadığı için ipler kopmak üzereydi. Biraz daha zaman kazanmak için dökmediği dil kalmamıştı.

"Bırak artık" dedi Gabriel. "Başka bir bina bulursun."

"Bu yıllarımı alabilir."

"Başka bir kente taşınır, yeni bir hayata başlarız."

"Benim hayatım bu." Michael bir kasanın üstüne oturdu. Cebinden bir mendil çıkarıp sağ ayakkabısının burnundaki bir yağ lekesini silmeye uğraştı. "Çok çalışmıştım Gabe. Şimdi her şey avucumdan kayıp gidiyor."

"Bir şekilde işin içinden çıktık hep."

Michael başını salladı. Şampiyonluk karşılaşmasını kaybetmiş bir boksöre benziyordu. "İkimizi korumak istedim Gabe. Ailemiz bunu yapmamıştı. Onlar sadece saklanmaya çalıştı. Halbuki para sana koruma satın alabilir. Dış dünyayla çevrene duvar örer."

14

Amerika'nın batısına ilerleyen uçak, batmasın diye güneşi yakalamaya çalışıyordu sanki. Kabindeki ışıklar yandığında Maya küçük perdeyi kaldırıp dışarı baktı. Parlak gün ışığı aşağıdaki çölü aydınlatıyordu. Ya Nevada ya da Arizona'nın üstünden geçiyorlardı, emin değildi. Küçük bir kasabanın ışıkları parıldıyordu. Daha ötede koyu renkli bir ırmak yılankavi kıvrımlarla ilerliyordu.

Kahvaltıyı ve ücretsiz şampanyayı istememiş, ancak çilek ve kremayla servis edilen sıcak çöreklere hayır diyememişti. Annesinin akşamüstü çayı için bu tatlı çöreklerden yaptığını hâlâ hatırlıyordu. Masada oturmuş çizgi roman okurken annesinin mutfakta harıl harıl çalıştığı saatler, Maya'nın kendisini normal bir çocuk gibi hissetmesi için tek fırsatıydı. Bol krema ve şekerli Hint çayı. Parmak balıklar. Sütlaç. Kekler.

İnişe bir saat kaldığında Maya uçağın tuvaletine gidip kapıyı kilitledi. Kullandığı pasaportu açtı, tuvalet aynasına bantladı ve fotoğrafını şimdiki haliyle karşılaştırdı. Maya'nın gözleri, özel lensler nedeniyle artık kahverengiydi. Ancak uçak Heathrow'dan üç saat gecikmeyle kalkmıştı, bu nedenle yüz değiştirme ilaçlarının etkisi geçiyordu.

Çantasını açıp şırıngayı ve seyreltilmiş steroidleri çıkararak rötuş yapmaya hazırlandı. Steroidler ensülin şişelerine gizlenmişti ve kutuda Maya'nın şeker hastası olduğunu gösteren, resmi gibi duran bir doktor raporu vardı. Maya aynada yüzüne bakarak iğneyi yanak kaslarının ta altına soktu ve şırınganın yarısını bastı.

Steroidlerle işi bittiğinde lavaboyu suyla doldurdu, çantasından bir tüp çıkardı ve soğuk suya parmak kılıflarını bıraktı. Jelatin kılıf kirli beyaz renkte, incecik ve narin bir şeydi; bir parça hayvan bağırsağını andırıyordu.

Maya çantasından parfüm gibi duran bir şişe çıkarıp sol işaretparmağına yapıştırıcı püskürttü. Ardından parmağını suya daldırdı, kılıfa yerleştirdi ve hemen çıkardı. Kılıf parmağını kaplamıştı ve gümrükte başka bir parmak izinin okunmasını sağlayacaktı. Uçak inmeden önce bir törpü yardımıyla kılıfın tırnağını örten kısmını çıkaracaktı.

İlk kılıfın kuruması için iki dakika bekledikten sonra başka bir tüp çıkardı ve bundan sağ işaretparmağına geçecek kılıfı suya boşalttı. O sırada uçak hava boşluğuna girip sarsılmaya başladı. Tuvalette kırmızı bir uyarı ışığı yandı: LÜTFEN KOLTUĞUNUZA DÖNÜN.

Dikkat et, dedi kendi kendine. Hata yapamazsın. Tam parmağını kılıfa geçiriyordu ki uçak bir anda irtifa kaybetti ve incecik doku yırtılıverdi.

Maya duvara savruldu. Midesi bulanmaya başlamıştı. Tek bir yedek kılıfı vardı ve bunu da kullanamazsa büyük olasılıkla Amerika'ya ayak basar basmaz tutuklanacaktı. Tabula, Londra'daki tasarım stüdyosunda çalıştığı dönemlerde parmak izlerini elde etmişti mutlaka. Gümrük bilgisayarlarına parmak izi okutulduğunda ekrana gelecek sahte bilgiler girmek çok kolaydı: *Şüpheli şahıs. Terörist bağlantılar. Derhal tutuklayın.*

Maya üçüncü tüpü açıp elinde kalan tek yedek kılıfı suya bıraktı. Sağ işaretparmağına tekrar yapıştırıcı sıktı. Derin bir nefes aldı ve elini suya soktu.

"Affedersiniz!" Kabin görevlisi kapıyı sertçe çalıyordu. "Derhal koltuğunuza dönün lütfen!"

"Bir dakika."

"Kaptanımız kemer bağlama ışıklarını açtı. Derhal koltuğunuza dönmeniz gerekiyor."

"Midem bulanıyor! Bir dakika izin verin lütfen, çıkacağım."

Sırtından soğuk terler boşanıyordu. Yavaş ve derin bir soluk aldı, ciğerlerini doldurduktan sonra nefesini tuttu ve parmağını kılıfa geçirip elini sudan çıkardı. Hâlâ ıslak olan jelatin ışıkta parlıyordu.

Orta yaşlı bir kadın olan kabin görevlisi, koltuğuna dönen Maya'ya ters ters baktı. "Işığı görmediniz mi?"

"Çok özür dilerim" diye fısıldadı Maya. "Ama midem çok bulanıyordu. Anlayış gösterin lütfen."

Kemerini bağlayıp zihnini savaşa hazırlarken uçak yine sarsıldı. Yabancı bir ülkeye ilk kez ayak basan bir Soytarı, yerel bir temsilci tarafından karşılanır ve ondan silah, para ve kimlik alırdı. Maya'nın silahları ve kılıcı yine kameranın üçayağına gizliydi.

Silahlar ve üçayak, tüm ürünlerini kendi x-ışını cihazında kontrol eden bir Katalan kılıççı tarafından Barselona'da yapılmıştı.

Shepherd güya Maya'yı havaalanında karşılayacaktı ama Amerikalı Soytarı yine beceriksizliğini sergiliyordu. Son üç günde birkaç kez fikir değiştirmiş, sonunda takip edildiğini ve hareketlerine dikkat etmesi gerektiğini anlatan bir e-posta göndermişti. Kendisi gelemediği için bir Jonesie ile temasa geçmişti, Maya'yı havaalanında bu kişi karşılayacaktı.

"Jonesie" Kutsal Isaac T. Jones Kilisesi'nin mensuplarına verilen bir takma addı. Zencilerden oluşan bu küçük topluluk, Isaac T. Jones adlı Yolcu'nun dünyaya gelmiş en büyük peygamber olduğuna inanıyordu. Jones, 1880'lerde Arkansas'ta yaşamış bir ayakkabı tamircisiydi. Birçok Yolcu gibi, işe ruhani mesajlar yayarak başlamış, yönetime ve otoriteye meydan okuyan fikirler savunarak devam etmişti. Güney Arkansas'ta bulunan hem beyaz hem de zenci ortakçılar, ellerinde büyük araziler bulunduran bir avuç toprak sahibinin buyruğundaydı. Peygamber, bu ezilen çiftçilere, onları ekonomik köleliğe mahkûm eden anlaşmaları yırtıp atmaları çağrısında bulunmuştu.

Isaac Jones 1889 yılında yalan bir suçlamayla karşılaşmış, ayakkabısını almak için dükkânına gelen bir beyaz kadına dokunduğu iddiasıyla şerif tarafından tutuklanmış ve o gece hücresinin kapısını kıran bir linç çetesince öldürülmüştü. Jones'un şehit düştüğü o gece, hücresinde Zachary Goldman adında bir seyyar satıcı da vardı. Çete hücreye saldırdığında Goldman adamlardan üçünü şerifin tüfeğiyle, ikisini de eline geçirdiği bir levyeyle öldürmüştü. Ama çete Goldman'dan güçlü çıkmıştı ve genç adam oracıkta hadım edildikten sonra Isaac Jones'un yakılmakta olduğu ateşe atılmıştı.

Hikâyenin aslını sadece gerçek inananlar bilirdi: Zachary Goldman, aslında Tapınak Aslanı diye anılan bir Soytarı'ydı ve şerife rüşvet verip peygamberi hücreden kurtarmak üzere Jackson City'ye gelmişti. Şerif kentten kaçınca Goldman hücrede kalmış ve Yolcu'yu korurken canından olmuştu.

Kilise her zaman Soytarıların müttefikiydi ama son on yılda işler biraz değişmişti. Jonesie'lerin bazıları o gece Goldman'ın hücrede olmadığını, bunu kendilerine pay çıkarmak isteyen Soytarıların uydurduğunu iddia ediyordu. Bazıları da kilisenin Soytarılara yaptığı iyiliklerle Goldman'ın can borcunu çoktan ödediğini savunuyordu. Dünyada başka Yolcuların da olması onları rahatsız ediyordu, çünkü yeni inançların, Peygamber'in öğretilerini sarsma olasılığı vardı. Bir avuç kararlı Jonesie ise kendilerine "Borç Ödenmedi" fraksiyonu adını takmıştı ve bir Soytarı şehadeti sırasında Peygamber'le birlikte öldüğüne göre, bu özverinin hakkını vermeleri gerektiğini düşünüyorlardı.

Los Angeles havaalanına inen Maya valizini, kamera çantasını ve üçayağını alıp gümrükten Alman pasaportuyla geçti. Kontak lensler ve parmak kılıfları işe yaramıştı.

Üniformalı adam, "Amerika Birleşik Devletleri'ne hoş geldiniz" dediğinde Maya kibarca gülümsedi, ardından beyan edecek malı olmayan yolculara yol gösteren yeşil okları takip ederek uzun bir rampayı geçip çıkış salonuna geldi.

Yüzlerce insan parmaklıklara yaslanmış çıkanları bekliyordu. Bir limuzin sürücüsünün elinde J. Kaufman yazılı bir tabela vardı. Daracık bir eteği, gürültü çıkaran topuklu ayakkabılarıyla genç bir kadın koşup Amerikalı bir askere sarıldı. Maya, kadının sıska sevgilisi için bir ağlayıp bir gülmesini saçma bulmuştu, ama kavuşmalarını kıskanmamış da değildi. Aşk insanı zayıf düşürüyordu; kalbini verdiği adamın bir gün çekip gitme veya ölme olasılığı vardı. Gelin görün ki, çevresi aşkla sarmalanmıştı. Herkes giriş kapısının yanında kucaklaşıp, öpüşüyordu. Birileri de üzerine el yazısıyla yazılmış bir kartonu sallıyordu: EVİNE HOŞ GELDİN DAVID! SENİ ÇOK SEVİYORUZ!

Onu beklediği söylenen Jonesie'yi nasıl bulacağına dair hiçbir fikri yoktu. Bir arkadaşını arıyormuş gibi yaparak terminalde boş boş dolaştı. Beyinsiz Shepherd, dedi içinden. Dedesi, İkinci Dünya Savaşı sırasında yüzlerce hayat kurtarmış bir Letonyalı'ydı. Torunu da bu onurlu Soytarı adını benimsemişti ama sersemin tekiydi işte.

Maya kapıya kadar yürüdü, döndü ve tekrar güvenlik parmaklığına doğru ilerlemeye başladı. Belki de en iyisi, Linden'ın sözünü ettiği Thomas adlı kişiyi bulmaktı. Yedek temsilci olan Thomas havaalanının güneyinde oturuyordu. Maya'nın babası hayatı boyunca bu yollardan geçmiş, yabancı ülkelere gidip paralı askerler tutmuş ve Yolcular aramıştı. Maya ise yalnızdı, endişeleniyordu ve biraz korkuyordu.

Beş dakika sonra çıkmaya karar verdiği anda, danışma kulübesinin önünde duran beyaz elbiseli bir zenci kadın dikkatini çekti. Kadının elinde küçük bir gül demeti vardı. Çiçeklerin arasına karo şeklinde üç simli karton –Soytarı işareti– yerleştirilmişti. Maya yaklaşırken kadının yakasına vakur duruşlu bir zencinin fotoğrafının iğnelenmiş olduğunu gördü. Bu, Isaac T. Jones'un bilinen tek fotoğrafıydı.

15

Victory Fraser, elinde güllerle terminalin ortasında duruyordu. Cemaatinin birçok mensubu gibi, o da Shepherd'la adamın Los Angeles ziyaretleri sırasında tanışmıştı. Sıcak gülümsemesi ve şık kıyafetleriyle adam o kadar olağan duruyordu ki, Vicki onun bir Soytarı olduğuna inanmakta güçlük çekiyordu. Onun hayalindeki Soytarılar, düz duvarlarda gezinebilen, kurşunları dişleriyle yakalayan kahramanlardı. Ne zaman birinin bir gaddarlık yaptığını görse, bir Soytarı'nın adaleti sağlamak için kapıdan, olmazsa bacadan girip olaya bir son vermesini isterdi.

Vicki arkasını döndüğünde bir kadının yaklaşmakta olduğunu gördü. Kadının elinde valiz, siyah bir kamera çantası ve üçayak, omzunda metal bir boru vardı. Kısa kumral saçlı, koyu renk güneş gözlüklü bir kadındı. Vücudu ince ve hoştu ama yüzü şişkin ve çirkinceydi. Mesafe kısaldıkça Vicki bu kadında acımasız ve tehlikeli bir hava, zar zor bastırılan bir saldırganlık olduğunu duyumsadı.

Kadın Vicki'nin önünde durdu ve onu tepeden tırnağa süzdü. "Beni mi arıyorsunuz?" Konuşmasından İngiliz olduğu seziliyordu.

"Ben Vicki Fraser. Burada, cemaatimizin bir dostunu tanıyan bir konuğumuzu bekliyorum."

"O dost Bay Shepherd olmalı."

Vicki başını salladı. "Güvenli bir buluşma yeri ayarlayana kadar sizinle ilgilenmemi istedi. Şu anda izleniyormuş."

"Peki. Artık çıkalım buradan."

Kalabalıkla birlikte uluslararası terminalden ayrılıp dört katlı bir otoparka yöneldiler. Vicki'nin valizini taşıma teklifini kadın reddetti. İzlendiğini düşünüyormuşçasına sürekli omzunun üstünden geriye bakıyordu. Beton merdivenleri tırmanırken Vicki'nin kolunu tutup yüzünü çevirdi.

"Nereye gidiyoruz?"

"A-arabayı ikinci kata bırakmıştım."

"Benimle aşağı gel."

Zemin kata indiler. İspanyolca konuşan kalabalık bir Güney Amerikalı aile yanlarından gürültüyle geçip uzaklaştı. Soytarı hızla çevresine bakındı. Hiçbir şey yoktu.

Tekrar yukarı çıktılar ve Chevrolet marka bir arabaya yöneldiler. Arabanın arka camında "Hakikati öğrenin! Isaac T. Jones SİZİN için öldü!" yazılı bir çıkartma vardı.

"Tüfeğim nerede?" diye sordu kadın.

"Ne tüfeği?"

"Bana silah, para ve Amerikan kimliği vermeniz gerek. Standart prosedür bu."

"Özür dilerim sayın... Sayın Soytarı. Shepherd bana böyle bir şey söylemedi. Elime karolar alıp sizi terminalde karşılamamı istedi. Annem karşı çıktı ama onu dinlemeyip geldim."

"Bagajı aç."

Vicki anahtarlarını bulup bagajı açtı. Bagajda, geri dönüşüm merkezine götüreceği plastik şişeler ve teneke kutular vardı. Soytarı'nın bunları görmüş olmasından utanmıştı sanki.

Genç kadın, kamera çantasını ve üçayağı bagaja yerleştirdi. Çevresine bakındı. Onu izleyen yoktu. Hiçbir açıklama yapmadan üçayağın zulalarını açıp iki bıçakla bir kılıç çıkardı. Bu hareketler Vicki'ye çok sert gelmişti. Onun hayalindeki Soytarılar, altın kılıçlar taşıyan ve iplerle havada sallanan insanlardı. Oysa önündeki kılıç, son derece keskin görünen gerçek bir silahtı. Ne söyleyeceğini bilemedi. Aklına, *Isaac T. Jones'un Bütün Mektupları* kitabından bir bölüm geldi.

"Son Haberci indiğinde, Şeytan Kara Âlem'e yuvarlanacak ve tüm kılıçlar Işığa dönüşecek."

"Çok etkileyici." Soytarı, kılıcını kın niyetine kullandığı tüpe soktu. "Ama o zamana kadar kılıcımın keskin olmasına dikkat edeceğim."

Arabaya bindiklerinde, onları takip eden olup olmadığını anlamak isteyen Soytarı, sağ dikiz aynasını buna göre ayarladı. "Gidelim artık buradan" dedi, "kamera olmayan bir yere gitmeliyiz."

Otoparktan ayrıldılar, trafiği izleyerek Sepulveda Bulvarı'na çıktılar. Aylardan kasım olmasına rağmen hava ılıktı ve gün ışığı tüm camlardan yansıyordu. İki ve üç katlı yapılardan, modern iş hanlarından, göçmen bakkallarından ve manikür salonlarından ibaret bir mahallede ilerliyorlardı. Kaldırımlarda tek tük insan vardı, onlar da yoksullar, yaşlılar ve keçeleşmiş saçlarıyla Vaftizci Yahya'yı andıran bir deliydi.

"Birkaç kilometre ötede bir park var" dedi Vicki. "Orada güvenlik kamerası yoktur."

"Emin misin, yoksa tahmin mi ediyorsun?" Soytarı gözünü dikiz aynasından ayırmıyordu.

"Tahmin, ama çok mantıklı bir tahmin."

Bu cevap genç kadının hoşuna gitmişti. "Pekâlâ. Bakalım Amerika'da mantık daha iyi işliyor mu?"

Park, Loyola Üniversitesi'nin karşısındaki boş bir alandan ve birkaç ağaçtan oluşuyordu. Otoparkta kimse yoktu ve çevrede güvenlik kamerası görünmüyordu. Soytarı çevreyi dikkatle inceledikten sonra güneş gözlüğünü, renkli lenslerini ve kumral peruğunu çıkardı. Genç kadının gerçek saçı gür ve kapkaraydı, gözleri ise çok açık bir maviydi. Yüzünün şişkinliğinin ilaçlara bağlı olduğu, ilaçların etkisi geçip yüzü daha sert ve daha saldırgan bir ifade almaya başlayınca belli oldu.

Vicki, kılıca bakmamaya çalışıyordu. "Aç mısınız Sayın Soytarı?"

Genç kadın peruğunu valizine tıkıştırdı. Tekrar dikiz aynasına baktı. "Adım Maya."

"Bana kilisede Victory Fraser adını vermişler. Ama ben Vicki denmesini istiyorum."

"Akıllıca tabii."

"Aç mısın Maya?"

Maya cevap vermek yerine el çantasına daldı ve kibrit kutusu kadar bir cihaz çıkardı. Bir düğmeye bastığında minik bir ekranda sayılar belirdi. Vicki sayıların anlamını çözemedi ama Soytarı'nın bu sayılara bakarak karar verdiğini anladı. "Tamam, yemek yiyelim" dedi Maya. "Beni arabaya yemek söyleyebileceğimiz, otoparkının caddeye baktığı bir yere götür."

Gittikleri yer, Tito's Tacos adında bir Meksika lokantasıydı. Vicki arabadan inip içecek ve burrito aldı. Maya pek konuşmuyordu, burritonun etlerini plastik çatalıyla didiklemekle yetindi. Ne yapacağını bilemeyen Vicki ise otoparka girip çıkan insanları inceledi. Guatemala köylülerinin tıknazlığına ve Kızılderili yüzüne sahip yaşlı bir kadın. Filipinli, orta yaşlı bir karı koca. Zenci rap şarkıcılarının afili kıyafetlerine ve altın takılarına özenmiş iki Asyalı –muhtemelen Koreli– genç.

Vicki koltuğunda Soytarı'ya döndü ve kendine güveniyormuş gibi yapmaya çalışarak sordu: "Bana neden Los Angeles'a geldiğini söyleyebilir misin?"

"Hayır."

"Bir Yolcu'yla mı ilgili? Kilisemizin rahibi artık Yolcu kalmadığını söylüyor. Hepsi bulunup öldürülmüş."

Maya gazozunu indirdi. "Annen neden beni karşılamanı istemedi?"

"Kutsal Isaac T. Jones Kilisesi şiddete karşıdır. Cemaatteki herkes Soytarıların..." Vicki duraladı. Biraz mahcup olmuştu.

"Katil olduğunu bilir, öyle mi?"

"Savaştığınız insanların kötü ve acımasız olduğundan eminim." Vicki elindeki yiyecekleri kesekâğıdına bıraktı ve Maya'nın gözlerine baktı. "Annem ve arkadaşlarının aksine, ben Borç Ödenmedi görüşüne katılıyorum. Peygamberimizin şehit olduğu gece onu savunacak kadar yürekli tek kişinin Tapınak Aslanı olduğunu unutmamalıyız. O da Peygamberimizle birlikte öldü ve aynı ateşte yakıldı."

Maya bardağındaki buzları çalkaladı. "Havaalanında yabancıları karşılamak dışında neler yapıyorsun?"

"Okulu bu yıl bitirdim. Annem postacılık sınavlarına girmemi istiyor. Los Angeles'taki inananların birçoğu posta dağıtıcılığı yapıyor. İyi bir iş, kazancı da güzel. Yani söyledikleri bu."

"Peki sen ne yapmak istiyorsun?"

"Dünyayı gezmek istiyorum. Sadece kitaplarda okuduğum, televizyonda gördüğüm o kadar çok yer var ki..."

"Gez o zaman."

"Sizler gibi param veya uçak biletim yok ki. Ben hiç lüks bir lokantaya veya gece kulübüne gitmedim. Soytarılar dünyadaki en özgür insanlar."

Maya başını salladı. "Soytarılığa asla özenme. Özgür olsaydım şimdi burada olmazdım."

Vicki'nin çantasındaki cep telefonu, Beethoven'ın *Mutluluğa Şarkı* melodisiyle çalmaya başladı. Vicki bir an duraladıktan sonra telefonu açtı ve Shepherd'ın neşeli sesiyle karşılaştı.

"Havaalanından paketi aldın mı?"

"Evet efendim."

"Onunla konuşayım."

Vicki telefonu Maya'ya verdi ve Soytarı'nın kısa aralıklarla üç kez "Evet" dediğini duydu. Ardından Maya telefonu kapatıp konsola bıraktı.

"Silahlarım ve kimliğim Shepherd'daymış. 489 güneybatıya gitmemiz gerekiyormuş – ne demekse."

"Şifre vermiş. Bana da dikkatli olmamı söylemişti."

Vicki, arka koltukta duran Los Angeles telefon rehberini alıp 489. sayfayı açtı. Sayfanın sol alt köşesinde –yani güneybatısında– bir çıkma otomobil parçacısının ilanı vardı. Adres Marina del Rey'de, okyanusun birkaç kilometre uzağındaydı. Otoparktan ayrılıp Washington Bulvarı'nda ilerlemeye başladılar. Maya, tanıdık yerler görmek istermişçesine camdan dışarıyı izliyordu.

"Los Angeles'ın merkezi neresi?"

"Burada merkez olabilecek bir yer yok. Küçük mahalleler ve topluluklar var."

Soytarı, elini kazağının kolundan sokup bıçaklarından birini düzeltti. "Babam Londra'da dolaşırken bazen bana Yeats'in bir şiirini okurdu." Bir an duraladıktan sonra alçak sesle ezberden okudu: "*Şahin açıldıkça açılır, sahibinin sesini duyamaz, her şey parçalanıp dağılır, merkez ayakta kalamaz...*"

Alışveriş merkezlerinin, benzincilerin, konutların önünden geçtiler. Mahallelerin bazıları yoksul ve köhneydi; küçük İspanyol evleri veya damına mıcır dökülmüş çiftlik evleri görülüyordu. Her evin önünde küçük bir çimenlik, çimenlikte de genellikle palmiye veya şimşirler vardı.

Çıkma parçacı dar bir ara sokakta, bir tişört fabrikasıyla solaryumun arasındaydı. Dükkânın penceresiz cephesine, Sistine Şapeli'ndeki Tanrı'nın Eli figürünün karikatürü çizilmişti. El, Adem'e hayat vermek yerine bir egzozun üzerinde geziniyordu.

Vicki sokağın karşısına park etti. "Seni burada bekleyebilirim, bir sakıncası yok."

"Gerek yok."

Arabadan inip eşyaları boşalttılar. Vicki, Maya'nın en azından teşekkür veya veda etmesini bekliyordu ama Soytarı yeni ortamına odaklanmıştı. Sokağı baştanbaşa süzdü, tüm çıkmazları ve park halindeki araçları inceledi, ardından valizini, kamerasını ve üçayağını alıp dönerek uzaklaşmaya başladı.

"Bu kadar mı?"

Maya durdu ve arkasına baktı. "Nasıl?"

"Bir daha görüşmeyecek miyiz?"

"Elbette görüşmeyeceğiz. Sen görevini yaptın Vicki. Bundan kimseye söz etmezsen iyi olur."

Tüm çantalarını sol eline alan Maya karşıya geçti ve parçacıya yöneldi. Vicki hakarete uğradığını düşünmemeye çalışıyordu ama öfkelenmemek elde değildi. Küçükken duyduğu Soytarı hikâyelerinde, onların haklıları ve adaleti koruyan cesur savaşçılar olduğu beynine kazınmıştı. Oysa şimdi iki Soytarı tanıyordu:

Shepherd gayet sıradan bir adamdı ve Maya adlı bu genç kadın da bencil ve kaba biriydi.

Eve dönüp annesine yemek hazırlaması gerekiyordu. Üstelik bu akşam yedide kilisede ayin vardı. Vicki arabasına binip tekrar Washington Bulvarı'na çıktı. Kırmızı ışıkta durduğunda, Maya'nın karşıya geçerken tüm çantalarını sol eline aldığı gözlerinin önüne geldi. Sağ eli boş kalmıştı. Tabii ya. Kılıcı çekip birini öldürmek için serbest kalmıştı.

16

Maya, parçacının ön kapısından girmedi. Otoparka yönelip binanın çevresinde dolaşmaya başladı. Arkadaki bir acil çıkış kapısının üzerine karalanmış bir Soytarı karosu buldu. Kapıyı çekip açtı ve içeri girdi. Yağ ve benzin kokusu. Uzaktan gelen sesler. Sıra sıra kullanılmış karbüratör ve egzoz borusu bulunan bir depodaydı. Her parça, marka ve modele göre yerleştirilmişti. Kılıcını kavrayabilecek kadar çekip ışığa doğru ilerledi. Bir kapı aralık bırakılmıştı; buradan baktığında Shepherd ve iki adamın küçük bir masanın çevresinde durduğunu gördü.

Maya kapıdan girdiğinde şaşırmışlardı. Shepherd silahını çekmek için elini beline atarken onu tanıdı ve sırıttı. "İşte geldi. Ne kadar büyümüşsün, ne güzel olmuşsun. İşte size sözünü ettiğim Maya bu."

Shepherd'ı altı yıl önce, Londra'ya babasını ziyarete geldiğinde görmüştü. Amerikalı, korsan Hollywood filmleriyle voliyi vurmayı planlıyordu ama umduğu para desteğini Thorn'dan bulamamıştı. Shepherd ellisine merdiven dayamış olmasına rağmen çok daha genç duruyordu. Sarı saçlarını diken diken yapmış, üzerine gri bir ipek gömlek ve spor bir ceket giymişti. Maya gibi o da kılıcını omzuna attığı bir kılıfta taşıyordu.

Diğer iki adam kardeş gibi duruyorlardı. Yirmili yaşlardaydılar, saçları oksijen sarısıydı ve dişleri çürüktü. Daha büyük olanın kollarında, dağılmış cezaevi dövmeleri vardı. Maya bunların tetikçi olduklarına karar verdi. Böyle kıdemsiz paralı askerlerle işi olmayacağı için de onları umursamamaya karar verdi.

"Ne oluyor?" diye sordu Shepherd'a. "Seni kim izliyor?"

"Bunları sonraya bırakalım" dedi Shepherd. "Şimdi Bobby Jay ve Tate ile tanışmanı istiyorum. Paran ve kimliklerin bende. Ancak silahları Bobby Jay'den alacaksın."

Küçükleri olan Tate, Maya'ya bakıyordu. Üzerinde bir eşofman ve büyük olasılıkla silahını gizlemek için fazlaca bol tutulmuş bir futbol forması vardı. "Onun da kılıcı var" dedi Shepherd'a.

Shepherd hoşgörerek gülümsedi. "Boşu boşuna taşıyoruz işte. Ama kulüp üyeliği gibi bir şey."

"Kılıcın kaç para eder?" dedi Bobby Jay Maya'ya. "Satmayı düşünür müsün?"

Sinirlenen Maya, Shepherd'a döndü. "Bu tetikçileri nereden buldun?"

"Sinirlenme. Bobby Jay'in işi her türlü silah alım satımıdır. Her zaman pazarlayacak bir şey arar. Makineyi seç. Ben de parasını vereyim, gidecekler."

Masada çelik bir çanta vardı. Shepherd bunu açarak köpük tabana yerleştirilmiş beş silahı ortaya çıkardı. Maya bunları incelerken silahlardan birinin plastik olduğunu ve namlusunun üstünde siyah bir kartuş bulundurduğunu gördü.

Shepherd bu plastik silahı aldı. "Bunu görmüş müydün? Taser diyorlar. Elektrik şoku veriyor. Yanında yine gerçek bir silah olur tabii de bunu kullanarak karşındakini öldürmeme şansın var."

"Boşversene" dedi Maya.

"Çok ciddiyim. Yemin ederim. Ben de Taser taşıyorum. Birini ateşli silahla vurursan polis de işin içine girer. Oysa bu daha çok seçenek sunar."

"İki seçenek var: Saldırırsın veya saldırmazsın."

"Peki. Nasıl istersen."

Shepherd sırıtıp tetiği çekti. Maya kaçmaya fırsat bulamadan namludan ucuna tel bağlanmış iki ok fırladı ve göğsüne isabet etti. Çok şiddetli bir elektrik çarpmasıyla yere yuvarlandı. Ayağa kalkmaya çalışırken bir şok daha yedi. Üçüncü şokla da karanlığa gömüldü.

17

General Nash, cumartesi sabahı Lawrence'ı arayarak Nathan Boone'un o akşamüstü saat dörtte Biraderlerin yürütme kuruluyla telekonferans görüşmesi yapacağını bildirdi. Lawrence hemen evden çıkıp Westchester'daki araştırma merkezine yöneldi ve kapıdaki güvenlik görevlisine gireceklerin listesini verdi. Odasına uğrayıp e-postalarını kontrol ettikten sonra toplantıya hazırlanmak için üçüncü kata çıktı.

Nash, Lawrence'ın toplantı odasına girmesini sağlayacak komutu zaten vermişti. Lawrence kapıya yaklaştığında Güvenlik Bağı bir tarayıcı tarafından algılandı ve kilit açıldı. Toplantı odasında maun bir masa, kahverengi deri sandalyeler ve duvar boyunca uzanan bir televizyon ekranı vardı. Denizaşırı ülkelerde yaşayan Biraderlerin de toplantı odasını görebilmesi için, iki kamera farklı açılarda görev yapıyordu.

Kurul toplantılarında alkole kesinlikle izin verilmediği için, Lawrence masaya şişe suyu ve bardak yerleştirdi. Asıl görevi, kapalı devre televizyon sisteminin çalışmasını sağlamaktı. Bir köşedeki kontrol panelini kullanarak Los Angeles'ta kiralanmış bir ofisteki kamerayla bağlantı kurdu. Ekranda bir masa ve boş bir sandalye belirdi. Boone toplantı başladığında bu masaya oturacak ve Corrigan kardeşlere ilişkin bilgi verecekti. Yirmi dakika içinde televizyon ekranının alt köşesinde dört küçük çerçeve belirdi ve Londra, Tokyo, Moskova ve Dubai'de yaşayan Biraderlerin toplantıya katılacağını gösterdi.

Lawrence itaatkâr ve saygılı görünmeye çalışıyordu ama odada kimse olmadığı için memnundu. Korkuyordu ve olağan maskesi duygularını gizleyemiyordu. Bir hafta önce Linden ona postayla küçücük, pilli bir video kamera göndermişti. Örümcek adı verilen bu kamera şu an cebindeydi ve sanki saatli bomba gibi patlamak için sırasını bekliyordu.

Bardakların temizliğini tekrar kontrol ettikten sonra kapıya yöneldi. Yapamayacağım, diye düşündü. Çok tehlikeli bu. Ancak ayakları geri geri gidiyordu. Lawrence sessizce dua etmeye başladı. *Yardım et baba. Ben senin kadar gözüpek değilim.*

Kendi korkaklığına duyduğu öfke, birden hayatta kalma içgüdüsünün önüne geçti. Önce tartışma sırasında kullanılacak olan kapalı devre kamerayı kapattı, ardından hızla ayakkabılarını çıkardı, bir sandalyeye basarak masaya çıktı. Örümceği tavandaki havalandırma ızgaralarından birine tutturdu, mıknatısların metale tam değdiğinden emin olduktan sonra masadan aşağı atladı. Beş saniye geçmişti. Sekiz saniye. On saniye. Lawrence kapalı devre kamerayı tekrar açtı ve sandalyeleri düzenlemeye koyuldu.

* * *

Lawrence gençliğinde, babasının Japon Soytarısı Sparrow olabileceğinden hiç şüphe duymamıştı. Annesi ona, Tokyo Üniversitesi'ndeyken hamile kaldığını, zengin bir adam olan sevgilisinin evlenmek, kendisinin de kürtaj yaptırmak istemediğini anlatmıştı. Gayrı meşru çocuğunu Japon toplumunda yetiştirmektense Amerika'ya göç etmiş ve onu Ohio eyaletinin Cincinnati kentinde büyütmüştü. Lawrence bu öyküyü hiç sorgulamadan kabul etmişti. Annesi zamanında ona Japonca okuyup yazmayı öğrettiyse de, günün birinde Tokyo'ya uçup hamile bir üniversiteli kızı yüzüstü bırakan bencil bir işadamını kovalamayı hiç aklından geçirmemişti.

Annesi, Lawrence üniversitenin üçüncü yılındayken kanserden öldükten sonra Lawrence dolaptaki eski bir yastık kılıfının içinde Japonya'daki akrabalardan gelmiş mektuplar bulmuştu. Yazılan şefkatli, dostça mektuplar onu şaşırtmıştı; çünkü annesi, hamile olduğunu öğrendiklerinde ailesinin onu kapı dışarı ettiğini anlatmıştı hep. Lawrence aile bireylerine annesinin ölümünü bildirince, teyzesi Mayumi cenaze için Amerika'ya gelmişti.

Mayumi törenden sonra yeğeniyle kalıp evdeki eşyaların bir depoya taşınmasına yardım etmişti. Bu sırada Lawrence'ın annesinin Japonya'dan getirdiği birkaç parça eşya bulmuşlardı; bir antika kimono, bazı üniversite ders kitapları ve bir fotoğraf albümü.

Makineye gülümseyen bir kadına işaret eden Mayumi, "Bu büyükannen" demişti. Lawrence sayfayı çevirmişti. "Bu annenin kuzeni, bunlar da okul arkadaşları. Çok güzel kızlardı."

Lawrence sayfayı tekrar çevirdiğinde iki fotoğraf düşmüştü. Birinde, o zamanlar genç olan annesi Sparrow'un yanında oturuyordu. Diğerindeyse Sparrow yalnızdı ve yanında iki kılıç vardı.

"Peki bu kim?" diye sormuştu Lawrence. Fotoğraftaki adam çok sakin ve ciddi görünümlüydü.

"Kim bu, söyler misin?" Teyzesine bakınca kadın ağlamaya başlamıştı.

"O baban. Onunla bir kez, annenle birlikte Tokyo'da bir lokantada karşılaştım. Çok güçlü bir adamdı."

Mayumi, adama ilişkin pek az şey biliyordu. Kendisine Sparrow denmesini istermiş, ama ara sıra Furukawa adını da kullanırmış. Çok tehlikeli birtakım işlerle uğraşırmış. Belki de casusmuş. Yıllar önce, Osaka Oteli'nde çıkan bir çatışmada bir grup Yakuza ile birlikte öldürülmüş.

Teyzesini Japonya'ya uğurlayan Lawrence, tüm boş zamanını internette babasına dair bilgi toplamakla geçirmişti. Osaka Oteli'ndeki çatışmayı araştırmak kolaydı. Yaşanan katliam hem tüm Japon gazetelerinde, hem de uluslararası basında yer bulmuştu. On sekiz Yakuza ölmüştü, ölenlerin arasında Hiroşi Furukawa adında biri de vardı ve Japon dergilerinden birinde babasının morgda çekilmiş bir fotoğrafı da yayımlanmıştı. Haberlerin hiçbirinde çatışmanın nedenine dair somut bilgi verilmemesi Lawrence'ı şaşırtmıştı. Kimileri iç hesaplaşma, kimileri rant kavgası diyordu. İki Yakuza yaralı kurtulmuştu ama onlar da ifade vermiyorlardı.

Lawrence, Duke Üniversitesi'nde çok yüklü miktarda verinin istatistiksel analizini yapabilecek yazılımlar geliştirmeyi öğrenmişti. Mezun olduktan sonra, Amerikan ordusu tarafından işletilen ve yeniyetmelerin bombalanmış bir kentte karşı takımdakileri avlamasını konu alan bir oyunun web sitesinde çalışmıştı. Burada, oyuncuların psikolojik profilini değerlendiren bir programın yazılmasına katkıda bulunmuştu. Bilgisayarda üretilen profiller, askere alım görevlilerinin yüz yüze görüşmeler sırasında oluşturdukları profillerle yakın bağıntı içindeydi. Bu program gelecekte kimin başçavuş, kimin telsizci olacağını, kimin en riskli görevlere gönüllü yazılacağını belirlemeye yardımcı oluyordu.

Orduyla bağlantısı sayesinde Beyaz Saray ve Kennard Nash ile çalışma fırsatı doğmuştu. General, Lawrence'ın iyi bir yönetici olduğunu düşünüyor ve yeteneğini bilgisayar programları yazarak harcamaması gerektiğine inanıyordu. Nash'in CIA ve Ulusal Güvenlik Dairesi'yle de bağlantıları vardı. Lawrence Nash'in yanında çalışmasının, babasına ilişkin çok gizli verilere erişmesine olanak tanıyacak güvenlik yetkileri alması için bir fırsat olduğunu fark etti. Babasının iki kılıçla çektirdiği fotoğrafı çok iyi incelemişti. Sparrow'da tipik Yakuza üyelerininki gibi geniş ve karmaşık dövmeler yoktu.

Nihayet General Nash Lawrence'ı odasına çağırıp ona Biraderlerin "Dağarcık" adını verdiği bilgileri aktarmıştı. Tabii gayet yalın haliyle: Soytarılar adı verilen terörist bir grup, Yolcular denen sapkınları korumayı amaçlıyordu. Düzenin bekası için Soytarıların yok edilip diğerlerinin kontrol altına alınması gerekiyordu. Lawrence ilk aldığı şifrelerle bilgisayarına dönüp babasının adını girdiğinde, onca zamandır peşinde olduğu bilgilere ulaşmıştı: ADI: *Sparrow.* KOD ADI: *Hiroşi Furukawa.* ÖZET: *Bilinen Japon Soytarısı.* KAYNAKLAR: *İkinci Derece.* ETKİNLİK: *Birinci Derece.* DURUM: *Öldürüldü – Osaka Oteli, 1975.*

Dağarcık açıklandıkça ve yeni şifreler verildikçe, Lawrence Soytarıların birçoğunun Biraderlerin paralı askerlerince öldürüldüğünü öğrendi. Yani babasını öldüren güç için çalışıyordu. Her yanı kötülükle sarılmıştı ama o, No oyuncuları gibi maskesini takmıştı bir kere.

Kennard Nash, Beyaz Saray'dan ayrılınca Lawrence da onun peşinden Evergreen Vakfı'na geçmişti. Yolcular ve Soytarıları anlatan, Biraderlerin kısa tarihçesini içeren Yeşil, Kırmızı ve Mavi Kitapları okumasına izin verilmişti. Yeniçağda Biraderler, Hitler ve Stalin gibilerin acımasız totaliter kontrolünü reddedip, onsekizinci yüzyılın İngiliz filozofu Jeremy Bentham'ın daha gelişkin Panopticon sistemini benimsiyordu.

"Herkes izlendiğine inanıyorsa herkesi izlemen gerekmez" demişti Nash. "Ceza gerekli değildir, ancak cezanın kaçınılmazlığı tüm beyinlere kazınmalıdır."

Bentham, ruhun varlığına inanmıyor ve fiziksel dünya dışında âlemler bulunduğunu reddediyordu. Ölümünün ardından cesedinin korunması, en sevdiği giysilerin giydirilmesi ve bir camekânda sergilenmesi koşuluyla tüm varlığını Londra Üniversitesi'ne bağışlamıştı. Filozofun bedenini görmek, Biraderler için kutsal bir ziyaretti ve ne zaman Londra'ya gitseler uğradıkları bir tapınaktı.

Lawrence bir yıl önce Biraderlerin internet takip ekiplerinden biriyle buluşmak için Amsterdam'a uçmuştu. Londra'da geçireceği bir gün olduğundan, taksiye atlayıp Londra Üniversitesi'nin yolunu tutmuştu. Gower Sokağı'ndaki kapıdan girip ana kampüsü turlamıştı. Mevsim yazdı ve hava ılıktı. Şort ve tişört giymiş öğrenciler, Wilkins Binası'nın mermer basamaklarında oturmuş gevezelik ediyorlardı. Lawrence onların aldırışsız özgürlüklerini kıskanmadan edememişti.

Bentham, güneydeki kemerli koridorun girişindeki camekânında oturuyordu. İskeletindeki tüm etler ayrılmış, içi saman ve pamukla doldurulduktan sonra kendi giysileriyle kaplanmıştı. Başı, ayaklarının dibindeki bir kutuda saklanıyordu ama öğrenciler zamanında bunu çalıp avluda futbol oynamışlardı. Tekrar ele geçirilen baş artık üniversitenin kasasında saklanıyordu. Bunun yerine hazırlanan balmumu baş ise fazla soluk, hayalet gibi bir görünüme sahipti.

Normalde, camekânın beş metre kadar ötesindeki bir kulübede bir güvenlik görevlisi otururdu. Panopticon'un mucidine anma ziyareti düzenleyen Biraderler, Jeremy Bentham mı daha cansız yoksa yanındaki itaatkâr piyon mu diye dalga geçerlerdi. Ancak o akşamüstü güvenlikçi ortalarda yoktu ve Lawrence salonda yalnızdı. Camekâna yavaşça yaklaşıp balmumu suratı inceledi. Yüzü hazırlayan Fransız heykeltıraş işini iyi yapmıştı ve filozofun dudaklarının hafifçe yukarıya kıvrılmasından, yeni binyılın gidişatından memnun olduğu görülüyordu.

Lawrence bedene bir süre baktıktan sonra, camekânın hemen yanında bulunan ve Bentham'ın hayatını konu edinen sergiyi incelemeye başlamıştı. Sergi kaidesinin üzerine kırmızı kalemle karalanmış bir şekil dikkatini çekmişti. Bir elipsin üzerine üç düz çizgi çekilmişti. Araştırmalarında, bunun Soytarı mandolini anlamına gelen bir işaret olduğunu öğrenmişti.

Alay etme amacını mı taşıyordu? Karşıt grubun cesaret örneği miydi? Çömelerek şekli yakından incelediğinde, çizgilerden birinin Bentham'ın iskeletine işaret eden bir ok olduğunu fark etti. Bu bir işaretti. Bir mesajdı. Önünde uzayıp giden koridora baktı. Bir kapı çarptı ama ortaya kimse çıkmadı.

Bir şey yap, diye düşündü. Tek fırsatın bu. Camekânın kapağını pirinç bir asma kilit tutuyordu. Kilide asıldığında çengel vidalarından kurtuldu. Kapağı gıcırdatarak açtı ve Bentham'ın siyah ceketinin ceplerini yokladı. Bir şey yoktu. Ceketi araladı, eliyle yokladı ve iç cebinde bir şey olduğunu fark etti. Bir karttı. Evet, bir kartpostaldı. Ödülünü çantasına attı, kapağı kapatıp hızla uzaklaştı.

Bir saat sonra British Museum'un yakınlarındaki bir bara oturup kartpostalı incelemeye başladı. Kartpostalda, Paris'in Seine Caddesi'ndeki bir kahve olan La Palette'in resmi vardı. Yeşil bir tente. Kaldırıma çıkarılmış masalar ve sandalyeler. Masalardan birinin üzerine bir X işareti konmuştu ama Lawrence bunun anlamını çözememişti. Kartpostalın arka yüzünde de Fransızca *Tapınak yıkıldığında* yazıyordu.

Lawrence Amerika'ya döndüğünde kartpostalı araştırmaya devam etmiş ve internette saatler geçirmişti. Bir Soytarı bu kartı ipucu olarak, belirli bir yere giriş bileti olarak mı yerleştirmişti oraya? Hangi tapınaktı yıkılan? Aklına bir tek Kudüs'teki Yahudi tapınağı geliyordu. On Emir. Kutsal Emanetler.

Lawrence bir gece evinde bir şişe şarabı devirdikten sonra, Soytarıların eski tapınak şövalyeleriyle bağlantılı olduğunu kavrayıverdi. Tapınak şövalyelerinin önderi Fransa Kralı tarafından yakalandıktan sonra kazığa oturtulup yakılmıştı. Peki ne zaman olmuştu bu? Dizüstü bilgisayarını açıp hemen internete girdi. Ekim 1307. Ayın on üçü, cuma.

O yıl cuma günü iki kez ayın on üçüne rastlayacaktı ve bunların biri, birkaç hafta sonraydı. Lawrence hemen izin planını değiştirip zamanı geldiğinde Paris'e uçtu. On üçü sabahı, üzerine Soytarıların simgesi siyah-beyaz karolu bir süveter geçirip La Palette kahvesine gitti. Kahve, Pont Neuf yakınlarındaki küçük sanat galerilerinin bulunduğu bir sokaktaydı. Lawrence dışarıdaki masalardan birine oturup garsona bir café crème söyledi. Gergin ve heyecanlıydı, maceraya hazırdı ama bir saat beklemesine rağmen gelen giden olmadı.

Kartpostalı bir kez daha incelediğinde, X işaretinin kaldırımdaki masaların en solundakinin üzerinde olduğunu fark etti. Genç bir Fransız çift gazetelerini okumayı bitirip işe gittiğinde, Lawrence o masaya geçti ve jambonlu bir baget söyledi. Burda oturarak öğleye dek bekledi. Sonunda beyaz gömlekli ve siyah süveterli yaşlı bir garson masaya yaklaştı.

Adam Fransızca konuşuyordu. Lawrence başını salladı. Garson bu kez İngilizceye geçti. "Birini mi bekliyorsunuz?"

"Evet."

"Kimdir?"

"Bilemem. Ama geldiği zaman anlayacağım."

Yaşlı garson ceketinin iç cebine uzandı, bir cep telefonu çıkardı ve Lawrence'a uzattı. Telefon neredeyse hemen çaldı ve Lawrence açtı. Kalın bir ses önce Fransızca, ardından Almanca ve İngilizce konuştu.

"Bu yeri nereden buldunuz?" diye sordu.

"Bir ölünün cebindeki kartpostaldan."

"Bir erişim noktasına geldiniz. Bu erişim noktalarından dünyada yedi tane var. Buraları müttefik kazanmak ve paralı askerlerle temas kurmak için kullanıyoruz. Burası sadece bir erişim noktasıdır. Girebileceğiniz anlamına gelmez."

"Anlıyorum."

"Söyleyin bakalım, bugün ne oldu?"

"Tapınak Şövalyeleri toplandı ve yok edildi. Ama aralarından kurtulanlar oldu."

"Kimler kurtuldu?"

"Soytarılar. Onlardan biri de babam Sparrow'du."

Sessizlik. Ardından telefondaki adam kısık sesle güldü. "Keşke baban da bu konuşmayı dinleyebilseydi. Beklenmedik olayları çok severdi. Peki sen kimsin?"

"Lawrence Takawa. Evergreen Vakfı'nda çalışıyorum."

Tekrar sessizlik. "Evet, anlıyorum" diye fısıldadı ses, "kendilerine Biraderler adı veren grubun paravan örgütü."

"Babama dair bilgi edinmek istiyorum."

"Sana neden güveneyim?"

"Onu siz bilirsiniz" dedi Lawrence. "Bu masada on dakika daha oturacağım, sonra kalkacağım."

Telefonu kapattı ve elinde patlamasını bekledi, ama bir şey olmadı. Beş dakika sonra dazlak kafalı iri bir adam masasının önünde durdu. Lawrence, adamın omzundaki ince uzun siyah metal tüpü görünce, bir Soytarı ile karşı karşıya olduğunu ve adamın kılıç taşıdığını anladı. Adam garsona *"Apportez-moi une eau-de-vie, s'il vous plait"*[2] dedikten sonra hasır sandalyelerden birine oturdu. Soytarı, sağ elini silah çıkaracakmış gibi ansızın trençkotunun cebine daldırdı. Lawrence, bu Soytarı'nın onu infaz edeceğinden emindi de, acaba siparişini içmeden önce mi, içtikten sonra mı, onu kestiremiyordu.

"Belirleyici hareketiniz telefonu kapatmak oldu, Bay Takawa. Çok hoşuma gitti. Belki de gerçekten Sparrow'un oğlusunuzdur."

"Annemle babamın birlikte çekilmiş bir fotoğrafı var, isterseniz gösterebilirim."

"Veya ondan önce ben sizi öldürebilirim."

"Bu da bir seçenek."

Fransız adam ilk kez gülümsedi. "Peki neden benimle tanışmak için hayatınızı tehlikeye atıyorsunuz?"

"Babamın neden öldüğünü öğrenmek istiyorum."

"Sparrow, Japonya'daki son Soytarı'ydı. Tabula, üç Japon Yol-

2. Fransızca "Bir konyak lütfen." (y.h.n.)

cu'yu öldürmek için Yakuza üyeleriyle anlaştığında bu Yolcuları sekiz yıl boyunca korudu. Yolculardan biri, Kyoto'daki bir manastırda yaşayan bir Budist keşişti. Yakuza bu adamı tasfiye etmek için manga üstüne manga gönderdi ama hepsi ortadan kayboluyordu. Gerçekte Sparrow bunları ayrıkotları gibi temizliyordu elbette. Birçok modern Soytarı'nın aksine, o, kılıç kullanmayı her zaman üstün tutardı."

"Peki ne oldu, nasıl yakalandı?"

"Annenle Tokyo Üniversitesi'nin yakınındaki bir otobüs durağında karşılaşmışlar. Birbirlerini sevdiler ve görüşmeye başladılar. Yakuza, annenin hamile kaldığını öğrendi. Onu kaçırdılar ve Osaka Oteli'nin balo salonuna götürdüler. Vücuduna bir ip bağlayıp onu tavandan sallandırdılar. Amaçları iyice kafayı çektikten sonra ona tecavüz etmekti. Yakuza, Sparrow'u öldüremeyeceğini anlayınca, hayatındaki tek önemli kişiyi kirletmeyi planlamıştı."

Garson masaya bir kadeh brendi getirince adam elini paltosunun cebinden çıkardı. Trafik gürültüsü, çevrelerindeki konuşmalar susmuştu sanki. Lawrence sadece adamın sesini duyuyordu.

"Babanız garson kılığında balo salonuna girdi. Servis arabasının altına uzanıp bir kılıç ve on iki fişek alan tamburlu bir tüfek çıkardı. İlk saldırıda birkaç Yakuza'yı öldürüp diğerlerini yaraladıktan sonra annenizi çözdü ve ona kaçmasını söyledi."

"Annem onun sözünü dinledi mi?"

"Evet. O da annenle kaçmalıydı aslında ama onurunun çiğnendiğini düşünüyordu. Kılıcıyla salonda dolaşmaya başlayıp yaralı Yakuzaları infaz etmeyi sürdürdü. Bu sırada yaralılardan biri silahını çekip onu arkadan vurdu. Polise olayları gizlemesi için yüklü bir rüşvet verildi, gazeteler de olayı iç hesaplaşma olarak yazdı."

"Yolculara ne oldu?"

"Onları koruyacak kimse kalmayınca birkaç haftada yok edildiler. Thorn adında bir Alman Soytarı Japonya'ya uçtu ama çok geç kalmıştı."

Lawrence gözünü kahve fincanına dikti. "Demek öyle..."

"İster beğenin, ister beğenmeyin ama siz bir Soytarı'nın oğlusunuz ve Tabula'nın yanında çalışıyorsunuz. Ama asıl önemli olan şu: Ne yapmayı düşünüyorsunuz?"

* * *

Toplantı saati yaklaştıkça Lawrence'ın eli ayağı titremeye başlamıştı. Odasının kapısını kilitledi ama yüksek güvenlik yetkisine sahip olanlar –Kennard Nash gibiler– içeri girebilirdi. Saat 3.55'te Linden'ın örümcekle birlikte gönderdiği alıcıyı çıkardı ve bilgisayarının girişlerinden birine taktı. Önce ekranda bulanık kırmızı çizgiler belirdi, ardından konferans salonu ortaya çıktı ve kulaklıktan sesler duyulmaya başladı.

Kennard Nash, uzun masanın yanında duruyor ve içeri giren Biraderleri karşılıyordu. Adamlardan bazıları golf kıyafetleriyle gelmişti, çünkü o saate kadar Westchester'ın golf kulübünde zaman geçirmişlerdi. Biraderler birbirlerinin ellerini sertçe sıktılar, şakalaştılar ve güncel politik durumla ilgili dedikodu yaptılar. Konuyu bilmeyen biri, bu adamların bir hayır kurumunun yöneticileri olduğunu, yıllık şölenler verip onur ödülleri dağıttığını düşünebilirdi.

"Buyurun beyler" dedi Nash. "Oturun lütfen. Toplantıya başlayalım."

Lawrence bilgisayarına bazı komutlar girerek örümceğin netliğini ayarladı. O sırada toplantı odasının ekranında Nathan Boone belirdi. Ekranın altındaki çerçevelerde ise diğer ülkelerdeki Biraderler görülüyordu.

"Herkese merhaba" dedi Boone, şirketin mali durumunu açıklayan bir yetkilinin sakin sesiyle. "Sizlere Gabriel ve Michael Corrigan konusundaki mevcut durumu anlatmak istiyorum."

"Bir ay önce bu iki adamı izlemek için bir gözetleme programı başlattım. Los Angeles'ta geçici çalışanlar tuttuk ve başka kentlerden de görevliler getirttik. Adamlarımıza kardeşleri incelemelerini ve kişisel özelliklerine ilişkin bilgi toplamalarını söyledik. Corrigan'ları ancak kentten kaçacakları kesinleştiğinde ele geçireceklerdi."

Televizyon ekranında iki katlı eski bir bina görüldü. "Birkaç gece önce kardeşler annelerinin yatmakta olduğu bu bakımevinde buluştu. Takımımızın termal görüntüleme aygıtı yoktu ama ses tarama aygıtı çalışır durumdaydı. Rachel Corrigan oğullarına şunları söyledi..."

Ölüm döşeğindeki bitkin kadının sesi hoparlörlerden duyuldu: "Babanız aslında... O bir Yolcu'ydu. Thorn adında bir Soytarı bizi buldu. Ama eğer bu gücünüz varsa, Tabula'dan saklanmalısınız."

Televizyonda tekrar Boone'un yüzü görüldü. "Rachel Corrigan o gece öldü ve kardeşler bakımevinden ayrıldı. Takımın başında Bay Prichett vardı. Michael Corrigan'ı yakalama kararını verdi. Ne yazık ki Gabriel ağabeyinin peşinden otoyola çıktı ve araçlarımızdan birine saldırdı. Böylece Corrigan'lar kaçabildi."

"Şimdi neredeler?" diye sordu Nash.

Lawrence ekranda başka bir resmin belirdiğini gördü. Pasifik adaları kökenli gibi duran bir adamla elinde tüfek tutan kel bir Latin adam, Corrigan kardeşler küçük bir evden ayrılırken onları koruyordu.

"Ertesi sabah, gözetleme takımlarımızdan biri Gabriel'ın iki koruma eşliğinde evine geldiğini gördü. Yarım saat sonra aynı grup Michael'ın evine gitti ve bazı giysiler aldı.

Dört adam Los Angeles'ın güneyine ilerleyerek sanayi bölgesindeki bir giyim fabrikasına girdi. Fabrika, Frank Salazar adında bir adama ait. Servetinin büyük bölümünü yasadışı işlerle elde eden bu adamın şu anda çeşitli yasal işletmeleri var. Salazar, ayrıca Michael'ın iş hanlarından birinin de yatırımcıları arasında. İki kardeş, şu anda Salazar'ın adamları tarafından korunuyor."

"Hâlâ fabrikadalar mı?" diye sordu Nash.

"Evet. Sizden bu gece fabrikaya saldırıp kardeşleri ele geçirmek için izin istiyorum."

Toplantıyı izleyen adamlar bir süre sustuktan sonra Moskova'daki kel temsilci konuşmaya başladı. "Fabrika halka açık bir yerde mi?"

"Evet" dedi Boone. "Yaklaşık beş yüz metre uzağında iki apartman bulunuyor."

"Kurul, birkaç yıl önce polisin dikkatini çekecek uygulamalardan uzak durma kararı almıştı."

General Nash öne eğildi. "Bu rutin bir infaz olsaydı Bay Boone'dan geri çekilip daha uygun bir fırsatı beklemesini isterdim. Ancak durum çok hızlı değişti. Kuantum bilgisayarı sayesinde çok güçlü bir müttefik kazanma fırsatını elde ettik. Eğer Geçiş Projesi başarıya ulaşırsa, toplumu kontrol etmek için gerekli teknolojiye nihayet erişmiş olacağız."

"Ancak bize bir Yolcu lazım" dedi masadakilerden biri.

General Nash parmaklarıyla masayı tıkırdattı. "Evet. Bildiğimiz kadarıyla artık Yolcu yok. Bu iki genç, Yolcu olduğu bilinen birinin çocukları, dolayısıyla onun yeteneklerini almış durumdalar. Onları kontrol altına almalıyız. Başka seçeneğimiz yok."

18

Maya sessizce oturup üç adama baktı. Elektrik şokundan kurtulması uzun sürmüştü ve göğsüyle sol omzunda hâlâ yanma hissi vardı. O baygınken adamlar bir vantilatör kayışını kesip bununla ayaklarını bağlamışlardı. Bilekleri de sandalyenin altından geçirilmiş bir kelepçeyle bağlıydı. Öfkesini kontrol etmeye, kalbindeki huzurlu sığınağını bulmaya çalışıyordu. Bir taş düşün, derdi babası. Pürüzsüz, siyah bir taş. Buz gibi bir kaynaktan çıkar onu ve elinde tut.

"Niye konuşmuyor?" diye sordu Bobby Jay. "Onun yerinde olsam sana ana avrat düz giderdim."

Shepherd Maya'ya baktı ve güldü. "Senin boğazını kesmenin yolunu düşünüyor. Babası daha küçücük bir kızken ona adam öldürmeyi öğretti."

"Acayipmiş."

"Hayır, manyakça" dedi Shepherd. "Başka bir Soytarı, Mother Blessing adında İrlandalı bir kadın, Sicilya'daki bir kasabaya gitti ve on dakikada on üç kişiyi kesti. Paralı asker olarak tutulmuş oralı bir mafya grubunun elindeki bir Katolik papazı kurtarmaya çalışıyordu. Papaz vuruldu ve bir arabanın içinde kan kaybından öldü ama Mother Blessing kaçtı. Bugün sana yemin ederim Palermo yakınlarındaki bir yol kenarı şapelinde Mother Blessing'in ölüm meleği olarak resmi var. Tabii geçeceksin bunları. Kadın psikopatın teki, başka şey değil."

Sakız çiğneyen ve kaşınan Tate sandalyeye yaklaştı ve aralarında birkaç santim kalana kadar Maya'ya doğru eğildi. "Öyle mi yavrucuğum? Bizi öldürmeyi mi düşünüyorsun? Ne ayıp..."

"Ondan uzak durun" dedi Shepherd. "Bırakın öyle otursun. Sakın kelepçeleri çözmeyin, su veya yiyecek vermeyin. Prichett'ı bulur bulmaz geri geleceğim."

"Hain." Maya sessiz kalmalıydı, konuşmanın bir anlamı yoktu, ama sözcük ağzından dökülüvermişti.

"Birilerine ihanet ettiğim anlamına geliyor bu" dedi Shepherd. "Ama gerçekte, ihanet edebileceğim bir durum yok. Çünkü Soytarı diye bir şey kalmadı."

"Tabula'nın kontrolü ele geçirmesine izin veremeyiz."

"Sana bir şey diyeyim mi Maya? Soytarılar işsiz kaldı çünkü Biraderler artık Yolcuları öldürmüyor. Onları ele geçirip güçlerini kullanmak istiyor. Bizim de yıllar önce bunu yapmamız gerekirdi."

"Soytarı adını hak etmiyorsun. Ailenin onuruna saygısızlık ettin."

"Hem büyükbabam hem de babam sadece Yolcuları düşündüler. Ben umurlarında olmadım. Sen sanki farklı mısın? Bizleri, kaybedilmiş bir davaya tapınan insanlar yetiştirdi."

Shepherd, Bobby Jay ve Tate'e dönerek, "Gözünüz üzerinde olsun" dedi ve odadan ayrıldı.

Tate masaya gidip Maya'nın atma bıçağını aldı. "Şuna bak" dedi ağabeyine, "dengesi mükemmel."

"Shepherd geri geldiğinde bunun bıçaklarını, Soytarı kılıcını, bir de üstüne ikramiyemizi alacağız."

Maya kollarını ve bacaklarını hafifçe esneterek fırsat kollamaya başladı. Küçükken babası onu Soho'daki bir kulübe götürmüştü, üç bant bilardo oynamışlardı. Böylece ona bir dizi hızlı hareketi nasıl planlayıp uygulayacağını öğretmeyi hedefliyordu. Beyaz top kırmızı topa çarpacak, sonra bantlardan üç kez sekecekti.

"Shepherd bundan çok korkuyor." Tate elinde bıçakla Maya'ya doğru yürüdü. "Soytarıların adı çok büyük sadece, başka bir şeyleri yok. Şuna baksana. Onun da bizim gibi iki kolu iki bacağı var. Kuyruklu falan değil."

Tate bıçağın ucunu Maya'nın yanağına batırmaya başladı. Deri biraz esnedikten sonra delindi. Biraz daha ittiğinde bir kan damlacığı belirdi. "Bak, onların da kanı akıyormuş." Tate, ıslak kile şekil veren heykeltıraş titizliğiyle Maya'nın boynundan köprücükkemiğine kadar derin olmayan bir kesik açtı. Maya kanın yaradan sızıp cildinin üzerinde aktığını hissetti.

"Bak, kıpkırmızı kan. Seninki benimki gibi."

"Dalga geçmeyi bırak" dedi Bobby Jay. "Başımızı derde sokacaksın."

Tate sırıtıp masaya döndü. Birkaç saniyeliğine sırtını Maya'ya çevirdi ve ağabeyinin de onu görmesini engelledi. Maya öne doğru devrilip dizlerinin üstüne çöktü ve kollarını olabildiğince geriye itti. Sandalyeden kurtulduktan sonra kollarını ayaklarının altından geçirdi. Kolları yine önündeydi.

Maya bilekleri ve ayakları hâlâ bağlı halde ayağa kalktı ve Tate'in yanından sıçrayarak geçti. Masanın üstünden bir takla atıp kılıcını kaptı ve Bobby Jay'in önüne indi. Şaşkın adam ceketinden silahını çıkarmaya çalışıyordu. Maya iki eliyle kılıcını savurdu ve adamın boğazında derin bir kesik açtı; parçalanan damardan kan fışkırmaya başladı. Bobby Jay devriliyordu ama Maya onu unutmuştu bile. Kılıcı ayaklarını bağlayan vantilatör kayışının boşluğuna soktu ve siyah lastiği keserek bacaklarını kurtardı.

Hızlı, daha hızlı. Masanın çevresini dolaşıp Tate'e ulaşmaya çalışırken o da aşırı bol formasının altından otomatik bir silah çıkarıyordu. Tam silahı doğrulturken Maya sola savruldu, kılıcı hızla indirdi ve adamın önkolunu kopardı. Tate çığlık atıp sendeledi ama Maya bırakmadı, boynuna ve göğsüne darbe üstüne darbe indirdi.

Tate yere devrildi ve Maya kılıcına yaslanıp cesedin yanında durdu. Dünya o anda küçülmeye başladı; ufaldı, ufaldı, ufaldı, öfke, nefret ve coşkudan ibaret bir kara deliğe dönüştü.

19

Corrigan kardeşler dört gündür fabrikanın üst katında yaşıyorlardı. O gün öğleden sonra Köpükçü Michael'ı aradı ve Philadelphia'da Torelli ailesiyle yapılan görüşmelerin gayet iyi geçtiğini bildirdi. Michael bir haftaya kadar hisse devir anlaşmalarını imzalayacak sonra da özgür kalacaklardı.

Deek akşama doğru geldi ve Çin yemeği ısmarladı. Yemeği beklemesi için Jesus'u aşağı gönderdikten sonra Gabriel ile satranca oturdu. "Kodeste çok satranç oynanır" dedi. "Ama oradaki dostlar farklı oynar. Birinin şahı düşene kadar ha bire saldırıp dururlar."

Dikiş makineleri kapatılıp çalışanlar evlerine gittiği zaman fabrikaya derin bir sessizlik çöküyordu. Gabriel bir arabanın yaklaşıp kapıda durduğunu işitti. Pencereden baktığında, arabadan Çinli bir sürücünün inip iki kesekâğıdı teslim ettiğini gördü.

Deek satranç tahtasına bakarak hamlesini düşünüyordu. "Jesus parayı verince adamın keyfi kaçacak. Kentin öbür ucundan geliyor ama bizim cimri, herife anca bir dolar bahşiş bırakıyor."

Sürücü Jesus'tan parayı aldıktan sonra arabasına doğru yürümeye başladı. Ansızın yağmurluğuna elini soktu ve bir tabanca çıkardı. Jesus'u yakalayıp silahı doğrulttu ve adamın tepesinde bir delik açtı. Deek silah sesini duymuştu. Tam pencereye yanaştığı sırada iki arabanın hızla sokağa girdiğini gördü. Arabadan inen bir grup adam, Çinli'yle birlikte binaya girdi.

Deek telefonundan bir numara çevirdi ve aceleyle konuştu: "Buraya acil eleman gönderin. Silahlı altı adam içeri girdi." Telefonu kapattı, M-16 tüfeğini aldı ve Gabriel'a işaret etti: "Hemen Michael'ı bul. Köpükçü gelip bizi kurtarana kadar onunla kal."

İriyarı adam merdivene doğru sakınarak ilerlerken, Gabriel koridorda koştu ve Michael'ı yatakların yanında buldu.

"Ne oluyor?"

"Binaya saldırıyorlar."

Duvarlarda silah sesleri yankılandı. Deek merdivenin başını tutmuş, saldırganlara ateş açıyordu. Michael afallamış ve korkmuştu. Kapıda durduğu yerden, Gabriel'ın paslı bir küreği kavradığını gördü.

"Ne yapıyorsun?"

"Hadi, çıkalım buradan."

Gabriel küreği pencereyle pervazın arasına soktu ve pencereyi kanırtarak açtı. Açılan bölümü elleriyle tutup iyice yukarı kaldırdıktan sonra dışarı baktı. Fabrika binasının cephesinde on santimetre genişliğinde bir çıkıntı vardı. Sokağın öbür yanındaki binanın çatısı onlardan iki metre uzakta ve bulundukları kattan bir kat aşağıdaydı.

Binada bir patlama oldu ve elektrik kesildi. Gabriel köşeye gidip babasının Japon kılıcını aldı. Sadece kabzası dışarıda kalacak şekilde çantasına soktu. Tekrar silah sesleri duyuldu. Ardından Deek acıyla bağırdı.

Gabriel çantasını sırtına geçirdi ve pencereye döndü. "Hadi. Karşı binanın çatısına atlayacağız."

"Yapamam ki" dedi Michael. "Iskalar, aşağı düşerim."

"Denemek zorundasın. Burada kalırsak bizi de öldürecekler."

"Ben onlarla konuşurum Gabe. Herkesle konuşabilirim."

"Boş versene, sence adamların anlaşmaya niyeti var mı?"

Gabriel pencereden çıktı ve çıkıntıya basıp sol eliyle pervaza tutunarak durdu. Sokaktaki ışık karşı çatıyı görmesine yetiyordu ama iki binanın arasında kalan sokak zifiri karanlıktı. Üçe kadar sayıp kendisini ileri fırlattı ve karşıdaki çatının ziftli kâğıt kaplı yüzeyine çarptı. Hemen ayağa kalkıp döndü ve fabrikaya baktı.

"Acele et!"

Michael duraladı, pencereden çıkacakmış gibi hamle yaptı ama sonra geri çekildi.

"Atlayabilirsin!" Gabriel öbür tarafta kalıp önce ağabeyinin atlamasına yardımcı olması gerektiğini fark etti. "Sen hep bana birbirimizi kollamamız gerektiğini söylemedin mi? Başka çıkar yolumuz yok."

Projektörü yanan bir helikopter havayı yararak yaklaştı. Işık huzmesi karanlığı deldi, açık pencereyi şöyle bir yalayıp geçerek fabrikanın çatısına doğru yükseldi.

"Hadi Michael!"

"Olmaz. Saklanacak bir yer bulacağım."

Elini cebine attı, bir şey çıkardı ve kardeşine fırlattı. Nesne çatıya düştüğünde Gabriel bunun bir kredi kartı ve bir tomar yirmilik banknot tutan bir kıskaç olduğunu gördü.

"Öğleyin on ikide Wilshire Bulvarı ve Bundy'nin köşesinde buluşuruz" dedi Michael. "Eğer yarın gelemezsem, yirmi dört saat sonra tekrar gel."

"Öldürecekler seni."

"Başımın çaresine bakarım, meraklanma."

Michael karanlıkta kaybolunca Gabriel yalnız kalmıştı. Helikopter tekrar yaklaştı ve havada durdu; motor gürültüsü kulakları, pervanenin kaldırdığı toz gözleri yakıyordu. Projektörün ışığı Gabriel'ın gözlerine vurduğunda, güneşe bakmış gibi acı verdi. Yarı kör halde çatıda sendeleyerek ilerledi, bir yangın kapısı buldu, çelik bir merdiveni kavradı ve kendisini aşağı bıraktı.

20

Maya kanlanmış giysilerini çıkarıp bir poşete tıkıştırdı. İki ceset sadece bir adım uzağında duruyordu ama o yaşadıklarını düşünmemeye çalışıyordu. Şu ana odaklan, dedi kendi kendine. Her hareketine dikkatini ver. Bilim adamları ve şairler geçmiş üzerine çok yazmış, geçmişi takdir etmiş, özlemiş, pişmanlıkla anmıştı; ama Thorn kızına bu tür tuzaklardan kaçmasını öğretmişti. Örnek alınacak tek şey, havayı yararak ilerleyen kılıçtı.

Shepherd, Prichett diye birini bulmaya gitmişti ama her an dönebilirdi. Maya aslında kalıp haini öldürmek istiyordu ama ilk hedefi Gabriel ve Michael Corrigan'ı bulmaktı. Belki yakalanmışlardır bile, diye düşündü. Belki de Yolcu olacak güçleri yoktu. Bu soruları cevaplamanın tek bir yolu vardı: kardeşleri olabildiğince çabuk bulmak.

Maya valizinden bir kot pantolon, bir tişört ve mavi bir kazak bulup üstüne geçirdi. Ellerini naylon poşetlerle sardıktan sonra Bobby Jay'in silahlarını karıştırdı ve kılıfı ayak bileğine bağlanan Alman yapısı bir otomatik tabanca aldı. Metal çantada tabanca kabzalı ve katlanır dipçikli bir tüfek vardı, bunu da yanına almaya karar verdi. Çıkmaya hazır olduğunda yere bir gazete parçası koyup bunun üzerine bastı ve kardeşlerin ceplerini yokladı. Tate'ten kırk dolar ve parça kokainle dolu üç plastik şişe çıktı. Bobby Jay'de ise paket lastiğiyle sarılmış dokuz yüz dolardan fazla para vardı. Maya parayı alıp uyuşturucuyu Tate'in cesedinin yanına bıraktı.

Tüfek çantasını ve valizlerini alıp yangın kapısından çıktı, batıya doğru birkaç sokak yürüdü ve kanlı giysilerini bir çöp bidonuna attı. Mobilya mağazaları ve hamburgercilerin sıralandığı dört şeritli bir yol olan Lincoln Bulvarı'nda duruyordu. Hava çok sıcak ve nemli olduğundan hâlâ vücudunda kan varmış gibi yapış yapış hissediyordu kendini.

Maya'nın gidebileceği tek bir kişi daha vardı. Linden, birkaç yıl önce Amerika'ya sahte pasaport ve kredi kartı almak için gelmişti. Bu sırada Hermosa Beach'te oturan Thomas adlı bir adamla posta alışverişinde bulunmuştu.

Bir ankesörlü telefondan taksi çağırdı. Sürücüsü, çok az İngilizce bilen yaşlı bir Suriyeliydi. Bir harita açtı, uzun uzun inceledi, sonunda adresi bulabileceğini söyledi.

Hermosa Beach, Los Angeles havaalanının güneyinde küçük bir bölgeydi. Lokanta ve barlarla dolu, turistlerin akın ettiği bir meydanın dışında kalan yerler, tek katlı küçük evlerden oluşuyordu. Taksici iki kez kayboldu. Durdu, tekrar haritasını karıştırdı ve nihayet Sea Breeze Caddesi'ndeki evi bulmayı başardı. Maya taksiciye parasını verip arabanın uzaklaşmasını izledi. Belki de Tabula çoktan eve varmış, onu bekliyordu.

Eve doğru yürüyüp ön kapıyı çaldı. Kapıyı açan olmadı ama arka taraftan müzik sesi geliyordu. Maya yandaki kapıyı açarak evle beton bir duvarın arasındaki dar bir koridora girdi. Ellerinin boş kalması için tüm çantalarını kapıda bıraktı. Bobby Jay'in otomatiği sol bileğinde duruyordu. Kılıcını da omzuna atmıştı. Derin bir nefes aldı, dövüşe hazırlandı ve ilerledi.

Duvarın dibindeki birkaç çam ağacı dışında bahçede bitki yoktu. Biri kumlu toprağın ortasını kazdıktan sonra üzerini iple birbirine tutturulmuş çalı çırpıyla kubbe gibi örtmüştü. Radyoda country ve western müziği çalıyor, üstü çıplak bir adam bu kubbeye tabaklanmış sığır derisi parçaları diziyordu.

Adam Maya'yı gördü ve durdu. Uzun siyah saçlı, sarkık göbekli bir Kızılderili'ydi. Gülümsediği zaman dişlerinden birinin eksik olduğu ortaya çıktı. "Yarın olacak" dedi.

"Anlamadım?"

"Terleme kulübesi törenini diyorum, yarına erteledik. Düzenli katılımcıların hepsine e-posta gönderdim ama siz Richard'ın arkadaşısınız herhalde."

"Ben Thomas adında birini arıyorum."

Adam uzanıp radyoyu kapattı. "Benim. Adım Dünya Gezer Thomas. Kiminle görüşüyorum?"

"Jane Stanley. İngiltere'den bugün geldim."

"Bir kere konuşma yapmak için Londra'ya gitmiştim. Neden saçıma tüy takmadığımı soranlar oldu." Thomas tahta bir banka oturup üzerine bir tişört geçirdi. "Ben de Absaroka kabilesinden, kuşçulardan olduğumu söyledim. Siz beyazlar bize Karga kabilesi diyorsunuz. Halbuki Kızılderili olmak için kartal tüyü yolmama gerek yok."

"Bir dostum bana pek çok önemli şey bildiğinizi söyledi."

"Belki biliyorumdur, belki de bilmiyorumdur. Buna siz karar vereceksiniz."

Maya bakışlarını bahçede gezdirmeye devam ediyordu. Çevrede kimse yoktu. "Şimdi de terleme kulübeleri mi yapıyorsunuz?"

"Evet. Genellikle her hafta sonu yapıyorum. Son birkaç yıldır boşanmış kadınlar ve erkekler için terleme hafta sonları düzenliyorum. İki gün kulübede terledikten ve davul çaldıktan sonra eski eşlerinden o kadar nefret etmemeye başlıyorlar." Thomas gülümseyerek kulübeyi işaret etti. "Çok büyük bir şey değil ama dünyaya yardımcı oluyor. Hepimiz her gün savaş veriyoruz ama farkında değiliz. Aşk nefreti yenmeye çalışıyor. Cesaret korkuyu yok ediyor."

"Arkadaşım bana Tabula'nın adının nereden geldiğini bildiğinizi söyledi."

Thomas bir taşınabilir buzdolabına, bir de yere atılmış bir bluza baktı. Silah burada gizliydi. Büyük olasılıkla tabancaydı.

"Tabula, evet. Böyle bir şeyler duymuştum." Thomas kendisine izcilerle ilgili bir şey sorulmuş gibi aldırışsızca esnedi ve karnını kaşıdı. "Tabula'nın adı, Latince 'boş karatahta' anlamına gelen *tabula rasa* deyiminden geliyor. Tabula, insan beyninin doğuşta boş bir karatahta olduğuna inanıyor. Dolayısıyla bu boş tahtayı kendi seçtikleri bilgilerle doldurabileceklerini düşünüyorlar. Bunu çok fazla sayıda insana yaparsan dünya nüfusunu kontrol altına alabilirsin. Tabula, insanlara başka bir gerçeklik olduğunu gösteren herkesten nefret eder."

"Yolcular gibi mi?"

Thomas tekrar gizli silahına baktı. Duraladı, ardından silahı kendisini kurtaracak kadar kısa sürede çekemeyeceğine karar vermiş gibi göründü.

"Bana bak Jane –veya adın her neyse, beni öldüreceksen öldür, umurumda değil. Amcalarımdan biri Yolcu'ydu ama benim geçiş yapabilme gücüm yok. Amcam bu âleme geri geldiğinde kabileleri örgütleyip bizi alkolden vazgeçirmeye ve hayatlarımızın kontrolünü tekrar ele geçirmemizi sağlamaya çalıştı. İktidardakiler bundan hoşlanmadı. İşin içinde arazi vardı. Petrol yatakları vardı. Amcam konuşmalar yapmaya başladıktan altı ay sonra bir arabanın altında kalıp öldü. Kaza süsü vermek kolay. Çarpıp kaçan araba bulunamadı, tek bir tanık bile yoktu."

"Soytarı'nın ne anlama geldiğini biliyor musunuz?"

"Belki..."

"Birkaç yıl önce Linden adında bir Fransız Soytarı ile tanıştınız. Sahte pasaport almak için sizin adresinizi kullandı. Şu an benim başım dertte ve Linden bana yardım edebileceğinizi söyledi."

"Ben Soytarılar adına dövüşmem. Yaradılışımda böyle bir şey yok."

"Benim Büyük Düzen tarafından izlenemeyecek bir araba veya kamyonete ihtiyacım var."

Dünya Gezer Thomas ona uzun süre baktı. Maya adamın gözlerindeki kudreti hissedebiliyordu. "Pekâlâ" dedi yavaşça. "Bak o olur."

21

Gabriel, San Diego otoyolu boyunca uzanan yağmursuyu kanalından yürüyordu. Şafak sökmek üzereydi. Ufukta tan kızıllığı görülmeye başlamıştı. Arabalar ve tırlar yanından olanca hızlarıyla geçip güneye iniyordu.

Köpükçü'nün fabrikasına saldıranlar, Gabriel'ın Batı Los Angeles'taki evine dönmesini de bekliyorlardı mutlaka. Honda'sını fabrikada bırakan Gabriel'ın başka bir motosiklete ihtiyacı vardı. Dikine uzanan New York veya Hong Kong gibi bir kentte olsa, metroda ya da kalabalığın içinde kaybolması kolaydı. Halbuki Los Angeles'ta sadece evsizler ve kaçak göçmenler yürürdü. Motosikleti olsa, sokaklardan caddelere, oradan da otoyolların kimliksiz kargaşasına katılabilirdi.

Gabriel'ın evinin iki sıra ötesinde Foster adlı yaşlı bir adam otururdu. Foster'ın arka bahçesinde, alüminyum damlı bir kulübesi vardı. Gabriel, otoyolu sokağındaki evlerden ayıran duvarın üstünden atladı ve kulübenin üstüne çıktı. Bulunduğu yerden bakınca sokağa elektrik şirketinin onarım araçlarından birinin park etmiş olduğunu gördü. Birkaç dakika oyalanıp ne yapacağını düşünürken kamyonetin içinde bir çakmak alevinin parladığını gördü. Karanlıkta oturan biri sigarasını yakmıştı.

Gabriel damdan atlayıp duvarı tekrar geçerek otoyola döndü. Güneş, ambarların üzerinden kirli bir balon gibi yükselmeye başlamıştı. Yaparsam şimdi yapacağım, diye düşündü. Adamlar gece boyunca bekledilerse uyuklamaya başlamışlardır.

Duvardan bir kez daha atlayarak ayrıkotlarıyla dolu bahçesine indi. Hiç durmadan garaja koştu ve yandaki kapıyı tekmeleyerek açtı. İtalyan malı Moto Guzzi motosikleti garajın ortasında duruyordu. Gabriel, bu motosikletin büyük motoru, siyah yakıt deposu ve yarış stili kısa gidonuyla matadorunu bekleyen bir boğaya benzediğini düşünürdü hep.

Garajın kapısını açan düğmeyi yumrukladı, motosiklete atladı ve motoru çalıştırdı. Metal kepenk gıcırtılarla açılıyordu. Gabriel kapının bir buçuk metre açıldığını görür görmez gazı kökledi.

Üç adam kamyonetten inmiş ona doğru koşuyordu. Gabriel garajın yolundan çıkarken mavi ceketli bir adamın elinde, ucuna el bombası tutturulmuş tüfek gibi bir şey olduğunu gördü. Kaldırımdan hızla inip sokağa çıkarken adam silahı ateşledi. El bombası sandığı şey, içi ağırlıkla dolu kalın bir naylon kese çıktı. Motorun yanına vuran kese, onu sağa doğru savurdu.

Durma, diye düşündü Gabriel. Yavaşlama da. Gidonu sola çevirdi, dengesini kazandı ve sokağın sonuna doğru hızla ilerledi. Geriye baktığında üç adamın tekrar kamyonete koştuğunu gördü.

Gabriel dönemeci çok keskin alırken Guzzi'nin arka tekerleği mıcırları havaya saçtı. Gaza sonuna kadar asıldığında seleye çivilendiğini hissetti. İyice tutunup bir kırmızı ışıkta geçerken vücudunun makinenin bir parçası, gücünün bir uzantısı olduğunu duyumsuyordu.

* * *

Otoyola çıkmadan güneye, Compton'a gitti ve aynı yoldan dönerek Los Angeles'a girdi. Öğlen olduğunda Wilshire Bulvarı ile Bundy Caddesi'nin kesiştiği köşede turladı ama Michael yoktu. Santa Barbara'ya gidip geceyi kıyıdan birkaç kilometre içerdeki dökük bir motelde geçirdikten sonra ertesi gün tekrar aynı köşeye gitti ama Michael yine yoktu.

Gabriel birkaç gazete alıp baştan sona taradı. Fabrikadaki çatışmayla ilgili hiçbir şey yoktu. Gazetecilerin ve televizyon muhabirlerinin başka bir gerçeklik düzleminde görev yaptığını biliyordu. Onun başına gelenlerse, paralel bir evren gibi farklı bir düzlemdeydi. Çevresinde çeşitli topluluklar büyüyor ve dağılıyor, yeni gelenekler ediniyor veya kuralları çiğniyordu, bu sırada yurttaşlar da televizyonda gördükleri yüzlerin hayattaki en önemli haberler olduğunu sanmayı sürdürüyordu.

Gün boyunca motosikletinden sadece yakıt ve içme suyu almak için indi. Gabriel saklanacak bir yer bulması gerektiğini biliyordu, ancak içindeki endişe onu hareket halinde olmaya zorluyordu. O yoruldukça Los Angeles parçalara ayrılmaya başladı; aralarında hiçbir bağ olmayan soyutlanmış görüntüler halinde önünden akıp gidiyordu. Kanala dökülmüş palmiye yaprakları. Alçıdan büyük bir tavuk maketi. Kayıp bir köpek ilanı. Her yerde tabelalar, işaretler: FİYATLARI YARIYA İNDİRDİK! BEĞENMEZSENİZ PARANIZ İADE! EVLERE SERVİS! İncil okuyan yaşlı bir adam. Cep telefonunda gevezelik eden bir genç kız. Derken yeşil yandı ve hiçliğe doğru gaza bastı.

Gabriel Los Angeles'ta birkaç kadınla çıkmıştı ama ilişkilerinin hiçbiri iki aydan fazla sürmemişti. Sığınmak için onların evlerine gitse ne tepki vereceklerini kestiremiyordu. Paraşütle atlamayı seven veya motor yarışlarına katılan bazı erkek arkadaşları vardı ama onlarla da yakın değildi. Şebeke'den uzak kalmak için, ağabeyi dışında herkesle bağlarını koparmıştı.

Sunset Bulvarı'nda doğuya doğru ilerlerken Maggie Resnick'i düşündü. Kadın avukattı ve Gabriel ona güveniyordu, ne yapılacağını bilirdi. Sunset'ten çıkıp Coldwater Canyon'a giden dolambaçlı yola döndü.

Maggie'nin evi dik bir yamaca kuruluydu. Zemin katta bir garaj kapısı, bunun üzerindeyse yükseldikçe düğün pastası gibi daralan, camdan ve çelikten üç kat vardı. Vakit gece yarısına geliyordu ama içerde hâlâ ışık vardı. Gabriel zili çaldığında Maggie kırmızı bir bornoz ve tüylü terliklerle kapıya çıktı.

"Tur atalım diye gelmedin umarım. Hava karanlık ve soğuk, ben çok yorgunum, üstelik daha üç dava dilekçesi okuyacağım."

"Seninle konuşmam gerek."

"Ne oldu, bir olaya mı karıştın?"

Gabriel başını salladı.

Maggie kenara çekildi. "Gel o zaman. Erdem takdire değer bir meziyettir ama çok da sıkıcıdır. Sanırım ceza hukuku da bu nedenle benim alanım."

Maggie yemek yapmaktan nefret etse de mimarına çok büyük bir mutfak yaptırmıştı. Tavandaki kancalardan bakır tencereler sarkıyordu. Raftaki ahşap bir bölmede kristal şarap kadehleri duruyordu. İçinde dört şişe şampanya ve bir Çin lokantasından gönderilmiş büyücek bir kutuda yemeklerin bulunduğu paslanmaz çelikten dev bir buzdolabı vardı. Maggie çay demlerken Gabriel tezgâha oturdu. Burada bulunmasının bile Maggie'yi tehlikeye attığını biliyordu ama başından geçenleri birine anlatmak zorundaydı. Aklı böylesine karışmışken çocukluk anıları da öne çıkmaya başlamıştı.

Maggie ona bir fincan çay verdi, karşısındaki tezgâha oturdu ve bir sigara yaktı. "Şu andan itibaren avukatınım. Yani işlemeyi düşündüğün bir suç dışında bana söyleyeceğin her şey gizli kalacak."

"Ben yanlış bir şey yapmadım."

Elini şöyle bir sallayınca sigara dumanı havaya yayıldı. "Elbette yapmışsındır Gabriel. Hepimiz suç işlemişizdir. İlk soru: Polis peşinde mi?"

Gabriel ona annesinin ölümünü, otoyolda ağabeyini sıkıştıran arabaları, Köpükçü'yle buluşmalarını ve giysi fabrikasındaki çatışmayı kısaca anlattı. Maggie genellikle sözünü kesmedi ama arada bir bazı ayrıntıları netleştirdi.

"Ben Michael'ın seni bir işe bulaştıracağını biliyordum" dedi. "Paralarını devletten saklayan insanlar genellikle şu veya bu biçimde yasadışı işler peşindedir. Michael iş hanının kirasını yatırmayı durdurduysa polise haber vermezlerdi. Birkaç tetikçiyi peşine salarlardı."

"Başka bir şey olabilir" dedi Gabriel. "Küçüklüğümüzde Güney Dakota'da yaşarken bazı adamlar babamın peşindeydi. Evimizi yaktılar ve babam ortadan kayboldu, ama bunun nedenini hiç öğrenemedik. Annem tam ölmeden önce bu acayip hikâyeyi anlattı."

Gabriel o zamana kadar kimseye ailesinden bahsetmemişti ama artık kendisini tutamıyordu. Güney Dakota'daki yaşantılarını ve annesinin ölüm döşeğinde anlattıklarını özetledi. Maggie ise hayatı boyunca müvekkillerinin suçlarını anlatmalarını dinlemişti. Şüphelerini, anlatılanlar bitene kadar dile getirmemeyi böyle öğrenmişti.

"Hepsi bu kadar mı Gabriel? Başka ayrıntı var mı?"

"Aklımdakilerin hepsi bu."

"Konyak içer misin?"

"Şimdi içmeyeyim."

Maggie bir şişe Fransız konyağı çıkardı ve kendisine bir kadeh doldurdu. "Annenin anlattıklarını yok saymayacağım ama benim bildiklerimle çeliştiğini de söylemeliyim. İnsanlar genellikle seks, gurur veya para nedeniyle suç işler. Bazen üçü aynı suçta birleşir. Michael'ın anlattığı şu Vincent Torelli, Atlantic City'de öldürüldü. Bana anlattıklarından anladığım kadarıyla, Michael yasadışı finansman elde ettikten sonra bunu geri ödememenin bir yolunu arıyor olabilir."

"Sence Michael güvende mi yani?"

"Muhtemelen. Yatırımlarını korumak istiyorlarsa onu hayatta tutacaklardır."

"Ona yardım etmek için ne yapabilirim?"

"Fazla bir şey yapamazsın" dedi Maggie. "Bu yüzden şunu

anlayalım: Ben bu işe müdahil olacak mıyım? Paran olduğunu sanmıyorum."

Gabriel başını salladı.

"Seni severim Gabriel. Bana hiç yalan söylemedin ve bu hep çok hoşuma gitmiştir. Hayatım boyunca profesyonel yalancılarla uğraştım. Artık sıkıldım."

"Bana sadece akıl ver, Maggie. Tehlikeli olacak bir şeye seni bulaştırmak istemem."

"Hayat tehlikelidir. Bu yüzden ilginçtir." Konyağını bitirdi ve kararını verdi. "Peki. Sana yardım edeceğim. Hem kullanmadığım annelik içgüdülerimi ortaya çıkarırım, hem de sevaba girerim." Mutfak dolaplarından birini açıp bir ilaç kutusu çıkardı. "Şimdi benim için bir şey yap ve vitamin al."

22

Victory Fraser sekiz yaşındayken, Los Angeles'a ziyarete gelmiş kuzenlerinden biri ona cesur bir Soytarı'nın hayatını nasıl Peygamber için feda ettiğini anlatmıştı. Öykü o kadar dramatikti ki, bu esrarengiz koruyucularla arasında anında güçlü bir bağ kuruluvermişti. Vicki büyürken, annesi Josetta ve rahipleri J. T. Morganfield onun Borç Ödenmedi mezhebine katılmasını engellemeye çalışmışlardı. Vicki Fraser mezhebine bağlıydı ama bu konuda görüşlerini değiştirmeyi reddediyordu. Genç kızlar içki içer ve geceleri evden kaçarken, Vicki kendini Borç Ödenmedi inancına adamıştı. İçinde büyüyen isyanı ancak bununla dile getirebiliyordu.

Josetta, kızının havaalanında bir Soytarı'yı karşıladığını duyduğunda öfkelenmişti. "Utan, utan" dedi. "Peygamberimiz, aileye itaatsizliğin günah olduğunu söylemişti."

"Peygamberimiz aynı zamanda Tanrı'nın iradesinin yolunda ilerlerken küçük kuralların çiğnenebileceğini de söylemişti."

"Soytarıların, Tanrı'nın iradesiyle bir ilgisi yok" dedi Josetta. "Onlar önce gırtlağını keser, sonra ayakkabılarına kan bulaştırdın diye sana sinirlenirler."

Vicki'nin havaalanına gittiği günün ertesinde, sokaklarına elektrik şirketinin araçlarından biri geldi. Bir beyaz ve iki zenci adam kamyonetten inip elektrik direklerine tırmanmaya, bağlantıları kontrol eder gibi yapmaya başladılar ama Josetta numarayı yutmamıştı. Adamlar iki saat yemek molası veriyor ve işlerini bir türlü bitiremiyordu. Üstelik biri mutlaka aylak aylak durup Fraser'ların evini gözetliyordu. Josetta kızına dışarı çıkmasını ve telefon etmesini yasakladı. Başta Rahip Morganfield olmak üzere, tüm cemaat mensupları iki dirhem bir çekirdek giyinip ayin için Fraser'ların evine doluşmaya başladı. Kimse bu kapıyı kırıp Tanrı'nın bu kulunu kaçıramayacaktı.

Vicki'nin başı, Maya'ya yardım ettiği için derde girmişti ama o bundan pişmanlık duymuyordu. Normalde sesini bile duyuramadığı cemaat şimdi sabah akşam ondan söz ediyordu. Dışarı çıkamadığı için zamanının çoğunu Maya'yı düşünerek geçiriyordu. Soytarı güvende miydi? Yoksa onu öldürmüşler miydi?

İtaatsizliğinin üçüncü gününde arka bahçeye açılan pencereden bakarken Maya'nın çitten atladığını gördü. Bir an gördüğünün bir hayal olduğunu zannetti.

Maya bahçede yürürken cebinden bir otomatik tabanca çıkardı. Vicki sürmeli cam kapıyı açıp elini salladı. "Dikkatli ol" dedi. "Sokakta onarım yapan üç adam var. Elektrik şirketindenmiş gibi yapıyorlar ama Tabula olduklarını sanıyoruz."

"Eve girdiler mi?"

"Hayır."

Maya salondan mutfağa geçerken güneş gözlüğünü çıkardı. Tabancayı tekrar cebine soktu ama elini omzundaki kılıç kılıfının üstünde tutuyordu.

"Aç mısın?" diye sordu Vicki Maya'ya. "Kahvaltı hazırlayayım mı?"

Soytarı, evyenin yanında durdu ve mutfaktaki her nesneyi taramaya başladı. Vicki de mutfağa sanki hayatında ilk kez görüyormuş gibi farklı bir gözle bakmaya başlamıştı. Avokado yeşili tencereler ve tavalar. Plastik duvar saati. Seramik kuyunun başında duran köylü kızı biblosu. Her şey sıradan ve güvenliydi.

"Shepherd hain çıktı" dedi Maya. "Tabula'ya çalışıyor. Sen de ona yardım ettin. Dolayısıyla sen de hain olabilirsin."

"Sana ihanet etmedim Maya. Peygamberimizin üzerine yemin ederim."

Soytarı yorgun ve zayıf görünüyordu. Her an biri saldırabilirmiş gibi gözlerini mutfakta gezdirmeyi sürdürüyordu. "Aslında sana güvenmiyorum ama şu aşamada fazla seçeneğim yok. Yardımın karşılığında sana para da vereceğim."

"Soytarı parası istemiyorum."

"Sadakatini güvenceye alırdı."

"Sana parasız da yardım ederim Maya. İstemen yeter."

Vicki, Maya'nın gözlerine baktığında ondan çok zor bir şey istediğini anladı. Birinden yardım istemek, bir ölçüde aşağılanmanın, kendi zayıflığını ve aczini kabullenmenin bir biçimiydi. Soytarılarsa gururları ve sarsılmaz güvenleriyle ayakta dururlardı.

Maya ağzında bir şeyler geveledi, sonra durdu ve niyetini açık

açık ifade etti. "Bana yardım etmeni istiyorum."

"Memnuniyetle. Bir planın var mı?"

"İki kardeşi Tabula'dan önce bulmam gerekiyor. Senin eline ne silah, ne bıçak alman gerekecek. Kimseye zarar vermeyeceksin. Bana, ihanet etmeyecek bir paralı asker bulmamda yardımcı ol yeter. Tabula bu ülkede çok güçlü ve Shepherd da onlara yardım ediyor. Bu işi tek başıma başaramayacağım."

"Vicki?" Annesi seslerini duymuştu. "Ne oluyor? Biri mi geldi?"

Josetta, yuvarlak yüzlü iriyarı bir kadındı. O sabah üzerine yeşil bir pantolon takım giymiş, içinde merhum kocasının resmi bulunan kalp şeklinde bir kolye takmıştı. Koridora girdi ve yabancıyı görünce durdu. İki kadın birbirlerine hışımla baktılar ve Maya tekrar kılıcını yokladı.

"Anne, bu..."

"Kim olduğunu biliyorum. Hayatımıza ölümü sokan katil bir günahkâr."

"İki kardeşi bulmaya çalışıyorum" dedi Maya. "Yolcu olabilirler."

"Son Yolcu, Isaac T. Jones'du. Başka Yolcu yok."

Maya, Vicki'nin koluna dokundu. "Tabula bu evi gözetliyor. Kimi zaman duvarların içini görmelerini sağlayan cihazlar da kullanırlar. Burada daha fazla kalamam. Hepimiz için tehlikeli olur."

Vicki, annesiyle Soytarı'nın arasında duruyordu. Hayatı o ana kadar bulanık ve anlamsızdı, sabit dururken bile titrek çıkan insanların objektiften kaçarak uzaklaştıkları karmakarışık bir fotoğrafa benziyordu. Ancak o anda, önünde gerçek bir seçenek belirmişti. Yürümek kolaydır, demişti Peygamber. Ama doğru yolu yürümek için inanç gerekir.

"Ona yardım edeceğim."

"Hayır" dedi Josetta. "İzin vermiyorum."

"İzin istemiyorum anne." Vicki çantasını alıp arka bahçeye çıktı. Çitin yanına geldiğinde Maya ona yetişti.

"Bir şeyi unutma" dedi Maya. "Birlikte çalışıyoruz ama sana hâlâ güvenmiyorum."

"Güvenmezsen güvenme. İlk işimiz nedir?"

"Şu çitin üstünden atlamak."

* * *

Dünya Gezer Thomas, Maya'ya Plymouth marka bir ticari minibüs bulmuştu. Arkada penceresi olmadığı için gerektiğinde içinde uyuyabiliyordu. Vicki minibüse bindiğinde, Maya ondan tüm giysilerini çıkarmasını istedi.

"Neden ki?"

"Annen ve sen son iki gündür hep evde mi kaldınız?"

"Hep kalmadık. Rahip Morganfield'ı görmeye gittik."

"Tabula evinize girip her yeri aramıştır. Giysilerine ve eşyalarına böcek dediğimiz izleme cihazlarını yerleştirmiştir. Evden ayrıldığında seni uyduyla izleyeceklerdir."

Vicki arkaya geçip utanarak da olsa ayakkabılarını, bluzunu ve pantolonunu çıkardı. Maya saldırmasını çıkararak giysilerin tüm dikişlerini tek tek kesip kontrol etti. "Bu ayakkabıları yakın zamanda tamir ettirdin mi?"

"Hayır, hiç ettirmedim."

"Biri buna çekiç vurmuş." Maya, saldırmasının ucunu ökçenin dibine sokarak iki parçayı ayırdı. Ökçenin dibine küçük bir oyuk açılmıştı. Ökçeyi ters çevirdiğinde avucuna beyaz bir boncuk düşüverdi.

"Şahane. Artık evden ayrıldığını biliyorlar."

Maya böceği camdan fırlattı ve Western Caddesi'ndeki Kore Mahallesi'ne ilerledi. Vicki'ye bir çift ayakkabı aldıktan sonra yakınlardaki Yedinci Gün Adventist Kilisesi'ne uğradılar ve bir tomar broşür aldılar. Sonra Gabriel'ın, otoyolun kıyısındaki evine geldiler. Adventist misyoner gibi elinde broşürler tutan Vicki kapıyı çaldı. Evde kimse yoktu ama o izlendiğini hissetmişti.

İki kadın büyük bir marketin otoparkına gidip minibüsün arkasına geçtiler. Vicki dikkatle izlerken, Maya dizüstü bilgisayarını uydu telefonuna bağladı ve bir numara girdi.

"Ne yapıyorsun?"

"İnternete giriyorum. Carnivore nedeniyle dikkatli olmamız gerek."

"O ne?"

"Sizin FBI tarafından geliştirilen bir internet takip programı. Gerçi Ulusal Güvenlik Dairesi daha da güçlü programlar geliştirdi ama babam ve Soytarı arkadaşları sisteme 'Carnivore' demeyi sürdürdü. Eski isim, interneti kullanırken dikkatli olmak gerektiğini hatırlatıyordu onlara. Bu program, belirli bir ağdan geçen tüm veri paketlerini inceler ve takip eder. Belirli web siteleri ve e-posta adreslerini hedef alır ama anahtar sözcükler ve ifadelerle de harekete geçer."

"Tabula bu programı biliyor mu?"

"İnternet takip faaliyetleri sayesinde programa izinsiz olarak erişebiliyorlar." Maya bilgisayarında bir şeyler yazmaya başladı. "Anahtar sözcüklerden kaçınıp zararsız ifadeler kullanarak Carnivore'u atlatabilirsin."

Vicki minibüsün önünde oturup otoparkı incelerken, Maya arkada başka bir Soytarı'yı arıyordu. Yurttaşlar marketten yiyecek, giysi ve elektronik ürünlerle dolu dev alışveriş arabalarıyla çıkıyorlardı. Arabalar o kadar ağırdı ki, yurttaşlar bunları ilerletebilmek için üzerlerine abanmak zorunda kalıyorlardı. Vicki'nin aklına lisedeyken okuduğu, bir kayayı ömrü boyunca dağın doruğuna itmek zorunda kalan Yunan kralı Sisyphos geldi.

Maya, birkaç web sitesini araştırdıktan ve farklı kod isimler girdikten sonra Linden'ı bulmayı başardı. Maya yuvarlak ifadelerle mesajlar gönderirken Vicki de omzunun üzerinden onu izliyordu. Şifreli mesaja göre hain Soytarı Shepherd, "dürüst bir insanın torunu" olarak "rakip firmaya girmiş" ve "ortaklık girişimini bozmuştu".

"Sağlığın yerinde mi?" diye sordu Linden.

"Evet."

"Görüşmelerde sorun çıktı mı?"

"İki kez kaçak et kesildi."

"Alet-edevat?"

"Yeterli."

"Fiziksel durum?"

"Yorgunluk var, hasar yok."

"Yardımcın var mı?"

"Jones Anonim Şirketi'nden bir çalışanım var. Bugün profesyonellerle anlaşacağım."

"Güzel. Maaş dolgundur."

Ekran bir saniye boş kaldıktan sonra Linden tekrar yazdı: "Bizim arkadaştan en son iki gün önce haber aldım. Bir bakıver..."

Linden'ın Evergreen Vakfı'ndaki muhbiri, Michael ve Gabriel Corrigan'ın bulunabileceği altı adres elde etmişti. Bunlar "M. ile golf oynar" veya "G.'nin arkadaşı" gibi kısa notlar halindeydi.

"Teşekkürler."

"Bilgi edinmeye çalışacağım. İyi şanslar."

Maya adresleri yazıp bilgisayarı kapattı. "Kolaçan edeceğimiz bazı yerler var" dedi Vicki'ye. "Ama önce bir paralı asker, yani bana destek olacak birini tutmak gerek."

"Bir kişi tanıyorum."

"Kabileden mi?"

"Anlamadım."

"Büyük Düzen'i reddeden bazı kişiler, bir araya toplanarak yeraltına inerler. Bazı kabileler Büyük Düzen'in yetiştirdiği besinleri, bazılarıysa Büyük Düzen'in giyim ve müzik tarzlarını kendilerinden uzak tutar. Bazı kabileler inanç yoluyla ayakta kalmaya çalışır. Büyük Düzen'in korku ve yobazlık sistemine meydan okur."

Vicki güldü. "O zaman Isaac T. Jones Kilisesi de bir kabile."

"Doğru." Maya minibüsü çalıştırdı ve devasa otoparkın çıkışına doğru hareket ettirdi. "Savaşçı kabilelerse kendilerini Büyük Düzen'den fiziksel olarak koruyabilen insanlardan oluşur. Soytarılar da bu kişileri paralı asker olarak kullanır."

"Hollis Wilson bir gruba mensup değil. Ama dövüşmeyi çok iyi biliyor."

Vicki, Güney Los Angeles'a doğru giderlerken, cemaatin genç üyelerinin Yeni Babil'in parlak maddiyatçılığına kapılabileceğinin bilincinde olduğunu anlattı. Gençler, Güney Afrika ya da Karayipler'de misyonerlik yapmaya özendiriliyordu. Bu girişim, gençliğin enerjisini olumlu bir biçimde değerlendirmenin yolu olarak görülüyordu.

Hollis Wilson, cemaatin önde gelen ailelerinden birinin oğluydu ama misyoner olmayı reddetmiş, mahallesindeki çete üyeleriyle takılmaya başlamıştı. Ailesi onun için önce dua etmiş, sonra bir adım ileri giderek onu odasına hapsetmişti. Bir keresinde eve gece ikide döndüğünde, bir Jonesie papazını, bu genç adamın kalbini ele geçirmiş şeytanı çıkarmak için beklerken bulmuştu. Nihayet Hollis bir çalıntı arabanın etrafında dolanırken tutuklanmış, bunun üzerine babası onu civardaki Polis Okulu'nun karate kursuna yazdırmıştı. Karate hocasının, Hollis'in darmadağınık hayatına anlam katabileceğini düşünmüştü.

Hollis'i kiliseden uzaklaştıran gerçek güç, dövüş sanatlarının disiplinli dünyası olmuştu. Karatede dördüncü dan siyah kuşak sahibi olduktan sonra hocalarının birinin peşinden Güney Amerika'ya gitmişti. Rio de Janerio'da geçirdiği altı yılda, Brezilya'ya özgü bir dövüş sanatı olan capoeira'da uzmanlaşmıştı.

"Sonra Los Angeles'a döndü" dedi Vicki. "Onunla kız kardeşinin nikâhında tanıştım. South Central'da bir dövüş kursu açtı."

"Tipini anlatsana. Neye benziyor? İri mi, ufak mı?"

"Omuzları geniştir ama öyle çok iriyarı değildir. Jamaikalılar gibi kıvır kıvır saçları vardır."

"Kişiliği nasıl?"

"Özgüvenli ve kibirlidir. Kendisinin Tanrı'nın kadınlara armağanı olduğuna inanır."

Hollis Wilson'ın dövüş kursu, Florence Caddesi'ndeki bir içki mağazasıyla film kiralama dükkânının arasındaydı. Kaldırıma bakan vitrine cart kırmızı ve sarılarla "KENDİNİZİ KORUYUN! KARATE, KICK-BOKS VE BREZİLYA'DAN CAPOEIRA. SENET YOKTUR. HER DÜZEYDE KURSLARIMIZ VARDIR" gibi yazılar doldurulmuştu.

Kursa yaklaştıkça davul sesi duymaya başladılar ve ön kapıdan girdiklerinde ses daha da arttı. Hollis, alanın bir bölümünü kontrplakla kapatıp bir kabul masası ve katlanır sandalyelerden ibaret bir lobi yapmıştı. Duvardaki duyuru panosunda kurs saatleri ve çevredeki karate turnuvalarının afişleri vardı. Maya ve Vicki, girişine perde niyetine eski çarşaflar gerilmiş iki soyunma odasının önünden geçip, uzun ve penceresiz bir salona yöneldiler.

Bir köşede oturan yaşlı bir adamın çaldığı konga davulunun sesi duvarlardan yankılanıyordu. Tişört ve beyaz pamuklu pantolon giymiş capoeira öğrencileri bir çember oluşturmuştu. Davulun ritmine göre el çırpıyor ve iki kişinin dövüşmesini izliyorlardı. Dövüşçülerden biri, üzerinde *Eleştirel Düşün!* yazılı bir tişört olan kısa boylu bir Latin'di. Yirmili yaşlarında olan ve tekmelerin arasında gruba bilgi veren bir zenciden kendisini korumaya çalışıyordu. Zenci adam ziyaretçilerine baktığında Vicki Maya'nın koluna dokundu. Hollis Wilson'ın uzun bacakları ve kaslı kolları vardı. Örgülü saçları omuzlarına dökülüyordu. Dövüşü birkaç dakika izledikten sonra Maya Vicki'ye, "Hollis Wilson bu mu?" diye sordu.

"Evet, uzun saçlı olan."

Maya başını salladı. "İşimize yarar."

Capoeira, zarif hareketlerin ve şiddet eylemlerinin buluşturulup akıcı bir dansa dönüştürüldüğü bir dövüş sanatıydı. Hollis ve Latin birbirlerini dövmeyi bıraktıktan sonra çemberin içine başka iki adam girdi. Birbirlerine yumruk, elense ve döner tekmelerle girişmeye başladılar. Yere düşenler tekmeyle nasıl tekrar ayağa kalkacaklarını biliyorlardı. Hareketler kesintisizdi ve herkesin tişörtü terden sırılsıklamdı.

Çemberdeki herkes bir kere dövüştü. Arada Hollis müdahale ediyor ve saldırı veya savunma rolünü oynuyordu. İkinci turda davulcu ritmini biraz artırdı ve herkes ikinci kez dövüştü. Üçüncü turdaysa iyice hızlanan davulla birlikte son karşılaşmalar yapıldı, süpürme hareketlerine ve şimşek gibi yan tekmelere yoğunlaşıldı. Ardından Hollis davulcuya başını salladı ve dövüşler bitti.

İflahı kesilen öğrenciler yere çöktü. Bacaklarını gerip derin nefesler aldılar. Hollis hiç yorulmamış gibiydi. Önlerinde bir sağa bir sola yürürken, Jonesie rahiplerinin ahenkli sesiyle konuşuyordu.

"İnsan tepkileri üçe ayrılır: Kasıtlı olanlar, içgüdüsel olanlar ve otomatik olanlar. Kasıtlı tepkilerinizi düşünerek ve planlayarak verirsiniz. İçgüdüsel tepkilerde ne yaptığınızın farkında bile olmazsınız. Otomatik tepkileri ise, daha önce yaptığınız için, alışkanlıkla verirsiniz."

Hollis durdu ve önünde oturan öğrencileri inceledi. Onların güçlü ve zayıf yanlarını değerlendiriyor gibiydi. "Yeni Babil'de tanıdığınız kişilerin birçoğu, kendilerini otomatiğe aldıkları halde kasıtlı davrandıklarını zanneder. Robotlar gibi arabalarına atlayıp işe giderler, ter, acı ve aşağılanma karşılığında maaş alırlar, evlerine dönerler ve televizyonlarındaki sahte kahkahaları izlerler. Zaten ölüdürler. Veya ölmek üzeredirler. Ama bunun farkında değillerdir.

İkinci bir grup vardır ki bunlara 'eller havaya' topluluğu diyoruz. Parti verirler. Ot içerler. Biraları fondiplerler. Bir oğlan veya bir kız kaldırıp ayaküstü düzüşmeye bakarlar. İçgüdülerine, doğal güçlerine kulak verdiklerini sanırlar, ama gerçekte ne durumdadırlar? Onlar da otomatiğe almıştır.

Savaşçı ise farklıdır. Savaşçı, kasıtlı davranmak için beyninin, içgüdüsel davranmak için yüreğinin gücünü kullanır. Savaşçılar kendilerini sadece dişlerini fırçalamak için otomatiğe alırlar."

Hollis durup ellerini açtı. "Düşünmeye çalışın. Hissedin. Gerçek olun." Ellerini birleştirdi. "Bugünlük bu kadar."

Öğrenciler hocalarına eğilerek selam verdiler, çantalarını aldılar, çıplak ayaklarına parmak arası terliklerini geçirip salondan ayrıldılar. Hollis ter damlamış yerleri bir paspasla sildikten sonra Vicki'ye döndü ve gülümsedi.

"Hangi dağda kurt öldü" dedi. "Sen Victory Fraser'sın, değil mi? Josetta Fraser'ın kızı."

"Kiliseden ayrıldığında çok küçüktüm."

"Hatırlıyorum. Çarşamba akşamı duaları. Cuma akşamları gençlik toplantıları. Pazar günü çat kapı cemaat ziyaretleri. Şarkı söyleme kısmını severdim. Cemaat iyi müzik yapıyordu. Ama dua kısmı biraz fazla geldi bana."

"İnançlı biri değildin zaten."

"Ben çok şeye inanırım. Isaac T. Jones büyük bir peygamberdi ama son peygamber değildi." Hollis kapıya doğru yürüdü. "Neden buradasın ve arkadaşın kim? Başlangıç kursları çarşamba, perşembe ve cuma akşamları."

"Dövüş öğrenmeye gelmedik. Arkadaşımın adı Maya."

"Sen bu durumda hidayete ermiş bir beyaz mı oluyorsun?" diye sordu Maya'ya.

"Söylediğin ne anlamsız..." dedi Vicki. "Peygamberimiz bütün ırkları kucaklardı."

"Kim olduğunu öğrenmeye çalışıyorum, Sayın Victory Hanımefendi. Kursa yazılmak için gelmediyseniz beni kilise etkinliğine çağıracaksınız. Herhalde Rahip Morganfield iki güzel kız gönderirsem şansım daha çok olur diye düşündü. Aslında iyi fikir ama yemezler."

"Konumuzun kiliseyle ilgisi yok" dedi Maya. "Seni dövüşçü olarak tutmak istiyorum. Silahın olduğunu veya istersen elde edebileceğini varsayıyorum."

"Yahu sen kimsin be?"

Vicki, izin istercesine Maya'ya baktı. Soytarı gözlerini hafifçe, tamam anlat, der gibi oynattı.

"Bu Maya. Los Angeles'a iki doğmamış Yolcu'yu bulmak için gelen bir Soytarı."

Hollis önce şaşırmış göründü, ardından bir kahkaha patlattı. "Ben de bu âlemin kralıyım! Bırak bu işleri Vicki. Soytarı, Yolcu filan kalmadı. Hepsini bulup öldürdüler."

"Umarım herkes buna inanır" dedi Maya sakince. "Kimse varlığımıza inanmazsa işimiz kolaylaşır."

Hollis Maya'ya bakarken, sanki onun bu salonda olmaya hakkı olup olmadığını düşünüyormuş gibi kaşlarını kaldırdı. Ardından dövüş pozisyonu aldı ve yarım kuvvetle bir yumruk savurdu. Vicki çığlık attı ama Hollis saldırısına sol kroşe ve yerden tekmeyle devam etti. Maya geriye doğru sendeledi, kılıcı omzundan düştü ve fayansın üzerinde biraz yuvarlandı.

Hollis bir parende atıp hareketini çapraz tekmeyle bitirdi ama Maya tekmeyi engelledi. Bunun üzerine Hollis hızlanarak tüm gücüyle saldırmaya başladı. Maya'yı tekme ve yumruklarla duvara doğru itti. Maya yumrukları elleri ve önkollarıyla savuştururken ağırlığını sağ bacağına verdi ve Hollis'in kasıklarına sıkı bir tekme yapıştırdı. Hollis sırtüstü devrildi, yerde birkaç kez yuvarlandı, ayağa sıçradı ve başka bir kombine hareketle saldırdı.

Artık iş birbirlerine zarar vermeye varmıştı. Vicki avazı çıktığı kadar bağırıyordu ama onu duyan da, dinleyen de yoktu. Maya da ilk şaşkınlığını üzerinden atmış ve sakinleşmişti. Gözlerinde delici bir bakışla kavgaya odaklanıyordu. Rakibine yaklaşarak en etkili tekme ve yumruklarını atmak istiyordu.

Hollis ise mesafesini koruyordu. Şu durumda bile zarif ve yaratıcı bir dövüşçü olduğunu herkese kanıtlamalıydı. Geniş kroşeler ve döner tekmelerle Maya'yı salonun öbür yanına itelemeye başladı. Ancak Soytarı, kılıcının kılıfı ayakkabısına değdiği anda durdu.

Hollis'e kroşe çıkarır gibi yaptı, eğildi ve kılıfı kavradı. Kılıç bir anda çıkmış, el koruması açılmış ve rakibine doğrultulmuştu. Hollis dengesini kaybetti, sırtüstü yuvarlandı ve Maya hareketsiz kaldı. Kılıcın ucu, Hollis Wilson'ın boynundan iki parmak uzaktaydı.

Vicki, "Yapma!" diye haykırdığında büyü bozuldu. Öfke ve şiddet salondan uçup gitti. Maya kılıcını indirirken Hollis ayağa kalktı.

"Şu Soytarı kılıçlarını hep yakından görmek istemiştim."

"Bir daha böyle kapışırsak ölürsün."

"Ama kapışmayacağız. Aynı taraftayız." Hollis dönüp Vicki'ye göz kırptı. "Bu güzel hanımlar bana ne kadar ödeyecekler?"

23

Mavi minibüsün sürücü koltuğuna Hollis, yanına Vicki geçmişti. Maya ise arkada, camdan uzakta oturuyordu. Beverly Hills'den geçerlerken bölük pörçük resimler takıldı gözlerine. Bazı evler, kiremitli damları ve avlularıyla İspanyol tarzını andırıyordu. Diğerleri ise Toskana villalarının modern yorumları gibiydi. Bazıları herhangi bir tarz gözetilmeden sadece büyük yapılmıştı; büyük kemerli girişleri, *Romeo ve Juliet*'teki ünlü sahneyi çağrıştıran balkonları vardı. Hem görkemli hem de ruhsuz bunca binayı bir arada görmek tuhaftı.

Hollis, Sunset Bulvarı'ndan dönüp Coldwater Canyon'a doğru tırmanmaya başladı. "Yaklaşıyoruz" dedi.

"Binayı izliyor olabilirler. Yavaşla ve oraya varmadan park et."

Hollis birkaç dakika sonra minibüsü durdurduğunda Maya ön cama yaklaşıp çevreye bakındı. Evlerin yola yakın olduğu bir ara sokakta durmuşlardı. Maggie Resnick'in evinin birkaç metre uzağında Su ve Elektrik İşleri Müdürlüğü'ne ait bir kamyonet duruyordu. Turuncu tulumlu bir adam bir elektrik direğine tırmanırken aşağıdaki iki adam da ona bakıyordu.

"Her şey yolunda gibi görünüyor" dedi Hollis.

Vicki başını salladı. "Corrigan kardeşleri arıyorlar. Buna benzer bir kamyonet iki gündür bizim evin önünde de duruyor."

Maya çömelerek tüfeği kutusundan çıkardı ve fişekleri sürmeye başladı. Ardından tüfeğin dipçiğini katlayarak tabanca gibi görünmesini sağladı. Tekrar öne geçtiğinde, kamyonetin arkasında bir cipin durmuş olduğunu gördü. Shepherd cipten indi, sahte tamircilere başını salladı, iki katlı evin kapısına giden küçük ahşap merdiveni çıkarak zili çaldı ve bir kadın kapıda belirene dek beklemeye başladı.

"Motoru çalıştır" dedi Maya. "Eve doğru sür."

Hollis dediğini yapmadı. "Sarışın adam kim?"

"Shepherd adında eski bir Soytarı."

"Peki diğer iki adam?"

"Tabula'nın paralı askerleri."

"Nasıl halletmeyi düşünüyorsun?" diye sordu Hollis.

Maya bir şey söylemedi. Maya'nın Shepherd'ı ve paralı askerlerini öldüreceğini anlamaları birkaç saniye sürdü. Vicki'nin gözleri dehşetten büyümüş ve cam gibi olmuştu, Soytarı bu gözlerde kendisini görebiliyordu.

"Kimseyi öldürmeyeceksin" dedi Hollis fısıldar gibi.

"Sen benim adamımsın Hollis. Sana para veriyorum."

"Şartlarımı söyledim. Yardım ederim, seni korurum ama sokaktaki adamın birinin kafasını uçurmana da izin veremem."

"Shepherd bize ihanet etti" dedi Maya. "Şimdi de..."

Sözünü bitiremeden evin garaj kapısı açıldı ve bir adam motosikletiyle dışarı fırladı. Kaldırımdan indiği sırada tamircilerden biri elindeki telsize bir şeyler söyledi.

Maya, Vicki'nin omzuna dokundu. "Bu Gabriel Corrigan" dedi. "Linden motosiklet kullandığını söylemişti."

Gabriel sağa dönüp Coldwater Canyon Sokağı'na girdi ve Mulholland'a doğru tırmanmaya başladı. Birkaç saniye sonra siyah kasklar takmış üç motosikletli minibüsün yanından hızla geçti ve Gabriel'ın peşine düştü.

"Başka bekleyenler de varmış" diyen Hollis motoru çalıştırıp gaza bastı. Kabak lastiklerinin üzerinde biraz yalpalayan minibüs, Mulholland yokuşuna doğru yöneldi. Birkaç dakika sonra, Hollywood tepelerinin üstünden aşan iki şeritli Mulholland Caddesi'ne girmişlerdi. Sol tarafta, evlerle, açık mavi yüzme havuzlarıyla ve iş merkezleriyle dolu puslu bir vadi vardı.

Maya, Vicki ile yer değiştirip yolcu koltuğuna geçti. Dört motosikletli çoktan arayı açmıştı, hatta minibüs bir dönemece girdiğinde onları kısa süreliğine gözden kaybettiler. Yol tekrar düzeldi. Maya, motosikletlilerden birinin işaret fişeği tabancasına benzer bir şey çıkardığını gördü. Adam Gabriel'a yaklaştı, silahı ateşledi ama ıskaladı. Mermi yolun kıyısına çarptığında asfalt patlayarak çevreye saçıldı.

"O neydi öyle?" diye bağırdı Hollis.

"Hatton mermileri sıkıyorlar" dedi Maya. "Balmumu ve metal tozu karışımdan oluşur. Arka lastiği patlatmaya çalışacaklar."

Tabula'nın adamı ateşten hemen sonra yavaşlayarak diğer iki

adamın gerisine geçti. Bu sırada karşı yönden gelen kamyonetin sürücüsü, deli gibi selektör yapıp korna çalarak Hollis'e durumu anlatmaya çalışıyordu.

Minibüs ilk motosikletliye yaklaşırken Vicki, "Öldürme!" diye bağırdı.

Yolun kıyısına çekilen adam, silaha mermi sürüyordu. Maya tüfeğin namlusunu pencereden çıkarıp silahı ateşledi ve motosikletin ön lastiğini patlattı. Motor sağa savruldu, bariyere vurdu ve binicisi üstünden fırladı.

Maya tüfeğe fişek sürerken, "Bas gaza" diye bağırdı. "Öndekileri kaybetmeyelim."

Minibüs birazdan dağılacak gibi şiddetle titriyordu ama Hollis gazı kökledi. Bir patlama daha duydular ve dönemeci aldıklarında ikinci motorcunun da silahını doldurmak için yavaşlamış olduğunu gördüler. Ama adam onlar yetişemeden işini bitirdi ve takibe katıldı.

"Daha hızlı!" diye bağırdı Maya.

Dönemece girdiklerinde minibüsün arkası kaymaya başlayınca Hollis direksiyona sarıldı. "Gitmiyor ki. Lastiklerden biri dağıldı dağılacak."

"Sen gazla!"

İkinci motorcu silahı sağ eline almış, gidonu sol eliyle tutuyordu. Bir çukura girdiğinde az daha kontrolü kaybedecekti. Bu sırada yavaşladı ve minibüs ona yetişti. Hollis sola kırdı. Maya motorun arka lastiğini patlattı ve sürücü gidonun üstünden öne fırladı. Minibüs hiç yavaşlamadan başka bir dönemece girdi. O sırada karşıdan gelen yeşil bir otomobilin sürücüsü, elleriyle geri git işareti yapıyordu.

Laurel Canyon kavşağını, kırmızı ışıkta geçtikleri için, kornaya asılarak ve cambazlıklar yaparak güçbela atlattılar. Maya üçüncü bir patlama duydu ama ne Gabriel'dan, ne de diğer motorcudan iz vardı. O sırada dönemeçten çıktılar ve yolun ilerisini görebildiler. Gabriel'ın arka lastiği patlamıştı ama motor ilerliyordu. Parçalanan arka lastikten dumanlar savrulurken asfaltı kazıyan jantın sesi kulakları tırmalıyordu.

"Hadi bakalım" diye bağırdı Hollis. Minibüsü yolun ortasına çekti ve motorcunun soluna girdi.

Maya pencereden sarktı, dipçiği kapıya dayadı ve tetiği çekti. Saçmalar yakıt deposunu parçalayınca motosiklet Molotof kokteyli gibi patlamış, Tabula üstünden fırlayıp kanala yuvarlanmıştı.

Gabriel beş yüz metre sonra motorunu kenara çekti, atladı ve koşmaya başladı. Hollis de aynı yerde durunca Maya minibüsten atlayıp Gabriel'ın peşine düştü. Ama çok uzaktaydı. Gabriel kaçacaktı. Yine de var gücüyle koştu ve aklına ilk gelen şeyi peşinden haykırdı: "Babalarımız tanışıyordu!"

Gabriel kıyıda durdu. Birkaç adım sonra, çalılarla örülü çok dik bir yamaçtan yuvarlanacaktı.

"Babam Soytarı'ydı!" diye bağırdı Maya. "Adı Thorn'du!"

Bu sözcükler, özellikle de Maya'nın babasının adı, Gabriel'ın kulaklarına ulaşmıştı. Şaşırmış, ölesiye meraklanmıştı. Maya'nın elindeki tüfeğe hiç aldırmadan ona doğru bir adım attı.

"Peki ben kimim?"

24

Özel jet uçağı, Iowa tarlalarının geometrik şekillerinin üstünden uçarken, Nathan Boone yanındaki Michael'a göz attı. Long Beach Havaalanı'ndan kalkarlarken genç adam uyuyor gibiydi, oysa şimdi yüzü ifadesizleşmişti. Belki ilaçlar çok ağır geldi, diye düşündü Boone. Beyinde kalıcı hasar olmasa bari.

Deri koltukta döndü ve arkasında oturan doktora baktı. Dr. Potterfield olağan paralı askerlerden biriydi ama özel ayrıcalıkları varmış gibi davranırdı. Bu yüzden Boone onu işe koşmaktan ayrıca hoşlanıyordu.

"Hastanın yaşam belirtilerini kontrol et."

"On beş dakika önce ettim ya."

"Bir daha et."

Dr. Potterfield sedyenin başına çömelerek Michael'ın şahdamarından nabzını ölçtü. Kalbini ve akciğerlerini dinledi, gözkapağını açarak gözbebeğini kontrol etti. "Bir gün daha uykuda kalmasını önermem. Nabzı kuvvetli ama nefesi daralıyor."

Boone saatine baktı. "Dört saat daha durur mu? New York'a inip onu araştırma merkezine götürmemiz bu kadar sürer."

"Dört saat hiçbir şeyi değiştirmez."

"Uyandığında yanında olmanı bekliyorum" dedi Boone. "Herhangi bir sorun olursa da tüm sorumluluğu üstleneceğinden şüphem yok."

Siyah çantasından dijital termometreyi çıkarırken Dr. Potterfield'ın elleri hafifçe titredi. Termometreyi Michael'ın kulağına soktu. "Uzun vadeli bir sorun olmayacaktır. Ama uyanır uyanmaz dağa tırmanması beklenmemeli. Genel anesteziden kalkmış bir hasta gibi bir süre zayıf ve kafası karışık olacaktır."

Boone tekrar uçağın ortasındaki küçük masaya döndü. Los

Angeles'tan ayrılmak zorunda kalmasına bozulmuştu. Çalışanlarından biri olan Dennis Prichett adında bir genç, Gabriel Corrigan'ı kovalarken saldırıya uğrayan motorcularla konuşmuştu. Maya'nın müttefikler edinip Gabriel'ı ele geçirdiği kesindi. Los Angeles'taki ekibin yönlendirilmeye ihtiyacı vardı ama Boone'a verilen emirler de açıktı: Geçiş Projesi mutlak önceliğe sahip olduğu için, kardeşlerden birini ele geçirir geçirmez onu şahsen New York'a götürmesi gerekiyordu.

Uçuşun büyük bölümünü bilgisayarı başında, internette Maya'yı arayarak geçirdi. Bu çalışmalarını, Biraderlerin Londra'daki gizli bir merkezden yürütülen internet takip sisteminden gerçekleştiriyordu.

Gizlilik, popüler bir masal halini almıştı. Kennard Nash, bir ara Evergreen Vakfı'nın bazı çalışanlarına bu konuda bir konferans vermişti. Yeni elektronik takip sistemleri toplumu kökünden değiştirmişti. Artık herkes geleneksel Japon evlerinde, yani bambu ve kâğıt duvarların arkasında yaşıyor gibiydi. Birbirlerinin öksürdüğünü, aksırdığını, konuştuğunu, seviştiğini duyabilirlerdi ama genel toplumsal anlayış bunlar yokmuş gibi davranmayı gerektirirdi. Duvarlar ses ve ışık geçirmezmiş gibi davranmalıydı herkes. İnsanlar güvenlik kameralarının önünden geçerken veya cep telefonuyla konuşurken de böyle hissediyordu. Heathrow Havaalanı'nda kullanılmaya başlanan özel x-ışını cihazları, kişilerin giysilerinin içini de gösterebiliyordu. Farklı kurumlarca izlendiğini, konuşmalarının dinlendiğini, alışverişlerinin takip edildiğini bilmek rahatsız edici bir durum olduğundan çoğu kişi bunu bilmezden geliyordu.

Biraderleri destekleyen devlet yetkilileri çok önemli veritabanlarına erişim şifreleri sağlamıştı. En büyük kaynak, Amerikan Ülke Savunması Yasası'na dayanarak hükümetçe oluşturulan Genel İstihbarat Ağı sistemiydi. Bu veritabanı, ülkede bilgisayar bağlantılı yapılan her işlemi inceler ve analiz ederdi. Bir kişinin kredi kartı kullanması, kütüphaneden kitap alması, uluslararası para transferi yapması veya yolculuğa çıkması anında merkezi veritabanına işlenirdi. Bazı özgürlük yanlıları bu programa itiraz edince hükümet sistemin yönetimini istihbarat teşkilatına devretmiş ve adını Terörist İstihbarat Ağı olarak değiştirmişti. "Genel" sözcüğü "Terörist" sözcüğüyle değiştirilince itiraz eden kalmamıştı.

Diğer ülkeler de özel güvenlik yasaları çıkarıyor ve kendi istihbarat ağlarını kuruyorlardı. Ayrıca bir dizi özel kuruluş da insanların özlük bilgilerini topluyor ve satıyordu. Londra'daki bilgisayar merkezinde görev yapan Tabula çalışanları erişim kodlarını elde edemezlerse, anahtar deliği, balta ve balyoz gibi şirin isimlere sahip şifre kırıcı programlarla güvenlik duvarlarını aşıyor ve dünyanın tüm veritabanlarına erişebiliyordu.

Boone, Biraderlerin düşmanlarına karşı savaşta en etkili silahın yeni bilgisayar bağışıklığı programları olduğuna inanıyordu. BB programları, başlangıçta İngiltere posta idaresinin bilgisayar sistemini izlemek için geliştirilmişti. Biraderlerin programları ise çok daha güçlüydü. İnternetin tümüne insan vücuduymuş gibi yaklaşırdı. Bunları, tehlikeli düşünce ve bilgileri hedef alan bir tür elektronik lenfosit olarak da görmek mümkündü.

Biraderlerin bilgisayar ekipleri geçen yıllarda BB programlarını internete yaymıştı. Programlar binlerce bilgisayar sisteminde varlıklarını duyurmadan dolaşıyordu. Bazen, bir lenfosit gibi, bir kişinin evdeki bilgisayarında bulaşıcı bir fikrin oluşması için uzun süre beklerdi. Şüpheli bir şeyle karşılaştığı zaman, program yeni emirler almak için Londra'daki anabilgisayara dönerdi.

Biraderlerin araştırmacıları, düşmanları enfeksiyonlarla mücadele eden akyuvarlar gibi cezalandırabilecek yeni bir etkileşimli yazılım üzerinde de çalışıyordu. BB programı, internet iletişimlerinde Yolcular veya Soytarılardan söz eden kişileri belirliyordu. Bunun ardından, o kişinin bilgisayarına veri yok eden bir virüsü otomatik olarak yerleştiriyordu. İnternetteki en yıkıcı virüslerin küçük bir kısmı, Biraderler veya devletteki müttefikleri tarafından geliştirilmişti. Suçu Polonya'da yaşayan on yedi yaşındaki bir bilgisayar korsanına yıkmak kolaydı.

Maya, hem bilgisayar bağışıklığı sistemiyle hem de sıradan veri taramalarıyla bulunmuştu. Üç gün önce bir çıkma yedek parçacıya giren Soytarı, bazı paralı askerleri öldürmüştü. Olay yerinden kaçarken ya yürüyecekti, ya otostop çekecekti, ya araba satın alacaktı, ya da toplu taşıma kullanacaktı. Londra'daki bilgisayar merkezi, söz konusu bölgede genç bir kadınla bağlantılı bir polis kaydı olup olmadığını inceledi. Bundan sonuç çıkmayınca taksi duraklarının bilgisayar sistemlerine girip cinayetlerden dört saat sonrasına kadar kimlerin nereye taksi istediği araştırıldı. Müşteri alma ve bırakma adresleri, BB programlarıyla elde edilen verilerle karşılaştırıldı. Anabilgisayarda, Yolculara veya Soytarılara yardım edebilecek binlerce kişinin adları ve adresleri saklanıyordu.

Biraderlerin psikolojik değerlendirme ekibi, beş yıl önce, Amerikan marketlerinin yürüttüğü müşteri kulübü programlarına girmişti. Alışveriş yaparken kulüp kartlarını kullanan müşterilerin satın aldığı ürünler genel bir veritabanına kaydediliyordu. İlk çalışmada, Biraderlerin psikologları kişilerin yiyecek ve alkol tüketimlerini siyasi eğilimleriyle bağdaştırma denemesi yaptı. Boone, istatistiksel bağıntıların bazılarını incelediğinde çok etkilenmişti. Sözgelişi, kuzey Kaliforniya'da yaşayan ve üç çeşitten fazla hardal satın alan kadınlar genellikle liberaldi. Doğu Texas'ta yaşayan ve pahalı şişe bira alan erkeklerse genellikle muhafazakâr. Bir kişinin ev adresini ve en az iki yüz market alışverişini inceleyen psikoloji ekibi, o kişinin zorunlu yurttaş kimlik kartına vereceği tepkiyi isabetli olarak kestirebiliyordu.

Boone, ne tür insanların toplumsal disiplin ve düzene karşı koyduğunu incelemeyi ilginç buluyordu. Direnenlerin bir bölümü, organik besinler tüketip Büyük Düzen'in fabrikalarda ürettiği yiyeceklerden uzak duran, teknolojiden de öcü gibi korkan otçullardan geliyordu. İşin tuhafı, aynı şekilde direnç gösterenlerin bir kısmı da bu grubun tam karşıtında yer alan teknoloji delileriydi. Bunlar akşam yemeklerini gofret veya çikolatayla geçiştirir, internette Yolcu ve Soytarı dedikoduları arardı.

Boone'un uçağı Pennsylvania'nın üzerinden geçerken takip merkezinden bilgisayara bir mesaj geldi: *Bırakma adresi, Dünya Gezer Thomas adlı bir kişinin evi. Söz konusu kişi, tasfiye edilmiş Kızılderili bir Yolcu'nun yeğeni. Bilgisayar bağışıklığı, bu kişi tarafından Karga kabilesiyle ilgili bir web sitesine Biraderler üzerine olumsuz yorumlar yazıldığını tespit etti.*

Uçak, Evergreen Vakfı'nın araştırma merkezinin yakınlarındaki küçük havaalanına yaklaşırlarken sertçe yana yattı. Boone bilgisayarını kapatıp Michael'a baktı. Biraderler bu genci bulmuş ve Soytarıların elinden kurtarmıştı, ama o işbirliği yapmaya yanaşmayabilirdi. İnsanların gerçeği görmeyi hâlâ reddediyor olmaları Boone'u sinirlendiriyordu. Dinle, felsefeyle uğraşmanın âlemi yoktu; iktidar kimse, hakikat onun dediğiydi.

* * *

Özel jet, Westchester Havaalanı'na indi ve özel hangarına yöneldi. Boone birkaç dakika sonra uçağın merdivenlerinden indi. Hava kapalıydı ve her yanı sonbahar kokusu sarmıştı.

Michael'ı Evergreen Vakfı Araştırma Merkezi'ne götürecek cankurtaranın yanında Lawrence Takawa bekliyordu. İlkyardım görevlilerine bir şeyler söyledikten sonra Boone'a yaklaştı.

"Hoş geldiniz" dedi, "Michael nasıl?"

"İyi olacak. Merkezde her şey hazır mı?"

"Aslında iki gün öncesine dek hazırdık ama son dakikada bazı değişiklikler yapmamız gerekti. General Nash psikolojik değerlendirme ekibiyle görüşmüş, onlar da bize Michael'la ilgilenmek için yeni stratejiler verdiler."

Lawrence Takawa'nın sesinde hafif bir gerilim seziliyordu. Boone genç adama baktı. Onu ne zaman görse elinde ya bir bloknot, ya bir dosya, ya da bir kâğıt, otoritesini simgeleyecek bir şey bulunurdu.

"Bu hoşunuza gitmedi mi?" diye sordu Boone.

"Yeni strateji çok *saldırgan*" diye cevapladı Lawrence. "Bu kadarı gerekli değil gibi geliyor."

Boone topukları üstünde dönüp uçağa baktı. Dr. Potterfield, sedyeyi uçaktan yere indirmeye çalışan ilkyardım görevlilerinin başında duruyordu. "Soytarıların Gabriel'ı ele geçirmesi nedeniyle her şey değişti. Michael'ın bizim yanımızda olması artık şart."

Lawrence bloknotuna göz attı. "İki kardeşle ilgili notları okudum. Aralarında yakın bir ilişki olduğu görülüyor."

"Sevgi dediğin, insanları yönlendirmenin başka bir yolu" dedi Boone. "Bu duyguyu da, nefret ve korkuyu kullandığımız gibi kullanabiliriz."

Michael'ın sedyesinin tekerlekleri açılmıştı. Ekip, sedyeyi cankurtarana doğru itiyordu. Hâlâ endişeli olan Dr. Potterfield hastasının başından ayrılmıyordu.

"Hedefimizi anlıyor musunuz Bay Takawa?"

"Evet efendim."

Boone sağ elini uçağı, cankurtaranı ve Biraderler'in çalışanlarını kapsayacak şekilde havada gezdirdi. "Ordumuz bunlar" dedi. "Michael Corrigan da yeni silahımız."

25

Vicki Fraser, Hollis ve Gabriel'ın motosikleti kaldırıp minibüsün arkasına yerleştirmelerini izliyordu. Hollis, Vicki'ye anahtarları atarak, "Sen kullan" dedi. O ve Gabriel arkaya motosikletin yanına oturdular, Maya ise ön koltukta kalıp tüfeği kucağına yerleştirdi.

Batıya dönüp Hollywood tepelerini aşan dar sokaklarda izlerini kaybettirdiler. Gabriel sürekli Maya'ya kendi ailesinin geçmişi üzerine sorular soruyordu; her şeyi olabildiğince çabuk öğrenmek için can atar gibi bir hali vardı.

Yolcular ve Soytarılar konusunda pek az şey bilen Vicki konuşmaları dikkatle dinliyordu. Başka âlemlere geçebilme yeteneği kalıtsal gibi görünse de, zaman zaman ailesinde bu özellik olmayan Yolcular da ortaya çıkmıştı. Soytarılar geçmişteki Yolculara ilişkin geniş soyağaçları tuttuğu için, Thorn da Gabriel'ın babasından haberdardı.

Hollis, kursundan birkaç sokak ötede oturuyordu. Mahalleye müstakil evler hâkimdi ve bu evlerin bahçelerinde çiçek tarhları vardı, ama çetelerin duvar yazıları çiçeklerden daha renkli bir görüntü oluşturuyordu. Florence Caddesi'nden saptıklarında, Hollis Maya'ya arkaya geçmesini söyledi. Kendisi öne geçerek Vicki'ye bol kıyafetli ve mavi bandanalı genç grupları gördüğünde yavaşlamasını söyledi. Böyle birkaç çetenin önünde durduklarında Hollis gençlerle el sıkıştı ve onlara sokak adlarıyla seslendi.

"Birileri gelip beni sorabilir" dedi. "Bu mahallede öyle biri yok dersiniz."

Hollis'in iki odalı evinin bahçe yolunun plastik şeritlerle örülmüş büyük bir kapısı vardı. Minibüsü içeri sokup kapıyı kapattıklarında, aracın sokaktan görülmesi imkânsız hale gelmişti. Hollis arka kapıyı açtı ve eve girdiler. Odalar temiz ve ferahtı, Vicki bir kız arkadaşa dair herhangi bir bulguya rastlamadı. Perdeler eski çarşaflardan yapılmıştı, portakallar temiz bir jant kapağının içinde duruyordu ve her yere saçılmış halterler yüzünden odalardan biri daha çok spor salonunu andırıyordu.

Vicki, Gabriel ve Maya'yla birlikte mutfaktaki masaya oturdu. Hollis dolaptan bir otomatik tüfek çıkardı ve şarjörünü takıp tezgâha koydu. "Burada güvende oluruz" dedi. "Eve saldıracak olurlarsa ben onları oyalarım, siz duvarı atlayıp komşunun bahçesine geçersiniz."

Gabriel başını salladı. "Kimsenin benim için tehlikeye girmesini istemiyorum."

"Sen onu Maya'ya anlat. Hadi ben para alıyorum, o bu işi bedava yapıyor."

Herkes otururken Hollis çay için su kaynattı. Buzdolabını açıp ekmek, peynir, çilek ve iki olgun mango çıkardı. "Herkes aç mı?" diye sordu. "Karnımızı doyurabiliriz."

Vicki meyve salatası yapmaya karar verdi, o sırada Hollis de ekmeklerin üzerine peynir koyup fırına attı. Vicki, tezgâha geçip çilekleri dilimlemeye başlamaktan memnun olmuştu. Maya'nın yanında oturmak huzursuzluk veriyordu. Soytarı çok yorgun görünse de, bir türlü gevşeyememişti. Vicki, sürekli saldırıya uğramayı bekleyerek, öldürmeye hazır olarak geçen bir hayatın ne kadar acı olduğunu düşünüyordu. Isaac T. Jones'un cemaatine cehennem konusunda yazdığı mektubu hatırladı. Öte dünyada bir cehennem vardı elbette. Peygamber bunu gözleriyle görmüştü. *Ancak sevgili kardeşlerim, asıl çekinmeniz gereken, kendi yüreğinizde yaratacağınız cehennemdir.*

"Yoldayken bana Yolcular konusunda bir şeyler anlattın" dedi Gabriel, "ama gerisi gelmedi. Ayrıca Soytarıları da anlat".

Maya kılıç kılıfının sapını ayarladı. "Soytarılar Yolcuları korur. Bunu bilmen yeterli."

"Önderleriniz, kurallarınız var mı? Amerika'ya gelmeni biri mi emretti?"

"Hayır, benim kararımdı."

"Baban neden seninle gelmedi?"

Maya gözlerini masanın üstündeki tuzluğa dikmişti. "Babam bir hafta önce Prag'da öldürüldü."

"Tabula'nın işi mi?" diye sordu Hollis.

"Evet."

"Nasıl oldu?"

"Seni ilgilendirmez." Maya'nın sesi kontrollüydü ama bedeni

öfkeden yay gibi gerilmişti. Vicki, Soytarı'nın bir anda fırlayıp hepsini parçalayacağından korkuyordu. "Gabriel'ı ve ağabeyini koruma sorumluluğunu üstlendim. Bu işim bittiğinde, babamı öldüren adamı bulup çıkaracağım."

"Michael ve benim bu işle bir ilgimiz var mı?"

"Yok sayılır. Tabula babamı hayatı boyunca kovaladı. İki yıl önce Pakistan'da az daha öldürüyorlardı."

"Yazık..."

"Duygularını boşa harcama" dedi Maya. "Biz dünyanın geri kalanı için hiçbir şey hissetmeyiz ve onlardan bir şey beklemeyiz. Babamın çocukluğumdan beri söylediği bir söz vardı: '*Verdammt durch das Fleisch. Gerettet durch das Blut.*' Yani, etle lanetlenen kanla kurtuluş bulur. Soytarılar, sonu olmayan bir savaş vermeye mahkûmdur. Kim bilir, belki Yolcular bizi cehennemden kurtarır."

"Peki bu savaş ne zamandır sürüyor?" diye sordu Hollis.

Maya saçlarını geriye attı. "Babam, savaşçı soyumuzun binyıllardır kesintiye uğramadan sürdüğünü söylerdi. Paskalya'da mum yakar ve Yuhanna İncili'nin on sekizinci bölümünü okurdu. İsa geceyi Gethsemane bahçesinde geçirdikten sonra Yahuda yanında Romalı askerler ve başkâhinin adamlarıyla çıkagelir."

"O bölümü biliyorum" dedi Hollis. "Aslında ilginç bir ayrıntıdır. İsa güya Barış Elçisi. İncil'in hiçbir yerinde silahtan, korumadan söz eden yok. Durup dururken öğrencilerinden biri..."

"Petrus" dedi Vicki.

"Doğru, şimdi hatırladım. Neyse, Petrus durup dururken kılıcını çekip başkâhinin kölesinin kulağını koparıyor, neydi adamın adı..."

Cevabı bildiğinden emin olduğu için Vicki'ye bir bakış attı.

"Malkus."

"Hah." Hollis başını salladı. "Kötü adam da bahçenin ortasında tek kulakla kalakalıyor."

"Bazı âlimler Petrus'un Romalı ayaklanmacılardan olduğunu iddia ediyor" dedi Maya. "Ama babam, onun tarihte kaydı olan ilk Soytarı olduğuna inanırdı."

"Bu durumda İsa da Yolcu mu oluyor?" diye sordu Vicki.

"Soytarılar dövüşçüdür, ilahiyatçı değildir. Işığın ete kemiğe bürünmüş halinin hangi Yolcu olduğuna dair saptamalarda bulunmayız. En önemli Yolcu, İsa da olabilir, Muhammed de, Buda da. Belki de soykırım sırasında öldürülen, adı sanı bilinmeyen bir hahamdı. Biz Yolcuları koruruz ama onların kutsallığını yargılamayız. Bu, inananların işidir."

"Ama baban İncil okurmuş" dedi Gabriel.

"Biz Soytarıların Avrupalı soyundan geliyoruz ve bizim Hıristiyanlıkla bağlarımız daha güçlüdür. Hatta bazı Soytarılar Yuhanna'nın sonraki bölümlerini de okurlardı. İsa götürüldükten sonra Petrus..."

"İsa'yı reddetti." Hollis yüzünü masaya çevirdi. "İsa'nın öğrencisi olmasına rağmen onu üç kez inkâr etti."

"İşte efsaneye göre Soytarıların laneti buradan gelir. Petrus o anda bağlılığını inkâr ettiği için biz Yolcuları sonsuza kadar korumakla yükümlüyüz."

"Sana pek bir şey ifade etmiyor sanki" dedi Hollis.

"İncil'de anlatılanların bir parçası. Kendi adıma bunu kabul etmiyorum ama dünyanın gizli bir tarihi olduğuna da hep inandım. Hacıları veya uhrevi arayış peşindeki diğer ermişleri koruyan savaşçılar hep olmuş. Haçlı seferleri sırasında, bir grup Hıristiyan şövalye, kutsal topraklara ziyarete giden hacıları korumaya almış. Kudüs'ün Haçlı Kralı II. Baldwin, bu şövalyelerin eski Yahudi tapınağının bir bölümüne yerleşmelerine izin vermiş. Onlar da kendilerini İsa'nın Hakir Şövalyeleri ve Süleyman Tapınağı Şövalyeleri olarak adlandırmışlar."

"Bunlara genelde Tapınak Şövalyeleri denmiyor mu?"

"Yaygın adları bu. Tapınak Şövalyeleri giderek zenginleşip Avrupa genelinde kiliseleri ve kaleleri kontrolleri altına almışlar. Gemileri olmuş, Avrupa krallarına borç vermişler. Sonunda da kutsal topraklardan ayrılıp uhrevi yolculuklara çıkanları korumaya başlamışlar. Bulgaristan'da Bogomiller ve Fransa'da Katarlar gibi sapkın gruplarla ilişki kurmuşlar. Bunlar, ruhun bedende hapsolduğuna inanan gnostiklermiş. Sadece çok gizli bir bilgiye erişebilen bireyler bu esarete son verip farklı âlemlere geçebilirlermiş."

"Sonra Tapınak Şövalyeleri yok edildi."

Maya, eskiden öğrendiği bir şeyi hatırlamak istermişçesine yavaşça başını salladı. "Fransa Kralı Philip, onların gücünden korkuyordu ve hazinesine göz dikmişti. 1307 yılında askerlerini Tapınak Şövalyelerinin merkezine gönderdi ve oradakileri sapkınlık suçundan tutuklattı. Liderleri diri diri yakıldı ve Tapınak Şövalyeliği son buldu – yani en azından görünüşte. Gerçekteyse çok az Tapınak Şövalyesi öldürülmüştü. Kalanları yeraltına indiler ve çalışmalarını sürdürdüler.

"Yemek hazır" dedi Hollis. Ekmekleri bir tabakta sofraya bıraktı ve Vicki de meyve salatasını getirdi. Herkes yemeye koyuldu. Maya biraz rahatlamıştı ama yine de ortamdan huzursuz oluyordu. Geçiş gücünün olup olmadığını anlamak ister gibi Gabriel'a bakıyordu. Gabriel da onun ne düşündüğünü anlıyordu. Tabağına eğilip yiyeceklerle oynamaya başladı.

"Peki size niye Soytarı diyorlar?" diye sordu Hollis. "Bildiğim kadarıyla soytarı, yüzü palyaço gibi boyalı bir tür oyuncudur, öyle değil mi?"

"Bu adı on yedinci yüzyılda almışız. Soytarı, ilk olarak İtalyan sokak tiyatrosu *commedia dell'arte* türünde görülmüş. Genellikle zeki bir uşak olarak oynanmış. Soytarı karakteri, üzerinde karolar olan kostümler giyer. Kimi zaman mandolin çalar, kimi zaman da tahta bir kılıç taşır. Ancak yüzünü gizlemek için her zaman bir maske takar."

"İyi ama bu dediğin İtalya'ya özgü bir şey" dedi Hollis. "Ben Soytarıların Japonya'dan İran'a kadar her yerde olduğunu duymuştum."

"Avrupa Soytarıları, on yedinci yüzyıldan itibaren dünyanın diğer yerlerindeki Yolcuları koruyan farklı kültürlerdeki savaşçılarla bağlantı kurmaya başladı. İlk ittifakımız, Pencap Eyaleti'nde yaşayan Sihlerle oldu. İnançlı Sihler de Soytarılar gibi kılıç taşır ve buna kirpan derler. Aynı zamanlarda Budist ve Sufi savaşçılarla da temas kurduk. On sekizinci yüzyılda, aramıza Rusya ve Doğu Avrupa'da Kabala öğretisini yayan hahamları koruyan bir Yahudi savaşçı grubu katıldı."

Vicki, Gabriel'a döndü. "Peygamberimizi koruyan Soytarı, Tapınak Aslanı, Yahudi bir ailenin çocuğuydu."

Hollis gülümsüyordu. "Isaac Jones'u linç ettikleri o Arkansas kasabasına gitmiştim bir kere. Otuz yıl önce bir Yahudi topluluğuyla NAACP birleşerek Zachary Goldman adına bir plaket yerleştirmişler. Bu Soytarı, iki ırkçı iti levyeyle vura vura öldürdüğü için aralarında böyle bir sevgi ve kardeşlik olduğunu düşünüyorlar."

"Peki hiç Soytarı toplantısı yapıldı mı?" diye sordu Gabriel. "Farklı grupların aynı mekânda buluştuğu oldu mu?"

"Böyle bir şey asla olmaz. Soytarılar, savaşın rasgeleliğine saygı duyan insanlardır. Kurallardan hoşlanmayız. Soytarı aileleri birbirlerine evlilik, gelenekler ve dostlukla bağlıdır. Bazı aileler yüzyıllardır müttefiktir. Seçilmiş liderlerimiz veya anayasamız yoktur. Soytarılara özgü bir bakış açısı vardır sadece. Bazı Soytarılar, yazgıları bu olduğu için savaşır. Bazılarımız özgürlüğü korumak için savaşırız. Özgürlük dediğim, on dört farklı çeşit diş macunu arasından seçim yapmak da değildir, teröristi bir otobüsü havaya uçurmaya iten delilik de değildir. Gerçek özgürlük, hoşgörülüdür. İnsanlara yeni biçimlerde düşünme ve yaşama hakkı tanır.

"Şu kanla kurtuluş bulma işini hâlâ anlayamadım" dedi Hollis. "Kimin kanı bu? Tabula'nın mı, Soytarıların mı, yoksa Yolcuların mi?"

"Kimin istersen onun olsun. Belki de herkesindir."

* * *

Evde tek bir yatak odası vardı. Hollis, iki kadının yatağı paylaşmasını, Gabriel'la kendisinin salonda yatmasını önerdi. Vicki, Maya'nın bu fikirden hoşlanmadığını hemen anlamıştı. Gabriel'ı bulduktan sonra onu bir saniye yanından ayırsa kendisini huzursuz hissediyordu.

"Merak etme" diye fısıldadı Vicki. "Gabriel iki adım uzağımızda. İstersen kapıyı da açık bırakalım. Üstelik Hollis'in tüfeği var."

"Hollis bir paralı asker. Neleri ne kadar feda edebileceğini kestiremiyorum."

Maya, kapıların ve duvarların yerlerini ezberlemek istermişçesine birkaç kez salondan yatak odasına gidip geldi. Ardından yatak odasına girip bıçaklarını çıkardı ve ikisini de karyolayla döşeğin arasına, sapları dışarıda kalacak biçimde soktu. Elini aşağı indirir indirmez bir bıçağı kınından çekebilirdi. Sonunda yattı. Vicki de döşeğin diğer tarafına kıvrıldı.

"İyi geceler" dedi Vicki ama cevap alamadı.

Vicki tatillerde ablasıyla ve bazı kuzenleriyle yatağını paylaşmak zorunda kaldığından deli yatanlara alışıktı. Maya her bakımdan farklıydı. Soytarı, kıpırdamadan sırtüstü yatıyordu ve yumruklarını sıkmıştı. Göğsünde çok büyük bir ağırlık taşıyor gibiydi.

26

Maya ertesi sabah uyandığında, karşısındaki şifoniyerin üzerine oturmuş ona bakan, boğazı beyaz lekeli kara bir kedi gördü. "Ne istiyorsun?" diye fısıldadı ama cevap alamadı. Kedi yere atladı, kapıdan süzülüp çıktı ve onu yalnız bıraktı.

Sesler duyunca yatak odasının penceresinden baktı. Hollis ve Gabriel bahçede durmuş, hasarlı motosikleti inceliyorlardı. Yeni lastik almak için para alışverişi yapılması ve Büyük Düzen'le bağlantısı olan bir şirkete gidilmesi gerekiyordu. Tabula, motosikletin hasar gördüğünden zaten haberdardı ve bilgisayar programlarıyla Los Angeles'taki motosiklet lastiği satışlarını çoktan takibe almış olmalıydı.

Bir sonraki hamlesini düşünerek banyoya girdi ve çabucak duş yaptı. Onu Amerikan gümrüğünden sokan parmak kılıfları, su toplamış da patlamış gibi soyuluyordu artık. Giyindi, bıçaklarını kollarına yerleştirdi ve diğer silahlarını gözden geçirdi. Banyodan çıkarken kara kedi tekrar göründü ve ona koridor boyunca eşlik etti. Vicki mutfakta bulaşık yıkıyordu.

"Garvey ile tanışmışsın."

"Adı Garvey mi?"

"Evet. Dokunulmayı sevmiyor ve guruldamıyor. Pek görülmüş şey değil."

"Bilemem" dedi Maya, "hiç hayvan beslemedim."

Tezgâhta bir kahve makinesi vardı. Maya parlak sarı bir fincana kahve koyup üzerine krema kattı.

"Mısır ekmeği yapmıştım. Aç mısın?"

"Hem de nasıl."

Vicki mısır ekmeğinden kalın bir dilim kesip tabağa koydu. İki genç kadın birlikte masaya oturdu. Maya ekmeğe önce tereyağı sürdü, ardından üzerine bir kaşık böğürtlen reçeli boca etti. İlk ısırık o kadar lezzetliydi ki, uzun zamandır olmadığı kadar zevk aldı hayattan. Mutfaktaki her şey temiz ve düzenliydi. Yeşil muşamba zemine, pencereden giren ışık huzmeleri vuruyordu. Hollis kiliseyle bağlarını koparmıştı ama yine de buzdolabının yanındaki duvarda Isaac T. Jones'un çerçeveli bir resmini bulunduruyordu.

"Hollis motosiklet parçası almaya gidecek" dedi Vicki. "Gabriel'ın ayakaltında dolaşmayıp burada kalmasını istiyor."

Maya mısır ekmeği lokmasını yutarken başını salladı. "Doğru söylüyor."

"Sen ne yapacaksın?"

"Bilemiyorum. Avrupa'daki arkadaşımla bağlantı kurmam gerek."

Vicki kirli tabakları alıp evyeye götürdü. "Sence Tabula dün minibüsü Hollis'in kullandığını öğrenmiş midir?"

"Belki. Saldırdığımız motorcuların ne görüp ne görmediğine bağlı."

"Peki Hollis'in kullandığını öğrenirlerse ne olacak?"

Maya, özellikle duygusuz ve ifadesiz bir sesle konuştu: "Yakalarlar, bilgi almak için işkence yaparlar, sonra da öldürürler."

Vicki elinde bulaşık beziyle döndü. "Ben de öyle söyledim ama Hollis dalga geçti. Kapışacak yeni rakiplere açık olduğunu söyledi."

"Hollis kendini koruyabilir Vicki. Çok iyi bir dövüşçü o."

"Ama kendine fazla güveniyor. Bence biraz dikkatli..."

Tel kapı gıcırtıyla açıldı ve Hollis içeri girdi. "Alışveriş listemi hazırladım." Vicki'ye gülümsedi. "Benimle gelir misin? Motosiklet lastiği ve öğlen için yiyecek bir şeyler alacağım."

"Paraya ihtiyacın var mı?" diye sordu Maya.

"Paran var mı ki?"

Maya elini cebine sokup bir tomar yirmilik banknot çıkardı. "Nakit ver. Lastiği alır almaz dükkândan ayrıl."

"Dükkân sahibiyle muhabbet edecek değilim."

"Otoparkında güvenlik kamerası olan dükkânlara girme; o kameralar plakaları da gösterebiliyor."

Maya, Vicki ve Hollis'in gidişini izledi. Gabriel hâlâ bahçede motosikletin parçalanan lastiğini janttan çıkarmakla meşguldü. Maya, Gabriel'ı kimsenin görememesi için kapının kapalı olup olmadığını tekrar kontrol ettikten sonra onunla sonraki adımları konuşmayı düşündü, ama önce Linden ile görüşmesinin daha doğru olacağına karar verdi. Gabriel dün duyduklarının etkisinden hâlâ kurtulamamıştı. Biraz daha zamana ihtiyacı olacaktı.

Maya yatak odasına döndü, bilgisayarını açtı ve uydu telefonuyla internete bağlandı. Linden ya uyuyordu ya da bilgisayar başında değildi. Onu bulmak ve güvenli bir sohbet odasına kadar takip etmek bir saatini aldı. Carnivore'u tetiklemeyecek yuvarlak ifadeler kullanarak dün yaşananları anlattı Maya.

"Rakip şirketler çok girişken pazarlama yöntemleri kullanıyorlar. Şu anda, yeni ortağımızla birlikte bir çalışanımın evindeyim." Maya, rasgele asal sayılara dayalı bir şifre kullanarak Linden'a evin adresini verdi.

Fransız Soytarı'dan cevap gelmeyince Maya birkaç dakika sonra "Anlaşıldı mı?" diye sordu.

"Yeni iş ortağımız uzun mesafeli yolculuklara çıkabilecek durumda mı?"

"Şu anda değil."

"İlerde çıkıp çıkamayacağına dair bir belirti veriyor mu?"

"Hayır, sıradan bir yurttaş kendisi."

"Onu, çalışmaları için gerekli eğitimi alabileceği bir öğretmene götürmen gerek."

"Bizim yetkimiz dışında" yazdı Maya. Soytarıların tek amacı Yolcuları bulmak ve korumaktı. Kimsenin ruhani yolculuğuna karışmazlardı.

Aradaki birkaç dakikalık boşluk, Linden'ın cevap üzerine düşündüğünün göstergesiydi. Sonunda ekranda sözcükler görünmeye başladı. "Rakiplerimiz ağabeyi bünyelerine katarak kendisini New York yakınlarındaki tesislerinde istihdam ettiler. Buradaki deneme süresinde ona gerekli meslek eğitimini verecekler. Daha sonraki hedeflerini henüz bilemiyoruz. Ancak yapacakları hamlenin önüne geçmek için tüm kaynaklarımızı seferber etmeliyiz."

"Temel kaynağımız da yeni ortağımız mı?"

"Doğrudur. Yarış halindeyiz ve şu anda rakiplerimiz bizden önde."

"Ortağımız buna yanaşmazsa?"

"Fikrini değiştirmek için tüm çabayı gösterelim. Amerika Birleşik Devletleri'nin güneybatısında ona gerekli eğitimi verebilecek bir öğretmen var. Dost çevresi içinde yaşayan biridir. Ortağımızı üç gün sonra ona götürün. Bu sırada ben de dostlarımıza sizin geleceğinizi haber vereceğim. Adresini veriyorum..." Kısa bir aradan sonra ekranda uzun bir sayı dizisi görüldü.

"Mesajı doğrulayın" yazdı Linden.

Maya cevap vermedi.

Sözcükler tekrar belirdiğinde, derhal cevap verilmesini emreden büyük harflerle yazılmıştı: "MESAJI DOĞRULAYIN."

Cevap verme, dedi Maya kendi kendine. Evden ayrılıp Gabriel'ı sınırdan geçirerek Meksika'ya götürmeyi düşündü. Yapılacak en güvenli şey buydu. Birkaç saniye geçtikten sonra klavyeyi tuşladı ve "Mesaj alındı" yazdı.

Linden'ın ekrandaki varlığı yok oldu. Maya sayıları bilgisayarıyla çözerek güney Arizona'daki San Lucas adlı küçük bir kasabaya gitmesi gerektiğini öğrendi. Orada ne olacaktı? Yeni düşmanlarla mı karşılaşacaktı? Başka bir yüzleşme mi yaşanacaktı? Tabula onları Büyük Düzen'in tüm gücüyle aramaya başlamıştı bile.

Mutfağa dönüp bahçe kapısını araladı. Gabriel bahçede motosikletinin yanında oturuyordu. Bir elbise askısı bulmuş, açıp düzleştirmiş, sonra da bir ucunu eğmişti. Bu aleti kullanarak arka jantın yamuk olup olmadığına bakıyordu.

"Gabriel, yanındaki kılıcı görebilir miyim?"

"Elbette. Sırt çantamdan alabilirsin. Salondaki kanepenin yanında."

Ne söyleyeceğini bilemeden kapıda bekledi. Gabriel, silahına yaptığı saygısızlığın farkında değildi elbette.

Gabriel işini bıraktı. "Ne oldu?"

"O kılıç çok özeldir. Onu bana sen versen daha iyi olur."

Şaşırmıştı. Bir an sonra gülümsedi ve omuz silkti.

"Tamam, madem öyle istiyorsun. Bir dakika."

Maya valizini salona getirip kanepeye oturdu. Gabriel mutfakta yağlı ellerini yıkarken tesisattan su sesi geliyordu. Odaya döndüğünde Maya'ya, ona her an saldırabilecek zincirlik bir deliymiş gibi baktı. Maya da o sırada bıçaklarının kazağın altından belli olduğunu fark etti.

Thorn onu Yolcular ve Soytarılar arasındaki aksak ilişki konusunda uyarmıştı. Soytarıların Yolcuları korumak için hayatlarını tehlikeye atıyor olmaları, iki topluluğun birbirini seveceği anlamına gelmiyordu. Farklı âlemlere geçebilen kişiler genellikle daha maneviyatçı oluyorlardı. Oysa Soytarılar, Dördüncü Âlem'in şiddetiyle ve ölümüyle pençeleşen savaşçılardı.

Maya on dört yaşındayken, Mother Blessing ile birlikte Doğu Avrupa'yı dolaşmıştı. İrlandalı Soytarı ne zaman bir emir verse, hem yurttaşlar hem de piyonlar bunu yerine getirmek için birbirlerini çiğniyordu. *Elbette hanımefendi. Nasıl isterseniz hanımefendi. Oldu bilin hanımefendi.* Mother Blessing bir çizgiyi geçmişti ve insanlar bunu anında sezebiliyorlardı. Maya, kendisinin hâlâ bu güce sahip olmadığının farkındaydı.

Gabriel sırt çantasından siyah kınındaki kılıcı çıkardı. Silahını Maya'ya iki elle sundu.

Maya kılıca dokunur dokunmaz mükemmel dengeyi hissetti ve bunun çok özel bir silah olduğunu anladı. Siyah iplikle balıksırtı örülmüş kabzasında yeşim kakmalar vardı.

"Babam sen küçükken bunu senin babana vermişti."

"Hatırlamıyorum" dedi Gabriel. "Ama ben büyürken hep yanındaydı bu kılıç."

Kını kucağında tutan Maya, kılıcı yavaşça hareket ettirip yukarı kaldırdı ve uzunluğunu inceledi. Keskin yüzü aşağı bakacak şekilde taşınması gereken tipte bir kılıçtı. Biçim de mükemmeldi ama kılıcın sertleştirilmiş keskin kenarı ile gövdesi arasında kalan bölümde yapılan işlemeler daha göz alıcıydı. Çeliğin pırıl pırıl yanan kısmı, sedefli gibi ışıldayan bölgesiyle zıtlık oluşturuyordu. Bu görüntü Maya'ya hafif yağan kardan sonra toprakta kalan açıklıkları anımsattı.

"Bu kılıç neden bu kadar önemli?" diye sordu Gabriel.

"Bir Japon Soytarısı olan Sparrow bunu kullanmıştı. O, Japonya'daki son Soytarı'ydı ve onurlu bir geleneğin temsilcisiydi. Cesareti ve yaratıcılığıyla tanınırdı. Ancak hayatındaki bir zaafa boyun eğdi."

"Neydi bu?"

"Bir üniversite öğrencisine âşık oldu. Tabula için çalışan Yakuza bu kadını bulup kaçırdı. Sparrow da onu kurtarmaya gittiğinde öldürüldü."

"O zaman kılıç Amerika'ya nasıl geldi?"

"Babam üniversite öğrencisini buldu. Hamileydi ve Yakuza'dan saklanıyordu. Onun Amerika'ya kaçmasına yardım edince kadın da kılıcı babama verdi."

"Madem kılıç bu kadar değerliydi, baban neden kullanmamış?"

"Bu bir tılsım. Yani çok eski ve kendi içinde gücü olan bir şey. Madalyonlar da tılsım olabilir, aynalar da, kılıçlar da. Yolcular başka âlemlere geçerken tılsımları yanlarında götürebilirler."

"Demek buna biz bu yüzden sahip olduk."

"Tılsıma sahip olamazsın Gabriel. Tılsımın gücü, insanın hırsından ve arzularından bağımsız olarak vardır. Biz tılsımları sadece kullanabilir veya başkasına devredebiliriz." Maya tekrar kılıcın kenarına baktı. "Bu elimizdeki tılsımın temizlenmesi ve yağlanması gerekiyor, iznin varsa."

"Nasıl istersen." Gabriel utanmış gibiydi. "Parlatmak aklıma gelmemişti."

Maya kendi kılıcının bakımı için malzemelerini getirmişti. Valizine uzanıp dut ağacının iç kabuğundan yapılan özel *hoşo* kâğıdını çıkardı. Willow ona silaha nasıl saygılı davranılacağını öğretmişti. Kılıcı hafifçe eğdi ve gövdedeki kirleri ve parmak izlerini silmeye başladı.

"Kötü bir haberim var Gabriel. Az önce internetten başka bir Soytarı'yla konuştum. Tabula'da bir casusu olan arkadaşım, Michael'ın yakalandığını bildirdi."

Gabriel öne doğru eğildi. "Ne yapabiliriz?" diye sordu. "Nerede tutuyorlarmış?"

"New York yakınlarında korumalı bir araştırma merkezinde tutuluyor. Merkezin yerini bilsem bile onu kurtarmamız çok zor."

"Neden polise haber veremiyoruz?"

"Sıradan bir polis memuru dürüst bir insan olabilir ama bize yardım edemez. Düşmanlarımız Büyük Düzen'i, yani toplumumuzu takip ve kontrol eden dünya çapındaki şebekeyi diledikleri gibi oynatabiliyorlar.

"Bizimkiler de buna Şebeke derdi."

"Tabula, polis kayıtlarına girip sahte bilgiler yerleştirebilir. Sen ve ben muhtemelen cinayetten ötürü aranan şüpheliler olmuşuzdur bile."

"Peki, polisi unutalım. Michael'ı tuttukları yere gidelim."

"Tek başımayım Gabriel. Hollis'le anlaştım ama ona güvenip güvenemeyeceğimi bilmiyorum. Babam bu tür insanlara 'kılıç' derdi. Senden taraf insanları saymanın başka bir yolu. Şu anda Tabula'nnın koruduğu bir araştırma merkezine saldıracak kadar kılıcım yok."

"Ağabeyime yardım etmeliyiz."

"Onu öldüreceklerini sanmıyorum. Tabula'nın planları, kuantum bilgisayarı dedikleri bir aygıtı ve bir Yolcu'yu kullanmak üzerine geliştiriliyor. Ağabeyini başka âlemlere geçebilecek şekilde yetiştirmek istiyorlar. Bunlar yeni şeyler. Nasıl yapacaklarını bilmiyorum. Yolcuları genellikle Kılavuz adını verdiğimiz kişiler eğitir.

"Onlar neci?"

"Bir dakika, anlatacağım..."

Maya kılıcı tekrar incelediğinde üzerinde bazı ince çatlaklar ve oyuklar gördü. Bu kılıcı ancak *togişi* denen Japon kılıç ustaları bileyebilirdi. Maya'nın tek yapabileceği, paslanmasın diye yağlamaktı. Kahverengi küçük bir şişe çıkardı ve bir parça sargı bezine karanfilyağı döktü. Kılıcı silerken karanfilin yanık kokusu odayı doldurdu. O an bir şeyden emin olmuştu: Kılıç çok güçlüydü. Kan dökmüştü ve yine dökecekti.

"Kılavuzlar özel eğitmenlerdir. Genellikle ruhani eğitim almış insanlardır. Kılavuzlar Yolcu değildir; başka âlemlere geçemezler. Bu yeteneğe sahip olan kişileri eğitebilirler sadece."

"Bunları nereden buluruz?"

"Arkadaşım bana Arizona'da yaşayan bir Kılavuz'un adresini verdi. Bu kişi, senin güce sahip olup olmadığını belirleyebilir."

"Benim tek yapmak istediğim, motosikletimi tamir edip buralardan uzaklaşmak."

"Hata edersin. Benim korumam olmadan Tabula seni eninde sonunda bulur."

"Kimsenin korumasına ihtiyacım yok Maya. Yıllardır Şebeke'den uzak yaşıyorum ben."

"Ama artık seni tüm güçleri ve kaynaklarıyla arıyorlar. Bunların neler yapabileceğini bilmiyorsun."

Gabriel sinirlenmişti. "Babama olanları gördüm. Soytarılar bizi kurtarmadı. Kimse yardımımıza koşmadı."

"Bence benimle gelmelisin."

"Neden? Ne anlamı var ki?"

Maya kılıcı elinden bırakmadan yavaşça konuşmaya başladı. Thorn'un öğrettiklerini hatırlıyordu. "Bazıları insanoğlunun doğal eğiliminin tahammülsüz, nefret dolu ve acımasız olduğuna inanır. İktidar sahipleri konumlarını korumak istiyorlar ve onlara karşı çıkan herkesi yok etmeye hazırlar."

"Buna bir diyeceğim yok" dedi Gabriel.

"Başkalarını kontrol etme dürtüsü çok güçlü ve köklüdür, ancak özgürlük arzusu ve merhamet gösterme becerisi her zaman kontrolü yenecektir. Her yer karanlık, ama hâlâ Işık var."

"O Işık da Yolcular'da mı diyorsun?"

"Yolcular her dönemde aramızda olmuştur. Bu dünyadan ayrılır, sonra başkalarına yardım etmek için geri gelirler. İnsanlığa esin kaynağı olur, bize yeni fikirler verir, bizi ileri götürürler."

"Babam bu insanlardan biri olabilir, ama bu, Michael ve benim aynı yeteneğe sahip olduğumuzu göstermez. Ben bu öğretmeni bulmak için Arizona'ya gitmeyeceğim. Michael'ı bulup kaçırmak istiyorum."

Gabriel çıkmaya karar vermiş gibi kapıya baktı. Maya, dövüşürken üzerine gelen sükuneti yeniden bulmaya çalışıyordu. Yanlış bir şey söylerse onu kaybedecekti.

"Belki ağabeyini başka bir âlemde bulursun."

"Bunu bilemeyiz."

"Sana hiçbir söz veremem. İkiniz de Yolcu'ysanız bu olabilir. Tabula, Michael'a geçiş yapmasını öğretecek."

Gabriel, Maya'yla göz göze geldi. Maya bir an için onun kararlılığına ve gücüne şaştı. Sonra Gabriel tekrar başını indirdi ve yine üzerinde kot pantolon ve soluk tişört olan sıradan bir gence dönüştü.

"Belki de bana yalan söylüyorsun" dedi usulca.

"Bu riski almak zorundasın."

"Arizona'ya gidersek bu eğitmeni kesin bulacak mıyız?"

Maya başını salladı. "San Lucas diye bir kasabada yaşıyormuş."

"Gidip bu kişiyle tanışalım. Ne yapacağıma ondan sonra karar veririm."

Hızla ayağa kalkıp salondan ayrıldı. Maya elinde yeşim kılıçla koltukta kalmıştı. Kılıç çok iyi yağlanmıştı ve Maya onu havada savururken alev alev yanıyordu. Sok onu kınına, dedi kendine. Gücünü karanlıklarda sakla.

* * *

Mutfaktan sesler geliyordu. Tabanı gıcırdatmamak için parmak ucunda yürüyen Maya yemek odasına girdi ve kapı aralığından mutfağı gözetledi. Hollis ve Vicki dönmüştü. Kilise dedikoduları yaparken yemek hazırlıyorlardı. Anlaşılan iki yaşlı kadın kimin düğün pastası daha güzel diye kavgaya tutuşmuşlar, cemaat de bu kavgada saf tutmuştu.

"Kuzenim pastasını Bayan Anne'in yapmasını isteyince, Bayan Grace düğüne gelip pastayı yedikten sonra zehirlenmiş numarası yaptı."

"Tahmin ederim, siz yine şükredin kremanın içine hamamböceği filan sokuşturmamış."

Gülüştüler. Hollis Vicki'ye baktı, göz göze geldiklerindeyse hızlıca gözlerini kaçırdı. Maya orada olduğunu duysunlar diye sesli adımlarla yaklaştı ve içeri girdi. "Gabriel'la konuştum. Yeni lastiği takacak ve yarın sabah yola çıkacağız."

"Nereye gidiyorsunuz?", diye sordu Hollis.

"Los Angeles'ın dışına. Bu kadarını bilmeniz yeterli."

"Sen bilirsin." Hollis omuz silkti. "Hiçbir bilgi veremez misin?"

Maya mutfak masasına oturdu. "Banka çeki kullanmak veya para transferi yapmak büyük risk. Tabula bu işleri takipte çok uzmanlaştı. Birkaç gün sonra elinize Almanya'da damgalanmış bir zarf içinde bir dergi veya katalog geçecek. Sayfaların arasına yüz dolarlık banknotlar gizlenmiş olacak. İki üç ayrı zarf göndermemiz gerekse de sonuçta eline beş bin dolar geçecek."

"Bu çok fazla" dedi Hollis. "Günlük bin dolar üzerinden anlaştık ve daha iki gün oldu."

Maya, Hollis'in aynı şeyi yanında Vicki olmasa da söyleyip söylemeyeceğini merak etti. Bir insandan hoşlanmak kişiyi saflaştırıyor ve zayıflatıyordu. Hollis de bu genç kadının önünde soylu ve gururlu görünmek istiyordu.

"Gabriel'ı bulmama yardımcı oldun. Bu hizmetinin karşılığını ödüyorum."

"Bu kadar mı?"

"Evet. Sözleşme sona erdi."

"Olur mu Maya? Tabula peşinizi bırakacak değil ya. Sizi bulamamalarını istiyorsanız yanlış ipuçları vererek akıllarını karıştırmak zorundasınız. Hâlâ Los Angeles'ta gibi görünmelisiniz."

"Bunu nasıl yaparız?"

"Bir şeyler düşündüm." Hollis Vicki'ye baktı. Evet, Vicki onu izliyordu. "Madem siz Soytarılar bana beş bin dolar ödüyorsunuz, sizin için üç gün daha çalışırım."

27

Ertesi sabah Vicki erken kalkıp kurabiye pişirdi ve kahve yaptı. Kahvaltıdan sonra bahçeye çıktılar ve Hollis minibüsü inceledi. Motora yarım litre yağ ekledi ve plakayı bir komşusunun hurdaya çıkardığı arabasınınkiyle değiştirdi. Sonra dolaplarını arayıp Gabriel için yedek giysiler, plastik su şişeleri, tüfeği saklamak için karton bir kutu ve onlara yardımcı olacak bir karayolu haritası buldu.

Maya motosikleti en azından Kaliforniya'dan çıkana kadar minibüste taşımalarını önermişti ama Gabriel buna karşı çıkmıştı. "Aşırı tepki veriyorsun" demişti. "Şu anda Los Angeles otoyollarında yüz binlerce araç dolaşıyor. Tabula beni nasıl bulabilir anlamıyorum."

"Arama işini insanlar yapmıyor Gabriel. Tabula, otoyol tabelalarına yerleştirilen güvenlik kameralarına erişebilir. Şu anda bir bilgisayar programı kameraların çektiği tüm görüntüleri inceleyerek senin plakanı arıyor."

Beş dakikalık bir tartışmadan sonra, Hollis garajda bulduğu bir parça çamaşır ipiyle Gabriel'ın sırt çantasını motosikletin arkasına bağladı. İlk bakışta eşya taşımak için güzel uydurulmuş bir yöntem gibi görünse de asıl amacı plakayı gizlemekti. Gabriel başını salladı ve motosikletini çalıştırdı, bu sırada Maya da minibüse bindi. Camı açıp Vicki ve Hollis'e başını salladı.

Vicki artık Soytarıların davranışlarına alışmıştı. Maya için teşekkür veya veda etmek zor şeylerdi. Bu davranışının altındaki neden kibir veya kabalık da olabilirdi ama Vicki işin içyüzünün farklı olduğunu düşünüyordu. Soytarılar, Yolcuları hayatları pahasına korumak gibi büyük bir yükümlülüğün altına girmişlerdi. Kendi dünyalarının dışında kalanlarla arkadaşlık kurmak, fazladan yük olacaktı. Bu yüzden kullanıldıktan sonra atılan paralı askerleri tercih ediyorlardı.

"Şu andan itibaren çok dikkatli olmalısın" demişti Maya Hollis'e. "Tabula, elektronik işlemleri takip etmek üzere bir sistem geliştirdi. Ayrıca insan öldürmekte kullanılan, adına yapboz dedikleri, genetiği değiştirilmiş hayvanlarla da deney yapıyorlar. Yapacağın en doğru şey, disiplinli fakat öngörülemez davranmak. Tabula bilgisayarları, rasgelelik içeren denklemleri çözmekte zorlanıyor."

"Sen parayı gönder, gerisini merak etme" dedi Hollis.

Hollis bahçe kapısını açtı. Önce Gabriel, ardından Maya çıktı. Minibüs ve motosiklet sokakta ağır ağır ilerledi, köşeyi döndü ve gözden kayboldu.

"Ne diyorsun, sence kurtulacaklar mı?" diye sordu Vicki.

Hollis omuz silkti. "Gabriel çok başına buyruk yaşıyordu. Bir Soytarı'dan emir almayı kabullenir mi bilmiyorum."

"Maya'yı nasıl buldun?"

"Brezilya'daki dövüş ringlerinde âdet, dövüşten önce iki tarafın ringin ortasına gelmesi ve hakemin onları tanıştırmasıdır. Bu sırada rakipler birbirlerinin gözlerinin içine bakar. Kimileri dövüşün o anda bittiğini söyler. Biri cesur görünmeye çalışırken, kazanacak olan önündeki engeli yok sayıp diğer tarafa bakıyordur."

"Maya da böyle mi yapıyor?"

"Ölüm olasılığını kabulleniyor ve bundan korkmuyor. Bu, bir savaşçı için büyük bir avantaj."

* * *

Vicki, Hollis'in bulaşıkları yıkayıp mutfağı toplamasına yardım etti. Hollis ona kursa gelip capoeira derslerine başlamasını teklif ettiyse de Vicki teşekkür ederek hayır dedi, artık eve gitmesi gerekiyordu.

Arabada konuşmadılar. Hollis sürekli baktıysa da Vicki'nin gözlerini yakalayamadı. Vicki o sabah duş yaparken merakına yenik düşmüş ve dedektif gibi banyoyu kurcalamıştı. Lavabo dolabının altında temiz bir bornoz, bir kutu saç spreyi, kadın bağı ve beş tane yeni diş fırçası bulmuştu. Hollis'in cinsellikten uzak yaşamasını beklemiyordu ama beş diş fırçasının açılma sıralarını bekliyor olması, kadınların da sıra sıra gelip yatağındaki yerini aldıklarının göstergesiydi. Sabah olunca Hollis kalkar, kahve yapar, kadını evine bırakır, diş fırçasını atar ve sıradakiyle ilgilenirdi.

Vicki, Baldwin Hills'deki sokağına geldiklerinde Hollis'e köşede durmasını söyledi. Annesinin onları arabada görüp koşarak dışarı çıkmasını istemiyordu. Josetta, aklındaki bütün kötü düşünceleri bu adama yorar, kızının isyanının bu adamla gizli ilişkisinden kaynaklandığını düşünürdü.

Hollis'e döndü. "Tabula'yı Gabriel'ın hâlâ Los Angeles'ta olduğuna nasıl inandıracaksın?"

"Kesin bir planım yok ama bir şeyler bulurum. Gabriel'ın sesini kaydetmiştim. Şehir içi telefon konuşması yaptığını tespit ederlerse şehrin dışına bakmazlar."

"Bundan sonra ne yapacaksın?"

"Parayı alıp kursu elden geçireceğim. Fena halde klimaya ihtiyacımız var ama mal sahibi hiç oralı değil."

Vicki'nin hayal kırıklığı yüzünden okunuyor olmalıydı ki Hollis sinirlenmişti. "Kilise kızı olma yine Vicki! Son yirmi dört saattir hiç böyle davranmıyordun."

"Şimdi nasıl davranıyormuşum?"

"Sürekli yargılarda bulunuyorsun. İki lafından birinde Isaac T. Jones'dan alıntı yapıyorsun."

"Tabii ya... Hiçbir şeye inanmadığını unutmuşum."

"Ben olaylara net bakmak gerektiğine inanıyorum. Tabula'nın sınırsız güce ve paraya sahip olduğu kesin. Gabriel ve Maya'yı büyük olasılıkla bulacaklar. Maya Soytarı olduğu için teslim olmayı reddedecek..." Hollis başını salladı. "Bir iki haftaya öldürürler onu."

"Buna karşı hiçbir şey yapmayacak mısın?"

"İdealist biri değilim. Kiliseden ayrılalı çok oldu. Dediğim gibi, bu işi bitireceğim. Ama kaybedilmiş bir dava için savaşmayacağım."

Vicki elini kapı kolundan çekip Hollis'e döndü. "Bunca eğitimi ne için aldın Hollis? Para kazanmak için mi? Hepsi bu mu? Başkalarına yardım etmek için dövüşmen gerekmez mi? Tabula, Yolcu olabilecek herkesi yakalayıp kontrol altına almak istiyor. Geri kalanımızın da robotlar gibi, televizyonda gördüğü tüm insanlara itaat ederek, hayatında yüzünü görmediği, sesini duymadığı insanlardan nefret ederek yaşamasını hedefliyorlar."

Hollis omuz silkti. "Yanıldığını söylemiyorum, ama bu doğrular bir şeyi değiştirmiyor."

"Büyük bir savaş olursa hangi tarafta yer alacaksın?"

Elini tekrar kapının koluna atıp çıkmaya hazırlanıyordu ki Hollis kızın sol elini tuttu. Zorlamasına hiç gerek kalmadan onu kendine çekip dudaklarından öptü. İki bedenin içinde dolaşan ışıklar kısacık bir an için buluşabildi. Vicki çekildi ve kapıyı açtı.

"Benden hoşlanıyor musun?" diye sordu Hollis. "Hoşlandığını itiraf et."

"Borç ödenmedi, Hollis. Borç ödenmedi."

Vicki kaldırımda hızlı hızlı yürüdü ve komşusunun bahçesinden geçerek evinin kapısına ulaştı. Sakın durma, dedi kendine. Sakın ardına bakma.

28

Maya haritayı incelediğinde Los Angeles'tan doğruca Tucson'a giden bir şehirlerarası yol olduğunu gördü. Bu kalın yeşil çizgiyi izlerlerse altı-yedi saatte varabilirlerdi. Doğrudan gitmek zaman kazandırırdı ama tehlikeliydi. Tabula onları anayollarda arıyordu mutlaka. Maya, Mojave Çölü'nü geçerek güney Nevada'ya ulaşmayı, oradan ara yollarla Arizona'ya geçmeyi planladı.

Otoyollar çok karmaşıktı ama Gabriel nereye gideceğini biliyordu. Motosikletiyle önde polis eskortu gibi giderken sağ eliyle Maya'ya yavaşlamasını, şerit değiştirmesini, çıkıştan sapmasını işaret ediyordu. Önce şehirlerarası yoldan Riverside'a ulaştılar. Otuz kilometrede bir devasa alışveriş merkezlerinin önünden geçiyorlardı. Bunların yanında, hepsi birbirinin benzeri, kırmızı damlı ve yeşil bahçeli evlerden oluşan konut yerleşimleri vardı.

Bu kentlerin tümü, haritada adları olan resmi yerleşim birimleriydi ama Maya'nın gözünde tiyatro sahnesindeki kontrplak dekorlardan farksızdı. Hiç kimsenin buralara zamanında tenteli at arabalarıyla gelip toprağı sürdüğüne, okul binası yaptığına inanamıyordu. Yol kenarı kentleri son derece kasıtlı olarak, Tabula şirketlerinden birinin tasarlayıp geliştirdiği, yurttaşların da buralardan ev alarak, iş bularak, çocuk doğurup Büyük Düzen'e teslim ederek planı uyguladıkları bir sahne gibiydi.

Twentynine Palms adında bir kasabaya geldiklerinde anayoldan çıktılar ve iki şeritli bir yola geçerek Mojave Çölü'ne doğru ilerlemeye başladılar. Bu, otoyolun kenarlarına kümelenmiş topluluklardan farklı bir Amerika'ydı. Önceleri dümdüz ve çorak olan coğrafyada ilerledikçe karşılarına kızıl kayalardan oluşmuş, her biri piramitler kadar özgün ve bağımsız olan tepeler çıkmaya başladı. Bunların arasında, yaprakları kılıca benzeyen, birbirine geçmiş dalları Maya'ya çatılmış tüfekleri çağrıştıran avizeağaçları bulunuyordu.

Otoyoldan çıkınca Gabriel'ın keyfi yerine gelmişti. Yolda bir sağa bir sola yatarak geniş kavisler çiziyordu. Derken bir anda hızlanmaya başladı. Maya da gaza basarak ona yetişmek istedi ama Gabriel beşinci vitese takmış uçuyordu. Maya çok öfkelenmişti ama önündeki motosikletlinin giderek ufalıp sonunda ufukta kaybolmasını izlemekten başka elinden bir şey gelmiyordu.

Gabriel'ı uzun süre göremeyince endişelenmeye başladı. Kılavuz'u boşverip kendi yoluna gitmeye mi karar vermişti? Başına bir şey mi gelmişti? Belki de Tabula onu yakalamıştı ve Maya'nın ortaya çıkmasını bekliyordu. On dakika geçti. Yirmi dakika. Tam meraktan çıldıracağı sırada, karşı yönde minicik bir nokta belirdi. Giderek büyüdü ve sonunda pusun içinde Gabriel ortaya çıktı. Yanından ok gibi geçerken gülümsedi ve el salladı. Aptal işte, diye düşündü Maya. Aptal.

Dikiz aynasına baktığında Gabriel'ın durup döndüğünü ve ona yetişmek için tekrar hızlandığını gördü. Tekrar öne geçtiğinde Maya selektör yapıp korna çaldı. Gabriel karşı şeride geçip Maya'nın yetişmesini bekledi. Maya motora yaklaşıp camını açtı.

"Yapma bunu!" diye bağırdı.

Gabriel motora bir şey yaparak gürültünün iyice artmasını sağladı. Kulağını işaret edip başını salladı. Ne diyorsun, duyamıyorum, der gibiydi.

"Yavaş ol! Birlikte gidelim!"

Yaramaz bir çocuk gibi sırıttı ve tekrar gaza asılıp öne geçti. Yine ufukta kayboldu. Yakınlardaki kurumuş bir gölde serap belirdi. Olmayan su, güneşin altında pırıldıyor ve çırpınıyordu.

* * *

Saltus kasabasına geldiklerinde Gabriel bir alışveriş merkezi ve ilk yerleşimcilerin kütük evlerine benzetilmeye çalışılmış bir lokantadan oluşan dinlenme tesislerinde durdu. Motosikletinin deposunu doldurduktan sonra lokantaya girdi.

Maya da minibüse yakıt doldurdu, benzinciye parasını verdi ve lokantaya girdi. İçerisi tarım gereçleriyle ve araba tekerleklerinden yapılmış avizelerle süslenmişti. Duvarlarda doldurulmuş geyik ve dağ keçisi kafaları vardı. Ters bir saat olduğundan hiç müşteri yoktu.

Gabriel'ın karşısına oturdu ve üzerinde kirli bir önlük olan bıkkın garson kıza sipariş verdi. Yiyecekler hemen geldi. Gabriel hamburgerini aç kurtlar gibi silip süpürdükten sonra ikincisini isterken, Maya önündeki mantarlı omletle oynuyordu.

Farklı âlemlere geçebilen kişiler genellikle ruhani liderler olurdu ama Gabriel Corrigan'ın değil ruhani, herhangi bir lider olabilecek hali yoktu. Davranışları çoğu zaman motosiklet hastası, yemeğini ketçapa boğan sıradan bir genç havasındaydı. Sıradan bir yurttaştı ama Maya yine de onun yanında huzursuzdu. Londra'da tanıdığı erkekler kendi seslerine âşıktı. Karşısındaki konuşurken dinlermiş gibi yaparlar ama aslında kendi sıralarının gelmesini beklerlerdi. Gabriel farklıydı. Maya'yı dikkatle dinliyor, söylediklerini özümsüyor ve onun farklı ruh hallerine göre farklı tepki veriyordu.

"Maya gerçek adın mı?" diye sordu.

"Evet."

"Soyadın ne?"

"Yok."

"Herkesin soyadı olur" dedi Gabriel, "pop yıldızı veya kral ya da benzeri biri değilse."

"Londra'daki adım Judith Strand'di. Bu ülkeye, Alman vatandaşı Siegrid Kohler olduğumu gösteren bir pasaportla girdim. Üç ülkenin pasaportunu üzerimde taşıyorum. Ama 'Maya', Soytarı adım."

"O ne demek?"

"Soytarılar on iki-on üç yaşlarında kendilerine bir isim seçerler. Bunun töreni filan olmaz, bir isim beğenir ailene söylersin. Adların her zaman derin anlamları da olmaz. Mesela Fransız bir Soytarı kendisine 'Linden', yani ıhlamur diyor. İrlandalı çok sert bir kadın var, onun da adı Mother Blessing. Ne annedir ne de uğurludur ama kendisine uğur ana demekten geri durmamış.

"Peki senin adın neden Maya?"

"Babamı gıcık edecek bir ad seçtim. Maya, Hindu tanrısı Shiva'nın eşi Tanrıça Devi'nin adlarından biri. Ama aynı zamanda yanılsama, duyuların yalan dünyası anlamına da geliyor. Ben bunlara, yani görüp işittiklerime, hissettiklerime inanmak istiyordum; Yolculara ve farklı âlemlere değil."

Gabriel salaş lokantaya göz gezdirdi. Kasanın yakınında bir tabela vardı: "YALNIZ TANRI'YA GÜVENİRİZ. DİĞERLERİNE VERESİYE YOKTUR."

"Ya kardeşlerin? Onlar da ellerinde kılıç, Yolcu peşinde mi?"

"Ben tek çocuğum. Annem, üç kuşaktır İngiltere'de yaşayan bir Sih ailesindendi. Bunu bana o verdi."

Maya sağ bileğini kaldırıp çelik bileziğini gösterdi. "Buna *kara* denir. İnsana küçük düşürücü, utanç verici işler yapmamasını hatırlatır."

Maya yemeği bitirip dışarı çıkmak istiyordu. Dışarıdayken güneş gözlüğünü takıp kendisini biraz olsun gizleyebilirdi.

"Baban nasıl biriydi?" diye sordu Gabriel.

"Onu tanıman gerekmiyor."

"Niye, seni döver miydi?"

"Elbette hayır. Genellikle yabancı ülkelerde Yolcuları korumak peşinde olurdu. Nereye gittiğini hiç söylemezdi. Sağ mı, öldü mü, onu bile bilmezdik. Doğum günlerimi, Noelleri kaçırdıktan sonra bir sabah çıkagelirdi. Sanki her şey çok olağanmış, arkadaşlarıyla köşedeki bara kafa çekmeye gitmişler gibi davranırdı. Onu özlerdim herhalde. Ama eve dönmesini de istemezdim; çünkü döndüğünde dersler başlardı."

"Kılıç kullanmayı o mu öğretti?"

"Kılıç derslerden biriydi. Ayrıca karate, judo, kick-boks öğrenmek zorundaydım, çeşitli silahlarla atış eğitimi aldım. Benden özellikle belirli bir biçimde düşünmemi isterdi. Alışveriş yapıyoruz diyelim, aniden durur, bana gördüğüm herkesi tarif etmemi söylerdi. Metroda gidiyoruz, dövüş sırasını sorardı. Önce en güçlüsüne saldıracaksın, sonra diğerlerine geçeceksin."

Gabriel anlıyormuş gibi başını salladı. "Başka ne yapardı?"

"Biraz büyüdüğümde, kapkaççılara veya keşlere para verip beni takip ettirirdi. Peşimde biri olduğunu anlayıp bundan kurtulmayı öğrenmem gerekiyordu. Eğitimimi her zaman sokakta, en tehlikeli koşullarda aldım."

Tam metroda taraftarlarla yaşadığı kavgayı anlatacaktı ki, garson ikinci hamburgeri getirdi. Gabriel hamburgeri görmemiş gibi davranıp sorularını sürdürdü.

"Soytarı olmayı istememişsin sanki."

"Yurttaş hayatı yaşamak istedim ama mümkün olmadı."

"Buna sinirleniyor musun?"

"Yolumuzu her zaman biz çizemiyoruz."

"Babana kızgınsın sanki."

Bu sözler Maya'nın kalkanını delip yüreğine işledi. Bir an haykırarak ağlayacağını, o ana kadar yaratmış olduğu dünyayı paramparça edip atacağını sandı. Kendini zorla frenleyip kekeleyerek, "O-o-onu sayardım" diyebildi.

"Ona kızmadığın anlamına gelmez bu."

"Bırak artık babamı" dedi Maya. "Şu anki durumumuzla hiçbir

ilgisi yok. Tabula peşimizde ve ben seni korumaya çalışıyorum. Motosikletinle alıp başını gitme. Seni her zaman göz önünde tutmam gerek."

"Çölün ortasındayız Maya. Bizi kimse göremez."

"Sen hatları göremesen de Şebeke sürekli çevrendedir." Maya ayağa kalkıp kılıcını omzuna attı. "Yemeğini bitir, ben dışarıda bekliyorum."

* * *

Günün geri kalanında, Gabriel minibüsün yakınından ayrılmadı. Kuzeybatıya doğru ilerlerlerken güneş iyice alçaldı ve ufukta eriyip gitti. Nevada sınırına altmış kilometre kala, Maya'nın gözüne yol kenarındaki bir motelin yeşil-mavi neon ışıkları çarptı.

Çantasına uzanıp rasgele sayı üretecini çıkardı. Çift çıkarsa devam edecekler, tek çıkarsa burada geceleyeceklerdi. Düğmeye bastı. Çıkan sayı *88167* olduğu için selektör yapıp sinyal verdi ve motelin mıcır dökülmüş bahçesine saptı. Motel binası U şeklindeydi. On iki oda vardı. Boş yüzme havuzunun tabanından otlar çıkmıştı.

Minibüsten inip Gabriel'a doğru yürüdü. Onu gözünün önünde tutabilmesi için aynı odada kalmaları gerekiyordu, ama Maya bu gerekçeyi dile getirmemeye karar verdi. Çocuğu zorlama, diye düşündü. Bir bahane bul.

"Çok paramız yok. Aynı odada kalsak daha iyi."

"Olur" dedi Gabriel ve Maya'nın peşinden ofise girdi.

Otelin sahibi olan yaşlı kadın, bankonun gerisinde oturmuş birbiri ardına sigara içiyordu. Maya küçük bir karta *Bay ve Bayan Thompson* yazınca pis pis sırıttı. "Nakit ödeyeceğiz" dedi Maya.

"Peki güzelim, nasıl istersen. Ortalığı kırıp dökmeyin olur mu?"

İki göçük yatak. Küçük bir masa ve iki plastik sandalye. Odada klima da vardı ama Maya açmamayı tercih etti. Klimanın gürültüsü, yaklaşabilecek kişilerin çıkardığı sesi bastırırdı. Yatakların üzerindeki pencereyi sürüp açtı ve banyoya girdi. Ilık su, duş başlığından zorla dökülüyordu. Çok kireçli olduğundan, Maya saçını köpürtüp durulamakta bir hayli zorlandı. Üzerinde tişört ve spor şortuyla çıktı. Gabriel da onun ardından banyoya girdi.

Maya yatağın üstündeki battaniyeyi çekip attı ve nevresimin altına girdi. Kılıcı, sağ bacağının bir karış uzağındaydı. Beş dakika sonra Gabriel banyodan ıslak saçlarla, üzerinde bir tişört ve iç çamaşırıyla çıktı. Eprimiş halının üzerinde yavaşça yürüyüp yatağın ucuna oturdu. Maya bir şeyler söyleyeceğini sandı ama o fikrini değiştirip battaniyenin altına girdi.

Sırtüstü yatan Maya, çevresindeki sesleri sınıflandırmaya başladı. Rüzgâr penceredeki teli hafifçe uğuldatıyordu. Otoyoldan ara sıra bir kamyon veya otomobil geçiyordu. Uyuklamaya başladığında, metro tünelinde yalnızken üç adamın üzerine saldırdığı o güne gidiverdi. Hayır. Bunu düşünme.

Gözlerini açıp başını hafifçe çevirerek Gabriel'a baktı. Başı yastıktaydı ve vücudu battaniyenin altında yumuşak hatlı bir tepecik oluşturmuştu. Maya onun Los Angeles'taki kız arkadaşlarını düşündü. Onu pohpohlamış, "sana âşığım" demişler miydi acaba? Maya bu aşk sözcüğüne hep şüpheyle yaklaşırdı. Şarkılarda, reklamlarda ağza sakız olmuştu artık. Eğer aşk bu derece adi, sıradan, yani halktan bir sözcükse, bir Soytarı'nın başka birine söyleyebileceği en özel sözcük neydi?

Derken babasının Prag'daki son sözleri geldi aklına: *Senin için canımı verirdim.*

Gabriel yatağında dönerken karyola gıcırdadı. Birkaç dakika sonra başını kaldırıp altına bir yastık daha çekti. "Akşamüstü yemekte bana sinirlendin. O soruları sormasam daha iyiydi galiba."

"Hayat hikâyemi öğrenmen gerekmiyor ki Gabriel."

"Benim de çocukluğum normal geçmedi. Ailem her şeyden şüphelenirdi. Kaçarak saklanarak yaşıyorduk hep."

Sessizlik. Maya, bir şey demesi gerekip gerekmediğini düşündü. Soytarılar ve korudukları kişilerin özel sohbetlere girmeleri doğru olur muydu?

"Babamla tanıştın mı?" diye sordu Maya. "Onu hatırlıyor musun?"

"Hayır ama yeşim kılıcı ilk gördüğüm günü hatırlıyorum. Sekiz yaşında filandım galiba."

Gabriel sustu, Maya da başka soru sormadı. İnsanın bazı anıları, başkalarından sakladığı yara izleri gibiydi. Motelin önünden bir tır geçti. Sonra bir araba. Ardından başka bir kamyon. Otoparka bir araç girse, gevşek mıcırın çıkaracağı seslerden anlaşılırdı.

"Uçaktan atladığımda veya motorla giderken ailemi unutabiliyorum" diyen Gabriel'ın sesi çok hafifti, karanlıkta kayboldu. "Sonra yavaşlıyorum ve hepsi geri geliyor."

29

"İlk hatıram taşınmaktır. Elde bavul, arabanın veya kamyonetin arkasında sürekli bir yerden bir yere göçerdik. Michael'la benim bir ev, bir yuva sahibi olma takıntımız buradan geliyor herhalde.

Bir yerde iki üç hafta geçirdik mi, bir daha ayrılmayacakmışız gibi hissederdik. Derken evin önünden aynı araba günde ikiden fazla geçerdi, benzincideki görevli babama tuhaf sorular sorardı, yani mutlaka olağandışı bir şey olurdu ve bizimkiler fısıldaşmaya başlardı. Bir de bakmışsın gece yarısı uyandırılıyoruz, haydi yine yola."

"Ailen duruma hiç açıklama getirmedi mi?" diye sordu Maya.

"Getirdi denemez. Bizi bu kadar ürküten de buydu. Ya 'Burası tehlikeli' derlerdi, ya da 'Kötü adamlar bizi arıyor'. Biz de bunun üzerine toparlanır giderdik."

"Hiç yakınmadınız mı?"

"Babamın önünde yakınmazdık. O hep salaş kıyafetler, eski püskü botlar giyerdi ama gözlerinde öyle bir ışık vardı ki, çok güçlü ve bilge olduğunu hissettirirdi. Yabancılar, sanki bir yardımı dokunacakmış gibi tüm sırlarını babama anlatırlardı."

"Annen nasıl biriydi?"

Gabriel bir an sessiz kaldı. "Onu son görüşüm aklıma geliyor. Bir türlü aklımdan çıkaramıyorum. Biz çocukken her şeye olumlu yaklaşırdı. Köy yolunun ortasında arabamız mı bozuldu, bizi alır tarlalara inerdi, birlikte yaban çiçekleri veya dört yapraklı yoncalar arardık.

"Nasıl bir çocuktun?" diye sordu Maya. "Yaramaz mıydın, uslu mu?"

"Sessiz, içine kapanık bir tiptim."

"Peki Michael?"

"O tipik ağabeydi. Resepsiyondan kasa kiralanacaksa veya havlu istenecekse bizimkiler hep Michael'ı gönderirdi.

Yolda olmak kimi zaman eğlenceliydi. Babam çalışmazdı ama paramız vardı. Annem televizyondan nefret ettiği için bize kitaplar okur, masallar anlatırdı. Mark Twain ve Charles Dickens'ı çok severdi. Wilkie Collins'in *Aytaşı*'nı ilk okuduğunda ne kadar heyecanlandığımızı hatırlıyorum. Babam bize motor tamir etmeyi, harita okumayı, yabancı bir kentte kaybolmamayı öğretti. Ders kitapları okumak yerine, yolda gördüğümüz her tarihi anıtın önünde dururduk.

"Ben sekiz, Michael on iki yaşındayken bizimkiler bir çiftlik alacaklarını söylediler. Küçük kasabalarda durur, yerel gazeteye bakar, satılık çiftlikleri görmeye giderdik. Bana her yer harika görünüyordu ama babam hep başını sallayarak kamyonete döner, anneme 'Şartlarda anlaşamadık' derdi. Ben de 'şartlar' dediği şeyin her şeye itiraz eden birkaç yaşlı kadın olduğunu düşünmeye başlamıştım.

Önce Minnesota'ya doğru çıktık, oradan batıya, Güney Dakota'ya döndük. Sioux Falls'da babam Unityville adlı bir kasabada bir satılık çiftlik olduğunu öğrendi. Alçak tepeleri, gölleri olan, her tarafında yonca bitmiş güzel bir yerdi. Çiftlik yoldan bir kilometre kadar uzaktaydı, bir ladin koruluğunun arkasına gizlenmişti. Büyük, kırmızı boyalı bir ahır, birkaç kulübe, bir de dökük iki katlı ev vardı.

Babam epey pazarlık ettikten sonra çiftliği nakite ihtiyacı olan adamdan satın aldı ve iki hafta sonra taşındık. Ay sonuna kadar her şey normaldi, ancak bir gün elektrik kesiliverdi. Biz bir arıza olduğunu sandık ama annemle babam bizi mutfağa çağırıp elektriğin ve telefonun ailemizi dünyaya bağladığını söyledi.

"Baban peşinde olduklarını biliyordu" dedi Maya. "Büyük Düzen'den uzakta yaşamak istiyordu."

"Bundan hiç söz etmedi. Bundan sonra soyadımızı soranlara 'Miller' diyeceğimizi söyledi ve kendimize yeni adlar bulmamızı söyledi. Ağabeyim, Harika Çocuk çizgi romanlarından esinlenip Robin olmak istedi ama babam bunu beğenmedi. Epeyce tartıştıktan sonra onun adı David oldu, ben de *Define Adası*'ndaki Jim Hawkins'den esinlenerek Jim koydum adımı.

Aynı gece babam silahlarını çıkardı ve her birinin nerede duracağını gösterdi. Yeşim kılıç bizimkilerin yatak odasındaydı ve izin almadan ona dokunamayacaktık."

O eşsiz kılıcın bir dolabın kuytusuna gizlendiğini düşünen Maya kendi kendine gülümsedi. Ayakkabı kutularına yaslayıp dik mi bıraktılar acaba diye düşündü.

"Salondaki kanepenin arkasında bir otomatik tüfek, mutfakta da bir pompalı tüfek vardı. Babam 38'lik tabancasını ceketinin altına gizlediği kılıfında tutardı hep. Bunlar Michael ve benim için önemli şeyler değildi. Silahları da diğer birçok acayip şey gibi olağan karşılamış ve benimsemiştik. Babamın Yolcu olduğunu söyledin. Ben onun havalandığını, ortadan kaybolduğunu filan hatırlamıyorum."

"Beden bu dünyada kalıyor zaten. Sınırları aşan, kişinin içindeki Işık."

"Babam yılda iki kez kamyonete atlar ve birkaç hafta kaybolurdu. Bize balığa gittiğini söylerdi ama hiç balıkla dönmedi. Evdeyken mobilya yapar veya bahçeyle uğraşırdı. Genellikle akşamüstü dört civarında çalışmayı bırakır, bizi ahıra götürür, judo, karate ve bambu kılıçlarla kendo öğretirdi. Michael bu çalışmalardan çok sıkılıyordu. Zaman kaybı olarak görüyordu bunları."

"Babana bunu hiç söyledi mi?"

"Babama öyle şeyler söyleyemezdik. Bazen gözümüzün içine bir bakar, aklımızdan geçen her şeyi okurdu. Michael ve ben onun medyum olduğuna inanıyorduk."

"Komşularınızla aranız nasıldı?"

"Çok kişiyle ilişkimiz yoktu. Daha yukarlarda Stevenson ailesinin çiftliği vardı ama onlar pek sıcakkanlı değildi. Derenin öbür tarafında oturan Don ve Irene Tedford diye yaşlı bir çift vardı. Bir akşamüstü iki elmalı turtayla bize ziyarete geldiler. Elektrik olmadığına şaşırmışlardı ama bundan rahatsızlık duymamışlardı. Hatta Don'un televizyona aptal kutusu dediğini hatırlıyorum.

Michael ve ben her akşamüstü taze çöreklerden atıştırmak için Tedford'lara gider olduk. Babam onlara hiç gitmedi ama annem arada bir evdeki çamaşırları onlarda yıkardı. Tedford'ların Jerry adında bir oğulları varmış, bir savaşta ölmüş. Evin her yanı onun resimleriyle kaplıydı ve ondan sanki hayattaymış gibi söz ederlerdi.

Bir gün Şerif Randolph ekip arabasını evin önüne çekene kadar her şey yolundaydı. Üniformalı, dev gibi bir adamdı ve silahı vardı. Geldiğinde çok korkmuştum. Onun Şebeke'den olduğunu ve babamın onu öldüreceğini sanmıştım."

Maya araya girdi. "Bir gün ben de Libra adında bir Soytarı'yla arabada gidiyordum. Aşırı hızdan polis çevirdi. Libra memuru gırtlaklayacak sanmıştım."

"Aynen öyleydi" dedi Gabriel. "Michael ve ben ne olacağını kestiremedik. Annem Şerif Randolph'a buzlu çay ikram etti, hep beraber verandada oturduk. Randolph önceleri evi şöyle elden geçirmişsiniz, çiftliği böyle düzeltmişsiniz diye bir sürü güzel şey söyledi. Ondan sonra konu emlak vergisine geldi. Eve elektrik bağlatmadığımız için, siyasi nedenlerden ötürü emlak vergisini de ödemeyeceğimizi düşünüyormuş meğer.

Babam önce hiçbir şey söylemeden Randolph'a uzun uzun ve dikkatle baktı. Ardından vergiyi memnuniyetle ödeyeceğini açıkladı da herkes rahatladı. Memnun olmayan tek kişi Michael'dı. Şerife, diğer çocuklar gibi okula gitmek istediğini söyledi.

Şerif gittiğinde babam bizi yine mutfakta topladı. Michael'a okulun Şebeke'nin parçası olduğu için tehlikeli olduğunu söyledi. Michael da matematik, tarih, fen gibi konuları öğrenmemiz gerektiğini, eğitim almazsak kendimizi düşmanlarımızdan koruyamayacağımızı öne sürdü."

"Peki ne oldu?" diye sordu Maya.

"Yazın sonuna kadar bir daha konu açılmadı. Sonra babam okula gidebileceğimizi ama dikkatli olmamız gerektiğini söyledi. Gerçek adımızı kullanmayacak ve evdeki silahlardan kimseye söz etmeyecektik.

Başka çocuklarla tanışacağım için ben çok endişeliydim ama Michael mutluydu. Okulun ilk günü, giyeceklerini seçmek için iki saat erken kalktı. Kasabadaki çocukların kot pantolon ve pazen gömlek giydiğini, bizim de onlardan farklı görünmemek için böyle giyinmemiz gerektiğini söyledi.

Annem bizi Unityville'e götürüp okula takma adlarımızla kaydettirdi. Müdür yardımcısı Bayan Batenor bizi odasında iki saat sınava çekti. İkimiz de çok iyi okuyup yazabiliyorduk ama benim matematiğim iyi değildi. Sonunda beni sınıfıma götürdüğünde bütün öğrenciler gözlerini bana dikti. İşte ilk kez o anda ailemizin diğerlerinden ne kadar farklı olduğunu ve insanların bize ne gözle baktığını kavradım. Öğretmen susturana kadar bütün çocuklar fısır fısır aralarında konuştular.

Teneffüste Michael'ı buldum ve birlikte futbol oynayan çocukları izledik. Dediği gibi, hepsi kot pantolon giymişti. Dört büyük çocuk oyunu bırakıp konuşmak için yanımıza geldiler. Ağabeyimin yüzündeki ifadeyi hâlâ hatırlıyorum. Çok heyecanlanmıştı. Çok mutluydu. Çocukların bizi oyuna davet edeceklerini, böylece arkadaş olacağımızı sanıyordu.

Çocukların en uzun boylusu, 'Siz Miller'larsınız değil mi?' diye sordu. 'Hale Robinson'ın çiftliğini satın aldınız.' Michael çocuğun elini sıkmak istedi ama o, 'Ananız babanız manyakmış sizin' dedi.

Ağabeyim, çocuğun bunları söylediğine inanamıyormuş gibi gülümsemeyi birkaç saniye daha sürdürdü. Yolda geçirdiği yıllarını, okul, arkadaşlar, normal bir hayat hayalleri kurarak doldurmuştu. Bana geri çekilmemi söyledi ve uzun boylu çocuğun ağzına bir yumruk çaktı. Diğerleri hemen üstüne atıldı ama hiç şansları yoktu. Artık yumruk mu istersin, döner tekme mi, bildiği ne numara varsa gösterdi. Hepsini yere yıktı; ben üzerine atlayıp geri çekmesem daha yerde de dövecekti."

"Yani arkadaşınız olmadı."

"Olabilir miydi? Öğretmenler, ağzı laf yaptığı için Michael'ı severlerdi. Boş zamanlarımızı çiftlikte geçiriyorduk. Bundan şikâyetçi değildik. Aklımızda hep bir proje vardı. Ya ağaç evi yapacaktık, ya da Minerva'yı eğitecektik."

"Minerva köpeğiniz miydi?"

"Güvenlik baykuşumuzdu." Gabriel aklına gelen anılara gülümsedi. "Okula başladıktan birkaç ay sonra, Tedford'ların arazisinden geçen derenin kıyısında bir yavru baykuş buldum. Çevrede yuva göremediğim için onu tişörtüme sardım ve eve getirdim.

Ona karton kutudan yuva yaptık ve kedi maması verdik. Tanrıça Minerva'nın yardımcısı da bir baykuş olduğu için ona Minerva adını koydum. Minerva büyüdüğünde babam mutfak duvarında bir delik açtı ve bunun iki yanına birer platform koydu. Deliğe de iki yöne açılan bir kapak taktı. Minerva'ya bu kapağı iterek girip çıkmayı öğrettik.

Babam Minerva'nın kafesini, çiftlik yolunun girişindeki ladin ağaçlarının arasına astı. Kafesin tabanı açılabiliyordu, bunu bir misinayla bağlamış ve misinayı araba yoluna germişti. Yola bir araba dönecek olursa misinaya çarpacak, bu da kafesin tabanını açıp Minerva'yı serbest bırakacaktı. Onun eve gelip konuklarımız olduğunu haber vermesini bekliyorduk."

"İyi bir fikirmiş."

"Belki, ama o zaman bana öyle gelmemişti. Otellerde yaşarken televizyonda bir sürü casus filmi izlemiş, oradaki teknolojik aletlere hayran kalmıştım. Kötü adamlar peşimizdeyse tek korumamız bir baykuş olmamalıydı.

Neyse, ben misinayı çektim, kafes açıldı ve Minerva tepelere doğru uçtu. Babamla eve vardığımızda, onun mutfağa çoktan girip kedi mamasına dalmış olduğunu gördük. Minerva'yı yine kafesine götürdük, bir deneme daha yaptık, yine eve geldi.

İşte o zaman babama insanların neden bizi öldürmek istediklerini sordum. Biraz daha büyüdüğümüzde her şeyi anlatacağını söyledi. Neden Kuzey Kutbu'na veya bizi bulamayacakları başka bir uzak yere gitmediğimizi sordum.

Babamın yüzündeki ifade çok bitkin ve üzgündü. 'Ben öyle bir yere gidebilirim' dedi, 'ama sen, annen ve Michael gelemezsiniz. Ben de sizi bırakıp gidemem.'"

"Sana Yolcu olduğunu söyledi mi?"

"Hayır" dedi Gabriel. "Hiç böyle bir şey söylemedi. İki kış orada geçti, her şey yolundaydı. Michael çocukları dövmeyi bıraktı ama herkes onun palavracı olduğuna inanmıştı bir kere. Dolaptaki yeşim kılıcı, salondaki otomatik tüfeği bir güzel anlattı, ama aynı zamanda bodrumda yüzme havuzumuz, ahırda kaplanımız da olduğunu söylediğinden kimse ciddiye almadı. Anlattığı bazı şeylerin doğru olabileceği kimsenin aklına gelmiyordu.

Bir akşam eve dönmek için servisi beklerken, çocuklardan biri şehirlerarası yolun üstünden geçen bir köprüden söz açtı. Köprünün altından bir su borusu geçiyormuş ve birkaç yıl önce Andy adında bir çocuk bu boruya tutunarak karşıdan karşıya geçmiş."

"'Bir şey değil ki' dedi Michael. 'Kardeşim gözleri bağlı geçer.' Yirmi dakika geçmemişti ki o köprünün altındaydık. Boruya tutundum ve yolu geçmeye başladım. Michael ve diğer çocuklar beni izliyordu. Geçerdim geçmesine ama tam ortaya geldiğimde boru kırıldı ve yola düştüm. Kafamı çarptım, sol bacağımı iki yerinden kırdım. Kafamı kaldırıp yola baktığımı, tam üstüme koca bir tırın hızla geldiğini hatırlıyorum. Bayılmışım. Kendime geldiğimde acil servisteydim, bacağımda alçı vardı. Michael'ın hemşireye adımın Gabriel Corrigan olduğunu söylediğinden eminim. Bunu neden yaptığını bilmiyorum. Herhalde gerçek adımı vermese öleceğimi filan düşünmüştü."

"Demek Tabula sizi böyle buldu" dedi Maya.

"Kim bilir? Birkaç yıl daha olaysız geçti. On iki yaşındaydım, Michael da on altı. Ocak ayında çok soğuk bir gündü. Mutfakta oturmuş yemekten sonra ödevlerimizi yapıyorduk. Ansızın Minerva içeri girdi ve ışıktan kamaşmış gözlerini kırpıştırıp ötmeye başladı.

Bu daha önce de başımıza gelmişti çünkü Stevenson'ların köpeği misinaya çarpıp duruyordu. Ben yine de botlarımı giyip dışarı çıktım. Evin köşesini dönüp tepeden aşağı baktığımda, ladinlerin arasında dört adam gördüm. Hepsi siyah giyinmişti ve silahlıydı. Konuştular, ayrıldılar ve tepeyi tırmanmaya başladılar."

"Tabula'nın askerleri" dedi Maya.

"Kim olduklarını anlamamıştım. Birkaç saniye kımıldayamadım, sonra eve koşup haber verdim. Babam hemen yukarı çıkıp bir spor çantasıyla birlikte yeşim kılıcı getirdi. Kılıcı bana, çantayı anneme, pompalı tüfeği de Michael'a verip arka kapıdan çıkmamızı, dışarıdaki kilere saklanmamızı söyledi.

'Sen ne yapacaksın?' diye sorduk.

'Kilere gidip saklanın' dedi bize. 'Sesimi duyana kadar da sakın çıkmayın.'

Babam otomatik tüfeği aldı, biz de arka kapıdan çıktık. Karda ayak izimiz kalmasın diye çitin yanından yürümemizi söyledi. Ben yanında kalıp ona yardım etmek istiyordum ama annem gitmemiz gerektiğini söyledi. Bahçeye vardığımızda bir el silah sesi duydum, ardından adamın biri çığlık attı. Babamın sesi değildi, eminim.

Kiler dediğimiz yer, aslında eski aletlerin tıkıldığı bir ardiyeydi. Michael kapıyı açtı, merdivenlerden aşağı indik. Kapı o kadar paslanmıştı ki tam kapanmadı. Üçümüz zifiri karanlıkta bir beton çıkıntının üstüne oturup bekledik. Bir süre silah sesleri duyduk, sonra sessizlik çöktü. Uyumuşum. Uyandığımda, kapının aralığından gün ışığı sızıyordu.

Michael kapıyı açıp çıktı, biz de onu takip ettik. Ev ve ahır yanıp kül olmuştu. Minerva bir şey arar gibi tepemizde dolanıp duruyordu. Yirmi otuz metre aralıklarla dört ceset bulduk. Cesetlerin çevresindeki karlar, kandan erimişti.

Annem yere çöktü, kollarını dizlerine doladı ve ağlamaya başladı. Michael ve ben yıkıntıyı araştırdık ama babamızdan bir iz bulamadık. Michael'a adamların onu öldüremediğini, babamın kaçtığını söyledim.

Michael, 'Boşver şimdi' dedi. 'Gidelim buralardan. Sen anneme yardım et. Tedford'lara gidip arabalarını ödünç alalım.'

Kilere dönüp kılıcı ve spor çantasını alarak çıktı. Çantanın içine baktığımızda, balya balya yüzlük banknot gördük. Annem hâlâ karın içinde oturmuş ağlıyor, deliler gibi kendi kendine fısıldıyordu. Çantayı, silahları ve annemi sırtlayıp tepeden indik ve Tedford'ların çiftliğine vardık. Michael kapıyı yumrukladığında uyanmış olacaklar ki, Don ve Irene kapıyı sabahlıklarıyla açtılar.

Michael'ın desteksiz palavralarını okulda binlerce kez dinlemiştim ama bu sefer söylediklerine kendisi de inanıyor gibiydi. Tedford'lara babamın asker olduğunu ve ordudan kaçtığını anlattı. Dün gece gizli ajanlar evimizi kundaklamış ve onu öldürmüştü. Bana kalırsa anlattıkları deli saçması gibiydi ama sonra Tedford'ların oğlunun savaşta öldüğünü hatırladım."

"Usta işi bir yalan" dedi Maya.

"Öyleymiş ki işe yaradı. Don Tedford arabasını bize ödünç verdi. Michael çiftlikte birkaç yıldır araba kullanıyordu. Çantaları ve silahları yükleyip yola çıktık. Annem arka koltuğa yattı. Üzerine bir battaniye örttüm. Uyudu. Pencereden baktığımda Minerva'nın hâlâ dumanların arasında dolaştığını gördüm..."

Gabriel sustu, Maya gözlerini tavana dikti. Yoldan geçen bir kamyonun farları, jaluzileri aşarak odayı aydınlattı, ardından kayboldu. Yine sessizlik. Çevrelerindeki gölge somutlaşmış, ağırlaşmıştı sanki. Maya, derin bir havuzun dibinde yan yana yattıklarını hissetti.

"Sonra ne oldu?" diye sordu.

"Birkaç yılımızı daha yolda geçirdikten sonra sahte doğum belgeleri edindik ve Texas'ın Austin kentine yerleştik. On yedi yaşına geldiğimde, Michael bizim Los Angeles'a taşınıp yeni bir hayata başlamamız gerektiğine karar verdi."

"Sonra Tabula sizi buldu ve şimdi buradasın."

"Evet" dedi Gabriel hafifçe, "şimdi buradayım."

30

Boone, Los Angeles'ı sevmezdi. Dışardan bakıldığında gayet sıradan görünen kentin anarşiye doğru belirgin bir eğilimi vardı. Gettolarda çıkan bir isyanda çekilen görüntüleri anımsadı. Güneşli gökyüzüne yükselen dumanlar. Alevlere boğulan bir palmiye ağacı. Los Angeles'ta sayısız sokak çetesi vardı ve bunlar genellikle birbirlerini öldürerek eğleniyorlardı. Bunun bir sakıncası yoktu. Ama bir Yolcu gibi etkileyici bir lider, uyuşturucuya son verip öfkeyi dışarı yöneltebilirdi.

Otoyoldan güneye inip Hermosa Beach'e geldi, arabasını açık bir otoparka bıraktı ve yürüyerek Sea Breeze Caddesi'ne girdi. Kızılderili'nin evinin yakınlarında elektrik idaresinin onarım araçlarından biri duruyordu. Boone arka kapıyı tıklattığında, Prichett pencereyi örten perdeyi araladı. Gülümsedi ve geldiğine sevindim dercesine başını salladı. Boone kapıyı açıp içeri girdi.

Minibüsün arkasına yerleştirilmiş şezlonglarda üç Tabula askeri oturuyordu. Hector Sanchez, adı bir rüşvet skandalına karışan Meksikalı eski bir federal ajandı. Ron Olson ise tecavüzle suçlanmış asker kökenli bir polis.

Grubun en genci Dennis Prichett'tı. Kısa kahverengi saçları, toparlak yüzü ve kibar ama hevesli tavrıyla genç bir misyoneri andırıyordu. Prichett haftada üç kez kiliseye gider ve asla küfür etmezdi. Biraderler son yıllarda farklı dinlere mensup inançlı insanları görevlendirmeye başlamıştı. Paralı askerler gibi onlar da maaş alıyorlardı ama Biraderlere ahlaki gerekçelerle katılmışlardı. Onlara göre Yolcular, hakiki dinleri ve inançları tehlikeye atan sahte peygamberlerdi. Bu yeni çalışanların sıradan askerlere göre daha sadık ve acımasız olması bekleniyordu ama Boone bunlara güvenmiyordu. Hırs ve korku, ona göre imandan daha anlaşılır şeylerdi.

"Şüpheli nerede?" diye sordu.

"Arka tarafta" dedi Prichett. "Bakın."

Şezlongdan kalktı ve monitörün başına Boone oturdu. İşinin zevkli yanlarından biri, ona duvarların ötesini gösteren teknolojileri kullanma olanağı tanımasıydı. Minibüse Los Angeles görevi için termal görüntüleme aygıtı yerleştirilmişti. Bu özel kamera, ısı üreten veya yansıtan her şeyi siyah-beyaz bir görüntü olarak yakalıyordu. Garajda beyaz bir leke vardı; bu termosifon olmalıydı. Mutfaktaki daha küçük beyaz leke de kahve makinesi olacaktı. Duruşundan bir insan olduğu anlaşılan üçüncü leke, arka bahçede oturuyordu.

Gözetleme ekibi üç gündür evi izliyor, telefon konuşmalarını dinliyor, Carnivore programıyla e-postaları inceliyordu. "Mesaj alınıp verildi mi?" diye sordu Boone.

"Bu sabah, hafta sonu yapılacak terleme kulübesi etkinliği için iki telefon geldi" dedi Sanchez.

Olson başka bir monitöre göz attı. "E-postalarda kayda değer bir şey yok."

"Güzel" dedi Boone. "Hadi bakalım. Herkesin rozeti var mı?"

Üç adam başlarını salladı. Los Angeles'a indiklerinde sahte FBI rozetleri verilmişti.

"Peki. Hector ve Ron, ön kapıyı tutun. Biraderler, herhangi bir direnişle karşılaştığımızda bu adamın dosyasını kapatmamıza izin verdi. Dennis, sen benimle gel. Bahçe yolundan dolaşalım."

Dört adam minibüsten inip hızlıca karşıya geçti. Olson ve Sanchez ön kapıya geçip beklemeye başladılar. Boone ahşap bahçe kapısını açıp içeri girdi ve Dennis de onu takip etti. Arka bahçenin ortasında, çalı çırpı ve hayvan postundan yapılmış kaba bir kulübe duruyordu.

Evin köşesini döndüklerinde, verandadaki küçük tahta masanın başında oturmakta olan Dünya Gezer Thomas'ı gördüler. Kızılderili, bir çöp öğütme makinesini sökmüş, tekrar toplamaya çalışıyordu. Boone, Prichett'a baktığında genç adamın 9 milimetrelik tabancasını çekmiş olduğunu gördü. Kabzayı sımsıkı kavramıştı, parmaklarından kan çekilmişti. Diğer iki asker ön kapıyı kırdıklarında şiddetli bir ses geldi.

"Telaş etme, endişeye mahal yok" dedi Boone Prichett'a. Ceketinin cebinden sahte bir arama izni çıkardı ve arka bahçeye girdi.

"İyi günler Thomas. Ben Ajan Baker, arkadaşım da Ajan Morgan. Evini aramak için mahkeme iznimiz var."

Dünya Gezer Thomas, çöp öğütme makinesindeki bir somunu sıkıştırmayı bıraktı. Anahtarı masaya koydu ve karşısındakileri şöyle bir süzdü. "Sizin gerçek polis olduğunuzu sanmıyorum" dedi. "Elinizdeki arama izni de muhtemelen sahte. Gelin görün ki silahımı mutfakta bıraktım, dolayısıyla iddialarınızı doğru kabul etmek zorundayım."

"Doğru karar verdin" dedi Boone. "Aferin." Prichett'a döndü. "Minibüse dönüp kanalları aç. Hector'a söyle, giyinip koklayıcıyı çalıştırsın. Ron ön kapıda kalacak."

"Peki efendim." Prichett silahı tekrar kılıfına soktu. "Şüpheli ne olacak efendim?"

"Sen bizi düşünme. Thomas ile önündeki çeşitli seçenekleri tartışacağım."

İşini iyi yapmaya kararlı Dennis, minibüse doğru hızla ilerledi. Boone bir bankı çekip Thomas'ın karşısına oturdu. "Öğütücünün nesi var?" diye sordu.

"Sıkışıp motoru yakmış. Hem de ne yüzünden biliyor musun?" Masadaki siyah bir nesneye işaret etti. "Erik çekirdeği."

"Niye yenisini almıyorsun?"

"Çok pahalı."

Boone başını salladı. "Haklısın. Kredi kartlarını ve banka hesaplarını kontrol ettik. Beş paran yok."

Thomas masaya yaydığı parçaları karıştırarak işine devam etti. "Düzmece bir polis memurunun düzmece banka hesaplarımı kurcalıyor olması çok hoşuma gitti."

"Bu ev elinde kalsın istemiyor musun?"

"Umurumda değil. Çeker Montana'daki kabileme giderim. Buralarda çok süründüm zaten."

Boone deri ceketinin iç cebine uzandı, bir zarf çıkardı ve masaya bıraktı. "Burada yirmi bin dolar var. Dürüst bir konuşma karşılığında hepsi senin."

Dünya Gezer Thomas zarfı aldı ama açmadı. Avucunun içinde şöyle bir tarttıktan sonra masaya geri koydu. "Ben dürüst bir insanım, bu yüzden konuşmayı ücretsiz yapacağım."

"Genç bir kadın taksiyle bu adrese gelmiş. Adı Maya. Ama muhtemelen başka bir ad kullanmıştır. Yirmili yaşlarda. Siyah saçlı, açık mavi gözlü. İngiltere'de doğup büyüdüğü için İngiliz aksanıyla konuşur."

"Beni çok insan ziyaret eder. Belki terleme kulübesine gelmiştir." Thomas, Boone'a gülümsedi. "Bu hafta sonu yapılacak etkinlik için boş yer var hâlâ. Adamlarını al sen de gel. Davul çalın. İçinizdeki zehri terleyerek akıtın. Açık havaya tekrar çıktığınızda yeniden doğmuş gibi olacaksınız."

Sanchez elinde beyaz bir biyolojik korunma tulumu ve koklayıcıyla bahçeye girdi. Koklayıcı, boyut ve biçim olarak küçük el süpürgelerine benziyordu, ancak sırtta taşınan bir ana üniteye bağlıydı. Bu ünite, minibüsteki bilgisayarlarla doğrudan iletişim içindeydi. Sanchez koklayıcıyı bir şezlonga bıraktı ve koruma tulumunu üzerine geçirdi.

"Ne yapacaksınız?" diye sordu Thomas.

"Elimizde bu genç kadının DNA örneği var. Şezlongdaki aygıtın işlevi, genetik veri toplamak. Şüphelinin DNA'sını evinde bulunacak DNA'larla eşleştiren bir işlemcisi var."

Thomas birbirine uyan üç vida bulunca gülümsedi. Bunları masadaki yeni elektrik motorunun yanına koydu. "Söylediğim gibi, bana çok ziyaretçi gelir."

Sanchez tulumun kapüşonunu da başına geçirdi ve bir filtreden soluk alıp vermeye başladı. Böylece kendi DNA'sı işleme karışmayacaktı. Arka kapıyı açtı, içeri girdi ve çalışmaya başladı. En iyi örnekler yatak takımlarında, klozet kapaklarında ve kumaş kaplı mobilyaların sırtlarında bulunurdu.

Bahçedeki iki adam, içerden gelen boğuk motor uğultusunu dinlerken birbirlerini süzdüler. "Söyler misin" dedi Boone, "Maya bu eve geldi mi?"

"Bu sizin için neden önemli?"

"O bir terörist."

Dünya Gezer Thomas, üç vidaya uygun üç çelik pul aramaya başladı. "Bu dünyada gerçek teröristler de var ama bir avuç insan onlardan duyduğumuz korkuyu kullanarak kendi iktidarlarını sağlamlaştırıyorlar. Bu adamlar av peşinde, avları da şamanlar, mistikler..." Thomas tekrar gülümsedi. "Ve Yolcu denen kişiler."

Evin içindeki uğultu sürüyordu. Boone, Sanchez'in oda oda dolaşıp koklayıcının ucunu çeşitli eşyalara sürttüğünü biliyordu.

"Bütün teröristler aynıdır" dedi Boone.

Thomas işini bırakıp arkasına yaslandı. "Sana Paiute kabilesine mensup Wovoka adlı bir Kızılderili'nin öyküsünü anlatacağım. Bu adam, 1880'lerde farklı âlemlere geçmeye başlamış. Döndüğünde, tüm kabilelerle konuşup Hayalet Dansı adı verilen bir hareket başlattı. Takipçileri bir çember şeklinde dans eder ve özel şarkılar söylerlerdi. Dans etmediğin zamanlarda düzgün bir hayat sürdürmen gerekliydi. Alkol yoktu. Hırsızlık yoktu. Fuhuş yoktu.

Şimdi insan, kabile rezervlerini yöneten beyazların bu işten hoşnut olacağını düşünür, değil mi? Yıllar süren yozlaşmadan sonra Kızılderililer yeniden ahlaka ve güce kavuşuyordu. Ama iş öyle yürümedi. Lakota Kızılderilileri pek itaatkâr değillerdi. Güney Dakota'daki Pine Ridge Rezervi'ndeki dansçıların başlattığı ritüel beyaz adamı çok korkuttu. Bunun üzerine Daniel Royer adındaki bir hükümet görevlisi, Lakota yerlilerinin kendi topraklarında özgürlüğe ihtiyaçları olmadığına karar verdi. Beysbol gibi çok derin bir sporu öğrenmeleri gerekiyordu. Savaşçılara top atmayı, sopa savurmayı öğretmeye çalıştı ama Hayalet Dansı'ndan kimseyi uzaklaştıramadı.

Beyazlar birbirlerine dediler ki, 'Kızılderililer yine tehlikeli olmaya başladı'. Hükümet, Wounded Knee Creek'te yapılan bir Hayalet Dansı gösterisine askerlerini gönderdi. Tüfeklerini ateşlediler, 290 erkek, kadın ve çocuğu katlettiler. Askerler çukurlar kazıp cesetleri üst üste donmuş toprağa gömdüler. Kabilem de kendini yine alkolün ve karmaşanın pençesinde buldu."

Ses kesilmişti. Bir dakika sonra arka kapı gıcırdadı ve Sanchez eşikte belirdi. Filtreyi çıkardı ve beyaz tulumun kapüşonunu indirdi. Yüzü ter içinde kalmıştı. "Eşleşme bulduk" dedi. "Salondaki kanepede bir saç teli vardı."

"Çok iyi. Minibüse dönebilirsin."

Sanchez tulumu çıkardı ve bahçeden minibüse geçti. Boone ve Thomas yine yalnız kalmıştı.

"Maya buraya gelmiş" dedi Boone.

"Makine öyle diyor."

"Ne söylediğini, ne yaptığını bilmek istiyorum. Ona para verdin mi, onu bir yere götürdün mü? Yaralı mıydı? Görünüşünü değiştirmiş miydi?"

"Sana yardım etmeyeceğim" dedi Thomas sakince. "Çık evimden."

Boone otomatik silahını çekti ama sağ bacağının üstünde tuttu. "Önünde bir seçenek yok Thomas. Bu gerçeği kabul etmen gerek."

"Hayır deme özgürlüğüm var."

Boone, inatçı çocuğunu yola getirmek isteyen bir baba gibi içini çekti. "Özgürlük dediğin dünyanın en büyük yalanı. Özgürlük, sonsuz acılara mal olmuş, yıkıcı ve ulaşılamayacak bir hedef. Çok az insan özgürlüğü kullanabilir. Toplum, sağlıklı ve üretken olmak için kontrol altında tutulmalıdır."

"Sen bunun olacağına mı inanıyorsun?"

"Yeni bir çağ doğuyor. Sınırsız sayıda insanı izleyebileceğimiz ve gözetleyebileceğimiz bir teknolojiye sahip olacağımız günlere geliyoruz. Sanayileşmiş ülkelerde altyapı kuruldu bile."

"Kontrol de sende mi olacak?"

"Ben de izleneceğim. Herkes izlenecek. Çok demokratik bir sistem. Üstelik kaçınılmaz bir gerçek Thomas. Durdurulmasına imkân yok. Bir Soytarı için kendini feda etmen çok anlamsız."

"Fikirlerine saygı duyuyorum ama hayatıma neyin anlam katıp neyin katmayacağına izninle ben karar vereceğim."

"Bana yardım edeceksin Thomas. Pazarlık söz konusu değil. Ödün vermek de. İçinde bulunduğumuz durumun gerçekliğini kavra."

Thomas acıyarak başını salladı. "Hayır arkadaşım. Gerçeklikten kopuk olan sensin. Bana baktığında, çöp öğütücüsü bozulmuş, beş parasız ve şişman bir Kızılderili görüyorsun ve 'Sıradan bir adam işte' diyorsun. Ben de sana diyorum ki, sıradan adamlar ve kadınlar yaptığınız işi görecek, anlayacak. Ayağa kalkacağız, kapıyı kıracağız ve elektronik kafesinizden çıkacağız."

Thomas sandalyeden kalktı, verandadan indi ve bahçe yoluna yöneldi. Boone oturduğu yerde adama doğru döndü. Otomatik silahını iki eliyle kavrayıp düşmanının sağ dizkapağını ateş edip parçaladı. Thomas yere yıkıldı, sırtüstü döndü ve hareketsiz kaldı.

Boone silahını doğrultmuş halde ona doğru yürüdü. Thomas'ın bilinci yerindeydi ancak soluması çok hızlanmıştı. Bacağı dizinden koptu kopacak gibiydi ve kesilmiş atardamardan koyu kırmızı kan fışkırıyordu. Şoka girerken Boone'un gözlerinin içine baktı ve "Senden korkmuyorum" dedi.

Boone bir anda öfkeye boğuldu. Adamın yaşamıyla birlikte düşüncelerini ve anılarını da yok etmek istermiş gibi silahını alnına dayadı ve tetiği çekti.

İkinci el silah sesi, dayanılmaz şiddetteydi. Ses dalgaları, birbiri ardına dünyaya yayıldı.

31

Michael, dört odalı ve penceresiz bir süitte tutuluyordu. Ara sıra boğuk konuşmalar veya borulardan akan suyun sesini duyduğu için, binada başkalarının da olduğunun farkındaydı. Bir banyo, bir yatak odası, bir oturma odası ve lacivert ceketli iki sessiz adamın zebani gibi dikildiği bir güvenlik odası vardı. Amerika'da mı, başka bir ülkede mi olduğunu bilmiyordu. Hiç saat yoktu ve gece-gündüz ayrımını da yitirmişti.

Onunla tek konuşan, her zaman beyaz gömlek ve siyah kravatla dolaşan Lawrence Takawa adında genç bir Japon asıllı Amerikalı'ydı. Michael uyku ilaçlarının etkisinden kurtulurken yanında Lawrence vardı. Birkaç dakika sonra bir doktor gelip Michael'ı hızlıca muayene etmişti. Lawrence'a bir şeyler fısıldadıktan sonra bir daha hiç görünmemişti.

Michael o ilk günden beri aralıksız soru soruyordu: Neredeyim? Neden beni burada tutuyorsunuz? Lawrence sıcak bir gülümsemeyle hep aynı cevapları veriyordu. Burası güvenli bir yer. Biz senin yeni dostlarınız. Güvende olması için Gabriel'ı arıyoruz.

Michael kendisinin tutsak, onların düşman olduğunu biliyordu. Ama Lawrence ve iki güvenlikçi, onun rahatı için ellerinden geleni yapıyordu. Salonda pahalı bir televizyon ve bir raf dolusu DVD vardı. Yirmi dört saat nöbet tutan aşçılar ne yemek isterse pişiriyorlardı. Michael yataktan ilk kalktığında Lawrence onu geniş bir giyinme odasına götürmüş ve binlerce dolarlık elbise, ayakkabı ve aksesuar göstermişti. Takım elbise gömlekleri ya ipekten, ya Mısır pamuğundan yapılmıştı ve ceplerinin üstüne Michael'ın adının baş harfleri dokunmuştu. Kazaklar en yumuşak kaşmirden örülmüştü. Mokasenler, spor ayakkabıları, terlikler ve her şey onun ayağına uygundu.

Egzersiz aletleri istedi. Salonda bir koşu bandı ve ağırlıklar belirdi. Okumak istediği dergi veya kitabı Lawrence'a bildirmesi yeterliydi; birkaç saat sonra elinde oluyordu. Yiyecekler mükemmeldi, Fransız ve yerli şaraplar arasından istediğini seçebiliyordu. Lawrence Takawa eninde sonunda kadın da olacağına güvence vermişti. Dışarı çıkma özgürlüğü dışında ne isterse vardı. Lawrence, kısa vadeli hedeflerinin onu eskisi gibi sağlıklı görmek olduğunu söylüyordu. Michael yakında çok güçlü bir adamla tanışacaktı ve bu adam bilmek istediği her şeyi ona anlatacaktı.

Bir gün akşamüstü duştan çıktığında, birinin onun için elbise seçip yatağa koymuş olduğunu gördü. Ayakkabı ve çoraplar. Yünlü kumaştan gri kırçıllı bir pantolon ve üstüne mükemmel oturan siyah dokuma bir gömlek. Giyinip salona girdiğinde Lawrence'ın bir caz CD'si eşliğinde bir kadeh şarap içmekte olduğunu gördü.

"Nasılsın Michael, iyi uyudun mu?"

"İyi."

"Rüya gördün mü?"

Bir okyanusun üstünde uçtuğunu görmüştü ama bunu anlatmak için hiçbir neden yoktu. Kafasından neler geçtiğini bilmelerini istemiyordu. "Görmedim. Gördüysem de hatırlamıyorum."

"Beklediğin an geldi. Birkaç dakika sonra Kennard Nash ile tanışacaksın. Onun kim olduğunu biliyor musun?"

Michael'ın gözünün önüne, bir haber programındaki surat geldi. "Hükümette değil miydi o?"

"Tuğgeneraldi. Ordudan ayrıldıktan sonra Beyaz Saray'da iki başkana danışmanlık yaptı. Herkesin saygısını kazandı. Şimdi de yönetim kurulu başkanımız olarak Evergreen Vakfı'nda."

"Tüm kuşaklara" dedi Michael; vakfın desteğiyle yayınlanan televizyon programlarındaki sloganı buydu. Logosu çok akılda kalıcıydı: Küçük bir kız ve bir oğlan bir çam fidanının üzerine eğilmiş dururlarken görüntü stilize bir ağaç biçimini alıyordu.

"Saat akşam altı. Vakfın ulusal araştırma merkezinin idare binasında bulunuyorsun. Merkez ise New York'tan yaklaşık kırk beş dakika uzaklıktaki Westchester kasabasında."

"Beni neden buraya getirdiniz?"

Lawrence şarap kadehini sehpaya bırakıp gülümsedi. Ne düşündüğünü kestirmek olanaksızdı. "Üst kata çıkıp General Nash ile görüşeceğiz. Tüm sorularını o cevaplayacak."

İki güvenlik görevlisi ön odada onları bekliyordu. Hiçbir şey söylemeden yol gösterdiler ve Michael ile Lawrence'ı koridorun sonundaki bir dizi asansörün önüne götürdüler. Durdukları yerin birkaç adım ötesinde bir pencere vardı ve Michael havanın kararmış olduğunu gördü. Asansör geldiğinde, Lawrence Michael'a girmesini işaret etti. Ardından kendi de girdi, elini bir duyargaya doğru uzattı ve düğmeye bastı.

"General Nash'i dikkatle dinle Michael. Çok bilgili biridir." Lawrence tekrar koridora çıktı ve Michael üst kata yalnız başına yol aldı.

Asansör doğruca özel bir ofise açılıyordu. Ofis, İngiliz asil kulüplerinin kitaplıklarına benzetilerek donatılmıştı. Duvarlar boyunca sıralanan meşe raflar deri kaplı kitapları taşıyordu ve çevrede rahat koltuklar, okumak için küçük yeşil abajurlar vardı. Böyle bir dekorda bulunmaması gereken tek ayrıntı, sürekli içeriyi tarayan üç güvenlik kamerasıydı. Beni izliyorlar, diye düşündü Michael. Birileri sürekli beni izliyor.

Mobilya ve lambaların arasından hiçbir şeye dokumamaya özen göstererek geçti. Odanın köşesindeki bir ahşap kaideye yerleştirilmiş bir maket, ince spotlarla aydınlatılıyordu. Yapı maketi iki parçadan oluşuyordu: Ortada bir kule, çevresinde daire şeklinde bir yapı. Daire şeklindeki yapı birbirine eşit odalara ayrılmıştı ve her odanın dış duvarında parmaklıklı bir pencere, giriş kapısının üstünde de yine parmaklıklı bir vasistas vardı.

Ortadaki kule tek parça bir yapı gibi duruyordu ama Michael maketin öbür yanına geçtiğinde bunun kesitini gördü. İçerisi, merdivenler ve kapılardan örülmüş bir labirent gibiydi. Balsa ağacından şeritler, pencereleri jaluzi gibi kapatıyordu.

Michael bir kapının gıcırdayarak açıldığını duydu ve Kennard Nash'in odaya girdiğini gördü. Dazlak kafa. Geniş omuzlar. Nash gülümsediği zaman, Michael bu yüzü televizyonlarda defalarca görmüş olduğunu hatırladı.

"İyi akşamlar Michael. Ben Kennard Nash."

General Nash odayı hızla geçti ve Michael'ın elini sıktı. Kameralardan biri olayı görüntülemek ister gibi hafifçe döndü.

Makete yaklaşan Nash, "Panopticon'u bulmuşsun" dedi.

"Nedir bu, hastane mi?"

"Hastane de olabilir, işyeri de; ama aslında on sekizinci yüzyılda yaşamış İngiliz filozof Jeremy Bentham'ın tasarladığı bir cezaevi. Planlarını İngiliz hükümetindeki herkese yollamış ama ilgilenen olmamış. Bu maket, Bentham'ın çizimlerine dayanıyor."

Nash makete yaklaşıp dikkatle inceledi. "Hücrelerin duvarları, hükümlüler arasında iletişim kurulamayacak kadar kalın. Işık dışardan geldiği için hükümlü ışığı her zaman arkadan alıyor ve görünür kalıyor."

"Gardiyanlar da kulede mi?"

"Bentham buna gözetleme makamı diyordu."

"Labirent gibi bir şey."

"Panopticon'un dehası bu. Gardiyanın yüzünü asla göremeyeceğin, hareket ettiğini asla duyamayacağın biçimde tasarlanmış. Bunun etkilerini düşün Michael. Kulede bir gardiyan da olabilir, yirmi gardiyan da olabilir, hiç gardiyan olmayabilir de. Hiçbir şey fark etmez. Hükümlü, devamlı gözetim altında olduğunu varsaymak zorunda. Bir süre sonra bu farkındalık onun bilincine yerleşir. Sistem mükemmel çalıştığında, gardiyanlar ister yemeğe çıksınlar ister üç günlük tatile, hiçbir şey fark etmez. Hükümlüler koşullarını kabullenmiştir."

General Nash bir kitaplığa yaklaştı. Kitaplık gibi duran duvarı çevirdiğinde ortaya bardakları, buz kovası ve içki şişeleriyle eksiksiz bir bar çıktı. "Saat altı buçuk. Bu saatlerde bir duble viski içmek âdetimdir. Burbon, viski ve votkamız var. Şarap da var. İstersen farklı bir şey de getirtebiliriz."

"Çok az sulu malt viski rica edeyim."

"Harika bir seçim." Nash şişelerin mantarlarını açmaya koyuldu. "Ben, Biraderler adlı bir grubun üyesiyim. Çok uzun zamandır faaliyetteyiz ama yüzyıllarımızı sadece olaylara tepki vererek, kargaşayı dindirmeye çalışarak harcadık. Panopticon ise üyelerimize vahiy gibi indi. Düşünme biçimimizi temelden değiştirdi.

Tarih bilgisi en kıt kişi bile insanoğlunun hırslı, fevri ve zalim olduğunu bilir. Ancak Bentham'ın cezaevi bize, doğru teknolojiyle toplumsal kontrol sağlanabileceğini gösterdi. Her köşede bir polis memurunun dikilmesine gerek yok. Tek ihtiyaç, tüm insanları aynı anda gözetleyecek bir Sanal Panopticon. Hepsini her zaman gözetlemek gerekmez, ama kitleler her an gözetlenebileceklerini kabul ederler ve cezanın kaçınılmazlığına boyun eğerler. Bu yapı, bu sistem, bu tehlike hayatın gerçeklerinden biri haline gelir. İnsanlar mahremiyet duygusundan vazgeçtiklerinde barışçıl bir toplum kurmaya hazır olurlar."

General, doldurduğu kadehleri alıp sandalyeler ve bir kanepeyle çevrelenmiş ahşap bir sehpaya götürdü. Michael'ın kadehini sehpaya bıraktı. İki adam karşılıklı oturdular.

"Panopticon'un şerefine!" Nash kadehini kaidedeki makete doğru uzattı. "Başarısız bir buluş, ama olağanüstü bir yorum."

Michael viskinin bir yudumunu damağında gezdirdi. İlaçlı gibi gelmiyordu ama emin de olamazdı. "Felsefe dersinize devam edin isterseniz" dedi, "ama ben pek ilgilenmiyorum. Benim tek bildiğim, burada tutsak olduğum."

"Aslında bundan çok fazlasını biliyorsun Michael. Ailen takma adlarla birkaç yıl Güney Dakota'da yaşadıktan sonra birtakım adamların saldırısına uğradı. Bunu biz yaptık. Onlar bizim adamlarımızdı ve eski stratejimizi izliyorlardı."

"Babamı öldürdünüz."

"Öyle mi dersin?" Kennard Nash kaşlarını kaldırdı. "Çalışanlarımız yıkıntıyı tepeden tırnağa aradı ama cesedine rastlayamadı."

Nash'in aldırışsız ses tonu Michael'ı çileden çıkarmıştı. Şerefsiz, diye düşündü Michael. Nasıl orda öylece oturup sırıtırsın? Öfke, dalga dalga vücuduna yayıldı ve masanın üzerinden atılıp Nash'in gırtlağına sarılmayı hayal etti. Ailesinin parçalanmasının öcünü sonunda alabilirdi.

General Nash, saldırıya uğramak üzere olduğunun farkında değil gibiydi. Cep telefonu çaldığında kadehini elinden bıraktı ve telefonunu ceketinin cebinden çıkardı. Arayana, "Rahatsız edilmek istemediğimi söylemiştim" dedi. "Ya. Öyle mi? E bu çok ilginç. Kendisine soralım."

Nash telefonu indirdi ve kaşlarını çatarak Michael'a baktı. Bu haliyle, kredi başvurusunda eksik evrak olduğunu söyleyecek bir banka şefine benziyordu. "Lawrence Takawa telefonda. Ya bana saldıracağını, ya da kaçmaya çalışacağını söylüyor."

Birkaç saniyeliğine Michael'ın nefesi kesildi. Koltuğun köşesini sımsıkı kavradı. "N-ne diyorsunuz?" diyebildi.

"Michael, kimseyi kandırmaya çalışmayalım. Şu anda bir kızılötesi tarayıcı ile incelenmektesin. Lawrence bana nabzının hızlandığını, derialtı ter bezi faaliyetlerinin arttığını ve göz çevresinden ısı sinyalleri alındığını söylüyor. Bunlar saldır veya kaç tepkisinin en temel belirtileri. Şimdi sorumuza dönelim. Bana saldıracak mısın, yoksa kaçmaya mı çalışacaksın?"

"Babamı neden öldürmek istediğinizi söyle."

Nash bir an Michael'ın yüzüne baktıktan sonra konuşmayı sürdürmeye karar verdi. "Merak etme" dedi Takawa'ya, "galiba yol alıyoruz." General telefonu kapatıp tekrar cebine koydu.

"Babam suçlu muydu?" diye sordu Michael. "Bir şey mi çalmıştı?"

"Panopticon'a dönelim. Tüm insanlık yapının içinde yaşarsa sistem mükemmel işler. Ancak bir kişi kapıyı açıp dışarı çıkacak olursa çöker."

"Babam bunu mu yapmıştı?"

"Evet. O, bizim 'Yolcu' dediğimiz kişilerdendi. Sinirsel enerjisini vücudundan dışarı yönlendirip farklı gerçekliklere geçebilirdi. Bizim bulunduğumuz dünyaya Dördüncü Âlem deniyor. Diğer âlemlere geçebilmek için aşılması gereken sabit engeller var. Baban bunların hepsine ulaşabildi mi bilmiyoruz." Nash gözlerini Michael'a dikmişti. "Bu dünyadan ayrılabilme gücü, kalıtsal etkenlere bağlı. Sen belki bunu yapabilirsin, Michael. Belki Gabriel'ın da bu gücü vardır."

"Siz de Tabula mısınız?"

"Bu bize düşmanlarımızın taktığı ad. Dediğim gibi, biz kendimizi Biraderler olarak adlandırıyoruz. Evergreen Vakfı da kamuoyu önündeki varlığımız."

Michael gözlerini kadehindeki içkiye çevirip bir strateji düşünmeye çalıştı. Ondan bir şey istedikleri için hayattaydı. *Sen belki bunu yapabilirsin, Michael.* Tabii ya. Babası ortadan kaybolmuştu ve onların bir Yolcu'ya ihtiyacı vardı.

"Vakfınıza dair tek bildiğim, televizyon reklamları."

Nash ayağa kalkıp pencereye yürüdü. "Biraderler, gerçek anlamda idealisttir. Biz, herkesin huzur ve refah ortamında yaşamasını istiyoruz. Bunun için tek çare de toplumsal ve siyasi istikrara kavuşmak."

"Yani herkesi devasa bir cezaevine tıkmak."

"Anlamıyor musun Michael? Günümüzde insanlar çevrelerindeki her şeyden korkuyorlar. Bu korkuyu canlı tutmak da çok kolay. İnsanlar Sanal Panopticon'a girmek için *can atıyorlar*. Biz de onları işini bilen çobanlar gibi gözetleyeceğiz. İzlenecekler, kontrol edilecekler ve bilinmeyenin tehlikesinden uzak kalacaklar.

Üstelik hapiste olduklarını anlamayacaklar bile. Her zaman ilgilerini çekecek bir şey var. Ortadoğu'da savaş mı istersin, ünlülerin gizli kamera kayıtları mı? Dünya Kupası var, Şampiyonlar Ligi var. Reçeteli ve reçetesiz her türlü ilaç emrinize amade. Reklamlar, pop şarkıları, moda... İnsanlar Panopticon'a belki korkudan giriyorlar ama biz onları içerde eğlendiriyoruz."

"Bir yandan da Yolcuları öldürüyorsunuz."

"Dediğim gibi, bu stratejinin zamanı geçti. Eskiden virüslere tepki veren sağlıklı bir vücut gibi davranırdık. Temel kurallar her dilde açıkça yazılmıştır. Tartışılacak hiçbir yanı yoktur bunların. İnsanoğlunun itaati öğrenmesi gereklidir. Ama ne zaman bir toplum birazcık istikrara kavuştu desek, bir Yolcu ortaya çıktı, yepyeni fikirlerini ve her şeyi değiştirme arzusunu insanlara aşıladı.

Zenginler ve bilgeler devasa bir katedral inşa etmeye çalışırlarken, Yolcular ha bire temeli dinamitleyip sorun çıkardı."

"Peki ne değişti?" diye sordu Michael. "Beni neden öldürmediniz?"

"Araştırmacılarımız kuantum bilgisayarı adında bir proje üzerinde çalışıyorlardı ve beklenmedik bir sonuç elde ettiler. Ayrıntılarına bu gece girmeyeceğim Michael. Tek bilmen gereken, bir Yolcu'nun bize olağanüstü bir teknolojik keşif yapmamızda yardımcı olabileceği. Eğer Geçiş Projesi gerçekleşirse tarih sonsuza kadar değişecek."

"Benim de Yolcu olmamı mı istiyorsunuz?"

"Aynen öyle."

Michael koltuktan kalkıp General Nash'e yaklaştı. Kızılötesi tarayıcının yakaladığı istemsiz tepkileri dinmişti. Bunlar belki nabzını ve cilt sıcaklığını ölçebiliyorlardı ama bu hiçbir şeyi değiştirmeyecekti.

"Biraz önce örgütünüzün ailemin evine saldırdığını söylediniz."

"Olayın benimle hiçbir ilgisi yoktu Michael. Çok da pişmanlık duyduğum bir harekettir."

"Diyelim ki geçmişe sünger çekip size yardım etmek istedim, bunu yapıp yapamayacağımı bile bilmiyorum. Herhangi bir âleme 'yolculuk' yapmışlığım yok. Babam bize bambu sopalarla kılıççılık oynamaktan başka bir şey öğretmedi."

"Bunu biliyorum. Araştırma merkezimizi görmüş müydün?" Nash eliyle işaret ettiğinde Michael pencereden dışarı baktı. Korumalı araziyi güvenlik ışıkları aydınlatıyordu. Nash'in odası, birbirlerine kapalı köprülerle bağlı dört modern yapıdan birinin üst katındaydı. Yapıların oluşturduğu dörtgenin ortasında, beyaz bir küpü andıran beşinci bir yapı vardı. Küpün mermer duvarları ince olduğundan içerdeki ışık yapının parlamasına yol açıyordu.

"Senin Yolcu olma potansiyelin varsa, bünyemizdeki teknoloji ve uzmanlarımız bu gücü kullanmana yardımcı olacak. Geçmişte, Yolcular öğretilerini sapkın papazlardan, ihanet peşindeki piskoposlardan ve gettolara tıkılmış hahamlardan aldı. Tüm bu süreç köktendincilik ve mistisizmle yürütüldü. Tabii bazen istenmeyen sapmalar yaşandı. Oysa gördüğün gibi, bizim sistemimizde hataya yer yok."

"Tamam, çok paranız var, koca koca da binalarınız. Peki benim Yolcu olduğum ne malum?"

"Başarılı olursan tarihi değiştirmemize yardım edeceksin. Başaramasan bile her türlü rahatını sağlayacağız. Bir daha çalışmak zorunda kalmayacaksın."

"Size yardım etmek istemezsem?"

"Böyle bir işe kalkışacağını sanmıyorum. Seni çok iyi tanıdığımı unutma Michael. Çalışanlarımız haftalardır seni inceliyor. Hırslı olan kardeşin değil, sensin."

"Gabriel'ı bu işe hiç karıştırma" dedi Michael sertçe. "Onun peşine kimse düşmesin."

"Ona ihtiyacımız yok çünkü sen varsın. Sana çok büyük bir fırsat sunuyorum Michael. Geleceğimiz sensin. Dünyaya kalıcı barış ve huzur getirecek Yolcu sen olacaksın."

"İnsanlar kavgaya devam ederler."

"Ne söyledim unuttun mu? Her şey korku ve ilgi üzerine dönüyor. İnsanlar korku yüzünden Sanal Panopticon'a girecekler, biz onların orada ilgisini çekeceğiz. İnsanlar özgürce antidepresan alacaklar, borca girecekler, boş boş televizyona bakacaklar. Toplum dağınıkmış gibi görünecek ama aslında çok istikrarlı olacak. Dört yılda bir de Beyaz Saray Gül Bahçesi'nden konuşma yapmak için farklı bir manken seçeceğiz."

"Gerçek kontrol kimde olacak?"

"Biraderlerde elbette. Sen de ailenin bir parçası olarak bizi geleceğe taşıyacaksın."

Nash elini Michael'ın omzuna koydu. Amcasının, dayısının yapacağı gibi içtenlikli, sevecen bir hareketti bu. *Bizi geleceğe taşıyacaksın*, diye düşündü Michael. *Ailenin bir parçası.* Pencereden, ortadaki beyaz binaya baktı.

General Nash döndü ve bara doğru yürüdü. "Sana bir içki daha koyayım. Sonra yemek ısmarlarız. Bonfile mi, suşi mi artık sen bilirsin. Ardından da konuşacağız. İnsanlar hayatlarını büyük olayların ardındaki gerçeği öğrenemeden tüketiyorlar. Sahnedeki sokak komedisini izleyip eğleniyorlar ama kuliste oynanan dramın farkında değiller.

Ben bu gece perdeyi aralayacağım. Kulise geçeceğiz beraber, dekorlar nasıl duruyor, oyuncular kuliste nasıl davranıyor hepsini göreceksin. Okulda sana öğretilenlerin yarısı, işin kolayına kaçmak için uydurulmuş şeyler. Tarih, çocuksu zihinlere sergilenen bir kukla oyunu."

32

Gabriel motel odasında uyandığında Maya'yı göremedi. Kız çıt çıkarmadan kalkıp giyinmiş ve çıkmıştı. Üstelik battaniyeyi ve çarşafı düzeltip, yastıkları güzelce yerleştirmişti. Sanki varlığına ilişkin tüm izleri, geceyi aynı mekânda geçirdiklerine dair tüm kanıtları ortadan kaldırmak istiyordu.

Yatakta doğruldu ve sırtını gıcırdayan karyola başlığına yasladı. Los Angeles'tan ayrıldıklarından beri, Yolcu olmanın ne anlama geldiğini düşünüyordu. Diğer herkes biyolojik makineler miydi? Yoksa her canlının içinde Maya'nın Işık dediği bir enerji kıvılcımı mı vardı? Vardıysa bile, bu Gabriel'ın o güce sahip olduğunu göstermezdi.

Gabriel başka bir âlemi hayal etmeye çalıştı ama aklı kayıp gidiyordu. Bir türlü düşüncelerini toparlayamıyordu. Beyni kafese kapatılmış maymun gibi oradan oraya sıçrıyor, bir tarafta eski kız arkadaşlarının resimlerini savuruyor, diğer tarafta motosiklet yarışı karelerini oynatıyor, sevdiği bir şarkının sözlerini mırıldanıyordu. Bir vızıltı duyup gözlerini açtığında irice bir sineğin camı delmek ister gibi debelendiğini gördü.

Kendi kendine sinirlenip banyoya gitti ve yüzünü yıkadı. Maya, Hollis ve Vicki onun için hayatlarını tehlikeye atmışlardı ama hayal kırıklığına uğrayacaklardı. Gabriel, onur konuğuymuş gibi yapan bir davetsiz misafir gibi hissediyordu kendisini. Şu Kılavuz –tabii öyle biri varsa– Gabriel'ın Yolcu olma iddiasına kahkahalarla gülecekti.

Odaya döndüğünde Maya'nın seyahat çantası ve bilgisayarının yatağın üstünde olduğunu gördü. Demek ki o da yakınlardaydı. Minibüse binip yiyecek bir şeyler mi almaya gitmişti? Olamazdı ki... Çevrede hiç lokanta veya market yoktu.

Gabriel giyinip binanın açık avlusuna çıktı. Oteli işleten yaşlı kadın neon ışıkları söndürmüştü, ofisi de karanlıktı. Lavanta rengine bürünmüş tanyeri, incecik gümüş bulutlarla bezeliydi. Motelin güney kanadının köşesini döndüğünde, Maya'nın çalılıklarla çevrili bir beton parçasının üzerinde durduğunu gördü. Beton, yapılmaya niyetlenildikten sonra vazgeçilip çöle terk edilmiş bir evin temelini andırıyordu.

Maya, terk edilmiş inşaat alanından bir demir çubuk bulmuştu. Bununla, Gabriel'ın kendo kursunda gördüklerine benzer birtakım hareketler yapıyordu. Çelme. Atılma. Savunma. Bir hareketten diğerine zarif ve kesintisiz biçimde geçiyordu.

Uzakta durarak Maya'yı gözlemleyebilir ve onun bencilce içe kapanıklığına bulaşmayabilirdi. Gabriel hayatında bu Soytarı'ya benzeyen kimseyi tanımamıştı. Onun bir savaşçı olduğunu ve gözünü kırpmadan adam öldürebileceğini biliyordu ama dünyaya bakışında da saf ve dürüst bir niyet sezinliyordu. Maya'nın çalışmasını izlerken, kızın bu tarihi yükümlülükten, hayatını esir eden şiddetten başka bir şeyi umursayıp umursamadığını merak etti.

Motelin çöp kutusunun yanında, işi bitmiş bir süpürge duruyordu. Süpürgenin sopasını ayırıp beton zemine doğru yürüdü. Maya onu gördüğünde durdu ve uydurma silahını aşağı indirdi.

"Ben de kendo dersi almıştım ama sen işin ustasısın galiba. Biraz kapışalım mı?"

"Soytarılar asla Yolcularla savaşamaz."

"Ben Yolcu olmayabilirim, unutma. Bu olasılığı kabul etmeliyiz." Gabriel süpürge sopasını salladı. "Ayrıca bu da kılıç sayılmaz."

Sopayı iki eliyle kavrayıp sert olmayan bir hamleyle Maya'ya saldırdı. Maya darbeyi hafifçe savuşturdu ve silahını Gabriel'ın sol tarafına indirdi. Beton dikdörtgenin üzerinde hareket ederlerken Gabriel'ın botları gıcırtılar çıkarıyordu. Tanıştıklarından beri ilk kez Maya'nın ona baktığını, ona bir eşiti gibi davrandığını hissediyordu. Hatta bir hamlesini kesip ani bir hareketle şaşırtmaya çalıştığında ona birkaç kez gülümsemişti bile. Zarif ve kusursuz hareketlerle dövüşerek uçsuz bucaksız gökyüzünün altında âdeta dans ediyorlardı.

33

Nevada eyaletinin sınırını geçtiklerinde hava ısınmaya başladı. Gabriel, Kaliforniya sınırını geçer geçmez kaskını çıkarıp minibüse bırakmış, güneş gözlüğünü takmış, Maya'nın önünde yerini almıştı. Maya geriden rüzgârın onun gömleğini ve pantolonunun paçalarını dalgalandırmasını izliyordu. Güneydoğuya dönerek Colorado Nehri'ne yöneldiler ve Davis Barajı'nı geçtiler. Kızıl kayalar. Saguaro kaktüsleri. Asfaltın üstünde parıldayan sıcak hava dalgaları. Searchlight adlı bir kasabaya yaklaşırlarken yolun kenarında beliren elle yazılmış bir dizi tabela Maya'nın dikkatini çekti: CENNET LOKANTASI 8 KM. CANLI ÇAKAL! KAÇIRMAYIN! CENNET LOKANTASI'NDA YİYİN! 5 KM.

Gabriel eliyle, kahvaltı edelim, gibisinden bir işaret yaptı ve lokanta belirdiğinde sinyal verip otoparka girdi. Lokanta, pencereli konteynıra benzeyen düz damlı bir kutucuktan oluşuyordu. Çatıda büyük bir klima ünitesi duruyordu. Maya kılıç kılıfını eline alıp minibüsten indi ve içeri girmeden önce lokantayı biraz inceledi. Ön kapı. Arka kapı. Lokantanın önünde kırmızı külüstür bir kamyonet vardı; kasası kapatılmış diğer bir kamyonetse yan tarafta duruyordu.

Gabriel ona yaklaştı. Omuzlarını döndürüyor, kasılmış vücudunu gevşetmeye çalışıyordu. "Onu bu işe karıştırma" diyerek kılıca işaret etti. "Alt tarafı kahvaltı edeceğiz Maya, Üçüncü Dünya Savaşı'na girmiyoruz ki."

Maya kendini Gabriel'ın gözlerinden gördü. Soytarıların deliliği. Sürekli paranoya. "Babam bana her zaman silah taşımamı öğretti."

"Rahat ol" dedi Gabriel. "Bir şey olmaz." Maya, Gabriel'ın yüzüne, gözlerine ve kahverengi saçlarına yeni bir gözle baktı.

Maya sırtını döndü ve derin bir nefes aldıktan sonra kılıcı minibüse bıraktı. Merak etme, dedi kendi kendine, bir şey olmaz. Ama yine de kazağının gizlediği iki bıçağı şöyle bir yokladı.

Çakal, lokantanın ön tarafındaki bir kafeste tutuluyordu. Ötesinde berisinde kaka tepecikleri olan beton bir yüzeye oturmuş tutsak, sıcaktan nefes nefese kalmıştı. Maya ilk kez çakal görüyordu. Hayvanın vücudu sokak köpeğine, başı ve dişleriyse kurda benziyordu. Bir tek kahverengi gözlerinde vahşi bir ifade vardı ve Maya'yı dikkatle süzüyordu.

"Hayvanat bahçelerinden nefret ederim" dedi Gabriel'a, "cezaevinden hiçbir farkı yoktur."

"İnsanlar hayvan görmeyi sever."

"Yurttaşlar hayvanları öldürmeyi veya kafese kapatmayı seviyor. Kendi tutsaklıklarını unutuyorlar böylece."

Lokanta ince uzun bir salondan oluşuyordu. Pencere kenarına sıra sıra kabinler dizilmişti, diğer yanda uzunca bir bar ve önünde tabureler, arkada mutfak vardı. Kapının yakınına üç tane kollu kumar makinesi konmuştu. Makinelerin temaları birbirinden beterdi: Büyük Ödül Sirki. Voli Vurmaca. Mutluluk Sarhoşluğu. Tozlu iş kıyafetleri ve kovboy çizmeleriyle barda oturan iki Meksikalı, yağda yumurta ve mısır tortillası yiyorlardı. Oksijen saçlı, önlüklü genç garson kız bir ketçap şişesini öbürüne boşaltıyordu. Gözleri kızarmış, pis sakallı yaşlı bir adamın yüzü mutfak kapısında şöyle bir görünüp kayboldu. Aşçıydı herhalde.

Garson kız, "İstediğiniz yere oturun" deyince Maya savunma için en uygun konumu seçti ve en arkadaki kabine gidip salona bakacak biçimde oturdu. Formika masadaki çatal bıçağı incelerken salonu aklına kazıyordu. Mola vermek için iyi bir yerdi. Meksikalılar zararsız görünüyordu ve lokantaya yanaşacak tüm arabaları da oturduğu yerden görebilirdi.

Garson elinde buzlu su dolu bardaklarla yaklaştı. "Günaydın. İkiniz de kahve istiyor musunuz?" İnce, cıvıltılı bir sesi vardı.

"Sadece portakal suyu istiyorum" dedi Gabriel.

Maya ayağa kalktı. "Tuvalet nerede?"

"Lokantanın arkasında. Ayrıca, kilitlidir. Gel götüreyim seni."

Yakasındaki isimlikten adının Kathy olduğu anlaşılan garson, Maya'yı lokantadan çıkarıp bir asma kilit ve çengel dışında üzerinde herhangi bir şey bulunmayan bir kapının önüne götürdü. Ceplerinde anahtarı ararken konuşmayı sürdürüyordu. "Babam, birileri gelip tuvalet kâğıtlarını çalacak diye korkuyor. Lokantanın aşçısı da, bulaşıkçısı da, patronu da o."

Kathy kilidi çıkarıp ışığı açtı. Oda, konserve yiyecekler ve diğer malzemelerle doluydu. Kâğıt havlu olup olmadığını kontrol etti ve lavaboyu sildi.

"Erkek arkadaşın çok şirin" dedi Kathy. "Ben de öyle yakışıklı bir adamla gezmek isterim ama babam burayı satana kadar Cennet Lokantası'ndan başka bir yer göreceğim yok benim."

"Çok yalnız kalıyorsun herhalde."

"Babam ve o çakaldan başka kimse yok. Arada sırada da Vegas'tan gelenler uğrar. Sen hiç Vegas'a gittin mi?"

"Hayır."

"Ben altı kez gittim."

Nihayet yalnız kaldığında Maya kapıyı kilitledi ve kolilerden birinin üstüne oturdu. Gabriel'a yakınlık duyabilecek olması onu rahatsız ediyordu. Soytarıların, korudukları Yolcularla arkadaş olmalarına izin verilmezdi. En doğru tavır, Yolcuları kurtlar sofrasından habersiz masum çocuklar gibi görerek onlara hafif bir üstünlük taslamaktı. Babası, duygusal açıdan bu kadar mesafeli davranmalarının pratik bir nedeni olduğunu söylerdi hep. Cerrahların da aile bireyleri üzerinde ameliyat yapmalarına izin verilmezdi. Hastalarıyla özel ilişkileri, kararlarını etkileyebilirdi. Aynı kurallar Soytarılar için de geçerliydi.

Maya lavabonun önünde durup çatlak aynada kendine baktı. Şu haline bak, diye düşündü. Saçlar karmakarışık. Gözler kıpkırmızı. Sevimsiz, iç karartıcı giysiler. Thorn onu hiçbir bağı olmayan bir katile çevirmişti; Maya'da ne piyonların rahatlık, ne de yurttaşların güvenlik arzusu vardı. Yolcular zayıf ve kafası karışık kişiler olabilirlerdi ama dünya denen bu hücreden kaçıp kurtulmak da bir tek onlara özgüydü. Soytarılarsa ölene kadar Dördüncü Âlem'in tutsağıydı.

Maya lokantaya döndüğünde, iki Meksikalı'nın gitmiş olduğunu gördü. Kendilerine yiyecek ısmarladıktan sonra Gabriel arkasına yaslandı ve Maya'yı dikkatle süzmeye başladı.

"Diyelim ki insanlar gerçekten başka âlemlere geçebiliyor. Geçtikleri nasıl bir yer? Tehlikeli mi?"

"Bu konuları pek bilmiyorum. Bir Kılavuz'un yardımına bu yüzden ihtiyacın var. Babam bana iki tehlikeden söz etmişti. Birincisi, başka âleme geçtiğinde kabuğun, yani vücudun, burada kalıyor."

"Diğer tehlike ne?"

"Işığın, yani ruhun, veya ne dersen de, başka bir âlemde yaralanabilir veya ölebilir. Bu durumda, sonsuza dek orada tutsak kalırsın."

Sesler. Kahkahalar. Maya dört genç adamın lokantaya girdiğini gördü. Otoparka bıraktıkları lacivert cipleri, çöl güneşinin altında yaldır yaldır yanıyordu. Maya adamlardan her birini inceledi ve kendince adlandırdı. İri Kol, Dazlak ve Şişko, üzerlerinde bir spor takımının formasını ve eşofmanlarını taşıyordu. Sanki çalıştıkları spor salonunda yangın çıkmış, onlar da son anda soyunma odasında ne buldularsa üzerlerine geçirmiş gibi uyumsuzlardı. Boyu en kısa, sesi en gür adam olan önderleri, daha uzun görünsün diye kovboy çizmeleri geçirmişti ayağına. Bunun da adı Bıyıklı olsun, diye düşündü. Yok, Gümüş Toka daha iyi. Toka, işlemeli bir kovboy kemerinde boy gösteriyordu.

"İstediğiniz yere oturun" dedi Kathy.

"E tabii" dedi Gümüş Toka. "Biz de oturmaya geldik zaten."

Gür sesleri, dikkat çekme arzuları Maya'yı endişelendirmişti. Gabriel kızarmış ekmeğinin üzerine çilek reçeli sürmekle meşgulken, Maya kahvaltısını hızla bitirdi. Dört adam Kathy'den tuvaletin anahtarını aldıktan sonra kahvaltı siparişi verdiler, sonra fikirlerini değiştirip ayrıca jambon istediler. Kathy'ye, Las Vegas'ta bir boks maçını izledikten sonra Arizona'ya dönmekte olduklarını söylediler. Hem maç bahislerinde, hem de 21 masasında iyi para kaybetmişlerdi. Kathy siparişlerini alıp tezgâhın arkasına çekildi. Şişko, elindeki bir yirmiliği bozdurup kumar makinesinin başına geçti.

"Kahvaltın bitti mi?" diye sordu Maya Gabriel'a.

"Şimdi biter."

"Bir an önce gidelim."

Gabriel durumu eğlenceli bulmuştu. "Adamları sevmedin değil mi?"

Maya bardağındaki buzları çalkalarken yalan söyledi. "Önüme çıkmayan yurttaşlara ilgi göstermem."

"Bana Vicki Fraser'ı sevdin gibi gelmişti. İki yakın arkadaş gibi takılıyordunuz..."

"Adam kazıklıyorlar be!" Şişko, makinelerden birini yumrukladı. "İçeri yirmi dolar attım. Bari biri tutar değil mi?"

Gümüş Toka, kabinde Dazlak'ın karşısında oturuyordu. Bıyığını sıvazlayıp sırıttı. "Akıllı ol oğlum. Sıfır ödüle ayarlamışlar. Bu kötü kahveden adam gibi para kazanamadıkları için makineye takılan turistleri yolalım diyorlar."

Kathy tezgâhın arkasından çıktı. "Bazen ödül veriyor. İki hafta önce bir kamyoncu büyük ödülü aldı."

"Bırak bu ayakları yavrum. Arkadaşıma yirmi dolarını ver konu kapansın. Bu işin kuralı yok mu, yüzde bilmem kaç ödül verecek diye?"

"Parayı veremem. Makinelerin sahibi biz değiliz zaten. Sullivan adlı birinden kiralıyoruz."

İri Kol tuvaletten dönmüştü. Makinenin yanında durup konuşmayı dinledi. "Bundan bize ne?" dedi. "Zaten bütün Nevada eyaleti adam kazıklamak üzerine kurulu. Paramızı veremiyorsan bedava yemek ver."

"Bak o iyi olur" dedi Dazlak. "Beleşe yiyelim."

"Yiyecekle kumar makinelerinin hiçbir ilgisi yok" dedi Kathy. "Eğer yemek ısmarladıysanız parasını..."

Şişko, üç adım atıp tezgâha yanaştı ve Kathy'nin kolunu kavradı. "Boşverin beleş yemeği, başka bir şey alalım."

Üç arkadaşı uluyarak fikirlerini beyan ettiler. "Oğlum emin misin?" dedi İri Kol. "Bu karı yirmi dolar eder mi?"

"Dördümüzü düşünürsen adam başı beş dolar."

Mutfak kapısı sertçe açıldı ve Kathy'nin babası elinde sopayla dışarı çıktı. "Adam olun be! Bulaşmayın kıza!"

Gümüş Toka pek etkilenmemişti. "Sen bizi tehdit mi ediyorsun moruk?"

"Aynen öyle. Alın pılınızı pırtınızı defolun!"

Gümüş Toka masaya uzandı ve küçük acı sos şişesinin yanında duran ağır cam şekerliği aldı. Biraz dikilerek şekerliği var gücüyle fırlattı. Kathy'nin babası geri çekildi ama şekerlik adamın sol yanağına vurdu ve dağıldı. Her tarafa şeker saçılırken adam sendeledi.

Dazlak masadan kalktı. Sopanın ucunu kavradı, adamın elinden kanırtarak aldı ve adamı kurtkapanına getirdi. Sopanın diğer ucuyla defalarca vurdu. Adam sonunda kendinden geçti ve Dazlak kurbanını yere bıraktı.

Maya, Gabriel'ın eline dokundu. "Mutfaktan dışarı çık."

"Hayır."

"Bize ne bundan?"

Gabriel kıza öyle ayıplayarak baktı ki Maya bıçaklandığını sandı. Gabriel masadan kalkıp adamlara yaklaşırken hareket etmedi – edemedi.

"Dışarı çıkın."

"Sen kimsin lan?" Gümüş Toka da masadan kalktı. Dört adam da tezgâhın yanında duruyordu şimdi. "Sen kim oluyorsun da bize çıkın diyorsun?"

Dazlak, Kathy'nin babasının kaburgalarına bir tekme indirdi. "Önce şu bunağı kapıdaki çakalın yanına kilitleyelim."

Kathy kurtulmaya çalıştı ama Şişko kolunu sımsıkı tutuyordu. "Sonra da malları inceleyeceğiz."

Gabriel'ın yüzünde, dövüşmeyi sadece karate kursunda, onu da idman niyetine görmüş birinin tedirginliği vardı. Olduğu yerde durup saldırının gelmesini bekliyordu.

"Size çıkın dedik."

"Duyduk." Dazlak, elindeki sopayı polis copu gibi sallıyordu. "Beşe kadar sayıyorum, toz ol!"

Sonunda Maya da masadan kalktı. Elleri açıktı ve vücudu rahattı. *Bizim dövüşmemiz okyanusa balıklama dalmaya benzer* demişti Thorn bir keresinde. Düşeriz, ama zarafetle. Yerçekimine kapılırız, ama kontrollüyüzdür.

"Ona dokunmayın" dedi Maya. Adamlar güldü. Maya birkaç adım daha atarak dövüş alanına girdi.

"Nerelisin sen?" diye sordu Gümüş Toka. "İngiliz misin nesin? Buralara yabancı olduğun belli. Burada kadın, erkeğinin kavgasına burnunu sokmaz."

"Bırak soksun yahu" dedi İri Kol. "Taş gibi vücudu var baksana."

Maya, Soytarı soğukluğunun kalbine yerleştiğini hissetti. Gözleri kendiliğinden dört hedefle arasındaki mesafeleri ve izlenecek yolları hesaplamaya başladı. Yüzü, ölü suratı gibi cansız ve ifadesizdi ama sözlerinin açıkça ve kesinlikle anlaşılmasını istiyordu. "Ona dokunacak olursanız sizi yok ederim."

"Ay altıma işedim galiba."

Dazlak, arkadaşına baktı ve sırıttı. "Russ, kaç kurtar kendini! Küçükhanım çok sinirlendi. Kaçsana oğlum!"

Gabriel Maya'ya döndü. Başından beri ilk kez ilişkinin kontrolü ondaymış gibi davranıyordu. Soytarısına emir veren bir Yolcu gibiydi. "Hayır Maya! Duydun mu! Sana emrediyorum..."

Gabriel konuşurken Maya'ya doğru dönmüştü, dolayısıyla Dazlak'ın sopayı kaldırdığını göremedi. Maya önce bir tabureye, ardından bara sıçradı. İki uzun adım atıp ketçap ve hardal şişelerini geçtikten sonra sağ bacağını şiddetle savurdu ve Dazlak'ın boğazına bir tekme indirdi. Dazlak, hırıltılar çıkararak tükürdü ama sopayı elinden bırakmadı. Maya sopanın bir ucunu kavrayıp aşağı atladı, sopayı kanırtarak aldı ve hızla adamın kafasına geçirdi. Kemik çatırtısıyla birlikte adam yere yıkıldı.

Gözünün ucuyla Gabriel'ın Gümüş Toka'yla dalaşmakta olduğunu gördü. Sopayı sağ eline alıp sol elindeki saldırmayı çıkararak Kathy'ye doğru koştu. Şişko, teslim olan bir asker gibi ellerini kaldırdı. Maya saldırmayı adamın avucunun tam ortasına sokarak ahşap duvar kaplamasına çiviledi. Yurttaş tiz bir çığlık attı ama Maya ona aldırmayarak İri Kol'a doğru ilerledi. Kafaya doğru savurarak şaşırt ama aşağı vur. Sağ dizi kır gitsin. Çatırtı. Haykırış. Kafaya bir vuruşla noktayı koy. Hedefi öne doğru yıkılınca Maya diğer yanına döndü. Gümüş Toka yerde baygın yatıyordu. Gabriel onu halletmişti. Maya tekrar Şişko'ya yöneldiğinde adam sızlanmaya başladı.

"Yapma" dedi, "lütfen yapma!" Sopayı son kez savurarak onu da bayılttı. Şişko yüzükoyun yıkılırken duvara saplı bıçağı da çekip çıkardı.

Maya sopayı bıraktı, eğildi ve saldırmasını aldı. Bıçaktaki kanı Şişko'nun formasına sildi. Tekrar doğrulduğunda, dövüş sırasında gelen o doğaüstü berraklık dağılmaya başlamıştı. Yerde beş kişi yatıyordu. Gabriel'ı savunmuştu ama kimseyi öldürmemişti.

Kathy, Maya'ya hortlak görmüş gibi bakıyordu. "Hemen gidin" dedi. "Gidin çünkü şimdi şerifi arayacağım. Merak etmeyin, güneye giderseniz kuzeye gittiler derim. Arabayı filan da farklı söylerim. Ne olur gidin."

Kapıdan önce Gabriel, ardından Maya çıktı. Çakalın önünden geçerken kafesin kilidini çözdü ve kapısını açtı. Hayvan önce kımıldamadı, özgürlük nedir unutmuş gibiydi. Maya yürümeye devam ederken omzunun üstünden geriye baktı. Çakal hâlâ hapisanesinde duruyordu. "Hadisene!" diye bağırdı. "Tek şansın bu!"

Maya minibüsü çalıştırırken çakal dikkatle kafesinden çıktı ve otoparkı incelemeye başladı. Gabriel'ın motosikletinin gümbürtüsü hayvanı sıçrattı. Önce bir kenara seğirtti, sonra aldırışsız tavrını yeniden takındı ve mağrur adımlarla lokantanın önünden yürüdü.

Gabriel yola çıkarken Maya'ya bakmadı. Sıcak gülüşlerden ve el sallamalardan, yolda bir sağa bir sola yalpalamalardan eser kalmamıştı. Maya Gabriel'ı korumuş, hatta onu kurtarmıştı ama yaptıklarıyla birbirlerinden uzaklaşmışlardı. Maya o anda bir şeyden kuşkuya yer bırakmaksızın emin oldu: Kimse onu sevmeyecek, onun acısını dindirmeyecekti. Babası gibi, o da düşmanlarıyla çevrelenmiş bir biçimde ölecekti. Yalnız ölecekti.

34

Lawrence Takawa üzerinde ameliyat elbisesi ve maskesiyle ameliyathanenin bir köşesinde duruyordu. Araştırma merkezinin ortasındaki yeni binada hâlâ tıbbi girişimde bulunulabilecek donanım yoktu. Kitaplığın bodrum katına geçici bir mekân kurulmuştu.

Michael Corrigan'ın ameliyat masasına uzanmasını izledi. Hemşire Yang ısıtılmış bir battaniye getirip Michael'ın bacaklarına sardı. Ameliyathaneye inmeden önce Michael'ın kafasını da Yang kazımıştı. Michael bu haliyle acemilik eğitimine yeni başlamış bir askere benziyordu.

Dr. Richardson ve Tayvan'dan getirilen anestezist Dr. Lau, hazırlıklarını tamamladılar. Michael'ın koluna bir iğne sokuldu ve plastik hortum steril bir çözeltiye daldırıldı. Michael'ın beyninin röntgen ve manyetik rezonans görüntülerini, Biraderlerin kontrolünde faaliyet gösteren Westchester'daki bir klinikte çektirmişlerdi. Yang filmleri odanın bir köşesindeki ışık kutusuna yerleştirdi.

Richardson hastasına baktı. "Kendimizi nasıl hissediyoruz Michael?"

"Canım yanacak mı?"

"Hayır. Anesteziye güvenlik nedeniyle başvuruyoruz. Girişim sırasında başımızın hiçbir biçimde hareket etmemesi gerekiyor."

"Ya bir terslik olur da beynim zarar görürse?"

"Çok ufak bir müdahalede bulunacağız Michael. Endişelenmen için bir neden yok" dedi Lawrence.

Richardson, Dr. Lau'ya başıyla işaret verdiğinde, Lau çözeltideki hortumu çıkardı ve diğer ucuna bir şırınga taktı. "Hadi bakalım. Yüzden geriye doğru saymaya başlayalım."

Michael on saniye içinde bilincini yitirmiş, düzenli soluk alıp vermeye başlamıştı. Hemşirenin de yardımıyla, Richardson Michael'ın başına çelik bir kelepçe geçirdi ve dibi yastıklı vidaları sıktı. Michael'ın vücudu spazm geçirse bile başı sabit kalacaktı.

"Harita çıkaralım" dedi Richardson hemşireye. Yang ona esnek bir çelik cetvel ve siyah keçeli kalem uzattı. Nörolog, bundan sonraki yirmi dakikayı Michael'ın tepesine bir matris çizerek geçirdi. Çizimini iki kez kontrol ettikten sonra kesim için sekiz nokta işaretledi.

Nörologlar birkaç yıldır ağır depresyon hastalarının beyinlerine kalıcı elektrotlar yerleştiriyorlardı. Bu elektrotlar sayesinde doktorlar bir düğmeyi çevirip beyne çok hafif bir elektrik akımı vererek kişinin ruh halini anında değiştirebiliyorlardı. Richardson'ın hastalarından biri olan Elaine adlı genç bir pasta ustası, evde televizyon izlerken akımın ayarını ikide tutuyordu, ama bir düğün pastası için sıkı çalışması gerektiğinde beşe kadar yol veriyordu. Nörologların beyni uyarmasını sağlayan teknoloji, Michael'ın sinirsel enerjisinin takip edilmesinde de kullanılacaktı.

"Ona doğru söyledim mi?" diye sordu Lawrence.

Dr. Richardson odanın öbür tarafına baktı. "Ne demek istediniz?"

"Girişim beynine hasar verebilir mi?"

"Kişinin sinirsel etkinliğini bilgisayarla izlemek istiyorsanız duyargaları beyne yerleştirmeniz gerek. Kafatasının dışına yerleştirilecek elektrotlar bu kadar verimli olmaz. Hatta çelişkili veriler bile çıkarabilir."

"Teller beyin hücrelerini yok etmeyecek mi?"

"Beynimizde milyonlarca hücre var Bay Takawa. Michael belki Konstantinopolis diye nereye derlerdi unutabilir, lisede matematik dersinde yanında oturan kızın adını hatırlamayabilir. Bunlar çok da önemli değil."

Dr. Richardson çizdiği kesim noktalarından memnun kaldığında, ameliyat masasının başındaki bir tabureye oturdu ve Michael'ın tepesini incelemeye başladı. "Işık lütfen" dediğinde, hemşire Yang ameliyat lambasını doktora göre ayarladı. Dr. Lau ise birkaç adım ötede, monitörden Michael'ın yaşam belirtilerini takip ediyordu.

"Durum nasıl?"

Dr. Lau, Michael'ın nabzını ve solunumunu kontrol etti. "İşleme başlayabilirsiniz."

Richardson, ayarlanabilir kola takılmış bir kemik matkabını indirdi ve Michael'ın kafatasında dikkatle küçük bir delik açtı. Dişçilerin kullandıkları aletlerin sesine benzeyen tiz bir uğultu çıktı.

Matkabı uzaklaştırdı. Delikte küçücük bir kan damlası belirdi ve büyümeye başladı ama hemşire bunu bir parça pamukla sildi.

Tavana çakılmış ikinci bir kolda, sinirsel enjeksiyon aygıtı duruyordu. Richardson bunu çekti, kafatasındaki minik deliğin üstüne getirdi ve tetiğe bastı. İnsan saçı kalınlığında teflon kaplı bir tel, Michael'ın beynine girdi.

Tel, kuantum bilgisayarına veri gönderen bir kabloya bağlıydı. Lawrence, bilgisayar merkeziyle haberleşmesini sağlayan bir mikrofonlu kulaklık taşıyordu. "Teste başlayın" dedi teknisyenlerden birine. "İlk duyarga yerleştirildi."

Beş saniye geçti. Yirmi saniye. Ardından teknisyen, sinirsel etkinlik saptadıklarını bildirdi.

"İlk duyarga çalışıyor" dedi Lawrence. "Devam edebilirsiniz."

Dr. Richardson tele küçük bir elektrot pul geçirdi, pulu cilde yapıştırdı, ardından fazla teli kesti. Doksan dakika sonra diğer duyargalar da Michael'ın beynine yerleştirilmiş ve elektrotlara bağlanmıştı. Uzaktan bakıldığında, Michael'ın kafatasına sekiz madeni para yapıştırılmış gibi duruyordu.

* * *

Michael hâlâ baygın olduğu için hemşire onun yanında kaldı. Lawrence ve iki doktor yandaki odaya geçtiler. Üzerlerindeki ameliyat giysilerini çıkarıp bir sepete attılar.

"Ne zaman uyanır?" diye sordu Lawrence.

"Bir saate kadar."

"Ağrı hissedecek mi?"

"Çok az."

"Harika. Deneye ne zaman başlayabileceğimizi bilgisayar merkezine sorayım."

Dr. Richardson endişeli görünüyordu. "Sizinle konuşabilir miyiz?"

İki adam kitaplıktan ayrılıp dörtgeni geçerek idari merkeze geldiler. Dün gece yağmur yağmıştı ve hava hâlâ kapalıydı. Güller budanmış, irisler kuru dallara dönmüştü. Yürüyüş yollarının çevresine ekilmiş çimenler kuruyordu. Her şey zaman karşısında yenik düşüyordu; bahçenin ortasındaki penceresiz beyaz yapı dışında. Buranın resmi adı Nörolojik Sibernetik Araştırma Merkezi olabilirdi ama genç çalışanların dilindeki adı farklıydı: "Mezar."

"Yolcularla ilgili araştırmalarımı sürdürüyorum" dedi Richardson. "Bazı sorunlarla karşılaşabileceğimizi gördüm. Elimizde, başka âlemlere geçebilecek –veya geçemeyecek– genç bir adam var."

"Doğru" dedi Lawrence. "Geçip geçemeyeceğini denediğimizde anlayacağız."

"Eldeki bilgilere göre, Yolcular geçiş yapmayı kendi başlarına öğrenebiliyorlar. Uzun süreli gerilim ya da ani bir şokla meydana gelebiliyor bu. Ama birçokları, bir tür öğretmenin yönlendirmesine ihtiyaç duyuyor."

"Onlara Kılavuz deniyor" diye cevapladı Lawrence. "Bu işlevi görecek birini arıyoruz ama henüz başarılı olamadık."

İdari merkezin girişinde durdular. Lawrence, doktorun Mezar'a bakmak istemediğini fark etmişti. Nörolog önce gökyüzüne baktı, ardından sarmaşık ekilmiş beton bir saksıya. Yapıya bakmamak için elinden geleni yapıyordu.

"Kılavuz bulamazsanız ne olacak?" diye sordu. "Michael ne yapacağını nereden bilecek?"

"Başka bir planımız daha var. Destek ekipler, sinirsel katalizör görevini üstlenecek birtakım ilaçlar üzerinde çalışıyor."

"Bu iş benim alanıma girdiği için size rahatlıkla söyleyebilirim ki böyle bir ilaç yoktur. Vücudunuza alacağınız hiçbir madde, sinirsel enerjinin hızla yoğunlaşmasına yol açamaz."

"Evergreen Vakfı'nın bağlantıları da, kaynakları da çok geniştir. Elimizden geleni yapıyoruz."

"Bana her şeyin anlatılmadığı açık" dedi Dr. Richardson. "Size bir şey söyleyeyim mi Bay Takawa? Bu tavırla başarılı deneyler yapılamaz."

"Başka neyi öğrenmeniz gerekiyor doktor?"

"İş sadece Yolcularda bitmiyor, değil mi? Bu adam, kuantum bilgisayarının da karıştığı çok daha büyük bir planın parçası. Biz tam olarak neyi arıyoruz, söyleyebilir misiniz?"

"Sizinle bir Yolcu'yu başka bir âleme geçirmeniz için anlaştık" dedi Lawrence. "Size söyleyebileceğim tek şey, General Nash'in başarısızlığı asla kabullenmeyeceği."

* * *

Odasına dönen Lawrence'ın on iki acil telefon mesajı ve kırktan fazla e-postayla ilgilenmesi gerekti. General Nash'e ameliyata ilişkin bilgi verdi ve bilgisayar merkezinin, Michael'ın beyninin tüm bölümlerinden sinyal aldığını belirtti. Sonraki iki saatte, Evergreen Vakfı'nın desteklediği tüm araştırmacılara yönelik ortak bir e-posta mesajı yazdı. Sözcüklerini dikkatle seçerek, Yolculardan hiç söz etmeyerek, kişilerde farklı dünyalara gitmişlik algısı uyandıran ilaçlar konusunda açık bilgi istedi.

Lawrence, akşam altıya doğru, Güvenlik Bağı'nın gözetiminde araştırma merkezinden ayrıldı ve evine gitti. Kapıyı kilitledikten sonra iş giysilerini çıkardı, üzerine siyah bir sabahlık geçirdi ve gizli odasına geçti.

Linden'a Geçiş Projesi'ne ilişkin yeni bilgileri vermek istiyordu ama internete bağlanır bağlanmaz ekranın sol üst köşesinde küçük mavi bir kutu yanıp sönmeye başladı. Lawrence iki yıl önce Biraderlerin bilgisayar sisteminin şifresini alınca, babasına ilişkin verileri arayan özel bir program geliştirmişti. Program serbest bırakıldığında, tavşan koklayan tazı gibi internette dolaşıp bilgi arıyordu. Bugün, Osaka Emniyet Müdürlüğü'nün kanıt dosyalarında babasıyla ilgili verilere rastlamıştı.

Sparrow'un fotoğrafında iki kılıç vardı. Birinin kabzası altındı, diğerininki yeşim kakmalıydı. Lawrence Paris'teyken, Linden ona yeşim kakmalı kılıcın, annesi tarafından Thorn adında bir Soytarı'ya verildiğini, Thorn'un da onu Corrigan ailesine armağan ettiğini söylemişti. Buradan yola çıkan Lawrence, Boone ve adamları giysi fabrikasına saldırdığında kılıcın hâlâ Gabriel'ın yanında olduğunu varsayıyordu.

Bir yeşim kılıç. Bir altın kılıç. Belki başkaları da vardı. Lawrence, Japonya'nın gelmiş geçmiş en ünlü kılıç ustasının Masamune adında bir rahip olduğunu öğrenmişti. Kılıçlarını on üçüncü yüzyılda, Moğollar Japonya'yı işgal etmeyi hedeflerken üretmişti. Dönemin imparatorunun emriyle Budist tapınaklarında bir dizi ayin düzenlenmişti ve bu ayinlerde sunulmak için birçok ünlü kılıç üretilmişti. Masamune, Jittetsu adıyla bilinen on öğrencisine ilham vermek için, kabzasında elmas olan bir kılıç dövmüştü. Öğrencileri de çelik dövmeyi öğrendikçe ustalarına sunmak için birer özel kılıç yaratmıştı. Lawrence'ın bilgisayar programı, Kyoto'da yaşayan bir Budist rahibin web sitesini bulmuştu. Sitede on Jittetsu'nun ve bunların dövdüğü kılıçların adları yer alıyordu.

	Öğrenci	**Kılıç**
I.	Hasabe Kinişige	Gümüş
II.	Kanemitsu	Altın
III.	Go Yoşihiro	Ahşap
IV.	Naotsuna	İnci
V.	Sa	Kemik
VI.	Rai Kunitsugu	Fildişi
VII.	Kinju	Yeşim
VIII.	Şizu Kaneuji	Demir
IX.	Çogi	Tunç
X.	Saeki Norişige	Mercan

Bir yeşim kılıç. Bir altın kılıç. Diğer Jittetsu kılıçları ortada yoktu; muhtemelen depremlerde kaybolmuş, savaşlarda çalınmıştı ama Japon Soytarıları bu kutsal silahların ikisini korumayı başarmıştı. Bu hazinelerden biri şu anda Gabriel Corrigan'ın yanındaydı, diğeriyse kana bulanmış bir balo salonunda Yakuza öldürmek için kullanılmıştı.

Arama programı polis kayıtlarını taramış ve Japoncayı İngilizceye çevirmişti. *Antika taçi (uzun kılıç). Altın kabzalı. Adli soruşturma no. 15433. Kanıt kayıp.*

Kayıp değil, diye düşündü. Çalındı. Altın kılıcı Biraderler Osaka Emniyeti'nden almıştı mutlaka. Japonya'daydı belki, belki de Amerika'da. Kim bilir, belki de araştırma merkezinde, Lawrence'ın masasının birkaç adım ötesinde tutuluyordu.

Lawrence arabasına atlayıp araştırma merkezine dönmeye hazırdı ama duygularına hâkim olup bilgisayarını kapattı. Kennard Nash ona Sanal Panopticon'u ilk anlattığında, felsefi bir kuramdan söz ediyordu. Oysa artık görünmez cezaevinin içinde yaşıyordu. Birkaç kuşak sonra, sanayileşmiş dünyanın tüm yurttaşları, Büyük Düzen tarafından gözetlendikleri ve izlendikleri varsayımında bulunmak zorunda kalacaklardı.

Yalnızım, diye düşündü Lawrence. Evet, yapayalnızım. Ancak yüzüne dikkatli, hürmetli ve itaatkâr yeni bir maske taktı.

35

Dr. Richardson kimi zaman eski hayatının tamamen ortadan kalktığını hissediyordu. New Haven'a, Charles Dickens'ın *Noel Şarkısı*'ndaki hayalet gibi dönüşünü, soğuk ve karanlık sokakta sahipsiz dikilirken arkadaşlarının ve meslektaşlarının onun evinde şarap içip eğlenmesini hatırlıyordu.

Westchester'daki araştırma merkezinde kalmayı kabul etmemesi gerektiği açıktı. Yale'den ayrılışının ayarlanması için haftalar geçeceğini düşünmüştü, ama Evergreen Vakfı üniversite üzerinde inanılmaz bir nüfuz kullanmıştı. Yale Tıp Fakültesi'nin dekanı, Richardson'ın tam maaşla bir yıl araştırma iznine ayrılmasını şahsen onaylamış, ardından vakfa yeni genetik araştırmalar laboratuvarına destek olup olmayacaklarını sormuştu. Lawrence Takawa da, Richardson'ın derslerini tamamlamak için salı ve perşembe günleri ders vermek üzere Columbia Üniversitesi'nden bir nörologla anlaşmıştı. Kısacası, General Nash'le görüşmesinden sadece beş gün sonra, iki güvenlik görevlisinin de yardımıyla eşyalarını toplayıp araştırma merkezine taşınmıştı.

Yeni dünyası rahat ama çok kısıtlayıcıydı. Lawrence Takawa, doktora yakasına takabileceği bir Güvenlik Bağı vermişti; bununla merkezin çeşitli bölümlerine girebiliyordu. Kitaplığa ve idari merkeze girmesi serbestti ama bilgisayar merkezine, genetik araştırma merkezine ve Mezar denen penceresiz binaya giremiyordu.

Merkezdeki ilk haftada, ameliyat becerilerini tazelemek için kitaplığın bodrumunda köpek ve şempanze beyinleri üzerinde çalışmıştı. Beyaz sakallı şişman bir kişi olup çalışanlarca Kris Kringle olarak anılan kadavra üzerinde de çalışmıştı. Teflon kaplı teller Michael Corrigan'ın beynine yerleştirildikten sonraysa, zamanının çoğunu idari merkezdeki küçük dairesinde veya kitaplıktaki bir odada geçirmeye başlamıştı.

Yeşil Kitap, Yolcular üzerinde yapılan nörolojik araştırmaları ayrıntılarıyla anlatıyordu. Raporlardan hiçbiri yayımlanmamıştı ve araştırma ekiplerinin adları kalın siyah çizgilerle kapatılmıştı. Çinli araştırmacılar, alışılageldiği üzere, Tibetli Yolculara işkence uygulamıştı; dipnotlarda kimyasal şok ve elektrik şoku uygulamalarından söz ediliyordu. İşkenceler sırasında ölen Yolcuların adlarının yanına, durumu belirtmek için bir yıldız işareti konmuştu.

Dr. Richardson, Yolcuların beyin hareketlerinin temel unsurlarını anladığını düşünüyordu. Sinir sistemi hafif bir elektrik yükü üretirdi. Yolcu transa girme eşiğindeyken bu akım giderek şiddetlenir ve nabız gibi atışa başlardı. Beyinde aniden her şey kapanırdı. Solunum ve kan dolaşımı çok düşük düzeylere inerdi. Medulla oblongatada hafif bir tepki dışında beyin ölümü gerçekleşmiş bile sayılabilirdi. Yolcu'nun sinirsel enerjisi bu sırada başka bir âlemde olurdu.

Yolcuların birçoğunun anne veya babası ya da bir akrabası bu güce sahip olurdu ama bu her zaman da söz konusu değildi. Çin'in kırsal kesiminde, başka âlemlere hiç geçmemiş bir aileden de dünyaya geldiği olmuştu Yolcuların. Utah Üniversitesi'ndeki bir araştırma ekibi, bilinen tüm Yolcuların ve atalarının yer aldığı gizli bir soyağacı projesi yürütüyordu.

Dr. Richardson hangi bilgilerin gizli, hangi bilgilerin paylaşılabilir olduğundan emin değildi. Anestezisti Dr. Lau ve hemşiresi Yang, deney için Tayvan'dan getirtilmişti. Yemekhanede birlikte otururlarken ya havadan sudan, ya da Yang'in eski Amerikan müzikallerine duyduğu tutkudan konuşurlardı.

Oysa Richardson, *Neşeli Günler*'i veya *Oklahoma*'yı tartışmak istemiyordu. Deneyin başarısız olmasından korkuyordu. Michael'a yol gösterecek bir Kılavuz bulunamamıştı ve Yolcu'nun Işığını vücudundan dışarı yönlendirecek herhangi bir ilaç da yoktu ellerinde. Tesiste çalışan diğer araştırma ekiplerine genel bir e-posta gönderip yardım istemişti. On iki saat sonra, genetik araştırma binasından bir laboratuvar raporu eline geçmişti.

Raporda, hücre yenilenmesiyle ilgili bir deney anlatılıyordu. Richardson bu konuyu üniversite yıllarındaki biyoloji dersinde okumuştu. Laboratuvar arkadaşıyla birlikte bir şerit tenyayı on iki parçaya ayırmışlardı. Birkaç hafta sonra, ilk hayvanın on iki eşini elde etmişlerdi. Semender gibi bazı sürüngenler bir bacaklarını kaybederse yerine yenisini çıkarabilirdi. Amerikan Savunma Bakanlığı'nın Araştırma Projeleri Dairesi, memelilerle doku yenileme deneyleri için milyonlarca dolar harcamıştı. Savunma Bakanlığı'na kalırsa, projelerin hedefi, gazilerin yitirdiği kolların ve parmakların yeniden çıkabilmesiydi, ama doku yenileme konusunda daha yüksek hedeflerin olduğu da biliniyordu. Projelerde görev yapan araştırmacılardan biri, meclis komisyonuna gelecekteki Amerikan askerinin ağır bir kurşun yarasına rağmen hayatta kalabileceğini, kendisini iyileştireceğini ve savaşmaya devam edeceğini söylemişti.

Evergreen Vakfı, görünüşe bakılırsa, doku yenilenmesi araştırmasının çok ötesine geçmişti. Laboratuvar raporunda, "yapboz" adı verilmiş bir hayvanın çok derin bir yaranın kanamasını bir-iki dakika içinde durdurabildiği, omuriliğinin kopması durumunda bir haftadan kısa süre içinde yenisini geliştirebildiği yazıyordu. Araştırmacıların bu sonuçları nasıl elde ettiği anlatılmıyordu. Lawrence Takawa kitaplıkta belirdiğinde, Richardson raporu ikinci kez okuyordu.

"Genetik araştırmalar ekibimizden izniniz olmayan birtakım bilgiler aldığınızı öğrendim."

"İyi ki almışım" dedi Richardson. "Veriler büyük gelecek vaat ediyor. Programın başında kim var?"

Lawrence cevap vermek yerine cep telefonunu çıkardı ve bir numara çevirdi. "Kitaplığa birini gönderebilir misiniz? Teşekkür ederim."

"Neler oluyor?"

"Evergreen Vakfı, keşiflerini yayımlamaya henüz hazır değil. Bu rapordan birine söz ederseniz, Bay Boone durumu bir güvenlik ihlali olarak algılayacaktır."

Kitaplığa bir güvenlik görevlisi girdiğinde Richardson'ın da karnına ağrılar girdi. Lawrence adamın yanında ifadesiz bir suratla duruyordu.

Bilgisayarda bir arıza olmuş gibi, "Dr. Richardson'ın bilgisayarını değiştirmemiz gerekiyor" dedi. Görevli derhal kabloları söktü, bilgisayarı aldı ve kitaplıktan çıktı. Lawrence saatine baktı. "Saat bir olmuş doktor. Yemeğe gitmeyi düşünmüyor musunuz?"

Richardson arpa şehriyeli çorba ve tavuklu sandviç aldı ama yemeğini bitiremeyecek kadar gergindi. Kitaplığa döndüğünde, odasında yeni bir bilgisayar buldu. Rapordan eser yoktu elbette, ama çok gelişmiş bir satranç oyunu indirilmişti. Doktor, aklına kötü şeyler getirmemeye çalıştı ama düşüncelerine hâkim olmakta zorlanıyordu. Akşama kadar sinir içinde satranç bulmacaları çözdü.

Richardson bir akşam yemekten sonra yemekhanede kalıp *New York Times*'da Yeni Ruhanilik üzerine yazılmış bir makaleyi okumaya koyuldu. Yakınındaki bir masada oturan bir grup genç bilgisayar programcısı da pornografik bir video oyunuyla ilgili espriler yapıyordu.

Biri omzuna dokununca arkasına döndü, Lawrence Takawa ve Nathan Boone ile karşılaştı. Richardson, güvenlikten sorumlu adamı haftalardır görmediği için, ilk korkusunun mantıksız olduğuna inanmaya başlamıştı. Boone'un soğuk gözlerini tekrar üstünde hissedince bu korkusu geri geldi. Adamın son derece ürkütücü bir hali vardı.

"Size çok iyi haberlerim var" dedi Lawrence. "Bağlantılarımızdan biri, araştırmakta olduğumuz 3B3 adında bir ilaçla ilgili bilgi verdi. Michael Corrigan'ın geçiş yapmasına yardımcı olabileceğine inanıyoruz."

"İlacı kim geliştirdi?"

Lawrence, konu önemli değilmiş gibi omuzlarını silkti. "Bilmiyoruz."

"Laboratuvar raporlarını okuyabilir miyim?"

"Yok ki."

"İlacı ne zaman temin edebilirim?"

"Benimle geleceksiniz" dedi Boone. "Birlikte arayacağız. Kaynak bulursak hızla değerlendirmemiz gerekecek."

* * *

İki adam derhal çıkıp Boone'un cipine binerek Manhattan'a doğru yol almaya başladılar. Boone, cep telefonunun kulaklığını takmış sürekli konuşuyordu. Somut bir şey söylemiyor, kimsenin adını anmıyordu. Kopuk konuşmaları dinleyen Richardson, Boone'un adamlarının Kaliforniya'da birini aradıklarını, aranan adamın da çok tehlikeli bir kadın tarafından korunduğunu anlamıştı.

"Onu bulursanız ellerine dikkat edin ve asla yanına yaklaşmayın" dedi Boone birine. "En az iki buçuk metre uzakta durmanız gerek."

Boone yeni bilgiler alıyor olmalıydı ki uzun süre sessiz kaldı.

"İrlandalı kadının Amerika'da olduğunu sanmıyorum" dedi. "Avrupa'daki kaynaklarım, kadının ortadan kaybolduğunu söylüyor. Yine de karşılaşacak olursanız, en sert biçimde tepki verin. Kadının hiçbir ölçüsü yok. İnanılmaz tehlikeli. Sicilya'da olanları biliyor musunuz? Öyle mi? O zaman hiç aklınızdan çıkarmayın."

Boone telefonu kapatıp gözlerini yola çevirdi. Arabanın gösterge panelinin ışıkları, gözlüğünün camından yansıyordu. "Dr. Richardson; genetik araştırmalar ekibinden size okuma yetkiniz bulunmayan bir bilgi geldiğine ilişkin haberler aldım."

"Bir yanlışlık olmuş Bay Boone. Benim öyle bir amacım yoktu."

"Ama önemli bir şey görmemişsiniz."

"Ne yazık ki gördüm, ama..."

Boone, inatçı bir çocuğa bakar gibi gözlerini Richardson'a dikti. "Yok yok, görmemişsiniz" diye üsteledi.

"Ha evet, görmemişim."

"Çok iyi." Boone sağ şeride geçti ve New York ayrımından saptı. "O zaman bir sorun yok demektir."

* * *

Manhattan'a geldiklerinde saat onu bulmuştu. Richardson, penceresinden önce çöp kutularını karıştıran bir evsize, ardından bir lokantadan gülerek çıkan bir grup kadına baktı. Araştırma merkezinin dinginliğinden sonra New York alabildiğine gürültülü ve karmaşık gelmişti. Eski karısıyla gerçekten bu şehri ziyaret etmişler, oyunlara ve lokantalara gitmişler miydi? Boone, doğu yakasına doğru ilerledi ve arabayı Yirmi Sekizinci Cadde'ye bıraktı. Arabadan inip Bellevue Hastanesi'nin karanlık yapılarına doğru ilerlemeye başladılar.

"Burada ne işimiz var?" diye sordu Richardson.

"Evergreen Vakfı'nın dostlarından biriyle buluşacağız." Boone, Richardson'ı kısaca süzdü. "Bu gece, ne kadar çok yeni arkadaş edinmiş olduğunuzu anlayacaksınız."

Boone, kabul masasında oturmuş can sıkıntısından ne yapacağını bilemeyen kadına bir kartvizit bıraktığında, kadın onları psikiyatri koğuşuna giden asansöre yönlendirdi. Koğuşun bulunduğu altıncı katın girişine yerleştirilmiş kulübede bir bekçi oturuyordu. Boone omzundaki kılıftan otomatik tabancasını çıkarıp küçük gri bir dolaba yerleştirdiğinde bekçi hiç şaşırmamıştı. Koğuşa girdiler. Beyaz önlüklü, kısa boylu bir Latin onları bekliyordu. Adam, doğum günü partisine gelmişler gibi gülümseyerek ellerini onlara uzattı.

"İyi akşamlar beyler. Hanginiz Dr. Richardson?"

"Benim."

"Tanıştığımıza memnun oldum. Ben Dr. Raymond Flores. Evergreen Vakfı, bu akşam geleceğinizi bildirmişti."

Dr. Flores koridor boyunca onlara eşlik etti. Geç bir saat olmasına rağmen, yeşil penye pijamalı ve bornozlu bazı hastalar ortalıkta dolaşıyordu. Hepsi ilaçlanmış olan hastalar ağır hareket ediyordu. Gözleri ölü balık gibi bakıyor, terlikleri taş zeminde hafif hışırtılar çıkarıyordu.

"Vakıfta mı çalışıyorsunuz?" diye sordu Dr. Flores.

"Evet, özel bir projenin başındayım" karşılığını verdi Richardson.

Dr. Flores birkaç odanın yanından geçtikten sonra kilitli bir kapının önünde durdu. "Vakıftan Takawa adında biri, sokaklarda yeni dolaşmaya başlayan 3B3 uyuşturucusunun etkisi altında gelenleri gözlem altına almamı istemişti. Henüz kimyasal analiz yapan olmadı ama anladığımız kadarıyla çok güçlü bir halüsinojen. Kullanan kişiler başka dünyalara gittiklerini algılıyorlar."

Flores kapıyı açtı ve hep birlikte idrar ve kusmuk kokan bir hücreye girdiler. Hücrenin tek ışığı, tel ardında korumaya alınmış çıplak bir ampulden geliyordu. Üzerine deli gömleği geçirilmiş genç bir adam, yeşil fayans kaplı yerde yatıyordu. Kafası kazınmıştı ama sarı saçlar ufak ufak boy atmaya başlamıştı yine.

Hasta gözlerini açtı ve tepesinde duran üç adama gülümsedi. "Merhaba beyler. Beyinlerinizi çıkarıp rahatınıza bakın."

Dr. Flores önlüğünün yakasını düzeltip gülümsedi. "Terry, bu beyler 3B3 hakkında bir şeyler öğrenmek için geldi."

Terry iki kez gözlerini kırptı. Richardson adamın bir şey söyleyip söylemeyeceğini merak etti. Adam ansızın havaya tekmeler savurmaya, kıvranmaya başladı. Bu şekilde duvara kadar süründükten sonra duvara yaslandı, doğrulup oturdu. "Bu uyuşturucu filan değil. Vahiy indi sanıyorsun."

"Damardan mı alıyorsun, burnuna mı çekiyorsun, ciğerine mi çekiyorsun, yutuyor musun?" Boone'un sesi sakin, kasıtlı olarak ruhsuzdu.

"Bir sıvı, açık mavi, yaz aylarındaki gökyüzü gibi." Terry gözlerini kapatıp birkaç saniye sonra tekrar açtı. "Kulüpte içtim, sonra vücuttan bir çıkışım var... Sudan ve ateşten geçip güzel bir ormana girdim. Ama orda birkaç saniye kaldım kalmadım." Buna üzülmüş gibiydi. "Jaguarın gözleri yeşildi."

Dr. Flores, Richardson'a baktı. "Bu öyküyü defalarca anlattı ve her seferinde jaguardan söz etti."

"Bu 3B3'ü nerede bulabilirim?" diye sordu Richardson.

Terry tekrar gözlerini kapatıp huzurla gülümsedi. "Tek doz için kaç para istiyor biliyor musun? Üç yüz otuz üç dolar. Büyülü bir sayı olduğunu söylüyor."

"Bu kadar parayı götüren kim?" diye sordu Boone.

"Pius Romero. Chan Chan Room'da bulabilirsiniz."

"Merkezdeki bir gece kulübü" diye açıkladı Flores. "Orada aşırı doz alan birkaç hastamız oldu."

"Dünya çok küçük" diye fısıldadı Terry. "Farkında değil misiniz? Bir su birikintisine atılmış misket kadar."

Flores'le birlikte tekrar koridora çıktılar. Boone iki doktordan uzaklaşıp derhal cep telefonuyla birini aradı.

"Bu maddeyi kullanan başka hastaları incelediniz mi?" diye sordu Richardson.

"Son iki ayda gelen dördüncü hastamız. Katatonik hale gelene kadar Fontex ve Valdov veriyoruz, sonra dozajı düşürüp gerçeğe döndürüyoruz. Bir süre sonra jaguar da ortadan kayboluyor."

* * *

Boone, Richardson'ı tekrar cipine götürdü. Yolda iki kez daha telefonu çaldı, arayan iki kişiye de "evet" deyip telefonunu kapattı.

"Ne yapacağız?" diye sordu Richardson.

"Şimdiki durağımız Chan Chan Room."

Kulübün Elli Üçüncü Cadde'deki giriş kapısının önünde siyah limuzinler ve lüks arabalar iki sıra halinde bırakılmıştı. Kadife bir kordonun arkasında toplanmış insanlar, güvenlikçilerin metal tarayıcılarıyla üstlerini aramasını bekliyorlardı. Kadınlar kısa elbiseler ya da yandan yırtmaçlı incecik etekler giymişlerdi.

Boone kalabalığı geçti ve biraz ötede bekleyen bir arabanın yanında durdu. Arabadan inen iki adam Boone'un camına yaklaştı. Adamlardan biri, üzerine pahalı bir süet palto geçirmiş bir zenciydi. Diğeriyse kamuflaj ceketi giymiş, dev gibi bir beyazdı. Yoldan bir iki adam çevirip dövsem der gibi sağa sola bakışlar atıyorlardı.

Zenci adam sırıttı. "N'aber Boone? Ne zamandır görüşmüyorduk." Dr. Richardson'a başıyla selam verdi. "Yeni arkadaşın kim?"

"Dr. Richardson, bu bey Dedektif Mitchell. İş arkadaşı ise Dedektif Krause."

"Mesajını aldık, buraya geldik ve kulübün gorilleriyle konuştuk." Krause'un tok ve hırıltılı bir sesi vardı. "Romero denen herifin bir saat önce geldiğini söylediler."

"Siz yangın çıkışına geçin" dedi Mitchell. "Biz herifi dışarı çıkaralım."

Boone camını kapattı ve ilerledi. Kulüpten iki sokak öteye arabayı bıraktıktan sonra ön koltuğun altına eğildi ve siyah deri bir eldiven çıkardı. "Benimle gelin Doktor. Romero bize önemli bilgiler verebilir."

Richardson, Boone'un peşinden Chan Chan Room'un arka kapısının olduğu çıkmaza girdi. Ritmik ve yoğun baslı müzik, çelik yangın kapısından taşıyordu. Birkaç dakika sonra kapı ardına kadar açıldı ve Dedektif Krause, yakasına yapıştığı çelimsiz bir Porto Rikolu'yu asfaltın ortasına savurdu. Hâlâ neşeli görünen Dedektif Mitchell adama yaklaştı ve karnını tekmeledi.

"Beyler, size Sayın Pius Romero'yu takdim edeyim. Kendisi özel salonda oturmuş, üstüne şemsiye dikilen o kokteyllerden içiyordu. Adaletin bu mu dünya? Krause ve ben, halkımızın hizmetinde kamu görevlileri olarak hiçbir zaman özel salona davet edilmiyoruz halbuki."

Pius Romero asfaltta debelenerek soluk almaya çalışıyordu. Boone siyah deri eldiveni taktı. Romero'ya boş bir ambalaj kutusuymuş gibi bakıyordu. "Beni iyi dinle Pius. Seni tutuklamaya gelmedik ama bize bilgi vermeni istiyoruz. Yalan söyleyecek olursan arkadaşlarım peşini bırakmaz ve çok canını yakarlar. Anlıyor musun? Bana anladığını göster."

Pius doğruldu ve yaralanmış dirseğini yokladı. "Ben bir şey yapmadım ki yahu!"

"Sana 3B3'ü kim satıyor?"

Uyuşturucunun adını duyan adam biraz daha doğruldu.

"O ne, hiç duymadım."

"Sen birkaç kişiye satmışsın. Sana kim sattı?"

Pius hızla ayaklanıp kaçmaya çalıştı ama Boone onu yakaladı. Torbacıyı şiddetle duvara çarptı ve eldivenli sağ eliyle tokatlamaya başladı. Eldiven Pius'un yüzüne her çarptığında şaklama sesi çıkarıyordu. Adamın ağzından ve burnundan kan sızmaya başlamıştı.

Dr. Richardson, tanık olduğu şiddetin somut ve gerçek olduğunun farkındaydı, ama olan bitenden çok uzakta gibiydi sanki. Olayı bir adım geriden, televizyondaki bir filme bakar gibi izliyordu. Tokatlama sürerken iki dedektife baktı. Mitchell gülümsüyordu, Krause ise takımı çok güzel bir üçlük atmış bir basketbol taraftarı gibi başını sallıyordu.

Boone'un sesi çok makul ve sakindi. "Burnunu kırdım Pius. Şimdi de burnuna yukarı doğru vurup burun kemiğini gözlerinin altına girecek şekilde ezeceğim. Bu kemikler hiçbir zaman tam iyileşmez. Kola bacağa benzemez. Hayatın boyunca acısını hissedeceksin."

Pius Romero çocuk gibi ellerini kaldırdı. "Ne istiyorsun?" diye sızlandı. "İsim mi? Hepsini vereceğim. Her şeyi söyleyeceğim."

Romero'nun verdiği JFK Havaalanı yakınlarındaki adresi sabaha karşı saat ikiye doğru buldular. 3B3'ü üreten adam, beyaz ahşap kaplamalı, alüminyum bahçe sandalyeleri korkuluklarına zincirlenmiş bir evde oturuyordu. Sessiz, işçi ailelerinin oturduğu bir mahalleydi. İnsanlar kapılarının önlerini süpürür, küçücük bahçelerine beton Meryem Ana heykelleri dikerdi. Boone cipini park etti ve Dr. Richardson'a inmesini söyledi. Arabalarında bekleyen dedektiflere doğru ilerlediler.

"Yardım ister misin?" diye sordu Mitchell.

"Burada bekleyin. Dr. Richardson'la içeri gireceğiz. Bir sorun çıkarsa cepten ararım."

Boone, Pius Romero'yu döverken Dr. Richardson'ı koruyan uzaklık duygusu, Queens'e yapılan yolculuk sırasında kaybolmuştu. Doktor kendini yorgun ve yılgın hissediyordu. Adamlardan kaçarak kurtulmak istiyordu ama bunun hiçbir işe yaramayacağının farkındaydı. Soğuktan titreyerek Boone'u takip etti. "Ne yapacaksınız?" diye sordu.

Boone kaldırımda durdu ve üçüncü katın penceresinden görünen ışığa baktı. "Bilmiyorum. Önce sorunu değerlendireceğim."

"Şiddetten nefret ederim Bay Boone."

"Ben de öyle."

"O genci az daha öldürüyordunuz."

"Daha neler." Konuşurken Boone'un ağzından ve burnundan buharlar saçılıyordu. "Tarih okumanız gerek doktor. Tüm büyük değişiklikler acı ve yıkım üzerine kuruludur."

İki adam bahçe yolundan geçerek evin arka kapısına geldiler. Boone kapının önünde durup eşiği parmaklarıyla yokladı. Ardından hızla bir adım geri çekildi ve kapıyı kolun hemen üstünden tekmeledi. Sert bir çatırtıyla birlikte kapı ardına kadar açıldı. Richardson, adamın peşinden içeri girdi.

Ev çok sıcaktı ve amonyak dökülmüş gibi yakıcı, kötü bir kokuyla doluydu. Karanlık mutfaktan geçerlerken Richardson bir su kabına bastı. Tezgâhta ve yerde birtakım hayvanlar hareket ediyordu. Boone tepedeki lambanın düğmesini bulup çevirdi.

"Kedi!" diye çığlık atar gibi bir ses çıkardı Boone. "Kedilerden nefret ederim. Onlara hiçbir şey öğretemezsin."

Mutfakta dört, koridorda iki kedi vardı. Yumuşak patileri üzerinde sessizce hareket ediyorlardı. Gözleri, mutfaktan gelen ışığı kırmızılı ve yeşilli renklerde yansıtıyordu. Kuyrukları küçük soru işaretleri gibi kıvrılmıştı ve bıyıklarıyla havayı kokluyorlardı.

"Yukarıdan ışık geliyordu" dedi Boone. "Bakalım kim varmış."

Boone önden, Richardson arkadan merdivenleri tırmanarak üçüncü kata çıktılar. Boone bir kapıyı açtığında, laboratuvara çevrilmiş tavan arasına girdiler. Masalar, cam tüpler, mikroskoplar ve ocaklar vardı çevrede.

Hasır koltuğunda oturan bir adamın kucağında bir İran kedisi vardı. Adam tıraşlı ve temiz giyimliydi, çift odaklı gözlüğünü burnunun ucuna indirmişti. İçeriye böyle dalmalarına şaşırmamış gibi görünüyordu.

"İyi akşamlar beyler." Adam çok düzgün ve özenli, her bir heceyi gerektiği gibi vurgulayarak konuşuyordu. "Eninde sonunda buraya geleceğinizi biliyordum. Hatta bekliyordum. Newton'ın üçüncü hareket yasası, her etkiye eşit ve zıt yönde bir tepki oluşacağını öne sürer."

Boone yaşlı adama kaçacakmış gibi bakıyordu. "Ben Nathan Boone. Adınız nedir?"

"Doktor Jonathan Lundquist. Polisseniz derhal evimden çıkın. Yasadışı bir şey yapmıyorum. 3B3'e karşı hiçbir yasa yok, çünkü devlet bu maddenin varlığından habersiz."

Bir alacalı kedi Boone'un bacağına sürtünmek istedi ama Boone onu ayağıyla itekledi. "Polis değiliz."

Dr. Lundquist şaşırmıştı. "O zaman... Tabii, kesinlikle. Biraderlerin adamları olacaksınız."

Boone yine siyah deri eldivenini takıp adamın burnunu kıracak gibi duruyordu. Richardson hafifçe başını salladı. Buna gerek yok. Yaşlı adama yaklaştı ve bir katlanır sandalyeye oturdu. "Ben Doktor Philip Richardson, Yale Üniversitesi'nde nöroloji araştırmaları yürütüyorum."

Lundquist, başka bir bilim adamıyla karşılaşmış olmaktan memnun görünüyordu. "Şimdi de Evergreen Vakfı için çalışıyorsunuz."

"Evet, özel bir projede."

"Yıllar önce ben de vakfa burs için başvurmuştum ama cevap bile vermediler. O zamanlar Yolculardan haberim yoktu. Sonra internetteki kaçak sitelerden öğrendim." Lundquist hafifçe güldü. "Bir işi yapacaksan kendin yapacaksın dedim. Form doldurmama gerek yok. Omzumun üstünden beni gözetleyen yok."

"Yolcuların deneyimlerini mi yaşatmaya çalışıyordunuz?"

"Çalışma bununla sınırlı değil, doktor. Bazı temel sorulara cevap arıyordum." Lundquist İran kedisini okşamayı bıraktığında hayvan sıçrayıp yere indi. "Birkaç yıl öncesine kadar Princeton'da organik kimya dersleri veriyordum." Richardson'a bir bakış attı. "Çok göz önünde olmayan ama saygın bir kariyerim vardı. Olaylara geniş açıdan bakmayı oldum bittim tercih ederim. Sadece kimyayla değil, bilimin diğer alanlarıyla da ilgileniyorum. Bu nedenle, bir akşamüstü fizik bölümünde zar kuramıyla ilgili bir seminere gittim.

Fizikçilerin önünde bugünlerde ciddi sorunlar var. Evreni açıklamakta kullanılan Einstein'ın görecelik kuramı gibi kavramlar, kuantum mekaniğiyle önümüzde açılan atom altı dünyayla uyumlu değil. Bazı fizikçiler bu çelişkiyi dizi kuramıyla, yani her şeyin çok boyutlu uzayda titreşen atom altı parçacıklardan oluştuğu düşüncesiyle aştılar. Matematik açıdan mantıklı belki ama diziler o kadar küçük ki deneysel olarak kanıtlanmasına olanak yok.

Zar kuramı ise konuyu daha geniş ele alıp evrenbilimsel bir açıklama getirmeye çalışıyor. Bunun kuramcıları, algılayabildiğimiz evrenin bir tür uzay ve zaman zarıyla kısıtlı olduğunu savunuyor. Sık kullandıkları bir benzetmeyle, galaksimiz durgun su üstündeki yosun tabakası gibi. Kendi bedenlerimizi de kapsamak üzere maddenin tümü bu zarın içinde hapis durumda. Bir tek yerçekimi kütleye sızabiliyor ve kendi fiziksel fenomenimizi hafifçe de olsa etkileyebiliyor. Başka zarlar, başka boyutlar, başka âlemler belki çok yakınımızda, ama biz onların hiçbir biçimde farkında değiliz. Çünkü ne ışık, ne ses, ne de radyoaktivite kendi boyutundan kurtulabiliyor."

Bir kara kedi yaklaştı ve Lundquist hayvanın kulaklarının arkasını okşadı. "Tabii bu kuramın çok basitleştirilmiş hali. New York'a gelen bir Tibetli keşişin vereceği seminere giderken de aklımda bu kuram vardı. Oturdum, adamın Budist evrenbilimindeki altı ayrı âlemden söz etmesini dinliyorum, bir anda uyanıverdim: Adam zarları anlatıyordu, yani farklı boyutları ve bunları ayıran bariyerleri. Ancak temelde bir fark var: Princeton'daki meslektaşlarım farklı âlemlere geçmeyi idrak edemiyorlar. Oysa bir Yolcu bunu yapabiliyor. Vücudu yapamıyor ama içindeki Işık yapıyor."

Lundquist arkasına yaslanıp konuklarına gülümsedi. "Ruhanilik ve fizik arasındaki bu bağlantı, bilime bambaşka bir açıdan bakmamı sağladı. Atomları birbirine çarptırıp kromozomları parçalıyoruz. Okyanusların dibine, uzayın sonsuzluğuna yolculuk yapıyoruz. Ama hepimizin kafatasında yer alan evreni, en yüzeysel biçimi dışında hiç incelemiyoruz. Manyetik rezonans makineleri ve CAT taramalarıyla beynin resmi çekiliyor, ama bu çok basit, çok biçimsel. Hiç kimse bilincin nasıl uçsuz bucaksız bir boyut olduğunu, bizi evrene nasıl bağladığını anlamıyor."

Richardson çevresine bakındığında, bir tekir kedinin içi lekeli kâğıtlarla tıka basa dolu deri bir klasörün üstünde oturduğunu gördü. Yerinden kalktı ve Lundquist'i ürkütmemeye çalışarak masaya doğru birkaç adım attı. "Deneylerinize böyle başladınız demek."

"Evet, önce Princeton'da başladım. Sonra emekliye ayrıldım ve fazla para harcamamak için buraya taşındım. Unutmayın ki ben fizikçi değil kimyacıyım. Bu nedenle, Işığı vücudumuzdan özgürleştirecek bir madde arayışına girdim."

"Ve bir formül buldunuz..."

"Bulduk da, pasta tarifi değil bu tabii." Lundquist sinirlenmişti. "3B3 bir canlı. Yeni bir bakteri dizisi. Sıvı çözeltiyi yuttuğunuzda sinir sisteminize emiliyor."

"Tehlikeli bir şey."

"Ben onlarca kez aldım. Hâlâ da çöpleri perşembe akşamı çıkarmam, elektrik faturamı ödemem gerektiğini hatırlıyorum."

Richardson masaya yanaştığında, tekir kedi yerinden kalktı ve guruldayarak ona doğru yürüdü. "3B3 farklı âlemleri görmenizi mi sağlıyor?"

"Hayır. Büyük bir başarısızlık oldu. İstediğiniz kadar için, sizi Yolcu'ya çevirmiyor. Yolculuk çok kısa; gittiğiniz yerde kalmıyor, kapıdan bakıp çıkıyorsunuz. Birkaç resim görebiliyorsunuz, sonra dönüş başlıyor."

Richardson klasörü açıp lekeli grafiklere ve kargacık burgacık notlara baktı. "Bakterinizi alıp birine vermemize ne dersiniz?"

"Rica ederim. Önünüzdeki kapta bir miktar var. Ama nafile. Dediğim gibi, işe yaramıyor. İşe yaramadığı için de, kapımın önündeki karları küreyen Pius Romero'ya dağıtsın diye vermeye başladım. Belki kendi bilincimde bir hata vardır diye düşündüm. Belki 3B3'ü alan diğer kişiler farklı bir âleme geçebilirlerdi. Ama sorun bende değildi. Pius her geldiğinde ondan ayrıntılı bilgi istiyorum. İnsanlar başka dünyaları görebiliyorlar ama orada kalamıyorlar."

Richardson masadaki kabı aldı. Agar çözeltisinin içindeki mavi-yeşil bakteri, zarif kıvrımlar çizerek büyüyordu. "Bu mu?"

"Evet. Başaramadım işte. Gidip Biraderlere söyleyin, bir manastıra yazılsınlar. Dua etsinler. Meditasyon yapsınlar. İncil okusunlar, Kuran okusunlar, Kabala okusunlar. Bu dünyadan kaçmanın kolay ve hızlı bir yolu yok çünkü."

"Ya 3B3'ü bir Yolcu alırsa?" diye sordu Richardson. "Onu bu yolculuğa çıkarmaya yeterse, yolculuğu kendisi bitirebilir."

Dr. Lundquist öne doğru eğildiğinde Richardson adamın koltuktan sıçrayacağını sandı. "Bu ilginç bir fikir" dedi. "Ama bütün Yolcular ölmedi mi? Biraderler onları katledeceğiz diye dünyanın servetini harcadı. Ama kim bilir? Belki Madagaskar'da veya Katmandu'da saklanan birini bulabilirsiniz."

"Elimizde çalışmalara rıza gösteren bir Yolcu var."

"Onu kullanıyor musunuz?"

Richardson başını salladı.

"İnanmıyorum. Biraderler neden yapıyor bunu?"

Richardson klasörü ve bakteri kabını aldı. "Olağanüstü bir keşifte bulundunuz Dr. Lundquist. Bunu tüm içtenliğimle söylüyorum."

"İltifat etmeyin, sorumu cevaplayın. Biraderler stratejilerini neden değiştirdiler?"

Boone masaya yaklaştı ve alçak sesle konuştu. "Geliş amacımız bu muydu doktor?"

"Öyle sanıyorum."

"Emin misiniz? Tekrar gelmeyeceğiz."

"Eminim. Yalnız bakın, Dr. Lundquist'e bir şey yapmanızı kesinlikle istemiyorum."

"Elbette doktor. Ne hissettiğinizi anlıyorum. O, Pius Romero gibi adi bir suçlu değil." Boone elini hafifçe Richardson'ın omzuna koyup onu kapıya yöneltti. "Siz arabaya gidip bekleyin. Güvenlik kaygılarımızı Dr. Lundquist'e anlatmam gerek. Uzun sürmeyeceğini sanıyorum."

Richardson süklüm püklüm aşağı indi, mutfaktan geçti ve arka kapıdan bahçeye çıktı. Yüzüne vuran soğuk rüzgâr gözlerini yaşarttı. Bahçeye adım attığında kendini o kadar bitkin hissediyordu ki, yere uzanıp top gibi kıvrılmak istedi. Hayatı sonsuza kadar değişmişti ama bedeni hâlâ kan pompalıyor, besin sindiriyor, oksijen tüketiyordu. Artık makaleler yazan ve Nobel hayali kuran bir bilim adamı değildi. Çok büyük ve karmaşık bir mekanizmanın ufacık, bir o kadar da önemsiz bir parçası halini almıştı.

Elinde bakteri kabıyla bahçeden çıkıp arabaya doğru yürümeye başladı. Boone'un doktorla konuşması çok uzun sürmemiş olacaktı ki, Richardson arabaya varmadan buluştular.

"Her şey yolunda mı?" diye sordu Richardson.

"Elbette" dedi Boone. "Sorun çıkmayacağını biliyordum. Bazen kısa ve öz konuşmanın yararı büyük olur. Gereksiz süslemelere, sahte diplomasi oyunlarına yer yoktur. Kendimi açıkça ifade ettim ve olumlu cevap aldım."

Boone cipin kapısını açtı ve küstah bir şoför gibi sahtece eğilip yolu gösterdi. "Yorulmuşsunuzdur Dr. Richardson. Uzun bir gece oldu. Sizi araştırma merkezine geri götüreyim."

36

Hollis, Michael Corrigan'ın sitesinin önünden sabah dokuzda, öğlen ikide ve akşam yedide geçti. Park etmiş arabalarda veya banklarda oturan, elektrik idaresinin veya belediyenin işçileri gibi duran adamlar aradı. Her geçişten sonra bir güzellik salonunun önüne park edip gördüklerini yazdı. *Alışveriş arabasıyla yaşlı bir kadın. Arabasına bebek koltuğu takmaya çalışan sakallı bir adam.* Beş saat sonra geri gittiğinde, notlarıyla benzerlik gösteren şeyler aradı ama bulamadı. Demek ki Tabula apartmanın dışında beklemiyordu. Belki de Michael'ın karşı dairesine yerleşmişlerdi.

Akşamki capoeira dersi sırasında bir plan geliştirdi. Ertesi gün üzerine mavi bir tulum geçirdi ve kurstaki pisti temizlemekte kullandığı tekerlekli kovayla paspası aldı. Michael'ın sitesi, Wilshire Bulvarı'nda, Barrington yakınlarındaki koca bir parseli kaplıyordu. Üç gökdelen, bunlara bağlı dört katlı bir otopark ve ortada tenis kortları, yüzme havuzuyla kocaman bir açık avlu vardı.

Kararlı davran, diye düşündü Hollis. Amacın Tabula'yla savaşmak değil, kafalarını karıştırmak. Arabasını girişten iki sokak öteye park etti, tekerlekli kovayı yanında getirdiği şişelerden sabunlu suyla doldurdu, paspası kovaya yerleştirdi ve kaldırımda yürümeye başladı. Girişe yaklaşırken kendini temizlikçi gibi düşünmeye ve davranmaya alıştırıyordu.

Binanın önüne geldiği sırada içerden iki yaşlı kadın çıkıyordu. "Tam kaldırımı temizledim, biri koridoru batırmış" dedi kadınlara.

Kadınlardan biri, "İnsanlarda terbiye kalmadı efendim" dedi. Arkadaşı ise Hollis'in geçip kovayı itebilmesi için kapıyı tuttu.

Hollis kadınlara başıyla selam verip gülümsedi. Birkaç saniye bekledikten sonra asansörlerden birine yöneldi. Asansör geldiğinde tek başına sekizinci kata çıktı. Michael Corrigan'ın dairesi, koridorun sonundaydı.

Tabula karşı dairede oturmuş gözetleme deliğinden ona bakıyorsa, hemen yalana başlaması gerekirdi. Bay Corrigan'ın temizlikçisiyim. Evet efendim. Haftada bir geliyorum. Bay Corrigan taşındı mı? Taşındığından haberim yoktu. Bir aydır para ödememişti.

Gabriel'ın verdiği anahtarı kullanarak kapıyı açıp içeri girdi. Kendisini bir saldırıdan korumak için hazırdı ama ortada kimseler yoktu. Dairenin havası sıcak ve boğuktu. Sehpalardan birinde iki haftalık bir *Wall Street Journal* duruyordu. Hollis, kovayla paspası kapının yanında bırakıp hemen yatak odasına daldı. Telefonu buldu, cebinden küçük bir kasetçalar çıkardı ve Maggie Resnick'in ev telefonunu aradı. Kadın evde değildi ama Hollis'in amacı da onunla konuşmak değildi zaten. Tabula'nın telefonları dinlediğinden emindi. Telesekreter devreye girdiğinde kasetçaların düğmesine basıp hoparlörünü telefona yaklaştırdı.

"Merhaba Maggie, ben Gabe. Los Angeles'tan ayrılıp saklanacak bir yer bulacağım. Her şey için teşekkür ederim. Hoşça kal."

Hollis telefonu kapattı, kasetçaları durdurdu ve daireden hemen ayrıldı. Koridorda kovayı iterken büyük bir gerginlik hissediyordu. Neyse ki asansör hemen geldi. Rahat ol, dedi kendi kendine. Beklediğinden kolay olmuştu. Hâlâ temizlikçi olduğunu unutma.

Asansör girişe indiğinde Hollis kovasını dışarı itti ve köpekleriyle bekleyen genç bir çifte başıyla selam verdi. O sırada giriş kapısı açıldı ve Tabula'nın üç askeri aceleyle içeri girdi. Para için bu işi yapan polis memurlarına benziyorlardı. Biri kot ceket giymişti, diğer ikisi boyacı kılığındaydı. Boyacıların ellerini gizleyen havluları ve bezleri vardı.

Hollis yanından geçen Tabula askerlerini görmezden geldi. Kapıya varmasına bir buçuk metre kalmıştı ki, orta yaşlı bir Latin Amerikalı adam havuza giden kapıyı açtı. "Sen ne yapıyorsun burada?" diye sordu Hollis'e.

"Beşinci katta bir meyve suyu şişesi kırılmış, onu temizledim."

"Sabah raporunda yoktu."

"Yeni olmuş da ondan." Hollis kapıya varmıştı, parmak uçları kola değmek üzereydi.

"Buranın görevlisi Freddy değil mi? Sen nerede görevlisin?"

"Beni başka yerden..."

Hollis cümlesini bitiremeden arkasında birilerinin olduğunu hissetti. O anda da bel çukuruna bir silah namlusu dayandı.

Adamlardan biri, "Bizim elemanımız" dedi.

Diğeriyse "Evet, işi daha bitmedi" diye ekledi.

Boyacı kılığındaki iki adam Hollis'in yanında duruyordu. Onu döndürüp asansöre doğru yürüttüler. Kot ceketli adam, bakım görevlisiyle konuşuyor, ona izin kâğıdını gösteriyordu.

"Ne oluyor yahu?" Hollis şaşkın ve korkmuş görünmeye çalışıyordu.

"Ağzını açma" dedi iriyarı adam. "Sakın tek kelime etme."

Hollis ve iki boyacı asansöre indiler. Kot ceketli de son anda atladı ve sekizinci katın düğmesine bastı.

"Kimsin sen?" diye sordu.

"Tom Jackson. Temizlik görevlisiyim."

"Bırak masal anlatmayı" dedi kısa boylu boyacı. Silahı olan buydu. "Aşağıdaki adam seni tanımıyordu."

"İşe iki gün önce başladım."

"Seni buraya gönderen şirketin adı ne?" diye sordu kot ceketli.

"Bay Regal."

"Adamın değil, şirketin adını sordum."

Hollis silahın namlusundan uzaklaşmak için hafifçe kıpırdadı. "Çok özür dilerim efendim, ama bilgim yok. Bay Regal beni işe aldı ve buraya gönderip..."

Yarım dönerek silahlı adamın bileğini kavradı ve kendisinden uzaklaştırdı. Sağ eliyle adamın ademelmasına bir yumruk indirdi. Silah küçücük asansörü çınlatarak patladı ve diğer yanındaki boyacıyı vurdu. O çığlık atarken Hollis tekrar döndü ve dirseğini kot ceketlinin ağzına geçirdi. Silahlı adamın kolunu aşağı doğru büktü ve Tabula askeri silahı elinden düşürdü.

Dön. Saldır. Dön ve bir daha saldır. Birkaç saniye içinde üç adam da baygın yatıyordu. Kapı açıldı. Hollis asansörü durduracak kırmızı düğmeyi çevirdi ve fırladı. Koridor boyunca koştu, yangın merdivenini buldu ve ikişer ikişer inmeye başladı.

37

Michael, yollarda geçen çocukluğu sırasında annesinin uçuk hikâyelerine ve Gabriel'ın para kazanmak için geliştirdiği olmadık fikirlere karşı otomatik bir tepki benimsemişti: *Bay Hakikat'i takdimimdir* derdi onlara ve ailede hiç değilse birinin sorunlar konusunda nesnel davranması gerektiğini hatırlatırdı. Michael kendisini Bay Hakikat olarak görüyordu. Bu durumundan çok memnun değildi belki ama en azından nerede durduğunun farkındaydı.

Araştırma merkezinde yaşarken nesnel olmanın güçlüğünü fark etmişti. Tutsak olduğu, şüphe götürmez bir gerçekti. Kilitli odasından çıkabilse bile, güvenlikçiler onun kapıdan elini kolunu sallayarak geçip otobüse atlayarak New York'a gitmesine göz yummazlardı. Özgürlüğünü kaybetmişti belki, ama bundan o kadar rahatsızlık duymuyordu. Hayatında ilk kez insanlar ona hak ettiği saygıyı ve hürmeti gösteriyordu.

Her salı, Kennard Nash ile birlikte meşe kaplamalı ofiste yemek yiyip içki içiyorlardı. Konuşmayı genelde general yönetiyor, rasgele gibi görünen olayların ardındaki gizli hedefleri açıklıyordu. Nash bir gece Amerikan pasaportlarındaki gizli RFID çiplerinden söz etmiş ve pasaportları yirmi metre uzaktan okuyabilen bir tarayıcının resimlerini göstermişti. Yeni teknoloji ilk önerildiğinde, bazı uzmanlar kredi kartı gibi çekilmesi gereken "temaslı" pasaportlarda ısrar etmişler, ama Biraderlerin Beyaz Saray'daki dostları radyo frekanslı çipe karar vermişlerdi.

"Bilgiler şifreli mi?" diye sordu Michael.

"Elbette değil; öyle olsaydı diğer devletlerle paylaşmamız çok güç olurdu."

"Peki tarayıcıları teröristler kullanırsa?"

"İşleri çok kolaylaşır. Diyelim ki bir turist Kahire'deki bir pazaryerinde yürüyor. Elinde tarayıcı olan teröristler bu adam Amerikalı mı, hiç İsrail'e gitmiş mi, anında öğrenebilir. Amerikalı, pazaryerinin diğer ucuna varana kadar bir suikastçı yerini çoktan almış olur."

Michael bir an Nash'in yüzündeki aldırışsız gülücüğün anlamını düşündü. "İyi de bu hiç anlamlı değil ki... Devlet bizi korumak istediğini söylüyor ama bizi daha zayıf durumda bırakıyor."

General Nash'in yüzünde, en sevdiği yeğeninin çocukça bir hatasını düzeltir gibi bir ifade vardı. "Evet, talihsiz bir durum. Ancak bu yeni teknolojinin bize vereceği gücü, talihsizce yitirilecek birkaç hayatın sorumluluğuyla tartmak gerek. Gelecek bu, Michael. Bunu kimse durduramaz. Birkaç yıl sonra iş pasaportları da aşacak. Herkes sürekli takip edilmelerini sağlayan Güvenlik Bağı aygıtları taşıyacak."

* * *

Nash bu haftalık konuşmalardan birinde Gabriel'a ne olduğunu anlattı. Söylenene göre, Michael'ın kardeşi kendilerine Soytarılar adını veren fanatik bir grubun üyesi bir kadının eline geçmişti. Los Angeles'tan kaçmadan önce birkaç kişiyi öldürmüştü bu kadın.

"Çalışanlarım aramayı sürdürüyorlar" dedi Nash. "Kardeşine zarar gelmesini istemiyoruz."

"Onu bulduğunuzda haber verin lütfen."

"Elbette." Nash bir krakerin üzerine krem peynir ve havyar sürdükten sonra bir damla limon sıktı. "Bunu anlatmamın nedeni, Soytarıların Gabriel'ı da Yolcu olmak üzere yetiştirebileceği olasılığı. İkinizde de bu güç varsa, başka bir âlemde onunla karşılaşman mümkün. Ona bedeninin yerini sormalısın. Bunu öğrendikten sonra onu kurtarabiliriz."

"Hiç dert etmeyin" dedi Michael. "Gabe başka bir âleme ancak motosikletiyle gidebilecekse geçer. Belki Soytarılar da bunun farkına varıp onu bırakırlar."

* * *

Deneyin yapılacağı sabah Michael erken kalkıp duş yaptı. Kafatasındaki gümüş pullar ıslanmasın diye bir yüzme bonesi takmıştı. Üzerine bir tişört ve bağcıklı pantolon, ayağına lastik terlikler geçirdi. Dr. Richardson o sabah kahvaltı etmemesi gerektiğini söylemişti. Michael kanepeye oturmuş müzik dinliyordu ki Lawrence kapıyı usulca çaldı ve açıp içeri girdi. "Araştırma ekibi hazır" dedi. "Vakit geldi."

"Ya ben deneye katılmak istemezsem?"

Lawrence şaşırmıştı. "Nasıl istersen öyle olur Michael. Tabii Biraderler bu kararından pek memnun kalmayacaklardır. General Nash'i arayıp durumu anlatmam, ondan gelecek..."

"Merak etme, fikrimi değiştirmedim."

Başına yün bir bere geçirip Lawrence'ın ardından koridora çıktı. Olağan güvenlikçileri, yine siyah kravat ve lacivert ceketleriyle alesta bekliyordu. Biri önlerine, diğeri arkalarına geçti ve kilitli bir kapıdan çıkıp avluya girdiler.

Michael, Geçiş Projesi'nde görevli sekreterden kimyagere, teknisyenden bilgisayar programcısına herkesin dışarı çıkıp onun 'Mezar'a girişini bekliyor olmasına şaşırmıştı. Çalışanların çoğu, Geçiş Projesi'nin gerçek anlamını kavramıyordu ama onlara projenin Amerika'yı düşmanlarından koruyacağı ve Michael'ın bu projede çok önemli rol oynayacağı belletilmişti.

İzleyicilerini selamlayan bir atlet gibi hafifçe başını salladı ve hızlı adımlarla avluyu geçti. İşte bu an için bunca yapı inşa edilmiş, bu kadar insan toplanmıştı. Ne para dökmüşlerdir, diye düşündü. Milyonlar akıtmışlardır. Michael her zaman özel biri olduğuna, çok büyük yerlere erişeceğine inanmıştı ve şimdi de tek bir kahramanı olan çok yüksek bütçeli bir filmin yıldızı gibi muamele görüyordu. Gerçekten başka âlemlere yolculuk yapabiliyorsa ona hak ettiği saygıyı göstereceklerdi elbette. Onu buraya getiren şans değildi. Bu onun doğuştan kazandığı hakkıydı.

* * *

Çelik bir kapı kayarak açıldı ve devasa, loş bir odaya girdiler. Pürüzsüz beton duvarın altı metre kadar yukarısında yer alan cam galeri, bütün odayı dolaşıyordu. Galeriyi kumanda panellerinin ve lambaların ışıkları aydınlatıyordu; Michael bundan yararlanarak birkaç teknisyenin onu izlediğini seçebildi. Hava kuru ve soğuktu, arka taraflardan hafif bir uğultu geliyordu.

Üzerinde başı için küçük bir yastık bulunan çelik bir ameliyat masası, odanın ortasına yerleştirilmişti. Masanın yanında Dr. Richardson duruyordu. Hemşire ve Dr. Lau birtakım monitörleri ve içinde farklı renkte sıvılar bulunan bir dizi test tüpünü kontrol ediyordu. Küçük beyaz yastığın yanında gümüş renkli pullara bağlı sekiz tel duruyordu. Pullara bağlı teller kalın bir siyah kabloda birleşiyor, bu kablo da ameliyat masasından inip gözden kayboluyordu.

"İyi misin?" diye sordu Lawrence.

"Şimdilik."

Lawrence hafifçe Michael'ın koluna dokundu ve iki güvenlikçiyle birlikte kapıda kaldı. Sanki Michael her an binadan koşarak kaçarak duvarları aşabilir, ormana saklanabilirmiş gibi davranıyorlardı. Michael Mezar'ın ortasına doğru ilerledi, yün beresini çıkardı ve hemşireye verdi. Tişörtü ve pantolonunu çıkarmadan sırtüstü masaya uzandı. Oda soğuktu ama o kendisini önemli bir karşılaşmaya çıkacak sporcular gibi her şeye hazır hissediyordu.

Richardson üzerine eğildi ve sekiz teli başındaki sekiz elektrot puluna bantladı. Beyni artık doğrudan kuantum bilgisayarına bağlıydı ve yukarıdaki teknisyenler tüm sinirsel hareketlerini izleyebiliyordu. Richardson endişeli görünüyordu. Michael, doktorun yüzünü bir maskeyle kapatmış olmasını yeğlerdi. Siktir et doktoru da. Küçük bakır tellerle onun beynini şişlemediler ki, benimkini şişlediler. Bu benim yaşamım, diye düşündü Michael. Bütün risk bende.

"İyi şanslar" dedi Richardson.

"Şansı karıştırmayın. Yapalım da görelim."

Richardson başını salladı ve galerideki teknisyenlerle konuşmasını sağlayacak bir kulaklığı taktı. Michael'ın beyninden o, vücudunun kalanından Dr. Lau ve hemşire sorumluydu. Yaşam belirtilerini izleyebilmek için göğsüne ve boynuna duyargalar taktılar. Hemşire koluna uyuşturucu bir sıvı damlattıktan sonra bir iğne batırdı. İğne plastik bir hortuma bağlandı ve tuzlu çözelti damarlarında dolaşmaya başladı.

"Dalga aralığı alıyor musunuz?" diye fısıldadı mikrofona Richardson. "Güzel. Peki, çok güzel."

"Başlangıç için bir referans noktası almamız gerek" dedi Michael'a. "Bunun için beynine farklı uyarılar vereceğiz. Bir şey düşünmen gerekmiyor. Sadece tepki ver."

Hemşire çelik dolaba yürüdü ve bazı test tüplerini alıp geldi. İlk tüplerde tatlar vardı: Tatlı, ekşi, acı, tuzlu. Ardından kokular geldi: Gül, vanilya ve Michael'a yanık lastiği çağrıştıran bir şey. Bir fenerle Michael'ın gözbebeklerine farklı renklerde ışıklar tutan Richardson bu sırada sürekli mikrofona bir şeyler söyledi. Çeşitli yüksekliklerde sesler dinlettiler ve yüzüne bir tüyle, bir tahta küple ve pürüzlü bir çelik parçasıyla dokundular.

Duyusal verilerden memnun kalan Richardson, Michael'a geriye doğru saymasını, bazı sayıları toplamasını ve dün gece yediği yemeği anlatmasını söyledi. Sonra derin belleğe döndüler ve Michael'dan okyanusu ilk gördüğü ve çıplak bir kadınla ilk karşılaştığı zamanları anlatmasını istediler. Gençken kendine ait odan var mıydı? Nasıl bir yerdi? Eşyaları ve duvardaki posterleri anlatabilir misin?

Richardson sonunda sorularını bitirdi ve hemşire Michael'ın ağzına biraz su sıktı. "Tamam" dedi Richardson teknisyenlere, "galiba hazırız".

Hemşire dolaba giderek 3B3 adı verilen ilacın seyreltilmiş çözeltisini içeren bir serum torbası çıkardı. Kennard Nash ilaç hakkında konuşmak için Michael'ı çağırtmıştı. 3B3 adlı maddenin İsviçre'deki dünyaca ünlü uzmanlar tarafından geliştirilen bir bakteri olduğunu, çok pahalı ve üretiminin zor olduğunu, ancak bakterinin ürettiği atıkların sinirsel enerjiyi artırdığını söylemişti. Şimdi hemşire torbayı yukarı kaldırırken, içindeki turkuvaz sıvı ışıkta dalgalanıyordu.

Hemşire tuzlu çözeltinin hortumunu çıkarıp serum torbasını bağladı. 3B3 çözeltisi plastik hortumdan geçip Michael'ın damarındaki iğneye ulaştı. Richardson ve Dr. Lau ona başka bir boyuta uçup gidecekmiş gibi bakıyorlardı.

"Kendini nasıl hissediyorsun?" diye sordu Richardson.

"Normal. Devreye girmesi ne kadar sürüyor?"

"Bilmiyoruz."

"Nabız hafifçe yükseldi" diye araya girdi Dr. Lau. "Solunum değişmedi."

Hayal kırıklığını belli etmemeye çalışan Michael, bir süre tavana baktıktan sonra gözlerini kapadı. Belki gerçekten Yolcu değildi, belki de bu ilaç işe yaramıyordu. Bu kadar çaba ve para boşa harcanmıştı.

"Michael?"

Gözlerini açtı. Richardson ona bakıyordu. Oda hâlâ serindi ama doktorun alnında boncuk boncuk terler birikmişti.

"Yüzden geriye doğru saymaya başla."

"Yaptık ya."

"İlk aşamaya dönmek istiyorlar."

"Boşverin. Nasılsa işe..."

Michael sol kolunu kaldırdığında olağanüstü bir şey fark etti. Küçücük ışık noktalarından oluşan bir el ve bilek, kapalı kapıdan çıkan hayaletler gibi yükseldi. Etten kemikten kolu cansız biçimde masaya düşerken hayalet el yukarıda kaldı.

Bu görüntünün baştan beri bedeninde var olduğunu hatırlayıverdi. Elinin o hayaletimsi hali, takımyıldızların yer aldığı gök haritalarını çağrıştırdı. Eli küçücük yıldızlardan oluşuyordu ve bunlar birbirlerine incecik, neredeyse görünmeyen ışıklı çizgilerle bağlanmıştı. Hayalet elini, bedeninin kalanı gibi oynatamıyordu. Yumruğunu sık, başparmağını oynat, diye düşündüyse de bir şey olmadı. Elinin bir süre sonra ne yapması gerektiğini düşünmesi gerekiyordu, çünkü el komuta biraz geç karşılık veriyordu. Sualtında hareket etmek gibi bir atalet içindeydi.

"Nasıl buldunuz?" diye sordu Richardson'a.

"Geriye doğru say lütfen."

"Elimi nasıl buldunuz? Olan biteni göremiyor musunuz?"

Richardson başını salladı. "İki elin de muayene masasında duruyor. Neler gördüğünü anlatabilir misin?"

Michael konuşmakta zorlanıyordu. Dilinin dönmemesi, dudaklarının açılmaması değildi sorun; fikirleri kafasında bütünleştirmek ve bunları ifade edecek sözcükler seçmek çok yoğun bir çaba istiyordu. Zihin, sözcüklerden hızlıydı. Çok daha hızlıydı.

"Bence... bu..." Kendisine uzun gelen bir süre durakladı. "Bu yanılsama değil."

"Anlat lütfen."

"Bu hep içimde vardı."

"Gördüklerini anlat Michael."

"Körsünüz, kör!"

Michael'ın kızgınlığı öfkeye dönüştü. Masada doğrulmak için yekindi. Eski ve kırılgan bir şeyin, sararmış bir fanusun içinden kabuğunu parçalayarak çıktığını hissediyordu. O anda, hayalet gövdesinin masada dik oturduğunu, ama etten gövdesinin hâlâ masada yattığını fark etti. Bunu neden göremiyorlardı? Ayan beyan ortadaydı her şey. Ama Richardson, masadaki gövdeye kendi çözümünü kendisi verecek bir denklemmiş gibi bakmaya devam ediyordu.

"Tüm yaşam belirtileri durdu" dedi Dr. Lau. "Ya öldü ya da..."

"Ne diyorsun sen?" diye tersledi Richardson.

"Hah, nabız var hâlâ. Dakikada bir. Akciğerleri de hareket ediyor. Kar altına gömülmüş gibi bir tür derin uyku halinde." Lau monitörü dikkatle inceledi. "Her şey çok yavaş, çok ağır. Ama hâlâ hayatta."

Richardson, dudakları Michael'ın kulağına değecek kadar eğildi. "Beni duyabiliyor musun Michael? Beni..."

Ne zordu şu insan sesini dinlemek! Ne kadar göbekten bağlıydı pişmanlığa, zayıflığa ve korkuya! Michael bu sıkıntıyla hayaletini etinden tamamen kopardı ve yukarılarda gezinmeye başladı. Yüzmeyi yeni öğrenen çocuk gibi sakar ve tuhaf hissediyordu kendisini. Bir yukarı, bir aşağı... Gökyüzüne çıkmış âlemi seyrediyordu ama onun kargaşasından uzaktı.

Gözleriyle göremese de odanın tabanında siyah bir delik, yüzme havuzlarının boşaltma deliği gibi bir boşluk açıldığını hissetti. Onu hafifçe aşağı çekiyordu. Hayır. Uzak dur. Gücünü kullanırsa delikten uzak durabiliyordu. İyi de orada ne vardı? Yolcu olmanın bir parçası mıydı bu?

Biraz zaman geçti. Saniyeler de olabilirdi, dakikalar da. Işık bedeni giderek alçaldıkça, onu deliğe çeken güç de arttı ve karşı konulmaz bir hal aldı. Michael korkmaya başlamıştı. Gözlerinin önüne Gabriel'ın yüzü geldi. Şimdi kardeşini görmek için her şeyini verirdi. Bu yolculuğa birlikte çıkmalıydılar. İnsan yalnızken her şey tehlikeliydi.

Yakındı. Çok yaklaşmıştı. Sonunda mücadeleyi bıraktı ve hayalet bedeninin bir tek noktaya indirgenip kara deliğin içine çekildiğini hissetti. Akciğeri yoktu. Ağzı da. Sesi de. Yoktu.

* * *

Michael gözlerini açtığında, kendisini koyu yeşil bir okyanusun üstünde sırtüstü yatarken buldu. Gökyüzünde bir üçgeni oluşturan üç küçük güneş vardı. Saman sarısı gökte akkor halinde parlıyorlardı.

Sakin kafayla durumu değerlendirmeye çalıştı. Su ılıktı ve hafif dalga vardı. Rüzgâr yoktu. Bacaklarını suya sokarak mantar gibi suyun üstünde gezinmeye ve çevresini incelemeye başladı. Koyu ve bulanık bir çizgi ufku belirliyordu ama kara görünmüyordu.

"Kimse yok mu?" diye bağırdı. Sesini duyunca bir an için kendisini güçlü ve canlı hissetti. Ama sözcükleri, denizin enginliğinde kayboldu. "Buradayım! Tam burada!" Onu duyan yoktu.

Dr. Richardson'ın odasına bıraktığı raporları düşündü. İfade veren Yolculara göre, başka âlemlere geçişin önünde dört engel vardı: Su, ateş, toprak ve hava. Bunların sabit bir sırası da, belirli bir tezahür biçimi de yoktu. Her engeli aşmanın yolunu bulmak gerekiyordu. Her Yolcu farklı yaşamıştı bu yolculuğu. Mutlaka bir kapı, bir geçit vardı. Bir Rus Yolcu bu durumu *uzun siyah bir perdede bir kesik* olarak nitelendirmişti.

Herkes başka bir engele veya ilk âlemdeki başlangıç noktasına geçilebileceğinde hemfikirdi. Ancak bu işin nasıl yapılacağına ilişkin kullanma kılavuzu yazan olmamıştı. *Bir yol bulursun*, demişti bir kadın, *veya yol seni bulur.* Tutarsız açıklamalar Michael'ı sinirlendirmişti. Niye adam gibi on adım yürü sağa dön diyen yoktu? Felsefe değil yol haritası lazım bize.

Michael bir küfür savurup ellerini suya çarptı; bir ses duymak istiyordu. Sıçrayan su yüzüne değdi ve yanaklarından süzülüp dudaklarına ulaştı. Gerçek okyanus gibi tuzlu ve yakıcı olmasını bekliyordu, ama bu suyun ne tadı ne kokusu vardı. Avucuna biraz su alarak inceledi. Sıvının içinde küçük parçacıklar vardı. Kum da olabilirdi, yosun da, davul tozu da; hiçbir fikri yoktu.

Rüyada mıydı acaba? Bu suda boğulabilir miydi? Gökyüzüne bakarak, gemilerden düşen veya gemileri batan, kurtarılana kadar okyanusta yüzüp duran turistleri, balıkçıları düşündü. Ne kadar hayatta kalabilirlerdi? Üç saat mi, dört saat mi? Bir gün mü?

Başını suya daldırdı, tekrar çıkardı ve ağzına dolan suyu tükürdü. Neden gökyüzünde üç güneş vardı? Burası, yaşamın ve ölümün kurallarının farklı olduğu değişik bir evren miydi? Bu fikirler üzerinde akıl yürütmek istiyordu ama içinde bulunduğu durum, yani uçsuz bucaksız bir denizde yalnız oluşu, aklının büyük bölümünü kaplamıştı. Paniğe kapılma, diye düşündü. Uzun süre dayanabilirsin.

Michael, aklına gelen eski rock şarkılarını söyledi. Geriye doğru saydı ve ninniler söyledi. Hayatta olduğunu gösteren şeyler yapmak istiyordu. Nefes al. Nefes ver. Su sıçrat. Dön. Biraz daha sıçrat. Ama ne yaparsa yapsın, onu çevreleyen sonsuzluk küçük dalgaları ve sesleri yutuyordu. Ölmüş müydü? Belki de. Şu anda belki Richardson cansız bedeninin üzerinde uğraşıyordu. Belki de ölmek üzereydi ve suya gömülecek olursa, son can kırıntısı da bedeninden uçup gidecekti.

Bundan korkarak gözüne bir yön kestirdi ve yüzmeye başladı. Önce serbest yüzdü, kolları yorulduğunda sırtüstüne geçti. Ne kadar zaman geçtiğini kestirmesi mümkün değildi. Beş dakika mı? Beş saat mi? Durup tekrar kendisini suyun yüzüne bıraktığında, yine aynı ufuk çizgisini gördü. Aynı üç güneş. Sarı gökyüzü. Dibe daldı ama suları tükürüp bağırarak hemen çıktı.

Sırtını gerip gözlerini kapadı. Çevresinin tekdüzeliği, değişmezliği, aklının ürünü olduğuna kanıttı. Ancak düşlerinde hep Gabriel ve tanıdığı diğer insanlar yer alıyordu. Bu yerin sonsuz yalnızlığı, tuhaf ve rahatsız edici bir durumdu. Bu kendi rüyası olsaydı, en azından bir korsan gemisi veya içi kadınla dolu bir sürat teknesi bulunurdu.

Ansızın bir şeyin bacağına hızlıca değip geçtiğini hissetti. Deli gibi yüzmeye başladı. Ayaklarını hızla çırpıyor, kulaçlarını kolunun erişebildiğince uzun atıyordu. Tek düşüncesi, olabildiğince hızlı yüzmek ve ona dokunan şeyden kurtulmaktı. Sular burnuna doldu ama kuvvetlice nefes vererek burnunu boşalttı. Gözlerini kapatıp nereye gittiğini bilemeden, çaresizce yüzmeye başladı. Sonra durdu. Bekledi. Kendi solumasını dinledi. Birazdan korkusu uçup gitti ve Michael tekrar amaçsızca, bilinçsizce, sonsuz mesafeyle geri çekilen ufuk çizgisine doğru yüzmeye başladı.

Bir zaman geçti ama rüya zamanı mıydı, uzay zamanı mı, bilemedi. Hiçbir şeyden emin olamıyordu. Yüzmeyi bıraktı ve sırtüstü yatarak soluklanmaya çalıştı. Bitkin düşmüştü artık. Aklındaki tüm düşünceler kayboldu ve yerini sadece soluk alma dürtüsü kapladı. Tekhücreli bir canlı gibi, geçmiş hayatında farkına bile varmadığı basit ve otomatik gibi görünen tek bir eylem üzerine tüm gücünü yoğunlaştırdı. Biraz daha zaman geçtiğinde yeni bir hisse kapıldı. Ufkun bir bölümüne doğru hafifçe çekiliyordu. Akıntı giderek güçlendi.

Michael önce kulağına değerek akan suyun sesini, ardından uzaktaki bir çavlanı andıran uğultuları duydu. Başını kaldırarak nereye doğru ilerlediğini görmek istedi. Uzakta bir yerde, ince bir su bulutu gökyüzüne yükseliyordu ve çırpıntılar okyanus yüzeyini kırıştırıyordu. Akıntı giderek şiddetleniyordu ve ona karşı yüzmek güçleşiyordu. Suyun uğultusu ise artarak Michael'ın sesini bastırdı. Michael, gökyüzünden gelecek dev bir kuşun veya bir meleğin kendisini yok olmaktan kurtarmasını bekler gibi sağ kolunu kaldırdı. Deniz artık önünde aşağı dökülüyormuş gibi görünene kadar akıntıyla ilerledi.

Bir an için suyun içine çekildi, sonra ışığa doğru hamle etti. Aydaki kraterler kadar büyük bir anaforun tam kıyısındaydı. Yeşil sular çılgın gibi dönenerek kapkara bir merkezde yok olup gidiyordu. Akıntı onu giderek daha derine, ışıktan uzağa çekmeye başladı. Yüzmeye devam, dedi Michael kendi kendine. Yılgınlık yok. Bu suyun ağzına burnuna dolmasına izin verirse, içinde bir şeyin yitip gideceğini hissediyordu.

Girdabın ortalarına doğru, lomboz büyüklüğünde küçük siyah bir gölge dikkatini çekti. Bu gölge girdaptan bağımsızdı. Köpüklerin ve püskürmelerin arasında nehir yatağındaki dev bir kaya gibi kayboluyor, sonra aynı yerde tekrar çıkıyordu.

Deli gibi çırpınan Michael, gölgeye doğru düştü. Gölgeyi kaybetti. Tekrar buldu. Sonunda kendisini gölgenin merkezine bıraktı.

38

Mezar'ın duvarı boyunca ilerleyen cam galerinin büyük bölümü teknisyenlerce kullanılıyordu ama yapının kuzeyindeki bölüme sadece korumalı bir kapıdan geçilerek girilebiliyordu. Bu özel alan halıyla kaplanmış, geniş kanepeler ve çelik abajurlarla donatılmıştı. Aynalı camların yanına küçük siyah sehpalar ve dik sırtlı süet sandalyeler yerleştirilmişti.

Kennard Nash bu sandalyelerden birinde otururken, Perulu eski bir polis memuru olan koruması Ramon Vega bir kadehe Chardonnay doldurmakla meşguldü. Ramon'un sicilinde grev düzenleme aptallığında bulunmuş beş bakır madencisini öldürmek vardı ama Kennard Nash adamın vale ve garson olarak becerilerine değer veriyordu.

"Akşam yemeğinde ne var Ramon?"

"Somon balığı, sarımsaklı patates püresi, bademli taze fasulye kavurması. İdari merkezden getireceklermiş."

"Güzel. Dikkat et de soğumasın."

Ramon, kapının açıldığı güvenlik odasına döndü ve Nash şarabını içmeye koyuldu. Nash'in ordudaki yirmi iki yılında öğrendiği tek bir şey varsa, subayların erlerden ayrı durması gerektiğiydi. Subay, eratın komutanıydı, arkadaşı değil. Beyaz Saray'da çalışırken de personelini aynı ilkeye göre yönetmişti. Başkan birkaç haftada bir beyzbol maçlarında veya Noel ağacının süslenmesinde kamuoyu önüne çıkarak gövde gösterisi yapar, ama geri kalan zamanlarda kurgusuz olayların tehlikeli rasgeleliğinden uzak tutulurdu. Nash, asker olmasına rağmen Başkan'ı herhangi bir askerin cenazesine katılmama konusunda kesin bir dille uyarmıştı. Ölen askerin duyguları altüst olmuş karısı sinir krizi geçirip bayılabilirdi. Annesi kendisini tabutun üstüne atabilir, babası oğlunun ölümü yüzünden hesap sorabilirdi. Panopticon felsefesi, Biraderlere gerçek gücün kontrole ve öngörülebilirliğe dayandığını öğretmişti.

Geçiş Projesi'nin sonucu öngörülemediği için, Nash deneyin yapılmakta olduğunu Biraderlere bildirmemişti bile. Başarı güvencesi verilemeyecek kadar çok değişken vardı. Her şey, bedeni Mezar'ın ortasındaki muayene masasında yatan genç Michael Corrigan'a bağlıydı. 3B3 alan genç erkek ve kadınlardan büyük bir bölümü, soluğu akıl hastanesinde almıştı. Dr. Richardson, ilacın dozunu belirleyemediğinden ve olası bir Yolcu üzerindeki etkisini kestiremediğinden yakınmıştı.

Askeri bir harekât yapılıyor olsaydı, Nash komutayı astlarından birine devreder ve çarpışmadan uzak dururdu. Olay yerinde olmadığı sürece suçu üstlenmemek daha kolaydı. Nash bu temel kuralı biliyordu ve kariyeri boyunca uygulamıştı ama bugün araştırma merkezinden uzak kalmayı başaramamıştı. Kuantum bilgisayarının tasarlanması, Mezar'ın inşa edilmesi ve bir Yolcu yaratılması hep onun fikirleriydi. Geçiş Projesi başarılı olursa, tarihin akışını o değiştirmiş olacaktı.

Sanal Panopticon, işyerinde kontrolü sağlamaya başlamıştı bile. Kennard Nash şarabını yudumlayarak bir hayale daldı. Madrid'deki bir bilgisayar, kredi kartı bilgilerini giren yorgun bir genç kadının kaç tuşa bastığını sayıyordu. Bunları sayan bilgisayar, kadının saatlik hedefine ulaşıp ulaşmadığını belirten raporlar da hazırlıyordu. Otomatik mesajlar ona, *Bravo Maria* veya *Bayan Sanchez, geri kalıyorsunuz. Biraz dikkat lütfen* diye uyarılarda bulunacaktı. Kadın da işini kaybetmemek için öne eğilip dikkat kesilecek ve daha hızlı çalışmaya başlayacaktı.

Londra'daki bir kamera, kalabalıktaki yüzlere odaklanarak her insanı dijital bir dosyayla eşleştirilebilecek sayı dizileri haline dönüştürüyordu. Mexico City ve Cakarta'daki elektronik kulaklar telefon konuşmalarını dinliyor, internetteki bitip tükenmeyen mesajlaşmayı takip ediyordu. Devletin bilgisayarları, bir kitap Denver'da satın alınırken başka bir kitabın Brüksel'deki kütüphaneden ödünç alındığını biliyordu. Bunu kim okuyor? Öbürünü kim aldı? İsimler bulunsun. Çapraz olarak kontrol edilsin. Sanal Panopticon, gün gün tutsaklarının hayatlarına giriyor, dünyalarının bir parçası oluyordu.

Ramon Vega tekrar içeri girdi ve hafifçe eğildi. Nash, yemekle ilgili bir sorun çıktığını düşündü.

"Bay Boone kapıda, General. Görüşmek istediğinizi söyledi."

"Doğrudur. Hemen gönder."

Kennard Nash, o anda Hakikat Odası'nda bulunsaydı, korteksinin sol tarafının kıpkırmızı kesileceğini biliyordu. Nathan Boone'dan hoşlanmıyordu ve onun yanında kendisini huzursuz hissediyordu. Boone, Nash'in selefi tarafından işe alınmıştı ve Biraderlerin girdisi çıktısı hakkında çok fazla şey biliyordu. Boone son yıllarda yürütme kurulunun üyeleriyle özel ilişkiler de geliştirmişti. Biraderlerin birçoğu, Bay Boone'un cesur ve yaratıcı mizacıyla mükemmel bir güvenlik müdürü olduğunu düşünüyordu. Boone'un hareketleri üzerinde tam kontrol sahibi olamamak Nash'in canını sıkıyordu. Güvenlik müdürünün bir emre karşı geldiğini öğrenmişti.

Ramon, salona kadar Boone'a eşlik ettikten sonra iki adamı yalnız bıraktı. "Beni görmek istemişsiniz" dedi Boone. Bacaklarını hafifçe ayırıp ellerini arkasında kavuşturarak durmuştu.

Nash sözde komutandı, tek yetkiliydi ama iki adam da biliyorlardı ki Boone şu anda generale doğru iki adım atıp adamın boynunu kibrit çöpü gibi kırabilirdi. "Oturun Bay Boone. Size bir kadeh Chardonnay ikram edeyim."

"Şimdi içmeyeyim." Boone pencereye yaklaştı ve ameliyat masasına baktı. Anestezist, Michael'ın göğsüne bağlı bir duyargayı düzeltiyordu. "Nasıl gidiyor?"

"Michael trans haklinde. Nabzı zayıf. Solunumu çok az. Umarım Yolcu olmuştur."

"Belki de bitkisel hayattadır. 3B3 beynini dağıtmış olabilir."

"Sinirsel enerjisi bedeninden ayrıldı. Bilgisayarlarımız hareketleri şimdilik çok iyi takip ediyor."

İki adam bir süre sessizce camdan baktılar. "Diyelim ki gerçekten Yolcu oldu" dedi Boone. "Şu anda ölebilir mi?"

"Ameliyat masasında yatan beden, biyolojik olarak yaşamının sonuna gelebilir."

"Peki Işığına ne olur?"

"Bilmiyorum" dedi Nash. "Ama bedenine dönemez."

"Başka bir âlemdeyken ölebilir mi?"

"Evet. Anladığımız kadarıyla, başka bir âlemde ölürse sonsuza dek orada tutsak kalır."

Boone içeri döndü. "Umarım başarılı oluruz."

"Tüm olasılıklara hazırlıklı olmamız gerek. Gabriel Corrigan'ı bulmamız bu nedenle çok önemli. Michael ölecek olursa yerini derhal başkası almalı."

"Anlıyorum."

General Nash kadehini indirdi. "Öğrendiğime göre, Kaliforniya'daki adamlarımızı geri çekmişsiniz. Oysa onlar Gabriel'ı arıyorlardı."

Boone bu suçlamayı pek umursamamıştı. "Elektronik gözetim devam ediyor. Başka bir takıma da, Michael Corrigan'ın dairesine asılsız bir ipucu bırakan Soytarı askerini aratıyorum. Bu adamın, Isaac Jones kilisesiyle bağlantılı bir dövüş sporları eğitmeni olduğunu sanıyoruz."

"Ama şu anda Gabriel'ı arayan yok. Emre karşı geldiniz."

"Benim sorumluluğum, örgütümüzü korumak ve amaçlarımıza ulaşmamızı sağlamaktır."

"Bu aşamada öncelikli amacımız, Geçiş Projesi'nin başarısıdır Bay Boone. Daha önemli hiçbir amacımız yoktur."

Boone, şüpheliyi sorgulayacak bir polis gibi masaya bir adım daha yaklaştı. "Bu konu yürütme kurulunca tartışılsa daha iyi olacak diye düşünüyorum."

General Nash gözlerini masaya dikti ve seçeneklerini tarttı. Boone'a kuantum bilgisayarıyla ilgili tüm gerçekleri söylemekten kaçınmıştı ama artık sır saklamak olanaksızlaşmıştı.

"Bildiğiniz gibi, kuantum bilgisayarımız çalışır durumda. Bu aygıtın teknolojik özelliklerini tartışmanın yeri ve zamanı değil; ancak atomaltı parçacıkların bir enerji alanında askıda tutulduğunu biliyoruz. Son derece kısa bir süre içinde bu parçacıklar enerji alanından kayboluyor ve geri geliyor. Peki nereye gidiyorlar Bay Boone? Araştırmacılarımız bize başka bir boyuta, başka bir âleme yolculuk yaptıklarını söylüyor."

Durum Boone'un hoşuna gitmişti. "Yolcularla birlikte yolculuk yapıyorlar."

"Bu parçacıklar döndüklerinde bilgisayarlarımıza gelişmiş bir uygarlıktan mesajlar getirdi. Önce basit ikili kodlar aldık, derken bilgiler giderek karmaşıklaşmaya başladı. Bu uygarlık, araştırmacılarımızın fizik ve bilgisayar alanlarında önemli keşifler yapmasını sağladı. Hayvanların genetiğini nasıl değiştireceğimizi göstererek yapbozları üretmemize olanak tanıdı. Bu gelişmiş teknolojiden daha fazla bilgi alabilirsek, Panopticon'u görmeye ömrümüz vefa edecek. Biraderler sonunda olağanüstü geniş kitleleri izleyecek ve kontrol edecek güce sahip olacaklar."

"Peki bu uygarlık bunun karşılığında ne istiyor?" diye sordu Boone. "Hayatta her şey karşılıklı."

"Dünyamıza gelip bizimle tanışmak istiyorlar. İşte Yolculara bunun için, onlara yol göstermek için ihtiyacımız var. Kuantum bilgisayarı, Michael Corrigan'ın farklı âlemlerdeki yolculuğunu takip ediyor. Anlıyor musunuz Bay Boone? Konu yeterince açık mı?"

Boone ilk kez etkilenmiş görünüyordu. Nash kadehini yeniden doldurarak bu anın tadını çıkardı. "Sizden Gabriel Corrigan'ı bulmanızı bu yüzden istemiştim. Emre karşı gelmenizden de bu yüzden rahatsızım."

"Sahadaki adamlarımızı tek bir nedenden ötürü geri çektim" dedi Boone. "Bu örgütte bir hain olduğuna inanıyorum."

Kadehi masaya bırakırken Nash'in eli hafifçe titredi. "Bundan emin misiniz?"

"Thorn'un kızı Maya, Amerika'da. Ancak onu yakalamayı başaramadım. Soytarılar tüm hamlelerimizi öngörebildi."

"Bir saha personelinin bilgi sızdırdığını mı düşünüyorsunuz?"

"Panopticon felsefesinin temeli, herkesin gözetim ve inceleme altında olmasıdır; sistemin yürütülmesinden sorumlu olanların bile."

"Benim bu konuyla ilgim olduğunu mu ima ediyorsunuz?"

"Kesinlikle hayır" dedi Boone, ama generale bu olasılığı değerlendiriyormuş gibi baktı. "Şu anda internet ekibine bu projeyle bağlantısı olan herkesi takip ettiriyorum."

"Sizin hareketlerinizi kim inceliyor?"

"Ben Biraderlerden hiçbir zaman sır saklamadım."

Bakma ona, dedi Nash kendi kendine. Gözlerini gösterme. Camdan Michael'ın bedenine baktı.

Dr. Richardson, hareketsiz yatan hastasının başında endişeyle volta atıyordu. Mezar'ın sürekli havalandırmalı steril ortamına nasılsa beyaz bir güve girivermişti. Kelebek gölgeden çıkıp masanın ışığının çevresinde uçuşmaya başladığında doktor irkildi.

39

Maya ve Gabriel, San Lucas kasabasını öğleden sonra bir sularında geçip iki şeritli bir yoldan güneye devam ettiler. Minibüsün kilometre sayacı yükseldikçe Maya'nın yok saymaya çalıştığı gerilimi de artıyordu. Los Angeles'ta Linden'dan aldığı mesaj gayet açıktı: *San Lucas kasabasına git. 77 numaralı otoyoldan güneye ilerle. Yeşil kurdele ara. Kişinin adı Martin.* Kurdeleyi belki görmemişlerdi, belki çöl rüzgârları uçurmuştu. Belki de Tabula'nın internet grubu Linden'ı aldatmıştı ve pusuya doğru ilerliyorlardı.

Maya, sığınakların veya erişim noktalarının adreslerinin kabaca tarif edilmesine alışkındı ama Gabriel gibi olası bir Yolcu'ya eşlik etmek her şeyi değiştirmişti. Cennet Lokantası'ndaki kavgadan beri Gabriel Maya'dan uzak duruyor, yakıt almak ve haritaya bakmak için durakladıklarında birkaç şey söylemekle yetiniyordu. Tehlikeli bir dağa tırmanmayı kabul etmiş ve yoldaki engellere göğüs germeye hazır bir adam gibi davranıyordu.

Maya minibüsün camını açtı. Yüzüne vuran kuru çöl havası, terini kuruttu. Masmavi bir gökyüzü. Sıcak hava dalgalarıyla süzülen bir şahin. Gabriel bir buçuk kilometre kadar ilerdeydi. Ansızın durup döndü ve yaklaşırken eliyle sola işaret etti. Bulmuştu.

Maya, bir kilometre levhasının çelik ayağına bağlanmış yeşil kurdeleyi gördü. Araba dingili genişliğinde bir toprak yol tam o noktada asfalta bağlanıyordu ama toprak yolun nereye gittiği görülemiyordu. Gabriel kaskını çıkarıp motosikletin gidonuna taktı. Yüksek rakımlı çöllerden geçiyorlardı; çevrede boz bulanık çorak toprak dışında kaktüsler, çoktan kurumuş çim öbekleri ve minibüsün kaportasını çizen fundalıklardan başka bir şey yoktu. Toprak yol iki kez daha ayrıldı ama Gabriel her seferinde yeşil kurdeleyi buldu. Rakım daha da arttıkça çevrelerinde meşeler, iğne yapraklı ağaçlar ve sarı çiçekleri balarılarını çeken çalılıklar belirmeye başladı.

Gabriel önden bir tepeye çıkarak kısa bir mola verdi. Yoldayken dağ gibi görünen yeryüzü şekilleri aslında iki devasa kolu korunaklı bir vadiyi çevreleyen engin bir platoydu. Çam ağaçlarının arasına yarı gizlenmiş kutu kutu evler, çok uzaktan bile seçilebiliyordu. Kasabadan uzakta, platonun kıyısında üç rüzgâr santrali vardı. Üç kanatlı rotorlar, dev uçak pervaneleri gibi ağır ağır dönüyordu.

Gabriel yüzündeki tozları bandanasıyla sildikten sonra toprak yolda tekrar ilerlemeye başladı. Birilerinin çalılardan üstlerine atlayıp onları şaşırtmasını beklermiş gibi sağa sola bakarak gidiyordu.

Pompalı tüfek minibüsün tabanında, eski bir battaniyeye gizlenmiş olarak yatıyordu. Maya silahı aldı, kurdu ve ön koltuğa bıraktı. Kılavuz gerçekten bu kasabada mı yaşıyor, yoksa Tabula tarafından çoktan öldürüldü mü diye meraklanıyordu.

Toprak yol vadiye yöneldi ve bir derenin üstüne kurulmuş taş bir köprüden devam etti. Maya, derenin kıyısında, çalıların arasında bir hareket görünce yavaşladı.

Dört –hayır beş– çocuk, patikadan dereye koca koca taşlar götürüyorlardı. Belki kendilerince baraj yapacaklardı, belki de yüzmek için havuz. Maya emin olamadı. Çocuklar durup minibüse ve motosiklete baktılar. Üç yüz metre sonra, plastik bir kova taşıyan bir çocuğun yanından geçtiler. Çocuk durup onlara el salladı. Henüz yetişkine rastlamamışlardı ama çocuklar kendi hallerinde gayet mutluydular. Maya birkaç saniyeliğine, çocukların Büyük Düzen'in sürekli baskısı altında olmadan büyüyecekleri bir krallıklarının olduğunu hayal etti.

Vadiye yaklaştıklarında toprak yol yerini kızıl kahve parke taşlarına bıraktı. Aynalı camları olan üç büyük seranın yanından geçtikten sonra, Gabriel motosikletini bir tamircinin parkına çekti. Tamircinin açık mekânında dört tozlu kamyonet duruyordu. Aletler için yapılmış tahta bir kulübenin yanındaysa bir buldozer, iki cip ve çok eski bir okul otobüsü bulunuyordu. Basamaklarla çıkılan büyük bir kümeste beyaz tavuklar dolaşıyordu.

Maya tüfeği yine battaniyenin altına gizledi ama kılıcını yanına aldı. Minibüsün kapısını kapattığında, bir tuğla duvarın üstünde on yaşlarında bir kızın oturduğu dikkatini çekti. Kız Asyalı'ydı ve simsiyah saçları omuzlarına dökülüyordu. Diğer çocuklar gibi, o da kot pantolon, tişört ve sağlam botlar giymişti. Kemerinden, kabzası aşınmış eski bir avcı bıçağı ve bunun kını sarkıyordu. Uzun saçları ve bıçağı, kızı atları alıp ahıra götürmeye hazırlanan bir şövalye kahyası gibi gösteriyordu.

"Merhaba" dedi kız. "İspanyollar siz misiniz?"

"Hayır, biz Los Angeles'tan geldik." Gabriel kendisini ve Maya'yı tanıttı. "Senin adın ne?"

"Alice Chen."

"Bu köyün adı var mı?"

"New Harmony" dedi Alice. "İki yıl önce kararlaştırdık. Herkes oy kullandı, çocuklar bile."

Çocuk duvardan atlayıp Gabriel'ın tozlu motosikletini incelemeye koyuldu. "İspanya'dan iki aday bekliyoruz. Adaylar burada üç ay yaşadıktan sonra oylamayla kabul ediliyor veya geri gönderiliyorlar." Motosikletten uzaklaşıp Maya'ya baktı. "Madem aday değilsiniz, buraya niye geldiniz?"

"Martin adında birini arıyoruz" diye açıkladı Maya. "Nerede bulabileceğimizi biliyor musun?"

"Önce anneme gidelim."

"Gerek yok ki..."

"Gelin. Köy merkezinde olacak."

Kız önlerine düşüp onları başka bir köprüden geçirdi. Dere, kızıl taşların arasından şırıldayarak, köpürerek akıyordu. Yolun iki kıyısında, güneybatı tarzına göre yapılmış büyük evler sıralanmıştı. Evlerin dışları kireç sıvalıydı, pencereleri küçüktü, damlarıysa sıcak yaz gecelerinde nefes alabilmek için düz bırakılmıştı. Evlerin birçoğu epey büyük olduğu için, Maya inşaatçıların tonlarca malzemeyi bu küçücük yoldan nasıl getirdiğini merak etmeden duramadı.

Alice Chen, konuklarının kaçıp gitmelerini bekliyormuş gibi ikide bir omzunun üstünden onlara bakıyordu. Uçuk yeşil boyalı bir evin önünden geçerlerken, Gabriel Maya'nın yanına geldi. "Bu adamlar bizi beklemiyorlar mıydı?"

"Beklemiyorlarmış demek."

"Martin kim? Kılavuz mu?"

"Bilmiyorum Gabriel. Birazdan öğreneceğiz."

Bir çam koruluğundan geçip merkezinde taştan bir çeşmenin bulunduğu avlu etrafına dizilmiş dört beyaz binadan oluşan bir yere geldiler. Ağır tahta kapıyı aralayan Alice, "Köy merkezi burası" dedi.

Kısa bir koridordan geçip oyuncaklarla dolu bir sınıfa geldiler. Genç bir öğretmen, yaygının çevresine beş çocuğu toplamış, onlara resimli bir kitap okuyordu. Alice'e başını salladı, kapıdan giren iki yabancıyaysa bakmakla yetindi.

"Küçük çocuklar tam gün okulda kalıyor" diye açıkladı Alice. "Ama ben ikide çıkabiliyorum."

Okuldan çıktılar, avluyu geçip başka bir binaya girdiler. Burada, bilgisayarlarla donatılmış penceresiz üç oda vardı. Odalardan birinde, ayrı bölmelerde oturmuş kişiler, bilgisayar ekranlarındaki görüntüleri incelerken kulaklıktan konuşuyorlardı. "Fareyi ters çevirin" dedi genç bir adam. "Kırmızı bir ışık görüyor musunuz? İşte bu..." Birkaç saniye duraladı ve Gabriel'la Maya'ya baktı.

İlerleyerek tekrar avluya çıktılar ve içinde yine masalar, bilgisayarlar olan üçüncü binaya girdiler. Beyaz doktor önlüklü Çinli bir kadın arkadaki odalardan birinden çıktı. Alice koşarak kadına gitti ve kulağına bir şeyler fısıldadı.

"İyi günler" dedi kadın. "Ben Alice'in annesiyim. Doktor Joan Chen."

"Bu Maya, bu da Gabriel. İspanyol değiller."

"Biz buraya..."

"Neden geldiğinizi biliyorum" dedi Joan. "Martin kurul toplantısında sizden söz etti. Ancak anlaşma olmadı. Konuyu oya sunmadık."

"Martin'le görüşsek yeter" dedi Gabriel.

"Tabii, elbette." Joan, kızının omzuna dokundu. "Konuklarımızı Bay Greenwald'a götür. Wilkins ailesinin evini yapmaya yardım ediyor."

Alice klinikten koşar adım çıkarak yolda ilerledi. "Buraya geldiğimizde karşılama töreni beklemiyordum" dedi Gabriel, "ama dostların hiç de konuksever değil."

"Soytarıların dostu olmaz" dedi Maya. "Yükümlülüklerimiz ve ittifaklarımız vardır. Ben durumu değerlendirene kadar hiçbir şey söyleme."

Yola saçılmış saman çöpleri gördüler. Birkaç yüz metre sonra, hummalı bir çalışmanın sürdüğü bir inşaat alanının yanına istiflenmiş saman balyalarıyla karşılaştılar. Evin betondan temeline çakılmış çelik çubukların üzerine, dev tuğlalara benzeyen saman balyaları geçirilmişti. Her yaştan yaklaşık yirmi kişi evin inşaatında çalışıyordu. Terden yol yol olmuş tişörtleriyle gençler, ellerindeki balyozlarla balyalara çubuklar çakarken, orta yaşlı üç kişi de evin dış duvarlarına galvanizli bir demir ızgara tutturmakla meşguldü. Palaska taşıyan iki marangoz, evin çatısını taşıyacak ahşap bir iskelet hazırlıyordu. Maya, vadideki tüm evlerin aynı basit yöntemle yapıldığını fark etti. Köyün büyük miktarlarda tuğla ve betona ihtiyacı yoktu; kontrplak, ahşap kirişler, sugeçirmez sıva ve birkaç yüz balya saman yeterliydi.

Kırk yaşlarında yapılı bir Latin, toprağa diz çökmüş kontrplakları ölçmekle uğraşıyordu. Üzerinde şort, lekeli bir tişört ve çok yıpranmış bir palaska vardı. İki yabancıyı gördüğünde doğruldu ve yaklaştı.

"Yardımcı olabilir miyim?" diye sordu. "Birini mi arıyorsunuz?"

Maya cevap vermeye zaman bulamadan Alice yanında daha yaşlı, tıknaz ve kalın gözlüklü bir adamla evden çıktı. Adam hızla yaklaştı ve zorlama bir gülücük takındı.

"New Harmony'ye hoş geldiniz. Ben Martin Greenwald. Bu da arkadaşım Antonio Cardenas." Latin adama döndü. "Kurul toplantısında sözünü ettiğimiz konuklarımız. Avrupa'daki dostlarım haber vermişti."

Antonio onları görmekten pek memnun kalmamıştı. Omuzları gerildi, kavga edecek gibi bacaklarını araladı. "Kadının omzundakini görüyor musun? Bunun anlamını biliyor musun?"

"Sesini yükseltme" dedi Martin.

"Soytarı bu yahu! Tabula onun burada olduğunu öğrenirse pek memnun olmaz."

"Bu kişiler benim konuklarım" dedi Martin sertçe. "Alice onları Mavi Eve götürecek. Saat yediye doğru Sarı Eve gelirler, yemek yeriz." Antonio'ya döndü. "Sen de davetlisin arkadaşım. Bir kadeh şarap içip durumu konuşuruz."

Antonio birkaç saniye duraladıktan sonra inşaata döndü. Rehberliklerini üstlenen Alice Chen, konuklarını tekrar park alana götürdü. Maya silahlarını minibüsteki eski battaniyeye sardı, Gabriel ise yeşim kılıcı omzuna attı. Alice'i takip ederek derenin kıyısındaki mavi bir eve geldiler. Bir mutfak, bir yatak odası ve asma tavanında ikinci bir yatak olan salondan ibaret küçük bir evdi. Çift kanatlı dar bir kapı, biberiye çalılıkları ve yabani hardalla bezeli, duvarlarla çevrili bir bahçeye açılıyordu.

Banyonun tavanı yüksekti ve içinde eski, muslukları yeşil pas lekeli, aslan ayaklı bir küvet vardı. Maya kirli giysilerini çıkarıp banyo yaptı. Su, toprağın derinliklerinden geliyor olmalıydı ki hafifçe demir kokuyordu. Küveti yarısına kadar doldurduktan sonra içine girdi ve gevşemeye çalıştı. Lavabonun üstündeki koyu mavi bir şişeye, tek bir yabangülü yerleştirilmişti. Maya bir anlığına onları çevreleyen tüm tehlikeleri unuttu ve dünyadaki bu tek güzelliğe odaklandı.

Gabriel gerçekten Yolcu çıkarsa, onu korumaya devam edecekti. Eğer Kılavuz, Gabriel'ın sıradan bir insan olduğuna karar verirse, onu bir daha görmemek üzere terk edecekti. Suya iyice gömülerek Gabriel'ın New Harmony'de kaldığını, ekmek pişirmekte usta genç bir kadına âşık olduğunu hayal etti. Derken hayalleri karardı, kendisini gece karanlıkta bir evin önünde dikilmiş, Gabriel ve karısının evde neşeyle yemek hazırladıklarını izlerken gördü. Soytarı. Elleri kanlı. Uzak dur.

Saçını yıkayıp duruladı, dolapta bulduğu bir bornozu üstüne geçirdi ve banyodan çıkıp yatak odasına geçti. Gabriel, salondaki asma katta, yatakta oturuyordu. Birkaç dakika sonra sertçe ayağa kalktığını ve kendi kendine küfrettiğini duydu Maya. Biraz daha sonra tahta basamaklar gıcırdadı ve Gabriel aşağı inip banyoya girdi.

* * *

Gün batarken valizini kurcalayıp mavi bir bluz ve uzun bir penye etek bulup üzerine geçirdi. Aynaya baktığında, Gabriel'ın Los Angeles'ta tanıştığı herhangi bir kız kadar sıradan göründüğü için sevindi. Ardından eteğini kaldırıp bıçaklarını bacaklarına bağladı. Diğer silahları, yorganın altına gizlemişti.

Salona çıktığında, Gabriel'ın karanlıkta durduğunu gördü. Perdenin aralığından dışarı bakıyordu. "Yirmi metre kadar ötede çalılıkların arasında saklanan biri var" dedi. "Evi izliyor."

"Antonio Cardenas veya arkadaşlarından biridir."

"Ne yapacağız peki?"

"Hiç. Gidip sarı bir ev bulacağız."

Maya yolda yürürlerken rahat görünmeye çalışıyordu ama birinin onları izleyip izlemediğinden emin değildi. Hava hâlâ sıcaktı ve çam ağaçları küçük gölgeler oluşturmuştu. Köprülerden birinin yanında, büyük bir sarı ev vardı. Damda yağ kandilleri yanıyordu ve konuşan insanların sesleri duyuluyordu.

Eve girdiklerinde, farklı yaşlarda sekiz çocuğun büyük bir masada yemek yediğini gördüler. Kabarık kızıl saçlı, ufak tefek bir kadın mutfakta çalışıyordu. Kot eteği, üstüne kırmızı bir çarpı çekilmiş bir güvenlik kamerasının resmi bulunan tişörtü vardı. Bu haliyle, Büyük Düzen'e karşı direniş simgesi gibiydi. Maya bu çizimi Berlin'deki bir dans kulübünün zemininde ve Madrid'in Malasaña mahallesinde bir duvarda görmüştü.

Kadın elinde tahta kaşıkla mutfaktan çıkıp onları karşıladı. "Adım Rebecca Greenwald. Evimize hoş geldiniz."

Gabriel gülümsedi ve çocukları işaret etti. "Ne kadar çoklar!"

"Yalnız ikisi bizim. Antonio'nun üç çocuğu, Joan'un kızı Alice ve onun iki arkadaşı da bizimkilerle yiyor. Bizim köyün çocukları hep başkalarının evinde yemeğe kalır. İlk yıldan sonra baktık böyle gitmeyecek, bir karar verdik: Başka evde yemeğe kalacak çocuk, en geç dörde kadar iki yetişkine haber vermek zorunda. Kural koyduk ama işler yine karıştı. Geçen hafta yol için parke taşı yapıyorduk ve yedi çamurlu çocuk yemeğe kaldı, üstüne de bunlardan iki kat fazla yiyen üç genç... Pişirdiğim makarnayı siz hesap edin."

"Acaba Martin..."

"Kocam damda, arkadaşlarıyla birlikte. Merdivenden çıkın. Ben de birazdan geleceğim."

Yemek odasından geçip yine duvarlı bir bahçeye çıktılar. Dıştaki merdivenden tırmanırken Maya konuşmalara kulak misafiri oldu.

"Köydeki çocukları unutuyorsun Martin. Çocuklarımızı korumamız şart."

"Ben dünyadaki tüm çocukları düşünüyorum. Onlar Büyük Düzen'in nefret ve hırs çarklarının arasında yetişiyorlar..."

Maya ve Gabriel görünür görünmez konuşma kesildi. Dama tahta bir masa yerleştirilmiş, bitkisel yağ yakan kandillerle aydınlatılmıştı. Masanın çevresine oturmuş Martin, Antonio ve Joan şarap içiyorlardı.

"Tekrar hoş geldiniz" dedi Martin. "Oturun lütfen."

Maya hemen saldırının nereden gelebileceğini hesaplayarak Joan Chen'in yanına oturdu. Oradan merdivenden çıkanları görebilirdi. Martin, servis takımlarını ve kadehlerini masaya yerleştirip etiketsiz bir şişeden şarap koydu.

"Bu, üreticisinden aldığımız bir Merlot'dur" diye açıkladı. "New Harmony fikrini kafamızda geliştirirken, Rebecca ne hayal ettiğimi sordu, ben de akşamları dostlarımla toplanıp iyi bir şarap içebilmek istediğimi söyledim."

"Çok alçakgönüllü bir hedef" dedi Gabriel.

Martin gülümseyerek oturdu. "Öyle, ama bu kadarının bile büyük güçlükleri var. Öncelikle kişilerin kendilerine zaman ayırabilecekleri bir topluluk, Merlot satın alabilecek kadar gelir ve hayatın küçük şeylerinden mutlu olmayı başarabilecek bir duyarlılık gerek." Gülümseyerek kadehini kaldırdı. "Bu bağlamda, bir kadeh şarap bile bir devrim sloganı sayılabilir."

Maya şaraptan hiç anlamazdı. Ancak kirazı çağrıştıran hoş bir tadının olduğunu anlayacak kadar damak tadı vardı. Yağ kandillerinin ışığı, kanyondan gelen tatlı bir rüzgârla titredi. Berrak çöl gecesinde binlerce yıldız seçilebiliyordu.

"Eğreti karşılamamızdan ötürü ikinizden de özür dilerim" dedi Martin. "Ayrıca Antonio'dan da özür dilemek istiyorum. Kurul toplantısında sizden söz ettim ama oylama yapmadık. Hemen geleceğinizi tahmin edemedim."

"Siz bize Kılavuz'un nerede olduğunu söyleyin" dedi Maya, "biz de hemen gidelim."

"Belki Kılavuz yoktur" diye terslendi Antonio, "ve siz de Tabula'nın yolladığı casuslarsınızdır."

"Daha akşamüstü Soytarı olduğu için rahatsızdın, şimdiyse onu casus olmakla suçluyorsun" dedi Martin.

"Her şey olabilir."

Karısının merdivenden elinde yemek tepsisiyle çıktığını gören Martin gülümsedi. "Casus bile olsalar konuğumuzdurlar ve güzel bir yemeği hak ediyorlar. Önce karnımızı doyuralım. İnsan tokken daha hoşgörülü oluyor."

Yiyecekler tabaklara dağıtıldı. Salata. Lazanya. Köy fırınında pişirilmiş sert kabuklu ekmek. Yemek sırasında New Harmony'nin sakinleri gerginliklerini unutup köyün sorunlarına ilişkin konuşmaya başladılar. Bir su borusu sızdırıyordu. Kamyonetlerden birinin yağı değiştirilecekti. Birkaç gün sonra San Lucas'a bir konvoy gidecekti ama gençlerden biri üniversite sınavına gireceği için erken çıkılması gerekiyordu.

On üç yaşını geçen çocuklar, köy merkezindeki öğretmenlerden rehberlik alıyorlar ayrıca dünyanın dört bir yanındaki öğretmenlerden, genellikle internet üzerinden ders veren yüksek lisans öğrencilerinden ders görüyorlardı. Geçen yıl New Harmony okulundan mezun olan bir kıza, birkaç üniversite tam burs vermişti. Kızın bir yandan diferansiyel ve entegral okuyup Moliére oyunlarının çevirisini yapabilmesi, diğer yandansa su kuyusu açıp dizel motor tamir edebilmesi, üniversiteleri çok etkilemişti.

"Burada en büyük sıkıntınız ne?" diye sordu Gabriel.

"Hep bir şeyler çıkıyor ama üstesinden geliyoruz" diye açıkladı Rebecca. "Sözgelişi, her evde en az bir ocak var, ama duman vadiye çöküyor. Çocuklar öksürüyordu. Gökyüzü görünmez olmuştu. Bunun üzerine toplanıp bir karar verdik ve köy merkezinde mavi bayrak çekilmediği sürece kimsenin odun yakamayacağını kararlaştırdık."

"Hepiniz dindar mısınız?" diye sordu Maya.

"Ben Hıristiyanım" dedi Antonio. "Martin ve Rebecca, Yahudi.

Joan ise Budist. Burada birçok inançtan insan var ama kimse kimsenin dinine karışmaz."

Rebecca kocasına baktı. "Hepimiz zamanında Büyük Düzen'de yaşıyorduk. Ancak Martin'in arabası otoyolda bozulunca hayatımız değişmeye başladı."

"Başlangıç noktası bu oldu" dedi Martin. "Sekiz yıl önce Houston'da yaşıyordum; iş merkezi sahibi olan varlıklı ailelerin emlak danışmanlığını yapıyordum. İki evimiz, üç arabamız vardı ve..."

"Sefil durumdaydı" diye araya girdi Rebecca. "Eve döndüğünde bir şişe viski alıp bodruma iner ve kanepede sızana kadar eski filmler izlerdi."

Martin başını salladı. "İnsanların kendilerini kandırma kapasitesi sınırsız. Kendi gerçeklik standardımıza uygun her türlü üzüntüyü haklı çıkarmak için çabalarız. Ben büyük olasılıkla hayatım boyunca o yolda yürür giderdim ama bir gün başıma bir olay geldi. İş için Virginia'ya gitmiştim. Feci bir geziydi. Müşterilerim, sorumluluk duygusundan nasibini almamış cimri çocuklar gibiydi. Toplantıda, yıllık gelirlerinin yüzde birini, çevrelerindeki hayır kurumlarına bağışlamalarını önerecek oldum, bana yatırımlarıyla ilgilenemeyecek kadar yufka yürekli olduğumu söylediler.

Derken işler çığırından çıktı. Bir ihbar mı yapılmış neymiş, Washington havaalanına yüzlerce polis toplanmıştı. Güvenlikte iki kere didik didik aradılar. Sonra adamın biri bekleme salonunda kalp krizi geçirdi. Uçağım altı saat gecikti. O süreyi havaalanındaki barda içerek ve televizyona bakarak geçirdim. Ölüm ve yıkımdan başka bir şey yoktu. Suç ve kirliliği saymazsak. Bütün haberler bana korkmamı söylüyordu. Bütün reklamlar, ihtiyacım olmayan şeyleri almamı söylüyordu. Aslında söyledikleri açıktı: Ya edilgin bir kurban olacaktım, ya da tüketici.

Houston'a indiğimde hava sıcaklığı otuz dokuz derece, nem yüzde doksandı. Evin yolunu yarılamıştım ki, otoyolda arabam bozuldu. Elbette kimse durmadı. Kimse yardım etmek istemiyordu. Arabadan inip gökyüzüne baktığımı hatırlıyordum. Kirlilikten kahverengine dönmüştü. Her yer çöp doluydu. Trafik gürültüsü çıldırtacak raddedeydi. Ölümden sonra cehenneme gitmekten korkmamaya karar verdim; çünkü yeryüzünde cehennemi yaratmıştık bile.

İşte ne olduysa o anda oldu. Arkamda bir kamyonet durdu ve içinden bir adam indi. Benim yaşlarımdaydı, üzerinde eski bir gömlek ve kot pantolon vardı, elinde sapsız, hani Japonya'da çay törenlerinde kullanılan türden bir seramik kupa tutuyordu. Yaklaştı ama ne kendini tanıttı, ne de arabaya ne olduğunu sordu. Gözlerime baktığında onu tanıdığımı, onun o anda ne hissettiğimi anladığını sandım. Kupayı uzattı ve, 'Buyurun, susamışsınızdır' dedi.

Su soğuktu, lezzetliydi. Adam arabamın kaputunu açtı, motorun bir yerlerini kurcaladı ve birkaç dakika içinde arabayı çalıştırdı. Normalde bu adama biraz para verip yoluma devam ederdim, ama o anda bu doğru gelmedi. Onu yemeğe çağırdım. Yirmi dakika sonra evdeydik."

Rebecca başını sallayıp gülümsedi. "Martin sonunda aklını kaçırdı dedim. Otoyolda tanıştığı adamı eve yemeğe getirmişti. İlk görüşte evsiz bu dedim. Belki de suçluydu. Yemeği bitirdik, adam sofrayı toplayıp bulaşıkları yıkamaya girişti. Martin de çocukları yatırıyordu. Adam bana hayatıma dair şeyler sormaya başladı ve ben, niye bilmem cevapladım. Mutsuzluğumu anlattım. Kocamla, çocuklarımla ilgili nasıl endişe ettiğimi söyledim. Ancak ilaçla uyuyabiliyorum dedim."

"Konuğumuz bir Yolcu'ymuş" dedi Martin, gözünü Gabriel ve Maya'ya dikerek. "Onların güçlerine dair bir fikriniz var mı bilmiyorum."

"Çok merak ediyorum" dedi Gabriel.

"Yolcular dünyamızın dışına çıkabilirler ve döndüklerinde her şeye başka açıdan bakabilirler" dedi Martin.

"Yaşadığımız bu zindanın dışına çıkabildikleri için, her şeyi daha berrak görürler" diye tamamladı Antonio. "Tabula onlardan bu yüzden korkuyor. Büyük Düzen'in tek gerçeklik olduğuna inanmamızı istiyorlar."

"Yolcu başlarda çok şey söylemezdi" dedi Rebecca. "Ama gözüne baktığı zaman, ruhunu okuduğunu hissederdin."

"İşten üç gün izin aldım" diye devam etti Martin. "Rebecca'yla birlikte onunla konuştuk, bu duruma nasıl geldiğimizi anlatmaya çalıştık. Üç gün sonra, Yolcu kent merkezindeki bir motele yerleşti. Her akşam evimize gelir oldu. Biz de arkadaşlarımızı davet etmeye başladık."

"Ben Greenwald'ların yatak odasını elden geçiren dekoratördüm" dedi Antonio. "Martin beni aradığında, papaz veya misyoner gibi birini dinlememi istediğini sandım. Bir gece evlerine gittiğimde Yolcu'yla tanıştım. Salon kalabalıktı ve ben bir köşeye saklanmıştım. Yolcu bana iki saniye baktı ve hayatımı değiştirdi. Sonunda tüm sorunlarımı anlayan biriyle tanıştığımı hissetmiştim."

"Yolcuların kim olduğunu sonra öğrendik tabii" dedi Joan.

"Martin internette başkalarıyla görüştü ve yasak web sitelerini onlardan öğrendi. Çok önemli bir konu var; her Yolcu diğerinden farklı. Değişik dinlere ve kültürlere bağlılar. Birçoğu sadece bir veya iki farklı âlemi ziyaret ediyor. Döndüklerinde de deneyimlerini farklı yorumluyorlar."

"Bize gelen Yolcu, aç hayaletlerin dünyası olan İkinci Âlem'e gitmişti" dedi Martin. "Orada gördükleriyle, insanların ruhlarının açlığını bastırmak için neden çaresizce uğraştığını anlamıştı. Sürekli yeni nesneler ve deneyimler arıyorlar ama bu onları kısa süreliğine tatmin ediyor."

"Büyük Düzen bizi tatminsiz ve korkak tutuyor" diye söze girdi Antonio. "Bizi itaatkâr kılmanın bir yolu da bu. Giderek satın aldığım şeylerin beni daha mutlu etmediğini anladım. Çocuklarımın okulda sorunları vardı. Karımla boşanmayı düşünüyorduk. Bazen sabah üçte uyanır, gözümü tavana diker kredi kartı borçlarımı düşünürdüm."

"Yolcu, bize tutsak olmadığımızı anlattı" dedi Rebecca. "Bizim gibi bir avuç sıradan insana baktı ve daha iyi bir hayata kavuşmamıza yardımcı oldu. Kendi başımıza neler yapabileceğimizi görmemizi sağladı."

Martin yavaşça başını salladı. "Arkadaşlarımız arkadaşlarına anlattı ve evimize her akşam belki bir düzineden fazla aile gelir oldu. Yolcu, gelişinden yirmi üç gün sonra veda etti ve ortadan kayboldu."

"Yolcu ayrıldıktan sonra, dört aile toplantılara gelmeyi kesti" dedi Antonio. "Onun gücü olmadan, eski alışkanlıklarından kopmayı başaramadılar. Derken bazıları internete girdi ve Yolcuları araştırdı, Büyük Düzen'e karşı gelmenin ne kadar tehlikeli olduğunu gördü. Yolcu'nun gidişinden bir ay sonra, beş aile kalmıştık. Hayatlarını değiştirmek isteyen insanlar topu topu bu kadardı."

"Steril bir dünyada yaşamak istemiyorduk ama, üç yüz yıllık teknolojiyi geride bırakmak da istemiyorduk" dedi Martin. "Topluluğumuz için en iyisinin, ileri teknolojiyle geri teknolojiyi birleştirerek bir orta yol bulmak olduğuna karar verdik. Paralarımızı birleştirdik, bu araziyi satın aldık ve buraya taşındık. İlk yılımız olağanüstü zorluklarla geçti. Kendi elektriğimizi üretmek için rüzgâr tribünlerini yerleştirmekte çok zorlandık. Neyse ki Antonio işi çözdü ve jeneratörleri çalıştırdı."

"Ancak o zamana kadar dört aile kalmıştık" dedi Rebecca. "Martin bizi önce köy merkezini yapmaya ikna etti. Uydu telefonlarıyla internete bağlanabiliyorduk. Şu anda üç şirketin müşteri hizmetini üstleniyoruz. Topluluğumuzun ana gelir kaynağı da bu."

"New Harmony'deki tüm yetişkinlerin haftada beş gün, günde altı saat çalışması zorunlu" dedi Martin. "Merkezde çalışabilirler, seralara veya okula yardım edebilirler. Yiyeceğimizin üçte birini, çoğunlukla yumurta ve sebzeyi kendimiz yetiştiriyor, geri kalanını satın alıyoruz. Köyümüzde suç yok. İpotekler, kredi kartı borçları da yok. Dünyanın en büyük lükslerinden birine sahibiz: Bol bol boş zaman."

"Bu zamanı nasıl değerlendiriyorsunuz?" diye sordu Maya.

Joan kadehini masaya bıraktı. "Kızımla yürüyüşlere çıkıyorum. Buradaki bütün patikaları biliyor. Gençler de bana planörle uçmayı öğretiyor."

"Ben mobilya yapıyorum" dedi Antonio. "Sanat eserinden tek farkı, üzerine oturabilmen. Mesela bu masayı Martin'e ben yaptım."

"Ben de çello çalmayı öğreniyorum" dedi Rebecca. "Öğretmenim Barselona'da. İnternet kamerası sayesinde çalışımı izleyip dinleyebiliyor."

"Ben zamanımı internette insanlarla iletişim kurarak geçiriyorum" diye ekledi Martin. "Tanıştığım insanların bazıları buraya yerleşmeye karar verdi. Şu anda yirmi bir aile burada."

"New Harmony, Büyük Düzen hakkında bilgi yaymaya yardımcı oluyor" dedi Rebecca. "İki yıl önce, Beyaz Saray ortaya Güvenlik Bağı diye bir tasarı attı. Gerçi Kongre'de kabul edilmedi ama büyük şirketlerde kullanılmaya başladığından haberimiz var. Birkaç yıla kadar devlet tasarıyı tekrar gündeme alacak ve zorunlu hale getirecekmiş."

"Ama modern hayattan tamamen kopmamışsınız" dedi Maya. "Elektriğiniz var ve bilgisayar kullanıyorsunuz."

"Modern tıptan da yararlanıyoruz" dedi Joan. "İnternet üzerinden doktorlarla görüşüyorum. Ayrıca tüm ailelere tehlikeli hastalık sigortası yaptırdık. Gerçi beslenmeden mi, egzersizden mi, stressizlikten mi bilmiyorum ama pek hastalanan yok."

"Dünyadan kaçıp ortaçağ çiftçileriymiş gibi yaşamayı hedeflemiyorduk zaten" dedi Martin. "Amacımız, hayatlarımızın kontrolünü elimize almak ve Orta Yol dediğimiz tarzın başarılı olabileceğini kanıtlamaktı. New Harmony'nin yolunu benimseyen başka topluluklar da var; internet sayesinde onlarla da iletişim içindeyiz. Hatta Kanada'da iki ay önce böyle bir topluluk kuruldu."

Gabriel bir süredir konuşmadan Martin'e bakıyordu. "Bir şey soracağım" dedi. "Bu Yolcu'nun adı neydi?"

"Matthew."

"Soyadı?"

"Bilmiyorum, söylemedi" dedi Martin.

"Peki fotoğrafı var mı?"

"Bizim albümde olacak" dedi Rebecca. "Aşağıda, getireyim."

"Gerek yok" dedi Antonio. "Bende var."

Arka cebinden, içi listeler, eski fişler, inşaat planlarıyla tıkış tıkış dolu deri bir ajanda çıkardı. Ajandayı masaya koydu, sayfalarını hızlı hızlı çevirdi ve bir fotoğrafı bulup çıkardı.

"Karım bu fotoğrafı, Yolcu ayrılmadan dört gün önce çekmişti. O gece bizim evde yemek yemiştik."

Antonio, fotoğrafı kutsal bir emanetmiş gibi köşesinden dikkatle tutarak Gabriel'a uzattı. Gabriel fotoğrafı alıp uzun süre baktı.

"Ne zaman çekilmişti bu?"

"Sekiz yıl oldu işte."

Gabriel başını kaldırdı. Yüzünde acı, umut, sevinç bir aradaydı. "Bu benim babam" dedi. "Güya ölmüştü, yangında hayatını kaybetmişti. Oysa şuracıkta, sizin yanınızda oturuyor."

40

Gabriel, yıldızlarla dolu gökyüzünün altında suspus oturmuş, babasının yıpranmış resmine bakıyordu. O anda en çok Michael'ın yanında olmasını istiyordu. İki kardeş, Güney Dakota'daki çiftlik evinin yanmış yıkıntısı karşısında yan yana durmuşlardı. Sonu gelmez yolları yan yana aşmışlar, geceleri anneleri uyuduktan sonra fısıldaşmışlardı. Babaları hâlâ hayatta mıydı? Onları arıyor muydu?

Corrigan'lar hiç durmadan babalarını aramışlar, onu bir durakta otobüs beklerken, bir kafede oturmuş dışarıyı izlerken bulmayı beklemişlerdi. Yeni bir kasabaya girdiklerinde heyecan ve gerilimle birbirlerine bakarlardı. Belki babaları burada yaşıyordu. Belki yakında, çok yakındaydı. İkinci soldan döndüler mi karşılarına çıkacaktı belki. Ta ki Los Angeles'a gelene kadar. Michael orada artık babalarının ya öldüğünü, ya da bir daha ortaya çıkmayacağını, geçmişi bırakıp geleceğe bakmaları gerektiğini söylemişti.

Gabriel, gözlerini kırpıştırarak bakan yıldızların altında, New Harmony'nin dört sakinine soru üstüne soru sordu. Antonio da diğerleri de onun derdini anlıyordu ama fazla bilgi veremiyorlardı. Yolcu'yu nasıl bulacaklarını bilmiyorlardı. Onlara adres bırakmamış, gittiği yerden haber vermemişti.

"Ailesi, bir eşi, iki oğlu olduğundan söz etti mi hiç?"

Rebecca, elini Gabriel'ın omzuna koydu. "Hayır. Hiçbir şeyden söz etmedi."

"Veda ederken ne söyledi size?"

"Hepimizi içtenlikle kucakladı, sonra kapıya yürüyüp durdu." Martin'in sesi duygulu ve acılıydı. "Çok güçlü makamların bizi korkutmaya, içimizi nefretle doldurmaya çalışacaklarını söyledi. Hayatlarımızı kontrol altına almak ve ihtişamlı hayallerle..."

"...aklımızı çeleceklerini söyledi" diye tamamladı Joan.

"Evet, aklımızı çeleceklerini söyledi. Ama Işığın kalbimizde olduğunu unutmamamızı istedi."

Fotoğraf ve Gabriel'ın ona gösterdiği tepki, hiç değilse bir sorunu çözmüştü. Antonio artık onların Tabula casusu olmadıklarına inanmıştı. Şarapları biterken Antonio, topluluğun bir Kılavuz'u koruduğunu ve bu kişinin yaklaşık elli kilometre kuzeyde, korunaklı bir yerde yaşadığını söyledi. Hâlâ gitmek istiyorlarsa ertesi sabah onları götürebilirdi.

* * *

Mavi Eve dönerlerken Maya hiç konuşmadı. Kapıya geldiklerinde Gabriel'ın önüne geçti ve eve önce girdi. Yaptığı hareket bir tür saldırganlıktı; yeni girdikleri her yerden saldırı beklediğini gösteren bir güvensizlikti. Işıkları açmadı. Tüm eşyaların yerini ezberlemiş gibiydi. Maya hızla evi kolaçan ettikten sonra salonda karşı karşıya geldiler.

"Rahat ol Maya. Burada güvendeyiz."

Soytarı, karşısındaki çocukça bir şey söylemiş gibi başını salladı. Güvenlik yalandı onun için. Aldatmacalardan biriydi.

"Babanla tanışmadım, onun yerini de bilmiyorum" dedi Maya. "Ama bildiğim bir şey var: Bence bunu sizi korumak için yaptı. Eviniz yakıldı. Ailen yeraltına indi. Casusumuzun dediğine göre, Tabula sizi öldü biliyordu. Michael yeniden Şebeke'ye girmese hepiniz güvende olacaktınız."

"Dediğin doğru belki. Ama ben yine de..."

"Onu görmek istiyorsun."

Gabriel başını salladı.

"Belki bulursun onu. Yolcu olacak gücün varsa, ona bir gün başka bir âlemde rastlayabilirsin."

* * *

Gabriel, merdivenden çıkarak asma kattaki yatağa geçti. Uyumaya çalışıyordu ama mümkün değildi. Kanyondan esen serin rüzgâr pencereleri titretirken yatakta oturup Yolcu olmaya çalıştı. Çevresindekilerin hiçbiri gerçek değildi. Bedeni gerçek değildi. Bırakıp gidebilirdi onu. Bırakır giderdi.

Bir saat kadar kendi kendisiyle kavga etti. Eğer bu gücüm varsa, tek yapmam gereken bu gerçeği kabullenmek. A artı B eşittir

C. İşte bu kadar. İşin içinden mantıkla çıkamadığında gözlerini kapadı ve duygularına kapılıp gitti. Şu can kafesinden kurtulursa babasını bulup onunla konuşabilirdi. Gabriel zihninde karanlıktan aydınlığa yürümeye çalıştı, ama gözlerini açtığında yine yatağın üstünde oturur buldu kendini. Öfkeyle şilteyi yumrukladı.

Sonunda uyuyakaldı ve günün ilk ışıklarıyla, sert yün battaniyeye sarınmış olarak uyandı. Son gölgeler tavan arasının köşelerini terk ettiğinde giyinip aşağı indi. Banyo boştu, yatak odasında da kimse yoktu. Koridordan mutfağa ilerleyerek kapının aralığından içeri baktı. Maya kılıcını kucağına alıp sandalyeye oturmuş, sol elini masaya koymuş, kırmızı karoya vuran gün ışığını izliyordu. Kucağındaki kılıç, yüzündeki olağanüstü sert ve yoğun ifade, Soytarı'nın dünyadan koptuğunu hissettirdi ona. Daha yalnız bir hayat olabilir miydi acaba? Sürekli av halinde olmak, her an savaşmaya ve ölmeye hazır olmak...

Gabriel mutfağa girince Maya hafifçe döndü. Gabriel, "Kahvaltılık bir şey bırakmışlar mı?" diye sordu.

"Dolapta çay ve hazır kahve var. Buzdolabında da süt, tereyağı ve ekmek."

"Bana yeter." Gabriel çaydanlığı doldurup elektrik ocağına koydu. "Kendine neden bir şey hazırlamadın?"

"Canım istemiyor."

"Bu Kılavuz hakkında bir şey biliyor musun?" diye sordu Gabriel. "Genç mi, yaşlı mı? Hangi ülkeden? Bize dün gece hiç bilgi vermediler."

"Kılavuz onların sırrı. Onu saklamak, Büyük Düzen'e karşı gösterdikleri direnişin simgesi. Antonio bir konuda haklıydı: Tabula burada olduğumuzu öğrenirse köyün başı büyük belaya girer."

"Kılavuz'u bulduğumuzda ne olacak? Yanımda kalıp nasıl çuvalladığımı mı izleyeceksin?"

"Başka işlerim var. Unutma ki Tabula hâlâ seni arıyor. Onları senin başka bir yerde olduğuna inandırmam gerek."

"Bunu nasıl yapmayı düşünüyorsun?"

"Giyim fabrikasında birbirinizden ayrılırken ağabeyinin bir kredi kartı ve para verdiğini söylemiştin."

"Bazen onun kartını kullanıyorum" dedi Gabriel. "Kendi kartım yok."

"O kartı alabilir miyim?"

"İyi de Tabula kart numarasından yerini bulmaz mı?"

"Bulur" dedi Maya. "Kartı ve motosikletini kullanmak istiyorum."

Gabriel motosikletini kaybetmek istemiyordu ama Maya'nın haklı olduğunun da farkındaydı. Tabula'nın elinde motosiklet plakasından başka onu arayıp bulacakları bir sürü şey vardı. Eski hayatına dair her şeyin geride bırakılması gerekiyordu.

"Peki." Maya'ya kredi kartını ve anahtarlarını verdi. Maya ona çok önemli bir şey söyleyecekmiş gibi bir an duraladıktan sonra hiç ses çıkarmadan kapıya yürüdü. "Kahvaltını bitir" dedi. "Antonio birazdan gelir."

"Belki de boşuna çabalıyoruz. Yolcu filan değilim belki."

"Bu olasılığı kabullendim."

"O zaman bir delilik uğruna hayatını tehlikeye atma."

Maya ona bakıp gülümsedi. Gabriel, o anda birbirlerine bağlandıklarını hissetti. Arkadaşça değil belki, ama aynı orduda savaşan askerler gibi, yoldaşça. O anda, tanıştıklarından beri ilk defa Soytarı'nın güldüğünü duydu.

"Her şey delilik Gabriel. Kendi yolunu kendin bulacaksın."

* * *

On dakika sonra çıkagelen Antonio Cardenas, onları Kılavuz'un yaşadığı yere götüreceğini söyledi. Gabriel yanına yeşim kılıcı ve temiz giysilerinin bulunduğu çantayı aldı. Antonio'nun kamyonetinin arkasında bez çantalara doldurulmuş konserveler, ekmekler ve seralardan taze sebzeler vardı.

"Kılavuz geldiği zaman, arazisinde bir ay kalıp rüzgâr santrali kurdum, su pompasının ve ışıkların çalışmasını sağladım. Şimdi de iki haftada bir uğrayıp yiyecek götürüyorum" dedi Antonio.

"Nasıl biri bu?" diye sordu Gabriel. "Bize pek bir şey anlatmadınız."

Yolda yavaşça ilerleyen Antonio, yanından geçen bir grup çocuğa el salladı. "Kılavuz çok kudretli biri. Ama ona doğruları söylediğin sürece sıkıntın olmaz."

San Lucas'a dönen iki şeritli yola çıktılar ama birkaç kilometre sonra çölün derinliklerine dalan ve uzun zamandır bakım görmediği belli olan bir asfalt yola saptılar. Her yerde "GİRİLMEZ" tabelaları vardı; kimileri direklere asılmıştı, kimileri çatlak toprağın üstüne düşmüştü.

"Burası eskiden füze üssüydü" diye açıkladı Antonio. "Otuz yıl boyunca kullanıldı. Her yeri çitlerle çevriliydi. Çok gizliydi. Derken savunma bakanlığı füzeleri söktü ve araziyi kentin temizlik idaresine sattı. Onlar kullanmamaya karar verdiklerindeyse biz aldık."

"İşe yaramaz bir araziye benziyor" dedi Maya.

"Göreceğiniz gibi, Kılavuz için bazı işlere yarıyor."

Kamyonetin kaportasını sert çalılıklar ve kaktüsler çiziyordu. Yol birkaç yüz metre boyunca kumun altında kaldıktan sonra tekrar ortaya çıktı. Yol giderek yükseldikçe yine kızıl kayaların ve iğne yapraklarla bezeli dallarını, kollarını gökyüzüne kaldırıp dua eden bir peygamber gibi açmış avizeağaçlarının yanından geçmeye başladılar. Hava çok sıcaktı ve güneş başka yerlerde olduğundan daha büyük görünüyordu.

Yirmi dakika dikkatle ilerledikten sonra, dikenli telle örülmüş bir çite ve derme çatma bir kapıya geldiler. Antonio, "Buradan sonra yürüyeceğiz" deyince herkes kamyonetten indi. Yiyecek çantalarını sırtlarına alıp kapıdaki bir delikten süzülerek içeri girdiler.

Gabriel, uzaktan Antonio'nun rüzgâr santrallerinden birini seçebildi. Topraktan yükselen ısı dalgaları, santralin görüntüsünü titreştiriyordu. Önünden ansızın bir yılan geçti. Bir metre uzunluğunda, yuvarlak başlı, siyah gövdesinin üzerinde bej halkalar olan bir yılandı. Maya durup kılıcını yokladı.

"Zehirli değildir" dedi Gabriel. "Keseli yılan ya da karayılandı galiba. Genellikle çok ürkek hayvanlardır."

"Boa yılanı" dedi Antonio. "Üstelik buralarda pek ürkek değillerdir."

Yürürlerken önlerinden bir yılan daha geçti, sonra da birini yolda güneşlenirken gördüler. Hepsi siyahtı ama halkaları farklı renkteydi. Beyaz vardı, bej vardı, uçuk sarı vardı.

Yolda başka yılanlar karşılarına çıkmaya başlayınca Gabriel saymayı bıraktı. Onlarca sürüngen etraflarında kıvranıyor, kaçışıyor, küçük siyah gözleriyle onları süzüyordu. Maya huzursuz, hatta neredeyse korkmuş görünüyordu.

"Yılandan korkar mısın?"

Kollarını indirip rahat görünmeye çalıştı. "İngiltere'de pek yoktur da."

Rüzgâr santraline yaklaştıkça, Gabriel direğin futbol sahası büyüklüğünde beton bir alanın yanına dikilmiş olduğunu gördü. Ordunun terk ettiği devasa bir makineli tüfek yuvasına benziyordu. Beton alanın hemen yanında, güneşin altında pırıl pırıl yanan alüminyum bir karavan vardı. Karavanın önündeki ahşap piknik masası ve çeşitli aletlerle dolu plastik kutuların üzerine bir paraşüt tente niyetine çekilmişti.

Kılavuz, rüzgâr santralinin dibine çömelmiş, destek parçalarından birine kaynak yapmakla uğraşıyordu. Üzerinde blucin ve uzun kollu kareli bir gömlek, ellerinde kaba deri eldivenler, yüzünde de kaynak maskesi vardı. İki metal parçasını birbirine kaynatmaya çalışırken tüm dikkatini elindeki işe vermişti.

Bir metreden uzun bir boa yılanı, Gabriel'ın ayaklarının dibinden hızla süzülüp kayboldu. Yolun iki yanındaki kumlarda görülen S şeklinde binlerce iz, sürüngenlerin burayı çok sevdiğinin göstergesiydi.

Antonio, direğe on metre kala durdu, seslenip elini salladı. Kılavuz sesi duydu, doğruldu ve kaynak maskesini kaldırdı. Gabriel ilk başta Kılavuz'un beyaz saçlı yaşlı bir adam olduğunu sandı. Ama yaklaştıkça, yetmişini devirmiş bir kadınla tanışmak üzere olduklarını gördü. Kadının alnı geniş, burnu sivriydi. Büyük kudrete sahip ama bir tutam duygusallıktan yoksun bir yüz gibi görünüyordu.

"Günaydın Antonio. Bakıyorum bu kez yalnız değilsin."

"Dr. Briggs, bu Gabriel Corrigan. Kendisi bir Yolcu'nun oğlu ve size acaba..."

"Anlıyorum. Hoş geldin." Doktorun çok dikkat çekici bir aksanı vardı. Kaynak eldivenlerinden birini çıkarıp Gabriel'ın elini sıktı. "Ben Sophia Briggs." Eli kuvvetli, çakır gözleri delici ve anlamlıydı. Gabriel bir an tartılmakta ve değerlendirilmekte olduğunu hissetti. Sonra kadın bakışlarını çevirdi. "Sizin adınız?"

"Maya. Gabriel'ın arkadaşıyım."

Dr. Briggs, Maya'nın omzundan sarkan metal tüpü gördü ve içinde ne olduğunu anladı. "Ne tuhaf. Bütün Soytarıların intihar gibi gövde gösterilerinden sonra yok edildiğini sanıyordum. Bu iş için biraz genç değil misin?"

"Siz bu iş için biraz yaşlı olmayasınız?"

"Böyle bir ruh, böyle bir direniş... Güzel bu." Sophia karavanına döndü ve elindeki kaynak gereçlerini plastik bir süt kasasına attı. Gürültüden korkan iki kocaman boa yılanı, karavanın altındaki gölgelikten çıkarak rüzgâr santraline doğru kıvrıldı.

"*Lampropeltis getula*, yani adi boa yılanı topraklarına hoş geldiniz. Adına bakmayın, bu yılanların adi hiçbir yönü yok. Cesur, akıllı, çok sevimli sürüngenler, Tanrı'nın bu lanetli dünyaya armağanlarından. Karşınıza çıkanlar *splendida* alttürü, yani Arizona çöl yılanı. Genellikle engerekleri, çıngıraklıyılanları, kurbağaları, kuşları ve sıçanları yerler. Sıçan öldürmeye bayılırlar. Hele de o iri, korkunç olanları."

"Dr. Briggs, yılanlar üzerine çalışıyor" dedi Antonio.

"Aslında biyoloğum, uzmanlığım sürüngenler üzerine. Zorla emekli edilene kadar New Hampshire Üniversitesi'nde yirmi sekiz yıl ders verdim. Rektör Mitchell'ı görmeniz gerekirdi; adam zaten bastıbacağın teki, tıknefes olmadan iki merdiven çıkamaz, bana tutup ders vermek için artık zayıf düştüğümü söylemez mi? Kuyruklu yalanmış. Emekliliğimden birkaç hafta sonra internetteki arkadaşlarımdan gelen mesajlardan anladım ki, Tabula benim Kılavuz olduğumu öğrenmiş.

Antonio, elindeki yiyecek çantasını masaya bıraktı. "Ama o gitmedi."

"Niye gideyim? Korkak mıyım ben? Üç silahım var, kullanmasını da bilirim. Derken Antonio ve Martin burayı öğrendiler, beni kandırıp buraya getirdiler. Ne kurnazdır bunlar..."

"Karşı koyamayacağını biliyorduk" dedi Antonio.

"Doğru bilmişsiniz. Devlet şu aptal füze üssünü yapmak için elli yıl önce milyonlarca dolar harcamış." Sophia karavanın önünden geçti ve elini üsse doğru uzattı. Gabriel, pas tutmuş demir çerçeveler içinde üç tane kocaman beton daire gördü. "Şurada görmüş olduğunuz, silo kapakları. İçerden açılıp kapanabiliyor. Füzeleri orada tutuyorlardı."

Topuklarının üstünde dönerek bir kilometre kadar uzaktaki bir tepeyi işaret etti. "Füzeler buradan çıkarıldıktan sonra, şu ilerimizde gördüğünüz bölge çöplüğe çevrildi. Bir karış toprak ve bir muşamba tentenin altında, yirmi yılın kokuşmuş çöpü var. Bu çöplük inanılmaz bir sıçan nüfusunu barındırıyor. Sıçanlar çöpleri kemirip, adı üstünde, fare gibi ürüyorlar. Boa yılanları sıçanları yiyor ve silolarda yaşıyorlar. Bu nedenle *splendida* çalışmalarım şimdilik çok başarılı gidiyor."

"Peki şimdi ne yapacağız?" diye sordu Gabriel.

"Yemek yiyeceğiz elbette. Şu ekmeği bayatlamadan bitirelim."

Sophia, bozulabilir yiyeceklerle yemek hazırlamaları için hepsine iş verdi. Ekmeği kesmesi istenen Maya, bıçağın körlüğüne sinirlenmişti. Yemek çok sade fakat lezzetliydi. Taze domatesler zeytinyağı ve sirkeyle tatlandırılmıştı. Çok kaliteli bir keçi peyniri iri parçalara bölünmüştü. Çavdar ekmeği ve çilek de vardı. Tatlı olarak Sophia ortaya bir Belçika çikolatası çıkardı ve herkese ikişer parça dağıttı.

Ortalık yılandan geçilmiyordu. Sophia, önüne çıkan yılanları sıkıca tutarak kaldırıp kulübenin yakınlarındaki ıslak bir toprak parçasına bırakıyordu. Maya, yılanlardan birinin bacağına tırmanmasından korkuyormuş gibi bağdaş kurarak oturdu. Gabriel yemek sırasında Sophia Briggs hakkında başka şeyler de öğrendi. Çocuğu yoktu. Hiç evlenmemişti. Birkaç yıl önce zar zor kabullendiği kalça ameliyatı dışında doktorlardan uzak dururdu.

Sophia, kırklı yaşlarındayken Manitoba'daki Narcisse Yılan Kuyusu'na her yıl gitmeye başlamıştı. Yıllık üreme döngüsünün bir parçası olarak kireçtaşına oyulmuş yuvalarından çıkan elli bin kırmızı kenarlı küçük yılanı incelemeyi hedefliyordu. O çevrede yaşayan bir Katolik papazla dost olmuştu. Adam yıllar sonra ona Kılavuz olduğunu açıklamıştı.

"Peder Morrissey inanılmaz bir adamdı" dedi. "Birçok rahip gibi, onun da elinden binlerce vaftiz, nikâh ve cenaze geçiyordu ama o bunların hepsinden bir şeyler öğreniyordu. Algı kapıları çok açık biriydi. Çok bilgeydi. Bazen aklımı okuyabildiğini hissederdim."

"Peki neden sizi seçti?" diye sordu Gabriel.

Sophia, ekmeğine bir parça keçi peyniri koydu. "Sosyal ilişkilerim öyle çok parlak sayılmaz. Aslına bakarsanız insanlardan hoşlanmam. Aptaldırlar. Ancak kendimi iyi bir gözlemci olmak üzere eğittim. Tek bir şeye odaklandığım zaman gereksiz ayrıntıları yok sayabilirim. Peder Morrissey daha iyi birini de bulabilirdi belki, ama lenf kanserine yakalandı ve tanı konduktan hepi topu on yedi hafta sonra öldü. O dönem üniversiteden izin alıp onun başında bekledim, o da bana bildiklerini aktardı."

Yemek bittiği zaman Sophia ayağa kalkıp Maya'ya baktı. "Siz artık gidebilirsiniz küçükhanım. İçerde uydu telefonum var, genellikle de çalışıyor. İşimiz bittiğinde Martin'i ararım."

Antonio, boşaltılan bez çantaları aldı ve kamyonete doğru ilerlemeye başladı. Maya ve Gabriel birbirlerine yaklaştılar ama konuşmadılar. Gabriel, ona ne söyleyebileceğini düşünüyordu. Kendine mukayyet ol. İyi yolculuklar. Yakında görüşürüz. Olağan vedaların hiçbiri, bir Soytarı'ya söylenecek sözler değildi.

"Hoşça kal" dedi Maya.

"Güle güle."

Maya birkaç adım yürüdükten sonra durdu, döndü ve ona baktı. "Yeşim kılıcı yanından ayırma" dedi. "Tılsım o, biliyorsun."

Tekrar döndü, tozlu yolda ufacık kalana kadar yürüdü, sonra gözden kayboldu.

"Senden hoşlanıyor."

Gabriel arkasını döndüğünde Sophia'nın onları izlemekte olduğunu fark etti. "Birbirimize çok saygı duyuyoruz..."

"Bu lafı bana bir kadın söyleseydi, süzme salak derdim. Ama erkekler için gayet olağan bir davranış." Sophia masaya dönüp tabakları toplamaya başladı. "Maya senden hoşlanıyor, Gabriel.

Ama bu, Soytarılar için kesin bir yasak. Çok büyük güçleri var. Bunun bedeli dünyadaki en yalnız insanlar olmaktır. Maya, herhangi bir duygunun, zihninin berraklığına gölge düşürmesine izin veremez."

Yiyecekleri kaldırıp bulaşıkları plastik bir leğende yıkarlarken, Sophia Gabriel'ın ailesini sordu. Bilimsel altyapısı, bilgi almak konusunda uyguladığı sistematik yaklaşımda kendisini gösteriyordu. "Bunu nereden biliyorsun?" diye sordu sürekli. "Sence neden böyle oldu?"

Güneş, ufka doğru alçaldı. Kayalık alan nihayet serinlemeye başladığında rüzgâr iyice hızlandı. Tepelerindeki paraşütü, yelken gibi şişirip dalgalandırıyordu. Gabriel'ın Yolcu olma çabalarını dinleyen Sophia, pek eğlenmiş gibi duruyordu. "Bazı Yolcular geçiş yapmayı kendi başlarına öğrenebilirler, ama bu bizim çıldırmış dünyamızda olacak iş değil."

"Neden?"

"Çevremizdeki sesler ve parlak ışıklar duyularımızı köreltiyor. Geçmişte Yolcular mağaralara kapanır veya manastırlara sığınırdı. Füze silomuz gibi sessiz bir ortamda bulunman gerek." Sophia yiyecek kutularını kapatma işini bitirdikten sonra dönüp Gabriel'a baktı. "Bana söz ver, siloda en az sekiz gün kalacaksın."

"Sekiz gün çok uzun değil mi?" diye sordu Gabriel. "Geçiş gücümün olup olmadığını çok kısa zamanda öğrenebileceğinizi sanıyordum."

"Öğrenecek olan sensin, ben değilim. Önünde iki seçenek var: Ya kuralları kabul edeceksin, ya da Los Angeles'a geri döneceksin."

"Öyle diyorsanız öyle olsun. Sekiz gün bir şey değil." Gabriel, çantasını ve kılıcını almak için masaya yürüdü. "Bu işi yapmak istiyorum Dr. Briggs. Benim için çok önemli. Belki babamla, ağabeyimle temas kurabilirim."

"Bence bunu düşünme. Sana pek yararı olmaz." Sophia, alet kutusunun önündeki bir yılanı kovaladıktan sonra içinden bir gaz lambası çıkardı. "Yılanları neden seviyorum, biliyor musun? Tanrı onları temiz, güzel ve sade olsunlar diye yaratmış. Yılanları inceleyerek hayatımdaki birçok gereksiz tantanadan ve anlamsızlıktan kurtuldum."

Gabriel çevresine, füze üssüne ve uçsuz bucaksız çöle baktı. Her şeyi geride bırakıp uzun bir yolculuğa çıkmak üzere olduğunu hissediyordu. "Ne gerekiyorsa yaparım."

"Çok güzel. Gel yeraltına inelim."

41

Rüzgâr santralinin jeneratöründen füze silosuna kalın ve siyah bir elektrik kablosu gidiyordu. Sophia Briggs beton alan boyunca bu kabloyu takip ederek, çelik zeminli bir sığınağa inen rampanın başına geldi.

"Burada füze bulundururlarken silolara giriş çıkış yük asansörüyle yapılıyormuş. Ancak araziyi belediyeye sattıklarında asansörü sökmüşler. Yılanların girmek için bir sürü yolu var, bizim tek yolumuz yangın merdivenini kullanmak."

Sophia gaz lambasını yere koydu ve kibritle tutuşturdu. Lamba gazın basıncıyla akkor halinde yanmaya başlayınca, iki eliyle bir kapağı kaldırdı ve karanlığa doğru inen bir çelik merdiveni ortaya çıkardı. Gabriel boa yılanlarının insanlara zarar vermediğini biliyordu ama büyükçe bir yılanın basamaklardan süzülüşünü gördüğünde yine de huzursuz oldu.

"Nereye gidiyor?"

"Birçok yere olabilir. Siloda üç bin ila dört bin arasında *splendida* var. Burası üreme alanları." Sophia iki basamak aşağı inip durdu. "Yılandan korkar mısın?"

"Hayır, ama durum biraz olağanüstü."

"Her yeni deneyim olağanüstüdür. Hayatın geri kalanı uykudan ve toplantılardan ibarettir. Şimdi gel ve arkandan kapağı kapat."

Gabriel birkaç saniye duraladıktan sonra kapağı kapattı. Çevresi tel kafesle örülmüş asansör boşluğunun yanından kıvrılarak aşağı inen spiral merdivenin ilk basamağında duruyordu. Önündeki basamaklarda iki boa yılanı vardı. Kafesin içinde başka yılanlar da vardı ve bunlar kullanılmayan boruları otoyol bellemişler, gidip geliyorlardı. Küçük çatal dilleri bir görünüp bir kaybolarak havayı yokluyordu.

Sophia'nın ardından inmeye başladı. "Hiç Yolcu olduğunu düşünen birine yardımcı oldunuz mu?"

"Otuz yılda iki öğrencim oldu; biri genç bir kadın, diğeri orta yaşlı bir adamdı. İkisi de geçmeyi başaramadı, ama bu belki de benim hatamdı." Sophia omzunun üstünden geriye baktı. "İnsanlara Yolcu olmayı *öğretemezsin.* Bu bilimden çok, bir sanat. Bir Kılavuz'un tek yapabileceği, kişilerin kendi güçlerinin farkına varmasını sağlamak için doğru yöntemi seçmek."

"Bunu nasıl yapıyorsunuz?"

"Peder Morrissey, *99 Yol*'u ezberlememe yardımcı oldu. Yıllar içinde, farklı dinlerden ermişlerin belirleyip geliştirdiği doksan dokuz yöntemi içeren bir elyazması. Kitaba hazırlıklı yaklaşmazsan, büyü ve rüya tabirleriyle dolu gizli ilimler hazinesi der geçersin, Hıristiyan ermişler, Kabala Yahudileri, Budist keşişler kol gezer içinde. Ancak gerçekte *99 Yol*'un mistisizmle hiç ilgisi yok. Işığı bedenden kurtarmak için geliştirilmiş pratik fikirlerden oluşuyor."

Asansör boşluğunun dibine geldiklerinde, tek menteşenin tuttuğu büyük bir demir kapının önünde durdular. Sophia elektrik kablosunun iki ucunu birbirine değdirdiğinde, hurda bir jeneratörün yanında çıplak bir ampul yandı. Kapıyı açtılar, kısa bir koridordan geçtiler ve kamyonet sığacak kadar geniş bir tünele girdiler. Duvarlarda, devasa bir hayvanın kaburgalarını andıran paslı kirişler sıralanıyordu. Zemin, sac levhalarla kaplanmıştı. Tepelerinde havalandırma ve su boruları vardı. Eski flöresan lambalar sökülmüştü ve tünel elektrik kablosuna bağlı altı ampulle aydınlanıyordu.

"Ana tünel burası" dedi Sophia. "Bir uçtan öbür uca uzunluğu bir buçuk kilometre kadar. Aslına bakarsan bu üs, toprağa gömülmüş bir kertenkele gibi. Şu anda kertenkelenin midesindeyiz. Başına doğru yürürsek birinci siloya geliriz. Ön ayakları ikinci ve üçüncü siloya, arka ayakları ise komuta merkezine ve yaşam alanına gider. Kuyruğa doğru yürürsen de yeraltına gizlenmiş radyo antenini görürsün."

"Yılanlar nerede?"

"Tabanın altında veya havalandırma kanallarında" dedi Sophia onu tünelin aşağısına götürürken. "Buralarda bilmeden dolaşmak çok tehlikeli. Tüm zeminlerin altı boş, levhalar patlamaya dayanabilecek çelik yaylar üzerinde duruyor. Katların içinde katlar var ve bazı yerlerde dikkatsizlik edip düşecek olursan dibe vurman epey zaman alabilir."

Yandaki koridora geçip geniş, yuvarlak bir odaya girdiler. Dış duvar briketten örülüp beyaza boyanmıştı, dört yarım duvar ise alanı yatak odalarına bölüyordu. Bu odalardan birinde bir katlanır somya, uyku tulumu, yastık ve köpük şilte vardı. Somyanın birkaç adım ötesine ikinci bir gaz lambası, kapaklı bir kova ve üç su şişesi yerleştirilmişti.

"Burası personel yatakhanesiymiş. *Splendida* nüfusunu ilk saydığımda burada birkaç hafta geçirmiştim."

"Ben de burada mı kalacağım?"

"Evet. Sekiz gün."

Gabriel çıplak odaya baktı. Ona cezaevlerini hatırlatmıştı. Şikâyet yok, diye düşündü. Dediğini yapacaksın. Çantasını yere bıraktı ve somyaya oturdu.

"Peki, başlayalım."

Sophia odanın içinde hızla hareket ederek dökülmüş beton parçalarını bir köşeye topladı. "Temel konulardan başlayalım. Tüm canlılar, içlerinde Işık adı verilen bir özel enerji taşırlar. Buna istersen 'ruh' da diyebilirsin. Ben işin ilahiyat kısmıyla ilgilenmiyorum. İnsan öldüğü zaman, içindeki Işık çevremizi saran enerjiye katılır. Ancak Yolcular farklıdır. Onların Işığı canlı bedenlerinden çıkıp geri gelebilir."

"Maya, Işığın farklı âlemlere geçebildiğini söylemişti."

"Evet. Buna 'âlem' de diyebilirsin, 'paralel dünyalar' da, yine hangi terim hoşuna gidiyorsa onu kullan. Her büyük dinin kutsal kitabı, bu farklı âlemlerin bir biçimde tanımını yapmıştır. Tüm mistik hayallerin ve görüşlerin kaynağı budur. Bu âlemleri birçok ermiş ve peygamber yazıp anlattı, ama ilk kez Tibet'teki Budist keşişler anlamaya çalıştı. Çin istilasından önce Tibet, bin yıldır teokrasiyle yönetilen bir devletti. Köylülerin desteğiyle yaşayan rahibeler ve keşişler, Yolcuların anlatılarını inceliyor ve verileri bir sisteme oturtuyordu. Altı âlem, Tibetlilerin veya Budistlerin geliştirdiği bir anlayış değil. Tibetliler bu bilgiyi ilk aktaranlar sadece."

"Oralara nasıl ulaşıyorum?"

"Işık vücudundan ayrılıp gidiyor. Bunun gerçekleşebilmesi için usulca hareket ediyor olman gerek. İlk seferinde şaşırabilirsin, hatta canın yanabilir. Işığın, bunun ardından farklı âlemlere geçebilmek için dört engeli aşmak zorunda. Bu engeller de su, toprak, hava ve ateşten oluşuyor. Bunların belirli bir sırası yok. Işığın bir kez bu engellerden geçebildi mi, sonra hep geçebiliyor."

"Bundan sonra altı âleme giriyorsun demek" dedi Gabriel. "Buralar nasıl yerler?"

"Biz Dördüncü Âlem'de yaşıyoruz Gabriel. İnsanoğlunun gerçekliği bu. Peki dünyamız nasıl bir yer? Güzel. Korkunç. Acı verici. Baştan çıkarıcı." Sophia bir beton parçasını alıp köşeye fırlattı. "İçinde boa yılanı ve çikolata parçalı naneli dondurma olan her gerçeklik iyidir bana sorarsan."

"Peki diğer yerler?"

"Her insan, farklı âlemlerin izlerini kendi yüreğinin kıyısında bulabilir. Her âlemin baskın bir özelliği vardır. Tanrıların dünyası olan Altıncı Âlem'de günah, kibirdir. Yarı tanrıların dünyası Beşinci Âlem'de günah, hasettir. Burada sözünü ettiklerim, evreni yaratan Tanrı değil. Tibetlilere göre tanrılar ve yarı tanrılar, başka bir gerçeklikten gelmiş insanlara benziyor."

"Biz Dördüncü Âlem'de yaşıyoruz."

"Burada günah, arzu." Sophia dönüp bir borunun altında ilerlemekte olan boa yılanına baktı. "Üçüncü Âlem'in hayvanları diğerlerinden habersiz. İkinci Âlem'de asla doyurulamayacak aç hayaletler yaşıyor. Birinci Âlem ise, merhameti ve acımayı bilmeyen insanların yönettiği bir nefret ve öfke kenti. Buraya farklı dillerde Şeol, Hades, Cehennem deniyor."

Gabriel, idam mangasının önüne geçen bir hükümlü gibi doğruldu. "Kılavuz sensin. Ne yapacağımı anlat."

Sözleri, Sophia'nın hoşuna gitmişti. "Yorgun musun Gabriel?"

"Uzun bir gün oldu."

"O zaman uyu bakalım."

Sophia cebinden bir keçeli kalem çıkarıp duvara doğru yürüdü. "Bu dünyayla rüyaların arasındaki ayrımı parçalaman gerek. Sana seksen birinci yolu öğreteceğim. Bu yol, Galile'nin kuzeyindeki Safed kasabasında yaşayan Kabala Yahudileri tarafından geliştirilmiş."

Keçeli kalemle duvara İbranice dört harf yazdı. "Buna tetragrammaton derler, yani Tanrı'nın dört harfli adı. Uykuya dalarken bu harfleri aklında tutmaya çalış. Kendini, beni veya *splendida*'yı düşünme. Uykun sırasında üç kere kendine 'uyanık mıyım, rüyada mıyım?' diye soracaksın. Gözlerini açma, rüya dünyasında kal ve olanları gözlemle."

"Hepsi bu mu?"

Gülümsedi ve odanın kapısına doğru yürüdü. "Başlangıcı bu."

Gabriel botlarını çıkardı, somyaya uzandı ve dört harfi incelemeye başladı. Anlamlarını bilmiyordu, telaffuz edemezdi ama bir biçimde aklına kazıdı. Harflerin biri, kasırga sığınağına benziyordu. Diğeri bastona. İkinci sığınak. Sonra da yılana benzer bir kıvrım.

Derin bir uykuya daldı. Sonra uyuyor mu, uyanık mı olduğunu tam kestiremediği bir hale düştü. Külrengi zemine kızıl kumlarla çizilmiş bir tetragrammaton'a bakıyordu. Kuvvetli bir rüzgâr esti ve Tanrı'nın adını havaya savurdu.

* * *

Ter içinde uyandı. Odadaki ampul sönmüş, içerisi zifiri karanlığa gömülmüştü. Ana tünele giden koridordan cılız bir ışık geliyordu.

"Hey!" diye bağırdı. "Sophia?"

"Geliyorum."

Gabriel ayak seslerinin odaya girdiğini duydu. Kadın karanlıkta bile nasıl yürüyeceğini biliyordu. "Bu hep olur. Betondan nem sızıp elektrik bağlantılarına doluyor." Ampule dokununca oda yeniden aydınlandı. "Bu kadar."

Somyaya yaklaşıp gaz lambasını aldı. "Bu lamba senin. Eğer yine ışık sönerse veya dolaşmak istersen bunu yanına al." Dikkatle yüzüne baktı. "İyi uyudun mu?"

"Fena değil."

"Rüyanın farkına vardın mı?"

"Varıyordum ama çok kalamadım."

Gabriel, Sophia'nın peşinden ana tünele çıktı. Ne kadar uyuduğunu, gündüz mü, gece mi olduğunu bilmiyordu. Işığın gidip gelmekte olduğunu fark etti. Yirmi beş metre yukarıda rüzgâr avizeağaçlarının dallarını sarsıp yel değirmeninin pervanesini döndürüyordu. Rüzgâr güçlüyken ışıklar da daha parlak oluyordu. Bazense yaprak kımıldamıyor, bütün elektrik akülerden çekiliyor, o zaman da ampuller akkor değil, sönmeye yüz tutmuş kömür gibi turuncu yanıyordu.

"On yedinci yol üzerinde çalışmanı istiyorum. Kılıcını yanında getirdiğin için bunu yapabiliriz. Bu yolu ya Çinliler ya da Japonlar bulmuş; kılıçla ilgilenen bir uygarlık yani. Düşüncelerini odaklamak için düşünmemeyi öğretiyor."

Tünelin sonunda durdular ve Sophia paslı demir levhaların üzerindeki bir su birikintisine işaret etti. "Hadi bakalım."

"Ne yapacağım?"

"Yukarı bak Gabriel. Tam tepeye."

Başını kaldırdığında, tepelerindeki çelik kirişlerden birinde bir su damlasının oluştuğunu gördü. Damla üç saniye sonra kirişten koptu ve düşüp ayaklarının dibindeki levhada dağıldı.

"Kılıcını çek ve damlayı havadayken parçalamaya çalış."

Bir an, Sophia'nın ona imkânsız bir iş vererek dalga geçtiğini düşündü, ama onun gülümsemediğini fark etti. Gabriel yeşim kılıcı çekti. Cilalı gövdesi, karanlıkta bile parlıyordu. Kılıcı iki eliyle tutup kendo'da öğrendiği bir duruşa geçti ve saldırmak için hazırlandı. Tepesindeki su damlası irileşti, titreşti ve nihayet düştü. Kılıcı hızla savurdu ve ıskaladı.

"Ne zaman düşecek diye bakma" dedi Sophia. "Hazır ol yeter."

Kılavuz onu yalnız bıraktı. Başka bir su damlası oluşuyordu. İki saniye sonra düşecekti. Bir saniye. Şimdi. Damla düştü, Gabriel kılıcını umut ve arzuyla savurdu.

42

Michael'ın evindeki olaydan sonra Hollis tekrar Florence Caddesin'ndeki kursuna dönüp son bir gün daha ders verdi. En iyi iki öğrencisi olan Marco Martinez ve Tommy Wu'ya kursu onlara devredeceğini söyledi. Marco deneyimli öğrencilere, Tommy de başlangıç düzeyindekilere ders verebilirdi. İlk yıl geliri eşit paylaştıktan sonra ortaklığı sürdürüp sürdürmeme kararı onlara kalmıştı.

"Buraya birileri gelip beni sorabilir. Gerçek polis memuru da olabilirler, sahte kimlik kullanıyor da olabilirler. Gelenlere, Brezilya'ya dönüp dövüş ligine katılmaya karar verdiğimi söylersiniz."

"Para lazım mı?" diye sordu Marco. "Evde üç yüz dolarım olacak."

"Hayır, teşekkür ederim. Avrupa'daki birilerinden para bekliyorum."

Tommy ve Marco birbirlerine baktılar. Hollis'in uyuşturucu sattığını düşünmüşlerdi herhalde.

Hollis eve dönerken bir markette durdu ve reyonlarda boş boş gezinmeye, ara sıra sepetine yiyecekler atarak düşünmeye başladı. Kendince büyük kararlar sandığı her şeyin; kiliseden ayrılmanın, Brezilya'ya gitmenin, onu Vicki Fraser ve Maya'nın kapıdan girdikleri ana hazırladığını anlamaya başladı. Onları geri çevirebilirdi şüphesiz, ama kendine yediremezdi. Hayatı boyunca bu kavgaya hazırlanmıştı.

Sokaktan evine doğru giderken, gözleri mahalleye uymayan yabancılar aradı. Bahçe kapısını açıp arabasını içeri sokarken kendisini çok zayıf hissediyordu. Mutfak kapısını açıp içeri girerken bir şeyin kımıldadığını gördü. Korkuyla sıçradığı anda gülmeye başladı; çünkü kedisi Garvey'yi görmüştü.

Tabula şimdiye kadar üç askerini asansörde bir zencinin hakladığını öğrenmiş olmalıydı. Hollis, bilgisayarlardan onu bulmalarının uzun sürmeyeceğini biliyordu. Shepherd, Maya'yı havaalanında karşılaması için Vicki'yi kullanmıştı. Büyük Düzen, Jonesie Kilisesi'ndeki herkesin adını biliyordu mutlaka. Hollis gerçi kiliseyle bağlarını yıllar önce koparmıştı ama cemaat onun dövüş sporları öğrettiğini biliyordu.

Tabula'nın onu öldürmek istediğini bildiği halde kaçmayacaktı. Bunun için somut nedenleri vardı. Bir kere Soytarı'dan beş bin dolar alması gerekiyordu daha. Üstelik Los Angeles'ta kalmak, onun dövüş tarzına da uygundu. Hollis kontratak severdi; turnuvalarda hep rakibinin saldırıya geçmesini beklerdi. Önce bir yumruk yiyecekti ki kendisini güçlü ve haklı hissedecekti. Kötü adamların ilk hamleyi yapmasını bekliyordu; sonra onları gönül rahatlığıyla yok edebilirdi.

Otomatik tüfeğini doldurdu ve loş salona geçti. Televizyonu ve radyoyu açmadı. Akşam yemeği niyetine mısır gevreği yedi. Ara sıra salona giren Garvey, olağanüstü bir durum olduğunu sezdiğinden ona şüpheyle bakıyordu. Hava karardığında bir köpük şilte ve uyku tulumu alıp dama çıktı. Klima ünitesinin arkasına gizlenerek sırtüstü yattı ve gökyüzünü izlemeye başladı. Maya, Tabula'nın duvarların arkasını görmek için termal kameralar kullandığını söylemişti. Hollis, gündüz kendisini savunabilirdi ama nerede uyuduğunu Tabula'nın öğrenmesini istemiyordu. Klimayı açık tutarak dış ünitenin yayacağı ısının, vücudunun sıcaklığını gizleyeceğini umuyordu.

Ertesi gün postacı Almanya'dan bir paket getirdi. Doğu kilimleri üzerine iki kitap çıktı içinden. Sayfaların arasında bir şey yoktu ama jiletle cildi ayırdığında, yüzlük banknotlar halinde beş bin dolar buldu. Parayı gönderen kişi, Almanya'daki bir müzik stüdyosunun kartını da iliştirmişti. Kartın arkasına bir web sitesinin adresi ve *Yalnız mısınız? Yeni dostlar sizi bekliyor* yazmıştı. Hollis parayı sayarken kendi kendine gülümsedi. Yeni dostlar sizi bekliyor. Soytarılar. Ta kendileri. Tabula'yla tekrar kapışacaksa, destek kuvvet alması iyi olurdu.

Hollis duvardan atlayıp arka bahçe komşusuna geçti. Eski bir çete lideri olan Deshawn Fox, şimdi özel üretim jant satıcılığına geçmişti. İkinci el, kasası kapalı bir kamyonet almak için Deshawn'a bin sekiz yüz dolar verdi.

Kamyonet üç gün sonra, kabininde giysiler, yiyecekler ve cephane olduğu halde Deshawn'un bahçesine çekilmişti. Hollis kamp malzemelerini ararken Garvey tavan arasına kaçtı. Hollis onu plastik bir fare ve bir tabak tonbalığıyla kandırmaya çalıştı ama kedinin çıkmaya niyeti yoktu.

Elektrik idaresinin kamyonlarından biri belirdi ve baret takmış üç adam köşedeki elektrik direğini onarır gibi yapmaya başladı. Ardından sahneye yeni bir postacı çıktı. Asker tıraşlı, orta yaşlı bir beyazdı ve kapıyı iki kere değil, belki yirmi kere çaldıktan sonra vazgeçti. Hollis gün batar batmaz malzemelerini, tüfeğini ve birkaç şişe suyunu alıp çatıya çıktı. Sokak lambalarından ve kirlilikten ötürü yıldızlar pek görünmüyordu, o da iniş için alçalıp şehrin üstünde dolaşan uçakların ışıklarını izledi. Vicki Fraser'ı düşünmemeye çalışıyordu ama kızın yüzü gözünün önünden gitmiyordu. Bu Jonesie kızlarının çoğunluğu bekaretlerini evleneceği erkeğe saklardı. Hollis, Vicki'nin de böyle mi yaptığını, yoksa gizliden gizliye iş mi bitirdiğini merak etti.

Sabah ikiye doğru, bahçe kapısının hafif sarsılmasıyla uyandı. Birkaç kişi kilitli kapının üstünden atlayıp beton zemine indi. Birkaç saniye sonra Tabula askerleri arka kapıyı kırıp içeri girdiler. "Burada yok!" diye sesler geldi. "Burada yok!" Bir tabak kırıldı ve bir tencere yere yuvarlandı.

On, on beş dakika geçti. Sonunda arka kapı gıcırtıyla kapatıldı, iki arabanın motoru çalıştı, arabalar uzaklaştı ve ortalık sessizliğe gömüldü. Hollis tüfeği omzuna attı ve çatıdan aşağı sallandı. Ayakları yere değer değmez tüfeğin emniyetini açtı.

Çiçek tarhının ortasında durup yoldan geçen bir arabadan gelen müzik sesine kulak kesildi. Tam duvardan atlayıp Deshawn'un evine geçecekti ki, aklına kedisi geldi. Belki Tabula'nın adamları Garvey'yi olduğu yerden korkutup indirmeyi başarmıştı.

Arka kapıyı açıp usulca mutfağa girdi. Pencereden çok az ışık geliyordu ama adamların ortalığı darmaduman ettikleri belliydi. Kilerin kapağı açılmış, mutfak dolaplarında ne var ne yoksa yere indirilmişti. Bir tabağın kırıklarına bastığı zaman çıkan çatırtıdan irkildi. Sakin ol, dedi kendi kendine. Kötü adamlar gitti.

Mutfak, evin arka tarafındaydı. Kısa bir koridorla banyoya, yatak odasına ve egzersiz aletlerini bulundurduğu spor odasına geçiliyordu. Koridorun sonundaki bir kapı da L şeklindeki salona açılıyordu. Salonun uzun bölümü, Hollis'in televizyon izleyip müzik dinlediği yerdi. Kısa bölümünüyse "anı odası" dediği bir mekâna çevirmişti; duvarda ailesinin resimleri, karate ödülleri ve Brezilya'daki profesyonel dövüş başarılarıyla ilgili gazete kupürlerini yapıştırdığı bir defter vardı.

Hollis koridora geçilen kapıyı açtığında burnuna pis bir koku geldi. Hayvan barınaklarındaki leş gibi kafesleri hatırlatmıştı. "Garvey?" diye fısıldadı bir anda kediyi hatırlayarak. "Ne cehennemdesin yahu?" Koridorda dikkatle ilerlerken yere bulaşmış bir şey dikkatini çekti. Kan. Post parçaları. Tabula'nın alçakları hayvancağızı bulup parçalamıştı.

Koridorun sonundaki kapıya yaklaştıkça koku şiddetlenmeye başladı. Orada bir dakika kadar durup Garvey'yi düşündü. Derken salondan kahkahaya benzer tiz bir ses yükseldi. Hayvan mıydı bu? Tabula eve bekçi köpeği mi bırakmıştı acaba?

Tüfeğini doğrulttu, kapıyı sertçe açtı ve salona girdi. Sokaktan gelen ışık, perde niyetine kullandığı çarşaflardan ötürü içeriyi çok aydınlatamasa da, kanepenin uzak köşesinin civarında iri bir hayvanın arka ayakları üstünde oturduğunu gördü. Yaklaştıkça, hayvanın köpek değil sırtlan olduğunu fark etti ve şaşırdı. Geniş omuzlu, kısa kulaklı, iri ve güçlü çeneli bir hayvandı. Hollis'i gördüğünde dişlerini göstererek sırıttı.

Postu benekli ikinci bir sırtlan, anı odasının karanlığında belirdi. İki hayvan birbirine baktı ve –kanepenin yanında oturan– liderleri genizden bir hırıltı çıkardı. Mesafesini korumak isteyen Hollis kilitli ön kapıya ilerlerken, arkasından da endişeli bir kahkahaya benzeyen bir ses duydu. Hızla döndüğünde, koridorda başka bir sırtlanın olduğunu gördü. Bu hayvan, Hollis salona girene kadar ortaya çıkmamıştı.

Üç sırtlan, Hollis'i ortaya alarak bir üçgen oluşturdu. Kötü kokuları duyuluyor, pençeleri ahşap zeminde tıkırdıyordu. Hollis nefes alamaz olmuştu. Tepeden tırnağa korku içindeydi. Lider acele bir kahkaha attı ve yine dişlerini gösterdi.

"Cehenneme kadar yolun var" dedi Hollis ve tüfeği ateşledi.

Önce lideri vurdu, ardından hafifçe dönerek anı odasının yakınındaki hayvana birkaç kurşun sıktı. O sırada üçüncü hayvan havaya sıçradı ve Hollis kendisini yana attı. Tam yere düşerken sol kolunun üstünde pis bir acı hissetti. Yerde yuvarlandı ve üçüncü sırtlanın saldırmak üzere döndüğünü gördü. Tetiği çekti ve sırtlanı dar bir açıdan vurdu. Mermiler hayvanı göğsünden vurdu ve duvara yapıştırdı.

Hollis ayağa kalkıp koluna dokunduğunda eline kan geldi. Sırtlan üzerine atılırken pençeleriyle kolunu yırtmış olacaktı. Hayvan yan yatmış, göğsündeki yaralardan kan boşanırken hırıltıyla soluk alıyordu. Hollis düşmanına baktı ama yaklaşmadı. Sırtlan da ona nefretle bakıyordu.

Sehpa devrilmişti. Hollis bunun çevresinden dolaşıp lideri inceledi. Kurşunlar hayvanın göğsüne ve ön ayaklarına saplanmıştı. Dişleri meydandaydı ve yüzü sırıtıyor gibiydi.

Hollis adım atarken, yerde birikmiş kanları ortalığa bulaştırdı. Mermiler benekli sırtlanın boynuna saplanmış, kafasını neredeyse koparmıştı. Hollis yere eğildiğinde hayvanın sarı ve siyah tüylerden oluşan postunun, handiyse sığırlarınki kadar kalın bir deriyi kapladığını gördü. Keskin pençeler. Güçlü bir çene ve iri dişler. Mükemmel bir ölüm makinesiydi ve belgesellerde gördüğü küçük, ürkek sırtlanlara hiç benzemiyordu. Bu yaratık hayvan değil garabetti; korkusuzca avlanmak, sadece saldırıp öldürmek üzerine geliştirilmiş bir canlıydı. Maya, onu Tabula bilim adamlarının genetik yasalarıyla oynamaya başladığına dair uyarmıştı. Bu hayvanlara ne demişti? Yapboz.

Salonda bir şeyler oluyordu. Ölü yapbozdan başını kaldırdığında, üçüncü sırtlanın hırıltısının kesilmiş olduğunu fark etti. Tüfeğini doğrulturken solunda bir gölgenin hareketlendiğini gördü. Tam döndüğü anda da lider ayaklanarak ona doğru atıldı.

Hollis deli gibi ateş açtı. İlk kurşun hayvanı geriye fırlattı ama o otuz mermilik şarjörü bitirene kadar ateş etmeyi sürdürdü. Ardından yapboza dipçikle girişti ve çılgıncasına bir öfkeyle hayvanın kafatasını ve çenesini paramparça etti. Bu sırada dipçik çatladı, ardından da gövdeden ayrıldı. Artık hiçbir işe yaramayacak silahıyla karanlıkta öylece dikiliyordu.

Biz kazıma sesi. Yere değen pençeler. İki metre ötesinde, üçüncü sırtlan doğruluyordu. Göğsü kandan sırılsıklam olsa da saldırmaya hazırlanıyordu. Hollis tüfeği yapboza fırlattı ve koridora doğru koşmaya başladı. Salonun kapısını kapattı ama var gücüyle atılan sırtlan kapıyı kırıp açtı.

Hollis banyoya girdi, kapıyı kapattı, bedenini destek olsun diye ince kontrplağa yasladı ve tokmağı eliyle kavradı. Pencereden çıkmayı düşündü ama kapının birkaç saniyeden fazla dayanmayacağını anladı.

Yapboz, kapıya şiddetle vurdu. Kapı birkaç parmak aralandı ama Hollis ayaklarıyla da iterek tekrar kapatabildi. Silah bul, dedi kendine. Ne olursa. Tabula bütün havluları ve tuvalet malzemelerini ortaya saçmıştı. Kapıya yüklenmeyi sürdürerek diz çöktü ve döküntüleri telaşla karıştırmaya başladı. Yapboz kapıyı bir daha zorladı ve aralamayı başardı. Hollis bir an için hayvanın dişlerini görüp deli kahkahasını duyduktan sonra tüm gücüyle kapıyı tekrar kapattı.

Yerde bir saç spreyi kutusu vardı. Lavabonun yanında da bir

çakmak duruyordu. Hollis bunların ikisini de kavrayıp kendisini pencereye doğru fırlattığı sırada kapı ardına kadar açıldı. Kısacık bir an için hayvanın gözlerine baktı ve öldürmeye duyduğu arzunun büyüklüğünü gördü. Çıplak bir elektrik kablosuna dokunmuş, çarpılacak yerde içi kötülük ve öfkeyle dolmuş gibi oldu.

Spreyi önce sırtlanın gözlerine doğru sıktı, ardından çakmağı ateşledi. Sprey bulutu anında parladı ve alevler yapbozu sarmaladı. Sırtlan, acı çeken bir insan gibi derinden çığlıklar atarak döndü ve alevler içinde mutfağa doğru sendelemeye başladı. Hollis hemen spor odasına koştu, halter demirlerinden birini aldı ve sırtlanın peşinden mutfağa girdi. Ev, yanan et ve tüylerin geniz yakan kokusuyla dolmuştu.

Hollis kapının önünde durup silahını kaldırdı. Saldırmaya hazırdı ama sırtlan çığlık atarak, yanarak birkaç adım daha ilerledi ve sonunda masanın altına yıkılıp öldü.

43

Gabriel ne zamandır yeraltında yaşadığını bilmiyordu. Dört beş gün olmuştu herhalde. Belki de daha fazla. Dış dünyadan, gece-gündüz döngüsünden koptuğunu hissediyordu.

Uyanıklık ve rüya arasında kurduğu duvar yok olmaya başlamıştı. Gabriel'ın Los Angeles'tayken gördüğü rüyalar karışık veya anlamsızdı. Şimdiyse farklı bir gerçeklik gibi geliyordu. Tetragrammaton'a yoğunlaşarak uykuya daldığında, rüyalarında bilincini koruyabiliyor ve ziyaretçi gibi dolaşabiliyordu. Rüya âlemi kimi zaman bunaltıcı derecede yoğun ve güçlüydü, bu nedenle çoğunlukla önüne bakıyor, başını kaldırıp yeni ortamını incelemeye ara sıra cesaret edebiliyordu.

Bir rüyasında, uçsuz bucaksız bir kumsalda tek başınaydı. Kum tanelerinin her biri, küçücük birer yıldızdı. Başını kaldırıp turkuvaz okyanusa, sahile sessizce vuran dalgalara bakmıştı. Bir keresinde kendisini yüksek tuğla duvarlara sakallı Asurlu heykellerinin gömülü olduğu boş bir kentte bulmuştu. Kentin merkezinde, sıra sıra huş ağaçları, bir çeşmesi ve mavi irislerle dolu bir bahçesi olan bir park vardı. Her çiçek, yaprak ve çimen mükemmel ve özgün biçimlere sahipti, ideal yaradılıştaydı.

Bu rüyalardan uyandığında, somyasının yanına plastik bir kutu içinde krakerler, konserve tonbalığı ve taze meyve bırakıldığını görürdü. Yiyecekler sanki sihirle oraya geliyordu; Sophia Briggs'in hiç ses çıkarmadan içeri nasıl girdiğini bir türlü çözemiyordu. Gabriel karnını doyurup yatakhaneden ayrılıyor ve ana tünele giriyordu. Sophia ortalarda yoksa gaz lambasını alıp dolaşmaya çıkıyordu.

Boa yılanları ışık nedeniyle tünele pek çıkmıyorlardı ama Gabriel onlarla odalarda karşılaşıyordu. Kimi zaman başlar, kuyruklar ve kıvranan gövdelerden ibaret kocaman ve salınan bir yumağın içinde görüyordu onları, çoğu zamansa yolunun tam üstünde, koca bir sıçanı hazmetmeye çalışır gibi hareketsiz ve ilgisiz yatarken. Yılanlar Gabriel'a tıslamıyor veya tehditkâr yaklaşmıyordu ama Gabriel onların siyah mücevherler kadar kusursuz ve keskin gözlerine bakmaktan huzursuz oluyordu.

Ona yılanlar zarar vermese, silonun kendisi verebilirdi. Metruk komuta merkezini, jeneratörü ve anteni inceledi. Jeneratörün üstünü, yeşil, tüylü bir halı gibi küf kaplamıştı. Komuta odasındaki göstergeler ve paneller kırılıp yağmalanmıştı. Elektrik kabloları, mağaralara saçılan kökler gibi tavandan sarkıyordu.

Bir seferinde, fırlatma rampalarının kapaklarından birinin hafifçe aralık olduğunu görmüştü. Belki bu delikten sürünüp gün ışığına çıkmak mümkün olabilirdi ama fırlatma bölgesi, yeraltındaki üssün en tehlikeli alanıydı. Rampalardan birini keşfetmeye çalışmıştı bir defa. Labirent gibi koridorlarda kaybolmuştu ve az daha zemindeki bir boşluğa yuvarlanıyordu.

Jeneratörün boş yakıt tanklarının yakınında, Phoenix'te çıkan *Arizona Republic* gazetesinin kırk iki yıllık bir sayısını bulmuştu. Kâğıt sararmış, kenarlarından tel tel dağılmaya başlamıştı ama hâlâ okunuyordu. Gabriel somyasına oturup saatler boyunca haberleri, yazıları, ilanları, evlenme duyurularını okumuştu. Başka bir âlemden ziyarete geldiğini ve insan ırkına ilişkin bilgi edinmek için tek kaynağının bu gazete olduğunu hayal etmişti.

Arizona Republic gazetesinin sayfalarında boy gösteren uygarlık, vahşi ve acımasızdı. Ancak güzel şeyler de oluyordu. Phoenix'te yaşayan ve elli yıldır evli olan bir çiftin öyküsünü okumuştu. Tom Zimmerman, maket trenleri çok seven bir elektrikçiydi. Karısı Elizabeth, eski bir öğretmendi ve şimdi Metodist Kilisesi'nde etkin rol oynuyordu. Somyaya uzandı ve çiftin solgun yıldönümü fotoğrafına uzun uzun baktı. Objektife gülümsemişler, el ele tutuşmuş, parmaklarını birbirine dolamışlardı. Gabriel'ın Los Angeles'ta çeşitli kadınlarla ilişkisi olmuştu ama o deneyimler şimdi çok uzak geliyordu. Zimmerman çiftinin fotoğrafı, dünyanın öfkesine aşkın meydan okuyabileceğine kanıttı.

Bir gazeteyi okuyarak, bir de Maya'yı düşünerek kafasını dağıtıyordu. Ana tünele çıktığında genellikle Sophia Briggs ile karşılaşıyordu. Kılavuz, geçen yıl silodaki tüm yılanları saymıştı, şimdi tekrar sayarak nüfuslarının artıp artmadığını inceliyordu. Yanında taşıdığı zehirsiz sprey boyayı yılanlara sıkarak sayılmışları sayılmamışlardan ayırıyordu. Gabriel, fosforlu turuncu kuyruklu boa yılanları görmeye alışmıştı.

* * *

Bir rüyasında uzun bir koridordan geçti ve gözlerini açtığında kendisini somyada yatar buldu. Biraz su içip bisküvi yedikten sonra yatakhaneden ayrıldı ve komuta merkezinde Sophia ile karşılaştı. Biyolog döndü ve sert bakışlarla onu tepeden tırnağa süzdü. Gabriel kendisini hep onun sınıfına yeni katılmış bir öğrenci gibi hissedecekti.

"İyi uyudun mu?" diye sordu.

"Evet."

"Bıraktığım yiyecekleri buldun mu?"

"Evet."

Sophia karanlıkta bir yılanın ilerlediğini gördü. Hızla boya kutusunu çekip hayvanın kuyruğuna sıktı, ardından elindeki sayacın düğmesine bastı. "Sevgili su damlamızla aran nasıl? Kılıcınla kesmeyi başardın mı?"

"Daha yapamadım."

"Belki bu sefer olur, Gabriel. Dene bakalım."

Kös kös nemli yere döndü ve kirişte sallanan su damlalarına bakmaya, doksan dokuz yolun her birine saydırmaya başladı. Su damlası çok küçük, çok hızlıydı. Kılıcın kenarı çok inceydi. Gerçekten imkânsız bir görevdi bu.

Başlarda olayın kendisine yoğunlaşmaya çalışmış, damlanın oluşmasını izlemiş, kaslarını gerdirmiş, kılıcı sımsıkı kavrayıp beklemişti. Ancak olayın hiçbir düzeni yoktu. Damla bazen yirmi dakikada düşmüyordu. Bazen on saniyede iki damla düşüyordu. Kılıcı savurdu, ıskaladı. Küfretti, savurdu, ıskaladı. Öyle öfkelenmişti ki, silodan kaçıp yürüye yürüye San Lucas'a dönmeyi düşündü. Annesinin masallarındaki kayıp prens filan değildi. Yarı çatlak bir kız kurusunun emirler yağdırdığı salak bir oğlandı işte.

Gabriel bugün de muhteşem başarısızlıklara imza atacağını düşünüyordu. Ancak kılıç elinde saatlerce bekledikten sonra kendisini ve sorunlarını unutmaya başladı. Kılıç hâlâ elindeydi ama onu tuttuğunun bilincinde değildi. Kılıç, aklının bir uzantısı haline gelmişti.

Su damlası kirişten kurtuldu ve bu sefer ağır çekimde gibi düştü. Kılıcı savurduğu anda olayları bir adım geriden izliyordu; demirin damlayı iki parçaya ayırışını gördü. O anda zaman durdu ve her şey olanca berraklığıyla ortaya çıktı. Kılıç, elleri, su damlasının farklı yöne giden iki yarısı pırıl pırıl görülüyordu.

Derken zaman tekrar işledi ve bu his kayboldu. Sadece birkaç saniye geçmişti ama Gabriel sonsuzluğa göz kırptığını hissediyordu. Gabriel dönüp tünele koştu. "Sophia!" diye bağırdı. Sesi beton duvarlarda çınlıyordu.

Sophia hâlâ komuta merkezinde deri defterine bir şeyler yazmakla meşguldü. "Bir şey mi oldu?"

Gabriel dilini yutmuş gibi kekeledi: "Kı-kı-kılıçla damlayı k-kestim."

"Güzel. Çok güzel." Defterini kapadı. "İlerleme kaydediyorsun."

"Bir şey daha oldu ama nasıl anlatacağımı bilemiyorum. Ben damlayı keserken sanki zaman yavaşladı."

"Gözünle mi gördün?"

Gabriel bakışlarını yere indirdi. "Tamam, biliyorum çok saçma ama..."

"Zamanı kimse durduramaz" dedi Sophia. "Ancak insanlar duyularını olağan sınırların çok ötesinde odaklayabilirler. Dünyanın yavaşladığını hissedersin ama her şey beyninde olup biter. Algıların hızlanmıştır gerçekte. Kimi zaman büyük sporcular yapabilir bunu. Topun havada uçuşunu, ineceği yeri görebilirler. Bazen müzisyenler bir senfoni orkestrasının içindeki her bir çalgının her bir notasını aynı anda duyabilir. Hatta dua eden veya tefekküre dalan sıradan insanların da başına gelir bu."

"Yolculara da olur mu?"

"Yolcular, bu aşırı odaklanmış algı durumunu kontrol edebildikleri için bizden farklıdırlar. Bu sayede dünyayı olağanüstü berraklıkla görebilirler." Sophia, gözlerinden cevap bekler gibi Gabriel'ın yüzüne baktı. "Bunu yapabiliyor musun Gabriel? Beyninde bir düğmeye basarak tüm dünyayı bir süreliğine yavaşlatıp durdurabiliyor musun?"

"Hayır. Bir anda oldu her şey."

Başını salladı. "O zaman çalışmaya devam etmemiz gerek." Sophia gaz lambasını aldı ve odadan çıkmaya yöneldi. "Denge ve hareket duyunu geliştirmek için on yedinci yolu kullanmaya devam edelim. Yolcu'nun bedeninin yavaşça hareket etmesi, Işığın bedenden kurtulmasını kolaylaştırır."

Birkaç dakika sonra, zamanında telsiz antenini bulunduran yirmi metrelik silonun ortasına yapılmış bir çıkıntının kıyısındaydılar. Avuç genişliğinde bir kiriş, silo boyunca uzanıyordu. Sophia gaz lambasını uzatarak on metre aşağıdaki zeminde duran makine hurdalarını gösterdi.

"Kirişin ortasına doğru bir peni var. Git al onu."

"Düşersem bacaklarım kırılır."

Sophia pek umursamamıştı. "Evet, kırılabilir. Ama bence ayak bileklerinin kırılması daha büyük olasılık. Tepe üstü düşersen de muhtemelen ölürsün." Gaz lambasını geri çekti ve "Hadi bakalım" dedi.

Gabriel derin bir nefes aldı ve yan dönerek kirişin üzerine çıktı. Ayaklarını sürüyerek dikkatle çıkıntıdan uzaklaşmaya başladı.

"Yanlış yapıyorsun" dedi Sophia. "Ayak parmakların ileri bakacak biçimde bas."

"Böyle daha güvenli."

"Hayır, değil. Kollarını kirişe doksan derece açıyla uzatman gerekiyor. Soluk alıp verişin üzerine odaklan, korkunun üzerine değil."

Gabriel, Sophia ile konuşmak için başını çevirdi ve dengesini kaybetti. Bir an ileri geri sallandıktan sonra çömeldi ve iki eliyle kirişi kavradı. Buna rağmen dengesini bulamayınca bacaklarını açtı ve kirişin üzerine oturdu. Çıkıntıya dönmesi iki dakikadan fazla sürdü.

"Berbattı Gabriel. Tekrar dene."

"Hayır."

"Yolcu olmak istiyorsan..."

"Ölmek istemiyorum! Kendin yapamayacağın şeyleri benden isteme!"

Sophia gaz lambasını çıkıntının üzerine bıraktı. Cambaz gibi dikkatle kirişin üstüne çıktı, hızlı adımlarla ortasına kadar ilerledi, eğilip peniyi aldı. Yaşlı kadın yarım metre kadar sıçradı, geri-singeri döndü ve tek ayağıyla kirişin üzerine indi. Yine hızla çıkıntıya yürüdü ve peniyi Gabriel'a doğru attı.

"Biraz dinlen Gabriel. Sandığından çok daha uzun süredir uyanıksın." Lambasını alıp ana tünele yürüdü. "Tekrar geldiğimde yirmi yedinci yolu deneriz. Epey eski bir yöntem bu, on ikinci yüzyılda Bingen'li Hildegard adında bir Alman rahibe tarafından bulunmuş."

Gabriel öfkeyle peniyi fırlattı ve arkasından yürüdü. "Ben ne zamandır yeraltındayım?"

"Boşver bunu."

"Boşvermeyeceğim, öğrenmek istiyorum. Ne zamandır buradayım ve daha ne kadar kalacağım?"

"Git uyu. Rüya görmeyi de unutma."

Gabriel çıkıp gitmeyi düşündüyse de vazgeçti. Erken ayrılırsa, kararını Maya'ya açıklamak zorunda kalacaktı. Birkaç gün daha kalıp başarısız olursa, kimse onu umursamayacaktı nasıl olsa.

Yine uyku. Yine rüya. Gabriel başını kaldırdığında, bir taş binanın geniş avlusunda olduğunu gördü. Bir manastır veya okul olabilirdi, ama ortalarda kimse yoktu. Ortalığa saçılmış kâğıt parçaları rüzgârla havalanıp uçuşuyordu.

Gabriel döndü, açık bir kapıdan geçti ve sağ tarafındaki pencereleri kırılmış uzun bir koridora girdi. Ceset veya kan yoktu ama orada bir kavga yaşandığını hemen anladı. Kırık pencerelerden rüzgâr esiyordu. Bir çizgili defter yaprağı yerde sürüklendi. Koridorun sonuna vardı, köşeyi döndü ve yere oturmuş uzun siyah saçlı bir kadının, bir adamı kucağına almış olduğunu gördü. Biraz yaklaştığında adamın kendisi olduğunu fark etti. Gözleri kapalıydı ve soluk almıyor gibiydi.

Kadın başını kaldırdı ve uzun saçlarını yana itti. Maya'ydı. Giysileri kana bulanmıştı, kılıcı kırılmış, bacağının yanında duruyordu. Gabriel'ın bedenini sıkıca tutmuş, beşikte gibi sallıyordu. Ama en korkuncu, Soytarı ağlıyordu.

* * *

Gabriel uyandığında öyle koyu bir karanlığın içindeydi ki, hayatta mı, ölü mü olduğunu bile kavrayamadı. "Hey!" diye bağırdı; sesi beton duvarlardan yankılandı. Elektrik kablosu veya jeneratör bozulmuştu herhalde. Tüm ampuller sönmüş, onu karanlığa tutsak etmişti. Paniğe kapılmamaya çalışarak elini somyanın altına uzattı ve gaz lambasıyla kibriti buldu. Kibritin alevi, onu sıçratacak kadar parlaktı. Lambayı yakıp fitili ayarladığında, oda ışıkla doldu.

Lambanın camını yerleştirmeye çalışırken sert bir zırıltı duydu. Hafifçe sola döndüğünde, bacağının iki adım ötesinde bir çıngıraklıyılanın doğrulmakta olduğunu gördü. Yılan bir biçimde siloya girmiş ve vücudunun sıcaklığından Gabriel'ı bulmuştu. Kuyruğunu yine zırıldattı ve başını geriye çekerek saldırmaya hazırlandı.

Tam o anda, karanlıktan kocaman bir boa yılanı ok gibi fırladı ve çıngıraklıyılanı ensesinden ısırdı. İki yılan birlikte yere devrildiler ve boa yılanı avına sımsıkı sarıldı.

Gabriel gaz lambasını kaptığı gibi sendeleyerek odadan çıktı. Ana tünel de kapkaranlık olduğu için, yüzeye çıkan merdiveni bulması beş dakikadan fazla sürdü. Demir merdivenden kapağa doğru çıkarken botları tüm boşluğu inletiyordu. Sahanlığa geldi, kapağı zorladı ve içeri kilitlendiğini anladı.

"Sophia!" diye bağırdı. "Sophia!" Cevap yoktu. Ana tünele döndü ve yanmayan ampul dizisinin yanında durdu. Yolcu olma yolundaki tüm girişimleri başarısız çıkmıştı. Devam etmenin anlamı yoktu. Sophia kapağı açmayacaksa, fırlatma rampalarına geçip yüzeye çıkmak için başka bir yol bulması gerekecekti.

Gabriel tünelde hızla kuzeye ilerleyerek labirent gibi koridorlara daldı. Silo, fırlatılan füzelerin patlamasını yayacak biçimde yapıldığı için, ucu kapalı havalandırma kanalları çıkıyordu karşısına. Sonunda durup elindeki lambaya baktı. Alev, hafif bir rüzgâr alıyormuş gibi titriyordu. Rüzgâra doğru ilerledi ve tünelden yüzüne serin bir hava akımının vurduğunu hissetti. Ağır bir çelik kapıyla kirişi arasından süzüldüğünde, kendisini merkez silonun içine doğru uzanan bir çıkıntının üzerinde buldu.

Silo, beton duvarlı, devasa bir dikey mağaraydı. Sovyetler Birliği'ne kilitlenmiş füzeler yıllar önce buradan sökülmüştü ama yüz metre kadar aşağıda füze rampasının kalıntıları seçilebiliyordu. Bir merdiven, silonun zemininden kapağına kadar döne döne yükseliyordu. Ve evet, en yukarıda, kapağın aralığından gün ışığı giriyordu.

Yanağına bir şey çarptı. Beton duvarın çatlaklarından su sızıyordu. Gabriel gaz lambasını sıkıca kavradı ve merdivenden ışığa doğru çıkmaya başladı. Her adımıyla basamaklar titriyordu. Elli yıldır sularla mücadele eden cıvatalar çoktan pas tutmuştu.

Ağır ol, dedi kendine. Dikkat etmek gerek. Ama merdivenler canlıymış gibi sarsılmaya başladı. Ansızın cıvatalardan biri duvardan fırladı ve karanlık boşluğa uçtu. Gabriel durdu, cıvatanın yere vurup sekmesini dinledi. Bunun ardından bir sürü cıvata makineli tüfek mermileri gibi yuvalarından fırladı ve basamaklar duvardan ayrılmaya başladı.

Lambayı fırlatıp iki eliyle korkuluklara tutundu, o sırada da merdivenin üst bölümü koparak Gabriel'a doğru savruldu. Boşluğa çıkan merdivenin ağırlığı daha da çok cıvatanın kopmasına neden oldu. Gabriel'ın bulunduğu parça duvardan koptu, silonun içinde bir yarım daire çizerek döndü ve girdiği çıkıntının beş metre kadar altında yine duvara çarparak durdu. Merdiveni tek bir kelepçe tutuyordu.

Gabriel, dehşetli bir korku içinde bir süreliğine korkuluklarda sallandı. Silo aşağıda, sonsuz karanlığa açılan dev bir kapı gibi sabırla bekliyordu. Korkuluktan yukarı yavaşça tırmanmaya başladığı sırada kulağına bir uğultu geldi. Vücudunun sağ tarafına bir şey olmuştu. Felç inmiş gibiydi. Tutunup dengesini bulmaya çalışırken sağ tarafında küçücük ışık noktalarından oluşan bir gölgenin vücudunu terk ettiğini, o sırada da sağ kolunun cansız gibi düştüğünü gördü. Tek eliyle tutunmaya çalışıyordu ve bedeninden ayrılan ışığa bakmaktan başka bir şey yapamıyordu.

"Dayan biraz!" diye bağırdı Sophia. "Tam üstündeyim."

Kılavuz'un sesiyle birlikte ışıktan kol yok oldu. Gabriel, Sophia'nın nerede durduğunu göremiyordu ama yanına düşen ve beton duvarda şaklayan naylon ipi görebildi. Elini uzatıp naylon ipi yakaladığı anda son kelepçe de kırıldı ve korkuluk duvardan ayrılarak aşağıdaki rampanın üzerine yıkıldı.

Gabriel kendisini çıkıntının üzerine çektikten sonra olduğu yere sırtüstü devrilip nefes almaya çalıştı. Sophia, elinde lambasıyla tepesinde dikiliyordu.

"İyi misin?"

"Hayır."

"Jeneratör bozulduğunda yukarıdaydım. Hemen çıkıp çalıştırdım ve geri geldim."

"Beni-beni içeri kilitlemişsin."

"Evet. Bir günün kaldı çünkü."

Gabriel ayağa kalktı ve koridorda ilerlemeye başladı. Sophia ardından geliyordu.

"Olanları gördüm Gabriel."

"Evet, geberiyordum."

"Onu demiyorum. Sağ kolun birkaç saniye cansız gibi kaldı. Gerçi göremedim ama Işığın o anda vücudundan ayrıldığını biliyorum."

"Gece mi gündüz mü, uykuda mıyım uyanık mıyım bilmiyorum."

"Sen de baban gibi Yolcu'sun. Bunu anlamadın mı?"

"Boşver. Hiç karıştırma. Ben normal bir hayat sürmek istiyorum."

Sophia hiçbir şey söylemeden hızla Gabriel'a yaklaştı. Onu kemerinden tutup sertçe kendine çekti. Gabriel içinde bir şeylerin parçalandığını, yırtıldığını hissetti. Sonra da Işığın kafesinden kurtularak yükseldiğini, bedenininse cansız gibi yüzüstü kapaklandığını gördü. Dehşete kapılmıştı ve çaresizce bildiği ortama dönmek istiyordu.

Gabriel ellerine baktığında, her biri yıldız gibi pırıldayan yüzlerce nokta gördü. Sophia anlamsız kalmış bedeninin yanına çömelirken, Yolcu daha da yükseldi ve beton tavandan çıkıp gitti.

Yolcu tek ve yoğun bir enerji noktası halini alırken, yıldızlar daha yakın görünmeye başlamıştı. Tek bir su damlasının içinde okyanus, bir kum tanesinin içindeki dağ gibiydi şimdi. Derken enerjisini içeren zerre, yani gerçek bilinci, onu hızla ileri iten bir kanala veya geçide girdi.

Bu belki bin yıl sürmüştü, belki göz açıp kapayıncaya kadar geçmişti, zamanı artık kavrayamıyordu. Muhteşem bir hızla karanlığı yararak ilerlediğini, kapalı bir mekânın kıvrımlı çeperini takip ettiğini hissediyordu. Sonra hareket bitti ve bir dönüşüm gerçekleşti. Akciğerlerinden de oksijenden de güçlü ve yaşamsal bir soluk, varlığını doldurdu.

Hadi git. Yolunu bul.

44

Gabriel gözlerini açtığında kendisini masmavi gökyüzünde düşerken buldu. Aşağı baktı, yanlara baktı ama hiçbir şey göremedi. Altında yer yoktu. İneceği bir yer, varış noktası yoktu. Burası, hava engeliydi. İçten içe bunun hep farkında olduğunu hatırladı. Bir paraşütün ucunda süzülürken de bu duyguyu yaşıyordu kendi dünyasında.

Ancak şimdi atlayış uçağından da, dünyayla kaçınılmaz buluşmadan da uzaktı. Bir süre gözlerini kapatıp tekrar açtı. Sırtını gerip kollarını açarak hareketlerini kontrol etti. Geçidi ara. Sophia böyle söylemişti. Dört engeli de aşan ve diğer âlemlere açılan bir geçit vardı. Sağa yatarak, avına yönelen bir şahin gibi yaylar çizmeye başladı.

Bir süre sonra uzakta incecik bir siyah çizgi gördü. Kollarını açtı, dar açılı dönüşlerden çıktı ve sertçe sola yatarak çapraz inmeye başladı. Gölge elips şeklini aldı ve Gabriel bu elipsin karanlık merkezinde kayboldu.

* * *

Işığın tekrar sıkıştığını, öne doğru ilerlediğini ve hayat veren o solukla yine kendine geldiğini hissetti. Gözlerini açtığında bir çölün ortasında olduğunu, kızıl toprağın soluk almaya çalışır gibi çatlayıp yarıldığını gördü. Olduğu yerde dönerek yeni ortamı inceledi. Gökyüzü safir mavisiydi; güneş yoktu ama ufuk çizgisinin tümünden aydınlık fışkırıyordu. Kayalar, bitkiler yoktu. Vadiler, dağlar da. Toprak engeline gelmişti ve tamamen yatay bir dünyada tek dikey şekil olarak duruyordu.

Gabriel yürümeye başladı. Durup çevresine bakındı ama ortam değişmemişti. Eğilip toprağa parmaklarıyla dokundu. Kendi varlığından emin olmak için bu uçsuz bucaksız arazide ikinci bir noktaya, bir kerterize gereksinim duydu. Tekmeleyip kazıyarak kopardığı topraktan bir karış yüksekliğinde bir tepecik oluşturdu.

Elindeki bardağı atarak bir anda bütün dünyasını algılamaya başlayan bebekler gibi, tepeciğin çevresinde birkaç kez dönerek gerçekten orada olduğuna kendisini inandırdı. Tekrar yürümeye, adımlarını saymaya başladı. Elli. Seksen. Yüz. Omzunun üstünden geriye baktığında, tepeciği göremedi.

Kalbinin panikle çılgın gibi çarpmaya başladığını hissetti. Oturdu, gözlerini kapayıp dinlendi, sonra tekrar kalktı ve yürümeye devam etti. Geçidi ararken çaresizlik ve kaybolmuşluk hissetmeye başladı. Ayakkabısının burnuyla toprağı tekmeledi. Toprak parçaları ve tozlar havalandı, yere düştü ve bu yeni gerçeklik tarafından anında emildi.

Omzunun üstünden bir daha baktığında, arkasında bir karaltı gördü. Onu amaçsız yolculuğunda takip eden gölgesiydi bu, ama olağanüstü derin ve keskin hatlara sahipti, biri yere kazımış gibi görünüyordu. Çıkış yolu burası mıydı? Hep orada mı durmuştu? Gözlerini kapattı, kendisini geriye bıraktı ve geçidin içine çekildi.

* * *

Nefes al, dedi kendine. Yine nefes al. Bir kasabanın ortasından geçen toprak bir yolda diz çökmüş buldu kendini. Dikkatle ayağa kalktı; her an yerin yarılıp onu havaya, suya veya çöle bırakmasını bekliyordu. Sinir krizi geçirir gibi tepindi, ama bu yeni gerçeklik dişli çıktı ve yok olmadı.

Kasaba, Vahşi Batı'nın uç yerleşimlerine benziyordu; kovboyların, şeriflerin ve dansçı kızların yaşadığı türden yerlere. Kiremit damlı ahşap binalar iki veya üç katlıydı. Sokağın iki yanında ahşap kaplama kaldırımlar uzanıyordu; kasaba sakinleri çamurun içerlere girmesini istemiyordu herhalde. Ancak çamur da yoktu, yağmur da, hatta su da. Caddedeki birkaç ağaç da kurumuşa benziyordu, yaprakları kurumuş, kararmış, gevremişti.

Gabriel yeşim kılıcını çekti ve tahta kaldırıma ayak basarken sıkıca kavradı. En yakınındaki kapıyı açıp içeri girdiğinde, üç koltuklu, tek odadan ibaret bir berber salonu gördü. Duvarlarda aynalar vardı. Gabriel aynada yüzüne ve elindeki kılıca baktı. Her an saldırıya uğrayacak bir adam gibi korkmuş görünüyordu. Çık buradan. Çabuk. Tekrar kaldırıma, berrak gökyüzünün altına, kuru ağaçların yanına döndü.

Tek tek tüm binaları aramaya başladı. Adımları, ahşap zeminde tok bir ses çıkarıyordu. Top top kumaşla dolu bir kumaşçı buldu. Üst katında bir daire vardı. Tulumbalı lavabo, dökme demir ocak vardı evde. Üç kişi için sofra kurulmuştu ama raflar ve buzdolabı boştu. Başka bir binada fıçı atölyesi buldu. Tahta fıçıların kimi bitmişti, kimi tamamlanmayı bekliyordu.

Kasabanın hepi topu iki caddesi vardı, bunlar da bir meydanda kesişiyordu. Meydanda banklar ve bir dikilitaş vardı. Anıtta herhangi bir yazı yoktu, sadece çember, üçgen ve pentagram gibi şekiller vardı. Gabriel caddede yürümeye devam etti. Kasaba geride kaldı ve önüne kuru ağaçlardan, çalılardan oluşan bir engel çıktı. Çevresinden dolaşmak için yol aradı, ama sonra vazgeçip meydana döndü.

Var gücüyle, "Kimse yok mu?" diye bağırdı. Sorusu cevapsız kalınca, elindeki kılıcı korkaklığının simgesi gibi görmeye başladı ve kınına soktu.

Meydana yakın bir binanın tavanı kubbeli, kapısı koyu ahşaptan, ağır ve demir menteşeliydi. Kapıdan geçtiğinde kendini sıralarıyla, karmaşık geometrik şekiller içeren vitraylarıyla tipik bir kilisede buldu. Salonun ön tarafında ahşap bir sunak vardı.

Kasabanın kayıp sakinleri, sunağı güllerle süslemişti ama tüm çiçekler solmuş, eski renklerinden eser kalmamıştı. Verimsizlik sunağının ortasında siyah bir mum yanıyordu. Kasabada Gabriel'dan başka hareket eden tek şey, bir esintiyle titreyen şu mum aleviydi.

Sunağa doğru bir adım atıp içini çeker gibi soluk aldı. Siyah mum şamdandan kurtuldu ve devrildi. Alevin ucu kuru yapraklara değdi. Gülün biri alev aldı ve turuncu alevler bir çiçeğin sapından diğerinin yapraklarına atlayarak ilerlemeye başladı. Gabriel alevi söndürecek bir şişe su, bir kova kum bulmak için salonu dört döndü ama nafile. Tekrar baktığında, sunağın olduğu gibi yanmakta olduğunu gördü. Alevler direklerin üzerinde kıvrılarak ilerliyor ve tavanı yalayıp geçiyordu.

Gabriel koşarak dışarı çıktı ve sokağın ortasında durdu. Ağzı açıktı ama sesi çıkmıyordu. Nereye saklanabilirdi? Sığınacağı bir yer var mıydı? Korkusunu bastırmaya çalışarak, kumaşçı ve berberin önünden geçen sokak boyunca koştu. Kasabanın sonuna geldiğinde durup ormana baktı. Tüm ağaçlar yanıyordu ve duman gökyüzüne aşılmaz bir gri set gibi yükseliyordu.

Yanağına konan bir kül parçasını silkeledi. Çıkış olmadığını bile bile tekrar kiliseye koştu. Büyük kapının kenarlarından duman sızıyordu. Derken ortadaki pencerede bir çatlak belirdi ve derin bir yara gibi genişlemeye başladı. İçeri dolan hava aniden genleşince pencereler patlayarak kırıldı ve cam kırıkları ortalığa saçıldı. Sonunda nefes alabilen alevler pencereden dışarı uğrayarak beyaz kubbeyi yoklamaya başladı.

Telaşla kasabanın diğer ucuna koştuğunda, bir çam ağacının parlayarak alevlere boğulduğunu gördü. Dön, diye düşündü. Kaç. Ama artık tüm binalar yanıyordu. Şiddetli ısı, kül parçalarını sonbahar yaprakları gibi havada uçuşturan bir akım yaratıyordu.

Bu afetin bir yerinde bir çıkış vardı; karanlık bir geçit onu insanlık dünyasına geri götürecekti. Ancak bir yandan alevler tüm gölgeleri yok ederken, bir yandan da duman günü geceye çevirdi. Çok sıcak, diye düşündü. Nefes alamıyorum. Meydana dönüp dikilitaşın önünde diz çöktü. Banklar ve kuru otlar yanıyordu. Alevlerin değmediği hiçbir şey kalmamıştı. Gabriel başını kollarıyla sarıp tostoparlak oldu. Alevler onu sardı ve bedeninden içeri doldu.

* * *

Sonra geçti. Gabriel gözlerini açtığında, kasabanın ve ormanın yanık yıkıntılarını gördü sadece. Büyük tahta parçaları hâlâ yanıyordu ve küllenmiş ateşlerden ince dumanlar, boz renkli gökyüzüne kıvrılarak yükseliyordu.

Gabriel meydandan ayrıldı ve sokakta yavaşça yürüdü. Kilise, fıçıcı, üstünde ev olan berber tamamen kül olmuştu. Biraz sonra kasabanın sonuna, ormanın kıyısına geldi. Ağaçların bir kısmı devrilmişti ama bazıları da kapkara çöp adamlar gibi hâlâ ayaktaydı.

Aynı yoldan yürüyerek kasabaya döndüğünde, yangın yerinin ortasında bir tente direğinin hâlâ sapasağlam durduğunu gördü. Direğe dokundu, elini pürüzsüz yüzeyine sürdü. Nasıl olabilirdi bu? Nasıl sağlam kalmıştı? Direğin yanında durdu, anlamını çözmeye çalıştı. O sırada, altı metre kadar ötesinde beyaz badanalı bir duvar gözüne çarptı. Duvar birkaç dakika önce orada değildi – ya da Gabriel fark edemeyecek kadar sersemlemişti. Yürümeyi sürdürdü ve küllerin ortasında bir berber koltuğuyla karşılaştı. Bu cisim kesinlikle hayal ürünü değildi. Dokunabiliyor, yeşil deriyi, ahşap kolçakları hissedebiliyordu.

Kasabanın aynen eskisi gibi yeniden kurulacağını anladı. Yeniden kurulacak, sonra bir daha yanacaktı ve bu sonsuza kadar yinelenecekti. Ateş engelinin laneti buydu. Geçidi bulamazsa, doğum ve yıkım kısırdöngüsü içinde kısılıp kalacaktı.

Bir gölge aramak yerine meydana döndü ve dikilitaşa yaslanıp durdu. Gözlerinin önünde önce bir kapı, ardından ahşap kaplama bahçe yolu belirdi. Kasaba, bir canlı gibi büyüyerek yeniden kuruluyor ve varlık kazanıyordu. Duman dağıldı ve gökyüzü yine mavi oldu. Kül parçaları kararmış kar taneleri gibi havada gezinirken her şey değişmişti, ama her şey yine aynıydı.

Sonunda süreç tamamlandı. Boş evleri, kuru ağaçlarıyla kasaba yine çevresindeydi. İşte o zaman aklı berraklaşmaya başladı. Felsefenin kıvrım kıvrım dantel gibi işlenen hallerini bir tarafa bırak. Varlığın sadece iki hali var: Denge ve hareket. Tabula, siyasi ve toplumsal kontrol fikrine tapınıyordu, her şeyin zerre değişmeksizin aynı kalması kandırmacasına özlem duyuyordu. Ancak bu istedikleri, uzayın soğuk hiçliğiydi, Işık'ın enerjisi değil.

Gabriel sığınağından çıktı ve bir gölge aramaya başladı. Kanıt arayan dedektifler gibi tüm binalara girdi ve dolapların, kilerlerin içlerine, yatakların altına bakmaya, her şeyi farklı açılardan incelemeye başladı. Belki geçidi görmesi için belirli bir açıda durması gerekiyordu.

Sokağa döndüğünde havanın biraz ısındığını hissetti. Kasaba yeni ve sağlamdı ama bir sonraki parlama için güç topluyordu. Gabriel, döngünün kaçınılmazlığından ötürü sinirlenmeye başladı. Neden olacakları durduramıyordu? Islıkla bir Noel şarkısı çalmaya başladı; ölüm sessizliğinde bu ses hoşuna gitmişti. Kiliseye dönerek kapıyı sertçe açtı ve kararlı adımlarla sunağa yürüdü.

Mum, hiçbir şey olmamış gibi yine sahneye çıkmış, pirinç şamdanında yanıyordu. Gabriel başparmağıyla işaretparmağını yalayıp fitili söndürmek için elini uzattı. Tam dokunduğu anda alev fitilden ayrıldı ve parlak sarı bir kelebek gibi başının çevresinde dolaşmaya başladı. Derken bir gül sapına kondu ve kuru çiçek çıra gibi alev aldı. Gabriel eliyle vurup ateşi söndürmek istediyse de kıvılcımlar fışkırdı ve sunağın diğer taraflarını ateşe verdi.

Yangından kaçmak yerine ortadaki sıralardan birine oturdu ve afeti izlemeye başladı. Burada ölebilir miydi? Vücudu burada yok olsa bile, berber koltuğu veya sunak gibi yeniden ortaya çıkar mıydı? Yoğun sıcaklığı hissediyordu ama bu yeni gerçekliği görmezden gelmeye çalıştı. Belki de yaşadıkları bir rüyaydı, aklının ürettiği bir şeydi.

Duman önce tavana yükselmişti, şimdi de aşağı çöküyor ve aralık bıraktığı kapıya doğru ilerliyordu. Gabriel ayağa kalkıp kapıya doğru yürürken sunak tepeden tırnağa aleve boğuldu. Duman ciğerlerine doldu. Öksürmeye başladı. Başını sola çevirdiğinde, vitraylı pencerelerden birinde bir gölgenin belirdiğini gördü. Gölge kapkara ve derindi; geceden bir parça gibi havada titreşiyordu. Gabriel bir sırayı kavradı ve duvara doğru sürüdü. Sıraya çıkarak yükseldi ve pencerenin eşiğine tırmandı.

Kılıcını çekip gölgeye batırdı. Kılıçla birlikte eli de içeri girdi. *Atla*, diye düşündü. *Kurtar kendini.* Karanlık geçide daldı, sonsuzluğa doğru düşmeye başladı. Son anda başını çevirip arkasına baktığında, Michael'ın kilisenin kapısında durduğunu gördü.

45

Maya, Gabriel'ın motosikletini minibüsün arkasına gizleyip Las Vegas'a doğru yola çıktı. Kumarhane reklamı yapan onlarca tabelayı geçtikten sonra ufukta ışıklarla bezeli kuleleri seçmeye başladı. Şehrin dışındaki birkaç moteli atladı ve Frontier Lodge adında, kütük ev görünümü verilmiş on bağımsız odası olan bir motele girdi. Duş teknesinde muslukların sızdırmasından kaynaklanan yeşil lekeler vardı ve şilte çok eskimişti ama yine de kılıcını yanına alıp on iki saat uyudu.

Kumarhanelerin güvenlik kameraları olduğunu, bunlardan bazılarının da Tabula bilgisayarlarına bağlı olabileceğini biliyordu. Uyandığında şırıngalarını çıkardı ve ilaçları yüzüne, gözlerinin altına zerk etti. Bu ilaçlar yüzünden kilolu ve geçkin kadınlara benziyor, alkol sorunu varmış gibi görünüyordu.

Bir alışveriş merkezine gidip ucuz ve dikkat çekici giysiler –kapri pantolon, pembe bluz ve sandalet– aldıktan sonra, kovboy kostümü giymiş yaşlı bir kadının makyaj malzemesi ve yapay peruk sattığı bir dükkâna girdi. Tezgâhın gerisindeki bir mankene giydirilmiş sarışın bir peruğa işaret etti.

"Bu, Şampanya Sarısı modelimiz hayatım. Sarayım mı, takacak mısın?"

"Takacağım."

Kadın başıyla onayladı. "Adamlar sarı saça bayılıyorlar. Akılları başlarından gidiyor."

Artık hazırdı. Ana caddede ilerledi, gerçeğinin yarısı boyutundaki Eiffel Kulesi'nden sağa döndü ve minibüsü Paris Las Vegas Oteli'nin otoparkına bıraktı. Otel, Işıklar Kenti Paris'in eğlence merkezine dönüştürülmüş haliydi. İçinde küçük bir Arc de Triomphe'un yanı sıra, Louvre'a ve Paris Opera Binası'na benzeyen dekorlar vardı. Zemin kattaki kumarhane, insana sürekli Paris gecelerinde yaşıyormuş hissi veren pırıltılı bir laciverde boyanmış kubbe tavanı olan, ucu bucağı görünmeyen bir binaydı. Turistler, kumar makinelerinden 21 masalarına gitmek için arnavutkaldırımı sokaklarda yürüyorlardı.

Maya cadde boyunca yürüyüp başka bir otelin önüne geldiğinde, gondolcuların turistleri hiçbir yere varmayan bir kanal boyunca taşıdıklarını gördü. Her otelin teması farklıysa da içeriği temelde aynıydı. Kumarhanelerde pencere veya saat bulunmazdı. İnsan burada zaman algısını kaybederdi. Maya, olağanüstü denge duyusu nedeniyle, kumarhanelerden birine girer girmez turistlerin hiç farkına varmayacağı bir şeyi sezmişti: Zemin kat, ziyaretçileri otel bölümünden kumar makinelerine ve masalarına doğru hiç belli etmeden çekmek için çok hafifçe eğimliydi.

İnsanların çoğu için Las Vegas mutluluk veren bir yerdi. İnsan burada zilzurna sarhoş olabilir, kumar oynayabilir, birtakım kadınların soyunmasını izleyebilirdi. Ancak bu zevkler kenti, üçboyutlu bir yanılsamadan ibaretti. Güvenlik kameraları sürekli çalışıyordu, bilgisayarlar tüm oyunları denetliyordu ve üniformalarının kollarına küçük Amerikan bayrakları işlenmiş güvenlik görevlileri, olağanüstü bir şeyin yaşanmaması için devamlı kol geziyordu. İşte Tabula'nın da hedefi buydu: Görünüşte özgürlük, gerçekte tam kontrol.

Böyle düzenli bir ortamda, yetkilileri kandırmak kolay olmayacaktı. Maya hayatını Büyük Düzen'den kaçarak geçirmişti ama şimdi onların tüm zillerini çaldırmak, ardından da kaçıp kurtulmak zorundaydı. Tabula bilgisayarlarının Büyük Düzen'i durmaksızın tarayarak birçok veriyi takibe aldıklarından, bunlardan birinin de Michael'ın kredi kartı olduğundan emindi. Kart çalıntı olarak bildirilmişse, Tabula'dan haberi bile olmayan güvenlik görevlileriyle uğraşması gerekecekti. Gerçi Soytarılar yurttaşlara ve piyonlara zarar vermekten kaçınırdı ama bazen hayatta kalmak için buna mecbur olurlardı.

Caddedeki diğer otelleri de yokladıktan sonra, en çok kaçma seçeneğinin New York-New York Oteli'nde olduğuna karar verdi. Öğleden sonra Ulusal Hayırseverler Derneği'nin işlettiği bir mağazaya giderek iki kullanılmış bavul ve erkek giysileri satın aldı. Bir tuvalet çantası alıp bunu tıraş köpüğü, yarısı kullanılmış diş macunu ve odasının önündeki betona sürterek eski görünümü verdiği bir diş fırçasıyla doldurdu. Son ayrıntı en önemlisiydi: Bir karayolu haritasının üzerine kurşunkalemle güzergâh işaretledi ve varış noktası olarak New York'u daire içine aldı.

Gabriel kaskını, eldivenlerini ve binici ceketini minibüste bırakmıştı. Maya kabinde bunları üstüne geçirdi. Gabriel'ın bedeni, varlığı onu sarmalamış gibi hissetti. Londra'dayken Maya küçük bir motosiklet kullanmıştı ama bu alet çok güçlü ve büyük bir makineydi. Hem yön vermekte zorlanıyor, hem de her vites değiştirdiğinde bir gacırtı duyuyordu.

O akşam motosikleti New York-New York Oteli'nin otoparkına bıraktı ve ankesörlü telefondan oteli arayıp bir süit ayırttı. Yirmi dakika sonra otelin dev gibi lobisine girdi ve elinde bavullarıyla resepsiyona yaklaştı.

Görevliye, "Yeri eşim ayırtmıştı" dedi. "Gece uçağıyla gelecek."

Görevli, kısa sarı saçlı, yapılı bir adamdı. Daha çok İsviçre'de yaz kampı işletecek bir tipe benziyordu. "İyi eğlenceler dilerim" dedikten sonra Maya'dan bir kimlik istedi.

Maya sahte pasaportunu ve Michael Corrigan'ın kredi kartını verdi. Sayılar, resepsiyondaki uçbirimden bir sunucuya, oradan da dünyanın belirsiz bir köşesindeki anabilgisayara aktı. Maya görevlinin yüzüne dikkat kesilerek *Çalıntı kart* uyarısının yaratabileceği gerginliğe dair ipuçları aradı. Yalan söylemeye, kaçmaya, gerekirse adam öldürmeye hazırdı ama görevli gülümsedi ve ona anahtar kartı verdi. Maya asansöre bindiğinde kartını bir yuvaya yerleştirecek ve katının düğmesine basacaktı. Bilgisayar artık onun tam konumunu biliyordu: Asansörde, on dördüncü kata çıkıyor.

İki odalı süitte çok büyük bir televizyon vardı. Mobilyalar ve banyo takımları da İngiliz otellerinde bulunabileceğinden çok daha büyüktü. Amerikalılar gerçekten de iriyarı adamlar, diye düşündü Maya. Ama bunca büyüklüğün altında başka bir neden, gösterişli dekorlar altında ezilme arzusu yatıyordu.

Maya önce çığlıklar, ardından derinden gelen bir gümbürtü duydu. Perdeyi açtığında, yüz elli metre kadar ötedeki bir binanın çatısına korku treni kurulmuş olduğunu gördü. Buna fazla ilgi göstermeyerek banyoya gidip küvet ve lavabo musluklarını açtı, birkaç havluyu ıslattı ve sabunu kullandı. Tekrar salona geçip karayolu haritasını ve kurşunkalemi bir sehpaya bıraktı. Hamburgerciden alınmış, içi çöp dolu kesekağıdı televizyonun yanında kendine yer buldu. Her çöp ve giysiyle, bir Tabula askerinin okuyup yorumlayacağı küçük bir öykünün taşlarını diziyordu. Kredi kartının numarası Büyük Düzen'e gireli on dakika olmuştu. Yatak odasına dönüp bavulları açtı ve bazı giysileri dolaba yerleştirdi.

Los Angeles'taki çıkma parçacıda bulduğu Alman malı otomatik tabancayı da katlı gömleklerden birinin arasına yerleştirdi.

Bu silah, otelde bulunduğunun tartışılmaz kanıtıydı. Tabula, bir Soytarı'nın silahını kasten bırakacağına hiç ihtimal vermezdi. Polis silahı bulursa veritabanına kaydeder, bunları takip eden Tabula bilgisayarları da durumu derhal saptardı.

Çarşafları ve battaniyeleri buruştururken kapıdan bir tıkırtı duydu. Biri kilide bir kart yerleştirmişti ve şu anda kapıyı açıyordu.

Sağ eli kılıç kınına gitti. Soytarıların saldırmak, sürekli saldırmak ve güvenliğine gelen tehdidi yok etmek dürtüsü onda da eksik değildi, ama şimdi bunu yapsa gerçek amacına ulaşamaz yani Tabula'yı yanlış yönlendiremezdi. Maya odada çevresine bakındı ve balkona açılan sürgülü bir cam kapı gördü. Saldırmasını çekip perdelere yanaştı ve birkaç saniye içinde iki şerit kesti.

Yabancı koridorda yürürken halının boğduğu ayak sesleri Maya'nın kulağına geliyordu. Sesler gelip kapıda durdu ve birkaç saniye bekledi. Maya, adamın saldırmak için cesaret toplamakta olup olmadığını merak etti.

Perde şeritlerini alıp kapıyı açtı ve balkona geçti. Sıcak çöl havası onu sardı. Yıldızlar henüz ortada yoktu ama kırmızı ve yeşil neon ışıklar çoktan sokakları aydınlatmıştı. Halat örecek zamanı yoktu. İki şeridi de balkon demirine bağladı ve kendisini aşağı bıraktı.

Perdeler ince kumaştan yapılmıştı ve ağırlığını taşıyamazdı. İnişi sırasında şeritlerden biri parçalandı ve koptu. Maya tek eliyle tutunmuş halde biraz sallandıktan sonra inmeye devam etti. Yukarıdan bir ses geldi. Belki onu görmüşlerdi.

Düşünecek, hissedecek, korkacak zaman yoktu. Soytarı, alt katın balkon demirini kavradı ve kendisini balkona çekti. Saldırmasını tekrar çıkardığında, avucunu kesmiş olduğunu gördü. Etle lanetlenen, kanla kurtuluş bulur. Sürgülü kapıyı açtı ve boş odanın içinden koşarak geçti.

46

Michael'ın araştırma merkezindeki hayatından hoşnut olmasının nedenlerinden biri de, çalışanların onun her ihtiyacını öngörüyor olmasıydı. Engellerden ilk döndüğünde bitkin ve şaşkındı, kendi vücudunun gerçekliğinden emin olamıyordu. Birkaç muayene yapıldıktan sonra, Dr. Richardson ve Lawrence Takawa onu birinci kattaki galeriye, General Nash'in yanına götürmüştü. Michael portakal suyu istemiş, beş dakika sonra küçük kutu meyve suyu getirmişlerdi. Muhtemelen bir temizlikçinin öğlen yemeği tepsisinden almışlardı.

Michael şimdi ikinci engel geçişinden dönüyordu ve rahatı için her şey düşünülmüştü. Galerideki sehpalardan birine, bir sürahi dolusu, soğutulmuş, sıkma portakal suyu koymuşlardı. Bunun yanında, önlüklü annelerden oluşan bir araştırma ekibi dönüşü için hazırlık yapmış gibi, damla çikolatalı kurabiyeler duruyordu.

Kennard Nash karşısındaki siyah deri koltukta oturmuş, bir kadeh şarap yudumluyordu. İlk konuşmalarında, Michael generalin not almıyor oluşuna şaşırmıştı. Oysa şimdi, güvenlik kameralarının sürekli çalıştığını anlıyordu. Söylediği ve yaptığı her şeyin kaydedilip çözümlenecek kadar önemli olması çok hoşuna gitmişti. Araştırma merkezinin varlığı, onun bu gücüne bağlıydı.

Nash öne doğru eğildi ve alçak sesle konuştu. "Demek sonra yangın başladı."

"Evet. Ağaçlar alev aldı. İşte o anda, hiçliğin ortasındaki kasabaya giden bir yol buldum. Oradaki binalar da yanıyordu."

"Kasabada kimse var mıydı" diye sordu Nash, "yoksa yalnız mıydın?"

"Önce kasabayı boş sandım. Sonra bir kiliseye girdim ve kardeşim Gabriel'ı gördüm. Birbirimizle konuşamadık. Muhtemelen bu dünyaya dönen bir geçide giriyordu."

Nash ceketinin cebinden telefonunu çıkardı, bir düğmeye bastı ve Lawrence Takawa ile konuştu. "Konuşmamızın son beş saniyesini kopyalayıp Bay Boone'a gönderin. Bu bilgiye acilen ihtiyacı var."

Telefonun kapağını kapattıktan sonra tekrar kadehini aldı. "Kardeşin, Soytarılar adı verilen terörist grubun elinde hâlâ. Anlaşılan onu da geçiş yapmak için eğitmişler."

"Gabriel'ın yanında babamızın Japon kılıcı vardı. Bu nasıl olabilir?"

"Araştırmalarımıza göre, Yolcular yanlarında tılsım adı verilen bazı nesneleri taşıyabiliyor."

"Ne ad verildiğini bilmiyorum ama bana da hemen bir tane bulun. Ben de geçiş yaparken yanımda silah olsun istiyorum."

General Nash hızla başını salladı, *Nasıl isterseniz Bay Corrigan. Elimizden geleni yaparız* der gibiydi. Michael arkasına yaslandı. Bir sonraki talebini dile getirecek kadar güçlü hissediyordu kendisini.

"Tabii başka âlemlere geçmeye karar verirsem."

"Geçeceksin tabii" dedi Nash.

"Beni tehdit etmeyin General. Ben sizin neferiniz değilim. Beni öldürecekseniz, durduğunuz kabahat. Bu projenin en önemli unsurunu yitirirsiniz."

"Michael, para istiyorsan..."

"Elbette istiyorum ama derdim o değil. Asıl istediğim, eksiksiz bilgi. İlk karşılaşmamızda bana sizin teknolojik bir keşif yapmama yardımcı olacağımı söylemiştiniz. Birlikte tarihi değiştireceğimizi anlatmıştınız. Peki, şimdi Yolcu oldum. Neden beynimde kablolar var? Bunca çabanın gerçek hedefi ne?"

Nash kalkıp sehpanın yanına geldi ve bir kurabiye aldı. "Gel Michael. Sana bir şey göstereceğim."

Birlikte galeriden ayrılıp asansöre doğru yürüdüler. "Bu çalışmanın temeli birkaç yıl öncesine, Beyaz Saray'da görev yaptığım zamana dayanıyor. Geliştirdiğim Korkudan Özgürleşme programı çerçevesinde, Amerika'daki herkesin Güvenlik Bağı adlı bir aygıtı vücudunda taşımasını, böylece suçun ve terörizmin ortadan kalkmasını hedeflemiştik."

"Ama kabul görmedi" dedi Michael.

"O zamanki bilgiişlem teknolojimiz, böyle bir sistemin getireceği veri yükünün altından kalkacak kadar güçlü değildi."

Binadan çıktıklarında, iki güvenlik görevlisi onlara eşlik etmeye başladı. Hava soğuk ve nemliydi, yoğun bulutlar yıldızları gizlemişti. Michael, bilgisayar merkezine yöneldiklerini gördüğünde şaşırdı. Oraya sadece özel teknisyenlerin girmesine izin veriliyordu.

"Biraderlerin önderliğini üstlendiğimde, bir kuantum bilgisayarının geliştirilmesi için baskı yapmaya başladım. Karmaşık problemleri çözebileceğinden ve inanılmaz boyutlarda verileri işleyebileceğinden emindim. Elimizde kuantum bilgisayarlarından oluşan bir veri bankası olduğunda, dünyadaki herkesin gündelik işlerinin tümünü takip edebilecek güce erişeceğiz. Buna karşı çıkanlar da olacaktır, ama çoğunluğumuz, kusursuz güvenlik için mahremiyetimizin bir bölümünden memnuniyetle vazgeçebiliriz. Kazançlarımızı bir düşün: Kuralsız davranışlar olmayacak. Kötü sürprizler yok."

"Yolcular da yok" dedi Michael.

General Nash güldü. "Evet, kabul etmem gerek. Yolcular gibi insanların tasfiyesi, planın bir parçasıydı. Ama durum değişti. Sen artık bizim ekibimizdesin."

Michael ve Nash bilgisayar merkezinin boş lobisine girerlerken güvenlikçiler dışarıda kaldı. "Sıradan bilgisayarlar ikili sistemle çalışır. Gücü, boyutu ne olursa olsun, aklının iki hali vardır: Sıfır veya bir. Sıradan bilgisayarlar birbirine eklemlendiğinde çok hızlı çalışabilir, ama bu iki olasılıkla kısıtlıdır.

Kuantum bilgisayarı ise kuantum mekaniğine dayalıdır. Bir atomun da sabit ve hareketli olmak üzere iki halinin, yani sıfırın ve birin olması gayet mantıklı geliyor. Ancak kuantum mekaniği bize, atomun aynı anda hem hareketli hem sabit, yani hem sıfır hem bir olabileceğini söylüyor. Bu özellikten ötürü, farklı hesaplamalar aynı anda ve olağanüstü bir hızda yapılabilir. Kuantum bilgisayarında normal anahtarlar yerine kuantum anahtarları olduğu için, bu sistemlerin gücü hayalleri zorluyor."

Penceresiz bir odaya girdiler ve çelik kapı arkalarından kapandı. Nash, avcunu cam bir panele bastırdı. İkinci kapı sessizce açıldı ve loş bir odaya geçtiler.

Odanın ortasında, ağır çelik bir tabana oturtulmuş, bir buçuk metre yüksekliğinde ve bir metre genişliğinde bir cam tank vardı. Çelik ayakların altından çıkan kalın siyah kablolar, duvara dizili bilgisayarlara gidiyordu. Beyaz önlüklü üç teknisyen, sunakta dua eden keşişler gibi tankın başındaydılar ama Nash'in sert bakışlarıyla karşılaştıklarında hızla dağıldılar.

Tank, ağır ağır hareket eden ve kaynayan yeşil, koyu bir sıvıyla doluydu. Sıvının farklı yerlerinde küçük patlamalar, yıldırımlar göze çarpıyordu. Derinden bir homurtu duyuluyordu ve hava, bir avuç kuru yaprak ateşe verilmiş gibi yanık kokuyordu.

"İşte kuantum bilgisayarımız" dedi Nash. "Aşırı soğutulmuş sıvı helyum içinde duran elektron setleri. Helyumun içinden geçen enerji, elektronların etkileşime girmesini ve mantık işlemleri yürütmesini sağlıyor."

"Büyük bir akvaryum gibi."

"Doğru. Ama balık yerine atomaltı parçacıklar besliyoruz. Kuantum kuramının bize öğrettiklerinden biri de, madde parçacıklarının çok kısa sürelerle farklı boyutlara geçip geri gelebileceği."

"Yolcular gibi."

"Aynen öyle, Michael. Kuantum bilgisayarıyla ilk deneylerimizde, başka bir âlemden mesajlar almaya başladık. Önceleri ne olduğunu anlayamadık. Yazılımda hata olduğunu düşündük. Derken araştırmacılarımızdan biri, standart matematik denklemlerinin ikili sistemdeki karşılıklarını aldığımızı fark etti. Benzer mesajları biz onlara gönderdiğimizde, daha güçlü bir bilgisayar üretmemize yardımcı olacak şemalar almaya başladık."

"Bu makineyi de böyle mi yaptınız?"

"Aslına bakarsan bu üçüncü sürümü. Sürekli evrim halindeydi. Bilgisayarımızı geliştirdikçe daha ayrıntılı bilgiler almaya başladık. Bir dizi güçlü radyo istasyonu kurmak gibiydi yaptığımız. Her yeni alıcıyla birlikte yeni sözler işitip, daha fazla bilgi alır olduk. Üstelik öğrendiklerimiz sadece bilgisayar konusuyla da sınırlı kalmadı. Yeni dostlarımız bize kromozomlarla oynamayı ve melez canlı türleri yaratmayı öğretti."

"Peki ne istiyorlar?" diye sordu Michael.

"Diğer uygarlık Yolcuları biliyor ve anladığımız kadarıyla biraz da kıskanıyor." Nash eğleniyor gibiydi. "Kendi âlemlerinde kısılmış durumdalar ama bizim dünyamızı da ziyaret etmek istiyorlar."

"Bu mümkün mü?"

"Kuantum bilgisayarı, engelleri aşmanı takip etti. Beynine telleri bu yüzden yerleştirdik. Sen, yeni dostlarımıza yol gösterecek olan kılavuzsun. Başka bir âleme geçebilmen durumunda bize daha da güçlü bir makine üretecek tasarımlar göndermeye söz verdiler."

Michael kuantum bilgisayarına yaklaştı ve küçük yıldırımları izlemeye başladı. Nash, gücü tüm biçimleriyle anladığını sanıyordu ama Michael bir anda generalin algı sınırlarının farkına vardı.

Biraderler insanlığı kontrol etmekle öylesine bozmuşlardı ki, pek uzağı göremiyorlardı. Kapıdaki bekçi benim, diye düşündü Michael. Olacakları ben kontrol edeceğim. Diğer uygarlık gerçekten bizim dünyamıza girmek istiyorsa, bunun nasıl yapılacağına ben karar vereceğim.

Derin bir nefes aldı ve kuantum bilgisayarından bir adım geri çekildi. "Çok etkileyici, General. Sizinle büyük işler başaracağız."

47

Maya yanlış bir sapaktan girdi ve terk edilmiş füze üssünü ararken çölde kayboldu. Dikenli telleri ve kırık kapıyı nihayet bulabildiğinde, güneş epey alçalmıştı.

Koyu renkli, özel dikilmiş giysiler içinde kendisini rahat hissederdi ama o kıyafet bu ortamda sırıtırdı. Las Vegas'ta gittiği Ulusal Hayırseverler Derneği mağazasından kendisi için de beli lastikli pantolonlar, etekler ve bluzlar almış, bunların hepsinin bol kesimli olmasına dikkat etmişti. O gün pamuklu bir kazak ve ekose etek giymişti ve bu haliyle İngiliz lise öğrencilerine benziyordu. Ayağında çelik burunlu iş ayakkabıları vardı; döner tekme atarken çok yararlı oluyordu.

Minibüsten indi, kılıcının kınını omzuna attı ve dikiz aynasında kendisine baktı. Büyük hata. Saçları kuş yuvasına dönmüştü artık. Ne fark eder, dedi kendi kendine. Ben buraya onu sadece korumaya geldim. Kapıya kadar yürüdü, duraksadı ve minibüse geri gitme dürtüsüne karşı koyamadı. Saçını fırçalarken öyle öfkelenmişti ki, az daha çığlık atacaktı. Aptal, diye düşündü. Geri zekâlı. Sen Soytarı'sın işte. O seninle ilgilenmiyor. İşi bittiğinde, fırçayı sert bir bilek hareketiyle içeri fırlattı.

Çöl soğumaya başlamış, onlarca boa yılanı asfalt yolun üstünde cirit atmaya koyulmuştu. Etrafında kimse olmadığı için kılıcını çekti ve yaratıklardan birinin bulaşmasına karşı hazır tuttu. Korkusunu böyle kabullenmesi, onu saçını fırçalamaktan da çok bunaltmıştı. Tehlikeli değiller, dedi kendi kendine. Korkak olma.

Rüzgâr santralinin yanında duran küçük karavana yaklaşırken öfkesi dağılıp gitti. Gabriel, paraşütten bozma tentenin altındaki piknik masasında oturuyordu. Onu gördüğünde ayağa kalktı ve el salladı. Maya yüzünü inceledi. Farklı görünüyor muydu? Değişmiş miydi? Gabriel, uzun bir yolculuktan dönmüş gibi gülümsüyordu. Maya'yı tekrar gördüğüne sevinmiş gibiydi.

"Dokuz gün oldu" dedi. "Dün gece gelmeyince meraklanmaya başlamıştım."

"Martin Greenwald bana internetten mesaj gönderdi. Sophia'dan haber almadığı için her şeyin yolunda olduğuna inanıyordu."

Karavanın kapısı açıldı ve elinde plastik bir sürahi ve bardaklarla Sophia Briggs belirdi. "Şu anda gerçekten de her şey yolunda. Merhaba Maya. Hoş geldin." Sophia sürahiyi masaya koydu ve Gabriel'a baktı. "Anlattın mı?"

"Hayır."

"Dört engeli geçti" dedi Maya'ya. "Artık tescilli bir Yolcu'yu koruyorsun."

Maya önce zafer duygusuna kapıldı. Yapılan tüm özveri, bir Yolcu'yu korumaya değerdi. Ancak sonra aklına çok daha karanlık olasılıklar doluştu. Babası doğru söylüyordu. Tabula çok güçlenmişti. Sonunda Gabriel'ı bulacaklar ve öldüreceklerdi. Maya'nın yaptığı her şey; yani bu adamı bulmak, Kılavuz'a getirip yetiştirmek, onu yok olmaya yaklaştırmıştı.

"Harika bir haber" dedi Maya. "Bu sabah, Paris'teki arkadaşımla haberleştim. Casusumuz ona Michael'ın da geçiş yapabildiğini söylemiş."

Sophia başını salladı. "Biz senden önce öğrendik. Gabriel tam ateş engelini geçmeden önce onu görmüş."

* * *

Güneş batarken tentenin altına birlikte oturup hazır limonata içtiler. Sophia akşam yemeği hazırlamayı teklif ettiyse de Maya geri çevirdi. Gabriel orada çok kalmıştı ve artık gitmeleri gerekiyordu. Sophia, masanın altında gezinen bir boa yılanını alıp siloya geri götürdü. Döndüğünde, yüzünde yorgun ve üzgün bir ifade vardı.

"Güle güle Gabriel. Fırsatın olursa yine gel."

"Gelmeye çalışacağım."

"Eski Roma'da savaş kazanan generalleri şehir sokaklarında dolaştırırlardı. Büyük bir kortej halinde yürünürdü. Önce, generalin öldürdüğü adamların zırhları ve aldığı sancaklar sergilenirdi. Ardından tutsak askerler ve onların aileleri gelirdi. Sonra generalin ordusu ve subayları, en sonunda da altın bir arabada kendisi gelirdi. Uşaklarından biri arabanın atlarını sürerken, diğeri muzaffer generalin arkasında durur ve kulağına 'Sen ölümlüsün. Ölümlü bir insansın' diye fısıldardı."

"Beni uyarmak mı istiyorsun Sophia?"

"Farklı âlemlere yapılan yolculuklar insana her zaman anlayış ve merhamet kazandırmaz. Yanlış yola sapan insanlara Soğuk Yolcu denir. Onlar, güçlerini dünyaya daha fazla sefalet getirmekte kullanırlar."

* * *

Maya ve Gabriel minibüse dönüp çölü geçen iki şeritli yola çıktılar. Phoenix kentinin ışıkları ufukta görünüyordu, gökyüzü berraktı, ay ilkdördündeydi, Samanyolu'nun pırıltısı seçiliyordu.

Maya yolda giderken planını anlattı. Şu anda paraya, saklanacakları bir yere ve birkaç sahte kimliğe ihtiyaçları bardı. Linden, Los Angeles'taki tanıdıklarına Amerikan doları gönderiyordu. Hollis ve Vicki oradaydı ve bir yerlerde müttefiklerinin olması yararlı bir şeydi.

"Onlara müttefik deme" dedi Gabriel. "Arkadaşlarımız onlar."

Maya, Gabriel'e gerçek dostları olmayacağını söylemeyi geçiriyordu içinden. Onun tek yükümlülüğü Gabriel'dı. Hayatını tek bir kişi için riske atabilirdi. Gabriel'ın sorumluluğu da Tabula'dan uzak durmak ve hayatta kalmaktı.

"Onlar *dostlarımız*" diye tekrarladı. "Anlıyor musun? Anladın değil mi?"

Konuyu değiştirmeye karar verdi. "Nasıldı?" diye sordu Maya. "Engelleri aşmak nasıl bir şeydi?"

Gabriel sonsuz gökyüzünü, çölü, engin denizi anlattı. Son olarak da yanan kilisede ağabeyini gördüğünden söz etti.

"Onunla konuştun mu?"

"Konuşmak istedim ama geçide girmiştim bile. Ben dönene kadar da Michael yok olmuştu."

"Tabula'daki casusumuz ağabeyinin onlarla çalışmaya çok istekli olduğunu söylüyor."

"Bunun doğru olup olmadığını bilemeyiz. Hayatta kalmak için sesini çıkarmıyor olabilir."

"Hayatta kalmak değil. Onlara yardım ediyor."

"Sen de onun Soğuk Yolcu olacağını mı düşünüyorsun?"

"Olabilir. Soğuk Yolcular, kudretin büyüsüne kapılmış kişilerdir. Dünyada büyük yıkımlara yol açabilirler."

Hiç konuşmadan on beş kilometre gittiler. Maya sürekli dikiz aynasına bakıyordu ama peşlerinde kimse yoktu.

"Soytarılar Soğuk Yolcuları korur mu?"

"Elbette hayır."

"Peki öldürür mü?"

Yolcu'nun sesi bir tuhaf çıkmıştı, Maya dönüp ona baktı. Gabriel ona çok dikkatli ve sert bakıyordu.

"Bu insanları öldürür müsünüz?" diye tekrarladı.

"Bazen. Öldürebilirsek."

"Ağabeyimi de öldürür müsün?"

"Gerekirse evet."

"Peki ya beni? Beni öldürür müsün?"

"Boş konuşuyoruz Gabriel. Bunlara kafa yormamıza gerek yok."

"Bana yalan söyleme. Cevabını görebiliyorum."

Maya direksiyonu sıkıca kavradı. Ona bakmaya cesaret edemiyordu. Yüz metre kadar önlerinde yola siyah bir şey fırladı ve hızla koşarak çalılıklara daldı.

"Böyle bir gücüm var ama bunu kontrol edemiyorum" diye fısıldadı Gabriel. "Bir an için algılarımı hızlandırarak her şeyi çok daha berrak görebiliyorum."

"Sen ne görürsen gör, ben sana yalan söylemeyeceğim. Soğuk Yolcu olursan seni öldürürüm. Böyle olması gerekiyor."

Aralarındaki kaçamak dayanışmadan, birbirlerini gördükleri zaman duydukları sevinçten eser yoktu artık. Boş yolda hiç konuşmadan ilerlediler.

48

Lawrence Takawa elini mutfak masasına koydu ve Güvenlik Bağı'nın derialtına yerleştirildiği noktadaki çıkıntıya baktı. Sol eliyle usturayı aldı ve gözlerini keskin bıçağa dikti. Yap şu işi, dedi kendi kendine. Baban korkmamıştı. Nefesini tutarak kısa ama derin bir kesik açtı. Yaradan sızan kan masaya damladı.

* * *

Nathan Boone, Las Vegas'taki New York-New York Oteli'nin resepsiyon bölümünde çekilen güvenlik fotoğraflarını incelemişti. Michael Corrigan'ın kredi kartını kullanarak otele giren sarışın kadının Maya olduğu kesindi. Otele derhal bir asker gönderilmişti ama Soytarı kaçmıştı. Boone'un güvenlik ekiplerinden biri, olaydan yirmi dört saat sonra otelin otoparkında Gabriel'ın motosikletini bulmuştu. Gabriel onunla birlikte miydi, yoksa yapılanlar hedef şaşırtma girişimleri miydi?

Boone, Nevada'ya uçup Soytarı ile görüşmüş herkesi sorgulamaya karar verdi. Arabasıyla Westchester Havaalanı'na ilerlerken, Biraderlerin Londra'daki yeraltı bilgisayar merkezinin yöneticisi olan Simon Leutner'dan bir telefon geldi.

"Günaydın efendim, ben Leutner."

"Ne var ne yok? Maya'yı buldunuz mu?"

"Hayır efendim, konumuz o değil. Bir hafta önce bizden tüm Evergreen çalışanlarıyla ilgili güvenlik incelemesi yapmamızı istemiştiniz. Standart telefon ve kredi kartı kontrollerinin yanı sıra, herhangi birinin erişim kodlarını kullanarak sistemimize girip girmediğini de inceledik."

"Mantıklı bir yaklaşım."

"Bilgisayar, yirmi dört saatte bir erişim kodu taraması yapar. Bu taramada, Lawrence Takawa adlı üçüncü düzey bir çalışanın izinsiz veri bölmelerine girdiğini saptadık."

"Ben Bay Takawa ile birlikte çalışıyorum. Bir yanlışlık olmadığından emin misiniz?"

"Kesinlikle yok efendim. Kendisi General Nash'in erişim kodunu kullanmış, ancak verileri doğrudan kişisel bilgisayarına aktarmış. Anladığım kadarıyla, geçen hafta varış noktalarını belirleyen modülü devreye aldığımızı fark etmemiş."

"Peki Bay Takawa'nın amacı neymiş?"

"Japonya'dan New York'taki idari merkezimize özel bir gönderi yapılıp yapılmadığını incelemiş."

"Kendisi şu an nerede? Güvenlik Bağının konumunu belirlediniz mi?"

"Westchester'daki konutunda. Mesai kayıtları, bugün hastalık nedeniyle gelemeyeceğini bildirdiğini gösteriyor."

"Evden çıkarsa haberim olsun."

Boone, havaalanında bekleyen pilotu aradı ve uçuşu iptal ettirdi. Lawrence Takawa Soytarılara yardım ediyorsa, Biraderlerin güvenlik çemberi ciddi biçimde delinmiş demekti. Böyle bir hain, bedendeki bir tümörden farksızdı. Biraderlerin, kötü huylu dokuyu kesip atmaktan çekinmeyecek Boone gibi bir cerraha ihtiyaçları vardı.

* * *

Evergreen Vakfı, Manhattan'da Elli Dördüncü Cadde ve Madison Caddesi'nin kesiştiği köşedeki binanın sahibiydi. Binanın üçte ikisi, vakfın araştırma bursu başvurularını inceleyen, uygun gördüklerine burs veren, kurumun kamuoyu yüzünü oluşturan çalışanlarca kullanılıyordu. Kuzular adı takılmış bu insanlar, Biraderlerden de, çalışmalarından da habersizdi.

Biraderler, binanın özel bir asansörle çıkılan son sekiz katını kullanıyordu. Bina planına bakıldığında, üstteki sekiz kat Ulusların Birliği adlı kâr amacı gütmeyen bir kuruluşun kullanımında görünüyordu. Bu kuruluş sözde Üçüncü Dünya ülkelerinin terörizm savunmalarını geliştirmesine destek veriyordu. Lawrence Takawa, iki yıl önce Londra'da yapılan bir Biraderler toplantısında, Ulusların Birliği'nin telefonlarına bakan ve e-postalarını cevaplayan İsviçreli bir kadınla tanışmıştı. Kadın tüm soruları çok saygılı ve renk vermez biçimde savuşturmakta uzmandı. Anlaşıldığı kadarıyla, Togo'nun Birleşmiş Milletler elçisi, Ulusların Birliği'nin ülkesine havaalanı tarama aygıtları alımı için büyük bir bağışta bulunacağına inanmıştı.

Lawrence, binanın tek zayıf noktasını biliyordu. Zemin kattaki güvenlik görevlileri, Biraderlerin örtülü gündem maddelerinden haberi olmayan Kuzulardı. Arabasını Kırk Sekizinci Cadde'deki bir otoparka bıraktıktan sonra Madison Caddesi boyunca yürüdü ve lobiye girdi. Soğuk olmasına rağmen paltosunu ve ceketini arabasında bırakmıştı. Çantası da yoktu. Sadece yol üstünde bir kahveciden aldığı bir fincan kahve ve bir sarı zarf. Planın bir parçasıydı bu.

Lawrence, kapıdaki orta yaşlı güvenlikçiye kimliğini gösterdi ve gülümsedi. "Yirmi üçüncü kattaki Ulusların Birliği ofisine çıkıyorum."

"Sarı karenin üzerinde durun lütfen Bay Takawa."

Lawrence söylenen yere geçip güvenlik masasına yerleştirilmiş gri bir kutu olan iris tarayıcısına baktı. Görevli bir düğmeye bastığında aygıt Lawrence'ın gözlerinin resmini çekti, ardından iristeki şekilleri güvenlik dosyasında yer alan örneklerle karşılaştırdı. Yeşil bir ışık yandı. Yaşlı adam, masanın yanında duran bir Latin güvenlikçiye başını saldı. "Enrique, Bay Takawa'yı yirmi üçüncü kata gönderelim lütfen."

Genç görevli Lawrence'ı asansörlere kadar götürdü, kartını bir yuvadan geçirdi ve Lawrence'ı asansörde yalnız bıraktı. Asansör yükselirken Lawrence elindeki zarfı açtı ve içinden resmi görünüşlü kâğıtlarla doldurulmuş bir kıskaçlı pano çıkardı.

Üzerinde palto veya elinde çanta olsa, yolda durdurup nereye gittiğini sorabilirlerdi. Ama şık giyimli, rahat görünümlü, pano taşıyan genç bir adam, olsa olsa meslektaşları olabilirdi. Belki bilgisayar hizmetlerine yeni alınmış bir kişiydi ve kahve molasından dönüyordu. Hırsızlar ellerinde kahve fincanlarıyla dolaşmazdı.

Lawrence hemen posta deposunu buldu ve güvenlik kartını kullanarak içeri girdi. Koliler duvara dayanmıştı ve zarflar gidecekleri yerlere göre ayrılmıştı. Posta görevlisi muhtemelen birkaç paketi dağıtmakla meşguldü ve yakında geri gelecekti. Lawrence hemen paketi bulmak ve binadan olabildiğince hızlı kaçmak zorundaydı.

Kennard Nash, tılsımlı bir kılıç edinilmesi fikrini ortaya attığında, Lawrence başını sallamış ve bir çözüm bulacağına söz vermişti. Birkaç gün sonra generali arayıp olabildiğince muğlak bilgiler vermişti. Veri bankasında, Sparrow adındaki bir Japon Soytarısı'nın, Osaka Oteli'ndeki bir çatışmada öldürüldüğü yer alıyordu. Öldürülen adamın kılıcına Japon Biraderler el koymuş olabilirdi.

Kennard Nash, Tokyo'daki arkadaşlarıyla görüşeceğini söylemişti. Bu arkadaşların birçoğu, Yolcuların Japon toplumunun temelini dinamitlediğini düşünen güçlü işadamlarıydı. Lawrence dört gün sonra generalin şifresini kullanarak mesajlarına erişmişti. *Talebiniz elimize geçti. Yardımcı olacağız. İstediğiniz parçayı New York'taki idari merkezinize gönderdik.*

Bir yarım duvarın çevresini dönen Lawrence, köşede plastik bir koli gördü. Üzerinde Japonca harfler ve içeriğinin *film prömiyeri için samuray aksesuarları* olduğunu belirten gümrük beyannamesi vardı. Gönderilenin on üçüncü yüzyıldan kalma bir ulusal hazine, Jittetsu'dan birinin hazırladığı bir kılıç olduğunu devletin bilmesine gerek yoktu.

Lawrence tezgâhta bulduğu bir falçatayla kolinin bantlarını ve gümrük mühürlerini parçalayıp attı. Kapağı açınca karşısına gerçekten de samuray filmleri için hazırlanmış fiberglas bir zırh çıkınca büyük hayal kırıklığına uğradı. Göğüslük. Miğfer. Eldivenler. Ancak kolinin altında, kahverengi kâğıda sarılmış bir kılıç da vardı.

Lawrence bunu eline alır almaz fiberglas olamayacağını anladı. Kabzanın üzerine denk gelen kâğıtları hızla açtı ve kabzanın altın işlemeli olduğunu gördü. Babasının kılıcıydı. Tılsımdı.

* * *

Boone, sorun çıkaran çalışanların işe gelmemesinden her zaman şüphe duyardı. Londra'daki görevlilerle konuşmasından beş dakika sonra, güvenlik biriminden bir ekibi Lawrence Takawa'nın evine göndermişti. Boone vardığında, gözetleme araçlarından biri Lawrence'ın evinin karşısında yerini almıştı bile. Minibüsün arka bölmesine girdiğinde, Dorfman adlı teknisyenin bir yandan mısır cipsi atıştırırken bir yandan da monitörleri izlediğini gördü.

"Takawa hâlâ evde efendim. Bu sabah araştırma merkezini arayıp grip olduğunu söyledi."

Boone diz çöktü ve görüntüyü inceledi. Silik çizgiler duvarları ve boruları gösteriyordu. Yatak odasında parlak bir ısı izi vardı.

"Burası yatak odası" dedi Dorfman. "Hasta çalışanımız da yatakta. Güvenlik Bağı çalışıyor."

Onlar monitöre bakarken, yatakta yatan vücut bir anda yataktan sıçradı ve kapıya doğru emekler gibi gitti. Birkaç saniye duraladıktan sonra yatağa döndü. Yalnız bu hareketler süresince yerden en fazla yarım metre yükselmişti.

Boone minibüsün arka kapısını sertçe açtı ve sokağa atladı. "Gidip bir bakalım Bay Takawa'ya – veya yatağında kim yatıyorsa ona."

* * *

Sokak kapısını kırmaları kırk beş, Lawrence'ın yatak odasına ulaşmaları on saniye sürdü. Yatağın üzerine köpek kurabiyeleri saçılmıştı ve yatağın ortasına uzanmış bir sokak köpeği, etli bir sığır kemiğini dişliyordu. Boone yaklaştığında hayvan hafifçe hırladı. "Aferin oğlum" diye mırıldandı Boone, "aferin sana." Hayvanın tasmasına bir naylon poşet bağlanmıştı. Boone poşeti açtığında içinde kanlı bir Güvenlik Bağı buldu.

* * *

Lawrence İkinci Cadde'de ilerlerken ön cama bir yağmur damlası düştü. Gökyüzü kapkara bulutlarla kaplanmıştı ve uzun bir gönderdeki Amerikan bayrağı delice çırpınıyordu. Fena fırtına geliyor. Dikkatli sürmek gerek. Lawrence sağ elinin tersini bandajlamıştı ama yarası yine de acıyordu. Acıyı duymamaya çalışarak başını çevirip arka koltuğa baktı. Bir gün önce birkaç golf sopası ve sert taşıma kabı da olan bir golf çantası almıştı. Kılıç, kınının içinde, golf sopalarının arasındaydı.

Havaalanına arabasıyla gitmek, hesapladığı bir riskti. Küresel Konumlandırma Sistemi olmayan ikinci el bir araba almayı düşündüyse de, işlemin Tabula güvenlik sistemince saptanabileceği nedeniyle vazgeçmişti. Bilgisayarda başka bir sorguyla karşılaşmak istemiyordu. *Neden başka bir araba aldınız Bay Takawa? Evergreen Vakfınca kiralanmış aracınızda bir sorun mu var?*

Gizlenmenin en iyi yolu, olabildiğince sıradan görünmekti. Kennedy Havaalanı'na gidecek, Meksika uçağına binecek, akşam sekize doğru tatil beldesi Acapulco'da olacaktı. Tam da orada Büyük Düzen'den çıkacaktı. Otele gitmek yerine havaalanında bekleyen Meksikalı sürücülerden biriyle anlaşıp güneye, Guatemala'ya doğru inecekti. Yüz elli kilometrede bir küçük motellere yerleşecek, birkaç saat sonra başka bir sürücü bulacaktı. Orta Amerika'nın kırsal kesiminde ilerledikçe güvenlik kameralarından ve Biraderlerin kullandığı Carnivore programından uzaklaşacaktı.

Paltosunun astarına on iki bin dolar nakit para yerleştirmişti. Bu paranın ne kadar yeteceğini kestiremiyordu. Belki rüşvet vermesi, belki ücra bir köyde ev satın alması gerekecekti. Tek kaynağı bu paraydı. Çek veya kredi kartı kullandığı anda Tabula onu bulurdu.

Yağmur damlaları ikişer üçer düşmeye başlamıştı. Işıklarda durduğunda, fırtına başlamadan bir yere sığınmak için caddeyi geçen insanların ellerinde şemsiyeler gördü. Sola dönüp Queens Midtown Tüneli'ne doğru ilerledi. *Yeni bir hayata başlamanın zamanı geldi*, dedi kendine. *Eski hayatını at gitsin.* Camı açtı ve kredi kartlarını sokağa atmaya başladı. Biri bunları bulup kullanacak olursa, işler daha da karışacaktı.

* * *

Boone vakfın araştırma merkezine geldiğinde bir helikopter onu bekliyordu. Arabasından indi, çimenliği hızla geçti ve helikoptere bindi. Helikopter yavaşça yükselirken kulaklığının kablosunu iletişim kanalına taktı ve Simon Leutner'ın sesini duydu.

"Takawa, yirmi dakika önce Manhattan'daki idari merkeze gitmiş. Kimlik kartını kullanarak posta deposuna girdikten altı dakika sonra binadan ayrılmış."

"Orada ne yaptığını öğrenebilir miyiz?"

"Hemen değil efendim. Ancak depoda bulunan tüm koli ve zarfları incelemeye aldılar, döküm çıkaracaklar."

"Takawa'yı bulmak için tüm sistemi devreye sokun. Ekiplerinizden biri de kredi kartı ve banka hesaplarını incelemeye alsın."

"Aldık efendim. Dün yatırım hesabındaki tüm tutarı çekmiş."

"O zaman başka bir ekibiniz da havayollarının sistemlerine girsin ve rezervasyonları kontrol etsin."

"Peki efendim."

"En yoğun çabayı arabasını izlemeye yöneltin. Şu anda avantajlı konumdayız. Takawa arabasıyla bir yere gidiyor ama bizim onu izlediğimizden haberi yok."

Boone, helikopterin penceresinden dışarı baktı. Altında Westchester'ın iki şeritli yollarını, uzakta da New York Otoyolu'nu gördü. Arabalar ve diğer araçlar her yöne dağılıyordu. Bir okul servisi. Bir FedEx kamyonu. Trafikte zikzaklar çizen yeşil bir spor araba.

Geçmişte insanlar arabalarına GPS sistemi almak için ayrıca para öderlerdi ama bu artık standart donanım haline gelmişti. GPS hem sürücüye yol gösteriyor, hem de polisin çalıntı arabaları bulmasını sağlıyordu. Takip hizmetleri sayesinde sürücü yaklaşırken arabanın kapıları açılabiliyor, otoparkta kaybolan arabaların dörtlüleri yakılıp söndürülebiliyordu. Ama bu sistemle arabalar aynı zamanda Büyük Düzen'in kolaylıkla izleyebileceği kocaman hareketli kafeslere dönüşmüştü.

Yurttaşların birçoğu, arabalarına kazadan önceki son birkaç saniyede olanları kaydeden bir kara kutunun yerleştirildiğinden de habersizdi. Lastik üreticileri, lastiklerin yanaklarına uzaktaki duyargaların okuyabileceği mikroçipler yerleştiriyordu. Burada edinilen bilgi, arabanın plakasıyla ve ruhsat sahibiyle ilişkilendiriliyordu.

Helikopter yol alırken, Biraderlerin Londra'daki bilgisayarları şifre korumalı veri bankalarına zorla girmeye başlamıştı bile. Dijital hayaletler gibi, kapılardan ve duvarlardan süzülüp depoların içlerinde ortaya çıkıverdiler. Dışardan bakıldığında her şey aynıydı, ama hayaletler Sanal Panopticon'un gizli kulelerini ve duvarlarını görebiliyordu.

* * *

Lawrence, Queens Midtown Tüneli'nden çıktığında yağmur sağanağa dönmüştü. Damlalar sokaklara ve arabanın tavanına kurşun gibi yağıyordu. Trafik önce kilitlendi, ardından yorgun askerler gibi adım adım ilerlemeye başladı. Bir sürü arabayla birlikte Grand Central Parkway'e döndü. Uzağa baktığında, rüzgârın yağmuru savurduğunu görebiliyordu.

Ormanda kaybolmadan önce yapabileceği son bir şey vardı. Tüm dikkatini önündeki aracın arka lambalarına vererek, Linden'ın Paris'te buluştuklarında verdiği acil telefon numarasını çevirdi. Cevap yoktu. Çıkan bant kaydı, İspanya'da hafta sonu tatili tanıtımı yapıyordu. Mesajınızı bırakın, sizi arayacağız.

"Ben Amerikalı dostunuz" dedi Lawrence ve ardından tarihle zamanı söyledi. "Çok uzun bir yolculuğa çıkıyorum ve dönmeyeceğim. Şirketimin, rakiplerimiz için çalıştığımı öğrendiğini varsayıyorum. Dolayısıyla geçmişteki tüm temaslarımı, veri sisteminde yaptığım tüm taramaları inceleyeceklerdir. Ben Şebeke'den ayrılacağım ama ağabey araştırma merkezimizde kalacak. Deney iyi gidiyor..."

Bu kadarı yeter, diye düşündü. Başka şey söyleme. Ama konuşmayı bitirmek zordu. "İyi şanslar. Sizinle tanışmak bir şerefti. Umarım siz ve dostlarınız başarılı olursunuz."

Lawrence düğmesine basarak otomatik camı açtı. İçeri doluşan yağmur damlaları yüzüne ve ellerine çarptı. Cep telefonunu sokağa attı ve yoluna devam etti.

* * *

Fırtınayla sarsılan helikopter güneye ilerliyordu. Damlalar, pilotun camına çakıl taşları gibi şiddetle ve gürültüyle çarpıyordu. Sürekli bir yerleri arayan Boone'un telefonu ara sıra kesiliyordu. Helikopter hava boşluğuna girdi, yüz metre kadar düştü, sonra tekrar toparlandı.

"Hedefimiz cep telefonunu kullandı" dedi Leutner. "Yerini bulduk. Queens'de. Van Wyck Otoyolu'nun girişi yakınlarında. Arabasındaki konumlandırma sistemi de bu yeri doğruluyor."

"Kennedy Havaalanı'na gidiyor" dedi Boone. "Ben yirmi dakika sonra orada olup, bazı dostlarımızla buluşacağım."

"Ne yapmayı planlıyorsunuz?"

"Arabasının yerini belirleme aygıtına giriş yapabilir misin?"

"O iş kolay." Leutner'ın sesi kendinden duyduğu gururu açık ediyordu. "Beş dakikada halledebilirim."

* * *

Lawrence makineden biletini alarak havaalanının uzun süreli otoparkına girdi. Arabayı terk etmesi gerekiyordu. Biraderler onun ihanetini öğrendikten sonra bir daha Amerika'ya dönemezdi.

Yağmur tüm hızıyla devam ediyordu ve otoparkın önündeki sundurmaya sığınmış yolcular, mekik otobüsünün gelip onları terminale götürmesini bekliyordu. Lawrence boş bir yer bularak arabasını silik beyaz çizgilerin arasına soktu. Saatine baktı. Uçuşa iki buçuk saat vardı. Valizini ve golf sopalarını vermek, güvenlik kontrolünden geçmek, bir fincan kahve içmek için bol bol zamanı olacaktı.

Tam elini kapı koluna attığı sırada, kapı kilitleri görünmeyen parmaklarca bastırılmış gibi yuvalarına gömüldü ve sert bir çıt sesi duyuldu. Sessizlik. Uzakta bir bilgisayarın başında oturanlar, arabasının kapılarını kilitlemişti.

* * *

Boone'un helikopteri, Kennedy Havaalanı'na bağlı özel terminalin yakınlarındaki piste indi. Pervane durmadan atlayan Boone, pistte hızla koşarak kendisini bekleyen Ford marka arabanın arka koltuğuna atladı. Dedektif Mitchell ve Krause, ön koltukta sandviç yiyip bira içmekle meşguldü. "Nuh'un gemisi nerede" diye sordu Mitchell. "Tufan geldi bile."

"Gidelim. GPS'e göre Takawa'nın aracı terminal yakınlarındaki bir veya iki numaralı otoparkta."

Krause önce ortağına, sonra havalara baktı. "Araba orada olabilir Boone. Bakalım adam içinde mi?"

"İçindedir. Az önce içeri kilitledik."

Dedektif Mitchell motoru çalıştırdı ve çıkışa doğru ilerledi. "Otoparklarda binlerce araba vardır. Onu bulmamız saatler sürer."

Boone kulaklığını taktı ve cep telefonundan bir numara çevirdi. "Onu da hallediyorum."

* * *

Lawrence kilit düğmesini çekmeye çalıştı, kapı kolunu defalarca çekti ama nafile. Çivili bir tabutta kalmış gibiydi. Tabula her şeyi biliyordu. Belki de onu saatlerdir takip ediyorlardı. Elleriyle yüzünü ovuşturdu. Sakin ol, dedi kendine. Soytarı gibi davran. Daha yakalanmadın.

O anda korna çalmaya ve arabanın farları yanıp sönmeye başladı. Otoparkta iyice yankılanan ve yükselen korna sesi, Lawrence'ın vücuduna iğne gibi saplanıyordu. Paniğe kapılarak camları yumrukladı, ama kıramadı.

Döndü, arka koltuğa geçti ve golf çantasını açtı. Sopalardan birini çıkarıp ön yolcu camına defalarca vurdu. Cam önce çatladı, narin bir kristal gibi çizgilerle bezendi, sonra nihayet sopanın ucu camdan çıktı.

* * *

İki dedektif arabaya yaklaşırken silahlarını çekti ama Boone bir su birikintisinde duran cam kırıklarını çoktan görmüştü.

Arabaya göz atan Krause, "Kimse yok" dedi.

"Otoparkı arayalım" dedi Mitchell. "Bir yerlere kaçıyor olabilir."

Boone arabaya dönerken hâlâ Londra'daki güvenlik ekibiyle konuşuyordu. "Arabadan çıkmış. Alarmı kapatın ve tüm havaalanı kameralarının yüz tanıma sistemlerini çalıştırın. Özellikle de terminal çıkışına dikkat edin. Taksiye binecek olursa plakasını alın."

Metro ileri atılıp Howard Beach istasyonundan ayrılırken çelik tekerlekler gıcırdadı. Saçı, üstü başı sırılsıklam olmuş Lawrence, vagonun bir ucunda oturuyordu. Kılıç kucağındaydı, kabzası ve kını hâlâ kahverengi kâğıtla sarılıydı.

Lawrence, metro istasyonuna giden mekik otobüsüne bindiği sırada iki kameranın onu görüntülediğini biliyordu. İstasyon girişinde, gişelerde ve peronda başka kameralar da vardı. Tabula bu görüntüleri kendi sistemine aktararak yüz tanıma teknolojisini kullanacaktı. Şu anda onun A treninde Manhattan'a doğru yol aldığını biliyorlardı mutlaka.

Trende kalıp hareket ettiği sürece bu bilgi hiçbir işe yaramazdı. New York metro sistemi dev gibiydi; birçok istasyon çok katlıydı ve farklı noktalara çıkışlar vardı. Lawrence, hayatının geri kalanını metroda geçirdiğini hayal ederek eğlendi bir süre. Nathan Boone ve diğer askerler onu çaresizce peronlarda beklerken o ekspres seferlerle yanlarından geçip giderdi.

Olmaz, diye düşündü. Sonunda onu bulup tepesine binerlerdi. Şehirden, Büyük Düzen'in takip edemeyeceği bir biçimde ayrılmalıydı. Kılıç ve kını ellerindeyken kendini hem tehlikede, hem de bir o kadar cesur hissediyordu. Madem saklanmak için Üçüncü Dünya'ya kaçmayı düşünmüştü, Amerika'da da benzer yerler bulması gerekecekti. Manhattan taksileri gözetim altında çalışırdı ama varoşlarda korsan taksiden bol bir şey yoktu. Ana caddelerde gezinen korsan taksiyi takip etmek de çok zor olurdu. Taksiyle Newark'a geçmeyi başarırsa, güneye giden bir otobüse binebilirdi.

Doğu New York metro istasyonunda indi ve aşağı Manhattan'a giden Z trenine binmek için üst kata çıktı. Tavandaki ızgaralar yağmursuyu damlatıyordu ve hava çok nemliydi. Trenin ışıkları görünene kadar peronda kimseler yoktu. Hareket et. Sürekli hareket et. Kaçmanın tek yolu bu.

* * *

Nathan Boone, yere inmiş helikopterde Mitchell ve Krause ile sessizce oturuyordu. Beton piste yağmur yağmaya devam ediyordu. Sigara içmemelerini söyleyince iki polis de bozulmuştu. Onları hiç dikkate almadı, gözlerini kapattı ve kulaklığından gelen sesleri dinledi.

Biraderlerin internet ekipleri, on iki kamu kurumu ve özel kuruluşun kameralarına erişmişti. New York sakinleri kaldırımlarda, metro istasyonlarında aceleyle yürür, trafik ışıklarında ve otobüs duraklarında sabırsızca bekleşirken, kameralar yüzlerindeki odak noktalarını sayılardan oluşan denklemlere indirgerdi. Bu denklemler o anda Lawrence Takawa'yı oluşturan algoritmayla karşılaştırılıyordu.

Boone, bilgilerin elektrik kablolarında ve bilgisayar ağlarında coşkun nehirler gibi dallanıp budaklanarak durmaksızın akması fikrinden çok hoşlanıyordu. Sayılar, sayılar, sayılar, dedi içinden. Hepimiz aslında sayılardan ibaretiz. Simon Leutner konuşmaya başladığında gözlerini açtı.

"Az önce Citibank'ın güvenlik sistemine girdik. Hedefimiz, bankanın Canal Sokağı'ndaki ATM'sinin önünden geçti. Manhattan Köprüsü'ne doğru gidiyor." Leutner'ın sesi, gülümser gibi çıkıyordu. "Herhalde ATM kamerasını fark etmedi. Artık o kadar doğal geliyor ki..."

Bir sessizlik.

"Evet, şimdi hedefimiz köprünün kaldırımında yürüyor. Limanlar Müdürlüğü'nün güvenlik sistemindeyiz. Kameralar sokak lambası direklerinde ve gözden uzakta. Onu köprü boyunca takip edebiliriz."

"Nereye gidiyor?" diye sordu Boone.

"Brooklyn'e. Hızlı yürüyor ve elinde sopa veya bastona benzer bir şey var."

Sessizlik.

"Köprünün sonuna geldi."

Sessizlik.

"Hedef, Flatbush Caddesi'ne doğru yürüyor. Hayır, bir taksi durdurdu. Arabanın üstünde portbagaj var."

Boone uzanıp pilotla konuşmasını sağlayan düğmeyi çevirdi. "Bulduk" dedi. "Adresi vereceğim."

* * *

Korsan taksinin sürücüsü, üzerinde plastik bir yağmurluk, kafasında Yankees takımının şapkası olan Haitili yaşlı bir adamdı. Külüstür arabanın tavanı akıyordu ve arka koltuğu nemliydi. Lawrence, ıslak soğukluğu bacaklarında hissetti.

"Nereye?"

"Newark, New Jersey. Verrazano'dan gidelim, parasını vereceğim."

Gidilecek yer adamın hoşuna gitmemiş gibiydi. "Yol çok uzun, dönüş müşterisi de yok. Newark'tan buralara yolcu çıkmaz."

"Gidiş kaça geliyor?"

"Kırk beş dolar falan."

"Yüz dolar vereceğim. Gidelim."

Anlaşmadan hoşlanan adam, arabayı vitese taktı ve külüstür Chevrolet yolda nazlanarak ilerlemeye başladı. Sürücü, bozuk ve aksanlı göçmen Fransızcasıyla bir şarkı mırıldanırken parmaklarıyla da direksiyonda tempo tutmaya başladı.

"Ti chéri. Ti chéri..."

Tepelerinde bir gümbürtü koptu ve yağmur damlaları alabildiğine şiddetli bir esintinin etkisiyle camları dövmeye başladı. Sürücü, gözünün önünde yaşananlara inanamayarak frenlere asıldı. Bir helikopter, Flatbush ve Tillary kavşağına iniyordu yavaş yavaş.

Lawrence kılıcı kaptığı gibi dışarı fırladı.

* * *

Boone yağmurda var gücüyle koştu. Arkasına baktığında, polislerin çoktan şişmiş olduğunu gördü. Takawa iki yüz metre kadar önlerindeydi, Myrtle Caddesi'nden geçerek St. Edwards'a giriyordu. Boone, vitrini parmaklıklı bir rehin dükkânının, bir diş hekimi muayenehanesinin, pembe ve mor tabelalı bir butiğin önünden geçti.

Fort Greene toplu konut projesinin gökdelenleri, bölgenin manzarasına hâkimdi. Kaldırımda yürüyen insanlar üç beyazın bir Asyalı'yı kovaladığını gördüğünde, içgüdüsel olarak hemen kenarlara, dükkânların içlerine çekildiler. Uyuşturucu baskınıdır, diye düşündüler. Polis bunlar. Aman karışma.

Boone, St. Edwards'a geldiğinde caddeyi baştan sona taradı. Damlalar kaldırımın ve duran arabaların üstünde patlıyordu. Oluktan akan sular kavşakları göle çevirmişti. Biri hareket ediyordu. Yok, şemsiyeli yaşlı bir kadındı bu. Takawa ortadan kaybolmuştu.

Polisleri beklemek yerine koşmaya başladı. İki metruk binayı geçtikten sonra bir çıkmaz sokağa göz attı ve Takawa'nın duvardaki bir delikten girdiğini gördü. Çöp poşetlerinin ve atılmış bir şiltenin üzerinden sıçrayarak deliğin önüne geldi. Zamanında burası paslanmaz çelik bir levhayla kapatılmıştı ama muhtemelen uyuşturucu bağımlıları tarafından binaya sığınmak için koparılıp eğilmişti. Takawa da içerdeydi.

Mitchell ve Krause çıkmazın başına ancak gelebilmişti. "Çıkışları tutun!" diye bağırdı Boone. "Ben içeri giriyorum."

Metali dikkatle itti ve beton zeminli, yüksek tavanlı uzunlamasına bir salona girdi. Her yer çöp doluydu. Kırık sandalyeler etrafa saçılmıştı. Bina yıllar önce tamirhane olarak kullanılmıştı. Duvar boyunca bir takım tezgâhı uzanıyordu, yerde ise zamanında tamircilerin arabaların altında çalıştıkları çukur bölmeler vardı. Yağlı suyla dolmuş bölmeler, loş ışığın altında dipsiz kuyular gibi görünüyordu. Boone beton bir merdivenin yanında durup kulak kesildi. Su damlaları yere düşüyordu. Derken yukarıdan bir sürtünme sesi geldi.

"Lawrence! Ben Nathan Boone! Yukarıda olduğunu biliyorum!"

* * *

Lawrence, ikinci katta tek başınaydı. Paltosunun ıslandığı yetmiyormuş gibi, astarındaki binlerce dolar da korkunç bir ağırlık yapmaya başlamıştı. Paltoyu hışımla çıkarıp fırlattı. Damlalar ıslak gömleğinden tenine geçiyordu belki ama bu önemsizdi. Çok büyük bir yükten kurtulmuştu.

"Aşağı in!" diye bağırdı Boone. "Hemen inersen sana zarar verilmeyecek."

Lawrence babasının kılıcını saran kâğıdı yırttı, kılıcı çekti ve parıltısını izledi. Altın kılıç. Jittetsu kılıcı. Ateşte dövülmüş, tanrılara sunulmuş. Yüzüne bir su damlası düştü, akıp gitti. Her şey gitti. Fırlatıp atmıştı her şeyi. İşini, konumunu. Geleceğini. Sahip olduğu iki şey vardı şimdi; biri bu kılıç, biri de cesaretiydi.

Lawrence kını ıslak zemine bıraktıktan sonra yalınkılıç merdivene doğru yürüdü. "Aşağıda bekle!" diye bağırdı. "Ben iniyorum!"

Çerçöp dolu merdivenden yavaşça indi. Her adımda ağırlığından, kalbini çökerten yükten biraz daha kurtuluyordu. Sonunda, babasının fotoğrafında gördüğü o yalnızlık ifadesini idrak edebildi. Soytarı olmak hem büyük bir özgürlük, hem de ölümü kabullenmeydi.

Zemin kata geldi. Boone çöple dolu salonun ortasında, elinde otomatik tabancasıyla duruyordu. "Silahını bırak!" diye bağırdı. "Kılıcı yere at!"

Hayat boyu taşıdığı maskelerden sonuncusunu sıyırıp atmıştı. Altın kılıcı sıkıca kavrayan Sparrow'un oğlu, düşmanına doğru atıldı. Özgürleştiğini, kuşkulardan ve tereddütten arındığını hissediyordu, Boone silahını doğrultup Lawrence'ın kalbine doğru ateş ederken.

49

Vicki, annesinin evinde tutsaktı. Hem Tabula hem de cemaat tarafından izleniyordu. Elektrik idaresinin aracı sokaktan ayrılmıştı ama başka gözetleme ekipleri gelmişti. Kablolu televizyon şirketinin adamları, telefon direklerinde yer alan iletim kutularını onarmaya başlamıştı. Geceleriyse kamuflaja gerek duyulmuyordu. Caddenin karşısına çekilen bir cipte bir beyaz, bir siyah adam bekliyordu. Bir keresinde cipin yanında bir polis arabası durmuş, polis memurları Tabula'nın askerleriyle konuşmuştu. Vicki olayı perdenin gerisinden izlerken askerler kimliklerini çıkarmış, sonunda polislerle el sıkışmışlardı.

Annesi, kiliseden koruma istemişti. Geceleri bir veya iki kişi salonda yatıyordu. Sabah olduğunda vardiya değişiyor ve başkaları geliyordu. Jonesie'ler şiddete başvurmazlardı ama kendilerini Peygamber'in sözleriyle donanmış inanç savunucuları olarak görürlerdi. Eve saldırılacak olursa ilahiler söyleyecek ve arabaların önlerine yatacaklardı.

Vicki bir haftayı televizyon izleyerek geçirdikten sonra sıkıldı ve vazgeçti. Derinlerde neler döndüğünü anlayınca, programların hepsi çok çocukça ve aldatıcı geliyordu insana. Kilisenin diyakozundan halter isteyip akşamüstleri mutfakta kasları ağrıyıncaya kadar çalışmaya başladı. Geceleri de geç yatıyor, internette Yolculardan ve Büyük Düzen'den söz eden, Polonya, Güney Kore ve İspanya merkezli siteleri araştırıyordu. Sitelerin büyük bölümünde Yolcuların Tabula ve paralı askerleri tarafından yok edildiği fikri hâkimdi.

Vicki küçükken pazar ayinlerine hevesle katılırdı. Sabahları erken kalkar, saçlarına parfümler sürer, özel beyaz elbisesini giyip beklerdi. Artık günlerin birbirinden farkı kalmamıştı. Pazar sabahı yatağında uzanırken Josetta odasına girdi.

"Hazırlan artık Vicki. Bizi almaya araba gönderecekler."

"Gitmek istemiyorum."

"Korkmana gerek yok. Cemaat seni korur."

"Tabula'dan korkmuyorum. Arkadaşlarım için endişeleniyorum."

Josetta dudaklarını büzdü. Vicki annesinin, *onlar senin arkadaşın değil* diye içinden geçirdiğini biliyordu. Vicki kalkıp üzerine bir elbise geçirene kadar annesi yatağın başında bekledi.

"Isaac Jones bir keresinde kardeşine..."

"Bana Peygamber'in sözlerini söyleme anne. Birçok şey söylemiş ve zaman zaman kendisiyle çelişmiş. Temel fikirlerine bakarsan Isaac Jones'un özgürlüğe, merhamete ve umuda bağlandığını anlıyorsun. Onun söylediklerini tekrar ederek bir yere varamayız. İnsanların hayatlarını değiştirmeleri gerek."

Bir saat sonra kilisede annesinin yanında oturuyordu. Tanıdık ilahilerden dingildek sıralara, çevredeki yüzlere kadar her şey aynıydı ama o kendisini ayinin parçası gibi hissetmiyordu. Cemaatte, Victory Fraser'ın Hollis Wilson ve Maya adında kötü bir Soytarı'yla ilişkisi olduğunu bilmeyen kalmamıştı. Toplu günah çıkarma sırasında Vicki'ye bakarak korkularını dile getirdiler.

Bu toplu günah çıkarma ayini, Vaftizcilerin canlandırma ayiniyle Quaker'ların toplantılarının tuhaf bir bileşimi gibiydi. O sabahki ayin alışılageldiği gibi devam etti. Önce Rahip J.T. Morganfield çölde İsrailoğulları'na verilen yiyeceklerden ve inananları bekleyen zenginliklerden söz etti. Ardından üç parçalı orkestra yüksek tempo tutmaya başladı ve cemaat Jonesie'lerin en sevdiği ilahilerden biri olan "İnancına Güven"i söyledi. İlahi sırasında ayağa kalkıldı ve her koro bölümünün sonunda cemaat üyeleri kaygılarını dile getirdi.

Neredeyse herkes Vicki Fraser'dan söz etti. Onun için endişeleniyor, korkuyorlardı, ama Tanrı'nın onu koruyacağını da biliyorlardı. Vicki kimsenin gözüne bakmamaya, utancını gizlemeye çalıştı. Öyle konuşuyorlardı ki, Borç Ödenmedi düşüncesine inandığı için onu hatalı buluyorlardı. Yine koro. Yine konuşma. Yine koro. Yine konuşma. Kalkıp kaçmak istiyordu ama herkesin peşinden geleceğinden emindi.

İlahide seslerin yükseldiği bir anda, sunağın yanındaki diyakoz kapısı açıldı ve içeri Hollis Wilson girdi. Herkes bir anda suspus oldu, ama Hollis bundan pek rahatsızlık duymamıştı. Cemaatin önüne geçti ve ceketinin cebinden deri kaplı *Isaac T.*

Jones'un Toplu Mektupları kitabını çıkardı.

"Bir itirafta bulunacağım" dedi. "Sizlere açıklamam gereken bir şey var. Peygamberimiz, Mississippi Meridian'dan yazdığı dördüncü mektubunda, hiçbir kadın veya erkeğin gerçekten lanetlenemeyeceğini söyler. Herkes, en azılı günahkâr bile Tanrı'ya ve inananların arasına dönebilir."

Hollis, Rahip Morganfield'a baktı ve handiyse otomatik bir, "Amin kardeşim" cevabı aldı.

Cemaatin tümü derin bir nefes aldı ve rahatladı. Evet, sunağın yanında duran adam tehlikeliydi, ama onun günah çıkarma tarzına alışıklardı. Hollis ilk defa Vicki'ye bir bakış attı ve aralarındaki ilişkiyi belli etmek için çok hafifçe başını salladı.

"Yıllarca aykırı şeyler yaptım" dedi Hollis. "İtaatsizlik ve günah içinde kuralsız bir hayat yaşadım. Kırdığım, üzdüğüm herkesten özür diliyorum, ancak af dilemiyorum. Isaac Jones dokuzuncu mektubunda, kişileri ancak Tanrı'nın bağışlayabileceğini, bunu da kadın olsun erkek olsun, hangi ulustan ırktan olursa olsun herkese eşit dağıtacağını yazar." Hollis yeşil kitabı açtı ve bir bölüm okumaya başladı. "Biz ki Tanrı'nın gözünde eşitiz, insanoğlunun gözünde de eşit olmalıyız."

"Amin" dedi yaşlı bir kadın.

"Ben Tabula'ya karşı bir Soytarı ile işbirliği yaptığım için de bağışlanma dilemiyorum. Bunu önce para için yaptım, kiralık katil gibi. Ancak artık gözümdeki bağ açıldı; Tabula'nın gücünü, Yeni Babil'in insanlarını kontrol ve yönetim altına almak için arzusunu gördüm.

Borç Ödenmedi konusu, yıllar yılı bu cemaatte ayrılık yarattı. Ben artık bu fikrin anlamını yitirdiğine yürekten inanıyorum. Zachary Goldman, yani Tapınak Aslanı, Peygamberimizle birlikte öldü. Bu bir gerçek, bundan kuşkumuz yok. Ama daha önemlisi, şu anda yaşanmakta olan kötülük; Tabula'nın insanoğluna ihanet etme niyeti. Peygamberimizin dediği gibi: 'Erdemli insanlar, Ejderhayla hem karanlıkta hem aydınlıkta dövüşmelidir.'"

Vicki çevresine bakındı. Hollis bazılarını ikna edebilmişti ama Rahip Morganfield kesinlikle bunların arasında değildi. Yaşlı inananlar başlarını sallıyor, dua ediyor ve "Amin" diye fısıldıyordu.

"Soytarıları ve müttefiklerini desteklemeliyiz, üstelik sadece dualarımızla değil, oğullarımız ve kızlarımızla. Bugün buraya bunun için geldim. Ordumuzun, Victory Fraser'ın yardımına ihtiyacı var. Kendisinden bize katılmasını, göğüs gerdiğimiz güçlükleri paylaşmasını istiyorum."

Hollis sağ elini kaldırıp gel benimle der gibi bir hareket yaptı. Vicki, bunun hayatında vereceği en büyük karar olduğunu biliyordu. Annesine baktığında, ağlamakta olduğunu gördü.

"Benim için dua et" diye fısıldadı Vicki.

"Gitme. Öldürürler seni."

"Anne, hayat benim, seçim benim. Burada kalamayacağım da açık."

Josetta ağlayarak kızını kucakladı. Vicki annesinin kollarının önce sımsıkı sarıldığını, ardından gevşeyerek onu bıraktığını hissetti. Herkesin dikkatli bakışları altında sıradan çıktı ve sunakta Hollis'in yanına geldi.

"Hoşça kalın" dedi cemaate. Kendi sesine kendisi şaşırdı, gayet güçlü ve özgüvenli çıkıyordu. "Önümüzdeki haftalarda bazılarınızdan yardım ve destek isteyebilirim. Evlerinize dönüp dua edin. Yanımızda durmak isteyip istemediğinize karar verin."

Hollis kızın elini tuttu ve hızlı adımlarla dışarı çıktılar. Yan sokakta, kasası kapalı bir kamyonet duruyordu. Binerlerken Hollis belindeki otomatik tabancayı çıkardı ve iki koltuğun arasına bıraktı. "Ön kapının karşısında iki Tabula askeri var" dedi. "Umarım bizi izleyen ikinci bir grup yoktur." Sokaktan ilerleyerek iki binanın arasından geçen toprak bir patikaya vardı. Kiliseden birkaç sokak uzaklaşana kadar böyle dar geçitlerden ilerleyip sonunda asfalta çıktılar.

"İyi misin?" Vicki Hollis'e baktı, Hollis Vicki'ye gülümsedi.

"Üç yapbozla kısa bir kapışma dışında gayet iyiyim. Sonra anlatırım. Birkaç gündür şehirdeki kütüphanelerden internete giriyorum, Fransa'daki Linden adında bir Soytarı'yla konuşuyorum. Maya'nın arkadaşıymış. Bize parayı gönderen de o."

"Sözünü ettiğin 'ordu' kimlerden oluşuyor?"

"Şu anda sen, ben, Maya ve Gabriel. Maya onu Los Angeles'a geri getirdi. Onu bırak da..." Hollis yumruğunu direksiyona vurdu. "Gabriel engelleri geçmiş. Gerçek bir Yolcu yani."

Otoyola girerlerken Vicki trafikteki araçları inceledi. Binlerce insan tekerlekli kafeslerinde tek başına oturuyordu. Öndeki aracın tamponuna bakıyor, radyonun çıkardığı sesleri dinliyor, bu anın ve mekânın tek hakikat olduğuna inanıyordu. Vicki'nin aklında her şey değişmişti oysa. Bir Yolcu, onları bu dünyaya bağlayan zincirleri koparmıştı. Otoyollar, arabalar ve sürücüler tek cevap, tek seçenek değildi artık.

"Kiliseye geldiğin için teşekkür ederim Hollis. Çok tehlikeli bir işe kalkıştın."

"Orada olacağını biliyordum, çıkmaz sokak da aklımdaydı. Hem cemaatin iznini de almam gerekirdi. Birçoğunun beni desteklediğini hissettim."

"Niye izin istedin anlamadım."

Hollis arkasına yaslandı ve güldü. "Arcadia'da saklanacağız da ondan."

Arcadia, Los Angeles'ın kuzeybatısındaki dağlara kurulu bir kilise kampıydı. Jonesie kilisesinde ilahiler söylemeyi seven Rosemary Kuhn adında beyaz bir kadın, cemaate yüz altmış dönüm arazi bağışlamıştı. Diğer çocuklar gibi Hollis ve Vicki de küçükken Arcadia'ya gitmişler, yürüyüşler yapmışlar, havuzda yüzmüşler, cumartesi geceleri kamp ateşinin başında ilahiler söylemişlerdi. Birkaç yıl önce arazinin kuyusu kurumuş, bayındırlık işleri de çeşitli ihlallerden ötürü kampın istimlakine karar vermişti. Jonesie Kilisesi kampı elden çıkarmaya çalışırken, Rosemary Kuhn'un çocukları boş durmamış, yürütmeye karşı dava açmıştı.

Hollis önce sahil yoluna girdi, ardından Topanga Kanyonu'nu geçen iki şeritli yola döndü. Topanga postanesinden sola saptıklarında yol daraldı ve dikleşti. Yolun iki tarafını meşeler ve çalılıklar çevrelemişti. Sonunda, tahrip edilmiş tabelasında CADIA yazan ahşap kemerin altından geçtiler ve tepeye çıktılar. Yağmurlarla erozyona uğramış uzun bir toprak yol, mıcır dökülü otoparkta sona eriyordu.

Kampın binaları yirmi yılda çok değişmemişti. Kadın ve erkek yatakhaneleri, boş bir havuz ve kabinler, su deposu ve yemekler, ayinler için kullanılan bir merkez vardı. Uzun beyaz binaların damları İspanyol tarzı kiremitle kaplıydı. Zamanında Jonesie'lerin özenle baktıkları çiçek tarhları ve sebze bahçelerinden artık otlar fışkırıyordu. Tüm camlar kırılmış, iç mekânlar bira kutularıyla dolmuştu. Tepeye çıkıldığında bir yanda dağlar, diğer yanda Pasifik Okyanusu görülebilirdi.

Vicki yalnız olduklarını sanıyordu ama Maya ve Gabriel sosyal tesisten çıkıp onları karşılamaya geldi. Maya her zamanki gibi güçlü ve saldırgan duruyordu. Vicki, asıl Gabriel'ın bir değişim geçirip geçirmediğini anlamak için dikkatle baktı. Gülümseyişi değişmemişti ama gözleri artık daha derin, daha delici bakıyordu. Gabriel merhaba deyip sarılana kadar huzursuzluğu geçmedi.

"Seni çok merak ettik Vicki. Geldiğine sevindim."

Hollis bir ordu pazarına gidip iki yatakhanede kullanılmak üzere uyku tulumu ve katlanır somya almıştı. Sosyal tesisin mutfağında gaz ocağı, su şişeleri ve konserve yiyecekler vardı.

Buldukları bir süpürgeyle tozun bir kısmını süpürdükten sonra uzun masalardan birine oturdular. Maya bilgisayarını açtı ve onların yaşlarında olup trafik kazalarında ölen Amerikalıların özlük bilgilerini gösterdi. Birkaç hafta içinde onların doğum kâğıtlarını alarak ehliyetler ve pasaportlar çıkarttıracaklardı. Sonunda sınırı geçip Meksika'ya ulaşacak ve saklanacak bir yer arayacaklardı.

"Meksika cezaevlerinde sürünmek istemiyorum" dedi Hollis. "Ülkeden ayrılacaksak bize para lazım."

Maya, Linden'ın Amerika'ya antika bir Buda heykelinin içinde binlerce dolar gönderdiğini anlattı. Paket şu anda Batı Hollywood'daki bir sanat galerisinde duruyordu. Tabula peşlerindeyken para göndermek, paket teslim almak çok tehlikeliydi. Hollis, Maya ön kapıdan girerken arka kapıyı kollayacağını söyledi.

"Gabriel'ı yalnız bırakamam."

"Merak etme" dedi Gabriel. "Kimse burayı bilmiyor. Tabula öğrense bile yine de arabayla daracık yoldan buraya kadar gelmek zorundalar, biz de onları belki on dakika öncesinden görebiliriz."

Soytarı, yemek sırasında fikrini iki kez değiştirdikten sonra parayı ele geçirmenin önemli olduğuna karar verdi. Vicki ve Gabriel otoparkta durup Hollis'in kamyonetinin dar yoldan döne döne inmesini izlediler.

"Maya'yı nasıl buluyorsun?" diye sordu Gabriel.

"Çok cesur."

"Maya'nın babası onu Soytarı yapmak için çok sert bir eğitimden geçirmiş. Kimseye güven duyabileceğini sanmıyorum."

"Peygamberimiz, o zaman on iki yaşında olan yeğeni Evangeline'e bir mektup yazmış. Anne ve babamızın bizlere bir zırh giydirdiğini, biz büyüdükçe o zırha yeni parçalar eklediğimizi anlatmış. Yeni parçalar ilk zırhla uyum sağlamıyor ve bizi tam korumuyor."

"Maya çok iyi korunuyor."

"Öyle, ama içinde aynı. Hepimiz aynıyız."

Vicki süpürgeyi alıp sosyal tesisin zeminini süpürmeye koyuldu. Ara sıra pencereden baktığında Gabriel'ın otoparkta volta atmakta olduğunu görüyordu. Yolcu huzursuz ve mutsuzdu. Bir şey düşünüyor, bir sorunu çözmeye çalışıyordu. Vicki süpürmeyi bitirmiş masayı ıslak bir bezle silerken Gabriel kapıda belirdi.

"Geçiş yapmaya karar verdim."

"Neden şimdi yapacaksın ki?"

"Ağabeyim Michael'ı bulmam gerek. Ateş engelinde gördüm ama konuşamadım. Belki diğer âlemlerden birinde bulabilirim."

"Tabula'ya yardım ettiğini mi düşünüyorsun?"

"Bundan korkuyorum Vicki. Bunu yapmaya zorlayabilirler onu."

Vicki, Gabriel'ın peşinden erkek yatakhanesine geçti ve onun somyalardan birine oturup bacaklarını uzatmasını izledi. "Çıkayım mı?" diye sordu.

"Hayır, gerek yok. Bedenim burada kalıyor. Alevler, melekler filan çıkmıyor."

Gabriel yeşim kılıcı iki eliyle kavrayıp derin nefesler almaya başladı. Sonra aniden gövdesini somyaya bıraktı. O hızlı hareket her şeyi değiştirmişti sanki. Bir kez daha nefes aldı ve Vicki dönüşüme tanık oldu. Gabriel'ın bedeni titredi ve cansızlaştı. Bu haliyle, lahitlerin üzerinde yatan şövalye kabartmalarına benziyordu.

Gabriel onun üstünde miydi? Boşlukta mı dolaşıyordu? Çevresine bakınıp bir işaret aradı ama akmış tavandan ve örümcek ağlarından başka bir şey göremedi. Onu gözet, diye dua etti. Ulu Tanrım, koru bu Yolcu'yu.

50

Gabriel, dört engeli aşarak geçişi tamamlamıştı. Gözlerini açtığında, eski bir evin merdivenlerinin başında buldu kendisini. Yalnızdı. Ev sessizdi. Dar bir pencereden loş bir ışık geliyordu.

Arkasındaki sahanlıkta eski bir yüksek sehpa vardı. Sehpaya, içinde yapay gül olan bir vazo yerleştirmişlerdi. Gabriel gülün sert, pürüzsüz yapraklarına dokundu. Bu sehpa, bu vazo, bu gül kendi dünyasındaki nesneler kadar sahteydi. Sadece Işık gerçek ve kalıcıydı. Vücudu ve giysileri, ona buraya kadar eşlik eden yanılsamalardı sadece. Gabriel yeşim kılıcı kınından birkaç parmak çıkardı ve kuvvetle parlayan çeliğe baktı.

Dantel tülleri aralayıp dışarı baktı. Gün yeni batmıştı. Geniş kaldırımları, büyük ağaçları olan bir kentteydi. Sokağın karşısındaki bitişik düzen evler, ona New York'un veya Baltimore'un eski işçi yerleşimlerini hatırlattı. Bazı evlerin ışıkları yanıyor, perdeleri arkadan gelen ışıkla yumuşakça, parşömen parçaları gibi sararararak aydınlanıyordu.

Gabriel, kılıcın askısını omzuna attı. Ses çıkarmamaya çalışarak merdivenlerden inip üçüncü kata geldi. Saldırıya uğramayı bekleyerek bir kapıyı açtı ve boş bir yatak odasıyla karşılaştı. Mobilyalar koyu renkli ve ağırdı. Pirinç topuzlu büyük bir şifonyer, oyma başlıklı geniş bir karyola dikkatini çekti. Yatak odası onda 1920'leri konu alan filmlerin setlerini çağrıştırdı. Saatli radyo, televizyon gibi modern ve parlak bir şey göremedi. İkinci kata ulaştığında, kulağına aşağıdan gelen piyano sesi çalındı. Müzik ağır ve hüzünlüydü; basit bir melodinin üzerine çeşitlemelerle gelişiyordu.

Son katı inerken merdivenleri gıcırdatmamaya özen gösterdi. Zemin katta, uzun bir yemek masası ve altı yüksek sandalyenin bulunduğu yemek salonu vardı. Büfenin üstündeki bir kâsede yapay meyveler duruyordu. Koridorda yürüdüğünde deri koltuklu ve okuma lambalı bir çalışma odasının önünden geçti ve arka salona girdi.

Bir kadın, sırtını kapıya vermiş duvar piyanosu çalıyordu. Kır saçlıydı; üzerinde uzun siyah bir etek, japone kollu eflatun bir bluz vardı. Gabriel içeri doğru adım attığında döşeme gıcırdadı ve kadın omzunun üstünden kapıya baktı. Yüzü Gabriel'ı afallattı. Bu eve kilitlenip aç susuz bırakılmış gibi bir deri bir kemik kalmış, solgunlaşmıştı. Kendisini süzen gözleri ise aksine parlak, canlı ve etkileyiciydi. Odaya bir yabancının girmiş olmasına şaşırmış, ama korkmamıştı.

"Siz kimsiniz?" diye sordu kadın. "Karşılaşmamıştık."

"Adım Gabriel. Bana nerede olduğumu söyler misiniz?"

Kadın kalkıp yaklaşırken siyah eteği hışırtılar çıkardı. "Sen farklısın Gabriel. Yenisin herhalde."

"Evet, öyleyim galiba." Geriye doğru adım attı ama kadın da yaklaştı. "Böyle davetsiz geldiğim için özür dilerim."

"Hiç özür dileme." Gabriel engel olamadan kadın uzandı ve onun elini tuttu. Yüzünde şaşkınlık ifadesi belirdi. "Nasıl olur? Elin sımsıcak." Gabriel elini çekmek istedi ama kadın sıska vücudundan beklenmeyecek bir güçle kavramıştı elini. Kadın hafifçe titreyerek eğildi ve Gabriel'ın elini öptü. Gabriel önce soğuk dudakların temasını hissetti, ardından keskin bir acıyla irkildi. Elini çekip kurtardığında kan gördü.

Kadının dudaklarının köşesinde bir damla kan –onun kanı– vardı. Kadın kan damlasını işaretparmağıyla aldı, kanın kızıllığına baktı, sonra parmağını ağzına soktu. Haz kuyusuna düşmüş gibi mutlulukla gözlerini kapadı. Gabriel odadan hızla çıktı, koridoru geçti ve sokak kapısına geldi. Kilidi zar zor açtıktan sonra kendisini sokağa attı.

Saklanacak bir yer ararkan, bir arabanın sokakta yavaşça ilerlediğini gördü. Araba da 1920'lerden kalma gibiydi ama tasarımında bir tuhaflık vardı. Bir fabrikada üretilmiş gerçek bir makine gibi değil de, hevesli çocukların aklında oluşturulmuş bir hayale benziyordu. Sürücüsü olan yaşlı adamın ifadesi acılı ve tükenmişti. Geçerken Gabriel'a bakmıştı.

Gabriel karanlık sokaklarda dolaşırken başka arabayla karşılaşmadı. İçine banklar yerleştirilmiş bir park, tenteli bir orkestra sahnesi ve birkaç ağaçtan ibaret kent merkezine geldi. Üç katlı binaların zemin katlarında mağazalar vardı. Üst katların pencerelerinden ışık geliyordu. Meydanda ona yakın insan dolaşıyordu; bunlar da sıska vücutlarına o yaşlı kadınınki gibi eski moda elbiseler, koyu renk takım elbiseler, uzun etekler, paltolar geçirmişlerdi.

Gabriel, kot pantolonu ve kazağıyla kendisini çok yabancı hissediyordu. Binaların karanlığına sığınmaya çalıştı. Vitrinler, kuyumcularınki gibi kalın ve kırılmaz camlarla, çelik çerçevelerle hazırlanmıştı. Her mağazanın tek vitrini, her vitrinin ışıklar altında sergilenen tek bir nesnesi vardı. Cılız, kel, yüzü tikli bir adamın yanından geçti. Adam, vitrindeki antika altın saate bakıyordu, ama nasıl bir bakma: Büyülenmiş gibiydi, ayrılamıyordu. İki dükkân aşağıdaki vitrinde, çıplak bir erkek çocuğun mermer heykeli sergileniyordu. Koyu ruj sürmüş bir kadın vitrinin dibine kadar sokulmuş heykele bakıyordu. Gabriel yanından geçerken biraz daha uzanıp camı öptü.

Sokağın sonunda bir bakkal vardı. Modern marketler gibi geniş koridorlu, derin donduruculu olmasa da düzenli ve temiz bir yerdi. Kırmızı tel sepetler taşıyan müşteriler reyonlarda dolaşıyordu. Beyaz önlüklü bir kadın da kasanın arkasında duruyordu.

Gabriel bakkala girdiğinde kasiyerin ilgisini çektiğinden, kaybolmak için reyonlara daldı. Raflardaki kutu ve kavanozlarda hiçbir şey yazmıyordu; sadece içindeki şeyin resmi basılıydı etiketlerde. Karikatürize edilmiş çocuklar ve aileleri, mısır gevreği ve domates çorbası yiyip içerken gülümsüyorlardı.

Gabriel bir bisküvi kutusu aldı, ama boş gibiydi. Başka bir kutuyu alıp yırtarak açtığında, içinin boş olduğunu gördü. Diğer kutu ve kavanozlara bakarak ilerledi ve yere diz çökmüş, rafları doldurmakla meşgul ufak tefek bir adamın yanına geldi. Beyaz önlük ve kırmızı papyon, adamın titiz ve özenli görünmesini sağlamıştı. Adam malları büyük bir dikkatle yerleştiriyor, etiketlerin dışarı bakmasına özen gösteriyordu.

"Nasıl iş böyle?" diye sordu Gabriel. "Bütün kutular boş."

Adam ayağa kalktı ve dikkatle Gabriel'a baktı. "Sen yenisin galiba."

"Boş kutuları nasıl satıyorsunuz?"

"Çünkü içindekileri istiyorlar. Hepimiz istiyoruz."

Adam, Gabriel'ın vücut sıcaklığına çekim duyuyordu. Hevesle bir adım attı ama Gabriel onu iterek uzaklaştırdı. Paniğe kapılmamaya çalışarak mağazadan ayrıldı ve meydana döndü. Kalbi hızla çarpıyordu ve soğuk bir korku dalgası vücuduna yayılıyordu. Sophia Briggs ona burayı anlatmıştı. Aç hayaletlerin olduğu İkinci Âlem'di burası. Bunlar kayıp ruhlardı, kendilerine acı veren boşluklarını doldurmak için sürekli bir şey arayan Işık parçalarıydı. Çıkış yolunu bulamazsa sonsuza dek burada kalırdı.

Hızla sokakta yürürken bir kasaba rastlayınca şaşırdı. Pırıl pırıl aydınlatılmış dükkândaki metal tepsilerde kuzu pirzolaları, domuz rostoları ve biftekleri yatıyordu. Sarışın, iriyarı kasap, yirmili yaşlardaki çırağıyla birlikte tezgâhın arkasında duruyordu. Üzerine çok büyük gelen bir önlük giymiş bir çocuk da beyaz seramik zemini süpürüyordu. Yiyecekler gerçekti. İki adam ve çocuk sağlıklı görünüyordu. Gabriel elini pirinç tokmağa attı. Bir an duraladıktan sonra içeri girdi.

"Sen yeni geldin herhalde" dedi kasap neşeli bir gülümsemeyle. "Buradaki herkesi tanırım ve seni daha önce görmemiştim."

"Yiyecek bir şey var mı?" diye sordu Gabriel. "Şu jambonlardan yiyebilir miyim?"

Tezgâhın üstündeki kancalara asılı üç parça füme jambonu gösterdi. Kasap keyiflenmişti, çırağı ise kıkırdıyordu. Gabriel izin verilmesini beklemeden uzandı ve jambonlardan birine dokundu. Yanlış bir şey vardı. Parçayı askıdan indirdi, yere attı ve seramik nesnenin paramparça oluşunu gördü. Mağazadaki her şey sahteydi. Hayali yiyecekler, gerçekmiş gibi sergileniyordu.

Sert bir çıt sesi duyduğunda arkasına döndü. Yeri silen çocuk kapıyı kilitlemişti. Tekrar döndüğünde kasapla çırağının tezgâhın arkasından çıkmakta olduğunu gördü. Çırak, kemerindeki kılıftan yirmi santimetrelik bir bıçak çekti. Kasabın da elinde satır vardı. Gabriel da kılıcını çekip sırtını duvara verdi. O sırada çocuk süpürgeyi bırakıp fileto çıkarmakta kullanılan ince, kıvrımlı bir bıçak çekti.

Çırak gülümseyerek elindeki bıçağı fırlattı. Gabriel hızla yana çekildi ve bıçak ahşap kaplamaya saplandı. Kasap elindeki satırı havada sallayıp çevirerek bir adım daha yaklaştı. Gabriel kafaya doğru şaşırtmaca verdikten sonra kılıcı aşağı çekti ve kasabın bileğini kesti. Hayalet sırıttı ve yarasını gösterdi. Deri, et ve kemik yerli yerindeydi ama kan yoktu.

Gabriel tekrar saldırdı; kasap satırı kaldırıp kılıcı durdurdu. Çeliğin sürtünmesiyle, kapana tutulmuş kuş çığlığı gibi bir gıcırtı yükseldi. Gabriel yana çekildi, kasabın arkasına geçti ve kılıcı alttan savurarak kasabın sol bacağını dizinden kopardı. Kasap olanca heybetiyle kapaklandı ve homurdanıp kollarını açarak yüzmeye çalışır gibi hareketler yaptı.

Çırak, kesme tahtasından bir bıçak kapıp ileri atıldı. Gabriel kendisini savunmaya hazırlandı. Ama çırak ona saldıracak yerde kasabın yanına çöktü ve sırtına bıçağı sapladı. Bıçağı iyice batırıp omuzdan kalçaya kadar indirdi. Elindeki küçük bıçakla kuru et parçalarını koparıp ağzına tıkıştırmaya başladı.

Gabriel kilidi açıp dışarı kaçtı. Caddeyi geçip meydanın ortasındaki küçük parka vardığında, insanların binalardan dışarı uğramaya başladıklarını gördü. Piyano çalan kadını ve papyonlu reyon görevlisini tanıdı. Hayaletler, Gabriel'ın kentlerine geldiğini öğrenmişlerdi. Onu arıyorlar, boşluklarını onunla doldurabileceklerini umuyorlardı.

Gabriel orkestra sahnesinin yanında tek başına duruyordu. Kaçsa mıydı acaba? Kaçılacak bir yer var mıydı ki? Bir motor sesi duyduğunda arkasını döndü ve ara sokakların birinden yine 1920'lerden kalma bir otomobilin, tepesinde sarı lambasıyla bir taksinin yaklaşmakta olduğunu gördü. Sürücüsü üst üste kornaya basmaya başladı ve Gabriel'a yaklaştığında kaldırıma yanaştı. Sürücü camı indirip sırıttı. Michael'dı.

"Atla!" diye bağırdı.

Gabriel hemen arabaya bindi, ağabeyi tekrar hareket ederek meydanı dönmeye, korna çalarak hayaletlerin arasından geçmeye başladı. Başka bir ara sokağa dalıp hızlandılar. "Şu binanın çatısındaydım, aşağı baktığımda meydanda seni gördüm."

"Taksiyi nereden buldun?"

"Sokağa indiğimde bu taksici çıktı karşıma. Cılız moruğun teki, ha bire 'Sen yenisin galiba' diyordu – ne demekse. Dayanamadım alaşağı ettim, suratına yumruğu indirdim, arabasına atlayıp kaçtım." Michael bir kahkaha attı. "Nerede olduğumuzu bilmiyorum ama araba hırsızlığından tutuklanmayacağımız kesin."

"Aç hayaletlerin olduğu İkinci Âlem'deyiz."

"Tabii ya... Daha önce bir lokantaya girdim, içerde dört kişi var. Önlerinde tabak çatal filan vardı ama hiç yiyecek yoktu."

Michael sertçe bir manevra yaparak iki binanın arasındaki çıkmaz sokağa girdi. "Acele et" dedi. "Bizi kimse görmeden şu binaya girelim."

İki kardeş taksiden indi. Michael, elinde kabzasına altın bir üçgen işlenmiş bir kılıç tutuyordu.

"Nereden buldun bunu?" diye sordu Gabriel.

"Dostlarım sağ olsun."

"Bu bir tılsım."

"Biliyorum. Böyle bir yerde insanın bir silahı olmalı."

Corrigan kardeşler sokaktan çıkıp dört katlı, granit cepheli bir binaya girdiler. Binanın büyük sokak kapısı, koyu renkli bir metalden yapılmıştı ve üzerinde buğday, elma ve diğer yiyeceklerin kabartmaları olan karelere bölünmüştü. Michael kapıyı açtı ve kardeşler içeri girdiler. Zemini siyah-beyaz damalı, duvarlarında pirinç aplikleri olan uzun ve penceresiz bir koridordaydılar. Michael koridorda koştu ve üzerinde KÜTÜPHANE yazan bir kapının önünde durdu. "İşte nadide kentimizin en güvenli yeri."

Gabriel ağabeyinin peşinden giderek iki katı kaplayan, bir ucunda vitraylı bir penceresi olan kütüphaneye girdi. Duvarlar, içi kitapla tıkış tıkış dolu meşe raflarla kaplanmıştı. Duvardaki raylarda hareket eden merdivenler bütün salonu dolaşıyordu. Beş metre kadar yukarıdaki bir iskele ise, ikinci kattaki kitaplara erişilmesini sağlıyordu. Kütüphanenin ortasında ağır ahşap sandalyeler ve yeşil deri kaplı okuma masaları vardı. Koyu yeşil şapkalı okuma lambaları kitaplığı aydınlatıyordu. Kütüphane, Gabriel'ın tarih ve gelenek üzerine düşünmesine yol açtı. Burada her türlü kitap bulunabilirdi.

Michael kütüphaneci tavrıyla ortalıkta dolaşıyordu. "Güzel, değil mi?"

"Kimse gelmez mi buraya?"

"Niye gelsinler? Ne işleri var?"

"Kitap okumaya."

"Mümkün değil." Michael siyah deri ciltli büyükçe bir kitabı alıp kardeşine uzattı. "Al da kendin gör."

Gabriel kitabı açtığında sadece boş sayfalarla karşılaştı. Onu masaya bırakıp başka bir kitap aldı ama o da bomboştu. Michael güldü.

"İncil'e ve bir sözlüğe baktım. Bomboş. Buranın insanları yiyemiyor, içemiyor ve okuyamıyor. Kalıbımı basarım ki sevişemiyor ve uyuyamıyorlardır da. Herhalde kâbus görüyoruz."

"Kâbus değil bu. İkimiz de buradayız."

"Evet. İkimiz de Yolcu'yuz." Michael başını salladı ve kardeşinin kolunu tuttu. "Senin için çok korkmuştum Gabe. İyi olduğuna çok sevindim."

"Babamız hayatta."

"Nereden biliyorsun?"

"Güney Arizona'da New Harmony diye bir köye gittim. Babam sekiz yıl önce bazı insanları Şebeke'den uzakta bir hayat kurmaya yönlendirmiş. Yani şimdi bizim dünyamızda da olabilir, bu dünyada da olabilir, her yerde olabilir."

Michael okuma masalarının arasında sert adımlarla gidip gelmeye başladı. Bir cevap bulacakmış gibi kitaplardan birini açtı, sonra tekrar masaya attı. "Peki" dedi sonunda, "babamız hayatta.

Bu çok ilginç bir durum ama konumuzla ilgili değil. Biz önümüzdeki sorunla ilgilenmeliyiz."

"Neymiş o?"

"Benim vücudum şu anda New York yakınlarındaki bir araştırma merkezinde, masada yatıyor. Sen neredesin Gabe?"

"Malibu tepelerinde, metruk bir kilise kampındayım."

"Çevrende koruma var mı?"

"Elbette yok."

"Normal dünyaya döndüğümde, onlara yerini söyleyeceğim."

"Sen sapıttın mı?" Gabriel ağabeyine doğru bir adım attı. "Seni Tabula ele geçirdi. Bize saldıran, evimizi yakan insanların elindesin şu anda."

"Biliyorum Gabe. Kennard Nash adında bir adam her şeyi anlattı. Ama bunlar geçmişte kaldı. Artık Yolculara ihtiyaçları var. Daha gelişmiş bir uygarlıkla temas halindeler."

"Bu neyi değiştirir ki? Bireysel özgürlüklerin tümünü yok etmeyi amaçlıyorlar."

"Sıradan insanlar için planları bu; ama bizim için değil. Bu işin yanlışı doğrusu kalmadı artık. Bu iş olacak. Durduramazsın. Biraderler, sistemi uygulamaya başladılar bile."

"Ailemiz dünyayı böyle görmüyordu."

"Görmediler de ne oldu? Paramız mı vardı? Yoksa dostumuz mu? Gerçek adlarımızı bile kullanamadık ve hayatımızı kaçarak ziyan ettik. Ama ortada işte: Şebeke'den kaçamıyorsun. O zaman niye kontrol edilenlerin arasına katılmıyorsun?"

"Tabula beynini yıkamış senin."

"Hayır Gabe, tam tersi. Ailede olayları açıklıkla görebilen tek kişi benim."

"Öyle değil işte."

Michael elini altın kılıcın kabzasına attı. Yolcular birbirlerinin gözlerine baktılar. "Küçükken seni hep ben korumuştum" dedi Michael. "Anlaşılan yine korumam gerekecek." Arkasını döndü ve hızla uzaklaştı.

Gabriel masaların arasında kalmıştı. "Buraya gel!" diye bağırdı. "Michael!" Birkaç saniye bekledikten sonra koşarak koridora çıktı. Kimse yoktu. Kapı, arkasından hafif bir gıcırtıyla kapandı.

51

Michael, Mezar'ın ortasındaki ameliyat masasında yatıyordu. Dr. Richardson ve aneztezist bir adım geri çekilip onu izlerken Hemşire Yang, bedenindeki duyargaları çıkardı. Bu işi bittiğinde, tepsideki polar kazağı alıp Michael'a uzattı. Michael kazağı aldı ve yavaş yavaş üzerine geçirdi. Çok bitkindi ve üşüyordu.

"Bize neler olduğunu anlatır mısın?" Dr. Richardson'ın sesi çok endişeliydi.

"General Nash nerede?"

"Çağırdık, hemen geliyor" dedi Dr. Lau. "İdari merkezdeymiş."

Michael, yanındaki masada duran kılıcı aldı. Koruyucu melek gibi, engelleri aşarken yanında gelmişti. Kılıcın yanan gövdesi ve altın kakmalı kabzası, aynı İkinci Âlem'de gördüğü gibiydi.

Kapı açıldı ve karanlık zemine bir ışık demeti vurdu. Kennard Nash aceleyle salona girerken Michael kılıcı aldığı yere geri koydu.

"Bir yaramazlık yok ya Michael? Beni görmek istemişsin."

"Gönder şunları."

Nash başını salladı. Richardson, Lau ve hemşire, kuzeydeki galerinin altında kalan kapıdan çıktılar. Bilgisayar teknisyenleri hâlâ galerinin camlarından aşağı bakıyordu.

"Çalışma bitti" dedi Nash yüksek sesle. "Mikrofonları da kapatın lütfen. Çok teşekkür ederiz."

Teknisyenler, öğretmenler odasını gözetlerken yakalanmış öğrenciler gibi hızla kafalarını camdan çevirip tekrar monitörlerine gömüldüler.

"Nereye gittin Michael? Yeni bir âleme mi?"

"Onu sonra anlatırım. Daha önemli bir konu var. Kardeşimle karşılaştım."

General Nash masaya bir adım daha yaklaştı. "Bu çok iyi haber. Konuşabildiniz mi?"

Michael dönüp bacaklarını masadan sallandırdı. Gabriel'la birlikte yolculuk yaparlarken, ön camdan saatlerce manzarayı izlerdi. Bazen yolun kenarındaki bir nesneye odaklanır ve onu birkaç saniye aklında tutabilirdi. Şimdi aynı duyguyu, çok daha güçlü olarak hissediyordu. Resimler kafasında hâlâ canlı gibi yaşıyordu ve kafasındaki görüntülerin tüm ayrıntılarını inceleyebiliyordu.

"Biz büyürken Gabriel geleceğe bakmaz, plan yapmazdı. İleride ne yapılması gerektiğini hep ben düşünürdüm."

"Anlıyorum Michael." General Nash'in sesi yumuşak ve rahatlatıcıydı. "Büyük olan sendin, senin düşünmen gerekiyordu."

"Gabe bir sürü uçuk kaçık fikir edinir. Halbuki ben nesnel olmak zorundayım. Doğru kararı vermek zorundayım."

"Soytarılar kardeşine bir sürü ipe sapa gelmez masal anlatmıştır mutlaka. O olaylara geniş açıdan bakamayacaktır. Senin gibi düşünemez."

Zaman yavaşlamıştı sanki. Michael hiç çaba harcamadan Nash'in yüz ifadesindeki anlık değişimleri görebiliyordu. Normal konuşmalar sırasında her şey çok hızlı yaşanırdı. Bir kişi konuşur, diğeri sırasını beklerdi. Gürültüler, sesler, kargaşa ve daha bir sürü şey, insanların gerçek duygularını saklamasına olanak tanırdı. Halbuki şimdi her şey billur gibiydi.

Babasının yabancılara nasıl davrandığını, konuşurlarken onları nasıl incelediğini hatırladı. Demek işin sırrı buymuş, diye düşündü. Akıllarını okumaya gerek yokmuş, yüzlerini okumak yeterliymiş.

"İyi misin?" diye sordu Nash.

"Konuştuktan sonra kardeşimden ayrıldım ve dönüş geçidini buldum. Gabriel hâlâ İkinci Âlem'de, ama bedeni Malibu tepelerindeki bir kilise kampında."

"Bunu öğrendiğine çok sevindim. Derhal bir ekip gönderiyorum."

"Ona kesinlikle zarar vermeyin. Bulunduğu yerden kurtarın yeter."

Nash, gerçeği gizlemek istermişçesine yere baktı. Başını hafifçe oynattı ve zorlama bir gülücükle dişlerini gösterdi. Michael gözlerini kırptı ve dünya normale döndü. Zaman ilerlemeye devam etti; anlar, domino taşları gibi geleceğe doğru yıkılıyordu.

"Merak etme. Kardeşini korumak için elimizden geleni yapacağız. Teşekkür ederim Michael. En doğrusunu yaptın."

General Nash döndü ve hızlı adımlarla gölgelere karışıp kayboldu. Takım elbisesinin altına giydiği kösele ayakkabılar, taş zeminde tıkırdıyordu. Tıkırtılar, Mezar'ın duvarlarında yankılanıyordu.

Michael altın kılıcı aldı ve kabzasını sıkıca kavradı.

Saat beşe geliyordu ama Hollis ve Maya daha dönmemişlerdi. Vicki, önündeki somyada yatan Yolcu'yu koruyan bir Soytarı gibi hissediyordu kendisini. Her birkaç dakikada bir Gabriel'ın boynunu yokluyordu. Teni sıcaktı ama nabız yok gibiydi.

Ondan birkaç adım öteye oturmuş, dolapta bulduğu moda dergilerini okumakla meşguldü. Dergilerde giysiler, makyaj, erkeği elde tutma, bir erkekten ayrılma süreci ve cinsellik konusunda yazılar vardı. Bazı makaleleri okumaya çok utandığından, sayfaları hızlıca karıştırdı. Vücudunun hatlarını sergileyen dar giysiler giyerse rahatsızlık duyup duymayacağını merak etti. Hollis onu daha çekici bulabilirdi, ama bu sefer de sabahleyin banyodaki sıra sıra diş fırçalarından birini kullandıktan sonra eve bırakılan kızlardan biri haline gelebilirdi. Rahip Morganfield hep utanmaz arlanmaz modern kadınlardan ve yol kenarında müşteri bekleyen fahişelerden dem vururdu. "Utanmaz" diye fısıldadı. "Utanmaz." Sözcük, yerine göre yürek delen bir sıfat, yerine göre şimşek gibi çakan bir tokat olabilirdi.

Vicki dergileri çöp kutusuna attı, dışarı çıktı ve tepeden aşağı baktı. Yatakhaneye döndüğünde, Gabriel'ın teninin bembeyaz ve soğuk olduğunu gördü. Belki Yolcu tehlikeli bir âleme girmişti. Zebaniler veya aç hayaletlerce öldürülmüş olabilirdi. Korku, içinde bir fısıltı olarak başlayıp giderek yükseldi ve şiddetlendi. Gabriel gücünü kaybediyordu. Ölüyordu. Onu kurtaramayacaktı.

Gabriel'ın gömleğini açtı, üzerine eğildi ve kulağını göğsüne yasladı. Kalp atışlarını duymak istiyordu. Bir an kalbinin gümbür gümbür çarptığını sandıysa da, hemen ardından gümbürtünün dışardan geldiğini fark etti.

Gabriel'ın yanından ayrılıp hızla dışarı koştu ve bir helikopterin, yüzme havuzunun yanındaki düzlüğe inmekte olduğunu gördü. Miğferli, kurşungeçirmez maskeli, çelik yelekli, robota benzeyen adamlar helikopterden aşağı atladı.

Vicki tekrar yatakhaneye koştu. Gabriel'ı göğsünden kavrayıp çekmeye çalıştı, ama Gabriel onun taşıyamayacağı kadar ağırdı. Somya yana devrilince Gabriel'ı tekrar yere bırakmak zorunda kaldı. Yolcu'ya sarılmış dururken, çelik yelekli, uzun boylu bir adam içeri girdi.

"Bırak onu!" diye bağırdı ve tüfeğini doğrulttu.

Vicki kıpırdamadı.

"Geri çekil ve ellerini başının üstüne koy!"

Adamın tetikte duran parmağı hareketlendi. Vicki kurşunu bekliyordu. Isaac Jones'un yanında ölen Tapınak Aslanı gibi o da Yolcu'nun yanında ölecekti. Bunca yıldan sonra borç ödenmiş olacaktı.

Bir an sonra Shepherd içeri girdi. Diken diken sarı saçları ve özel biçilmiş takım elbisesiyle her zamanki gibi şıktı. "Yeter bu kadar" dedi. "Uzatma."

Uzun boylu adam tüfeğini indirdi. Shepherd başıyla onayladı, ardından davete geç kalmış bir konuk tavrıyla Vicki'ye yaklaştı. "Merhaba Vicki. Biz de seni arıyorduk." Yolcu'nun üzerine eğildi, kılıcı aldı ve parmaklarını Gabriel'ın şahdamarına bastırdı. "Anlaşılan Bay Corrigan başka bir âleme geçmiş. Neyse, nasıl olsa er ya da geç dönecek."

"Sen onurlu bi Soytarı'ydın" dedi Vicki. "Tabula için çalışmak günahtır."

"Günah, çok eski moda bir kavram. Tabii Jonesie kızları da çok eski kafalı."

"Pisliğin tekisin" dedi Vicki. "Bu kelimenin manasını hatırlıyor musun?"

Shepherd sahte bir sevecenlikle sırıttı. "Yaşadıklarımızı büyük ve karmaşık bir oyun gibi düşün. Ben kazanan tarafı seçtim."

53

Maya ve Hollis, Tabula helikopterini gördüklerinde Arcadia'nın girişinden altı kilometre kadar uzaktaydılar. Helikopter yükseldi ve av arayan alıcı kuşlar gibi kampın çevresinde dönmeye başladı.

Hollis kamyoneti hemen yoldan çıkardı ve bir istinat duvarının çevresini sarmış çalıların arasına çekti. Meşe dallarının arasından, helikopterin iyice yükselip tepeyi aşmasını izlediler.

"Peki şimdi ne yapıyoruz?" diye sordu Hollis.

Maya camları yumruklamak, tekmelemek, çığlık atmak, öfkesini dindirmek için ne gerekiyorsa yapmak istiyordu. Ama tüm duygularını beyninin küçücük bir bölümüne kapattı ve kilitledi. Daha küçücükken Thorn onu bir köşeye yollar, sonra beklenmedik bir anda kılıçla, yumrukla veya bıçakla saldırır gibi yapardı. Korkacak veya sakınacak olursa çok bozulurdu. Sakin durabilirse, kızının gücünü takdir ederdi.

"Tabula, Gabriel'ı hemen öldürmeyecektir. Önce sorgulayıp bildiklerini öğrenmek isteyecekler. Bu arada, dönecekleri pusuya düşürmek için kampta bir ekip bırakmışlardır."

Hollis camdan baktı. "Yani şimdi orada bizi öldürmek isteyen birileri mi var?"

"Evet." Maya, Hollis'ten gözlerini gizlemek için güneş gözlüğünü taktı. "Ama bunu başaramayacaklar..."

* * *

Saat altı sularında güneş battıktan sonra, Maya tepeyi tırmanmaya başladı. Tepeler, kuruyup kalmış çalılarla kaplıydı, burnuna yaban anasonunun keskin kokusu geliyordu. Düz bir çizgide yürümek imkânsız gibiydi. Dikenler ve dallar sürekli bacaklarına dolanıyor, kılıç kınını ondan ayırmaya çalışıyordu. Yokuşu yarıladığında dikenli çalılar ve ağaç gövdeleri yolunu tamamen kesti. Çevresine bakınıp daha kolay bir yol aramak zorunda kaldı.

Sonunda kampı çevreleyen çite ulaştı. Tepedeki demire asılıp kendisini yukarı çekti ve diğer tarafa atladı. Ay ışığının altında iki yatakhane, yüzme havuzunun çevresi, su deposu ve sosyal tesis rahatlıkla görülüyordu. Tabula'nın askerleri buralarda, gölgelerde saklanmıştı mutlaka. Tek girişin, yolu sonlandıran otopark kapısı olduğunu düşünüyorlardı herhalde. Sıradan bir komutan, adamlarını otoparkın çevresinde bir üçgen oluşturacak biçimde konuşlandırırdı.

Kılıcını çekti ve babasının sessiz yürüme öğretisini hatırladı. İncecik buzla kaplı bir gölde adım atar gibi yürümek lazımdı; bir ayak uzatılacak, zemin yoklanacak, sağlamsa ağırlık o ayağa verilerek ilerlenecekti.

Maya, su deposunun yakınlarındaki karanlık bir köşeye ulaştığında, havuz kabinlerinin yanına çömelmiş birini gördü. Kısa boylu, geniş omuzlu bir adamdı ve elinde otomatik tüfek vardı. Sessizce arkasından yaklaşırken, kulaklıklı mikrofona fısıldadığını duydu.

"Suyun var mı? Bende kalmadı." Birkaç saniye sustu, sonra kızgınlıkla konuştu. "Anlıyorum Frankie ama ben senin gibi iki şişe almamıştım."

Maya sola doğru bir adım attı, ileri koştu ve kılıcı adamın ensesine indirdi. Adam, boğazı kesilmiş koyun gibi yere devrildi. Çıkan tek ses, tüfeğin beton zemine düşüşü oldu. Maya cesedin üzerine eğildi ve kulaklığı alıp taktı.

"Geldiler işte" diyen sesin sahibi, Güney Afrikalı'ydı muhtemelen. "Farları gördünüz mü? Tepeyi tırmanıyorlar."

Hollis kamyonetle yaklaştı, otoparkın ortasında durdu ve motoru kapattı. Ay ışığı sayesinde direksiyondaki silueti seçilebiliyordu.

"Ne yapıyoruz?" diye sordu bir Amerikalı.

"İçinde bir kadın görüyor musun?"

"Hayır."

"Adam kamyonetten inerse vur. İnmezse, Soytarı'yı bekle. Boone bana kadını gördüğümüz yerde vurmamızı söyledi."

"Ben sadece adamı görüyorum" dedi Amerikalı. "Ya sen Richard?"

Ölüler cevap veremezdi. Maya adamın silahını almadan sosyal tesise doğru hızla yürüdü.

"Richard? Beni duyuyor musun?"

Cevap yok.

Hollis kamyonette kalarak adamların asıl tehlikeyi fark etmemesini sağlamıştı. Maya, diğer Tabula'yı üçgenin ikinci köşesinde buldu. Sosyal tesisin duvarının yanına çömelmiş, kamyonete bir keskin nişancı tüfeği doğrultmuştu. Maya'nın adımları sert zeminde hiç ses çıkarmıyordu ama adam onun yaklaştığını hissetmiş olacaktı. Hafifçe yana döndüğü için, Maya'nın kılıcı adamın boynuna yandan vurdu. Kesilen damardan kan fışkırırken adam yere yıkıldı.

"Kamyonetten iniyor galiba" dedi Güney Afrikalı. "Richard? Frankie? Ne oldu yahu?"

Çatışmaya giren tüm Soytarılar gibi ani ve kesin bir karar vererek kadın yatakhanesine doğru koştu. Evet, üçüncü adam da binanın köşesinde duruyordu. Durumdan o kadar korkmuştu ki, gizliliği boşvermiş, mikrofona bağırıyordu. "Beni duyuyor musunuz? Kamyonetteki adamı vurun!"

Maya gölgeden çıkarak adamın sağ kolunu biçti. Güney Afrikalı adam tüfeği elinden düşürdüğü anda da tekrar vurarak sol dizinin bağlarını kopardı. Adam acıyla bağırarak kapaklandı.

Bitti sayılır. Maya adamın yanına geldi ve kılıcıyla onu dürttü. "Esirler nerede? Nereye götürdünüz onları?"

Tabula'nın askeri uzaklaşmaya çalıştı ama Maya bir darbeyle sağ dizinin bağlarını da kopardı. Hiç ayaklanma şansı kalmayan adam, yere uzanmış, bir hayvan gibi sürünmeye çalışıyordu; parmakları yumuşak toprağa gömülüyordu.

"Neredeler?"

"Van Nuys Havaalanı'na götürdüler. Özel bir..." Adam inledi ve bir titreme nöbetine tutuldu. "Özel bir uçağa bindirdiler."

"Nereye gidiyorlar?"

"New York yakınlarındaki Westchester'a. Evergreen Vakfı Araştırma Merkezi'ne." Adam sırtüstü döndü ve ellerini kaldırdı. "Yemin ederim, doğru söylüyorum. Evergreen Vakfı..."

Soytarı'nın kılıcı karanlıkta son bir kez parladı.

54

Hollis kamyoneti kamptan aşağı inen yolda sürerken, farlar toprak yolda seke seke ilerliyordu.

Maya, kucağında Soytarı kılıcıyla kapıya yaslanmıştı. Amerika'ya geldiğinden beri ya dövüşüyor ya kaçıyordu ve şimdi tam bir yenilgiyle karşı karşıyaydı. Gabriel ve Vicki şu anda özel bir jetle Doğu Yakası'na doğru götürülüyordu. Tabula, iki Yolcu'yu da ele geçirmişti.

"Evergreen Vakfı Araştırma Merkezi'ne saldırmamız gerek" dedi. "Sadece iki kişiyiz ama başka çıkar yol da göremiyorum. Havaalanına git, bir uçağa atlayıp New York'a gidelim."

"Bence yanlış olur" dedi Hollis. "Hem benim sahte kimliğim yok, hem de silahları geçirmek zor olur. Büyük Düzen'i bana sen anlattın. Tabula çoktan Amerika'nın tüm polis kayıtlarına adlarımızı ve fotoğraflarımızı 'kaçak'" kategorisinda kaydetmiştir."

"Trenle gidebilir miyiz?"

"Düşündüğün hızlı trenler Avrupa'da var, bir de Japonya'da. Amerika'da böyle bir yolculuk dört beş günden az sürmez."

Maya öfkeyle sesini yükseltti. "O zaman ne yapacağız Hollis? Hemen karşılık vermemiz gerekiyor."

"Arabayla gideceğiz. Ben daha önce gittim. Yetmiş iki saat kadar sürer."

"Çok uzun bir süre bu."

"Diyelim ki şu anda araştırma merkezinin kapısına ışınlandık. Yine de içeri nasıl gireceğimizi düşünmemiz gerekiyor." İyimser görünmeye çalışarak Maya'ya gülümsedi. "Amerika'yı boydan boya geçmek için sadece kafein, benzin ve müziğe ihtiyaç var. Biz yoldayken senin bir plan yapmak için üç günün olacak."

Maya bir süre boş gözlerle camdan dışarı baktıktan sonra hafifçe başını salladı. Duygularının, düşüncelerini etkiliyor olması hoşuna gitmemişti. Hollis haklıydı ve şu anda Soytarı gibi düşünen oydu.

Aralarındaki koltukta, içi müzik CD'leriyle dolu ayakkabı kutuları vardı. Kamyonetin iki büyük hoparlörü, bunlara bağlı, üst üste duran iki CD çaları vardı. Otoyola çıkarlarken Hollis bir CD koydu ve düğmeye bastı. Maya bas ritimli house müzik duymayı bekliyordu ama karşısına "Sweet Georgia Brown"ı söyleyen çingene gitarist Django Reinhardt çıkınca şaşırdı.

Hollis, caz, rap, klasik ve etnik müzik arasında gizli bağlantılar keşfetmişti. Sol elini direksiyondan ayırmazken sağ eliyle sürekli CD değiştiriyor, yolculuklarına fon müziği oluşturuyordu. Böylece bir tarafta batıdan doğuya giderlerken, diğer tarafta Charlie Parker saksofon solosundan ilahi söyleyen Rus keşişlerine, oradan da Maria Callas'ın *Madame Butterfly* aryalarına yolculuk yapıyorlardı.

Batı'nın çölleri, bir özgürlük ve başıboşluk rüyası gibi yanlarından akıp gidiyordu. Amerika'nın doğasında gerçeklik yoktu; bu ancak, otoyolda akaryakıt, kereste veya burunlarını kapalı kasadan dışarı uzatmaya çalışan yüzlerce korkmuş domuz taşıyan dev gibi tırlarla dışarıdan getiriliyordu çevrelerine.

Yolun çoğunda Hollis kullanırken, Maya dizüstü bilgisayarı ve uydu telefonuyla internette araştırma yapmaya koyuldu. Bir sohbet odasında Linden'ı buldu ve yumuşak dille başlarına gelenleri, nereye gittiklerini anlattı. Fransız Soytarı, Amerika, Avrupa ve Asya'da yeni oluşan kabilelerle temas halindeydi. Üyelerin büyük bir kısmı, Büyük Düzen'e karşı çıkan gençlerdi. Bu gruplardan biri, Stuttgart Toplum Kulübü adındaki kaçak bir web sitesinde toplanıyordu. Üyelerin arasında Stuttgart'lı olan yoktu ama kulüp onların kimliklerini örtüyor ve iletişim kurmalarını sağlıyordu. Linden onlara New York'un Purchase kentindeki Evergreen Vakfı Araştırma Merkezi'yle ilgili acil bilgi toplanması gerektiğini bildirdi.

Stuttgart Toplum Kulübü, önce Maya'ya vakıf hakkında gazete haberleri iletmeye başladı. Birkaç saat sonra kurumsal ağlara ve devlet kaynaklarına girilmişti. Hercules adındaki bir İspanyol bilgisayar korsanı, araştırma merkezini tasarlayan mimarlık şirketinin bilgisayarlarından elde ettiği planları Maya'ya gönderdi.

"Bir banliyöye kurulmuş büyük bir tesis" dedi Maya. "Dört büyük bina, dikdörtgenin köşelerini oluşturuyor. Ortada da penceresiz beşinci bir bina var."

"Güvenlik durumu nedir?" diye sordu Hollis.

"Modern bir kale. Üç metrelik bir duvarla çevrili. Güvenlik kameraları her yerde."

"Tek bir avantajımız var. Tabula o kadar kibirli ve güvenlidir ki, kendilerine orada saldırılmasını beklemiyordur. Bütün alarmları çaldırmadan girmenin bir yolu var mı?"

"Genetik araştırmalar için yapılan binanın yeraltında dört katı var. Bunun su boruları, elektrik kabloları ve havalandırma kanalları birtakım tüneller oluşturmuş. Havalandırma sisteminin bakım noktalarından biri, ana duvarın iki metre kadar dışında."

"Ne güzel işte."

"İçeri girmek için aletlere ihtiyacımız olacak."

Hollis yeni bir CD koydu ve hoparlörler, Funkadelic adlı bir grubun çaldığı dans müziğiyle gümbürdemeye başladı. "Gireriz be!" diye bağırdı Hollis ve müziğin gümbürtüsüyle engin boşlukta ilerlemeyi sürdürdü.

55

Gabriel'ın bedeni araştırma merkezine gece yarısına doğru getirildi. Bir güvenlik görevlisi, Dr. Richardson'ın idari merkezdeki odasının kapısını çaldı ve doktora hazırlanmasını söyledi. Doktor stetoskopunu paltosunun cebine koydu ve güvenlikçiyle birlikte avludan çıktı. Soğuk bir sonbahar gecesiydi ve hava açıktı. Mezar içerden ışıklandırıldığı için, karanlık denizde yüzen dev bir küpe benzemişti.

Dr. Richardson ve koruması, ana kapıda bir özel cankurtaran ve bir siyah yolcu minibüsüyle karşılaşıp cenaze korteji gibi bu iki aracın peşine takıldılar. Araçlar genetik araştırma binasının önüne geldiğinde, minibüsten iki vakıf görevlisi ve bir zenci kadın indi. Adamlardan genç olanı, kendisini Dennis Prichett olarak tanıttı. Nakilden o sorumluydu ve hiçbir hata yapmamak için büyük özen gösteriyordu. Diğer adamın diken diken saçları, rahat ve güngörmüş bir yüz ifadesi vardı. Prichett bu adama sadece Shepherd diyordu. Shepherd'ın sol omzunda uzun bir metal kutu, elinde bir Japon kılıcı vardı.

Genç zenci kadın sürekli Dr. Richardson'a bakıyordu ama Richardson onunla göz göze gelmemeye özen gösteriyordu. Richardson onun bir biçimde tutsak olduğunu anlamıştı ama onu kurtaracak gücü yoktu. Kadın "Lütfen beni kurtarın" diye fısıldayacak olsa, kendi tutsaklığıyla –ve korkaklığıyla– yüzleşmek zorunda kalacaktı.

Prichett cankurtaranın arka kapısını açtı. Richardson, Gabriel Corrigan'ın bir sedyeye yatırılmış ve acil servislerde saldırgan hastaları engellemek için kullanılan kalın kemerlerle bağlanmış olduğunu gördü. Gabriel'ın bilinci kapalıydı. Sedye cankurtarandan indirilirken başı sağa sola sallandı.

Genç kadın Gabriel'ın yanına gitmek istedi ama Shepherd onu kolundan sıkıca kavradı. "Müdahale etme" dedi. "Onu içeri almamız gerekiyor."

Sedyeyi genetik araştırma binasının kapısına getirip beklediler. Hiç kimsenin Güvenlik Bağı bu binaya girmeye yetkili değildi. Grup soğuk havada bekleşirken Prichett cep telefonuyla güvenliği aradı. Bir süre sonra Londra'da bilgisayarı başında oturan bir teknisyen, grubun kimlik kartlarına erişim izni tanıdı. Prichett sedyeyi iterek içeri girdi ve diğerleri de onu takip etti.

Richardson, kendisinin yanlışlıkla gelen melez hayvanlarla ilgili raporu okuduğundan beri, çok gizli tutulan genetik araştırma binasını görmek istiyordu. Zemin kattaki bölümlerde kayda değer bir şey yoktu. Floresan tavan lambaları. Soğutucular ve laboratuvar masaları. Bir elektron mikroskobu. Binanın bütünü köpek kulübesi gibi kokuyordu ama Richardson ne laboratuvar hayvanı görebilmişti, ne de "yapboz" denen o garip yaratıkları. Gabriel boş bir odaya alınırken Shepherd genç kadını başka bir yere götürdü.

Prichett, Gabriel'ın bedeninin yanında durdu. "Bay Corrigan'ın başka bir âleme geçmiş olduğunu düşünüyoruz. General Nash, bedeninin yaralanıp yaralanmadığını öğrenmek istiyor."

"Bir tek stetoskopum var."

"Elinizden geleni yapın ama acele edin. Nash birkaç dakika sonra burada olacak."

Richardson, parmaklarını Gabriel'ın boynunda dolaştırarak nabız aradı. Yoktu. Ceketinin cebinden kalemini çıkardı, Gabriel'ın tabanına batırdı ve kas tepkisi gördü. Gömleğinin düğmelerini açtı ve stetoskopunu Yolcu'nun göğsüne yerleştirdi. On saniye. Yirmi saniye. Sonunda tek bir kalp atışı.

Koridordan sesler geliyordu. Shepherd, Michael ve General Nash'i odaya getirirken Richardson bedenden uzaklaştı.

"Evet" dedi Nash, "durumu nasıl?"

"Hayatta. Ancak sinirsel hasar görüp görmediğini bilmiyorum."

Michael sedyeye yaklaştı ve kardeşinin yüzüne dokundu. "Gabe hâlâ İkinci Âlem'de. Çıkış yolunu bulmuştum ama ona söylemedim."

"Akıllılık etmişsin" dedi Nash.

"Kardeşimin tılsımı nerede? Japon kılıcı?"

Shepherd, hırsızlıkla suçlanmış gibi baktı. Kılıcı teslim etti, Michael da onu kardeşinin göğsüne bıraktı.

"Onu çok uzun süre bağlı tutamayız" dedi Richardson. "Omurilik felçli hastalar gibi cilt yaraları açılır. Kasları da zayıflamaya başlar."

General Nash, itiraz gelmesinden pek hoşnut olmamıştı. "Siz o konuyu düşünmeyin Doktor. Fikrini değiştirene kadar onu kontrol altında tutacağız."

* * *

Richardson ertesi sabah kütüphanenin bodrumundaki nöroloji laboratuvarında gözden uzak kalmaya çalıştı. Araştırma merkezinin bilgisayarında çalışmakta olan bir satranç oyununda kendisi için hesap açılmıştı ve o bu etkinlikten çok memnundu. Siyah taşlar kendisine, beyaz taşlar bilgisayara aitti ve her taş elleri, ayakları, yüzü olan birer canlıydı. Tahtada hareket ettirilmeyen atlar durdukları yerde tepiniyor ve kişniyor, canları sıkılan piyonlar esniyor, kaşınıyor ve uyuyakalıyordu.

Richardson taşların canlı olmasına alıştıktan sonra ikinci etkileşim düzeyi denen duruma geçti. Burada taşlar insan gibi davranmakla kalmıyor, birbirlerine hakaret ediyor ve Richardson'a öneriler veriyordu. Yanlış bir hamle yapmak istemesi durumunda taş önce strateji konusunda atıp tutuyor, sonra istemeye isteme-ye gönderildiği kareye gidiyordu. Üçüncü etkileşim düzeyindeyse Richardson'ın tek yapabileceği izlemekti. Taşlar kendi kendilerine hareket ediyor ve üstün gelen taş diğerini topuzlarla paralayarak veya kılıçla delik deşik ederek öldürüyordu.

"Yoğun musunuz doktor?"

Richardson arkasını döndüğünde Nathan Boone'un kapıda dikildiğini gördü. "Satranç oynuyordum."

"Ne güzel." Boone laboratuvar masasına doğru ilerledi. "Kendimizi sürekli zora koşmaya, zihnimizi dinç tutmaya ihtiyacımız var."

Boone masanın öbür tarafına oturdu. Kapıdan biri bakacak olsa, iki meslektaşın bilimsel bir konuda görüş alışverişinde bulunduğunu sanırdı.

"Nasılsınız Doktor? Uzun zamandır konuşamadık."

Dr. Richardson bilgisayarının ekranına baktı. Taşlar birbirleriyle konuşuyor, hamle sıralarını bekliyorlardı. Kendilerini canlı sanıp sanmadıklarını merak etti Richardson. Belki de kontrolün onun elinde olduğunu anlamadan dua ediyor, korkuyor ve zaferlerini kutluyorlardı.

"Ben... Evime dönmek istiyorum."

"Sizi anlıyorum." Boone gerçekten anlayışla gülümsedi. "Sonunda evinize ve derslerinize döneceksiniz ama şu anda takımımızın önemli bir üyesisiniz. Dün gece Gabriel Corrigan buraya getirildiğinde yanında olduğunuzu öğrendim."

"Onu kısaca muayene ettim, o kadar. Hâlâ yaşıyor."

"Doğru. O burada, hayatta ve bizim onu kontrol etmemiz gerek. Bu da çok farklı bir sorun doğuruyor: Bir Yolcu'yu bir odaya nasıl hapsedersiniz? Michael'a göre, Yolcuları tamamen bağlı tuttuğunuzda bedenlerinden çıkmaları mümkün olmuyormuş. Ancak bu da fiziksel sorunlara yol açabilir."

"Aynen öyle. Bunu General Nash'e de anlattım."

Boone eğildi ve bilgisayarın bir tuşuna bastı. Satranç oyunu kapandı. "Evergreen Vakfı beş yıldır acının sinirsel oluşumu üzerine araştırmalar yürütüyor. Şüphesiz siz de biliyorsunuz ki acı çok karmaşık bir fenomen."

"Acı, beynin birkaç bölümünde birden işlem görür ve paralel sinir yolları üzerinde ilerler" dedi Richardson. "Dolayısıyla, beynin bir bölümü işlevini yitirse bile acıya tepki verebiliriz."

"Haklısınız doktor. Araştırma ekibimizin bulgularına göre, en önemlileri beyincik ve talamus olmak üzere beynin beş bölümüne teller yerleştirilebiliyor. Şunu izleyin lütfen." Boone cebinden bir DVD çıkardı ve Richardson'ın bilgisayarına yerleştirdi. "Bu görüntüler bir yıl kadar önce Kuzey Kore'de çekildi."

Bilgisayarın ekranında, açık kahverengi bir alyanaklı maymun belirdi. Bir kafeste duruyordu ve kafatasından teller çıkıyordu. Teller, hayvanın vücuduna bağlanmış bir telsiz alıcısına yerleştirilmişti. "Görüyor musunuz? Kobaya hiçbir biçimde fiziksel acı verilmiyor. Sadece bir düğmeye basıyorsunuz ve..."

Maymun çığlık attı ve yüzünde büyük bir acıyla yere yıkıldı. Kafesin tabanında titremeye ve hafifçe sızlanmaya başladı.

"Bakın, hiçbir fiziksel travma yok, ancak sinir sistemi çok şiddetli bir biçimde uyarılıyor ve acı algısı oluşturuyor."

Richardson zar zor konuştu. "Bunu neden izletiyorsunuz?"

"Anlamadınız mı Doktor? Gabriel'ın beynine teller yerleştirmenizi istiyoruz. Dünyaya döndüğü zaman bağlarını çözeceğiz. Ona iyi bakacağız ve bazı konulardaki asi fikirlerini değiştirmeye çalışacağız. Ancak yanımızdan ayrılmaya kalktığı anda, biri bir düğmeye basacak ve..."

"Bunu yapamam" dedi Richardson. "Bu işkencedir."

"Yanlış sözcük kullanıyorsunuz. Biz sadece birtakım yanlış seçimlere karşı ani müdahale biçimi geliştiriyoruz."

"Ben doktorum. İnsanları iyileştirmek için eğitim aldım. Bu yaptığınız yanlış."

"Sözcük dağarcığınızı geliştirmeniz gerekiyor Doktor. Yapılacak müdahale yanlış değil, *gerekli*."

Nathan Boone ayağa kalktı ve kapıya ilerledi. "DVD'deki bilgileri inceleyin. Birkaç gün içinde yeni veriler de göndereceğiz." Son bir kez gülümsedi ve koridorda kayboldu.

Dr. Richardson, kanser tanısı konmuş gibi hissediyordu kendisini. Yıkıcı hücreler damarlarında, kemiklerinde yürüyordu. Hırs ve korku nedeniyle başta belirtileri yok saymaya çalışmış, artık çok geç kalmıştı.

Laboratuvardaki sandalyeye çakılıp kaldı. Bilgisayarında değişik maymunlarda uygulanan deneyleri izliyordu. Kafesi kırmaları gerek, diye düşündü. Kaçıp saklanmalılar. Ama bir emir veriliyordu, bir düğmeye basılıyordu ve itaat etmek zorunda kalıyorlardı.

56

Binalara sızmak, Soytarıların küçük ama önemli bir becerisiydi. Maya gençken Linden ona üç gün boyunca kapı kilitlerini, güvenlik kartlarını ve gözetleme sistemlerini öğretmişti. Bu üç günlük çalışmanın sonunda, Fransız Soytarı'yla birlikte Londra Üniversitesi'ne sızmışlar, boş koridorlarda dolaşmışlar ve Jeremy Bentham'ın iskeletini örten siyah paltonun cebine bir kartpostal bırakmışlardı.

Araştırma merkezinin elektronik planlarında, genetik araştırma binasının bodrum katına giden bir havalandırma kanalı görülüyordu. Mimar, planın belirli yerlerine küçük harflerle "PIR" yazmıştı; bunlarla pasif kızılötesi hareket algılayıcılarını belirtmek istiyordu. Bu sorunu aşmanın bir yolu vardı ama Maya asıl sisteme başka güvenlik aygıtlarının eklenmiş olabileceğinden endişeleniyordu.

* * *

Hollis, Philadelphia'nın batısındaki bir alışveriş merkezinde durdu. Bir doğa sporları mağazasından kaya tırmanışı malzemeleri, bir tıbbi malzemeciden de bir kutu soğutucu sprey aldılar. Alışveriş merkezinin yakınındaki yapı markete de giderek kocaman reyonlarda bir saat kadar dolaştılar. Maya arabaya çekiç ve keski, bir fener, bir levye, küçük bir gaz meşalesi, bir de demir makası attı. Herkesin onları izlediğini sanıyordu ama Hollis kasadaki genç kadınla şakalaştı ve önlerine kimse dikilmeden marketten çıktılar.

Akşamüstü, Purchase kentine ulaştılar. Büyük evlerin, özel okulların, geniş bahçeli şirket merkezlerinin bulunduğu varlıklı bir kentti. Maya, buranın gizli bir araştırma merkezi için ideal olduğuna karar verdi. New York'a ve yerel havaalanlarına yakındı, ancak Tabula'nın çalışmalarını bir taş duvarın arkasına saklama olanağı da veriyordu.

Bir motele girdiler ve Maya kılıcını yanına alarak birkaç saat uyudu. Uyandığında, Hollis'i banyoda tıraş olurken buldu. "Hazır mısın?" diye sordu.

Hollis üzerine temiz bir gömlek geçirdi ve saçlarını arkada topladı. "Birkaç dakikaya hazırım" dedi. "İnsan kavgaya bile bakımlı girmeli."

Akşam saat ona doğru motelden ayrıldılar, Old Oaks Golf Kulübü'nün yanından geçerek kuzeye dönüp iki şeritli bir yola çıktılar. Araştırma merkezini bulmak kolay oldu. Duvarlara sarı sokak lambaları yerleştirilmişti ve giriş kapısının yanındaki kulübede bir güvenlik görevlisi oturuyordu. Hollis sürekli dikiz aynasına bakıyordu ama peşlerinde kimse yoktu. Bir buçuk kilometre sonra bir yan yola girdi ve bir elma bahçesinin önünde bankete çıkarak durdu. Elmalar haftalar önce toplanmıştı ve yer kuru yapraklarla kaplıydı.

Kamyonet çok sessizdi. Maya, hoparlörlerden gelen sese alıştığını fark etti; müzik yol boyunca onlara destek olmuştu.

"Zor bir iş olacak" dedi Hollis. "Araştırma merkezinin içinde sürüyle güvenlikçi vardır eminim."

"Sen gelmek zorunda değilsin."

"Bunu Gabriel için yaptığını biliyorum ama Vicki'yi de kurtarmamız gerek." Hollis camdan gökyüzüne baktı. "Akıllı ve cesur bir kız, üstelik doğru bildiklerini savunmaktan çekinmiyor. Her erkek onun gibi bir kadının hayatında olmak ister."

"Sen sanki o insan olmak istiyormuşsun gibi geldi."

Hollis güldü. "Şansım olsa, bir Soytarı'yı arabama almamış olurdum. Sizin *çok fazla* düşmanınız var."

Kamyonetten indiler ve çam ağaçlarının, böğürtlen çalılarının çok yoğun olduğu bir koruluktan geçtiler. Maya'nın elinde kılıcı ve pompalı tüfeği vardı. Hollis ise yarı otomatik bir tüfek ve aletleri doldurduğu çantayı taşıyordu. Koruluktan çıktıklarında, araştırma merkezinin kuzey duvarına yakın bir havalandırma kanalının çıkışını buldular. Çıkış, sağlam bir çelik mazgalla kapatılmıştı.

Hollis iki asma kilidi makasla kesti ve levyeyi kullanarak mazgalı kaldırdı. İçeriye fener tuttu ama üç metreden ötesi görünmüyordu. Maya, ılık havanın yüzüne vurduğunu hissetti.

"Planlara göre bu kanal doğruca bodruma iniyor" dedi Hollis'e. "Hareket edebilecek kadar alan olup olmadığını bilmiyorum, bu yüzden baş aşağı ineceğim."

"İyi olup olmadığını nasıl anlayacağım?"

"Beni birer metre aralıkla indir. İpi iki kez çekersem biraz daha salarsın."

Maya tırmanış kemerini üzerine geçirirken, Hollis de mazgalın kenarına bir halat kilidi ve makara taktı. Her şeyi kontrol ettikten sonra, Soytarı, ceketinin içine birkaç alet alarak kanaldan aşağı inmeye başladı. Çelik boru karanlık, sıcak ve tek kişilikti. Kendini bir mağaraya indiriliyormuş gibi hissediyordu.

On iki metre indikten sonra borunun iki yöne ayrıldığı bir T bağlantısına geldi. Baş aşağı sallanırken çekici ve keskiyi çıkarıp sacı kesmeye hazırlandı. Boruya vuran keskinin sesi, her tarafında yankılandı. Alnından damlayan terlere aldırmayarak çekici defalarca indirdi. Sonunda keski sacı yardı ve ortaya incecik bir ışık huzmesi çıktı. Maya deliği genişletti ve sacı iki yana ayırdı. İpi iki kez çektiğinde Hollis onu beton zeminli ve briket duvarlı bir yeraltı tüneline indirdi. Tünelin içi su ve havalandırma borularıyla, elektrik kablolarıyla doluydu. Altı metrede bir yerleştirilmiş floresan lambalar tüneli aydınlatıyordu.

İpi ikiye katlayıp alet çantasını indirmeleri on dakika sürdü. Bundan beş dakika sonra Hollis de Maya'nın yanına gelmişti.

"Yukarı nasıl çıkacağız?" diye sordu.

"Binanın kuzey köşesinde bir acil çıkış merdiveni var. Güvenlik sistemine yakalanmadan bu merdiveni bulmamız gerek."

Tünelde ilerlediler ve ilk açık kapının önünde durdular. Maya cebinden küçük bir ayna çıkarıp kapının gerisine baktı. Eşiğin diğer tarafında, kıvrımlı bir merceği olan küçük beyaz bir plastik kutu duruyordu.

"Planlarda PIR hareket algılayıcıları kullandıkları yazıyordu. Bu aletler, çevredeki nesnelerin yaydığı kızılötesi enerjiyi algılar ve enerji belirli bir sınırın üzerine çıktığında alarm verir."

"Soğutucuyu bunun için mi aldık?"

"Evet." Çantanın içine uzandı ve tepesi spreyli bir termosa benzeyen soğutucuyu çıkardı. Kapının eşiğinden dikkatle uzandı ve hareket algılayıcısına sprey sıktı. Mercek buzla kaplandığında tünelde ilerlemeyi sürdürdüler.

Yeraltı tünelini yapan mühendisler, duvarlara çeşitli bölüm numaraları yazmıştı ama Maya bunların anlamını çözememişti. Tünelin belirli yerlerinde buhar tribününe benzer mekanik bir uğultu geliyordu ama makineler görünmüyordu. On dakika daha dolaştıktan sonra bir kavşağa geldiler. Tünel ikiye ayrılıyordu ve nereye gitmeleri gerektiğini gösterebilecek hiçbir işaret yoktu. Maya cebinden rasgele sayı üretecini çıkardı. Tek sayıyla sağa gidileceğini kararlaştırdı ve düğmeye bastı. Ekranda 3531 sayısı belirdi.

"Sağa git" dedi Hollis'e.

"Neden?"

"Hiçbir nedeni yok."

"Soldaki tünel daha büyük görünüyor. Bence o tarafa gidelim."

Sola döndüler ve on dakika boyunca boş depoları araştırdılar. Sonunda tünelin çıkmaz olduğu anlaşıldı. Geri gittiklerinde, Maya'nın duvara bıçağıyla çizdiği Soytarı mandolinini buldular.

Hollis bozulmuştu. "Bu senin küçük aletin bize doğru yolu gösterdiği anlamına gelmiyor. Yapma ne olur Maya! Sayıların hiçbir *anlamı* yok."

"Tek anlamı, sağa gideceğimiz."

İkinci koridora girip başka bir algılayıcıyı devre dışı bıraktılar. Hollis ansızın durdu ve yukarıyı işaret etti. Tavana küçük, gümüş renkli bir kutu yerleştirilmişti. "Bu da hareket algılayıcısı mı?"

Maya başını salladı ve parmağını dudaklarına götürüp sus işareti yaptı.

"Peki ne o zaman?"

Hollis'i kolundan kavradı ve koridor boyunca koştular. Çelik bir kapıyı açtıklarında, beton destek kolonlarıyla dolu, futbol sahası kadar bir yere girdiler.

"Ne oluyor yahu?"

"Yedek sistemleriydi o. Ses algılayıcısı. Muhtemelen Echo adlı bir bilgisayar programına bağlıdır. Bilgisayar mekanik sesleri ayıklar ve insan seslerini algılar."

"Yani burada olduğumuzu anladılar mı?"

Maya kılıcını taşıdığı tüpün kapağını açtı. "Anladılarsa yirmi dakika önce anlamışlardır. Hadi gel, şu merdiveni bulalım."

Mekân, dördü köşelerde, biri tam ortada olmak üzere sadece beş ampulle aydınlanıyordu. Köşeden ayrıldılar ve kolonların arasından dikkatle yürüyerek ortadaki ampule doğru ilerlediler. Zemin tozluydu, havaysa sıcak ve basıktı.

Ampuller bir an titreyip söndü. Birkaç saniye karanlıkta bekledikten sonra Hollis tek fenerlerini yaktı. Gergin ve kavgaya hazır görünüyordu.

Bir kapının zorla açılmasına benzer gıcırtılı bir sürtünme sesi duydular. Sessizlik. Sonra kapı tok bir sesle kapandı. Maya'nın parmak uçları karıncalanıyordu. Hareket etmemesi için Hollis'in koluna dokunduğu anda, kahkahaya benzer bir havlama sesi duydular.

Hollis feneri iki kolonun arasına doğrulttuğunda, gölgede bir şeyin hareketlendiğini gördüler. "Yapbozlar" dedi. "Bizi öldürmeleri için saldılar."

Maya çantayı karıştırıp gaz meşalesini buldu. Sakar ve telaşlı hareketlerle vanayı açıp çakmakla meşaleyi tutuşturdu. Hafif bir uğultu eşliğinde beliren mavi alev çevreyi aydınlattı. Meşaleyi doğrultarak birkaç adım attı.

Kolonların arasında karanlık şeyler dolaşıyordu. Tekrar kahkahalar geldi. Yapbozlar yerlerini değiştiriyor, çevrelerinde daire çiziyorlardı. Maya ve Hollis, oluşturdukları küçük aydınlıkta sırt sırta vermiş bekliyorlardı.

"Kolay ölmüyorlar" dedi Hollis. "Gövdelerinden yara aldıklarında da hemen iyileşiyorlar."

"Kafaya mı vuracağız?"

"Yapabilirsen. Ölene kadar saldıracaklar."

Maya hızla döndü ve sırtlan sürüsünü altı metre kadar ötelerinde gördü. Sekiz-on tane yapboz vardı ve hızla hareket ediyorlardı. Sarımsı postları siyah benekliydi. Küt burunları koyu renkliydi.

Yapbozlardan biri tiz bir kahkaha attı. Sürü dağıldı, kolonların arasından koştu ve iki yönden saldırdı. Maya meşaleyi yere bırakıp pompalı tüfeği kurdu. Sürü üç metre yakına gelene kadar bekleyip lider olan hayvana ateş etti. Saçmaları göğsünden alan hayvan geriye savruldu ama diğerleri gelmeyi sürdürdü. Hollis diğer gruba ateş etmekle uğraşıyordu.

Mermileri bitirene kadar tetiği defalarca çekti. Sonra silahı atıp kılıcını mızrak gibi ileri doğrulttu. Yapbozlardan biri havaya sıçrayıp kılıca geçti. Ağır bedeni Maya'nın ayaklarının dibine yuvarlandı. Kılıcını hayvandan kurtarıp saldıran diğer iki yapboza hızlı ve sert darbelerle savurdu. Keskin kılıç kayış gibi derilerini lime lime ederken hayvanlar çığlık atıyordu.

Maya arkasını döndüğünde, Hollis'in tüfeği doldurmak için kaçmaya çalıştığını, peşinde üç yapbozun olduğunu gördü. Hollis döndü, feneri bıraktı ve tüfeği kuvvetle savurup ilk hayvanı yana devirdi. Diğer iki yapboz üstüne atıldığında geriye yıkılıp karanlıkta kayboldu.

Maya sol eline meşaleyi, sağ eline kılıcını aldı. Hollis iki yapbozu savuşturmaya çalışırken ona doğru koştu. İki hamleyle hayvanlardan birinin başını kopardı, diğerinin karnını deşti. Hollis'in ceketi parçalanmıştı. Kolu kanla kaplıydı.

"Ayağa kalk!" diye bağırdı. "Hemen ayağa kalk!"

Hollis sendeleyerek doğruldu, şarjörü buldu ve tüfeğe yerleştirdi. Yaralı bir yapboz sürünerek uzaklaşmaya çalışıyordu ama

Maya kılıcını cellat gibi indirdi. Ölü hayvanın tepesinde dikilirken elleri titriyordu. Yapbozun ağzı açılmıştı ve dişleri görünüyordu.

"Hazır ol" dedi Hollis, "tekrar saldırıyorlar." Tüfeğini doğrulttu ve bir Jonesie duasına başladı. "Ulu Tanrım, tüm kalbimle sana sığınıyorum. Nurun yolumuzu aydınlatsın ve çevremizi saran kötülüklerden..."

Önce arkalarından bir kahkaha yükseldi, ardından üç yönden saldırıya uğradılar. Maya, üzerine atılan pençelere, dişlere, kıpkırmızı dillere ve nefretle yanan gözlere kılıcıyla karşı koymaya çalışırken, Hollis önceleri çok mermi yakmamak için birer birer ateş etti, baktı olmayacak, otomatiğe aldı. Yapbozlar dalga dalga saldırıp safdışı bırakıldılar. Ayakta kalan son hayvan Maya'ya yöneldi. Maya kılıcını kaldırıp savurmaya hazırlandı ama Hollis bir adım öne çıkıp hayvanı kafasından vurdu.

* * *

Ölü bedenlerin arasında yan yana duruyorlardı. Maya, saldırının öfkesiyle içinin uyuştuğunu hissediyordu.

"İyi misin?" Hollis'in sesi sert ve zorlanarak çıkmıştı.

Maya dönüp ona baktı. "Galiba. Ya sen?"

"Biri omzumu kesti ama kolumu oynatabiliyorum hâlâ. Hadi, çok zaman kaybetmeyelim."

Maya kılıcını tekrar kınına yerleştirdi. Tüfeği bir eline alıp bodrum katın duvarlarına doğru ilerlediler. Birkaç dakika içinde çelik kapıyı buldular ama elektromanyetik duyargalarla da karşılaştılar. Hollis kapıdan çıkan kabloların ulaştığı kutuyu buldu ve kapağı açtı. İçinde bir sürü kablo ve anahtar vardı ama neyse ki hepsi renkliydi. İş daha kolay olacaktı.

"Binada olduğumuzu zaten biliyorlar ama merdivene ulaştığımızı anlamalarını istemiyorum" diye açıkladı Maya.

"Hangi kabloyu keseceğiz?"

"Hiçbirini. Kesersek alarm çalışır."

Zor kararlardan asla kaçma demişti babası bir zamanlar. *Sadece aptallar kesin doğru kararlar verir.* Maya, yeşil kabloların kurcalama alarmı, kırmızı kablolarınsa akım taşıyıcı olduğuna karar verdi. Meşaleyle kırmızı kablo çiftlerinin plastik kaplamasını erittikten sonra her birini küçük kıskaçlarla birbirine tutturdu.

"Bu işe yarayacak mı?"

"Bilemem."

"Bizi bekliyor mu olacaklar?"

"Olabilir."

"Ne güzel." Hollis hafifçe gülümsedi ve Maya kendisini daha iyi hissetti. O belki babası veya Mother Blessing gibi değildi ama bir Soytarı gibi düşünmeye başlamıştı. Soytarı, kaderini kabullenmek ama yine de cesur olmak zorundaydı.

Çelik kapıyı zorlayıp açtıklarında hiçbir şey olmadı. Her sahanlığında bir ampul yanan beton acil çıkış merdiveninin zemin katındalardı. Maya ilk adımı dikkatle attı, sonra hızla tırmanmaya başladı.

Yolcu'yu bul.

57

Kennard Nash, kuantum bilgisayarını gözlemleyen teknisyenlerden biriyle konuştu. Oyuncusunu sahaya geri gönderen basketbol koçu gibi adamın sırtına vurduktan sonra Michael'ın yanına geldi ve oturdu.

"Dostlarımızdan karşılama mesajını aldık" dedi. "Bu demek oluyor ki, asıl iletişim beş ila on dakika içinde kurulacak."

Michael bir krakeri kemirirken generalin koruması Ramon Vega, ikisinin şaraplarını tazeledi. Michael bu loş salonda oturup sıvı helyumla dolu tankı izlemeyi seviyordu. Bilgisayarın çekirdeğindeki elektron anahtarları bir enerji kafesi içinde açılıp kapanırken, yeşil sıvının içinde küçük patlamalar meydana geliyordu. Elektronlar bu dünyada var olan nesnelerdi ama kuantumun üstdüşüm özelliği, bu atomaltı parçacıkların aynı anda açık ve kapalı, yukarıda ve aşağıda, sağa döner ve sola döner olmasını sağlıyordu. Algılanamayacak kadar kısa bir süre içinde hem buradaydılar hem orada; paralel bir boyuta geçiyorlardı. İşte bu boyutta, elinde çok gelişmiş bir bilgisayar olan ileri bir uygarlık bekliyordu. Bilgisayar bu elektronları yakalıyor, bir bilgi paketi halinde düzenliyor ve geri gönderiyordu.

"Belirli bir şey mi bekliyorsunuz?" diye sordu Michael.

"Bir mesaj bekliyoruz. Belki de bir ödül. İkinci Âlem'e girdiğinde elde ettiğin verileri üç gün önce göndermiştik. Onların istediği de buydu, yani bir Yolcu'nun çizeceği yol haritası."

Nash bir düğmeye bastığında tavandan üç plazma ekran indi. Salonun diğer tarafındaki bir teknisyen, monitörde gördüklerini inceleyip bir komut yazmaya başladı. Birkaç saniye sonra, soldaki ekranda ışık noktaları ve karanlık bölümler belirmeye başladı.

"İşte bize gönderdikleri bu. İkili bir kod" dedi Nash. "Aydınlık ve karanlık, evrenin temel ve ortak dilidir."

Bilgisayarlar kodu dönüştürdükçe sağdaki ekrana sayılar gelmeye başladı. Kısa bir gecikmeden sonra bu sayılar da dönüştürüldü ve ortadaki ekranda düz ve açılı çizgiler halinde bir düzenleme ortaya çıktı. Bir süre sonra bunun karmaşık bir makinenin planı olduğu anlaşıldı.

General Nash, Tanrı'nın yüzünü görmüş bir inanan gibi davranıyordu. "İşte beklediğimiz buydu" diye mırıldandı. "Kuantum bilgisayarımızın bir sonraki sürümünü görüyorsun."

"Bunu yapmanız ne kadar sürecek?"

"Çalışanlarım verileri inceleyip bana bir tarih verecekler. O zamana kadar dostlarımızın memnuniyetini sürdürmemiz gerekli." Nash güvenle gülümsedi. "Bu uygarlıkla küçük bir oyun oynuyorum. Biz teknolojimizin gücünü artırmak istiyoruz. Onlar âlemler arasında serbestçe dolaşabilmek istiyor. Bunu nasıl yapacaklarını sen göstereceksin."

İkili kod. Sayılar. Sonra da yeni bir makinenin taslağı. Gelişmiş uygarlığın ilettiği veriler üç ekrana bu şekilde yansırken, Michael önünde yanıp sönen görüntüler karşısında büyülenmişti. Ramon Vega'nın generale yaklaşıp bir cep telefonu verdiğini fark etmedi bile.

"Şu anda meşgulüm" dedi Nash arayana. "Bu iş bitene kadar..." Generalin yüzü bir anda asıldı. Hemen ayağa kalkıp salonda dolaşmaya başladı. "Ne yaptınız? Kafesleri açmanıza kim izin verdi? Boone nerede? Konuştunuz mu onunla? Çabuk bulun onu. Bir an önce bilgisayar merkezine gelsin."

Nash telefonu kapattığında Michael, "Bir sorun mu var?" diye sordu.

"Birileri araştırma merkezine girmiş. Sana sözünü ettiğim fanatik Soytarı olabilir. Ama bu hiç beklenmedik bir durum. Bu insanların bu tesise girebilecek olanakları yok."

"Şimdi binada mı bu kişi?"

Bunu düşünmek bile General Nash'in yüreğini hoplatmaya yetmişti. Korumasına baktı, sonra korkusunu bastırdı. "Elbette hayır. Bu mümkün değil."

58

Gabriel karanlık kentte dolaştıktan sonra nihayet dönüş yolunu bulmuştu. Şimdi kendisini derin bir havuzun dibinden parlayan yüzeye bakar gibi hissediyordu. Ciğerlerindeki hava onu yukarı taşımaya başladı; önce ağır ağır, sonra hızlanarak. Yüzeye birkaç metre kaldığında bedenine geri girdi.

Yolcu, gözlerini açtı ve kilise kampının yatakhanesindeki somyada yatmadığını fark etti. Bir sedyeye kayışla bağlanmış halde uzun, gömme ışıklı bir koridorda ilerletiliyordu. Yeşim kılıç, kınının içinde göğsünde duruyordu.

"Nerde..." diye fısıldadı, ama çok üşüyordu ve konuşamadı. Sedye ansızın durdu ve iki kişi yüzüne baktı. Biri Vicki Fraser'dı, diğeriyse beyaz önlük giymiş orta yaşlı bir adam.

"Hoş geldin" dedi adam.

Endişelenen Vicki, Gabriel'ın koluna dokundu. "İyi misin? Beni duyabiliyor musun?"

"Neler oldu?"

Vicki ve beyaz önlüklü bir adam sedyeyi boş hayvan kafesleriyle dolu bir odaya çekip kayışları çözdüler. Gabriel doğrulup vücudunu hareket ettirmeye çalışırken, Vicki Tabula'nın Arcadia'ya saldırdığını ve onları New York yakınlarındaki bir araştırma merkezine getirdiğini anlattı. Beyaz önlüklü adam, Phillip Richardson adında bir nörologdu. Önce Vicki'yi kilitli bir odadan çıkarmıştı, sonra Gabriel'ı bulmuşlardı.

"Planlı bir iş değildi, bir anda oluverdi." Dr. Richardson hem heyecanlı ve mutlu, hem de korkuluydu. "Başında bir güvenlik görevlisi bekliyordu ama başka yere çağrıldı. Araştırma merkezine birileri saldırıyormuş galiba..."

Vicki Gabriel'a bakıyor, gücünü kestirmeye çalışıyordu. "Yeraltı otoparkına ulaşabilirsek, Dr. Richardson bakım araçlarından biriyle dışarı çıkabileceğimizi düşünüyor."

"Sonra ne olacak?" diye sordu Gabriel.

"Önerilerinize açığım" dedi Richardson. "Üniversiteden arkadaşlarımdan biri, Kanada'da bir çiftlikte yaşıyor. Ama sınırı geçmekte zorlanırız."

Ayağa kalktığında Gabriel'ın dizleri titriyordu ama zihni açılmıştı. "Ağabeyim nerede?"

"Bilmiyorum."

"Onu da bulmalıyız."

"Bu çok tehlikeli olur" dedi Richardson. "Birkaç dakika içinde ikinizin ortadan kaybolduğunu anlayacaklardır. Onlarla savaşacak halimiz de olmadığına göre..."

"Dr. Richardson haklı Gabriel. Belki sonra gelip ağabeyini kurtarabiliriz. Ama şimdi buradan çıkmamız gerekiyor."

Gabriel plana razı olana kadar fısıldayarak tartıştılar. Ancak Dr. Richardson paniğe kapılmaya başlamıştı. "Her şeyi öğrenmişlerdir" dedi. "Şu anda bizi arıyor olabilirler." Kapının aralığından baktıktan sonra onları uzun bir koridordan asansöre götürdü.

Birkaç saniye sonra yeraltı otoparkına indiler. Katta beton kolonlardan başka bir şey yoktu. Asansörlerden beş metre kadar uzakta üç tane beyaz minibüs duruyordu. "Çalışanlar genellikle anahtarı üstünde bırakıyorlar" dedi Richardson. "Ön kapıdan çıkabilirsek bir şansımız olur."

Doktor ilk minibüse yaklaştı ve sürücü kapısını açmaya çalıştı. Kapı kilitliydi ama o bu duruma inanamıyormuş gibi kapı kolunu birkaç defa daha çekti. Vicki yanında duruyordu. Sakin ve rahatlatıcı bir sesle konuştu. "Telaş etmeyin Doktor. Diğerlerine bakalım."

Vicki, Gabriel ve Richardson önce bir yangın kapısının açılmasıyla çıkan gıcırtıyı, ardından betonda yankılanan ayak seslerini duydular. Bir an sonra yangın merdiveninin başında Shepherd belirdi.

"Bakın şu işe." Shepherd asansörlerin önünden geçti, durdu ve sırıttı. "Tam da Tabula beni ortadan kaldıracak diye korkarken ikramiyeye hak kazandım. Dönek Soytarı çok büyük bir rezaleti önledi."

Gabriel Vicki'ye baktıktan sonra yeşim kılıcı çekti. Kılıcı havada yavaşça sallarken Maya'nın ona söylediklerini hatırladı. İnsan elinden çıkan çok az sayıda nesne öylesine güzel, öylesine saf; arzudan ve hırstan arınmış durumdaydı.

Shepherd kötü bir espri duymuş gibi suratını buruşturdu. "Saçmalama Gabriel. Maya benim gerçek bir Soytarı olmadığımı düşünebilir, ama bu durum dövüşme becerilerimi değiştirmez. Ben dört yaşından beri bıçak ve kılıç kullanıyorum."

Gabriel başını hafifçe yana çevirdi. "Diğer minibüse bak" dedi Vicki'ye. "Belki onun anahtarları üzerindedir."

Shepherd kılıcını kınından çıkardı ve el korumasını yerine taktı. "Nasıl istersen. Benim için hava hoş. Üstelik hoşuma da gider. Hep bir Yolcu öldürmek istemiştim."

Shepherd saldırı pozisyonunu aldı ve Gabriel'ın hemen hücuma geçmesiyle şaşırdı. İleri atılan Gabriel, Shepherd'ın yüzüne doğru hamle yaparak şaşırtmaca verdi. Shepherd bunu savuşturunca Gabriel döndü ve adamın kalbini hedef aldı. Çelik çeliğe iki kez, üç kez, dört kez çarptı; Shepherd kendini kolaylıkla savunuyordu. Derken iki kılıç havada kilitlendi. Shepherd yarım adım geri çekildi ve sert bir bilek hareketiyle yeşim kılıcı Gabriel'ın elinden fırlattı.

Kılıç beton zemine yuvarlandı. Boş otoparkta kulak tırmalayan bir tangırtı çıktı. İki adam göz göze geldi ve Yolcu rakibini büyük bir berraklıkla gördü. Shepherd'ın yüzünde bildik Soytarı maskesi vardı ama dudaklarında tuhaf bir şey oluyordu. Gülümseyecek mi, kaşlarını mı çatacak karar veremediği için dudaklarının bir köşesi hafifçe titriyordu.

"Hadi Gabriel, alsana kılıcı..."

Birileri çok sert, bıçak gibi keskin bir ıslık çaldı. Shepherd ıslığa doğru döndüğü anda, ışıkta parlayarak gelen bir bıçak boğazına saplandı. Önce kılıç elinden düştü, ardından dizlerinin üstüne çöktü.

Açık kapıda Maya ve Hollis belirdi. Soytarı, Gabriel'a hızlı bir bakış atıp güvende olduğunu anladıktan sonra yaralı adama yaklaştı. "Babama ihanet ettin" dedi. "Ona ne yaptıklarını biliyor musun Shepherd? Nasıl öldüğünü biliyor musun?"

Shepherd gözlerinin kontrolünü yitirmişti ama suçunu kabul etmek hayatını kurtaracakmış gibi hafifçe başını salladı. Maya, dua etmeye hazırlanan bir rahibe gibi avuçlarını birleştirdi. Sonra sert bir tekme atarak bıçağın sapına vurdu ve keskin ucunu Shepherd'ın ense köküne kadar gömdü.

59

Maya dönüp tüfeğini beyaz önlüklü uzun boylu adama doğrulttu. "Hayır" dedi Vicki hızla. "Bu Dr. Richardson. Bilim adamı. Dostumuz. Bize yardım ediyor." Maya hızlı bir değerlendirme yaparak Richardson'ın korkmuş fakat zararsız olduğunu anladı. Tünellerde paniğe kapılacak olursa, çaresine o zaman bakacaktı. Öte yandan Gabriel hayattaydı ve tek önemli şey buydu.

Hollis araştırma merkezine nasıl girdiklerini anlatırken, Maya Shepherd'ın cesedine yaklaştı. Beton zeminde parlak kırmızı çizgiler bırakan kana bastı, cesedin yanına diz çöktü ve bıçağını aldı. Shepherd gerçi haindi ama Maya onu ortadan kaldırmış olmaktan hoşnut değildi. Çıkma yedek parçacının deposunda ona söylediklerini hatırladı. *Sen sanki farklı mısın? Bizleri kaybedilmiş bir davaya tapınan insanlar yetiştirdi.*

Grubun yanına döndüğünde, Hollis ile Gabriel'ın tartıştığını gördü. Vicki, arabuluculuk yapmak ister gibi ikisinin arasına girmişti.

"Sorun nedir?"

"Konuşsana şununla" dedi Hollis. "Ağabeyini bulmak istiyor."

Araştırma merkezinde kalma fikri, Richardson'ı dehşete düşürmeye yetmişti. "Hemen gitmemiz gerek. Güvenlikçiler bizi aramaya başlamıştır bile."

Maya, Gabriel'ın kolundan tutarak onu gruptan uzaklaştırdı. "Bu konuda haklılar. Burada kalmak tehlikeli. Başka bir zaman geliriz."

"Bunun olmayacağını sen de biliyorsun" dedi Gabriel. "Gelsek bile Michael burada olmayacak. Onu daha da sıkı korunan bir yere götüreceklerdir. Tek şansım bu."

"Bunu yapmana izin veremem."

"Sen beni kontrol edemezsin Maya. Bu benim seçimim."

Maya, Gabriel'la kayalara tırmanan iki dağcı gibi bağlandıklarını hissediyordu. Biri kayacak, bir taş yuvarlanacak olsa ikisi birden düşeceklerdi. Babasının derslerinden hiçbiri onu bu duruma hazırlayamamıştı. Bir plan yap, dedi kendi kendine. Kendi hayatını tehlikeye at. Onunkini değil.

"Peki, benim başka bir fikrim var." Olabildiğince sakin konuşmaya çalışıyordu. "Sen Hollis'le git, binadan çıkın. Ben burada kalıp ağabeyini arayacağım."

"Sen onu bulsan bile o sana güvenmez. Michael her zaman herkesten şüphelenmiştir. Ama beni dinler. Biliyorum dinleyeceğini."

Gabriel gözlerinin içine baktı ve bir anlığına, göz açıp kapayıncaya kadar aralarında bir bağ hissetti. Maya çaresizce doğru kararı vermeye çabalıyordu ama bu mümkün değildi. Şu anda doğru karar yoktu, sadece yazgı vardı.

Hızla Dr. Richardson'ın yanına gitti ve önlüğündeki kimlik kartını çekip aldı. "Bu kart çevredeki kapıları açar mı?"

"Yarısına yakınını açar."

"Michael nerede? Onu nerede tuttuklarını biliyor musunuz?"

"Genellikle idari merkezde, korumalı konuk odalarında bulunuyor. Şu anda araştırma merkezinin kuzey ucundayız. İdari merkezse tam güneyde, diğer tarafta."

"Oraya nasıl gideriz?"

"Tünelleri kullanın ve üst koridorlara çıkmamaya dikkat edin."

Maya cebinden fişekler çıkarıp tüfeğini doldurmaya başladı. "Bodruma dön" dedi Hollis'e. "Bu ikisini havalandırma tünelinden dışarı çıkar, ben de o sırada Gabriel'la Michael'ı arayacağım."

"Yapma işte" dedi Hollis.

"Başka şansım yok."

"Zorla götürelim. Gerekirse sallasırt edip öyle çıkaralım."

"Bu, Tabula'nın yapacağı şey Hollis. Biz böyle davranmayız."

"Tamam, Gabriel'ın ağabeyine yardım etmek istemesini anlıyorum ama ikiniz de öleceksiniz."

Pompalı tüfeği kurduğunda çıkan ses, boş otoparkta çınladı. Maya, babasının hiç teşekkür ettiğini duymamıştı. Soytarıların kimseye şükran duymaması gerekirdi ama o, yanında savaşan adama bir şey söyleme ihtiyacı hissediyordu.

"Şansın açık olsun Hollis."

"Şansa ihtiyacı olan sensin. Şöyle bir bakınıp çıkın."

* * *

Birkaç dakika sonra, Maya ve Gabriel dörgen avlunun altından geçen tünelde yürüyorlardı. Hava yine sıcak ve boğucuydu. Maya, duvarlara vidalanmış siyah borulardan suyun aktığını duyuyordu.

Gabriel durup durup ona bakıyordu. Kendisini rahatsız, hatta suçlu hissettiği belliydi. "Seni buna zorladığım için özür dilerim. Hollis'le gitmek istediğini biliyorum."

"Buna ben karar verdim Gabriel. Los Angeles'tayken ağabeyini koruyamamıştım. Şimdi bir fırsatım daha oldu." Gözlerine bakmamaya ve onu yatıştırmaya çalıştı. "Duygusal bir karar veriyoruz, mantıklı değil. Belki bunu beklemezler bile."

Avlunun diğer yanındaki idari merkeze geldiler ve Dr. Richardson'ın kartını kullanarak bir kapıyı açıp merdivenden lobiye çıktılar. Kart yardımıyla bir asansöre binip dördüncü kata gittiler. Halı kaplı bir koridorda yan yana yürüyüp boş odalara ve toplantı salonlarına göz attılar.

Maya, elinde bir pompalı tüfek varken kahve makinelerine, dosya dolaplarına ve ekran koruyucusu mavi gökyüzünde uçuşan melekler olan bilgisayarlara bakarken kendisini bir tuhaf hissediyordu. Londra'daki tasarım firmasında çalıştığı günleri hatırladı. Bütün gününü beyaz bir odacıkta, duvarına bantladığı bir tropik ada kartpostalına bakarak geçirirdi. Her gün saat dörtte Bengalli şişman bir kadın, elinde çay arabasıyla koridorlarda dolaşırdı. Şimdi o günler, başka bir âlem kadar uzak geliyordu.

Odaların birinden çöp kutusunu aldıktan sonra tekrar asansöre binip üçüncü kata indiler. Kapılar açıldığında Maya çöp kutusunu kapının arasına bıraktı. Koridorda yavaşça yürümeye başladılar. Maya, her kapıyı açıp içeriyi yoklarken Gabriel'ın iki metre geriden gelmesini istiyordu.

Lambalar koridorda sabit bir gölge deseni oluşturuyordu, ancak koridorun sonunda normalden daha koyu olan bir gölge vardı. Her şey olabilir, diye düşündü Maya. Belki de bir ampul yanmıştır. Bir adım daha attığında gölge hareketlendi.

Maya, Gabriel'a döndü ve sus işareti yaptı. Bir odayı işaret etti ve masanın arkasına saklanmasını hareketlerle anlattı. Tekrar köşeye geldiğinde koridoru yokladı. Birisi odalardan birinin yakınına temizlik arabası bırakmıştı ama ortada temizlikçi filan yoktu.

Koridorun sonuna kadar yürüdü, köşeyi döner gibi yaptı ve üç adamın ateş açmasıyla birlikte tekrar geri çekildi. Mermiler duvarlarda patladı ve odalardan birinin kapısını deldi.

Maya tüfeği kavrayıp koridorda gerisingeri koştu ve yolda tavandaki bir yangın fıskiyesine ateş etti. Fıskiye parçalanıp sular saçmaya başladığı anda alarm çaldı. Adamlardan biri köşeden baktı ve ona doğru rasgele ateş açtı. Yanındaki duvar sanki patladı ve halıya alçı parçaları saçıldı. Maya karşılık verince adam köşeye geri çekildi.

Koridorda dururken fıskiyeden sular püskürmeye devam ediyordu. Tehlikeye düşen insanların büyük bölümü, görüş açılarının daralmasıyla karşı karşıya kalır, bir tünelin öbür ucuna bakar gibi olurlardı. *Çevrene bak*, dedi Maya kendi kendine, ardından tavana baktı. Tüfeğini kaldırdı ve temizlik arabasının üstünde kalan lambaya iki el ateş etti. Plastik aydınlatma parçalandı ve tavan kaplamasında bir delik açıldı.

Maya tüfeği kemerinin altından geçirip temizlik arabasına çıktı. Deliğin içine uzanıp su borusunu kavradı. Sert bir tekmeyle arabayı koridordan aşağı gönderdi ve kendisini tavanın boşluğuna çekti. Sadece yangın alarmını ve fışkıran suyun sesini duyabiliyordu. Tüfeği kemerinden çıkardı. Bacaklarını boruya sardı ve örümcek gibi tutundu.

"Hazır olun" dedi bir ses. "Hadi!" Tabula'nın adamları koridora fırlayıp ateş açtılar. Alarm birkaç saniye sonra sustu ve her yer sessizliğe gömüldü.

"Nereye gitti?" diye sordu bir ses.

"Bilmem."

"Dikkatli olun" dedi üçüncü ses. "Odalardan birinde olabilir."

Maya tavandaki delikten bakarak birinci, ikinci, üçüncü Tabula'nın ellerinde silahlarıyla altından geçişini gördü.

"Ben Prichett" dedi üçüncü sesin sahibi. Telsizle veya cep telefonuyla konuşuyordu herhalde. "Kadını üçüncü katta gördük ama elimizden kaçırdık. Evet efendim. Tüm odalara..."

Maya bacaklarına iyice güç vererek gövdesini aşağı bıraktı. Yarasa gibi baş aşağı duruyordu ve siyah saçları dalgalanıyordu. Üç adamın sırtlarını gördü ve ilkine ateş etti.

Silahın tepmesiyle geriye savrulunca bacaklarını çözdü ve bir ters takla atıp koridorun ortasına, ayaklarının üzerine indi. Fıskiyeden hâlâ su fışkırıyordu ama buna aldırmayarak ikinci adamı tam döneceği sırada vurdu. Üçüncü adam saçmaları göğsüne yediği sırada daha cep telefonunu elinden bırakamamıştı. Hızla duvara çarptı ve kayarak yere düştü.

Fıskiye kapandı ve Maya yerdeki üç cesede baktı. Bu binada kalmak çok tehlikeliydi. Tünele dönmeleri gerekiyordu. Duvardaki gölgelerin yine kımıldadığını gördü ve o anda koridorun ucunda silahsız bir adam belirdi. Maya, benzerliklerini fark etmesine gerek bile kalmadan bunun diğer Yolcu olduğunu anlamıştı. Tüfeğini indirdi.

"Merhaba Maya. Ben Michael Corrigan. Burada herkes senden korkuyor. Ben hariç. Buraya beni korumaya geldiğini biliyorum."

Maya'nın arkasında bir kapı açıldı ve Gabriel da koridora çıktı. Maya'yı aralarına alan iki kardeş birbirlerine bakıyorlardı.

"Bizimle gel Michael." Gabriel zorlanarak gülümsedi. "Güvende olacaksın. Sana kimse buyruk vermeyecek."

"Soytarımıza birkaç sorum olacak. Tuhaf bir durumda değil miyiz? Ben de sizinle gelirsem, aynı sevgiliyi paylaşmış gibi olmayacak mıyız?"

"Bu iş öyle değil" dedi Gabriel. "Maya bize yardım etmek istiyor."

"Peki ya seçim yapmak zorunda kalırsa?" Michael bir adım ilerledi. "Kimi kurtaracaksın Maya? Beni mi, Gabriel'ı mı?"

"İkinizi de."

"Dünya tehlikelerle dolu. Belki bu mümkün olmaz."

Maya Gabriel'a bir bakış attı ama ne söylemesi gerektiğine dair bir ipucu alamadı. "Hanginiz bu dünyayı daha güzel bir yer yapacaksa onu koruyacağım."

"O zaman beni koruyacaksın." Michael bir adım daha attı. "İnsanların çoğu ne istediğini bilmez. Tamam, büyük bir ev veya yeni bir araba isterler elbette. Ama hayatlarına yön veremeyecek kadar korkaktırlar. Bunu onlar adına biz yapacağız."

"Sana bunu Tabula söylemiş" dedi Gabriel. "Ama doğru değil."

Michael başını salladı. "Sen de aynı babam gibi davranıyorsun, küçük bir hayata, deliklere saklanmaya mahkûm ediyorsun bizi. Küçükken yapılan o Şebeke muhabbetinden nefret ederdim. İkimize de bu güç verildi ama sen bunu kullanmak istemiyorsun."

"Güç bizden gelmiyor Michael. Bizim dışımızda."

"Deliler gibi büyüdük. Elektrik yoktu. Telefon yoktu. Okulun ilk gününü hatırlıyor musun? Kasabaya girdiğimizde insanların arabamızı nasıl gösterdikleri aklında mı? Böyle yaşamak zorunda değiliz Gabe. Her şeyi kontrolümüze alabiliriz."

"İnsanlar kendi hayatlarını kendileri kontrol etmeli."

"Niye kafan basmıyor Gabe? Çok zor da bir şey değil ki... Sen kendin için doğru olanı yap, dünyanın geri kalanını da koyver gitsin."

"Bu seni mutlu etmeyecek."

Michael Gabriel'a baktı ve başını salladı. "Tüm cevapları biliyormuş gibi konuşuyorsun ama ortada tartışılmaz bir gerçek var." Michael, kardeşini kutsar gibi ellerini açtı. "Dünyada tek bir Yolcu olabilir."

Kısa kır saçlı, metal gözlüklü bir adam koridorun köşesini döndü ve üzerlerine bir otomatik tabanca doğrulttu. Gabriel'ın yüzü, sanki tam o anda tüm ailesini birden yitirdiğini öğrenmiş gibi bir ifade aldı. İhanete uğramıştı.

Maya Gabriel'ı diğer koridora doğru iterken Boone ateş etti. Kurşun Maya'nın sağ bacağına girip onu duvara fırlattı ve yere kapaklanmasına neden oldu. Vücudundaki tüm havayı sıkıp çıkarmışlar gibiydi.

Gabriel hemen gelip onu kollarına aldı. Maya ondan kurtulmaya çalışırken birkaç metre koştu ve asansöre daldı. Maya, *kendini kurtar* demek istiyordu ama sesi çıkmıyordu. Gabriel çöp kutusuna bir tekme attı ve düğmeleri yumrukladı. Silah sesleri. İnsanların bağrışmaları. Kapılar kapandı ve zemin kata doğru indiler.

* * *

Maya kendinden geçti. Gözlerini tekrar açtığında tüneldeydiler. Gabriel bir dizini yere koymuş, onu hâlâ sıkıca tutuyordu. Birinin konuştuğunu duydu ve Hollis'in de orada olduğunu fark etti. Genetik araştırma binasından aldığı kimyasal madde tüplerini diziyordu.

"Lise laboratuvarındaki küçük şişelerin kırmızı uyarı işaretleri hâlâ aklımda. Bu malzemeler ateşle temas ettiğinde çok tehlikeli oluyor." Hollis, yeşil bir tüpün vanasını açtı. "Saf oksijen." Cam bir şişe alıp yere bir şeyler döktü. "Bu da sıvı eter."

"Başka?"

"Bu kadarı yeter. Şimdi iyice uzaklaşalım."

Gabriel, Maya'yı tünelin sonundaki yangın kapısına taşıdı. Hollis gaz meşalesini yaktı, tıslayan mavi alevi ayarladı ve geldiği yöne doğru fırlattı. İkinci bir tünele girdiler. Birkaç saniye sonra sert bir patlama sesi geldi ve genleşen hava arkalarındaki yangın kapısını kilitleri kırarak açtı.

Maya gözlerini tekrar açabildiğinde, acil çıkış merdiveninden aşağı iniyorlardı. İkinci ve çok daha şiddetli bir patlama oldu; binaya çok güçlü bir bomba atılmış gibiydi. Elektrik kesildi ve Hollis feneri yakana kadar birkaç saniye karanlıkta beklediler. Maya bilincini açık tutmaya çalışıyordu ama bir rüyaya dalıp dalıp çıkıyordu. Havalandırma borusundan yukarı çekilirken Gabriel'ın sesini duyduğunu ve omuzlarına bir ip sarıldığını hatırlıyordu. Ondan sonra ıslak çimlere sırtüstü yatmış, yıldızlara bakarken buldu kendisini. Başka patlamalar ve siren çığlıkları duyuyordu ama bunların önemi kalmamıştı artık. Kan kaybından öleceğini biliyordu; bedenindeki tüm canı soğuk toprağın çektiğini hissediyordu.

"Beni duyabiliyor musun?" dedi Gabriel. "Maya?"

Maya onunla konuşmak, ona son sözünü söylemek istedi ama birileri sesini çalmıştı. Gözlerinin çevresinde kapkara bir sıvı birikti ve suya düşen bir mürekkep damlası gibi yayılıp görüşünü örtmeye başladı.

60

Sabahın altısına doğru başını gökyüzüne kaldıran Nathan Boone, gün ışığının ufukta belirmeye başladığını gördü. Üstü başı kurum içindeydi. Tünellerdeki yangın güya kontrol altına alınmıştı ama yanan kimyasalların çıkardığı geniz yakan siyah duman, havalandırma kanallarından taşmaya devam ediyordu. Sanki dünya yanıyordu.

Avlunun her yerinde itfaiye araçları ve polis arabaları vardı. Bunların yanıp sönen ışıkları geceleyin çok sert ve kararlı görünse de, günün ağarmasıyla birlikte cılızlaşmıştı. Kamyonlardan havalandırma kanallarına yangın hortumları uzanıyordu. Bazı hortumlar hâlâ aşağı su sıkarken yüzleri kapkara olmuş itfaiyeciler kâğıt bardaklardan kahve içiyorlardı.

Boone iki saat önce genel bir değerlendirme yapmıştı. Tünellerdeki patlama ve bunun sonucu olan elektrik kesintisi tüm binalara hasar vermişti. Kuantum bilgisayarı da kapanmıştı ve mekanizmanın bir parçası hasar görmüştü. Genç bir bilgisayar teknisyeninin dediğine göre, sistemi yeniden çalıştırmak dokuz ay ila bir yıl sürecekti. Bodrum katlar su altındaydı. Tüm laboratuvarlar ve ofisler kurumdan kapkara olmuştu. Genetik araştırma laboratuvarındaki bir bilgisayarlı dondurucu arıza yapınca, yapboz deneylerinden bazıları mahvolmuştu.

Meydana gelen hasar Boone'un umurunda değildi. Bütün araştırma merkezi çökse yine umurunda olmazdı. Asıl felaket, bir Soytarı'nın ve şu ünlü Yolcu'nun ellerinden kaçmış olmasıydı.

Derhal arama başlatma şansı, merkezin girişindeki kulübede oturan ve asgari ücrete talim eden güvenlikçi yüzünden kaybedilmişti. Patlamaları duyan genç paniğe kapılmış ve polisle itfaiyeye haber vermişti. Biraderlerin dünya çapında nüfuzu sınırsızdı ama Boone görevini yapmaya kararlı bir grup itfaiyeciyi kontrol altına alamazdı. İtfaiyeciler komuta merkezi kurup tünellere su basmaya başladığında, General Nash ve Michael'ın korumalı bir konvoyla merkezi terk etmesini sağlamıştı. Gecenin geri kalanını, Shepherd'ın bodrumdaki, diğer üç adamın idari merkezdeki cesetlerini kimsenin bulmaması için çabalayarak geçirmişti.

"Bay Boone? Bakar mısınız?"

Başını çevirip geriye baktığında, genç itfaiye şefi Vernon McGee'nin yaklaşmakta olduğunu gördü. Ufak tefek ama yapılı adam belki gece yarısından beri merkezdeydi ama hâlâ enerji dolu, hatta neredeyse neşeli görünüyordu. Boone, banliyö itfaiyelerinin yangın musluğu tamir etmek ve ağaçtan kedi kurtarmaktan sıkıldığına kanaat getirdi.

"İncelemeye başlayabiliriz?"

"Ne incelmesinden söz ediyorsunuz?"

"Yangını kontrol altına aldık ama bakım tünellerine girebilmemize daha birkaç saat var. Şu anda binaları inceleyerek yapısal hasar olup olmadığına bakacağız."

"Bunu yapamazsınız. Size gece de söyledim, buradaki çalışanlar devlet sırrı niteliğinde araştırmalar yürütüyorlar. Neredeyse tüm odaların gizlilik derecesi var."

McGee çizmelerinin topuklarına güç vererek biraz geriye kaykıldı. "Bana ne? Ben itfaiye şefiyim, burası da benim bölgem. Kamu güvenliği nedeniyle buradaki bütün binalara girme hakkım var. İsterseniz peşime adam takabilirsiniz."

McGee dönüp adamlarının yanına giderken Boone öfkesini bastırmaya çalıştı. Aslında inceleme yapabilirlerdi. Bir sakıncası yoktu. Cesetler çoktan naylona sarılıp bir kamyonete atılmıştı. Öğlene doğru Brooklyn'deki anlaşmalı cenazeciye gönderilecek, yakılacak ve külleri denize serpilecekti.

Boone, McGee işe burnunu sokmadan önce idari merkezi kolaçan etmeyi düşündü. İki güvenlikçi üçüncü kata çıkmış, kan lekeli halıyı kaldırmakla meşguldü. Güvenlik kameraları kapanmış olsa da Boone birinin sürekli onu izlediğini hissediyordu. Her şey kontrolü altındaymış gibi güvenle avlunun diğer yanına geçti. Cep telefonu çaldı. Açtığında, Kennard Nash'in gürleyen sesiyle karşılaştı.

"Durum nedir?"

"İtfaiye güvenlik incelemesi yapacak."

Nash ağız dolusu küfür etti. "Kimi arayayım, valiyi mi? Vali durdurabilir mi bu işi?"

"Durdurmasına gerek yok. Önemli sorunları giderdik zaten."

"İyi de yangını birinin kasıtlı çıkardığını anlayacaklar."

"Anlasınlar. Ben de bunu istiyorum. Lawrence Takawa'nın evine bir ekip gönderdim. Mutfak masasına yarım kalmış bir patlayıcı, dizüstü bilgisayarına da bir intikam mektubu yerleştirecekler. Kundaklama şüphesiyle soruşturmaya geldiklerinde onlara öfkeli çalışanımızdan söz edeceğim..."

"Onlar da çoktan yok olmuş birini aramaya başlayacaklar." Nash usulca güldü. "Bravo Bay Boone. Akşama konuşuruz."

General Nash hoşçakal demeden telefonu kapattı ve Boone idari merkezin girişinde bir an durdu. Son birkaç haftadaki hareketlerinin muhasebesini yaptığında, bazı hatalarının olduğunu kabul etmesi gerekiyordu. Maya'nın gücünü hafife almış, Lawrence Takawa konusundaki kuşkularını göz ardı etmişti. Bazı durumlarda öfkesine yenik düşmüştü ve bu da kararlarını etkilemişti.

Yangın hafifledikçe, dumanlar siyahtan griye döndü. Kanallardan çıkıp gökyüzüne yükselir, yok olurken egzoz gazına, sıradan hava kirliliğine benziyordu. Biraderler küçük bir engele takılmış olabilirlerdi ama zaferden dönüş yoktu. Politikacılar istedikleri kadar özgürlükten dem vursun; sözleri konfeti gibi havaya saçılırdı. Hiçbir anlamı yoktu bunların; geleneksel özgürlük anlayışı silinip gitmek üzereydi. Boone o sabah için ilk kez kol saatinin düğmesine bastı ve nabzının normal çıkmasından mutluluk duydu. Sırtını doğrulttu, omuzlarını şöyle bir çevirip dikleştirdi ve binaya girdi.

61

Maya, kanıksadığı rüyasına esir düşmüştü yine. Karanlık tünelde tek başına durup üç futbol fanatiğine saldırmış, sonra merdivenlerden kaçmıştı. İnsanlar peronda dövüşüyor, metronun camlarını kırmaya çalışıyordu. Thorn onu sağ eliyle kavramış ve vagona çekmişti.

Bu olayı o kadar çok düşünmüştü ki, sonunda beyninde buna özel kalıcı bir bölüm açılmıştı herhalde. *Uyan artık*, dedi kendine. *Yeter.* Ancak bu seferki biraz uzun sürdü. Tren sarsılarak ileri atılırken yüzünü babasının yün paltosuna gömdü. Gözlerini kapatıp dudaklarını ısırdı ve ağzına kendi kanının tadı geldi.

Maya'nın öfkesi güçlü ve gür sesliydi ama karanlıkta ona fısıldayan biri daha vardı. Bir sırrın açıklanmak üzere olduğunun farkındaydı. Thorn her zaman çok cesur, gözüpek ve güçlü bir adam olmuştu. O akşamüstü Kuzey Londra'da onu yüzüstü bırakmıştı. Ama başka bir şey daha olmuştu.

Tren sarsılarak ileri atıldı, istasyondan ayrıldı; Maya başını kaldırıp babasına baktı ve ağladığını gördü. O zaman, Thorn'un zayıflığını göstermesi imkânsız gibi gelmişti. Ama şimdi doğru olduğunu biliyordu. Bir Soytarı'nın yanağındaki tek damla gözyaşı, dünyanın tüm mücevherlerinden daha ender, daha değerliydi. Beni affet. Bu mu geçiyordu babasının aklından? Sana yaptıklarım için beni affet.

* * *

Gözlerini açtı ve Vicki'nin ona bakmakta olduğunu gördü. Kısacık bir an için rüyayla gerçeklik arasındaki gölgeler diyarında kaldı. Battaniyenin ucunu kavramıştı ama hâlâ Thorn'un yüzünü görüyordu. Nefes ver. Babasının görüntüsü kayboldu.

"Beni duyabiliyor musun?" diye sordu Vicki.

"Evet, uyandım."

"Nasılsın?"

Maya elini battaniyenin altına soktu ve yaralı bacağındaki sargıyı yokladı. Sert hareket edecek olursa, bıçak batırılmış gibi keskin bir acı kaplıyordu vücudunu. Hareket etmeyince de kızgın demirle vücudu dağlanıyormuş gibi hissediyordu. Thorn ona acıyı yok sayamayacağını, ancak vücudunun geri kalanından soyutlayacak bir düzeye indirebileceğini öğretmişti.

Çevresine bakındı ve yatağa yerleştirilişini hatırladı. Massachusetts'in Atlantik Okyanusu'ndaki yarımadası olan Cape Cod'da bir sahil evindeydiler. Vicki, Hollis ve Gabriel, Boston'da bir doktorun işlettiği özel bir klinikte birkaç saat geçirdikten sonra buraya gelmişlerdi. Evin de sahibi olan Doktor, Vicki'nin kilisesine bağlıydı.

"Bir hap daha ister misin?

"İstemem. Gabriel nerede?"

"Sahilde yürüyor. Merak etme, Hollis yanında."

"Ne zamandır uyuyorum?"

"Sekiz dokuz saat oldu."

"Gabriel'la Hollis'i bul" dedi Maya. "Hemen toparlanın. Hareket halinde olmamız gerek."

"Şimdilik gerekmiyor. Burada birkaç gün güvende oluruz. Burada olduğumuzu Dr. Lewis'ten başka bilen yok, o da Borç Ödenmedi görüşüne bağlı. Bir Soytarı'yı asla ele vermez."

"Tabula bizi arıyor."

"Çok soğuk olduğu için sahilde kimse yok. Yandaki ev kış boyunca boş. Köydeki dükkânların birçoğu kapalı ve güvenlik kamerası görmedik."

Vicki öylesine güçlü ve kendinden emin görünüyordu ki, Maya ister istemez birkaç hafta önce Los Angeles havaalanında yaklaştığı çekingen, inançlı kızı hatırladı. Yolcu sayesinde her şey değişmiş, gelişmişti.

"Gabriel'ı görmem gerek."

"Birazdan gelir."

"Kalkmama yardım et Vicki, yatmak istemiyorum artık."

Maya dirseklerine yaslanarak doğruldu. Acı gene kendisini hissettirdi ama yüzünün ifadesini bozmadı. Sağlam bacağına ağırlığını verip kolunu Vicki'nin omzuna attı ve iki kadın yatak odasından yavaşça çıkarak koridora geçtiler.

Vicki her adımda Maya'ya bilgi veriyordu. Evergreen Vakfı Araştırma Merkezi'nden kaçmalarının ardından, Hollis onları Boston'a götürürken Dr. Richardson onun hayatını kurtarmıştı. Richardson şu anda, Newfoundland'de mandıra işleten üniversiteden eski bir arkadaşının yanında kalmak üzere Kanada'ya gidiyordu. Hollis kamyoneti yoksul bir mahalleye çekmiş, anahtarı da üstünde bırakmıştı. Vicki'nin kilisesinin cemaatinden birinin verdiği bir minibüsü kullanıyorlardı artık.

Yazlık evde kalın bir Berberi halısı, temiz ve sade hatlı deri mobilyalar vardı. Sürgülü bir cam kapı verandaya açılıyordu. Maya Vicki'ye dışarı çıkmak istediğini söyledi. Dışarıdaki bir şezlonga uzandığında, sadece on metre yürümenin bile onu nasıl yorduğunu fark etti. Yüzünü ter basmıştı ve bedeni titremeye başlamıştı.

Vicki eve dönüp bir battaniye aldı ve Soytarı'nın vücudunu sıkıca sardı. Maya biraz rahat etmişti. Ev, yabangülleri, sazlıklar ve çalılarla kaplı kum tepelerinin yanına yapılmıştı. Kuru bitkileri sallayacak kadar rüzgâr vardı ve Maya okyanusun kokusunu alabiliyordu. Yalnız bir turna, inecek yer arar gibi yukarıda daireler çiziyor ve iki kadını gözlüyordu.

Verandadan ahşap basamaklarla sahile iniliyordu. Gabriel evden yüz elli metre kadar uzakta, denizin kıyısında duruyordu. Hollis ise evle Yolcu'nun arasında kumlara oturmuştu. Kucağında, parlak renkli bir plaj havlusuna sarılmış bir şey vardı, Maya bunun pompalı tüfek olduğunu düşündü. Bu ıssız ve huzurlu evde bir Soytarı'ya ihtiyaç yoktu. Vicki ve Hollis her şeyi o olmadan ayarlamıştı. Onun Gabriel'ı koruması gerekliydi, oysa Gabriel onu tünellerde taşımak için kendi hayatını tehlikeye atmıştı.

Kurşuni gökyüzü ve çakır renkli deniz birbirine karışıyor, ufku seçmek zorlaşıyordu. Her dalga bir gürültüyle patlıyor, sesler dümdüz kumsaldan onlara kadar ulaştıktan sonra aynı yolla geri gidiyordu. Gabriel'ın üzerinde kot pantolon ve koyu renkli bir kazak vardı; bir adım daha atsa kurşuni renge karışacak ve bu dünyadan yok olup gidecek gibi duruyordu.

Yolcu, denize arkasını döndü ve eve doğru baktı. "Bizi görüyor" dedi Vicki.

Maya kendisini kundakta bebek gibi hissediyordu, ama iki adam kumsaldan ayrılıp eve doğru yaklaşırken sesini çıkarmadan oturdu. Gabriel basamakların yanında kaldı, Hollis ise gülümseyerek ona yaklaştı. "Nasılsın Maya? Seni birkaç gün uyandırmamayı düşünüyorduk."

"İyi sayılırım. Linden ile temas kurmamız gerek."

"O işi Boston'da bir internet kafeden hallettim. New England'da üç farklı yere para gönderecek."

"Başka bir şey söylemedi mi?"

"Dediğine göre, Sparrow'un oğlu ortadan kaybolmuş. Herhalde Tabula onun..."

Vicki araya girdi. "Gel kahve yapalım Hollis."

"Ben istemiyorum ki."

"Başkaları istiyor olabilir." Vicki'nin sesinde öyle hafif ama öyle anlamlı bir değişiklik olmuştu ki, Maya'ya birinin elinin yumuşacık dokunuşunu hatırlatmıştı. Hollis de mesajı almıştı.

"Tabii ya. Kahve. Ne iyi olur şimdi." Hollis tekrar Gabriel'a baktı ve Vicki'nin peşinden eve girdi.

Yalnız kalmışlardı ama Gabriel hâlâ konuşmuyordu. Uzakta bir kuş sürüsü belirdi; siyah noktalar önce bir huni biçimini aldılar, sonra yavaşça yere inmeye başladılar.

"Dr. Lewis bir ay içinde yürüyebileceğini söyledi. Kurşun kemiğini kırmadığı için çok şanslıymışsın."

"Burada o kadar kalamayız" dedi Maya.

"Vicki'nin kiliseden, Hollis'in de dövüş sporları çevresinden çok tanıdığı var. Sahte kimlik ve pasaport elde edene kadar saklanacak pek çok yer bulabiliriz."

"Ondan sonra da Amerika'dan ayrılmalıyız."

"Bak bundan emin değilim. İnsana saklanabileceği ıssız bir ada veya derin bir mağara varmış gibi geliyor ama yok öyle bir yer. Beğensek de beğenmesek de birbirimize bir biçimde bağlıyız."

"Tabula seni arayacaktır."

"Evet. Ağabeyim de onlara yardım edecektir." Gabriel yorgun ve üzgün bir halde yanına oturdu. "Küçükken Michael'la bütün dünyaya meydan okuduğumuzu sanırdım. Onun için her şeyi yapardım. Ona sonuna kadar güveniyordum."

Maya, metro rüyasını, babasının üzüntüsünü hatırladı ve acıma hissine engel olmadı. Elini uzattı, Gabriel sımsıkı tuttu. Gabriel'ın sıcak teni soğuk eline değdiğinde, dönüştüğünü hissetti Maya. Mutluluk değildi bu. Hayır; mutluluk geçici, çocukça bir yanılgıydı. İçindeki acı eriyip giderken, birlikte bir merkez, bir değişmezlik, bir bütün oluşturduklarını hissetti.

"Babam hâlâ hayatta mı, Michael bana karşı mı bilmiyorum" dedi Gabriel. "Ama sana bağlandığımı hissediyorum Maya. Sen benim için önemlisin."

Gözlerinden yoğun bir enerjiyle Maya'nın ta içine baktı, sonra elini bıraktı ve hızla ayağa kalktı. Yakınlıkları acı vericiydi; bir sınırı çiğnediklerini hissettiriyordu.

Yalnız ve korumasız Gabriel, basamakları tekrar inerek kumsala ayak bastı. Maya duygularına hâkim olmaya çalışıyordu. Eğer bu Yolcu'yu koruyacaksa, ona yakınlık duyamazdı. En hafif bir duygu bile onu duraksamaya zorlar, zayıflatırdı. Bu zayıflığa göz yumacak olursa da onu tamamen yitirebilirdi.

Yardım edin, diye geçirdi içinden. Ömründe ilk kez dua ediyordu. *Lütfen yardım edin. Bana yol gösterin.*

Soğuk rüzgâr saçlarını okşayınca ürperdi ve bedeninin dinçleştiğini, güçlendiğini hissetti. Başkaları için roller üstlenen ve gerçek yazgılarının asla farkına varamayan onca insan gelip geçmişti hayatlarından. Londra'da duyduğu tüm kaygılar ve tereddütler yok olmuştu. Maya, kendisini tanımıştı artık. O bir Soytarı'ydı. Evet, zor olacaktı, ama Gabriel'ın yanında kalacaktı.

Hafifçe doğrulup okyanusa baktı. Az önce gördüğü kuşlar kumsala inmişlerdi. Yolcu onlara yaklaşınca gökyüzüne havalandılar, birbirlerine seslenerek uzaklaştılar.

SON

Dördüncü Âlem'in Birinci Kitabı